EL MEDALLÓN
DE
FUEGO

CARLA MONTERO

EL MEDALLÓN DE FUEGO

PLAZA JANÉS

Papel certificado por el Forest Stewardship Council®

Primera edición: octubre de 2021

Printed in Spain – Impreso en España

ISBN: 978-84-01-02599-0
Depósito legal: B-12.918-2021

Compuesto en Pleca Digital, S. L. U.

Impreso en Rodesa
Villatuerta (Navarra)

L025990

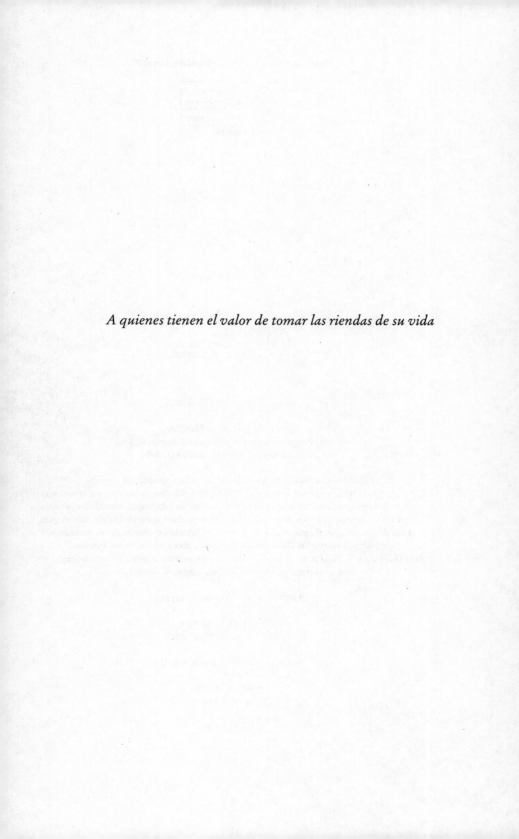

A quienes tienen el valor de tomar las riendas de su vida

No escribo sobre la guerra, sino sobre el ser humano en la guerra. No escribo la historia de la guerra, sino la historia de los sentimientos.

Soy historiadora del alma.

Creo que en cada uno de nosotros hay un pedacito de historia.

SVETLANA ALEXIÉVICH

Prólogo

Ni siquiera la muerte era obstáculo para Lorenzo de Médicis.

Envuelto en las sombras de la noche, temblorosas a la luz de un par de lámparas de aceite, el Magnífico avanzó unos pasos, se detuvo a los pies de la lápida y clavó la vista en la gran losa de piedra que yacía sobre el suelo del claustro del monasterio agustino. Le pareció más sencilla de lo que se esperaba. No le hubiera sorprendido encontrarse un gran cenotafio ricamente ornamentado con esculturas, columnas y capiteles, situado con honor en alguna de las capillas laterales. En cambio, la tumba apenas lucía algunos relieves vegetales en los bordes y el nombre del difunto bajo una cruz latina. Kyriacus Anconitanus.

Lorenzo no había llegado a conocer a Ciríaco de Ancona. No obstante, sabía que su abuelo Cosme de Médicis había patrocinado varias de sus expediciones por el mar Egeo y el resto del Mediterráneo oriental y había adquirido para su propia colección de antigüedades no pocas de las reliquias que el aventurero traía de tales viajes: monedas, gemas, estatuillas... No era de extrañar que Ciríaco, un hombre versado en el legado de los ancestros y los enigmas de las civilizaciones arcaicas, se hubiera llevado algún secreto a la tumba.

Una ráfaga de aire helado, cargada de polvo de nieve, se coló entre los arcos del claustro y las gruesas ropas de Lorenzo de Médicis. El florentino salió de su ensimismamiento con un ligero escalofrío y miró a su alrededor. La concurrencia lo observaba expectante, impaciente incluso ante lo clandestino de la operación y la inclemencia del tiempo.

El abad del monasterio se agitaba inquieto desde un segundo plano, como si el refugio de la oscuridad le exonerara de cualquier responsabilidad en aquel asunto, al cual se había mostrado reticente en un primer momento: lo que se le proponía era contrario a la ley divina y a la humana y él se declaraba leal tanto a Dios Nuestro Señor como a Ludovico Sforza, gobernante de Cremona. Aunque los Médicis y los Sforza se hallaban en buenos términos dentro del frágil equilibrio de poder entre los territorios italianos, no deseaba el abad ser él quien se viese involucrado en nada que pudiera enemistarlos. No obstante, el dinero de los Médicis compraba fácilmente toda clase de lealtades. El viejo, quien envestido de autoridad y culpable de morbo no había querido perderse el espectáculo, temblaba ahora bajo su capa, con su nariz de pico de pájaro colorada y enterrada entre los cuellos, quizá más presa del frío que del temor o el remordimiento.

Dos sepultureros le flanqueaban. Padre e hijo. Ceñudos y fornidos, de pocas luces y fáciles de amedrentar. También se los había comprado con unas pocas monedas y, lo que era más importante, se habían sellado sus labios con una amenaza de muerte, la cual, proviniendo del propio Lorenzo de Médicis, nadie osaría tomar a la ligera.

Completaban la partida dos hombres de confianza de Lorenzo, consejeros y amigos, cómplices en aquella empresa, sin cuyo apoyo y guía nunca hubiera emprendido: el sabio Marsilio Ficino, casi un padre para Lorenzo, y Giovanni Pico della Mirandola, un joven conde de mente inquieta y brillante, que siempre le había demostrado lealtad. De algún modo ellos, en su incansable búsqueda del conocimiento, le habían llevado hasta allí. Ambos se habían pasado los últimos años desgranando palabra a palabra la inmensa biblioteca de Niccolò de Niccoli, otro de los amantes de lo antiguo, uno de los mayores coleccionistas de manuscritos en griego y en latín de Europa, sólo aventajado por Cosme de Médicis. Lo cierto era que tal afán le costó una fortuna a Niccoli, quien murió en la ruina. Al patriarca de los Médicis no se le escapó entonces la oportunidad que se le ofrecía: costeó las exequias de Niccoli a cambio de apropiarse de su magnífica colección de textos, la cual puso a buen recaudo en el convento dominico de San Marco en Florencia.

En ella habían hallado Marsilio y Pico el *Manuscrito del Templario*. Un legajo en hebreo arcaico que provenía de las costas del mar Muerto, según rezaban las anotaciones rubricadas por Medardo de Sens, miembro de la Orden de los Pobres Caballeros de Cristo y del Templo de Salomón, y fechadas en tiempos de la Segunda Cruzada. Con ayuda del también filósofo y humanista judío Elijah Delmédigo, habían invertido años en descifrar el asombroso contenido del manuscrito. Sin embargo, todo aquel intrigante asunto había adquirido plena relevancia con el descubrimiento de la correspondencia entre Niccolò de Niccoli y Ciríaco de Ancona.

Tras semejante travesía, Lorenzo de Médicis confiaba en que uno de los grandes secretos de la Antigüedad estuviera a punto de revelársele. Una punzada de ansiedad sacudió sus entrañas.

—¡Adelante! —ordenó con voz firme y potente.

Los sepultureros se pusieron de inmediato manos a la obra y los golpes de sus picos resonaron durante un lapso interminable entre los recovecos del claustro. Nadie movió apenas un músculo ni cruzó palabra entretanto. Alterar el descanso de los difuntos perturbaba los ánimos, la expectación enmudecía los discursos y el frío atenazaba los cuerpos.

Sólo cuando la lápida se hubo desprendido y los sepultureros estaban a punto de apalancarla, exclamó el abad, inquieto:

—¡Mucho cuidado, no vaya a romperse! —Y a Lorenzo aquel prosaico clamor le pareció un insulto a la mística del momento.

El escandaloso roce de piedra contra piedra dejó al descubierto el agujero oscuro del sepulcro. Apenas hubo que excavar un par de metros de tierra hasta que apareció el ataúd. Ayudados por cuerdas, los sepultureros lo alzaron entre jadeos y resoplidos de esfuerzo; con sumo cuidado para que la madera corrompida por la humedad no se partiese, lo depositaron a ras del suelo. Lorenzo no pudo evitar aproximarse; Pico y Marsilio lo escoltaban llevados también por la curiosidad. En una esquina, el abad murmuraba salmos y oraciones con atropello.

Crujidos espeluznantes se sucedieron al retirar la cubierta. Parecía que el cofre iba a deshacerse en astillas a cada embestida de las palancas. Finalmente, la tapa quedó libre. Los sepultureros miraron a Lorenzo y éste asintió con un gesto para que la retiraran.

El florentino apretaba las mandíbulas de forma casi inconsciente. No era la muerte lo que le alteraba los nervios; tantas veces la había tenido cerca que ya no le causaba aprensión. Era lo que podía hallar o, a lo peor, no hallar dentro de aquella tumba lo que le inquietaba. Y el paso del tiempo: los más de treinta años que habían transcurrido desde que Ciríaco de Ancona abrazase la tierra. ¿Cómo habría tratado la podredumbre al cuerpo ya de por sí enjuto del arqueólogo?

Los sepultureros echaron la tapa del ataúd a un lado y se apartaron para dar paso al Médicis. Lorenzo se asomó y aproximó el candil al interior de la caja. Una vaharada con un olor extraño le golpeó el rostro. No resultaba un tufo repugnante. Se asemejaba al del cuero viejo y el moho, al que desprenden los baúles largo tiempo cerrados. Sin embargo, algo en él lo hacía particular: se trataba sin duda del olor de la muerte. Los cuervos del patio graznaron cual si portasen alguna clase de advertencia, que Lorenzo desoyó. Con cautela extendió la mano enguantada para retirar del cadáver el sudario de tela de yute, frágil y quebradizo al tacto.

Ciríaco de Ancona era ahora un cráneo cubierto de manchas oscuras y una pelusa mohosa, aún tocado con la cofia roja de fieltro. Las grandes cavidades de los ojos y la nariz y la mandíbula desdentada y descolgada dotaban de una insólita expresión a su calavera polvorienta, entre cómica y espantosa. Al tenerlo por fin delante, a Lorenzo le acometió la extraña sensación de estar contemplando su propio e inexorable futuro. Aquello le provocó un estremecimiento que se afanó por disimular.

—Yo soy el que resucita a los muertos del inframundo —declamó en latín Marsilio Ficino a su espalda, parafraseando al difunto.

Aquella máxima, que parecía pronunciada de forma intempestiva, casi resultaba irónica en semejante contexto, pero Lorenzo comprendió que era una manera de traer a colación el propósito de aquella empresa nada grata.

Tras mucho investigar su correspondencia, Ficino sostenía que Ciríaco de Ancona había pertenecido a una fratría, una secta neopagana y esotérica, fundada en la localidad griega de Mistra por Jorge Gemisto, llamado Pletón, el gran erudito y filósofo que tanto había inspirado al propio Marsilio a la hora de fundar la Academia Neoplatónica en Florencia, bajo patrocinio de los Médicis. Se rumoreaba que en la fratría de Mistra sólo unos pocos iniciados profundizaban en el conocimiento de lo arcano: la cábala, la alquimia, el hermetismo, el más allá y la eternidad del mundo... ¿Qué sabiduría habría llegado a adquirir Ciríaco para llevarle a hacer tal afirmación? ¿Qué poder poseía?

La respuesta quizá se hallase en el rompecabezas que Lorenzo de Médicis, Pico della Mirandola y Marsilio Ficino habían ido componiendo con el *Manuscrito del Templario*, la correspondencia entre el de Ancona y Niccolò de Niccoli y lo que los había llevado a exhumar aquel cadáver.

Lorenzo pasó el candil a Pico della Mirandola y se agachó junto al ataúd. De un primer vistazo, no encontró lo que buscaba o, en todo caso, lo que creía estar buscando.

—¿Puedes verlo? Tal vez se oculte entre sus ropajes —apuntó

el joven conde en un susurro. Por el tono de sus palabras se podía intuir que no querría ser él quien tuviese que hurgar en las entrañas de aquella tumba.

Lorenzo recorrió con la vista la amalgama de telas polvorientas: el sudario, la hopalanda de terciopelo rojo con bordados de hilo de oro, el cuello amarillento de la camisa de lino... Las manos del cadáver reposaban cruzadas sobre ellas. Una sortija con sello había resbalado hasta detenerse en el hueso del nudillo. Palpó con cuidado las vestiduras flácidas y arrugadas y sintió la osamenta por debajo. Llevó los dedos hasta la botonadura y tiró ligeramente con la intención de soltarla, mas la tela pasada cedió antes que los botones. También abrió la camisa hasta que quedaron al descubierto el esternón y las costillas, perfectamente ordenadas.

—Dame más luz —pidió.

Con el candil cerca, Lorenzo exploró las sombras y los recovecos. Y, entonces, descubrió un fino cordel entre los huesos. Al tirar de él asomó de debajo de una de las costillas parte de un objeto redondo y romo. Lorenzo lo alcanzó y lo extrajo con tanta aprensión como cuidado; no obstante, algunos despojos se desplazaron con un bufido de polvo y un espeluznante crujido que pareció retumbar en el silencio del claustro. Como si hubiera cobrado vida de repente, el cráneo del cadáver se ladeó y su mandíbula se separó de él. Un respingo generalizado sacudió a los presentes.

—¡Ave María Purísima! —exclamó el abad, llevado por el terror.

Incluso Giovanni Pico emitió un pequeño grito y a punto estuvo de dejar caer el candil.

Con un suspiro, Lorenzo se repuso del sobresalto y lanzó una mirada reprobatoria a aquellos que se lo habían causado con su falta de temple. Abrió el puño que por instinto había cerrado y contempló el objeto entre sus manos mientras le limpiaba el polvo con la yema de los dedos. Enseguida se vislumbró el brillo verdoso de la gema y el relieve de una talla de lo que parecía un dragón. Lo circundaban unos símbolos o una escritura que no reconoció.

Lorenzo de Médicis alzó la cabeza y sus ojos chocaron con

los de Marsilio Ficino, quien también lo miraba por encima de su hombro. No pudo evitar sonreír.

—Lo tenemos —afirmó triunfante—. Maldita sea, Ciríaco Pizzicolli, te lo habías llevado a la tumba, viejo zorro, pero lo tenemos. ¡Tenemos el Medallón de Fuego!

Y su mentor, presa del mismo gozo, le devolvió la sonrisa.

***

Ekaterimburgo,
17 de julio de 1918

Grigori Nikulin puso en pie un vaso vencido, acercó la botella de vodka y se sirvió una generosa cantidad que apuró de un solo trago. Él no era bebedor, no al menos como lo eran la mayoría de sus camaradas, quienes el día de paga podían emborracharse hasta el desmayo. Grigori se consideraba a sí mismo un hombre sensato pese a contar con sólo veintitrés años. El hijo del ladrillero de Kiev sabía que para prosperar era mejor permanecer siempre sobrio, atento, controlando la situación.

Sin embargo, en aquel instante, necesitaba ese trago. Cualquier cosa que infundiese algo de ánimo y ardor tanto a su cuerpo como a su espíritu. Se sentía agotado después de toda la noche en vela, deprimido después de cuanto había presenciado. «Es el precio de la revolución —se repetía—. Los tiranos nos han obligado a hacerlo.»

El ambiente era bochornoso en aquella sala. Fuera, el verano se mostraba en su pleno esplendor, el clima se había tornado agradable tras el crudo invierno, el jardín florecía, el aire fluía limpio y fragante; y, sin embargo, ni una pizca del ambiente estival entraba por las ventanas selladas con tablones de aquella casa prisión. Todo allí resultaba oscuro: los muebles ostentosos, las pesadas lámparas, el papel de las paredes, los densos cortinajes... Todo allí resultaba asfixiante y desprovisto de color.

Se frotó los ojos y volvió a concentrar la vista en las joyas que se extendían sobre la mesa, algunas en sus estuches, otras esparcidas sobre unas telas. Diamantes, zafiros, rubíes, esmeraldas, perlas... Su brillo en aquel ambiente lúgubre parecía fuera de lugar. Muchas de ellas habían caído durante el tiroteo; qué ingenuos habían sido pretendiendo ocultarlas pegadas a sus cuerpos, creyendo que así estarían a salvo. Aquello no era más que una mínima fracción de la inmensa riqueza que habían atesorado los Románov a costa del hambre y las calamidades de su pueblo, se recordaba Grigori al tiempo que, una a una, las iba clasificando y guardando en cajas. El camarada Medvedev le ayudaba en la tarea. Ambos en silencio, sin mirarse siquiera a la cara; taciturnos.

Dos de los guardias lituanos que habían participado en la ejecución resoplaban en una esquina, sobre los camastros de las grandes duquesas que ellos mismos habían subido desde el primer piso. Se negaban a dormir abajo; la terrible escena era demasiado reciente hasta para las almas más despiadadas. Grigori no podía culparlos.

Joy, el otrora alegre spaniel del zarévich, se había tumbado en el suelo, junto a la puerta cerrada que conducía a las habitaciones de la familia. De cuando en cuando, gemía. Y, al menor ruido, alzaba las orejas con un atisbo de esperanza. Aunque ya no se escuchaba nada al otro lado de aquella puerta; ni pasos, ni voces, ni risas. Lo único que de los Románov quedaba en la casa Ipátiev era el olor de su sangre. No importaba que el propio Medvedev, los lituanos y un par de guardias rusos más hubieran frotado durante horas con cepillos, trapos y arena el cuarto donde había tenido lugar la ejecución. El tufo lo impregnaba todo. Se metía hasta el cerebro, metálico y pegajoso. También el de la pólvora.

Aquel olor hacía imposible deshacerse de las imágenes. No, Grigori Nikulin no había querido dormir porque si cerraba los ojos...

No se tenía por un pusilánime. Su nombre de revolucionario era *Akulov*, tiburón. El animal astuto y sanguinario. Y no era la primera vez que mataba. Hacía tan sólo una semana que había liquidado de un certero disparo en la cabeza al príncipe Dolgorukov. Se trataba de hacer justicia. Ejecutar la pena por haber conspirado para ayudar a escapar a los Románov. No le había temblado el pulso.

Pero la ejecución en la que acababa de tomar parte era otra cosa. «Por orden del Sóviet de los Urales hay que matar al zar», le habían informado. Así sea. El zar es el enemigo del pueblo.

Sin embargo, cuando de madrugada había entrado en aquel cuartucho claustrofóbico y había contemplado la escena, todos dispuestos como para una fotografía: las grandes duquesas, tan jóvenes y bellas; la zarina, sentada a causa de los dolores que le impedían permanecer en pie; también el zarévich, tan sólo un niño, débil y enfermo; la doncella, el lacayo, el cocinero y el médico... ¿Acaso eran ellos los enemigos del pueblo?

Había convivido con los Románov en la casa Ipátiev. Desde un primer momento, se había encargado de custodiar sus joyas. La familia se quejaba de que los anteriores guardias les robaban. «Tú pareces un hombre decente», le había dicho la zarina con amabilidad. Pero el hombre decente, en realidad, no hacía más que confiscar todos sus objetos de valor; ahora pertenecían al pueblo. Las chicas eran alegres, solían cantar. Les había dejado que se quedasen con unas pulseritas de oro que sus padres les habían regalado cuando eran niñas. Al zarévich le permitió conservar el reloj; ver pasar las horas era una de las pocas distracciones de aquel chaval enfermo. Grigori maldecía en silencio cada vez que se sorprendía apiadado de aquel muchacho que a veces le recordaba demasiado a sí mismo. El joven delgado y larguirucho que era en ese momento había sido también un crío enclenque y enfermo.

Ya nada de eso tenía sentido. Todos estaban muertos. El tiroteo salvaje aún le resonaba en los oídos. Doce hombres ebrios de violencia habían vaciado los cargadores de sus armas contra la familia y sus sirvientes, tan pegados unos a otros en el pelotón de ejecución, que a Grigori le escocía una quemadura en la nuca producida por las deflagraciones de las armas de sus camaradas.

Los gritos entre los ajusticiados se habían sucedido, también los intentos por protegerse de las balas, inútiles en aquella habitación cerrada y diminuta. Él había apuntado al zarévich. Yurovski le había ordenado que matase al niño y él no quiso decepcionar a su comandante. Intentó hacerlo de un solo disparo pero el crío sobrevivió. Lo vio yacer en un charco de sangre junto a los cuerpos de sus padres y hermanas mientras alzaba un brazo suplicante entre el humo que nublaba toda la estancia. Grigori lo remató con un par de disparos y, en tanto los demás la emprendían a cuchilladas de bayoneta con los supervivientes, había abandonado aquel lugar, asqueado.

Grigori Nikulin fijó la vista en una sortija entre sus dedos. Un zafiro del tamaño de una uña brillaba en el centro. Semejante joya hubiera bastado para alimentar a toda una aldea durante varios meses. La metió en una bolsa junto con otras.

Los tiranos los habían obligado a hacerlo.

Más de dos días tardó el comandante Yurovski en regresar a la casa Ipátiev. Entró por la puerta demacrado a causa del agotamiento, aunque la tensión aún le infundía vigor. Cruzó la estancia como una ráfaga de viento, espabilando con sus gritos a los que allí aguardaban en apatía.

—¡Arriba, camaradas! ¡Los de la Legión Checa están a pocas verstas de la ciudad! ¡En nada se nos habrá echado encima el Ejército Blanco! ¡Recogedlo todo! ¡Hay que salir de aquí!

Grigori Nikulin lo llevó aparte.

—¿Qué hicisteis con los cuerpos, camarada comandante?

Yurovski se quitó la gorra y se secó con ella el sudor de la frente mientras bufaba.

—Ha sido una odisea. Los llevamos hasta la vieja mina de oro. El camión no hacía más que quedarse atrancado en el maldito barro del bosque. Ya estaba amaneciendo cuando conseguimos llegar. Allí, los desnudamos, quemamos la ropa y los hundimos en un pozo que está anegado. Tiré un par de granadas dentro para borrar el rastro con la explosión. Pero los descerebrados de la fábrica, esos tipejos que llevó Ermakov para ayudarnos, se fueron de la lengua y esa misma mañana toda la aldea lo sabía, ¡me *cagüen* todo! Así que tuvimos que sacarlos del fondo del pozo y llevarlos a otro sitio; decían que había una mina aún más profunda a unas cuantas verstas de allí. El camión ya estaba inservible, pero me hice con un par de vehículos. Tampoco hubo forma de que avanzasen por el bosque. Al final, hubo que transportarlos en carros y camillas que tuvimos que improvisar con las lonas que los cubrían y unas cuantas ramas de árbol. Pero la condenada mina no aparecía por ningún lado. ¡De pronto todos habían olvidado dónde cojones estaba! Dije: «Está bien, ya no los paseo más. Aquí mismo los dejamos, habrá que quemarlos o enterrarlos». Hubo un tipo que roció de gasolina a dos de ellos y les prendió fuego, pero se largó con el trabajo a medio hacer. Quemó al crío y a una de las mujeres; al principio pensábamos que era la zarina pero resultó ser la criada. Yo ya estaba harto de todo eso. ¡Llevaba casi dos días con los malditos cadáveres a cuestas! Tardan demasiado en reducirse a ceniza, ¿sabes? «¡A la mierda! ¡Enterremos el resto de una puta vez!», les ordené. Cavamos una fosa. Lo justo para echarlos allí a todos. Antes de cubrirla, los rociamos con ácido sulfúrico. No es muy profunda, pero si alguien los encuentra no podrá reconocerlos. Me apunté dónde están —afirmó palmeándose el bolsillo de la chaqueta—. En Koptyaki, a unas dieciocho verstas al noroeste de aquí. Las vías del tren son la referencia. Lo tengo bien anotado.

Grigori asintió en silencio y se vio sobresaltado por un fuerte manotazo que le propinó Yurovski en la espalda. El cuerpo delgado del joven se agitó con el empellón de aquel hombre grande y fuerte, que por algún motivo se había encariñado con él y lo trataba como a un hijo.

—¡Vamos, *syn*! No tenemos mucho tiempo. ¿Recogiste todo, tal y como te dije?

Por supuesto que había cumplido escrupulosamente la orden del camarada comandante. Había revisado objeto por objeto las pertenencias de los Románov y había empaquetado lo que pudiera resultar de valor, incluso los vestidos y los zapatos de las mujeres. En aquella casa, ya no quedaban más que las perchas colgando de los armarios, alguna peineta rota, botes de medicina vacíos, restos de papel quemado y la silla de ruedas de Alejandra Fedorovna junto a la chimenea. Siete baúles grandes y un portafolios sellado con cera que contenía los documentos aguardaban en el vestíbulo.

—Escucha —continuó Yurovski—, tú te encargarás de transportarlo todo a Moscú. Han llegado estas órdenes del Sóviet. —Le tendió un papel manuscrito—. Hay dos vagones en el tren de Perm dispuestos para ello. En cuanto a las joyas, será mejor que las lleves contigo. Ya sabes, sin llamar la atención. Tendrás que disimular esa pinta de revolucionario que tienes. —Sus risotadas resonaron en la sala—. Por cierto, me encargué de recoger todo lo que las chicas ocultaban bajo las ropas. Los hombres de Ermakov se abalanzaban sobre cualquier cosa que brillase como malditas urracas, casi tuve que arrancárselo de las manos. Grigori —le asió del brazo y abrió los ojos, asombrado—, lo que la noche de la ejecución salió de sus cuerpos no era nada. ¡Esas mujeres aún estaban forradas de alhajas! Unos nueve o diez kilos de diamantes, calculo. Con razón las balas no penetraban en ellas. ¡Iban acorazadas! Lo he escondido todo en el sótano de la escuela de Alapáyevsk hasta que podamos ir a recogerlo. ¡Ah! —Se llevó la mano al pantalón y sacó un amasijo de cordeles encerrado en su puño grande y gordo. Lo dejó caer en la mesa—. Esto lo llevaban la madre y las hijas al cuello. Una foto del santón Rasputín cada una con no sé qué vainas de oración. ¡Esa gente estaba mal de la cabeza! ¡Chiflados! —Se golpeó la sien con el dedo—. Quémalo junto con los iconos.

Grigori se fijó en un objeto que había entre los relicarios del monje loco. Lo cogió. Era de piedra verde, algo tosca, tenía forma de medallón, un poco más grande que un rublo de plata.

—¿Y esto? —le preguntó a Yurovski.

El otro se encogió de hombros.

—Qué sé yo. Colgaba del cuello de la Fedorovna. Será cualquier amuleto de esos que tanto les gustaban. Quédatelo si quieres. ¡Igual te da suerte y todo! —Se carcajeó antes de ponerse a deambular por la sala gritando órdenes a diestro y siniestro.

El joven observó con detenimiento el medallón, como valorando si merecía la pena quedárselo. Lucía un relieve, no lo apreciaba bien a la escasa luz de aquella habitación, pero parecía la imagen de una fiera, puede que un dragón. No consiguió leer la inscripción a su alrededor. No estaba en cirílico ni en ningún otro alfabeto que él reconociese.

Por sus manos habían pasado varias joyas de los Románov, cualquiera de ellas mucho más valiosa y espectacular que aquel viejo colgante. ¿Qué clase de valor podría tener para ellos, que habían poseído las mayores riquezas del mundo? ¿Y para qué iba a querer alguien como él una baratija semejante? ¿Lo tomaría como una reliquia?, ¿como un trofeo? ¿Qué iba a hacer un bolchevique de corazón con el medallón de la zarina?

⚬⚬⚬⚬⚬

Estambul,
14 de abril de 1933

Walther Hanke encendió el mechero y lo acercó al cigarrillo. El pulso le temblaba ligeramente. Estaba nervioso. La primera calada, larga y profunda, le apaciguó un poco. Se acodó en la barandilla del balcón y se obligó a recordar que hacía una noche preciosa mientras se esforzaba en reparar en todos los detalles: la brisa fresca cargada de aromas a lilas y especias, el brillo de las luces de la ciudad sobre las tranquilas aguas del Bósforo, las siluetas de aquella urbe mestiza recortándose en un cielo negro sin estrellas.

Le gustaba Estambul. La ciudad era como él: había acogido en su seno las más grandes culturas, las llevaba en la sangre, formaban parte de su identidad. En Estambul se sentía a gusto, el hogar de su buen amigo Rudolf Glauer había llegado a ser también un hogar para él, tantos buenos momentos había pasado allí.

Walther no era un ladrón. Y tampoco quería pensar que era un traidor, al menos no quería pensar que estaba traicionando a Rudolf. Eran las malditas circunstancias, que le empujaban a hacer lo que estaba a punto de hacer. Si su amigo no fuera tan obcecado...

Su amistad con Rudolf Glauer cumplía ya más de treinta años. Se habían conocido en Egipto, cuando ambos trabajaban para una compañía alemana concesionaria de las obras del ferrocarril. Enseguida los había unido su interés por la cultura de los faraones, aunque no tardaron en darse cuenta de que eran muchas más las inquietudes que tenían en común: la filosofía, la astrología, el ocultismo... Poco tiempo después, entraron a formar parte de la masonería egipcia, a través del Rito de Memphis-Misraïm, y fue a partir de entonces cuando se convirtieron en estudiosos del hermetismo.

La vida de Walther, como ingeniero del ferrocarril, había transcurrido entre viaje y viaje: el Imperio ruso, los Balcanes, el Imperio otomano... En esos lugares, había tenido ocasión de embeberse de diferentes culturas y lenguajes, de aprender sobre las formas de pensar de otros pueblos, sobre sus tradiciones, ritos, supersticiones y secretos. Se había convertido en coleccionista de libros viejos, rarezas y antigüedades; también de leyendas transmitidas a lo largo de siglos y siglos.

Rudolf, por el contrario, se había asentado principalmente entre Alemania y Turquía. Incluso se había convertido en ciudadano otomano al ser adoptado por un expatriado de origen alemán, el barón Von Sebottendorf y, en consecuencia, desde entonces se hacía llamar barón Rudolf von Sebottendorf. Este Rudy... Siempre había tenido ciertos delirios de grandeza. Aunque era evidente que se las había ingeniado para prosperar. Poseía numerosas propiedades en Alemania y Turquía, entre ellas, el precioso *yali* a orillas del Bósforo en cuyo balcón se acodaba ahora Walther. Se había relacionado con la élite política, cultural e intelectual de ambos países. Sabía moverse bien en los círculos de influencia y poder. En cambio, Walther nunca había sido tan ambicioso. Él prefería permanecer en la sombra, dedicarse a sus estudios, sus investigaciones, sus búsquedas... Él era un místico, un intelectual.

A menudo se arrepentía de haberse dejado convencer por Rudolf para entrar en la Sociedad Thule. Su amigo le había asegurado que ambos sabían demasiado y que no podían permitirse ser un número más en otras hermandades; ellos estaban destinados a ser líderes, a mover los hilos del mundo. Claramente, el nuevo barón Von Sebottendorf, que había convertido la agonizante Germanenorden y sus dudosos estudios sobre el poder mágico de las runas, en la pujante y atractiva Sociedad Thule, hablaba de sus propios intereses. El problema fue que, con la Sociedad Thule, Rudolf dio cobijo a todas aquellas teorías que defendían la supremacía aria y alentó las aspiraciones racistas, nacionalistas e imperialistas de sus seguidores. Se desvió de lo que debía ser el propósito de una auténtica hermandad: fomentar el espíritu crítico, enriquecer el pensamiento mediante la dialéctica y proteger un legado precisamente de quienes deseaban hacer un uso interesado del mismo. Desde el principio, Rudolf había confraternizado con toda esa gente del Partido Nacionalsocialista: Hitler, Himmler, Rosenberg, Hess, Göring... Había algo en aquellos tipos que a Walther le desagradaba profundamente. Sus discursos eran intransigentes, extremistas, paranoicos en ocasiones. Él nunca había querido tener nada que ver con gente así. ¡Y, qué diablos, ahora ocupaban el gobierno de Alemania! Menuda locura...

Gunther Kirch también era uno de ellos. Quien había empezado como columnista de un panfleto esotérico, era ahora diputado del Reichstag por Baviera. Walther tenía que reconocer que cuando Rudolf se lo presentó —lo quería de redactor para el periódico que acababa de comprarse en Múnich—, le había parecido un tipo simpático, un bávaro regordete y sonriente. Al principio, Gunther se había mostrado como un auténtico masón, un espíritu desinteresado, un librepensador, una mente inquieta, ávida de conocimiento. Creyó que podía considerarlo un amigo, alguien en quien confiar. Los tres habían fundado la Sociedad Thule, y Rudolf y Walther habían compartido con él su mayor secreto. Pero, una vez afiliado al Partido Nacionalsocialista, el discurso y los intereses de Gunther cambiaron radicalmente, seducido quizá por la retórica del poder.

Con todo, Walther no podía explicarse cómo habían llegado a esa situación en la que Gunther se había convertido en un fanático nazi y Rudolf parecía subyugado por sus planteamientos. De hecho, se había resistido a rendirse a la evidencia hasta hacía sólo unas horas, cuando, durante la cena, el bávaro había expuesto sus intenciones y Rudolf le había secundado. Entonces Walther había llegado al convencimiento de que quien creía su amigo no sólo había dinamitado su relación con Rudolf, sino que se había apropiado de su descubrimiento y estaba dispuesto a ponerlo en manos de los nazis.

Pero Walther no iba a rendirse sin más. Aquel asunto era demasiado serio, demasiado peligroso. Y a él aún le quedaba una baza por jugar.

Walther Hanke dio la última calada al cigarrillo y aplastó la colilla contra la baranda antes regresar a la habitación. Consultó el reloj; a aquellas horas de la madrugada los habitantes de la casa llevarían un buen rato durmiendo. Dio un trago a la copa que había quedado olvidada sobre el tocador y, al alzar la vista, se encontró con su imagen reflejada en el espejo. Su rostro arrugado y su pelo ralo y canoso le recordaron que ya no era un hombre joven. ¿Acaso lo que iba a hacer merecía la pena? Podría marcharse de aquel lugar sin más. Retirarse a vivir tranquilamente el resto de sus días y que el mundo siguiera su curso desquiciado. Tal actitud iba más con su forma de ser.

Pero lo cierto era que ya se había implicado demasiado. Jamás viviría tranquilo si lo dejaba estar. Sin darle más vueltas y ciñéndose a su plan, cogió la cámara fotográfica y se aventuró a los pasillos solitarios y en penumbra de la casa.

En el piso de abajo se hallaba la biblioteca de Rudolf. Aquél era un lugar magnífico, empapelado de libros de suelo a techo, miles de ejemplares atesorados durante años, algunos de gran valor histórico, como la colección de grimorios medievales. En aquella biblioteca, Walther y Rudolf habían pasado momentos muy felices enredados en divagaciones que se prolongaban durante días y noches, en estudios e investigaciones. Momentos que olían a tabaco, licor y té de menta, a papel viejo y polvo. Allí habían hecho el gran descubrimiento.

Walther encendió un flexo en la mesa. Lo suficiente para obtener algo de luz sin llamar demasiado la atención. Y se dirigió a las estanterías que albergaban la colección del viejo Termudi.

La familia Termudi, judíos procedentes de Tesalónica, era una de las más importantes de Bursa, ciudad en la que Rudolf había vivido sus primeros años en Turquía y en la que se asentaba uno de los principales centros de comercio de la seda, actividad a la que se dedicaban los Termudi además de a la banca. El patriarca de la familia había consagrado los últimos años de su vida al estudio de la cábala y había llegado a reunir una extensa colección de textos sobre alquimia. Los Termudi también eran masones; ellos habían introducido en el Rito de Memphis-Misraïm al por entonces jovencísimo Rudolf Glauer, quien a su vez había recomendado a Walther. El caso es que el patriarca Termudi se había encariñado con Rudolf. Hasta el punto de legarle a su muerte su biblioteca de textos esotéricos, herméticos, alquímicos... Rudolf y Walther se habían pasado horas entre aquellos legajos, algunos con siglos de antigüedad. Y allí las habían encontrado.

Rudolf guardaba las cartas en una caja bajo llave, oculta a su vez en un compartimento al fondo de una estantería. Walther la sacó y la abrió con su propia copia. Sólo ellos tenían acceso a esos documentos.

Con sumo cuidado, extrajo un par de pliegos de papel grueso y amarillento y los estiró sobre la mesa, bajo el flexo. Las cartas del filósofo humanista Pico della Mirandola al pensador hebreo Elijah Delmédigo. En ellas se confirmaba la existencia de dos tesoros que habían pertenecido a Lorenzo de Médicis. Un misterioso cuadro de nombre *El Astrólogo*, que al parecer guardaba el secreto de la Tabla Esmeralda, y lo que para Walther era mucho más importante como masón estudioso de la tradición y la leyenda fundacional de la masonería: el Medallón de Fuego.

Walther las fotografió, las volvió a plegar y las devolvió a la caja no sin antes echarles un último vistazo, apesadumbrado.

Los humanistas del Renacimiento, en su inmensa sabiduría, habían comprendido la necesidad de preservar oculto aquel gran secreto cuya revelación podría tener consecuencias imprevisibles para la humanidad. Durante más de quinientos años su plan había funcionado y, ahora, Gunther Kirch y un Rudolf von Sebottendorf cegado de ambición iban a dar al traste con todo eso y a entregarles las cartas a los nazis. Ganas le daban de quemarlas en ese mismo instante. Pero de nada serviría toda vez que su contenido ya había salido a la luz. Quemarlas únicamente conseguiría delatarle.

Sólo necesitaba las fotografías como prueba para llevar a cabo su propio plan sin levantar sospechas. Un plan que se basaba en algo que él, tras años de investigación por su cuenta, había descubierto. Ésa era su baza y, aunque les sacaba bastante ventaja, debía actuar con rapidez para ganar la partida.

Y es que Walther Hanke sabía algo que todos los demás ignoraban. Walther Hanke sabía dónde encontrar el Medallón de Fuego.

¿Qué podía querer Martin Lohse de mí?

Nunca he sido especialmente deportista. Una vez me apunté a un gimnasio. Teo me convenció para hacerlo. Debí de ir poco más de un mes, hasta que fingí una tendinitis para desapuntarme. En otra ocasión, a Teo le dio por practicar bikram yoga y de igual manera me convenció de que lo acompañara a esas sesiones de ejercicio en un aula a cuarenta grados de temperatura y con un cuarenta por ciento de humedad. Lo dejé a la tercera clase cuando, durante el saludo al sol, me salpicó varias veces el sudor del tío de la esterilla de al lado. También dejé el kick boxing, la bachata, el pilates y la natación. Hasta que finalmente, rendida ante mi naturaleza sedentaria, lo que dejé fue de seguir a Teo en todas sus aventuras deportivas.

Sin embargo, desde que había regresado a Madrid me había dado por correr. No *running*, no, correr. Porque no se trataba tanto de una cuestión de disciplina deportiva, elevada a tal categoría por el anglicismo y el atuendo, como de un desahogo primitivo semejante a lo que debían de haber sentido los cavernícolas al correr delante de un mamut. Ésa era la sensación que yo tenía. Y me sentaba bien.

De modo que, sudorosa y arrebolada cual si hubiera estado persiguiéndome un mamut por los bulevares del Paseo de la Castellana durante media hora, que era lo máximo que aguantaba antes del flato, llegué una noche más a mi casa. Supongo que subir los cinco pisos sin ascensor hasta la buhardilla también podía considerarse deporte; el único que siempre había practicado con regularidad, de hecho.

Siguiendo mi reciente rutina, me fui directa al baño para desvestirme y darme una ducha. Limpia, fresca, en pijama y habiendo incluso dejado impecables los cristales de las gafas, antes llenos de vaho y pegotes, me dispuse a prepararme algo para cenar, porque huir de un mamut da bastante hambre.

Qué graciosa: al abrir la nevera y recibir el frío saludo de un yogur probablemente caducado, tres sobres de kétchup de mi última hamburguesa, un limón que no recordaba haber comprado porque para qué iba a querer yo un limón, y una botella con dos dedos de gazpacho que no daban ni para llenar media taza, me di cuenta de lo absurdo que había sido entrar siquiera en la cocina.

—Mañana. Mañana sin falta tengo que ir al supermercado. Lo prometo —me aseguré, aun sabiendo que lo más probable era que me engañase, mientras echaba mano del teléfono para pedir sushi, por ejemplo.

Justo en ese instante, una llamada de mi madre se impuso vigorosamente en la pantalla a la aplicación de comida a domicilio.

—*Salut, maman* —le respondí en francés, su idioma, sin demasiado entusiasmo porque sabía que tendríamos la misma conversación de todas las noches.

—Hola, cariño. ¿Has cenado?

—Iba ahora a...

—Ana, tienes que comer. Te estás quedando en los huesos.

—Mamá, como. Lo que pasa es que ahora hago deporte y...

—Tu padre me ha dicho que sólo has tomado un sándwich a mediodía.

Mi padre era un chivato.

—Era un sándwich enorme, mamá. De tres pisos. Puede que cuatro.

—Escucha, hija, es normal que estés triste.

—No estoy triste. Qué manía con que...

—Pero no puedes pasarte la vida regodeándote en la tristeza. Tienes que salir, ver a gente. ¡Es viernes por la noche! ¿Por qué estás en casa? ¿Es que no tienes amigos?

—Sí, tengo amigos.

—Te lo digo y te lo repito: no es bueno que vivas ahí sola. Ahora que Teo y Toni se han mudado, estás dejada de la mano de Dios. Es hasta peligroso. ¿Cuánta gente queda en ese edificio? ¿Doña Carmen, la del tercero? La señora del perro ese tan feo, sabes cuál te digo, ¿verdad? ¿O se murió? Podrían atracarte, violarte o matarte y nadie se enteraría.

—Por Dios, mamá, que vivo en pleno barrio de Chamberí. Hay miles de personas a mi alrededor.

—Deberías venir a casa. Al menos durante un tiempo, hasta que tu vida se encarrile.

Mi vida ya estaba encarrilada. Más o menos. Pero para mi madre no lo estaría hasta que no me casara: el matrimonio era su única idea de vida encarrilada. Y, en ese sentido, yo me había revelado como toda una decepción para ella.

Lo dejé pasar. Tras unas cuantas conversaciones similares, había llegado a la conclusión de que no servía para nada discutir con mi madre. Se había empeñado en que estaba triste, en que llevaba una vida sin sentido en una casa solitaria en donde cualquier día encontraría una muerte violenta. Así que dejé que me soltara la charla de todas las noches y, como todas las noches, quedé en comer el domingo en su casa, como todos los domingos.

Cuando por fin logré colgar, terminé de hacer el pedido para la cena y decidí salir un rato a la terraza mientras lo esperaba. Antes, pensé en darle un buen uso a ese limón y añadí unas rodajas a un vaso de agua; seguramente para eso lo había comprado después de todo.

Aún hacía calor para ser finales de septiembre y las pocas plantas que habían logrado sobrevivir, a pesar de mis escasos cuidados, languidecían mustias. Di un sorbo al vaso y usé el resto para regarlas. Cuando se me ocurrió que quizá el limón no era lo mejor para las plantas, ya era demasiado tarde.

Me acodé en la barandilla. De la calle subía cierto bullicio propio del fin de semana. Todas las mesas de la terraza del restaurante de abajo estaban ocupadas. Todavía quedaban varios niños jugando en el parque infantil. Había un grupo de chicas y chicos fumando y bebiendo junto al templete, bastante alborotados. Ah, y la pareja de adolescentes dándose el lote en el banco más apartado. Eran los mismos de todas las noches. Bendita fogosidad juvenil.

Pero, sí, mi edificio, arrinconado en una esquina de la plaza, permanecía oscuro y silencioso.

Puse música. Una playlist de jazz. Vale, no es lo más animado pero, a ver, qué clase de fiesta podía montar yo sola. Además, no quería molestar a doña Carmen, la vecina del tercero, la del perro feo, quien, por cierto, aún vivía; ella y el perro. Pobre Bubu, no era tan feo, mi madre era una exagerada.

Miré a mi izquierda. Hacia la casa de Teo y Toni. Las luces apagadas, los muebles recogidos, las plantas... Ya no estaban las plantas. A Toni se le daba muy bien cuidarlas y había tenido la terraza hecha un vergel. Incluso había logrado que una tomatera le diera tomates en verano. Él era quien había cuidado de mis plantas. Por eso ahora estaban mustias o ya ni estaban.

Mi madre tenía razón: echaba de menos a Teo y a Toni. Si aún fueran mis vecinos, estaríamos cenando juntos en su terraza llena de plantas cualquiera de los platos deliciosos que preparaba Toni; sólo de pensarlo se me hacía la boca agua y el corazón esponja. Yo estaría riéndome con las cosas de Teo. Ya no estaría llorándole, no, esa fase había pasado para mí. Ahora lloraba mucho menos que antes. De hecho, antes lloraba demasiado. Ya no. Había madurado. Madurar no es sólo hacerse mayor, es vivir. Y yo había vivido mucho durante los últimos cuatro años.

Me había vuelto un poco más sabia, un poco más fuerte, un poco más independiente. No engañaba a mi madre cuando le decía que no estaba triste. Echar de menos no es estar triste. Es dar valor a lo que se ha tenido y usarlo de combustible para continuar el viaje.

Para mi madre había sido un error que hubiese decidido afrontar mi nueva etapa sola, en esa casa alejada de cuantos podían servirme de apoyo. Pero ella no comprendía que mi pequeña buhardilla vieja, torcida y apretujada, era, de todos los posibles lugares del mundo, donde mejor me sentía; era parte de mi identidad, lo más auténtico de mí misma; el mejor punto de partida para iniciar mi reconstrucción personal. Había vuelto a mi hogar y todo iba a ir bien.

Aquel sitio había sido el taller de mi abuelo, el pintor. Yo adoraba a mi abuelo, tenía con él una conexión muy especial. Lo admiraba como persona, como artista y como abuelo. No sólo me había inculcado el amor por el arte, además, había hecho de mí buena parte de lo que soy y, a lo largo de mi vida, casi de forma inconsciente, siempre le he referido mis éxitos y mis fracasos a él: ¿Estará orgulloso de mí? ¿Le habré decepcionado?... Me quedé desolada cuando murió, un poco perdida también; se había marchado dejando su obra incompleta, dejándome incompleta, con todavía demasiadas preguntas, demasiadas inseguridades, demasiados miedos.

Mi padre decidió que me quedara con el estudio e hice de aquel espacio abierto mi hogar: un pequeño salón, un dormitorio, un baño, una cocina... todo pequeño, en realidad. Pero mío. Lleno de recuerdos, momentos, charlas. Y dejé la tarima de madera con salpicaduras de pintura, y los bocetos que él había trazado a lápiz en sus arrebatos creativos sobre las paredes encaladas, y la vieja chimenea que, aunque hacía tiempo que no tiraba, llené de velas. Conservé sus libros y su colección de botellas de cristal, que usaba como floreros, y los caballetes, sobre los que dejaba las mantas o el abrigo en invierno y los sombreros en verano. También sus carteles de ferias de arte, los colgué encima del sofá. Aún atesoraba sus botes de pinceles ya resecos, repartidos entre la mesilla de noche y la estantería, y las tazas de loza desportillada en las que los domingos merendábamos chocolate con churros...

Sacudida la nostalgia por aquella súbita avalancha de recuerdos y movida por un impulso repentino, entré en el salón y cogí un álbum de fotos de la librería. El álbum del abuelo, de gruesas tapas de cuero desgastado y páginas amarillentas protegidas por papel de seda. Algunas fotos se empeñaban en desprenderse, tendría que volver a sujetarlas con celo. Me acurruqué en el sofá a hojearlo por enésima vez. Allí estaba él, joven al principio, fotografías en blanco y negro; imágenes de gente a la que yo no había llegado a conocer. Después aparecía mi abuela, que murió poco antes de que yo naciera. Y mi padre, desde que era un bebé hasta ya adulto. Entonces empezábamos a asomar mi hermana y yo. Y las fotos se tornaban de color. Yo misma posaba con el abuelo en muchas de las imágenes a lo largo de mi vida. La última, ya anciano, el día de mi graduación de la universidad. El abuelo me rodeaba los hombros mientras yo mostraba con orgullo mi diploma; el mismo orgullo con el que él me miraba. De mi madre apenas había fotos. Ambos mantenían un trato cordial pero nunca llegaron a congeniar: eran demasiado diferentes. Mi madre siempre ha tenido la cabeza llena de pájaros; el abuelo, en cambio, siempre fue un hombre con los pies en la tierra.

«Lo importante es quién eres y quién deseas ser, no quien esperan los demás que seas», solía decir. Ojalá no hubiera olvidado aquella frase cuando más había necesitado tenerla presente.

¿Qué pensaría de mí si me viera ahora? Tal vez se sintiera orgulloso. Pero yo le diría que, en realidad, no sabía qué hacer con mi vida; tenía casi treinta y cinco años y carecía de un plan, un proyecto. Apenas sabía quién era ni quién deseaba ser porque me había pasado mucho tiempo siendo lo que los demás esperaban de mí.

Una notificación en mi móvil interrumpió la música y mis divagaciones. No digo que me lanzara a mirarla, pero casi. Echar de menos es también estar constantemente pendiente del móvil. Por si acaso...

Por un momento, pensé que sería el SMS anunciándome que mi sushi estaba en camino. Pero se trataba de un e-mail. ¿Un e-mail de Martin Lohse?

Martin Lohse... Fruncí el ceño. Casi no había vuelto a saber de él desde lo de *El Astrólogo*. ¿Qué podía querer de mí? El asunto no ofrecía más que un escueto «hola», en francés. Tal vez se tratara de uno de esos correos genéricos enviados a una lista de contactos. «Sí, seguramente se trata de eso», me razonaba a mí misma mientras lo abría.

> De: mlohse@hmail.com
> Para: agbrest@hmail.com
> Asunto: Hola
>
> Querida Ana:
> Espero que sigas bien. Hubiera preferido llamarte pero, no sé por qué, tengo mal tu número. Cuando lo marco, salta el buzón de voz de un tal Alfredo. Confío en que no me pase lo mismo con tu dirección de correo.
> Tengo mucho interés en verte y en comentarte un asunto relacionado con la noticia que te adjunto. No sé si ya estás al tanto.
> Por favor, llámame. Mi número es el +41 570 984 284.
> Un saludo,
> Martin

Sin darle demasiadas vueltas al escueto, críptico y sorpresivo mensaje de Lohse, me fui derecha a abrir el archivo adjunto. Se trataba de un recorte del periódico italiano *La Nazione di Firenze* con una breve noticia. No sé qué razones le llevaban a Lohse a pensar que yo hablaba italiano, que no lo hablaba. Por suerte, no era chino y algo podía entender. No en vano me he pasado la mitad de mi vida profesional leyendo textos en italiano sin hablarlo.

Aparece muerto con signos de violencia
el empresario Giancarlo Bonatti

Florencia, 5 de agosto

Los Carabinieri de la Compagnia di Orbetello investigan la muerte violenta de Giancarlo Bonatti en su residencia de Monte Argentario. El cadáver del conocido empresario fue encontrado por un miembro del personal del servicio doméstico a primera hora del pasado lunes. A la espera de los resultados de la autopsia, los investigadores trabajan sobre la hipótesis de un crimen cuyo móvil más probable es el robo. El juez que instruye la causa ha decretado el secreto de sumario.

Bonatti, de 67 años, figuraba en la lista de los 20 hombres más ricos de Italia y había estado casado con la actriz Angelica Sordi. La pareja protagonizó hace dos años un millonario divorcio. Desde entonces, el magnate vivía alejado de los focos y centrado en su faceta de mecenas del arte y filántropo. A través de su fundación, Arte per Tutti, patrocinaba a un importante número de museos italianos, entre ellos, la Galleria degli Uffizi en Florencia, el Museo Egipcio de Turín o el Museo Arqueológico de Nápoles.

Lo leí un par de veces para que no se me escapara ningún matiz. Sin embargo, no terminaba de entender qué tenía que ver aquella noticia conmigo ni con Martin Lohse. Sólo se me ocurrió una forma de averiguarlo.

Marqué el número de teléfono y esperé apenas un par de timbrazos.

—Martin, soy Ana. Ana García-Brest.

Aquel hombre era un enigma

Me pregunté si Martin Lohse tendría una residencia fija como cualquier persona normal. Era alemán o, al menos, eso creía yo. Lo había conocido en Mallorca, en una preciosa casa al borde del mar, cerca de Deià. Pero aquélla no era su residencia. Antes, me había topado con él en San Petersburgo y en Fontainebleau de forma bastante azarosa. Y el último número en el que acababa de localizarle tenía el prefijo de Suiza. Eso no le había impedido quedar conmigo al día siguiente de mi llamada para comer en el centro de Madrid.

Llegué pronto a la terraza de un restaurante tailandés de moda, un sitio agradable para aquellos últimos días de verano, con su borboteante estanque de peces de colores y su vegetación tropical en medio de la ciudad. Me senté a esperarle a una mesa a la sombra de un platanero y, mientras ojeaba la carta, pedí un coctel enrevesado, que sabía sobre todo a piña y jengibre.

Apareció a los diez minutos, disculpándose por el retraso, aunque en realidad él había llegado puntual y yo antes de la hora. Era un hombre tremendamente cortés y educado, casi de la vieja escuela, lo cual contrastaba con su aspecto de estudiante y capitán del equipo de rugby de cualquier universidad de la Ivy League. Alto, corpulento, rubio, grandes ojos de un azul casi transparente, pestañas de mujer, piel bronceada (lo recordaba más pálido, puede que hubiera estado de vacaciones), rostro aniñado... Poseía una belleza un tanto andrógina que trataba de endurecer con el despeinado y la escasa pelusa, más que barba, clara e incipiente, que le cubría el mentón, de esa que se intuye que no va a prosperar demasiado. En general, resultaba a simple vista un tipo sanote, sencillo. Aquello siempre me había despistado porque la primera vez que tuve trato con él, aun antes de saber ni siquiera su nombre, había sido en unas circunstancias extrañas en las que Martin Lohse se había comportado poco más o menos como un Ethan Hunt, un Madelman con la cara tiznada de negro, resolutivo y de acción, que me había salvado la vida.

De eso hacía ya cuatro años y, salvo el breve encuentro en Deià, no habíamos vuelto a vernos. Cierto que habíamos hablado alguna vez por teléfono o por correo electrónico, cuando yo le había pedido ayuda con alguna de las colecciones que estábamos investigando, pero a eso se reducía nuestra relación, escasa incluso para ser clasificada de profesional. Por tales motivos, aquella cita me tenía tan desconcertada como intrigada.

El principio de la comida transcurrió con una insólita normalidad, como si fuéramos dos viejos amigos que se reúnen después de un tiempo separados y se ponen al día de sus vidas. Mientras, unas guapas camareras vestidas con el traje tradicional tailandés nos servían lo que habíamos pedido para compartir: brochetas satay, Pad Thai, Massaman Thai, Khao Pad... Lo que delataba lo artificioso de la situación era que la conversación resultó banal, ninguno de los dos entró en profundidades. Y yo seguí sin saber nada de Martin Lohse salvo que se dedicaba a esto y a lo otro, aquí y allá, todo relacionado con el mundo del arte, claro.

Mientras él hablaba, en francés, con ese peculiar acento suyo, sorprendentemente suave para ser alemán, yo le observaba con detenimiento, tratando de descifrarle por los detalles. En esa línea de apariencia sana y sencilla que he mencionado, se esforzaba por ofrecer un aspecto desenfadado: la camisa por fuera del pantalón, los zapatos sin calcetines, el pequeño tatuaje en la cara interna de la muñeca, las pulseritas de cuero... Sin embargo, llevaba un Louis Moinet modelo Jules Verne, de titanio y acero; un reloj poco ostentoso, que a ojos de la mayoría pasaría desapercibido, pero que costaba en torno a los quince mil euros. Yo lo sabía porque era uno de los relojes preferidos de Konrad.

Martin era de esas personas que sin haberse esforzado demasiado iban siempre de punta en blanco. Me alegré de haber ido a la peluquería después de casi un año sin pisarla y de haberme arreglado un poco, aunque no fuera más que con un sencillo vestido de rebajas que, sin embargo, me sentaba muy bien. Incluso me había vuelto a poner las lentillas. De hecho me molestaban después de un tiempo sin usarlas. Últimamente, me daba pereza hasta ponerme las lentillas.

«Hija, con los ojos tan bonitos que tienes es una pena que los escondas detrás de esas gafas», me repetía mi madre en un alarde de amor de ídem porque mis ojos son bastante corrientes, la verdad. Ni muy grandes ni muy pequeños, ni muy juntos ni muy separados, del color castaño de la mayoría de la población mundial. Como mi pelo, si bien entonces lucía unos reflejos más claros que la peluquera se había empeñado en darme. Tuve que admitir que no quedaban mal. También calzaba unas sandalias de tacón y eso que odio los zapatos altos porque me suelen levantar ampollas a los dos pasos. Aunque, por otro lado, saberme alta hace que me sienta importante. Martin era bastante alto, mediría alrededor de metro noventa, así que me alegré de haberme puesto esas sandalias, como si así nuestros poderes quedaran equilibrados. A veces tengo unas cosas...

—No te pregunto si quieres algo de postre porque he visto que empezabas a leer la carta por el final —observó.

Una de mis debilidades era la comida, el dulce en concreto; me pirraban el azúcar y las grasas y, combinadas, me parecían sublimes. Por suerte, mi complexión es delgada, aunque no milagrosa, y si como, engordo, como casi todo el mundo. Pero es un precio que siempre estoy dispuesta a pagar a cambio de un buen postre. Ya lo compensaría con un poco de ejercicio de ese que prefiero no hacer.

—Me has pillado —admití sonriendo.

—Esto de Black Orchid suena bien. Es de chocolate...

—Pues no se hable más. Pero para compartir, que estoy hasta arriba. —Mentira. Podría haberme comido mi postre y el suyo, pero no quería asustarle.

Martin llamó a la camarera, hizo el pedido y se concentró en terminar el último sorbo de su copa de vino. Yo le imité.

Se impuso entonces un breve silencio, a la par que absurdo e innecesario puesto que aún no habíamos tratado el tema que realmente nos había reunido.

—Te veo bien —constató de pronto.

Volvió a asaltarme una sensación que ya había experimentado en otros momentos durante la comida: que él ya estaba al tanto de los recientes cambios en mi vida. Pero no era posible, cómo iba a saberlo. Claro que tratándose de Martin Lohse... Aquel hombre era un enigma.

—Estoy bien. —Y ya cansada de que aquello pareciese lo que no era, le abordé sin rodeos—: Martin, vamos por el postre y todavía no me has mencionado tu e-mail de ayer.

Esbozó una sonrisa traviesa que achinó sus ojos bajo el flequillo y le hizo parecer aún más niño.

—Es cierto. Sólo quería asegurarme de que tengo ciertas posibilidades de que aceptes lo que voy a proponerte.

—Vaya... ¿Lo dices porque no tengo trabajo fijo ni ninguna otra clase de... atadura? Eso no es garantía de nada, pero reconozco que tu noticia me ha picado la curiosidad.

—Pues ya verás cuando te cuente todo. Ni siquiera sé por dónde empezar...

—Me tienes en ascuas. Aunque corres el riesgo de que el chocolate acapare todo mi interés desde ya —bromeé según nos servían el vistoso postre lleno de flores, frutas, texturas y aromas deliciosos en el que no tardé en hincar la cuchara.

No obstante, Martin sabía cómo evitar que tal cosa sucediera.

—¿Has oído hablar del Medallón de Fuego?

El cubierto cargado de pastel de chocolate quedó suspendido en el aire antes de llegar a mi boca, abierta no sólo para recibirlo. Sí, sí que había oído hablar del Medallón de Fuego.

—Es una leyenda —concluí, dejando entonces que la cuchara alcanzase su destino.

—¿Como lo era *El Astrólogo*?

Touchée. Sonreí entre paladeos de chocolate.

—Está bien. ¿Qué sabes que yo no sé? O, mejor dicho, ¿por qué estarías dispuesto a contármelo?

—Porque quiero que me ayudes a buscarlo.

—Se me ocurren un sinfín de objeciones a eso, pero vamos por partes: ¿por qué yo?

—Has buscado *El Astrólogo*. Con eso me basta. Hay muchas conexiones entre ambos.

—¿Entre *El Astrólogo* y el Medallón de Fuego? Señor... Pensé que esa historia se había acabado.

—Las historias no se acaban, Ana. Y tú lo sabes. Eso es lo bonito de nuestra profesión.

Me hizo gracia: «Nuestra profesión». ¿A qué profesión se refería exactamente? ¿A qué demonios se dedicaba Martin Lohse? ¿A buscar leyendas? ¿Y en eso me había convertido yo ahora? ¿En una buscadora de leyendas?

Jugueteé un rato con la cucharilla, esparciendo el chocolate por el plato como si dibujase. La mención a *El Astrólogo* removió demasiadas cosas y me hizo recordar que Martin quizá se trataba sólo de un portavoz, de un representante. No me quise quedar con la duda.

—¿Y ellos? —apunté refiriéndome a la hermandad a la que sabía que Martin pertenecía—. ¿Tienen algo que ver en esto?

—La misión es del grupo —me confirmó—. Yo hago el trabajo de campo. Pero eso debería ser una garantía para ti. No se trata de una chifladura mía, no es nada turbio.

—¿Que no es nada turbio? ¡Vosotros sois turbios! No puedes negarlo.

—Sabes cuál es nuestro objetivo: somos protectores, pretendemos que las leyendas sigan siendo leyendas y que, bajo ningún concepto, caigan en las manos equivocadas.

Era cierto. Lo sabía. Eso era lo poco que sabía. Por lo demás, la hermandad era un ente más misterioso que el propio Martin, su único miembro accesible para mí. De hecho, la llamaba hermandad por llamarla de algún modo, ni siquiera sabía si tenían un nombre, porque las pocas veces que me los habían referido lo habían hecho con el vago término de «ellos». Sin embargo, y contra toda lógica, tenía que darle a Martin la razón: que la hermandad estuviera detrás me inspiraba una extraña confianza.

—Sé lo de Alain —reconoció entonces.

—¿Por qué será que no me sorprende? —Quise aparentar indiferencia—. Seguro que os habéis informado bien antes de contactar conmigo. Si no estuviera sola, ni lo habríais intentado.

—Te recuerdo que no fuimos nosotros quienes lo repudiamos a él, sino al contrario.

Moví la cabeza. No quería hablar de eso. Lo pasado, pasado estaba y ya daba igual.

—¿Qué tiene que ver Giancarlo Bonatti en todo esto? —dije al fin, pretendiendo centrar un tema para desviar el otro.

—¿Lo conoces?

—De oídas y por lo que he leído en el recorte que me has enviado.

—Era un tipo con dinero, influyente. Había hecho su fortuna en el negocio financiero, sobre todo. Con poco más de veinticinco años creó una empresa de capital riesgo que vendió una década más tarde a Lehman Brothers por más del triple del valor de sus acciones. A partir de ahí, diversificó sus inversiones hasta convertirse en uno de los hombres más ricos de Italia. Además, era un personaje en el mundo del arte. Participaba directa o indirectamente en varias fundaciones, asociaciones y patronatos artísticos. Era coleccionista, anticuario y arqueólogo aficionado; incluso financió una excavación en Siria hace unos años, antes de que empezara la guerra. Se movía bien en el mercado negro. Lo hacía a través de una red que compraba y vendía para él.

—¿Mafia?

Martin se encogió de hombros: si yo quería llamar así a algo que era relativamente habitual en el mundillo, adelante.

—También era masón —continuó—. Miembro de la Masonería Egipcia del Antiguo y Primitivo Rito de Memphis-Misraïm. Es probable que fuera el Gran Hierophante, el Gran Maestre, de una de sus ramas. Pero lo interesante, además de quién era Bonatti, es cómo fue asesinado.

Arqueé las cejas en un gesto interrogante. La noticia no aportaba ningún detalle al respecto de la muerte de Giancarlo Bonatti más allá de especificar que había sido violenta.

—Tienes que ver las fotos —afirmó sacando su móvil.

—¿Tienes fotos del crimen? —le pregunté asombrada—. ¿Cómo es posible?

—Me pidieron que colaborara en la investigación —aclaró como si fuera lo más normal del mundo.

¿Martin Lohse, el hombre comando? ¿Martin Lohse, el buscador de tesoros? ¿Martin Lohse, el detective? ¿Quién demonios era Martin Lohse?

El susodicho interrumpió mi sarta de preguntas a mí misma cediéndome el móvil e invitándome a ir pasando las imágenes en la pantalla.

Aquella colección no era apta para estómagos sensibles. Le maldije por haberme hecho eso a la hora del postre; aunque, pensándolo bien, tenía que agradecerle que hubiera esperado hasta entonces. Calificar de violenta la muerte de Giancarlo Bonatti era muy probablemente un eufemismo. La muerte de Giancarlo Bonatti había sido sangrienta, macabra, espeluznante. Y, también, teatral.

—¿Reconoces algo?

Asentí con la cabeza sin poder quitar la vista de las fotografías. La primera recogía un detalle de la garganta cercenada de Bonatti, un corte limpio rodeado de sangre reseca del que había manado una abundante hemorragia que empapaba la ropa de la víctima. Al final del corte se hincaba la punta de una escuadra con los bordes afilados como cuchillas. La segunda foto incluía parte del rostro cerúleo del cadáver y su hombro izquierdo, del que sobresalía, clavada casi hasta la mitad, una regla metálica de treinta centímetros. La siguiente imagen se trataba de un primer plano de la cabeza, la frente literalmente aplastada y amoratada en torno a una herida abierta de entre la que asomaban astillas de hueso y restos de masa encefálica. En otra imagen, se podía ver junto al cadáver la maza con la que se había infligido tan brutal golpe.

Las demás fotografías ofrecían una perspectiva completa del cuerpo en medio de un charco de sangre, desde diferentes ángulos; otra era de una habitación con aspecto de despacho en la que todo parecía sorprendentemente ordenado; y una más, de una caja fuerte abierta que contenía una pila de documentos sobre los que reposaba la ramita de un árbol, algo casi tierno y del todo fuera de lugar. Por último, y para redondear el esperpento, sobre el suelo de mármol blanco alguien había trazado con sangre un círculo grande y otro pequeño unidos por la línea de sus diámetros de la que pendían perpendiculares en un extremo un par de segmentos cortos.

—La escuadra, la regla y la maza —resumí como respuesta a su pregunta—. No soy policía, pero yo diría que quien ha matado a este hombre se ha tomado muchas molestias para dejar bien claro que estaba recreando la forma en la que, según la leyenda, Hiram Abif, el arquitecto del Templo de Salomón, halló la muerte a manos de los tres obreros descontentos, Jubelas, Jubelos y Jubelum, pese a tener éstos unos nombres muy inapropiados para tratarse de unos despiadados e imaginativos asesinos, todo sea dicho.

No obstante mi tono de guasa, le devolví a Martin el teléfono con el estómago aún encogido.

—La prensa hablaba de un posible móvil relacionado con el robo. Todo esto es excesivo para tratarse de un simple robo —opiné.

Martin me sonrió satisfecho, como si fuera un maestro y yo una de sus alumnas más aplicadas.

—¡Exacto! Porque la clave aquí no está en el robo, sino en que el asesinato es en sí mismo una escenificación con un único propósito: dar un aviso a quien pueda captarlo.

—¿Y tú lo has captado?

Ante mi pregunta, su gesto se tornó grave y se inclinó sobre la mesa para hacerme una confidencia en voz baja:

—Hace unos meses que el mundillo del arte está revuelto. Hay indicios de que el Medallón de Fuego podría salir a la luz de nuevo. Y todo apunta a que Bonatti había descubierto algo. Su asesinato, este asesinato, es un anuncio: la búsqueda del Medallón que perteneció a Hiram Abif ha comenzado.

Ya no quiero seguir siendo tu sombra

Teo me envolvió con su abrazo de oso en el que yo me regodeé durante un buen rato y del que sólo me separé cuando temí sucumbir a la autocompasión y la melancolía. Entonces él aprovechó para mirarme de arriba abajo, con las manos en mis hombros.

—Reina mora, estás... guau. ¿Has ido a la pelu?

Me atusé la melena con coquetería.

—El sábado. Tenía una cita. Pero no es lo que piensas —me apresuré a aclarar según veía su rostro contorsionarse de emoción.

—Me gusta que te pongas guapa. Y que tengas citas que no son lo que pienso. ¿Quién era el afortunado?

—Martin Lohse. Negocios. Mira, acaban de dejar una mesa libre. Vamos a entrar antes de que nos la quiten.

Teo y yo habíamos quedado aquel lunes por la mañana a desayunar, no demasiado temprano como correspondía a nuestras profesiones liberales y nuestro espíritu bohemio, alérgico a madrugar. Escogimos un pequeño café en el barrio de Malasaña, hípster, orgánico y no vegano, con paredes de ladrillo, plantas en maceteros colgantes y cuatro mesas contadas de patas de hierro y tableros de madera reciclada. El café de allí era excelente y la tarta de zanahoria, un pecado carnal, a decir de Teo. Mientras dábamos buena cuenta de ambos, le resumí brevemente a mi amigo el encuentro con Martin Lohse hasta llegar al asunto del Medallón de Fuego.

—¿Y eso qué es?

—En principio se trata de una leyenda.

—Pero, entonces, ¿no es más que un cuento o es una cosa? Tiene que ser un algo para poder encontrarlo. ¿Una joya? ¿Va a hacerte rica de una vez o sólo es un colgante vistoso?

—Si es que existe, sí, es una cosa: un medallón de piedra, unos dicen que turmalina, otros que jade, otros que esmeralda...

—¿Esmeralda como la Tabla Esmeralda? Aaamiga... Ya veo yo por dónde... —Giró dos dedos en el aire para expresar su talento deductivo—. ¿Y también es mágico y poderoso? ¿Un instrumento para que los villanos dominen el mundo?

—Ja, ja. Si te burlas, no sigo.

—Que no me burlo, cari. ¿Es que algo de lo que he dicho no es cierto?

—Es tu tono.

—Pues, leñe, no tengo otro. A estas alturas ya deberías saberlo: ¡es la pluma!

Teo elevó tanto la voz, con gallo incluido, que el camarero nos miró desde la barra.

—Ponme otro trozo de tarta, ¿quieres, guapo? —resolvió guiñando un ojo al chico, que la verdad es que era muy mono.

—Claro, corazón. Uno grande. —Feli ya nos conocía y se tomaba bien las confianzas de Teo.

Mientras, a mí me dio tiempo a recapacitar. Teo era mi mejor amigo desde hacía ya no recuerdo cuántos años y tenía la habilidad, puede que inconsciente, de abrirme los ojos.

—Si es que tienes razón. Suena todo a guasa. Debería centrarme y hacer algo serio con mi vida.

—No, no, no, no. No empieces, que te pierdes. Confundes serio con aburrido. Esto es serio: hay un muerto de por medio con material escolar clavado por el cuerpo y sangre a mogollón. Cuéntamelo todo, por favor. Prometo no frivolizar.

—Bueno, tampoco es que yo sepa demasiado. Pero sí que estoy al tanto de la leyenda de Hiram porque es una de las leyendas más importantes de la masonería...

—Molan los masones. —Era imposible decir dos palabras sin que Teo me interrumpiese—. Son tipos ricos y misteriosos. Su club mola. A mí me gustaría ser de un club de ésos y reunirme con otros tíos vestidos de esmoquin a beber malta y fumar habanos, en plan todo muy elegante y sofisticado. Tiene clase... Está bien. Lo siento. Continúa.

—Gracias. —Tomé un poco de café, me retiré con la lengua la espuma de los labios y reanudé una suerte de versión abreviada de la leyenda de Hiram—. Hiram Abif o Habib fue un fenicio de la isla de Tiro al que su rey envió a Jerusalén como arquitecto principal del templo que Dios había ordenado construir a Salomón para albergar el Arca de la Alianza. Sí, la de Indiana Jones, no me interrumpas. Hiram Abif destacaba como experto cantero, conocía la geometría y, sobre todo, era un excelente fundidor. Tenía además madera de líder y maestro pues supo organizar y formar a los gremios, capataces, albañiles, obreros... Todos provenían de distintos pueblos y tribus y, a menudo, se daban rencillas entre ellos. Al final, Hiram dirigía todo un ejército de tres mil capataces, treinta mil obreros, setenta mil cargadores y ochenta mil canteros. Pero como era un gran profesional, las obras del monumental complejo transcurrieron sin incidentes hasta estar casi completas, sólo a falta de fundir las gigantescas columnas que habrían de adornar el tabernáculo del Arca. Para acometer lo que se consideraba la tarea culmen y más compleja de todo el proceso de construcción, se preparó una gran ceremonia, con el objeto, además, de agasajar a la famosa reina de Saba, quien andaba por Jerusalén de visita y ante cuyos legendarios encantos tanto Salomón como Hiram habían caído rendidos. Así, se concibió un espectáculo de luz y fuego al anochecer para divertimento de todo el pueblo de Israel. Entonces, estando ya todo preparado, el ayudante fundidor de Hiram sorprendió a unos obreros descontentos saboteando los moldes de vaciado de las columnas. Cuando el hombre fue con la noticia a Salomón, éste, en lugar de comunicárselo a Hiram, se calló como...

—Una zorra.

—Eso. En venganza, puesto que ambos se disputaban los favores de la reina de Saba y, al parecer, Hiram le sacaba ventaja.

—Ay, las mujeres. Siempre tenéis la culpa de todos los males.

—Sí, sobre todo en el Antiguo Testamento. Total, que el pobre Hiram, ignorante del complot múltiple, se dispuso a oficiar su particular ceremonia delante de los reyes, las autoridades y el pueblo de Israel. Entonces, cuando accionó el mecanismo para verter las toneladas de metal fundido, el artilugio se desbarató y el metal ardiente empezó a desparramarse por todos lados como la lava de un volcán, creando el pánico entre el gentío. En tanto, el ayudante fundidor, espantado por las consecuencias de no haber avisado a su maestro, se tiró al río de fuego para acabar con su vida. Después de tan trágico desenlace, Hiram se quedó solo, espantado, lamentándose de su deshonra y su desgracia. Imagínate: la gente se marchó a sus casas horripilada y decepcionada, el lugar quedó arrasado, oscuro y en silencio, y allí permaneció Hiram, fracasado y hecho polvo. Entonces, de entre la destrucción emergió una figura brillante, rodeada de luz, tocada con una mitra de plata y blandiendo un martillo de herrero y se dirigió a Hiram, supongo que con voz cavernosa, pidiéndole que le acompañara en un viaje místico al lugar más remoto de su espíritu donde se hallaba la casa de Enoc. Enoc o —enfaticé— Hermes Trimegisto para los egipcios.

—¡El de la Tabla Esmeralda!

—El mismo.

—Ese ser que se dedicó a esparcir tesoros por todo el mundo —observó Teo con la boca llena de tarta de zanahoria.

—Eso parece.

—¿El tipo luminoso de la mitra?

—No. El tipo luminoso de la mitra era Tubalcaín, el primer herrero, el padre de la metalurgia. El caso es que, durante ese viaje místico, Tubalcaín le reveló a Hiram los mayores secretos de la arquitectura y la construcción. Pero, además, descendió con él hasta las entrañas de la tierra, donde todos los materiales se funden, y de allí, de los océanos de fuego, extrajo la piedra con la que talló un medallón en el que recogió las claves de la tradición luciferina.

—Con el diablo hemos topado. Mala cosa.

—Sí y no. Es cierto que Lucifer, según la doctrina cristiana, es el ángel caído que se convierte en Satanás, la representación del mal. Sin embargo, Lucifer viene del latín *lux*, luz, y *fero*, portador. Por lo tanto, sería el portador de luz. Para algunas corrientes esotéricas, Lucifer y Satán no son la misma entidad, ya que Lucifer es el dios de la luz, al que incluso los caballeros templarios rendían culto como arcángel. Para otros, la base del luciferismo es puramente humanista, en el sentido de que el hombre no necesita ninguna deidad para distinguir el bien del mal, y sólo se debe a su voluntad y a su entendimiento. Algunas logias masónicas son luciferinas.

—Guay. Ahora, vamos a lo nuestro: no es por nada, pero da la impresión de que el Hiram ese le daba a base de bien a los hongos alucinógenos. Dicho esto, la cuestión es: ¿toda esta vaina es leyenda o no es leyenda?

Me encogí de hombros.

—Creo que si algo he aprendido hace poco es que llega un punto en que eso da igual. El problema es cuando hay alguien que cree en las leyendas y la gente empieza a matarse por ellas.

—Eso de matarse es serio. Y peligroso —aleccionó con una gravedad impropia de él—. Y tú no eres poli ni caco ni nada parecido. Hasta hace dos días no eras más que una persona con una vida normal, con un trabajo normal, que no hacías deporte ni por penitencia, que tu mayor aventura era llevar el coche a la ITV... ¿Cómo te las apañas últimamente para salir de un lío y meterte en otro?

—¡Pero si siempre has sido tú el que me has animado a meterme en líos!

—Eso era antes. Ahora voy a ser padre y he sentado la cabeza. Y si yo tengo que sentar la cabeza, tú deberías hacerlo también, por solidaridad.

Teo se interrumpió a sí mismo. Dio un manotazo al aire y se cruzó exageradamente de piernas.

—¡Qué narices! Si es que lo que pasa es que me das envidia cochina. ¡Cochina! ¿Te acuerdas de nuestras aventuras por París? Qué bien lo pasamos... Dime que te vas a meter derechita en el embrollo, que no vas a acomodarte y a perder ese puntillo CSI que me has cogido. Dime que le has dicho: «¡Sí, *Martinlohse!*, ¡yo soy tu chica!».

Bajé sus brazos, que se agitaban en el aire y atraían la atracción del resto de las mesas, y, entre risas nerviosas, susurré:

—Para de decir tonterías... Aún no le he contestado nada. Martin me ha dicho que me tome esta semana para pensármelo.

—¿Va a pagarte, al menos?

Clavé el tenedor en el bizcocho esponjoso y aromático de la tarta que apenas había podido probar. No pude evitar que se me escapara una sonrisa.

—Una cantidad desquiciada.

—¿Ves? Tendrías para montar tu propia galería.

—Sí... Mi propia galería...

Mi regreso a Madrid había respondido más bien a una retirada. No contaba con más proyecto que lamerme las heridas en un refugio seguro y familiar. Sin embargo, la única ilusión que, en mitad del abotargamiento, había tomado forma según empaquetaba mis cosas y recorría el camino de vuelta, había sido poner en marcha una galería de arte, descubrir nuevos talentos y convertirme en marchante. Tal quimera requería de un capital con el que no contaba y sólo se me ocurrían dos opciones legales para conseguirlo. Una era recuperar mi trabajo como funcionaria del Cuerpo Facultativo de Conservadores de Museos. Si bien, tras la excedencia voluntaria, no tenía garantizada la reserva de puesto, así que seguramente habría perdido mi posición en el Museo del Prado y podría acabar en cualquier museo de España; no me apetecía mudarme de nuevo, si podía evitarlo. La otra era el negocio de mi padre, galerista y marchante, que me hizo creer que estaba planteándose la jubilación y que quizá sería bueno que le echase una mano para ir organizando el traspaso. Conocía a mi padre: nunca se jubilaría, moriría con las botas puestas ojalá que dentro de un montón de años. Y, entretanto, acabaríamos tirándonos los trastos porque mi padre, como padre, era adorable y lo quería muchísimo, pero, como jefe, no había quien lo aguantase: apenas si me dejaba tomar una decisión importante ni tenía en cuenta mi criterio. A ello se unía mi madre, todo el día fiscalizando, y mi hermana, queriendo también colaborar para no ser menos, aunque todo lo que sabía ella relacionado con el arte era pintar recordatorios de comunión. Los negocios familiares, según en qué familias, pueden ser una pesadilla. No obstante y contra toda sensatez, había acabado en la galería de mi padre, al menos, temporalmente, quería creer, mientras cogía experiencia y hacía hucha. Claro que si de pronto me cayera encima una enorme cantidad de dinero y pudiera montar mi propia galería...

—Aunque no vas a aceptar sólo por el dinero... —Teo me bajó de las nubes.

—¿Voy a aceptar?

—¡Por supuesto que sí! No quieres pasarte la vida mirando facturas y reclamando pagos como una contable en la empresa de tu padre, ni desperdiciando tu talento, ni regodeándote en la autocompasión por lo que tuviste y perdiste. Y, como no vas a levantar el teléfono y arreglar las cosas con Alain, más vale que te des a las emociones fuertes, a pachas con el alcohol y el sexo, para olvidarle de una vez. Salvo que quieras arreglar las cosas con Alain. Erais buenos investigando juntos.

Moví la cabeza, atónita.

—No me lo puedo creer. No me puedo creer que saques este tema ahora. Otra vez... Eres un pesado, Teo, en serio. Y voy a dejar de quedar contigo como sigas así. ¿Qué...? ¿Qué narices es eso de la autocompasión y arreglar las cosas? ¿A qué viene esto ahora? —Empezaba a perder el temple. No iba a justificarme. No estaba dispuesta a justificarme una y otra vez—. No me empieces con la psicología de saldo, eres como mi madre. No sé qué coño os pasa a todos. ¿Acaso creéis que no lo hemos intentado? —Maldita sea, me estaba justificando de nuevo. ¿Por qué lo hacía?—. ¿Es que no te lo he contado ya mil veces? Parece que sigues pensando que me dio un arrebato y me largué en mitad de la primera pelea. ¡Y además yo no fui la que se largó, fue él!

—Vale... Tranqui... Que Feli nos va a echar como le montemos una escenita *not so cool* en su café del buen rollo.

—¡Pues no me provoques!

Bufé. Me había acalorado y odiaba acalorarme por un tema que ya estaba superado. Me esforcé en recuperar la calma. Miré fijamente a mi amigo. Le cogí las manos sobre la mesa en un gesto que era más amenazador que cariñoso.

—Lo diré una vez más, no me importa. Tarde o temprano tendrás que creerme. No hay nada que arreglar. Se acabó, Teo. Y está bien, estoy bien. Así que basta de meter el dedito para hurgar en las heridas a ver si consigues abrirlas, ¿de acuerdo? No ayuda.

No era una pose. Estaba convencida de lo que decía; había tenido mucho tiempo para llegar a esa conclusión. Aunque...

A veces tenía cierta sensación de irrealidad. Como si mi día a día no fuera más que un sueño, una pesadilla, y que una vez que despertase volvería a mi vida de antes, a mi vida de verdad. A veces no podía creerme que todo hubiera acabado. ¿Qué había sucedido? ¿Cuándo habíamos dejado de querernos? ¿Cómo era posible que la época más feliz de mi existencia hubiera terminado así? Hacía nada que estábamos completamente enamorados.

Después de *El Astrólogo*, lo dejé todo por él. Y no me supuso ningún sacrificio. En aquel momento no deseaba más que empezar una vida juntos, una vida que duraría para siempre. Nos instalamos en Francia. Alain se había comprado un antiguo granero cerca de Les Baux-de-Provence. Los dos y una cuadrilla de obreros trabajamos durante un verano hasta convertirlo en una casa, nuestra casa; con el Citroën dos caballos amarillo aparcado en la entrada, frente a una pradera de flores que acababa en un arroyo. Cocinar, pasear, leer, dormir la siesta, ir al mercado... Vivir la vida se convirtió en un acto en pareja. También trabajar. Alain siguió dedicándose a lo que más le gustaba: buscar obras de arte desaparecidas a causa del expolio nazi para iniciar un proceso de restitución a sus legítimos propietarios. Yo me convertí en su ayudante. Bucear en los archivos, estudiar documentos, analizar fotografías, ir atando cabos... Era como hacer un puzle con historias reales. Me gustaba trabajar con él, nos complementábamos bien. Y, además, resultaba muy satisfactorio saber que contribuíamos a hacer justicia.

Nunca he estado tan enamorada. Nunca me he sentido tan correspondida. Esos primeros meses fueron perfectos.

Un día, entramos en una tienda de antigüedades en L'Isle-sur-la-Sorgue. Solíamos hacerlo, sobre todo el día de mercado; nos gustaba curiosear en busca de alguna pieza a buen precio para nuestra casa. Allí vi el vestido. Una túnica de verano de los años veinte, de encaje y seda, color crema. Tan bonito... Comprobé con caricias la suavidad de la tela, me regodeé en las filigranas del encaje aún bien conservado. Me lo probé por encima, ni siquiera lo quité de la percha.

—Sería un precioso vestido de novia —observó la anciana anticuaria desde el otro lado de la mesa de las vajillas de porcelana.

Alain, que me había estado contemplando durante aquel momento de femenina fascinación, me abrazó. El vestido quedó atrapado entre los dos.

—Creo que tiene razón. Y podrías llevarlo si te casas conmigo. ¿Qué me dices, Ana? ¿Quieres casarte conmigo?

Celebramos la boda apenas un mes después. En la pradera del granero, llena de farolillos de papel y luces de feria. Adornamos el Citroën con tiras de tul y latas de conserva. Sólo la familia y los amigos más íntimos. Yo llevaba aquel vestido, una cadenita con un colgante en forma de lágrima que había pertenecido a la madre de Alain y el pelo cuajado de flores de jazmín que se abrieron al caer la noche, liberando su dulce aroma. Unos músicos del pueblo tocaron canciones francesas con un acordeón, una guitarra y un violín. Y Alain y yo bailamos descalzos sobre la hierba hasta el amanecer. Nunca he estado tan enamorada.

No sé qué fue lo que pasó. Ni por qué empezaron las discusiones. ¿Quizá porque Alain insistió en tener un hijo y yo me negué? ¿Tan importante era para él y tan terrible para mí? ¿Tanto como para dinamitar la convivencia?, ¿para aniquilar el amor? No, no fue eso. Fue una sensación de abandono, de vacío, de desilusión... Al principio, hubo gritos y portazos. Hubo al menos pasión en el enfrentamiento. Resultó más doloroso cuando nos sumimos en una rutina de silencios y monosílabos, de hastío y desinterés. Desaparecieron los besos, las caricias y el sexo; las miradas cómplices y las sonrisas sin motivo.

Empecé a sentirme sola. Supongo que él también. Aunque ya no nos importaba la soledad del otro. También me sentí infravalorada. Eclipsada por la sombra de Alain, sin otro recorrido profesional ni personal que ser poco más que su secretaria mientras él acaparaba todo el crédito, todo el mérito. A él le convocaban para dar conferencias, a él le llamaban para las entrevistas en prensa, a él le llegaban las cartas de agradecimiento y reconocimiento, la felicitación del ministro de Cultura de la República Francesa... Al doctor Alain Arnoux, de la European Foundation for Looted Art.

Una noche, entró en el salón mientras yo leía. Hacía tiempo que no solía entrar en el salón si yo estaba allí.

—Van a crear una cátedra sobre expolio nazi en la Universidad de Harvard —me anunció solemnemente—. Quieren que yo la dirija. En Boston.

Le observé en silencio durante un instante. Aunque no tardé mucho en descifrar lo que en realidad había ido a decirme.

—Entiendo.

El corazón me latía con fuerza. Pero no estaba dispuesta a montar una escena.

—Podrías venir conmigo.

Moví la cabeza, desesperada.

—¿Para qué? —soné descreída.

—Para ser mi esposa.

—¿O para ser tu sombra? No, Alain, ya no. Ya no quiero seguir siendo tu sombra.

Se marchó a Estados Unidos. Y eso fue el detonante, pero no la causa. Nuestro matrimonio se había acabado hacía tiempo. Y daba igual que fuera él quien hubiera decidido marcharse o yo quien hubiera decidido no acompañarle. Eso era lo de menos.

—Ya ves. Hay cosas que cuando se rompen no es posible volver a recomponerlas —le insistí a Teo—. La próxima vez que sepamos el uno del otro, será para firmar los papeles del divorcio.

Teo, visiblemente compungido, empujó el plato sobre la mesa. Me ofrecía, sin mediar palabra, el último trozo de tarta de zanahoria. Se me hizo un nudo en la garganta; aunque hacía mucho que había dejado de llorar por el cántaro roto y la leche derramada.

Una propuesta del todo inesperada

Llegué a pensar que un ser superior, una fuerza invisible del universo, un Gran Hermano de nuestra mundana existencia se había fijado en mí y había decidido que mi vida era demasiado anodina y necesitaba algo de emoción. ¿De qué otro modo podía explicarse que, si hasta entonces la humanidad se las había arreglado muy bien sin mí, la misma semana en la que surgió el asunto del Medallón recibiese una llamada de lo más insólita e intrigante?

Ni siquiera el número que apareció en la pantalla del móvil estaba registrado entre mis contactos. De hecho, no lo descolgué las dos primeras veces que llamó. Me rendí a la tercera, segura de que iban a venderme algo que no necesitaba. Me quedé de piedra cuando aquella voz femenina un tanto áspera se presentó en un francés bastante bueno, si bien no libre de acento.

—Buenos días. ¿Hablo con Ana García-Brest?

—Sí, soy yo.

—Ana, soy Greta. Greta Köller. No sé si me recuerdas.

Sí, claro que la recordaba. Era la hermana de Konrad Köller. No la había visto más que una vez, durante unas vacaciones de esquí en Gstaad, pero la simple mención del apellido Köller bastó para que me diera un vuelco el estómago.

Konrad Köller era una de las mayores fortunas de Europa.

Un Giancarlo Bonatti a la alemana y una década más joven. Empresario y mecenas del arte. Mi pareja durante casi cinco años. Nuestra relación... Haría falta un libro para relatar nuestra relación. Sólo diré que no acabó bien; ni siquiera me apetece demasiado hablar de ello.

Al poco de nuestra ruptura, Konrad sufrió un grave accidente de coche: se estampó a más de doscientos kilómetros por hora contra un guardarraíl y voló varios metros antes de caer dando vueltas de campana. Yo me enteré por la prensa y seguí la noticia mientras duró el interés mediático. En un principio, pensaron que no sobreviviría. Los medios esperaban anunciar de manera inminente su fallecimiento. Transcurrió un mes sin novedades; los periodistas apostados a las puertas del hospital de Hanóver en el que estaba ingresado se fueron retirando. Tiempo después, se anunció que había sido trasladado del hospital a Suiza, a una mansión fortaleza a las afueras de Zúrich a salvo de las miradas curiosas. Se rumoreaba que había quedado en estado vegetativo, aunque más adelante un paparazzi afirmó poseer unas fotos suyas en silla de ruedas captadas mientras un enfermero lo paseaba por los terrenos adyacentes a la casa. Si tales fotos existieron, nunca llegaron a publicarse. De eso hacía casi un año y yo no había vuelto a leer más noticias sobre Konrad Köller.

Greta Köller quería que nos reuniésemos.

—Me gustaría hablarte de un asunto y prefiero no hacerlo por teléfono. Dime dónde podemos vernos.

Estuve tentada de quitármela cortésmente de encima. Prefería mantenerme alejada de todo lo que tuviera que ver con aquella etapa de mi vida. Pero reconozco que me pudo la curiosidad.

Konrad me había confirmado en su día que Greta era su única hermana, pero no llegué a saber exactamente cuál era la relación que ambos mantenían porque él siempre procuró dejarme al margen de su familia. Las veces que me habló de cuestiones familiares se redujeron a dos: una, para contarme que su padre había fallecido siendo él adolescente, y otra, en la que, de pasada, mencionó que su madre tenía alzhéimer para acto seguido aparcar el asunto, incómodo. Creo que si llegué a conocer a Greta fue por casualidad; no me parece que Konrad esperase coincidir con ella aquella ocasión en la que no tuvo más remedio que presentármela. Sólo más tarde comprendí la causa de tanto celo, Martin Lohse me lo contó. Descubrirlo no sé si me produjo más dolor que indignación; supuso el remate a todas las demás decepciones.

Siendo así las cosas, ¿qué demonios podría querer Greta Köller de mí años después de que yo hubiera dejado de ser la pareja de su hermano?

Pensé en un entorno profesional para nuestro encuentro y lo único que se me ocurrió fue tomar prestado el caótico despacho de mi padre en la trastienda de la galería; un lugar lleno de papeles, catálogos, libros de arte, objetos inútiles y muebles fríos y funcionales, con una luz blanquecina muy poco acogedora y que siempre olía a comida a causa de la salida de humos del bar con el que compartía patio de luces.

No importaba. Ése era mi nuevo yo. En absoluto tenía que demostrarle nada a nadie. No obstante, rescaté del fondo del armario un olvidado traje de chaqueta.

A la hora convenida, Greta Köller se presentó con una puntualidad escrupulosa y un firme y distante apretón de manos. Se trataba de una mujer de mediana edad, quizá algo mayor que Konrad, aunque no creo que hubiera cumplido los sesenta. En cualquier caso, lucía el paso de los años sin complejos y, parecía, sin ayuda de la cirugía estética. Su aspecto era elegante, de una perfección rectilínea: desde su cabello, una media melena lisa y rubia, impecablemente peinada, hasta su atuendo, un vestido y una chaqueta con un corte magistral y sin una arruga, cosa que no se podía decir de la mía, ya que nunca he sido buena amiga de la plancha. Greta Köller era guapa al estilo Cate Blanchett.

Le ofrecí tomar algo: café o agua, no es que tuviera muchas opciones. Ella declinó. Sin duda aquella visita era un trámite; su ademán resultaba expeditivo, como si tuviera prisa por resolver lo que la había llevado hasta allí.

—No te haré perder el tiempo —anunció sentada al borde de la silla, con las piernas cruzadas y el torso algo inclinado hacia delante—. Iré al grano y seré breve. Konrad ha decidido abrir un museo aquí, en Madrid, para albergar y exponer de forma permanente parte de su colección de cuadros y esculturas. Todos los trámites para su constitución se están llevando a cabo a través de una de sus fundaciones y, en este momento, se hallan en la recta final en cuanto a concesión de licencias y ubicación. Para su organización y gestión se ha creado un patronato, presidido por Konrad, y se ha empezado a constituir el equipo directivo. —Greta hizo una breve pausa, no sabría decir si para tomar aliento o para crear expectación—. Konrad quiere ofrecerte la dirección artística.

Después de aquella perorata, era tanto lo que se me pasaba por la cabeza que no supe qué decir.

—¿Konrad está... bien? —Tampoco supe por qué, de entre todas las preguntas que me planteaba, de mi boca salió esa en primer lugar.

El gesto de maestra de escuela severa de Greta no se alteró.

—«Bien» es un adjetivo demasiado impreciso. No obstante, en respuesta a tu pregunta te diré que está lo suficientemente bien como para promover un proyecto así.

Asentí; no fui capaz de hacer ningún comentario a su revelación. Demasiados sentimientos agridulces me tenían confundida.

—Ya... Bueno... —Suspiré mientras empezaba a ordenar mis ideas—. Desde luego que se trata de una propuesta del todo inesperada...

—Obviamente, no pretendo que des una contestación ahora. Te he traído un dossier con toda la información relativa al proyecto. —Dejó un abultado tomo sobre la mesa—. Míralo con calma y toma tu decisión. Incluye un borrador del contrato y las condiciones económicas aparejadas al cargo.

Por un momento, me quedé mirando aquel volumen de tapas negras sin ni siquiera atreverme a tocarlo.

No pude pegar ojo aquella noche. Mi mente vagaba inquieta de Martin Lohse y su Medallón de Fuego a Konrad Köller y su museo. Y al llegar a esto último, se enredaba en mil cuestiones que iban más allá de lo profesional y entraban de lleno en lo personal.

Mi historia con Konrad estaba cerrada. Pero cerrarla no había sido fácil. Mi relación con él no había sido una relación más. Konrad no había sido una pareja cualquiera. Cuando salió de mi vida después de cinco años que habían empezado como un cuento de hadas y terminado como una crónica de sucesos, me sentí como una cocainómana recién dada de alta de una clínica de desintoxicación. Y, aunque tal y como habían terminado las cosas con Alain, me resultaba muy doloroso reconocerlo, probablemente fue él quien me liberó de las secuelas, quien me ayudó a borrar unas huellas que creí impresas en mi piel como tatuajes y a cerrar unas heridas que temí que nunca llegaran a cicatrizar.

Quizá lo fácil hubiera sido desentenderme del tema. No tenía más que descolgar el teléfono y, sin haber leído ni siquiera el dossier, comunicarle a Greta Köller que no estaba interesada en la oferta. En varias ocasiones de mi delirio nocturno estuve segura de que aquélla era la decisión más correcta.

Sin embargo, por algún motivo, no era capaz de acabar de tomarla. El proyecto era un caramelo, por supuesto. Yo conocía bien la colección de Konrad, mientras estuvimos juntos le había ayudado a engrosarla. Era magnífica, de las mejores colecciones privadas de Europa. Convertirme en la directora artística de su museo supondría la guinda de mi carrera profesional: un trabajo bonito, estimulante, prestigioso. Konrad sabía lo que me ofrecía, desde luego. Pero ¿por qué había decidido ofrecérmelo? Konrad llegó a odiarme, estaba segura; pensó que le había traicionado y él era implacable con la traición. Aquel ofrecimiento repentino era muestra de un olvido y un perdón impropios del Konrad que yo conocía y al que llegué a temer y también a odiar.

Pero ¿quién era ahora Konrad Köller? ¿Qué clase de secuelas había dejado en él el accidente? «Está lo suficientemente bien como para promover un proyecto así», me había asegurado su hermana. ¿Tenía que creerlo? Y, siendo así, ¿no estaba lo suficientemente bien como para hacerme la oferta él mismo, sin intermediarios? ¿De verdad era Konrad quien movía los hilos detrás de todo aquello?, ¿el Konrad que yo conocía?

No estuve segura de que más adelante no me fuera a arrepentir de lo que estaba a punto de hacer. Pero de lo que sí estuve segura fue de que, so pena de cargar toda mi vida con demasiadas incógnitas, no me quedaba más remedio que hacerlo.

—Quiero ver a Konrad. En persona. No tomaré ninguna decisión hasta que no lo vea —le comuniqué a Greta Köller por teléfono a la mañana siguiente.

—Eso no va a ser posible —me respondió ella sin más explicaciones.

—Entonces, puedes decirle de mi parte a herr Köller que agradezco su oferta, pero no puedo aceptarla.

Recibí silencio al otro lado de la línea hasta el punto de que pensé que había colgado.

—Escucha —dijo al cabo—, no tengo intención de rogarte, pero creo que cometes un error ligando tu decisión a cuestiones ajenas a lo puramente profesional. No se trata de una restricción gratuita. Mi hermano no recibe visitas de nadie. No debes tomártelo como algo personal.

—Greta, o me hace él la oferta en persona o no hay posibilidad de que la acepte. Y no es un órdago porque estoy segura de que tenéis más candidatos.

—De acuerdo. Si ésa es tu decisión, creo que nuestra conversación acaba aquí.

—Que tengas un buen día, entonces.

No es un juego para ratones de biblioteca

Teo y Toni se habían mudado a un chalet adosado a veinte kilómetros del centro, a la clásica zona residencial con espacios verdes, centros comerciales desmesurados y buenos colegios. Hacía unos años que habían decidido ser padres. Al principio se inclinaron por la adopción, pero durante muchos meses chocaron con las prohibiciones que la mayoría de los países imponen a las parejas homosexuales. Hartos de burocracia, esperas y negativas, terminaron por acudir a la gestación subrogada. Estaba previsto que el bebé naciese al cabo de cuatro meses y querían que su hija, porque iba a ser una niña, se criase en lo que ellos consideraban el mejor entorno.

Por eso habían cambiado la pequeña buhardilla en Chamberí por el chalet con tres dormitorios y jardín. Se habían hecho un seguro de vida, comprado un coche familiar y estaban decorando la habitación del bebé con motivos de Beatrix Potter. No sé por qué todo ese proceso lo viví con la nostalgia de quien ve su juventud quedar atrás. Y, por lo que pude averiguar, no era la única.

—¿Quieres té frío, limonada... vino, quizá?

—Una limonada está bien. Gracias, Teo.

—Le pondré hierbabuena. Ya ha crecido la que Toni plantó en los parterres. —Me guiñó un ojo antes de entrar en la casa a preparar la bebida.

Yo me repantingué en la tumbona, aprovechando los últimos instantes de sol de la jornada. Me había acercado a casa de los T's, como los llamaba después de que Alain tuviera la ocurrencia, para cenar con ellos y disfrutar de la que sería, con toda seguridad, mi única cena casera de la semana; aunque me juré que no pasaría del día siguiente que hiciera la compra.

Teo no tardó en aparecer con las bebidas.

—Y unos panchitos para picar e ir haciendo hambre. Bajos en sal, no te me agobies.

—Eres tú el que se agobia por la sal.

—Es que este tipazo no se mantiene solo, querida.

Salió entonces Toni agitando el mando del coche.

—Voy a acercarme un momento al centro comercial antes de que lo cierren. Tengo que recoger la cenefa que encargamos para la pared si quiero que el pintor me la coloque mañana. De paso compraré unos quesos para la cena, ¿os apetecen? Sí que os apetecen porque no sé si he rellenado suficientes chipirones. Ahora os veo. Chao, chao.

Toni era vasco y cocinillas; más bien, un magnífico cocinero. Probablemente habría rellenado tres kilos de chipirones, pero nunca le parecía que había comida suficiente.

—Chaíto, mi rey. Conduce con cuidado, no vayas a arañar el Volvo antes de que lo estrene la habichuela —lo despidió Teo, en tanto se alejaba.

—¿La habichuela? —me burlé.

Se encogió de hombros.

—¿Qué quieres? No voy a llamar a la cría María Fernanda.

—Puedes llamarla Lola. Es un nombre muy bonito y el que vosotros habéis escogido para ella, por cierto.

—Bah, será demasiado pequeña para tener nombre. Habichuela me gusta más. —Bebió—. Ya ves tú qué prisas con la cenefa, si hay tres meses para ponerla. Pero está feliz. No para de hacer preparativos, de hablar de ello... Todas las noches ordena los cajones de la ropita diminuta, rosa y llena de lazos. Lo de los miles de lazos es cosa de su madre, la vieja retrógrada esa, que

64

parece que le compra la ropa al mayordomo de la reina Victoria. A lo mejor, si no le hubiera puesto tantos lazos a su hijo de pequeño, no le habría dado el disgusto de salirle gay; todavía voy a tener que agradecérselo a la arpía.

Teo detestaba a su suegra. Con razón, porque la señora, una viuda rancia de moral estrecha, se negaba a aceptar que la pareja de su hijo fuera un hombre.

—Te confieso que todo esto de la paternidad a veces me acojona. El chalet de anuncio de seguros, el coche de la familia Brady, los conejos con chaqueta y sin pantalones de ese dormitorio tan rosa... Me empiezo a parecer a mi hermana mayor o, lo que es peor, a su marido, que es un padre perfecto que da mucha grima.

El sol había terminado de ponerse y se había levantado una brisa fresca previa al anochecer. Me agité con un escalofrío.

—Toma. —Teo me lanzó una manta—. Póntela, que empieza a hacer pelete. ¿Ves? ¡Ya hablo como una madre! Señor, llévame pronto...

Le acaricié el brazo para animarle.

—No tienes que preocuparte. Serás un padre-madre maravilloso.

—Y maravillosa. No sé... ¿Tú crees? ¿Te acuerdas cuando en la universidad decíamos que jamás viviríamos en otro sitio que no fuera el centro de una gran ciudad superpoblada, supersucia y supercontaminada?, ¿que jamás abandonaríamos el asfalto vivo? ¿Te acuerdas de que íbamos a dar la vuelta al mundo, a probar los diez pimientos más picantes del universo y a dormir en un iglú? ¡Míranos! No hemos hecho nada de eso.

—Ya...

—Pero ¿sabes lo que te digo? No me importa. Vale que todo esto de la paternidad ha sido cosa de Toni. Él siempre ha sentido la llamada y yo siempre he ido a mi puta bola, y así hubiera seguido hasta cumplir ochenta años y verme ridículo con la camiseta de Metallica que tanto me gusta. He cedido por Toni y estoy acojonado, no lo niego. Pero, a veces, necesitas que alguien te empuje en la dirección correcta. A veces, eso es el matrimonio.

Asentí en silencio. Tenía la piel de gallina, quizá fuera por la brisa. No, no era la brisa. Me envolvía una manta que me protegía de ella, de lo que no me protegía era de la bola que había empezado a hacerse en mi interior según escuchaba a Teo, mi frívolo, egocéntrico e inmaduro amigo, dándome una lección sin querer sobre el matrimonio y dejando al descubierto mi más doloroso fracaso.

—*Sorry* por el discurso. Volvamos a hablar de algo insustancial, por favor, o saco el vino.

—Pues nada —fingí parecer despreocupada—. Que tú vas a ser padre y yo voy a buscar un medallón megapoderoso, así que lo de los pimientos y el iglú queda pospuesto sine die.

Teo me agarró de pronto del muslo.

—¿Has aceptado? Has aceptado. ¿Ves? Te lo dije. —Su frase favorita—. Me parece estupendo. Necesitas un poco de acción y emoción en tu vida.

Estuve a punto de argumentarle que, precisamente en ese momento, de acción y emoción mi vida iba sobrada, pero eso me hubiera obligado a mencionarle el asunto de Konrad y no estaba por la labor. Konrad era un tema que estaba cerrado hacía mucho tiempo; que tenía que estarlo.

Tampoco es que Teo me diera mucha opción a abordarlo, por otra parte.

—Y el tal *Martinlohse* ese, ¿qué?, ¿está bueno? Porque meterse en una aventura así con un tío feo como un hongo no tiene ni la mitad de gracia, ¿qué quieres que te diga?

—No está mal —concluí—. Es atractivo, supongo. De un modo extraño. ¿Quieres que busquemos su foto en Google?

—¿Lo dudas? —Se incorporó sobre mí para asomarse a la pantalla del móvil.

Introduje su nombre en el buscador. No lo había hecho hasta entonces, pero se me ocurrió que no sería raro encontrar alguna foto suya; aunque sólo fuera la de Facebook. Aparecieron varios Martin Lohse, pero ninguno era el que yo buscaba. Tras deslizar unas cuantas veces la pantalla del móvil, distinguí una pequeña fotografía en la que lo reconocí. Se trataba de un retrato formal de la web de una escuela de negocios donde le anunciaban como ponente en unas jornadas sobre el impacto del terrorismo en el arte.

—¿Es éste? Ostras, tú, sí que está bueno. Pero menudo *baby face*. ¿Qué tiene?, ¿dieciocho años? Por lo menos será mayor de edad, ¿no? Mira que si acabas en la cárcel por echar un polvo...

—Eres un exagerado. De acuerdo que parece más joven, pero si lo observas de cerca se le empiezan a notar algunas arruguillas. Mira, aquí pone su fecha de nacimiento —leí en el escueto currículum—. Tiene treinta y tres —calculé.

—Joder, pues a esta gente les pasó la foto de su graduación.

Teo se quedó mirando la imagen con gesto de concentración.

—Tiene cara de nazi.

El puñetero tenía razón.

—De miembro de las Juventudes Hitlerianas —apostillé yo con cierta guasa.

—Le pones un uniforme de esos negros...

—Que noooo, que el uniforme negro no se...

—Para, para, quieta parada, no te pongas pedante conmigo. Ya sé que el uniforme negro ese era muy sucio para ir de guerra y sólo lo usaron unos pocos años. Me lo has contado como mil veces porque eres muy pelmita con tus cosas. Pero yo a *Martinlohse* lo visto como me da la gana, igual que hacen en las películas.

—Bueno, vale de bobadas.

Me guardé el móvil para zanjar el asunto de la edad y el atractivo de Martin.

—Mañana tenemos nuestra primera reunión. Tengo ganas de empezar, ¿puedes creerlo?

Teo me sonrió como si supiera algo que yo no sabía.

—Ya no eres la nena acomodada, quejica y cobarde de hace unos años. Te has convertido en una chica de acción, ¿quién lo iba a decir?

—Vaya, ¿gracias? Tú sí que sabes adular a una mujer.

—Somos almas gemelas.

—Cierto... Y también estoy asustada, no eres el único. Ahora ya no soy nueva, sé de qué va esto. Ahora sé que no es un juego para ratones de biblioteca. Se trata de otra liga.

—Sí, querida, pero ahora eres una jugadora profesional.

De los Médicis a los Románov

Martin había alquilado una sala de reuniones en un edificio de oficinas de lujo que, según él, nos serviría de centro de operaciones en tanto durase la investigación. En aquella habitación luminosa con vistas al Paseo del Prado, mantuvimos nuestra primera reunión de trabajo.

Sobre la gran mesa de nogal, mi compañero había extendido una copia de las fotografías del crimen de Bonatti como punto de partida a nuestras pesquisas. Ambos permanecimos en pie, inclinados sobre ellas.

—Hay un par de detalles que no comentamos el otro día. Aquí, en estas dos fotografías. —Señaló la imagen de la ramita sobre una pila de documentos dentro de la caja fuerte y la del símbolo trazado con sangre en el suelo.

Me fijé en la primera.

—No soy una experta botánica, pero si esa rama no es de acacia, no sé qué pinta ahí, tan bien colocadita dentro de una caja fuerte.

—Es acacia.

—Era fácil. Según la leyenda, sobre la tumba de Hiram creció una acacia. La acacia también es un símbolo masón. Parece otro detalle más del ritual, como para reforzar el mensaje. Lo que me resulta curioso es la ubicación, dentro de la caja fuerte: es como el guante blanco que deja el ladrón en el lugar de su botín. Siempre y cuando hubiera habido un robo.

—Es difícil de saber. A primera vista, no faltaba nada de valor. Nada que al menos el entorno de Bonatti pudiera echar de menos. Pero hace escasamente un mes, y apenas tres semanas después del crimen, ocurrió algo extraño. ¿Dónde se habla por primera vez de la leyenda de Hiram y del Medallón de Fuego? —Formuló una pregunta que sabía que iba a responderle.

—En el *Manuscrito del Templario*.

—Exacto. Un texto del siglo XI atribuido al caballero templario Medardo de Sens. El manuscrito recoge la historia que Medardo descubrió a través de unos rollos de papiro provenientes del reino de Saba. Según él, estaban redactados en ge'ez, la antigua lengua etíope, y se atribuían al profeta Jeremías, lo que los sitúa por tanto en los siglos VII o VI antes de Cristo.

—Ya, bueno, todo esto de la leyenda de Hiram es apócrifo y de dudoso rigor histórico. En cualquier caso, nadie ha robado el manuscrito, si es de eso de lo que se trata. Que yo sepa, está en la Biblioteca Laurenciana, forma parte de la colección de manuscritos y códices de los Médicis que se alberga allí.

—Así es y, en efecto, allí sigue. Pero déjame terminar. Lo que seguramente ya sabes es que el manuscrito fue llevado a Italia por Niccolò de Niccoli y, a su muerte, pasó, junto con el resto de su magnífica biblioteca, a manos de Cosme el Viejo.

—Pues la verdad es que no tenía ni idea, pero me halaga que pienses que soy una sabelotodo.

—Por eso te he contratado, espero que no me decepciones.

Me gustó que respondiese a mi ironía. No sé por qué había dudado de que lo hiciera.

—Tú cuéntamelo todo, por si acaso.

—Descuida, lo haré, a mí sí me gusta parecer un repelente sabelotodo. —Volvió a centrarse—: Bien, todo el mundo conoce el manuscrito; como has dicho, está en la Laurenciana, se puede consultar e, incluso, se exhibe públicamente de vez en cuando. Pero en la biblioteca florentina llegó a haber otros documentos relacionados con el manuscrito, realmente significativos en la medida en que hablan del paradero del Medallón de Fuego, al menos en el siglo xv. Y son esos documentos, más allá de los delirios de un monje templario basados en historias apócrifas, los que dan prueba de su existencia real.

—¿Qué documentos? —Había logrado intrigarme.

—Unas cartas que formaban parte del legado de Niccolò de Niccoli. Correspondencia que había mantenido durante al menos un año con Ciríaco de Ancona. Ciríaco de Ancona fue...

—¡Eso sí lo sé! —Creo que se sobresaltó un poco con mi entusiasta interrupción—. Sí sé quién es Ciríaco de Ancona. El comerciante, diplomático y anticuario. Se dice que es el padre de la arqueología porque dedicó buena parte de su vida a rescatar y catalogar los vestigios de la Antigüedad. Y ya no te interrumpo más o esto nos va a llevar todo el día. Da igual lo que sepa, haré como que no.

—Gracias. —Sonrió. También era paciente. Me gustaba—. Volvamos a las cartas. Esa correspondencia, lógicamente, era sólo la de uno de los interlocutores, es decir, las cartas que Ciríaco envió a Niccolò. No obstante, se podía deducir de ellas que, de alguna manera, Niccolò de Niccoli había averiguado el paradero del Medallón y le facilitó a Ciríaco instrucciones precisas para localizarlo. Hay que entender que Niccoli, en las fechas de las cartas, era un hombre ya anciano que apenas se movía de Florencia, mientras que Ciríaco era un viajante al que le gustaba recopilar objetos antiguos y que, no es de extrañar, tendría buenos contactos en otros países y mercados. La cuestión es que el arqueólogo encontró el Medallón, pero parece que se resistió a entregárselo a Niccoli y se inició entre ellos una agria negociación por correspondencia. Lo más interesante es que una de estas misivas incluye un dibujo del Medallón hecho por el mismo Ciríaco de Ancona; ya sabes que era un buen dibujante y le gustaba retratar frisos, monumentos, esculturas... Ese dibujo es el primer testimonio visual del Medallón.

—¿Y dónde están esas cartas?

—Estaban desaparecidas. Desde que fueron robadas en torno a 1830 por Guglielmo Libri, un bibliófilo italiano, amante de los ejemplares antiguos y raros, famoso por tener la mano un poco larga. —Martin acompañó sus palabras de un elocuente gesto.

—¿Estaban?

Antes de responder, me ofreció una sonrisa misteriosa.

—Hace un mes fueron devueltas anónimamente a la Biblioteca Laurenciana.

—¿Quieres decir que...? ¿Crees que eso fue lo que le robaron a Bonatti?

—No tengo pruebas pero es una posibilidad.

—¿Robarlas para luego darlas? —Fruncí el ceño, poco convencida—. No sé, es un rollo Robin Hood que no casa con el asesino despiadado capaz de cometer un crimen como el de estas fotos.

—Una vez más se trata del mensaje. Esas cartas son un valioso documento histórico, pero ya no tienen ninguna utilidad. Como decía, hablan del paradero del Medallón en el siglo xv, pero eso ya no nos da ninguna pista de su paradero actual; ni al ladrón asesino, tampoco. Lo único que se demuestra al restituirlas es que el robo no fue el móvil del crimen o, en todo caso, no lo fue el robo de estas cartas.

Me quedé mirando la fotografía de la rama de acacia.

—La caja fuerte no parece forzada —me fijé.

—No lo estaba.

—Entonces, tuvo que ser alguien que conocía la clave, alguien del entorno de Bonatti.

—No necesariamente, el asesino también pudo obligarle a abrirla antes de matarlo.

Empezaban las hipótesis. En cualquier caso, aquélla era más una cuestión de índole policial que decidí aparcar para centrarme en el objeto de nuestra investigación.

—Bien, según esas cartas, la última noticia del Medallón es del siglo xv y lo llegó a poseer Ciríaco de Ancona.

—Sí, pero no es ahí donde se extingue su rastro.

Martin comenzó a teclear en el ordenador.

—Mira esto —me invitó, mostrándome la pantalla.

Ante mí se desplegaba la imagen de un boceto que parecía trazado sobre una pared de cal. Se trataba de un retrato inacabado, apenas esbozado, en el que se podía reconocer a Lorenzo de Médicis. Nunca había visto esa obra, pero el estilo me resultaba familiar.

—Este bosquejo fue encontrado en 1975 en la Basílica de San Lorenzo en Florencia, concretamente, en un almacén oculto en el interior de una cámara secreta de la Capilla Médicis. Por supuesto, se trata de Lorenzo de Médicis, el Magnífico. Los expertos creen que podría atribuirse a Miguel Ángel y, puesto que la construcción de la capilla es posterior a la muerte de Lorenzo, se trataría de un retrato póstumo. El artista quizá pensó en utilizarlo en el diseño de su cenotafio, aunque nunca llegara a acometer tal proyecto. Pero fíjate en lo que lleva Lorenzo al cuello.

—¿El Medallón de Fuego? —No me costó demasiado reconocerlo.

—El Medallón de Fuego. Casi idéntico a como lo dibujó Ciríaco de Ancona, con el dragón y los símbolos circundantes, aunque un poco más difusos.

—Eso quiere decir que Lorenzo de Médicis se hizo con él.

—De algún modo, encontró lo que el anticuario no le llegó a entregar a Niccolò de Niccoli.

Amplié la imagen hasta obtener un primer plano del Medallón.

—Un momento... —Agucé la vista sobre la imagen algo pixelada—. Este símbolo de aquí... Es el mismo que el de la escena del crimen, ¿verdad?

Martin asintió.

—La llave sobre la circunferencia. Es un símbolo único, sin una interpretación consensuada, pero podría referirse a la clave del infinito o de la eternidad; el gran anhelo de la alquimia. Y ahora viene lo mejor: Giorgione pintó ese mismo símbolo en *El Astrólogo*.

Aparté los ojos de la pantalla para clavarlos en Martin.

—En los apuntes que el personaje del astrólogo sostiene en una de sus manos —aclaró—. No se percibe a simple vista, pero ahí está, camuflado entre otras figuras geométricas. Hasta donde yo sé, son las dos únicas representaciones que se conocen de este símbolo. No te mentía cuando te dije que todo estaba relacionado. Y Georg von Bergheim lo sabía.

Hasta ese momento, había permanecido en pie frente a la mesa, más o menos inclinada sobre el tablero. Entonces sentí la necesidad de dejarme caer en una silla. El cuadro de *El Astrólogo* otra vez... Y Georg von Bergheim. El oficial de las SS a quien la jerarquía nazi había comisionado la búsqueda de la obra, el mismo que había acabado por convertirse en mi amor platónico después de haberme pasado tanto tiempo siguiendo su rastro e investigando su historia.

—¿Te apetece un café? —me propuso Martin intuyendo que hacía falta una pausa.

—¿Hay té?

Miró en una cajita junto a la cafetera.

—Negro, rojo, verde, poleo, manzanilla, infusión de frutos rojos... —recitó.

—El verde está bien. Gracias.

El ruido de la cafetera cundió por la sala mientras yo reflexionaba sobre la información que acababa de recibir. Al poco, Martin me acercó una taza con el té y se sentó a mi lado con su café.

—¿Azúcar?

—No, gracias.

Me acerqué el borde de la taza a los labios y soplé porque aún estaba demasiado caliente.

—¿Buscaron los nazis el Medallón? —pregunté entre los vapores que acariciaban mis labios.

—Parece ser que sí, pero no se lo encargaron a Georg.

—Entonces ¿qué es lo que Georg sabía?

—Se topó con él un par de veces en tanto investigaba sobre *El Astrólogo*. No físicamente, claro, pero sí con su mención.

Una fue cuando le remitieron parte de lo que luego engrosaría el expediente Delmédigo. Tú no llegaste a verlo...

—¿No me digas? —protesté con resquemor. La mayoría de mis esfuerzos los había empleado buscando en los archivos de la Alemania nazi aquel expediente que contenía las claves sobre *El Astrólogo*.

—Bueno, no te quejes. —Parecía divertido—. Supiste sobreponerte al contratiempo.

—Sí, claro. —Ahogué las reclamaciones insatisfechas en un sorbo de té.

—A lo que iba. Entre la información que le pasaron a Georg como parte del expediente había, como recordarás, una carta del conde Pico della Mirandola a Elijah Delmédigo. Está fechada en mayo de 1492, poco después de la muerte de Lorenzo de Médicis. En ella, Pico relata al filósofo su tristeza y angustia por la pérdida de Lorenzo y, sobre todo, la inquietud y el desamparo que sienten tanto él como Marsilio Ficino en ese momento en que ya no cuentan con la protección y guía de quien había sido su alma máter, el sabio custodio de lo que él llama «*magna secreta*», que no son otros, según sus propias palabras, que *El Astrólogo* del joven Giorgio y el Medallón del arquitecto.

—¿Y Georg sabía a lo que se estaba refiriendo Pico con el Medallón del arquitecto?

—Al principio, no. De hecho, ni siquiera le dio demasiada importancia. Sus órdenes eran centrarse en la búsqueda del cuadro y así lo hizo. Pero algo sucedió cuando arrestaron a Alfred Bauer y confiscaron su colección, pensando que allí lo encontrarían. Al poco, recibió la visita de un hombre llamado Peter Hanke, un capitán de las SS que pertenecía al servicio de inteligencia.

—¿Abwehr o SD? —pregunté, refiriéndome a los dos servicios de inteligencia de la Alemania nazi, la inteligencia militar y la Sicherheitsdienst, que dependía de las SS.

—SD-Inland, el departamento de seguridad interior. Según él, se le había comisionado la búsqueda del Medallón de Fuego y, teniendo en cuenta su conexión con *El Astrólogo*, necesitaba interrogar a Alfred Bauer y examinar el inventario y el catálogo de su colección. Al principio, a Georg le pareció extraño que Himmler no le hubiera informado de que también se estaba buscando el Medallón, pero luego pensó que era bastante típico de las altas esferas políticas el procurar que una mano no supiese lo que hacía la otra, así que lo dejó pasar.

—¿Estuvo Georg presente en el interrogatorio?

—No. Y, cuando solicitaba el informe a Hanke, éste siempre le daba largas. Nunca llegó a entregárselo. Después, la búsqueda de *El Astrólogo* acabó absorbiéndole de tal manera que, al final, se olvidó del asunto.

—Pero Alfred Bauer no tenía el Medallón... ¿O sí?

—Si alguna vez lo tuvo, ni siquiera Sarah Bauer, su propia hija, lo supo.

—Entonces ¿qué tiene que ver su padre con el Medallón?

Martin sonrió.

—Eso tendremos que averiguarlo nosotros. La cuestión es si los nazis lo encontraron o no.

Terminé el té, dejé la taza sobre la mesa y volví a activar la pantalla del ordenador para recuperar la imagen del dibujo de Miguel Ángel.

—De modo que ésta es la última vez que alguien vio el Medallón. Hace más de quinientos años.

—La verdad es que no lo es; sin embargo, en esta ocasión no tengo ninguna prueba gráfica. Parece ser que el Medallón fue visto por última vez hace relativamente poco tiempo, apenas un siglo.

—Oh, vaya. Cuatrocientos años de mejora, no está nada mal —bromeé.

—Nos tenemos que remontar a los albores de la Unión Soviética y al destino de las joyas imperiales tras la caída del régimen zarista. La mayoría del tesoro de los Románov se dispersó durante la Primera Guerra Mundial y la Revolución de Octubre: una parte se trasladó en 1914, cuando estalló la guerra, desde el Palacio de Invierno en San Petersburgo a la Armería del Kremlin en Moscú, para protegerlo de un posible avance alemán sobre la capital zarista. Este lote se consideró perdido hasta que, en 1921, apareció en un almacén olvidado del Kremlin. Otra parte la ocultó la propia familia imperial cuando los bolcheviques tomaron el poder. En su peregrinaje por diferentes lugares de cautiverio hasta su trágico final, fueron escondiendo varios lotes, que confiaban a sus más allegados. Además, transportaron consigo varias joyas que habrían de servirles para costear su soñado y luego frustrado exilio en Europa. La cuestión es que el nuevo gobierno soviético no logró reunir el grueso de la colección hasta los años veinte; algo mermada con todo lo que se había perdido o sacado de Rusia por los Románov que no fueron masacrados durante la revolución. Entonces un grupo de expertos joyeros y gemólogos del Hermitage recibió el encargo de catalogar todas las piezas del tesoro, puesto que el interés de las autoridades era ofrecer buena parte de la colección a subasta internacional para financiar gastos públicos; diamantes por tractores, según decían. Así, en 1925 se publicó en cuatro volúmenes el llamado catálogo Fersman, por Aleksandr Fersman, el geoquímico y mineralogista que lo firmó. Y, en febrero de 1926, se ofrecieron las joyas a la venta internacional. Sin embargo, se rumorea que hubo otro catálogo anterior, una especie de prototipo, del que se publicaron muy pocos ejemplares, en 1924. Según se dice, en una de las fotografías de ese catálogo, podía apreciarse claramente el Medallón de Fuego, una pieza pobre e insignificante entre las magníficas tiaras de brillantes, los hilos de perlas, los brazaletes de platino y los broches de piedras preciosas que habían pertenecido a los zares de Rusia. El problema es que todos los ejemplares de ese prototipo desaparecieron sin dejar rastro y, por lo tanto, no hay una prueba real de que el Medallón estuviera entre los objetos inicialmente catalogados.

—¿Quiere eso decir que lo último que se sabe del Medallón es que estuvo en poder de los Románov?

—Si damos crédito a la historia del catálogo de 1924, sí.

—De los Médicis a los Románov. Interesante camino —reflexioné—. Y, en cualquier caso, muchos hilos de los que tirar. ¿Por cuál empezamos?

Prefiero que me lo cuentes en persona

Peter Hanke. Ese primer hilo sería para mí. Después de todo, había acumulado bastante experiencia en bucear en los archivos de la Alemania nazi. Por su parte, Martin seguiría investigando a Bonatti.

Después de buscar *El Astrólogo* e investigar con Alain para restituir obras de arte robadas por los nazis, había aprendido como evitar perder el tiempo en la multitud de archivos de esa época e ir directamente al grano. Sabía que si lo que buscaba era información sobre una persona en concreto, la fuente de documentación más completa eran los archivos del Berlin Document Center; sin duda, una de las principales fuentes de investigación para los historiadores, sobre todo, en lo referente a los llamados documentos biográficos, es decir, los relativos a individuos.

El BDC cuenta con más de catorce millones de fichas personales y un millón de documentos relacionados con ellas sobre oficiales de las SS, miembros de las SA, miembros del Partido Nacionalsocialista y miembros de la Cámara de Cultura del Reich. Era el archivo ideal para empezar a buscar a Peter Hanke.

El problema era que las consultas al BDC no son fáciles porque la legislación alemana protege el derecho a la intimidad de las personas incluso post mortem. Por eso Alain, usuario habi-

79

tual del BDC, optó por buscar un colaborador, colaboradora para ser exactos, en el Bundesarchiv, el archivo nacional alemán, y, una vez acreditado que sus intenciones no eran difamar a nazis muertos, poder ahorrarse muchos trámites para obtener el visto bueno a sus consultas. Yo la conocía: Helga Litzmann. Había trabajado con ella en varias ocasiones.

Lo primero que tenía que hacer era ponerme en contacto con Helga para que me fuera buscando la documentación sobre Peter Hanke. Para eso tenía que facilitarle un nombre, un apellido y una fecha de nacimiento. No sabíamos esta última pero sí su número de SS, pues Georg había anotado los datos que el tipo tuvo que facilitar en el registro cuando visitó la prisión de Bauer para el interrogatorio y, milagrosamente, sus notas se habían conservado después de la guerra. Esperaba que Helga pudiera arreglárselas con ese dato y, sobre todo, que me hiciera el favor de arreglárselas porque estaba fuera del protocolo.

Supe del BDC poco más de una semana después. Un plazo relativamente corto en esta clase de búsquedas. Y es que Helga se había entusiasmado con el encargo. Dio la casualidad de que la archivista estaba elaborando una tesis para su doctorado sobre lo que ella llamaba los «nazis corrientes», es decir, aquellos que, sin ser figuras preeminentes ni ocupar altos cargos, habían conseguido desaparecer entre la niebla del final de la guerra y su trayectoria, actos y responsabilidades nunca habían salido a la luz. Según ella, nuestra generación estaba al tanto de la memoria de las víctimas del nazismo, pero no así de la de los verdugos, del funcionario o ciudadano corriente cuya colaboración fue necesaria para que toda la maquinaria del Tercer Reich funcionase. Es por ello por lo que era necesario adentrarse en el recorrido vital, el perfil y la psicología de esas personas para tener una visión completa de lo que falló, de lo que condujo a aquella barbarie. Peter Hanke, por ejemplo, pudo no ostentar un alto cargo, ni ser juzgado en Núremberg y su nombre no figuraba en los libros de historia; no obstante, como partícipe activo del nazismo, para Helga era interesante conocer qué le había llevado hasta allí, cuáles fueron sus motivaciones.

De este modo, la mujer se tomó la búsqueda como algo personal y también gritó «¡eureka!» cuando identificó a un Peter Hanke asociado al número de SS que yo le había facilitado. Había encontrado su ficha de personal dentro de los archivos de la RSHA.

La RSHA, u Oficina Central de Seguridad del Reich, era un organismo controlado por las SS con Heinrich Himmler como último responsable, que se encargaba de la seguridad nacional en el Tercer Reich. Se creó en 1939, tras la fusión de la Gestapo, o la policía secreta, el SD o el servicio de inteligencia de las SS, y la Kripo o la policía criminal.

La primera sorpresa llegó cuando, según su ficha, descubrimos que Peter Hanke no pertenecía a la división III de la SD-Inland sino a la IV de la Gestapo. A Helga aquello no le pareció una buena noticia. Me advirtió que sería muy difícil encontrar documentación sobre él, si es que la había. Los miembros de la Gestapo, por su propia naturaleza de policía secreta, no dejaban demasiado rastro de sus acciones y, en todo caso, la mayoría de los archivos relativos a esa organización se había perdido al final de la guerra: buena parte había sido destruida por los propios responsables para evitar que cayeran en manos enemigas y otro tanto había ardido a causa de los bombardeos aliados.

En cualquier caso, me emplazó a Coblenza, donde se ubica una de las sedes del Bundesarchiv, para examinar la ficha hallada mientras ella seguía buceando en los archivos.

Una ficha de personal era un documento ideal como punto de partida para continuar la investigación: ofrecía los primeros datos sobre el individuo y suponía una especie de hoja de ruta para buscar más documentación.

Con el tiempo, había desarrollado mi metodología particular para sacar el mayor partido de la información disponible. Hacía mi propia clasificación de los documentos en función del organismo que los emitía y la información que contenían, preparaba una escueta biografía, más bien una cronología vital del individuo, y después iba rellenando los detalles. Una particularidad de los archivos sobre los miembros de las SS es que no sólo contienen documentos con datos objetivos: filiación, fechas, lugares, cargos... Sino que la organización, en su afán por evaluar y controlar la eficiencia y la lealtad de su personal, produjo también multitud de informes que permiten conocer las costumbres, el carácter y la personalidad del investigado e, incluso, datos médicos y psicológicos. En el caso de Hanke, eran varios los documentos que iban adjuntos a su ficha, así que me llevó un par de días hacer un primer barrido.

A última hora de la tarde de un intenso día de trabajo pegada al lector de microfilm, cuando en el exterior ya había caído la noche y tras los cristales de una sala de consulta cada vez más vacía retumbaba una aparatosa tormenta, encontré un informe emitido por el Amt I D2 de la RSHA, el departamento encargado de los asuntos disciplinarios internos. Al leerlo, tuve una corazonada. Salí un momento al pasillo para llamar a Martin, deseosa de compartir mi descubrimiento.

—Martin, creo que he encontrado algo sobre Hanke. En 1941...

—Espera. Prefiero que me lo cuentes en persona.

Su reacción me dejó perpleja.

—¿En persona? Pero... tenía previsto quedarme en Coblenza al menos un par de días más. Aún tengo archivos por examinar. ¿De verdad que no quieres que te lo cuente ahora?

—Sí, ahora sí. Y en persona.

Aquella voz no sonó al otro lado del teléfono, se oyó alto y claro a mi espalda. Me giré. Allí estaba. Recién llegado de la calle, con la cazadora todavía mojada.

—Bueno, mejor durante la cena. Estoy muerto de hambre. ¿Tú tienes hambre?

—Pero... ¿qué haces aquí?

—Pues justo estaba llamándote cuando te me has adelantado.

—No... Me refiero a... ¿Cómo es que has venido?

—A ver a mi madre. Vive en Frankfurt. Y ya que estaba a algo más de una hora de aquí, he pensado que podía acercarme a echarte una mano con los papeles, si te parece bien. Entonces ¿tienes hambre o no?

¿Tenía hambre? Pues no me había parado a pensarlo pero, sí, tenía hambre. Aunque, sobre todo, estaba cansada; todo el cansancio acumulado a lo largo del día acababa de caerme encima a plomo

—Tengo hambre. Pero nada de sitios formales, algo rápido. Estoy cansada, me pican los ojos y quiero quitarme las lentillas.

—He alquilado un apartamento en Airbnb y enfrente hay un restaurante italiano. Seguro que nos preparan algo para llevar. Además, así podrás quitarte las lentillas. ¿Qué te parece?

Martin sonreía, como ilusionado. En aquel momento, caí en la cuenta de que Martin casi siempre sonreía y, aun cuando no lo hacía, su semblante se mostraba amable, relajado. Resulta agradable trabajar con alguien así. Y su compañía también lo era.

—Me parece bien. Espérame aquí mientras recojo mis cosas.

Me encaminé hacia la sala de consulta pero, antes de entrar, me di la vuelta.

—Así que tienes madre...

Martin se encogió de hombros.

—Ya ves. Soy un tipo normal.

Su expresión es... inquietante

Coblenza es una pequeña ciudad situada en la confluencia de los ríos Rin y Mosela. Su centro histórico tiene el encanto típico alemán de las casas del siglo XVIII en colores pastel con tejados de pizarra y ventanas de cuadros perfectamente alineadas, plazas amplias presididas por estatuas de bronce color verdoso e iglesias con campanarios en forma de bulbo, que le ha merecido el calificativo de Patrimonio Histórico de la Humanidad por la UNESCO. Una ciudad ordenada, limpia, tranquila, agradable de pasear salvo en los días de tormenta como aquél, en el que nos limitamos a recoger la cena en el restaurante y subirla rápidamente al apartamento en el que se alojaba Martin, cerca de la Jesuitenplatz.

—Es sencillo, práctico, pero a veces prefiero alquilar antes que ir de hotel —me confesó mientras repartía entre nuestros platos una ensalada de espinacas, speck, nueces y tomates secos con queso parmesano—. Viajo la mayor parte del año y esto se acerca más a la sensación de estar en casa.

No era lo previsto pero, sentados junto a la ventana en torno a una pequeña mesa a la que le pegaba un nombre sueco, empezamos la cena hablando del propio Martin. La tormenta había pasado, si bien los adoquines de la calle todavía brillaban empapados. La gente se había recogido al refugio de sus hogares y la ciudad se mostraba perezosa, aletargada. En el teléfono de Martin sonaba Sam Cooke, una elección que no dejaba de sorprenderme al venir de alguien que tenía más aspecto de escuchar a Avicii. Por lo demás, Sam Cooke encajaba a la perfección en aquel ambiente lluvioso y lánguido de luz indirecta. Contagiados de él, parecía que la investigación podía esperar, que era demasiado tarde para hablar de trabajo. El vino y la comida tampoco ayudaban.

—¿Dónde está tu casa?

—En Múnich. No es lo que se puede decir un hogar, hace sólo unos años que la tengo y ni siquiera he terminado de amueblarla, pero es el sitio al que siempre puedo volver.

—¿Eres de allí?

—No, soy de Frankfurt. A los dieciocho años me trasladé a Múnich para estudiar Historia del Arte y ya me quedé allí. Me encontraba más a gusto en Múnich que en Frankfurt. —Hizo una pausa. Parecía dudar si continuar, pero finalmente se animó a hacerlo—. Mis padres se divorciaron cuando yo tenía tres años, desde entonces no sé nada de mi padre. De hecho, Lohse es el apellido de mi madre, me lo cambié. Diez años después, mi madre volvió a casarse, pero nunca me he llevado demasiado bien con el tipo. Prefería estar con mi tío abuelo en Múnich. Viví con él hasta que murió.

Bruno Lohse. Su tío abuelo. Experto en arte, en concreto, en pintura flamenca y holandesa del siglo XVII, oficial de las SS con el grado de *Hauptsturmführer*, capitán, marchante de Hermann Göring y uno de los responsables del Einsatzstab Reichsleiter Rosenberg en París, la organización nazi a través de la que se canalizó y oficializó el expolio de obras de arte en Europa. Había tenido ocasión de investigarle cuando buscaba *El Astrólogo*, pero no había llegado a formarme una opinión sobre él. Es evidente que participó de forma activa en el saqueo de obras de arte pero, en cuanto a su relación con el Holocausto, la cuestión no está tan clara. Al terminar la guerra, los americanos lo detuvieron e interrogaron. Colaboró con ellos en la investigación sobre el expolio y testificó en los juicios de Núremberg. No llegaron a imputarle ningún crimen y, en 1948, lo entregaron a las autoridades francesas, que lo mantuvieron en prisión hasta 1950, año en que quedó libre tras un juicio rápido. Se instaló entonces en Múnich. Como no había sido desnazificado, no pudo ejercer de manera oficial de marchante, pero muy convenientemente se definía a sí mismo como asesor. Se dice que formaba parte de una red de tratantes de arte, vinculados al extinto régimen nazi, que comerciaba con obras expoliadas. Después de su muerte, en 2007, la fiscalía suiza encontró en una caja de seguridad de un banco de Zúrich, a la que Lohse tenía acceso, al menos catorce obras de arte desaparecidas durante la guerra. ¿Fue Bruno Lohse un nazi convencido y cómplice de los crímenes del régimen? ¿Fue simplemente un oportunista que encontró en dicho régimen nazi el marco adecuado para satisfacer su ambición por el arte y el dinero? ¿Era un alemán de los buenos o de los malos? No sabría decirlo. En cualquier caso, Bruno Lohse era un personaje que siempre me había intrigado; lo mismo que su sobrino nieto.

—¿Cómo era tu tío abuelo?

Martin dejó los cubiertos en el plato y suspiró mientras parecía meditar la respuesta.

—Para mí era justo eso: mi tío abuelo. Un abuelo más bien, ya que uno de ellos murió en la guerra y con el otro no tenía trato. Era cariñoso, dicharachero, sonriente. Siempre estaba de buen humor. Fue mi mentor: con él aprendí de arte más que en cinco años de universidad... A él le gustaba Sam Cooke y el jazz. Era un nazi al que le gustaba el jazz... Aunque intuyo lo que me estás tratando de preguntar y... Es un tema difícil; para mí lo es y creo que para la mayor parte de mi generación también: son nuestros abuelos. Vivimos con ese sentimiento de estupefacción, de incomprensión, de vergüenza colectiva. El arrepentimiento y la culpabilidad por lo que pasó, por lo que Alemania le hizo al mundo, es casi una asignatura en las escuelas. Pero es algo abstracto y, como tal, manejable. Lo malo es cuando se convierte en personal, cuando lleva tu apellido... Cuando piensas que podrías haber sido tú el que podría haber participado de esa locura. Entonces tratas de entenderlo, de ponerte en su lugar... Pero es difícil. La historia dice que todos fueron nazis, criminales o cómplices. Ese «todos» es asumible, pero si es uno, un miembro de tu familia, alguien a quien quieres... ¿Cómo puedes asumir que tu abuelo fue un nazi cómplice o criminal? Después de la guerra, la gente se sumió en el silencio. Nadie hablaba de eso. Mi tío abuelo nunca me habló de eso. Y, la verdad, creo que lo prefiero... A veces, es mejor no saber. A veces, desearía no saber.

—Lo siento... Igual no era una pregunta oportuna.

—No, no importa... Está bien. Pero ¿cómo es que hemos acabado hablando de mí? —Sonrió, ya más relajado—. Esto no puede ser. Saca ahora mismo a Hanke de tu maletín —ordenó en tanto apilaba nuestros platos vacíos.

—Vale, pero déjame que te ayude.

—No, sólo son un par de platos —argumentó llevándoselos a la cocina—. Te ofrecería una copa —dijo desde allí—, pero me temo que alquilan el apartamento sin alcohol.

—Mejor. Tengo demasiado sueño como para copas. Vamos a terminar pronto con esto y me iré al hotel. O, si no, me voy a quedar dormida sobre la mesa.

—Si estás muy cansada, podemos dejarlo para mañana.

—La verdad es que tengo ganas de contártelo —admití.

—Como quieras.

La mesa quedó rápidamente libre de los restos de la cena y yo pude sacar los papeles de la investigación. Empujé el puente de las gafas para ajustármelas y abrí una de las carpetas de cartón.

—Peter Hanke —anuncié según le mostraba una fotografía en blanco y negro de tamaño carnet ampliada.

Martin se la acercó para examinarla. Era la imagen de un hombre de mediana edad, complexión delgada, cuello largo, rostro cuadrado, algo chupado, boca grande, ojos pequeños y frente despejada. Peinaba el cabello negro, sin canas o, al menos, canas visibles en la fotografía, hacia atrás con brillantina, dejando al descubierto unas incipientes entradas. Sin embargo, su rasgo más característico eran las varias cicatrices que le surcaban un lado de la cara; una de ellas, que iba desde la comisura de los labios hasta casi la oreja, resultaba más visible, al ser más profunda y marcada.

—No me gusta —opinó—. Su expresión es... inquietante.

—Quizá le cogieron en un mal día cuando se hizo la foto —argumenté, aunque no podía dejar de coincidir con él.

—Quizá...

Ayudándome de mis anotaciones empecé a relatarle quién era Peter Hanke:

—Nació el 11 de abril de 1895, en Bagdad, de padres alemanes expatriados. En 1913, ingresó en la Universidad de Berlín para estudiar Derecho. Cuando al año siguiente estalla la Gran Guerra, interrumpe sus estudios y se alista en el ejército. Combatió principalmente en Bélgica hasta que el país cayó bajo control alemán y trasladaron su unidad a Francia. Resultó herido a finales de 1916 en Verdún e, incapacitado para el combate, fue licenciado del ejército con el grado de teniente. Obtuvo una Cruz de Hierro de segunda clase. Supongo que de ahí vienen esas cicatrices. —Me parecía una deducción casi obvia.

Sin embargo, Martin me contradijo.

—No lo creo. Esas cicatrices parecen más bien *Schmiss*, el nombre que reciben las marcas del Mensur.

—¿El Mensur?

—Es un duelo entre universitarios... Bueno, no es exactamente un duelo porque los contrincantes no se baten para resolver disputas o afrentas sino más bien para demostrar su hombría y, además, está prohibido matar al adversario. Pero, para que lo entiendas, es similar a un duelo en el que miembros de fraternidades universitarias rivales se enfrentan con sables. Se practica desde mediados del siglo XIX; incluso, hoy en día, aunque de forma más minoritaria; al menos, se seguía practicando cuando yo iba a la universidad.

—¿Tú te has batido en duelo? ¿Bromeas?

—No, yo no. Pero algún compañero sí que lo hizo. Recuerdo a uno: Wittig el loco, lo llamaban; tiene sentido. En fin, ya sabes: mucha cerveza, mucha bravuconería, mucha vanidad... Se supone que esas cicatrices son muy atractivas para las mujeres. A principios del siglo pasado, el Mensur fue bastante popular entre los estudiantes porque, como te decía, demuestra hombría y valor, pero también pertenencia a las clases altas, a las élites con formación universitaria. Los cortes se lucían con orgullo de casta. De hecho, algunos se metían una crin de caballo en las heridas o se arrancaban las costras para que se notasen más las cicatrices.

—Entonces ¿son cortes de sable? —pregunté alucinada.

—Sí. Se enfrentan dos contrincantes que llevan protecciones en el cuerpo, las manos, el cuello, la nariz y los ojos y están a una distancia de entre uno y dos metros, más o menos como en un combate de esgrima. Pero lo importante es no retirarse, no dar ni un paso atrás; la idea es vencer el miedo para demostrar coraje. Pierde quien se retira o quien más heridas sufre. Si te fijas, la mayoría de las veces los cortes suelen estar en el lado izquierdo, sobre todo si el oponente es diestro, por la forma de ataque. ¿Ves? Nuestro amigo Hanke luce sus *Schmiss* en el lado izquierdo de la cara.

—Increíble... Ahora entiendo por qué muchos oficiales nazis tenían cortes y cicatrices en la cara. Siempre pensé que eran heridas de guerra.

—Si fueron universitarios pendencieros y arrogantes, seguro que se trataba de *Schmiss*.

—Cuadra con la personalidad de Hanke según los informes de sus superiores. Desde luego, fue un tipo conflictivo. Pero sigamos. Después de la guerra, ya incorporado a la vida civil, completó algunos cursos más de la carrera mientras se presentaba a los exámenes para acceder a la policía de Berlín, en la que ingresó en 1922. En 1931, había alcanzado el rango de *Kriminalkommissar*. Se afilió al partido nazi en febrero de 1933 y, un par de meses más tarde, entró en las SS, siendo trasladado entonces a la Gestapo, sección IVE, de contraespionaje. Como dato curioso, intervino en la purga planeada por Hitler contra las SA durante la Noche de los Cuchillos Largos; con ello, demostró lealtad ante sus superiores y consolidó su buena reputación en el cuerpo. Más adelante, en 1942, participó en la disolución de la Rote Kapelle, una red de espías alemanes que pasaba información a la Unión Soviética. Por reseñar los hitos más destacados de su currículum. El caso es que permaneció en la Gestapo hasta el final de la guerra o, al menos, hasta abril de 1945, cuando empezó a cundir el caos en Alemania y, como el rigor burocrático ya no era lo más importante, dejó de haber registros. Tampoco hemos encontrado la fecha de su defunción. Habría que mirar en el registro civil. Eso sí, tengo su *Ariernachweis*, su certificado de pureza aria; alemán de pura raza desde 1750.

—Cosas de nazis... —concluyó para después volver a Hanke—. Me pregunto por qué, cuando fue a interrogar a Bauer, se identificaría como miembro de la SD y no de la Gestapo.

—Sí, no tiene mucho sentido. ¿Por qué iba a mentir acerca de eso?

—No sé... En fin, ¿qué es lo que habías encontrado que puede ser interesante?

—Sí, esto... —Saqué la copia de unos papeles llenos de sellos—. Este informe es de la sección I D2 de la RSHA, algo así como asuntos internos. En agosto de 1941, se abrió una investigación a Hanke. Al parecer, había viajado en junio de ese mismo año a Leningrado y allí lo detuvo la policía en relación con el asesinato de un ciudadano soviético, Fiódor Voikov. Al final, Hanke quedó libre sin cargos por falta de pruebas, pero tuvo que intervenir el consulado alemán y, por lo que se deduce, la solución fue más diplomática que judicial; por supuesto, ocultaron que era un agente de la Gestapo. Por entonces, cuando quedaba sólo un mes para que Alemania iniciase la operación militar contra la Unión Soviética, las relaciones ya estaban bastante tensas entre ambos países y el asunto creó no pocos problemas a los superiores de Hanke. En cualquier caso, durante la investigación interna, el agente negó todas las acusaciones que le relacionaban con el asesinato y, para lavar su imagen y justificar su participación en el embrollo, alegó que había viajado hasta Leningrado en tanto indagaba sobre la posible pertenencia de Voikov a una red de espionaje soviética que operaba en Alemania. La verdad es que suena todo muy raro porque, si ése había sido efectivamente el motivo del viaje de Hanke, sus superiores deberían haber estado al tanto. Y, según se desprende de la lectura del informe, no lo estaban.

—Entonces ¿por qué le cubrieron?

—A veces se hacían estas cosas, por corporativismo, por no manchar la imagen del cuerpo... Si el agente se consideraba bueno, eficiente, se hacía la vista gorda. Se abría una investigación para quedar bien, supongo que su superior le sermonearía un poco, más por imprudente al dejarse coger que por asesino, y carpetazo. ¿A quién le importaba la muerte de un bolchevique? Mejor, uno menos. No iban a sacrificar a uno de los suyos por eso. La cuestión es por qué viajó Peter Hanke a Leningrado. No sé... Igual no tiene nada que ver, pero me dijiste que la última vez que posiblemente se vio el Medallón fue en la Unión Soviética. Creo que sería interesante averiguar quién era ese tal Fiódor Voikov. De todas maneras, aún me quedan varios documentos de Hanke por examinar. A lo mejor, descubro algo más sobre este tema una vez que los haya visto todos.

—Bueno, ahora estoy yo aquí para ayudarte. Puedo quedarme al menos un par de días.

Sonreí agradecida aunque mi mente ya iba un poco por delante.

—Tengo unos amigos en Rusia, los hermanos Anton e Irina Egorov. Él es subdirector de manuscritos de la Biblioteca Nacional de Rusia y ella es técnico del RGVA, el archivo militar ruso. Pero entre los dos tienen contactos en todas partes, no hay documento que se les resista; si está en un archivo de Rusia o de cualquiera de las antiguas repúblicas soviéticas, ellos lo encuentran. Escribiré a Irina, seguro que puede ayudarnos.

Tenía la sensación de que Martin iba a contestarme que le parecía una idea estupenda cuando sonó su teléfono.

—Disculpa, tengo que cogerlo —se excusó al mirar la pantalla—. Vuelvo enseguida.

—Tranquilo.

Martin descolgó, empezó a hablar en alemán y se adentró en el pasillo hasta meterse en una habitación.

Yo aproveché para estirarme en la silla como un gato tras una siesta. Entonces escuché el tintineo de un wasap dentro del bolso. Busqué el móvil más por inercia que por interés. Estaba pensando en lo cansada que me sentía cuando el nombre de Greta Köller en la pantalla me espabiló de pronto. Lo abrí.

> Konrad ha accedido a verte. Este miércoles. Te recogerá un chófer en el aeropuerto de Zúrich. Por favor, mándame el número de vuelo cuando lo tengas. Un saludo.

—Ya estoy aquí —anunció Martin a su regreso.

Levanté la vista. Muda.

—Bien —prosiguió él ajeno a mi estado de shock—. Vamos a averiguar entonces qué hacía nuestro amigo Peter Hanke en Leningrado.

Abril de 1945

Berlín. Tras más de cuatro años de cruenta guerra, la capital del Tercer Reich se enfrenta a su última batalla. Dos millones y medio de tropas del Ejército Rojo rodean la ciudad, dispuestos a dar el golpe de gracia al corazón del nacionalsocialismo. Apenas cien mil defensores entre milicias, unidades dispersas del ejército en retirada, veteranos de la Primera Guerra Mundial, adolescentes de las Juventudes Hitlerianas, policía y la guardia personal de Hitler se preparan para contener el ataque soviético, supliendo con fanatismo su inferioridad numérica. Algo menos de tres millones de berlineses, en su mayoría mujeres y niños, hambrientos, desmoralizados y aterrados, aguardan su incierto destino en las entrañas de la ciudad. Entretanto, el Führer, guarecido en su búnker junto con sus últimos leales, mantiene la esperanza temeraria e ilusoria de salvar el Reich. En el horizonte se vislumbran días de lucha feroz casa a casa, cuerpo a cuerpo; un episodio más de la espantosa tragedia humana que supuso la Segunda Guerra Mundial. La batalla de Berlín está a punto de comenzar.

Peter Hanke se miró las manos temblorosas. La sangre le había salpicado los guantes. Con torpeza, sacó su pañuelo del bolsillo y se limpió precipitadamente. También la navaja antes de envolverla y guardársela.

Jadeaba y el sudor le picaba en el cuerpo. Tragó saliva con dificultad. Notaba el latido del corazón en la garganta y una extraña sensación de ahogo. Había perdido los nervios. Malditas drogas, lo mismo le conferían serenidad que se la arrebataban de un plumazo. Tendría que dejar de tomarlas. Por todos los diablos... Había perdido los nervios.

Apretó los puños. No tenía tiempo que perder. En aquel salón atestado de muebles y objetos, se precipitó a una búsqueda frenética y sin sentido. Abrió cajones y lanzó al vuelo su contenido, arrancó los cuadros de la pared, arrojó las porcelanas al suelo, levantó las alfombras y buscó tablas sueltas en la tarima, desgarró los cojines y esparció el relleno. Aquello era absurdo. Tal vez sólo una forma de aliviar su frustración. Porque nunca lo encontraría. Así no.

Dirigió la vista al viejo, maniatado y amordazado en la silla. Su cuerpo alargado y enjuto caía desmadejado. La sangre le había empapado la ropa, ya apenas le fluía desde la raja abierta en su cuello. Su rostro de cera se levantaba hacia el techo, inexpresivo, la cabeza sin apenas pelo colgaba como la de un muñeco roto. Y aun así parecía estar burlándose de él. Se abalanzó sobre su cadáver.

—¡Maldito viejo ingrato! —Le zarandeó fuera de sí, queriendo devolverle la vida que él mismo acababa de quitarle—. ¿Dónde está? ¡Dime, ¿dónde está?! ¡Despierta! ¡Despierta y sácame de este infierno!

Entonces Fiódor Voikov abrió los ojos como platos, hasta casi expulsarlos de las cuencas. De su garganta brotó un grito aterrador...

Peter se despertó sobresaltado, con aquel grito resonando aún en sus oídos. Estaba empapado en sudor y temblaba. Se miró las manos en la penumbra esperando encontrarlas cubiertas de sangre, pero no era más que mugre lo que las manchaba. Se pasó el dorso por la frente para secársela.

Otra vez aquel maldito sueño. Recurrente desde hacía días. ¿Qué era lo que le atormentaba, si él hacía mucho tiempo que había dejado de tener conciencia? No, no era arrepentimiento. Cuatro años habían transcurrido, y ni un solo instante desde entonces se había arrepentido de matar a Fiódor Voikov. Tal vez el espíritu del ruso se colaba en su sesera para torturarle.

Viejo estúpido... Si se hubiera avenido a razones nada de aquello habría sucedido. Había intentado explicárselo. Había intentado hacerle ver que sus motivaciones eran nobles. Él no era un maníaco como esos nazis fanáticos e ignorantes. Él entendía la gravedad del asunto, la trascendencia del Medallón. «¿Quién protegerá el Medallón cuando tú mueras, Fiódor Voikov? ¿A quién se lo legarás? Sabes que tu vida se acaba. Sabes que la guerra está en ciernes. Sólo yo puedo custodiarlo. Enséñame a custodiarlo. Yo también puedo hacerlo, puedo ser uno de vosotros. Yo sé vuestros secretos. ¡Me lo he ganado!»

«No es un derecho ni un privilegio. Es una carga. Tú nunca podrías entenderlo porque te nubla el deseo y la ambición», le había dicho Voikov. Viejo necio y engreído. ¿Quién coño se había creído que era para ningunearle y despreciarle como lo había hecho?

Peter Hanke se revolvió incómodo en el colchón y clavó la vista en el techo gris cubierto de grietas y manchas de humedad. Sonrió. Después de todo, el viejo no era tan listo como se pensaba. Katya estaba a punto de llegar y Peter sólo tenía que esperarla.

—Magna Clavis... Y tú que creíste haberte llevado el secreto a la tumba, ¿eh, Voikov? Maldito hijo de puta...

Sí, tal vez aquel sueño fuera una señal de que el final estaba próximo. O no. A lo mejor sólo era el láudano; quizá aquellas reservas de la medicina de Hubertus von Leitgebel estaban caducadas y le causaban aquellas pesadillas.

Una explosión, otra más, sacudió el sótano y provocó una lluvia de polvo y arenilla. Se volvían cada vez más frecuentes, más intensas, más próximas. Los rusos estaban cada vez más cerca de Berlín. Y con ellos, Katya también.

Peter alargó el brazo para alcanzar la botella y darle un buen trago. Al menos, el coñac seguía en perfectas condiciones, pensó mientras paladeaba el sabor dulce y fuerte del licor y se hacía un ovillo para volver a conciliar el sueño.

———◇◆◇———

La columna de tanques se detuvo a pocos kilómetros de Weissensee, a las afueras de Berlín, por causa del tráfico. Todas las carreteras estaban colapsadas, atestadas de vehículos militares y tropas del Ejército Rojo que pisaban los talones a las caravanas de refugiados y de unidades de la Wehrmacht en retirada.

Katya aprovechó la parada para beber de su cantimplora un sorbo de agua calentorra. El ambiente resultaba plomizo, con un cielo gris que no se sabía muy bien si estaba cubierto por las nubes, por el humo o por una mezcla de ambos. Del suelo embarrado y deformado bajo las cadenas de los tanques parecía ascender una bruma pestilente. Todo estaba cubierto de basura, de estacas de madera, de vainas de proyectiles, de hierros retorcidos. En una zanja junto al camino, se hundía un carro hecho astillas y su caballo despanzurrado; las moscas empezaban a devorarlo. Los pocos árboles de aquel páramo gris, salpicado de construcciones abandonadas, estaban calcinados y quebrados. El panorama era desolador. Como lo venía siendo desde hacía ya mucho, mucho tiempo, muchos, muchos kilómetros. Katya había perdido la cuenta de los meses que llevaba avanzando sobre tierras arrasadas, sobre muerte y destrucción. Ya no era algo a lo que le prestase demasiada atención. Era la única forma de no perder la cabeza.

Además, se sentía agotada. Acumulaba más de cuarenta y ocho horas sin dormir. Su unidad de fusileros había tenido que entrar en combate en las colinas de Seelow, donde los alemanes habían presentado una resistencia inesperada, suicida, y la primera línea soviética había sufrido cuantiosas bajas. Sólo hacía unas horas que, por fin, habían roto la última línea de defensa alemana. Berlín estaba al alcance de la mano.

Todavía no terminaba de creerse su propia situación. Allí, encaramada al lomo de un T-34, empuñando un fusil Mosin-Nagant, rodeada de soldados tan ceñudos, agotados, rudos y mugrientos como ella, venidos de todas partes de la Unión Soviética desde Siberia hasta Bielorrusia. A las puertas de Berlín.

Cuanto había sucedido, cuanto la había conducido hasta allí, en lo que ella misma se había convertido y lo que la rodeaba, todo le procuraba una cierta sensación de irrealidad.

Hasta ese instante, la guerra había determinado su existencia. Ahora que sabía que se acercaba el último combate, se sentía un poco perdida. Si es que lograba sobrevivir, ¿qué sucedería después, cuando la guerra ya no sujetara los hilos de su vida?

Quizá ese miedo a mirar hacia delante era lo que los últimos días la llevaba a volver la vista atrás. A menudo, en los escasos momentos de descanso y soledad, se sorprendía con la mente llena de imágenes del pasado. Imágenes cada vez más desgastadas por el paso del tiempo y, sin embargo, vívidas, presentes, como un ancla que la sujetaba a tierra firme.

Katya, la niña española... La de las trenzas morenas como la tierra de la cuenca del Kuzbás, la piel de la estepa nevada y los ojos de almendra verde, la viva imagen de su madre rusa. Recién llegada al ejército, un sargento le dijo que no la quería en su unidad porque era guapa y soliviantaba a los hombres, un problema para la disciplina. Se sintió indignada: ¡desde cuándo se vetaban soldados por ser bien parecidos! Si ese sargento la viera en ese momento, con la pátina de la guerra desluciendo su rostro y las marcas de los nazis abatidos en la culata de su fusil, se arrepentiría de sus palabras.

¿De verdad alguna vez había sido una niña española? Si apenas recordaba el español... Ella solía hablar consigo misma en voz alta. Antes, hacía ya mucho tiempo, usaba el español en sus soliloquios. Pero con los años, el español fue diluyéndose en el ruso y empezaron a olvidársele las palabras.

Antes solía preguntarse si estaría loca por hablar sola en voz alta. Ya no. Hacía tiempo que la frontera entre la cordura y la locura había sido aniquilada.

—Al pasar la barca, me dijo el barquero —canturreó bajito. Su acento sonaba terrible, fuerte como el rugido de un coche, pero aun con todo le agradó escucharse—. Las niñas bonitas no pagan dinero...

Sonrió. Ojalá recordara el resto de la canción. Repitió aquellas frases. La tonadilla le traía recuerdos de una casa con una galería acristalada, una estantería con libros de cuentos, un día de feria con aroma a almendras garrapiñadas, los zapatos junto al balcón las noches de Reyes, la sonrisa de su madre, el abrazo de su padre... Sin embargo, las voces dulces se habían desvanecido, los rostros se iban desdibujando.

—Al pasar la barca, me dijo el barquero...

Cerró los ojos para aliviar el escozor y se recostó en la torreta del tanque. Trató de silenciar el rumor metálico de motores y de tropas que la rodeaba e hizo un esfuerzo por dejarse llevar por la canción según tarareaba los versos olvidados con una «m» vibrando entre los labios resecos. Qué extraña canción para el apocalipsis...

Quiso regresar a donde pertenecía, a donde todo había terminado y todo empezó, a aquella mañana de junio en que la guerra, otra guerra, la de España, había llegado para quedarse, sin darle tiempo a coger su muñeca favorita. Para entonces Katya ya había vivido los bombardeos, la ciudad saltando en pedazos sin saber por qué, los gritos, las carreras, la mano sudorosa de su madre agarrando la suya con fuerza. Pero estaban los tres juntos, se daban consuelo, se aliviaban los temores, había espacio para la risa y las muestras de cariño aun en mitad del horror.

Al principio, le costó entender por qué la habían separado de ellos.

—Es por tu seguridad, hija mía. Sólo serán unos meses. Esto acabará pronto y volveremos a estar juntos.

Su madre se lo había repetido varias veces mientras le acariciaba el cabello y las mejillas. Se lo había dicho en ruso, el idioma en el que le hablaba. Su madre era rusa. Por eso la enviaba a la Unión Soviética, donde vivía su tío. Allí la niña estaría a salvo.

—¿Por qué no venís conmigo? Así todos estaremos juntos y a salvo también —insistía Katya.

Tatiana sacudía la cabeza con una sonrisa triste por toda respuesta. Katya entonces no lo sabía ni hubiera podido comprenderlo, pero su madre jamás se separaría de su padre; ellos eran uno desde el día en que se habían mirado a los ojos por primera vez y se habían enamorado locamente.

Julián Arriaga, el padre de Katya, era periodista y escritor. La pareja se había conocido en Moscú, donde Julián trabajaba de corresponsal y Tatiana estudiaba Filosofía. Fue un flechazo. Se casaron a los seis meses y juntos viajaron a España un año después; Tatiana ya estaba embarazada. Se instalaron en Bilbao, de donde era Julián.

Allí había nacido Katya. Y desde allí había partido, doce años más tarde, hacia Leningrado, en un navío mercante de nombre *La Habana*, junto con otros mil quinientos niños a los que no había visto en su vida. Los niños de la guerra, a los que el gobierno de la República intentaba poner a salvo de las bombas sacándolos del país.

Recordaba con claridad aquel día de junio. Llovía. Algunos paraguas se balanceaban entre la multitud del puerto. Todo Bilbao parecía estar allí para despedir a sus niños. Katya tenía edad suficiente para percibir la tensión: las lágrimas a duras penas contenidas, la angustia y el desasosiego de los rostros, los abrazos y besos ansiosos que se repetían una y otra vez porque ninguna quería ser la última. Había críos muy pequeños, no tendrían más de tres o cuatro años. Llevaban un pedazo de cartón hexagonal colgado del cuello con un número y su destino, por si se perdían; de sus brazos cortos se escurrían unos farditos bien atados que contenían todo su equipaje. Miraban a su alrededor con ojos grandes y un puchero colgado del labio, más por incomprensión que otra cosa. Quizá fuera esa imagen la que puso a Katya al borde del llanto: la lástima ajena, no tanto la propia. Ella y su madre se habían prometido no llorar.

—Yo me quedaré tu sonrisa y tú te llevarás la mía, ¿qué te

parece? —le había propuesto Tatiana previendo una despedida dura—. Prométeme que la llevarás siempre puesta.

Katya cargaba la maleta de su padre y su madre le había cosido un vestido nuevo y le había regalado uno de sus colgantes, el de oro con forma de corazón. «¡Madre del amor hermoso, Katya! ¡Estás hecha toda una mujercita!», había exclamado doña Herminia, la portera, al verla salir de casa. Y ella sonrió de orgullo. De alguna forma, se sentía especial, más mayor; era su primer viaje. Sin embargo, colgada del cuello de sus padres en ese último abrazo antes de subir al barco, se supo de nuevo una niña y pensó que no sería capaz de soltarse. Su madre tuvo que separarla con suavidad para regalarle la sonrisa prometida antes de partir. Como con su padre no había tal pacto, al hombre le rodaban los lagrimones por las mejillas.

Katya subió las escalerillas como si los pies le pesaran toneladas y, una vez en cubierta, se hizo hueco en la borda abarrotada de críos llorosos. A su alrededor, el ruido del adiós sonaba amortiguado en sus oídos y ella sólo tenía ojos para sus padres al otro lado de la reja que los separaba del muelle, rodeados de pañuelos blancos al viento. Entonces notó que le tiraban de la falda y se volvió: un pequeño se había agarrado a la tela con el puño bien cerrado. Ella se lo soltó y entrelazó la manita fría con la suya.

—No te angusties —le consoló—. La guerra terminará pronto y, antes de que te des cuenta, estaremos de vuelta.

La sirena emitió un aullido, se soltaron las amarras y el vapor empezó a alejarse del muelle de Santurce. Entonces, como ya había dejado la sonrisa a su madre, Katya comenzó a llorar.

Permaneció en cubierta hasta arribar al puerto de Burdeos, donde hicieron escala para apear a los niños que se quedarían en Francia y cambiar de barco. *La Habana* había sido un buen barco pero el *Sontay*... Aquel navío de carga era viejo y sucio, las ratas corrían por las bodegas en las que los apretujaron unos contra otros sobre el suelo, bajo la mirada oblicua de la tripulación, procedente de Indochina, a la que pedían comida por gestos. Muchos niños se marearon; Katya, también, y manchó su precioso vestido nuevo.

Tras varios días de penosa travesía por el mar del Norte y el mar Báltico, entraron en la bahía de Leningrado un día de sol con su noche blanca. Katya no se esperaba encontrar un recibimiento como el que había preparado en el puerto: ristras de banderines, una orquesta uniformada, marineros en formación, familias enteras que les ofrecían juguetes y golosinas, que pretendían acogerlos; la multitud los vitoreaba como a héroes. Algunos niños debieron de pensar que lo eran pues desembarcaron con el puño en alto como habían visto hacer a sus padres y cantando *La Internacional*. Ella, en cambio, que se encontraba demasiado cansada, sucia y hambrienta, se sintió un poco abrumada.

Del puerto los trasladaron a un centro, donde una legión de médicos y enfermeras les hizo una revisión, los despiojó y, prácticamente, los desinfectó, dadas las condiciones en las que llegaban. A ella la desvistieron y nunca volvió a saber del vestido que su madre le había cosido. Pero lo más humillante fue que la obligaran a ducharse desnuda con otros chicos y chicas. Sus enérgicas protestas, aun pronunciadas en un ruso perfecto, no como las de otros niños, fueron ignoradas. Acabó metida en la ducha, sin manos suficientes para taparse sus partes pudendas y entre lágrimas de rabia y vergüenza. Una vez limpios, les proporcionaron ropa nueva: un uniforme blanco y azul con un pañuelito al cuello y un sombrero de tela.

Por fin les dieron de comer, en una sala con mesas largas llenas de manjares. Mas aquello no fue como esperaban. Katya, como el resto de los niños, probó el caviar por primera vez y aquel sabor fuerte a pescado y sal no le resultó agradable, así que esparció las bolitas negras por el plato y no tomó más que el pan que lo acompañaba. Después del almuerzo, les comunicaron que los distribuirían en casas de acogida. A ella le correspondió la casa número dos, en Moscú. Katya entró en pánico y corrió a hablar con uno de los tutores españoles que los acompañaban.

—Escuche, don Arturo, yo no puedo ir a Moscú. Me espera mi tío aquí, en Leningrado. Vengo para vivir en su casa.

Don Arturo se dirigió a uno de los supervisores soviéticos, un tipo con el ceño fruncido y lenguaje cortante.

—Miraremos los papeles. De momento, a Moscú —resolvió, sin demasiado interés.

Aquel «de momento» se transformó en seis meses hasta que su tío pudo deshacer el entuerto burocrático. No obstante, Katya recordaba aquel tiempo con agrado. La casa para niños número dos estaba en Krasnovidovo. Se trataba de una antigua residencia de descanso de ladrillo rojo, amplia, casi señorial, que se asentaba a orillas de un lago en medio de un bosque. Allí Katya siguió, con el resto de los niños expatriados, una rutina de clases en español, música, deporte, juegos y cine un día a la semana. Comía bien y en abundancia, mucho más que los últimos tiempos en Bilbao, adonde la guerra había llevado el hambre. Y se hizo buena amiga de otra niña de su edad, Elenita. Aunque echaba de menos a sus padres, de los que no había tenido noticia desde que partiera de España, y se dormía todas las noches pensando en ellos, casi se había olvidado de su tío.

Hasta que un día, en mitad de la clase de ruso, la llamaron al despacho del director y allí estaba él: alto y delgado, enfundado en un traje que parecía del siglo pasado y daba la impresión de mantenerlo tieso; sus labios se fruncían entre un espeso bigote gris y una perilla afilada, sus ojos verdes le recordaron a Katya a los de su madre, aunque no sonreían como los de ella. Usaba monóculo, lo que le hacía parecer llegado de otra época. Era un extraño y aquel extraño le iba a dar, con ceremoniosa frialdad, la peor noticia de su vida.

El 19 de junio, las tropas fascistas habían tomado Bilbao. Eso ella ya lo sabía, la nueva corrió en el barco camino de Leningrado. Los días previos, se había iniciado una desesperada defensa de la ciudad y su padre se había unido a un batallón de milicianos. Como no podía ser de otra manera, su madre se cargó un fusil al hombro y le siguió. Tatiana siempre había sido una mujer de carácter, obstinada y testaruda, recordó su hermano con enojo antes de concluir:

—Lo siento, Katya. Tus padres han fallecido. Ambos perdieron la vida en un bombardeo a su posición en el monte Artxanda.

No estaba segura de haberlos perdonado todavía.

—¡Camarada teniente! ¡Katya!

Katya abrió los ojos y cayó de golpe en la realidad de aquel páramo desolado, los tanques y sus tropas. La sargento Nina Polivanova le zarandeaba el hombro.

—Hay un cartel que anuncia Berlín un poco más adelante. Vamos a hacernos una foto junto a él. ¡Vamos! —Tiraba de ella para espabilarla—. Denisenko ya tiene la cámara. ¡Vamos, teniente!

⧫

Ramiro hizo una pausa y se secó el sudor de la frente. Los rizos oscuros de su cabello se le pegaban a la piel y le incomodaban para trabajar. Tanto lo había dejado crecer, que podría sujetárselo en una coleta y ser objeto de las burlas de cuantos le rodeaban. Mejor no. Lo cierto era que siempre había llevado el pelo muy corto pero, recientemente, una chica con la que tonteaba le había dicho entre risitas que tenía cara de demasiado buena persona. ¡Diablos! ¿Cómo era posible tener cara de demasiado buena persona? ¿Acaso se podía establecer un límite razonable de bondad a la gente?, ¿es que se podía ser demasiado bueno? No se engañaba, aquella chavala había querido decir que tenía cara de pardillo. Siendo así, pensó que dejándose crecer el cabello lo solucionaría, pero no estaba muy seguro del resultado. Después de todo, su piel pálida, sus labios gruesos como de mujer y esos ojos negros y grandes que miraban como un oso de peluche seguían ahí, y tales eran seguramente las raíces del problema. Aún tendría cara de pardillo, pero había adquirido un aire a

Gustavo Adolfo Bécquer, y eso estaba bien. A las chicas les gustaba.

El joven desechó tan absurdas cavilaciones y regresó a la tarea. Llevaba desde primera hora de la mañana cargando sacos llenos de tierra para construir una barricada. Había podido incorporarse pronto al trabajo porque el día anterior habían suspendido definitivamente las clases en la Universidad Técnica de Berlín. De todos modos, la actividad académica nunca había vuelto por completo a la normalidad desde que el edificio principal del campus resultara gravemente dañado tras un bombardeo en noviembre de 1943.

Quizá entonces tendría que haber regresado a España. Cierto que, por un instante, se planteó hacerlo, pero enseguida descartó la idea. A Ramiro ya no le quedaba nada en España y, en cambio, en Berlín, tenía una misión. Desconocía el alcance exacto de la misma y su implicación en ella, no había dado tiempo a ser instruido debidamente, pero, al menos, aquel cometido impreciso lo anclaba a algún lugar, aunque ese lugar fuera una ciudad que se desmoronaba.

A lo lejos se escuchaba una cacofonía de explosiones, chasquidos metálicos de ametralladora y aullidos de mortero. A su alrededor, el chirrido de las carretillas, el roce de los pasos sobre los escombros, las paladas horadando la tierra... La faena de hombres trabajando en un silencio sombrío. Ramiro reanudó rápido la tarea para sustraerse al acoso del ambiente.

A principios de mes, lo habían reclutado para los trabajos de fortificación en un sector del barrio de Charlottenburg. Formaba parte de un grupo al mando de un profesor de ingeniería que además era coronel reservista. Hitler había decidido convertir Berlín en un frente de batalla dividido en zonas defensivas y había llamado a luchar por la capital del Reich «hasta el último hombre y hasta la última bala». Así, se estaban cavando trincheras, fosos antitanque y pozos de tirador; levantando alambradas, fortines de cemento y puestos de observación. Los escombros de los edificios reventados por los bombardeos aéreos, que la ciudad llevaba sufriendo ya años, se empleaban para hacer barricadas, junto con automóviles y tranvías calcinados o cualquier elemento que pudiera servir de obstáculo.

En aquellas jornadas interminables de cavar, levantar pesos y cargar con materiales, Ramiro había ido adquiriendo conciencia de a lo que se enfrentaban, en tanto el estruendo de los proyectiles soviéticos se percibía aún más cercano, sobre todo al sur de la ciudad. Procuraba no pensar demasiado en ello, convencerse de que no estaba asustado; pero eso ni siquiera funcionaba como mecanismo de autodefensa. Viendo lo que le rodeaba era inútil intentar engañarse.

Muchos querían creer que los americanos entrarían antes que los rusos en Berlín. «Están muy cerca», aseguraban los que aún seguían las emisiones de radio de la BBC; en el Elba. Y aquel rumor se elevaba al cielo casi en forma de plegaria. La gente les tenía un miedo atroz a los soviéticos. En parte, por las terribles historias que relataban los refugiados que venían del este de saqueos, violaciones y masacres. Pero también porque la propaganda del gobierno había contribuido a crear una imagen de los bolcheviques como seres monstruosos, incivilizados y brutales. Si ellos tomaban Berlín, a sus infelices habitantes no les esperaba otra cosa que la muerte o la deportación a un gulag siberiano.

Con todo, a Ramiro no eran los rusos lo que más le asustaba. Después de las atrocidades que llevaba contempladas, por parte de unos y de otros, de éstos y de aquéllos, había llegado a la conclusión de que la barbarie no tenía nacionalidad. Eran las circunstancias las que propiciaban la violencia y Berlín se encaminaba hacia una tormenta perfecta de venganza, fanatismo y desesperación.

—¿Y a ti? ¿Qué te trajo por Berlín?

Habían hecho una pausa para comer en una de las muchas cocinas ambulantes instaladas por la ciudad. Ramiro engullía aquel potaje de col y patata, taciturno y cabizbajo, demasiado cansado para tener ganas de conversación. Sin embargo, daba la sensación de que a Thierry siempre le apetecía charlar. Acababa de conocerlo y, en un instante de verborrea, le había puesto al corriente de su vida. Para ser sinceros, Ramiro no había prestado demasiada atención a su relato. Sólo se había quedado con que era francés, el acento le delataba de todos modos, que trabajaba en la fábrica de Telefunken y algo de una novia en Francia.

Durante la guerra, Berlín, y toda Alemania en general, se había llenado de trabajadores extranjeros. El propio Ramiro era un trabajador extranjero. O lo había sido hasta finales del año anterior, cuando las bombas aliadas habían dejado hueco como un cascarón el hotel en donde estaba empleado como camarero. Sin embargo, Ramiro no había venido a Berlín sólo a trabajar.

—Vine a estudiar Arquitectura. En el cuarenta y uno —respondió sin ganas de entrar en demasiados detalles. Asombrado, no obstante, de cuán lejano parecía aquel momento, como si en lugar de haber pasado cuatro años, hubieran transcurrido cuarenta.

Su vida había dado un vuelco tan grande en tan poco tiempo... Parecía que había sido ayer cuando doña Justa, la portera de su antigua casa en Madrid, le había advertido ante sus disparatados planes: «¿Qué se le habrá perdido a usted en Alemania, señorito? ¡Allí están en guerra! ¿Acaso no ha tenido suficiente guerra ya?».

Lo que ella lógicamente ignoraba era que el destino de Ramiro siempre había apuntado a Alemania, ni él mismo era consciente de hasta qué punto. Hasta entonces, todo lo que sabía era que su padre, arquitecto, había soñado con que su hijo estudiara Arquitectura en la Universidad Técnica de Berlín; por eso, puso al crío a aprender alemán cuando apenas había cumplido los tres años. El plan era que Ramiro se trasladase a Alemania al terminar el bachillerato. Pero, entonces, su padre falleció prematura e inesperadamente de un infarto cuando Ramiro estaba en el último curso. Después, empezó la guerra en España. Al cabo, enfermó su madre a causa de una apoplejía y Ramiro se dedicó en cuerpo y alma a cuidar de ella hasta que falleció.

Fue en aquel momento cuando el joven se encontró solo, libre de ataduras, pero carente de un proyecto concreto de vida. Sin estudios ni trabajo, tampoco contaba con familiares cercanos ni con auténticos amigos debido a la reclusión de los últimos años cuidando a su madre; al pobre Manolo Rosales, su única amistad íntima del colegio, lo habían matado en la batalla del Jarama. Sintió angustia al mirar hacia delante y aventurar un futuro vacío.

Entonces sucedió que revisando unos papeles se topó con la tarjeta de visita que Cornelius Althann le entregara años atrás.

Cornelius... Ramiro sacudió la cabeza para apartar los recuerdos amargos y los malos presentimientos. No iba a hablar a Thierry de Cornelius, claro. Pero si no hubiera sido por él, probablemente nunca habría ido a Berlín; probablemente ya no seguiría allí. Y es que, aun sin ser él consciente, su destino estaba sellado desde el instante mismo de su nacimiento. Y ligado al de Cornelius Althann.

Ramiro nunca había sido un chico decidido ni con arrojo, no podía engañarse. Sin embargo, le bastó sostener unos minutos aquel trozo de cartulina para ir dando forma en su cabeza a una clara determinación: se mudaría a Berlín y retomaría el sueño truncado de su padre y, en cierto modo, el suyo propio de estudiar en la capital alemana. No se podía decir que tuviera una clara vocación por la arquitectura, la parte más técnica le aburría, él era una persona de inclinación artística. Le gustaba pintar, dibujar, la fotografía y los edificios para contemplar su belleza, pero los cálculos y los planos le abrumaban. En cualquier caso, no se le daban mal las matemáticas y la física, así que podría manejarse.

—Entonces Berlín era una ciudad estupenda para vivir —remató Ramiro su relato con nostalgia, la vista clavada en un triste trozo de patata sobre la cuchara goteante.

La observación de doña Justa para poner de relieve lo temerario de su traslado a Alemania había sido obvia: «¡Allí están en guerra!». Y Ramiro no pudo ocultar que se sintió algo inquieto acerca de lo que se podía encontrar cuando llegase. Por aquel entonces, abril de 1941, ya habían saltado a la prensa las noticias de los primeros bombardeos aéreos sobre Berlín, si bien las crónicas aseguraban que los daños materiales y personales de tales incursiones habían sido escasos.

Lo cierto es que, una vez llegado a su destino, Ramiro pudo comprobar que Berlín no parecía una ciudad en guerra. El joven se quedó maravillado con aquella urbe limpia y ordenada, de grandes espacios abiertos y edificios impresionantes. Una ciudad moderna y vibrante, entregada de día al trabajo, al que los berlineses dedicaban al menos diez horas diarias, y de animada vida nocturna con sus cines, teatros, cabarets, salas de conciertos y restaurantes, en una suerte de vía de escape, en ocasiones incluso desenfrenada, de esa realidad bélica que apenas se percibía a simple vista, pero que permanecía en la conciencia colectiva y saltaba con el chillido de las alarmas antiaéreas y el peregrinaje resignado a los refugios en mitad de la noche.

No obstante, a partir de 1943, se intensificaron los bombardeos. Los americanos hacían sus incursiones de día y los británicos de noche. Como resultado, los berlineses llevaban los últimos años viviendo más tiempo en sótanos y refugios que en sus propias casas

El ánimo y la dignidad de la ciudad se habían ido deteriorando con el paso de las semanas, con cada edificio derruido o en llamas, con cada víctima bajo los escombros, con cada derrota en el frente, con cada avalancha de refugiados que llegaban empujados por las tropas soviéticas. Ahora cundían la resignación y el miedo, en tanto la gente trataba de sobrellevar una existencia cada vez más alejada de la normalidad entre las ruinas de sus casas, sin apenas servicios básicos: iban a trabajar a diario mientras funcionase el transporte público y el puesto de trabajo siguiese en pie, aguantaban largas colas por las cada vez más escasas raciones de comida, se refugiaban en el humor negro contra el gobierno y contra su propia suerte y, de cuando en cuando, acudían a las pocas salas de cine que aún quedaban abiertas; hasta el día anterior, en Alexanderplatz, habían estado poniendo la película *Kolberg*, ése había sido el último pase.

—¿Quién diría ahora que ésta fue alguna vez una ciudad estupenda para vivir? —observó el francés, sin necesidad de mirar el panorama desolador que los rodeaba.

Ramiro asintió con esa amargura que llevaba días instalada en su ánimo, consciente de que, en aquel momento, con la ciudad preparándose para la batalla, rodeada de cientos de miles de tropas rusas listas para atacar, Berlín se enfrentaba a la última escena de su gran tragedia. Y él, atrapado sin remedio en aquel drama, tenía miedo.

———

Eric estuvo a punto de dejarse llevar por la desesperación cuando creyó que no tendría forma de llegar a Berlín.

Más de seiscientos kilómetros lo separaban de la capital, a la que sólo se podía acceder por el oeste, si bien todas las carreteras entre Brandemburgo y Potsdam estaban colapsadas por caravanas de refugiados. Además, era cuestión de tiempo que los rusos cerraran completamente el cerco y cortaran las comunicaciones. El servicio de ferrocarril ya sólo funcionaba bajo mínimos y para transporte militar. Debido a la escasez de combustible, al caos de la circulación y a que nadie en su sano juicio querría entrar en una ciudad a punto de ser atacada por el enemigo, parecía imposible hacer el viaje en automóvil.

A la desesperada, había estado dispuesto a echarse a la carretera a pie, a caminar día y noche sin descanso. ¡Tenía que llegar a aquella maldita ciudad como fuese! ¡Su hijo le necesitaba!

Finalmente, había tenido suerte. El *Sturmbannführer* Siegfried Meier, del destacamento de las SS en Oberammergau, Baviera, era un nazi fanático, decidido a acudir a la llamada del Führer en defensa de la capital del Tercer Reich, a dar hasta la última gota de su sangre frente a la amenaza bolchevique. El cabo Stumpf, un buen hombre, se lo había contado a Eric y a éste le había faltado tiempo para rogarle al comandante Meier, quien conduciría su propio coche hasta Berlín, que lo llevara con él.

Antes de atender a su ruego, Meier lo había escrutado de arriba abajo. Aquel joven de aspecto pulcro no le inspiraba confianza. Era alto y de porte atlético, de espalda ancha y buenas piernas; sus ojos rasgados del color del frío acero, sus labios prietos y su mandíbula rectilínea imprimían a su rostro fuerza y determinación, incluso a pesar de las gafas de pasta, propias de empollón, que usaba. Se trataba de un magnífico ejemplar de la raza aria que hubiera hecho un servicio excelente como soldado para la patria. Sin embargo, vestía de civil y no mostraba ninguna cicatriz ni secuela producto del combate. Un cobarde, sentenció Meier.

—¿Acaso quiere usted también tomar las armas por su patria y por el Führer, herr *Doktor*? Hasta ahora no es que ustedes los científicos se hayan manchado las botas de barro en el frente, ¿no es cierto?

Meier soltó una risotada al tiempo que le daba un palmetazo en la espalda con su mano de dedos como salchichas. Era de esos tipos que pretendían ser graciosos sin tener ni pizca de gracia. Además, Eric no estaba para bromas. Pero sonrió de mala gana porque quería que lo llevase a Berlín.

—Pero nunca es tarde si la dicha es buena. Claro que le llevaré a Berlín. ¡La lucha nos aguarda!

El viaje estaba resultando tan largo y tedioso como esperaba. Se sentía tenso, con un nudo en la boca del estómago a causa de la incertidumbre. ¿Cómo se encontraría Seb? ¿Cuán graves serían sus heridas? ¿Estarían cuidando bien de él? ¿Estaría solo? ¿Tendría miedo?... ¿Podría morir? ¿Y si su hijo se moría sin darle ni siquiera tiempo a llegar?

La angustia, a veces, le cortaba la respiración. También se sentía algo mareado. Puede que fueran las curvas y los baches de la carretera. Meier era un conductor bastante brusco que, además, fumaba un cigarrillo tras otro. El interior del automóvil estaba envuelto en una nube de humo que le cargaba la cabeza y le revolvía el estómago. Bajó la ventanilla para que entrara algo de aire fresco.

—Los hay que están huyendo de Berlín como ratas. Que se deshacen del uniforme y reniegan del Führer cuando es ahora precisamente el momento de hacer piña en torno a él para defender todo aquello en lo que creemos. ¿Cómo puede uno dejar en manos de los salvajes bolcheviques a las mujeres y a los niños y seguir llamándose hombre?

El pelmazo de Meier no callaba. No le dejaba concentrarse en su propio infortunio, en sus propios pensamientos. Tenía tanto en lo que pensar... Apenas le había dado tiempo a digerir la noticia. En un primer momento, había concentrado todas sus energías en encontrar la manera de viajar a Berlín. Era ahora, ya en el camino, cuando empezaba a tomar conciencia de lo sucedido. Pero la charla de Meier le distraía, le sacaba de quicio. Aquel hombre pomposo y engreído no hacía más que tirarle pullas. Que si dónde estaban las famosas *Wunderwaffe*, las armas maravillosas que los científicos habían prometido para ganar la contienda. Que si más hubiera valido dedicar esos esfuerzos a combatir de verdad. Que si desde un laboratorio era imposible hacer la guerra. Que si el sufrimiento del soldado. Su espíritu de sacrificio, su entrega, su valor... Que si Eric no podía entenderlo, claro.

—Mi mujer acaba de morir en un bombardeo. Mi hijo ha resultado herido y no sé si sobrevivirá. Todos hemos tenido nuestra dosis de guerra, herr *Sturmbannführer*.

Eric lo soltó así. Sin más. Sin perder los nervios. Sin alzar el tono. Sin quitar la vista de la carretera. Con la sola intención de cerrarle la boca a aquel majadero. Estúpido fanático... Y dio resultado. Por fin, Meier lo dejó en paz.

En el silencio ya sólo roto por el rugido del motor del automóvil, Eric se escuchó a sí mismo diciendo: «Mi mujer acaba de morir en un bombardeo». Ursula acababa de morir en un bombardeo... Lo había leído en el telegrama. Pero era entonces cuando adquiría una dimensión real. Ursula estaba muerta.

Eric experimentó un extraño sentimiento de culpa por haberla odiado. Como si su odio hubiera podido conducir a ese final en el que él acababa saliéndose con la suya. Por supuesto que nunca había deseado la muerte de Ursula, pero sí que había luchado con ella por recuperar a su hijo y, después de todo, había ganado. «Ya tienes lo que querías. Estarás contento.» Le parecía poder escucharla, hablándole con su habitual desprecio. «No, así no. No estoy contento, Ursula.»

Cierto que había acumulado mucho dolor y resentimiento. Pero, al contrario de lo que ella pudiera pensar, él no era una mala persona. Y no estaba contento.

No iba a llorarla, no era tan cínico. Pero, de algún modo, intentaba rebuscar en los rincones más recónditos de su memoria los buenos recuerdos sobre ella. ¿Dónde estaban? Quizá muy al principio, cuando acababan de conocerse.

Sí, en aquel momento, le había parecido una mujer inteligente; había ido un año a la universidad. De acuerdo que no era la chica más guapa que había visto en su vida, pero tenía unas bonitas curvas. Bertie los había presentado. A principios del verano de 1941, cuando Eric acababa de regresar a Berlín. Su amigo también se encontraba entonces en la capital, de permiso, y habían coincidido una mañana en una parada del tranvía en Unter der Linden. A Bertie se le ocurrió organizar una cena para ponerse al día y hablar de los viejos tiempos. También invitaría a Gustav, al pobre le habían volado las piernas en Polonia, le vendría bien un poco de distracción. Claro que harían falta algunas chicas para asegurar el éxito de la velada. Ursula fue una de ellas, amiga de la hermana de Bertie. Eric estaba oxidado en eso del flirteo, llevaba demasiado tiempo metido en un laboratorio sin apenas tener trato con más mujeres que su casera, una moscovita cincuentona con bigote. Ursula, en cambio, parecía muy desenvuelta; de hecho, fue ella quien llevó las riendas del cortejo.

Aquella noche, lo sacó a bailar en el salón de la casa de los padres de Bertie y se rieron juntos de que Eric fuera tan mal bailarín. Acabaron besándose al final de la velada y ella dejó que le metiera las manos por debajo del vestido. Después, quedaron un par de veces: una para ir al cine y otra para hacer un picnic a orillas del Wannsee. A la tercera, se acostaron juntos. Eric tenía la sensación de que el hecho de que le hubiera dicho a la chica que se marchaba en un par de días había acelerado las cosas. Él ni siquiera se había planteado dar aquel paso. El puesto que le habían ofrecido en Peenemünde, un centro militar de investigación en el mar Báltico, era el trabajo de sus sueños y, desde luego, no iba a dejarlo por enredarse con una chica; tampoco se lo hubieran permitido. Pero ella insistió y él tan sólo se dejó llevar cuando los besos, las caricias, las palabras subidas de tono de Ursula y sus grandes pechos al descubierto le provocaron una erección descomunal. No se quejó, había estado bien. No había practicado el sexo desde la universidad, cuando sus amigos pagaron a una prostituta para que Eric perdiese la virginidad, así que aquella clase de sexo sin que mediase un servicio remunerado resultó una experiencia nueva y altamente satisfactoria. Aunque, a decir verdad, pensó que no volvería a saber de Ursula.

No podía estar más equivocado. Un mes más tarde, recibió una carta de ella: estaba embarazada.

Eric se frotó los ojos por debajo de las gafas. ¿Era posible que hasta ahí llegasen los buenos recuerdos? ¿Sólo hasta ahí?

Su matrimonio había acabado formalmente apenas dos años después de empezar. Aunque es probable que, en realidad, hubiera acabado incluso antes siquiera de empezar. Si en algo Ursula tuvo razón fue en que nunca debieron casarse. Pero, al contrario que ella, Eric no se arrepentía del todo porque su hijo era lo mejor que le había pasado en la vida. Sólo por Sebastian había merecido la pena lo demás.

«Casarme contigo ha sido el mayor error de mi vida, Eric.»

A Eric se le escapó una sonrisa de amargura. Ella fue la que insistió en pasar por el registro una tarde con un vestido nuevo. A él tan sólo le había parecido una cuestión de honor porque nunca había creído en el matrimonio. Ahora sabía que ni siquiera había estado verdaderamente enamorado; fuera lo que fuese lo que sintiera, pues por mucho que Ursula le reprochase lo contrario, Eric tenía sentimientos, y aquello no había sido amor.

Cierto que ella nunca había querido ir a Peenemünde.

«Ese lugar perdido en mitad de una isla, ¿qué pretendes que haga yo allí? ¿Morirme del aburrimiento?»

Creyó que se trataba sólo de una rabieta. Que, una vez juntos, superarían los problemas y podrían convivir como un matrimonio normal, construir la familia que él nunca tuvo. Ojalá nunca se hubiese empeñado así con ella...

Ursula llegó incluso a pedirle que renunciara a su trabajo. Como si eso fuera una opción para él.

—¿Prefieres que me obliguen a alistarme y me manden al frente?

—Prefiero no tener que irme de Berlín.

—Ursula, eres mi mujer, tienes que venir conmigo. Eso es el matrimonio.

Después, ella siempre le echaría en cara lo que consideraba una cobardía.

«Los hombres alemanes mueren en el frente, por la patria y por el Führer, mientras tú y los tuyos estáis aquí, jugando como críos con vuestros cohetes. No sé cómo no te da vergüenza.»

Al principio, pensó que estaba dolida porque su hermano acababa de morir en el norte de África; que, de algún modo retorcido, atacarle a él le procuraba alivio a su pena. Pero, qué va. No era dolor sino inquina; tan sólo una muestra más de cuán podrida estaba su relación.

A los pocos meses de haberse instalado en Peenemünde, nació Seb. Ursula se negó a salir de la cama, aunque habían pasado más de dos semanas desde el parto. No quería coger al bebé en brazos, ni alimentarlo, ni verlo siquiera. Decía que estaba enferma, pero los médicos de la base no encontraban ninguna explicación a su mal. Eric admitió que lo mejor era dejarla marchar a Berlín para que la trataran allí sus doctores, y él se quedó al cuidado del recién nacido; el resto de las esposas de sus compañeros se volcaron en ayudarle. Recordaba aquellos días, repartidos entre el bebé y su trabajo, con nostalgia: los paseos por la orilla del mar empujando el cochecito, las noches de lectura mientras el pequeño dormía sobre su pecho, las canciones que le susurraba al oído, las primeras sonrisas, los primeros balbuceos... Los meses más felices de su vida. Aquellos meses en los que había desarrollado un vínculo muy especial con su hijo. Aquellos meses hasta que Ursula regresó, aún no se explicaba por qué. No tenía apego por él, ni por el niño. Sólo pretendía torturarle.

Eric echó la cabeza atrás en el asiento y cerró los ojos. Aquel tiempo desde el regreso de Ursula lo recordaba como un infierno.

Débil. Cobarde. Tarado. Egoísta. Ella no se había cansado de recordarle cuánto le desagradaba él: su mera presencia, su compañía. Ursula había intentado horadar, como una gota tras otra gota sobre el cemento, su seguridad, su confianza, sus sueños, su orgullo... Había pretendido anularle, humillarle, ridiculizarle. ¿Por qué?

«No eres ni la mitad de hombre de lo que me había imaginado. Yo creí que tenías sangre en las venas, Eric, pero por ellas sólo corren números. Resultas patético. Una tremenda decepción.»

«Sólo te interesa tu maldita ciencia. Eso es todo lo que te interesa. Vives en tu mundo como un loco y fuera de él no existe nada ni nadie para ti. ¿Qué hay de mí? ¿Qué hay de mis necesidades?»

«Yo nunca quise venir aquí y tú lo sabías, pero me obligaste. Me obligaste a meterme en este agujero donde todo el mundo me detesta por querer vivir como me da la gana.»

Vivir como le daba la gana había sido tener una aventura con uno de los ingenieros del túnel de viento. Sí, eso le había procurado la antipatía de aquella pequeña familia que eran los trabajadores de la base militar de Peenemünde. Y a él lo había convertido en el pobre Eric. Cómo odiaba ser el pobre Eric. Resultaba tan humillante... Encima, su esposa había tenido el valor de echarle en cara que los de las SS hubieran expʼ dientado y trasladado a su amante. Fue incapaz de ver que había sido su propia indecencia la que había conducido a tal desenlace.

Su trabajo en Peenemünde era el trabajo de su vida. Era ver cumplirse sus sueños, era estar más cerca del cielo, del espacio, del universo... Pero hasta eso había conseguido Ursula emponzoñar.

Todo aquel calvario culminó un día con una fuerte discusión a gritos durante la que Eric, que tanta ira, rabia e impotencia llevaba ya acumuladas, tuvo que contenerse para no zarandearla. Ursula se marchaba. Desde luego que no iba a impedirlo. El problema era que se llevaba a Sebastian con ella.

Eric se recordaba rogándole que no se llevase al niño mientras el pequeño lo llamaba a gritos y le echaba los brazos desde los de su madre.

«No te lo lleves, Ursula... No te lo lleves, te lo suplico... Berlín no es una ciudad segura y Seb es feliz aquí.»

«¡Seb es feliz conmigo! ¿Serás capaz de quitarle un hijo a su madre, Eric? No, no lo harás. Tú sólo piensas en ti mismo y estás tarado, no me demuestres que eres también una mala persona.»

Arrebatándole a su hijo, Ursula le había asestado el golpe definitivo donde ella sabía que más podía dolerle. Pero, una vez sobrepuesto al aturdimiento inicial, Eric luchó por conseguir la custodia del niño. Tras más de dos años de enfrentamientos en los tribunales, no había logrado que se la dieran. Y ahora...

Eric sintió que el nudo se apretaba en su garganta. Todo lo que pedía al Cielo era que Ursula no hubiera vuelto a llevarse a Seb con ella.

Ya no te odio, lo siento

A l otro lado de la ventanilla se sucedía un paisaje de pinares tupidos que alternaban con amplias praderas verdes y extensiones de agua azul brillante, mientras el automóvil que habían enviado a buscarme recorría una serpenteante carretera de montaña. Hacía un precioso día despejado y los colores de la naturaleza refulgían a la luz del sol. Sentada en el asiento trasero, notaba los nervios morderme el estómago; no había conseguido quitármelos desde que supe que iba a ver a Konrad.

—Martin, necesito un par de días libres. Ha surgido algo —le anuncié por teléfono. No me atreví a hacerlo en persona.

Él había ido a Coblenza para ayudarme con la investigación y yo iba a dejarle tirado sin ofrecerle ni siquiera una excusa razonable. Pero no podía revelarle que iba a encontrarme con Konrad Köller. No era precisamente química lo que había entre ellos, o, de haberla, era una química explosiva, como la del sodio y el agua. El asunto de *El Astrólogo* los había convertido en enemigos acérrimos. Tendría que empezar a darle explicaciones, a contarle cosas... No me apetecía.

—Pero ¿va todo bien? ¿Tienes algún problema? —Su tono era de preocupación.

—No, no, no hay ningún problema. Es... un trámite que tengo que resolver. Eso es todo. Pero ya le he escrito un correo a

Irina con el tema de Voikov, para cuando tenga su respuesta habré terminado. Además, me llevo las notas sobre Hanke para seguir trabajando en ellas. El miércoles por la tarde o el jueves a más tardar estaré de vuelta.

No me gustaba mentirle a Martin. Se lo acabaría contando. Pero antes tenía que digerirlo yo. Antes tenía que averiguar cómo terminaba aquello; tenía que cerrar ese asunto de una vez por todas.

Tras un ascenso por la falda de la montaña, el automóvil se detuvo frente a la inmensa puerta metálica de un recinto cercado y vigilado por cámaras. No se vislumbraba nada de lo que podía haber al otro lado. La expresión «mansión fortaleza» que la prensa había utilizado para referirse al retiro de Konrad me pareció, ahora que me hallaba ante sus puertas, realmente apropiada.

Una vez que atravesamos la entrada, todavía recorrimos más de un kilómetro de bosque hasta que se vislumbró la casa: un edificio de arquitectura moderna, compuesto de formas cúbicas superpuestas, con grandes vanos acristalados. La estructura, de madera, acero y hormigón, se encaramaba a un risco con unas vistas de postal sobre el lago de Lucerna y la tiara de montañas al fondo. Un jardín en terrazas la rodeaba y el helipuerto en un lateral aseguraba una rápida comunicación entre aquel lugar remoto y el resto del mundo. Con todo, no me impresionó. Había pasado demasiado tiempo junto a Konrad para que me impresionara.

El automóvil se detuvo frente a la entrada principal. Un hombre, con aspecto de personal de seguridad, me abrió la puerta y me acompañó hasta el interior de la casa. Allí me recibió el mayordomo, que me preguntó con amabilidad si había tenido un buen viaje y me condujo hacia un salón donde habría de esperar a fräulein Köller. También me indicó que había dejado a mi disposición, sobre la consola detrás del sofá, toallitas húmedas y agua.

Cuando se marchó, me sentí incapaz de sentarme y me dediqué a deambular por la sala mientras respiraba profundamente llevando el aire hacia el estómago para mitigar los nervios. Noté las manos sudorosas, así que hice uso de las toallitas, que olían a spa. También me serví un poco de la jarra de agua en la que flotaban rodajas de limón y hojas de menta. Aquella estancia, como seguramente ocurriría en toda la casa, era muy del estilo de Konrad: luminosa, moderna, minimalista... Las obras de arte cobraban todo el protagonismo. Un cuadro de Chagall sobre la chimenea. Una fotografía de Peter Lik entre los ventanales; debía de tratarse de un encargo porque nunca antes la había visto en ningún catálogo. Y una escultura de Willi Siber que enseguida reconocí porque la había adquirido en una galería de Hanóver que visitamos juntos; le dije que me gustaba y, sin más, la compró.

Los nervios persistían. Me detuve frente al ventanal y aproveché para contemplar mi imagen reflejada en el cristal. Me estiré el vestido blanco, que había superado el viaje sin apenas arrugarse. Mi piel todavía conservaba algo del bronceado del verano y el color claro y el corte sencillo del vestido me sentaban bien, al estilo Riviera francesa de los años sesenta. Me sentía guapa y elegante. Esa sensación me tranquilizó un poco.

La puerta sonó a mi espalda.

—Ana. Buenas tardes. Lamento haberte hecho esperar.

Greta me tendió la mano para ofrecerme su habitual saludo distante en el que no medió la sonrisa. De nuevo, aparecía impecable, imponente aunque vistiera con unos sobrios pantalones negros y una camiseta; el sello del apellido Köller.

Yo sí sonreí, más por cortesía que por ganas.

—No te preocupes...

—¿Me acompañas, por favor?

Atravesamos un pasillo hasta un ascensor que nos condujo a la planta superior, frente a una robusta puerta doble de madera. Greta empujó una de las hojas y me cedió el paso sin pronunciar una palabra.

El interior, con iluminación escasa y artificial, se me antojó oscuro en contraste con la potente luminosidad del resto de la casa, donde la luz natural inundaba cada rincón. Aquel tránsito me hizo dudar, si bien antes de darme cuenta Greta ya había cerrado la puerta a mi espalda, dejándome sola. Mis pupilas aún estaban acostumbrándose al cambio de luz cuando una voz me sobresaltó.

—Bien. Aquí me tienes.

Como si acabara de salir al escenario de entre bastidores, distinguí entonces la silla de ruedas y la figura sentada en ella, que se fue perfilando bajo los focos a media luz del techo, cual si fuera una escultura más, iluminada de dorado. No se acercó. Yo tampoco lo hice.

Un escalofrío recorrió mi espalda con sólo verle postrado. Me costó reconocer aquella versión tan deteriorada de Konrad: delgado, avejentado, demacrado, con aspecto débil y enfermo. Atendiendo a esa manía mía de buscar parecidos entre el famoseo, Konrad siempre se me había asemejado a esos guapazos de Hollywood que siguen estando estupendos pasados los cincuenta; una especie de Paul Newman, Robert Redford e incluso Brad Pitt o George Clooney, todo en uno. Konrad me sacaba veinte años, pero yo nunca había apreciado esa diferencia de edad: había sido un hombre vital, deportista, juvenil. En ese momento, en cambio, era como si le hubieran caído encima aquellos veinte años de diferencia multiplicados por dos. Ni siquiera su voz sonaba con el vigor habitual sino cascada, como si el mero hecho de hablar ya le supusiese un esfuerzo.

—Estás satisfecha, ¿verdad? La venganza se sirve fría, bien lo sé yo.

—Si piensas que es la venganza lo que me trae hasta aquí... —Revestí mis palabras de seguridad aunque me notaba temblar todo el cuerpo—. Si después de... de lo que fuimos piensas que puede alegrarme verte así...

—Entonces ¿por qué? ¿Era necesario que me vieras así? ¿Era necesario humillarme de este modo? —alzó la voz—. Prefiero tu regocijo y tu satisfacción malsana a tu lástima. ¡Prefiero que me odies! ¡Al menos eso me da algo de dignidad!

Curiosamente, aquel arrebato suyo me tranquilizó. De pronto, me pareció haber visto un atisbo del Konrad que yo recordaba. Avancé unos pasos hacia él y escogí un asiento cercano. No me sentía cómoda mirándolo desde arriba.

Suspiré. Me incliné hacia delante. Apoyé los brazos en las rodillas cruzadas. Esbocé una media sonrisa.

—Por supuesto que no quiero humillarte, Konrad, al contrario. Creo que lo que me ha traído aquí es precisamente lo que fuimos, lo que tuvimos... No podía comprender que después de eso me ofrecieras un trabajo a través de un intermediario. No podría comprender que yo lo aceptara así, sin más. ¡Joder, según la prensa, te habías convertido en un vegetal! ¿Cómo podía fiarme de esa propuesta?

—Pues ya ves que la prensa está equivocada. Ahora, dime, ¿vas a aceptar mi oferta? —preguntó seco.

—Una oferta, cuando menos, curiosa, viniendo de quien acaba de decirme que prefiere que le odie.

No supo qué responder. Yo suspiré, conciliadora.

Nunca habíamos vuelto a hablar después de que nuestra relación terminase de forma abrupta. Y yo no había tenido ocasión de soltar todo lo que llevaba dentro. En aquel momento, tantos años después, se me hacía extraño imaginarme de pareja de Konrad; aquella mujer no era yo, sino otra persona con la que no me identificaba. Sin embargo, estando allí, frente a él, reaparecieron todos aquellos sentimientos, pujando por salir. Lo bueno es que la distancia hizo que el relato brotara libre de rencor.

—Sí que llegué a odiarte —reconocí—. Me hiciste mucho daño. Me engañaste, me utilizaste. Y, sí, también me humillaste. Yo no estaba en una silla de ruedas y aun así me humillaste. Pero no estoy aquí para devolverte nada de eso. Eso ya no importa, ha quedado atrás. Ya no te odio, lo siento. El odio es una enfermedad y yo ya la he superado. No me alegra verte así, Konrad. No estoy aquí por venganza, créeme. Estoy aquí porque... —El discurso se volvía torpe porque mis ideas no eran claras—. Creí que me estaban engañando, tendiendo una trampa. No podías ser tú el que aparecieras de repente. Te creía postrado, en coma. Es más, aunque no fuera así, ¿por qué ibas a querer traerme de nuevo a tu vida? No tiene ningún sentido. No lo tiene para mí, que tanto me ha costado sacarte de la mía. Y, ahora que he conseguido salir adelante, que sólo quiero mirar adelante, vas tú y de pronto... ¿Por qué? ¿Por qué has tenido que volver a aparecer?

—Oh, vaya, disculpa si te he ofendido con mi propuesta. Creí que la oferta era buena. Creí que te gustaría el trabajo. Pero si tanto te desagrada porque viene de mí, no era necesario hacerme pasar este trago; sólo tenías que decir que no.

—Y tú sólo tenías que mantener tu negativa a verme —afirmé sin acritud—. Te voy a ser sincera, Konrad: no sé si soy yo la que ha querido venir o tú el que has querido que venga. Tal vez las dos cosas.

Konrad no replicó. Permaneció un instante en silencio, sin mirarme. Al cabo, movió ligeramente la mano para accionar un mecanismo en la silla y desplazarse junto a la ventana de cristales ahumados. Entonces retomó la conversación con la vista puesta en el paisaje.

—Si lo que temes es que vuelva, ya no tienes de qué preocuparte. Ya no queda nada de quien te hirió, te utilizó y te humilló. Y no es sólo esta silla o que no pueda ni siquiera meterme en la cama sin ayuda. Ya no es sólo que se me haya arrebatado de un plumazo el orgullo, la arrogancia, la autoestima... Es... Después del accidente, pensaba que hubiera sido mejor terminar allí, entre los hierros del coche. Aún... A veces... Me ahorraría todo esto. Mi psiquiatra... ¿Te acuerdas de cómo he menospreciado yo siempre a esos tipos y a quienes los necesitan? Ahora no soy nada sin él ni sus malditas pastillas. Seguramente, es toda esa mierda la que me hace pensar que, tal vez, en este castigo, hay una oportunidad.

Konrad se interrumpió. Su respiración sonaba algo fatigada. Me levanté y me acerqué un poco, con cautela. Él giró la silla hacia mí.

—No me enorgullezco de cómo acabó lo nuestro. No me

enorgullezco de cómo era yo entonces. Estaba obsesionado y perdí la cabeza. Detesto recordarlo, me pone malo. Sin embargo, sí pienso en nosotros, pienso en cuando empezamos... Hubo un tiempo en que fuimos felices, ¿verdad? Creo que me querías. Yo te quería, te lo aseguro...

Fui incapaz de reaccionar a aquello. No me salió nada; ni una palabra, ni un gesto. Me limité a bajar la vista, incómoda.

—Escucha, Ana. Si te he ofrecido este trabajo, no es por regresar como un fantasma a tu vida. Sobre todo, es porque no tengo duda de que eres la persona más indicada para él. Conoces la colección tan bien como yo y eres una gran profesional, aunque siempre has tenido esa manía de subestimarte. Ahora bien, confieso que también se trata de un gesto interesado. Necesito limpiar mi conciencia.

Hizo una pausa. Me dio la sensación de que esperaba algún comentario por mi parte. Pero, como yo guardaba silencio, prosiguió.

—Está bien si lo rechazas. Pero no me gustaría pensar que es por mi causa. Que sea por otras cuestiones. Temas personales. Da igual... —Le noté dudar—. Sé que te casaste.

—¿Y cómo lo sabes? —me puse a la defensiva.

Sonrió ligeramente. Creo que por primera vez.

—Nuestro mundo no es tan grande.

—Entonces, también sabrás que nos hemos separado. Y que he vuelto a Madrid. Y que estoy sin trabajo. Tu oferta llega en un momento muy oportuno, qué cosas. ¿Qué más sabes de mí, Konrad?

—Lo que tú acabas de decirme.

—Por supuesto que sí —zanjé, sin ganas de entrar en el debate.

Konrad accionó otro botón en la silla.

—Estoy cansado —anunció. Realmente lo parecía—. ¿Debo entender que tu respuesta es no?

La puerta se abrió y entró un miembro del servicio que permaneció junto a ella dispuesto para acompañarme a la salida.

Antes de irme, le dirigí una mirada más amable.

—No me debes nada, Konrad. No quiero que pienses que me debes nada.

—Lo sé. Pero, hasta que te decidas, mi oferta sigue en pie.

Asentí y me marché con un escueto y tibio adiós, que él no correspondió.

Estaba deseando salir de aquella casa, que me diera el aire fresco en la cara, que se me aliviase la presión en el pecho a causa de la tensión. Sin embargo, Greta me interceptó cuando estaba a punto de atravesar la puerta principal.

—Voy a ser sincera contigo —anunció, como siempre, sin rodeos—. Yo me opuse a que Konrad te ofreciese ese puesto. No porque no crea que estás capacitada. Ésa no es la cuestión. Ahora supongo que ya te has dado cuenta de cuál es el verdadero problema: él no está dispuesto a dejarte ir, sigue obsesionado contigo.

Me hundí en el asiento trasero del coche que me llevaba de vuelta al aeropuerto, completamente exhausta, como si hubiera corrido una maratón. Eran tantas las cosas que mi mente tenía que procesar, que apenas procesaba nada.

Cerré los ojos.

Aún estaba impactada. «¿Qué esperabas?», me dije a mí misma. Ya ni recordaba lo que esperaba. Quizá la silla de ruedas, sí; pero eso era lo de menos. Porque a quien en verdad había esperado que estuviera sentado en ella era el mismo Konrad vigoroso, arrogante e hijo de puta que había despachado unos pocos años atrás. Que no pudiera andar era lo de menos. Qué ingenua... La persona que acababa de visitar en poco se asemejaba a ese Konrad. Y lo peor había sido hacerle frente a alguien enfermo, débil y desconocido. Conjugar el resquemor con la impresión; la desconfianza con la compasión; la indiferencia con la humanidad...

Greta estaba equivocada. Konrad no estaba obsesionado conmigo porque nunca lo había estado. Lo único que siempre había hecho Konrad había sido utilizarme. Y si algo quería de mí, sería volver a hacerlo. Pero ¿cómo? ¿Qué demonios podría estar maquinando esta vez?

Se me pasó por la cabeza que tuviera que ver con el Medallón. Aunque no tardé en rechazar la idea por paranoica. Ese hombre consumido y postrado en una silla de ruedas ya no podía tener el mismo poder de antes. Desde luego que no me creía su discurso de arrepentimiento, pero temer que todo fuera una maniobra para aprovecharse de mí era exagerado.

En cualquier caso, lo más sano e inteligente sería rechazar su propuesta y mantenerme alejada de él, en eso sí que Greta tenía razón. Claro que... ¿se mantendría él alejado de mí?

Maldita la hora en la que volví a saber de Konrad.

Abril de 1945

La llegada de las tropas soviéticas, unida al caos del combate, produjo una oleada de saqueos sin precedentes en Berlín. Desde los generales hasta los soldados rasos, desde los artículos de primera necesidad hasta los objetos más exóticos, desde las grandes mansiones de la jerarquía nazi hasta los hogares más humildes, los rusos se llevaron todo lo que se les antojó, pues se consideraban legitimados para ello en compensación por el sufrimiento que les habían ocasionado los alemanes. De este modo, se apropiaron de cualquier cosa que se pudiera enviar a casa en el paquete de cinco kilos al que cada soldado tenía derecho. Y es que obsequiar a familiares y amigos con «suvenires» del frente se había convertido en una cuestión de honor. La ropa interior de mujer y los relojes fueron los presentes más codiciados. No era extraño ver a los soldados rusos con varios relojes a lo largo del brazo, al menos uno de ellos marcando la hora de Moscú y otro, la de Berlín. Algunos grupos de trabajadores extranjeros así como alemanes sin escrúpulos se unieron al pillaje de tiendas, almacenes y hogares.

Peter Hanke se rascó las cicatrices de la mejilla y volvió a beber de aquella botella que estaba ya mediada. Al parecer, había desarrollado una resistencia cada vez mayor a los efectos del alcohol. Podía beberse una botella entera de coñac y apenas notar una ligera somnolencia. Tendría que volver a acudir al láudano para quedarse dormido. Sólo estando inconsciente se sentía capaz de soportar aquella situación. Llevaba ya un mes metido en aquel sótano, sin asomar la cabeza al exterior, viviendo como una rata, sin luz ni agua corriente.

Y las explosiones no cesaban. Bum, bum, bum. Todo temblaba alrededor y ya casi había olvidado lo que era el silencio. A veces se desesperaba y pensaba que aquello nunca acabaría. Le daban ganas de descerrajarse un tiro en la sien. Pero no. Tenía que aguantar un poco más. Los rusos ya estaban allí, a unas pocas calles, y sólo podía pensar en que Katya llegara con ellos.

Desde marzo, estaba esperándola. Entonces había abandonado su cochambroso apartamento de Mitte y se había ido a vivir a casa de Gerda von Leitgebel; en cuanto la situación había empezado a ponerse fea, con el Ejército Rojo avanzando imparable hacia Berlín mientras que aquellos chalados del gobierno hacían llamamientos suicidas a tomar las armas y enfrentarse a la horda bolchevique.

Él no estaba dispuesto a sacrificarse por aquella causa perdida, nunca lo había estado. Sólo había medrado como un parásito en las entrañas del nazismo, pero había llegado la hora de abandonar aquel cuerpo moribundo y buscar otro huésped más próspero en el que alojarse.

Había quemado con cierto regocijo sus carnets del partido y de las SS sobre la llama cimbreante de una vela, tan hipnótica que el fuego había llegado a rozar la yema de sus dedos un instante antes de notar la quemazón. Había tirado su placa de la Gestapo por una alcantarilla y había escondido su pistola bajo una tabla suelta del suelo de tarima. Por último, él y Gerda se habían enclaustrado en el sótano, con una despensa bien surtida, mucho alcohol y algunas drogas.

Por supuesto que aquellos escuadrones de las SS habían estado por allí buscando desertores. Los muy fanáticos necesitaban carne de cañón para su última cruzada y, al que no se doblegaba, le descerrajaban un tiro y lo colgaban de una farola para escarnio propio y advertencia del resto: «Demasiado cobarde para defender a mujeres y niños», rezaba el cartel que acompañaba el cadáver.

Pero a Peter no lo habían cogido porque él había sido uno de ellos, pensaba como ellos y era capaz de anticiparse a ellos. Escondido en la despensa secreta de Gerda, un hueco tras una estantería de bricolaje donde la viuda guardaba sus más preciadas provisiones de coñac, cigarrillos, láudano y cocaína, los había escuchado husmear en busca de traidores a la patria; su entrega resultaba patética en aquel momento. Pobres desgraciados...

Una nueva tanda de disparos de artillería estrujó los cimientos de su casa. Justo en ese instante, Gerda entró en el sótano. Llegaba cubierta de polvo, con el gesto impávido y las blasfemias secas como su propia boca. Venía de coger agua en una de las pocas bombas que funcionaban por la zona. Gerda y su manía por el agua y la limpieza... Era una neurótica. Jugarse el cuello para frotarse los sobacos era una estupidez. Acabaría convirtiéndose en el cadáver más limpio de la manzana. Pero ella era así de obstinada. Su cartilla de racionamiento estaba salpicada de sangre porque el último bombardeo de los americanos la había cogido en la cola de la verdulería. Muchas mujeres habían perecido esperando por una miserable ración de repollo o de patatas; el resto, Gerda entre ellas, se había limitado a recomponerse y apretar la fila. ¿Qué carajo iban ellas a necesitar que nadie las defendiese? Tenían más arreos que muchos gallitos de las SS, que eran todo cacareo y ningún huevo.

La mujer descargó en el suelo dos pesados bidones a rebosar de agua y apenas exhaló un suspiro.

—Lávate —le ordenó, sin ni siquiera mirarle—. Das asco.

Él se amorró a la botella por toda respuesta y disimuló un eructo. Mientras, ella vertió un poco de agua en una palangana y comenzó a desnudarse; despacio, dejando que las prendas se deslizasen por su piel. Peter a veces dudaba si todavía le quedaban ganas de provocarle. Aquella mujer aún era un misterio para él.

Gerda von Leitgebel, de soltera Gerda Haber, era hija de un minero de Hagen, en la cuenca del Ruhr, y se había plantado en Berlín en 1921, con diecinueve años, lo que llevaba puesto y un puñado de marcos en el bolsillo que, en aquella época de hiperinflación, no daban ni para comprar una barra de pan. Gerda era trabajadora, tenía buena mano con la cocina y una piel preciosa, fina como la porcelana de Meissen. Se alojaba en casa de su tía Ruthe, quien regentaba una sórdida pensión en el barrio de Moabit, donde se trapicheaba con drogas, sexo y armas. Pero la mujer tenía buenos contactos y pronto le consiguió a Gerda un trabajo de camarera en un cabaret. La echaron a los seis meses por abofetear a un buen cliente que se había propasado con ella. Fue una estúpida. No eran aquéllos los mejores tiempos para quedarse sin trabajo en Alemania; la grave crisis económica que atravesaba el país había traído consigo paro, hambre y escasez. Su tía también la echó de casa porque no estaba dispuesta a mantener a una estúpida.

Gerda vivió un tiempo en la calle, durmiendo en parques y estaciones, comiendo en comedores sociales. No obstante, aún conservaba cierta elegancia innata, una extraña dignidad y aquella piel suya como la porcelana.

Un día de otoño, fresco y soleado, mataba el tiempo sentada en un banco del parque mirando las palomas picotear el suelo. Un anciano venía caminando por la vereda y pasó frente a ella tosiendo como un perro que hubiera ladrado.

—¡Cuídese esa tos, abuelo!

«Cuídese esa tos, abuelo.» Una frase que cambiaría su vida igual que si hubiera pronunciado un conjuro.

Hubertus von Leitgebel, miembro de la nobleza de la Baja Sajonia y jurista, había sido consejero privado del káiser Guillermo II. Nunca se había casado y tenía por toda familia un puñado de primos y sobrinos, a cuál más inútil y carroñero. A sus setenta y un años seguía siendo un hombre adusto, de carácter fuerte, todo un caballero prusiano, que vivía recluido en la soledad de su mansión con la única compañía de sus libros, sus perros y un mayordomo tan viejo y huraño como él. Quizá aquel día tenía las defensas bajas a causa del fuerte resfriado que padecía, porque las palabras de aquella muchacha, algo desaliñada pero con la piel de una figurita de porcelana de Meissen, atravesaron como hierro candente su coraza de hielo y fueron a clavarse directas en su duro corazón.

Todo comenzó con inocentes charlas en aquel mismo banco. Gerda sabía escuchar, era atenta y comedida, una chica lista. De cuando en cuando, le arreglaba al anciano la bufanda en torno al cuello para abrigarlo bien, pues era asimismo melosa y zalamera como una gitana. Y aquello al viejo, desacostumbrado como estaba al cariño, lo cautivó. Las conversaciones se convirtieron en paseos lentos junto al lago. Para que el frío invierno no interrumpiese sus encuentros, Hubertus la invitó a tomar el té junto a su chimenea y, para que ella no tuviera que marcharse en plena ventisca, terminó por contratarla como enfermera.

—Pero, excelencia, yo no soy enfermera —se excusó ella, aleteando las pestañas en tanto arropaba las piernas del anciano con una manta.

—Tú me cuidas, Gerda. ¿Acaso no es ése el trabajo de las enfermeras? Todo lo que tienes que hacer es seguir cuidándome.

Se casaron en primavera del siguiente año, con gran escándalo por parte de sus parientes, para mayor regocijo del viejo conde. Fueron felices durante dos años hasta que Hubertus falleció de una neumonía, y es que siempre había tenido los pulmones delicados a causa de unas fiebres mal curadas siendo niño. Se lo legó todo a Gerda, menos unos cuantos marcos que repartió entre primos, sobrinos y el mayordomo en un vano intento por acallar sus protestas y maldiciones.

A Gerda le encantaba contar esa historia, recostada en el diván de su mansión en el elegante barrio de Dahlem, mientras fumaba cigarrillos americanos usando una boquilla larga.

—Sólo Dios sabe cuánto he querido a Hubertus. Nuestro amor era sincero y puro como ninguno —afirmaba, sin mentir, con ese tono suyo, grave y afectado.

La viuda se había rodeado de una corte de admiradores siempre dispuestos a escucharla. Tipos bohemios, estrafalarios, revolucionarios, inconformistas... Lo más rastrero y divertido de la sociedad. Ellos la idolatraban tanto por su físico, pues había sabido pulirse hasta convertirse en una mujer que, sin ser bella, estaba dotada de un extraño magnetismo, como por su abultada cuenta corriente, dado que, en general, todos abanderaban causas que requerían de continua financiación.

Peter Hanke la había conocido en el cuartel general de la Gestapo, una mañana que ella había ido a pagar la fianza de un muerto de hambre al que habían arrestado por gritar consignas marxistas frente a la Cancillería del Reich, el muy imbécil. Gerda iba envuelta en pieles, taconeaba con paso firme, dejando tras de sí el aroma intenso de su perfume de gardenias y el humo de su cigarrillo mentolado, y actuaba con ademán elegante pero resuelto. Intentó seducir a Peter para ganarse su favor y él le siguió el juego. Hicieron buenas migas.

El *Kriminalkommissar* no tardó en convertirse en un asiduo a sus veladas, en compañía de los desarrapados habituales al principio, de tú a tú con ella a los pocos meses. Tenía que confesarse atraído por esa insólita mezcla de *femme fatale* y madre amantísima, por ese gusto retorcido que mostraba por el sexo degenerado y a la vez pulcro: noches salvajes en las que acababan azotándose mutuamente con una fusta antes de alcanzar el orgasmo para después ella apresurarse en cambiar las sábanas manchadas de sangre, sudor y semen. Le excitaba aquella voz suya que era más propia de hombre que de mujer, sus ojos oscuros de mirada oblicua y castigada y su piel, tan tersa y suave que romperla con la fusta se le hacía una profanación que le elevaba al colmo del placer. Si Peter hubiera padecido tal debilidad de carácter, podría haberse llegado a enamorar de ella.

—El viernes fue el cumpleaños de Hitler —observó Gerda mientras se pasaba la esponja por los hombros, como si eso fuera importante.

Peter se incorporó en el camastro con un gruñido.

—Pues brindo porque sea el último de ese hijo de perra.

Alzó la botella y bebió. Después, con la sensación de que el cuerpo le pesaba toneladas, se levantó de aquel colchón cubierto de polvo que raras veces abandonaba y se acercó a la mujer, todavía concentrada en su tarea de asearse. Le cubrió un pecho con la mano que no agarraba la botella y comenzó a sobárselo.

—Eres un cerdo. —Lo apartó ella de mala manera—. ¿Es que no puedes pensar en otra cosa?

Peter volvió a acercársele y enterró la cara en su cuello.

—Si una bomba cae ahora mismo sobre nuestras cabezas, no se me ocurre mejor forma de morir que estando entre tus piernas.

Ella no le rechazó esta vez. Sonrió con malicia, esa sonrisa lasciva que a Peter tanto le excitaba, y empezó a frotarle con la esponja la cara, el cuello, a intentar acceder bajo su camisa sucia. Peter dio un trago de la botella y se la pasó.

—El cielo está rojo, Peter. Y el aire lleno de polvo. —Se limpió unas gotas de alcohol que la caían por la barbilla—. Ya están aquí.

—Vamos a celebrarlo y que el fin nos coja follando como animales —resolvió él a la vez que buscaba sus labios para morderlos con lujuria.

Para eso me has contratado

Finalmente, volé de Zúrich a Madrid porque el Bundesarchiv cerraba el fin de semana y, además, Martin me había llamado para decirme que él también había tenido que marcharse de Coblenza.

—No he podido avanzar nada sobre Hanke. Helga tiene una nueva remesa de documentos y me ha dicho que te va a mandar copia de los que pueda por e-mail. Me temo que te he dejado a ti todo el trabajo —admitió como un colegial que no ha hecho los deberes.

Yo le quité hierro al asunto.

—No te preocupes, para eso me has contratado. Me quedaré todo el fin de semana en casa, en pijama y zapatillas, mirando con lupa lo que tenemos.

Eso era justo lo que pretendía hacer, al amor de mi buhardilla, animada por un clima prematuramente lluvioso y otoñal que invitaba a no salir a la calle.

—Vente a cenar el sábado, cari —me propuso Teo cuando se enteró de que andaba por Madrid—. Toni va a preparar esos pimientos rellenos de marisco que te rechiflan porque ha invitado a un compañero del trabajo. Quien, por cierto, está soltero y me gusta para ti. Es cirujano y tiene un Porsche que te cagas. A lo mejor, lo encuentras un poco bajito y además se llama Macario. Sí, tremendo. Pero si le llamas Mac, de pronto suena superguay, ¿no te parece?

Aunque la idea de una cena casera con amigos me resultaba tentadora, el momento cita a ciegas me mataba, así que rechacé la invitación.

—Te agradezco tu preocupación por mis necesidades alimenticias y sentimentales, pero no puedo. Tengo mucho trabajo.

—Sosa. ¿A que has vuelto a enamorarte del tipo antiguo al que investigas esta vez? Así, reina, no vas a procrear nunca, escucha lo que te digo.

—Nada de eso, puedes estar tranquilo. Se parece al malo de la peli *La forma del agua*, no sé cómo se llama ese actor... Te mandaré una foto del tipo antiguo para que puedas comprobar que es bastante siniestro e iré el domingo por la tarde a veros, ¿vale?

A pesar de que Teo, una vez que vio la imagen prometida, aseguró que no merecía la pena malgastar un sábado con alguien que daba tan mal rollo, yo tenía previsto que Peter Hanke fuera mi única compañía aquel fin de semana.

Sin embargo, el sábado temprano, cuando aún remoloneaba en la cama después de haber apagado el despertador un par de veces, recibí una llamada de Martin.

—Al final, he acabado recalando en Madrid —anunció como quien dice que pasaba por el barrio—. Si quieres, podemos quedar en la oficina y te ayudo con los documentos.

Me asomé a la ventana y contemplé el aguacero que caía a ráfagas empujado por el viento. Los árboles se agitaban perdiendo sus primeras hojas, la acera estaba cubierta de charcos y, en la plaza casi desierta, un señor se peleaba con un paraguas que amenazaba con darse la vuelta o salir volando. Un escalofrío me subió desde los pies descalzos.

—La verdad es que no me apetece nada salir con este tiempo. ¿Por qué no vienes a mi casa y trabajamos aquí?

Martin no tardó en presentarse con una bandeja de cruasanes y dos cafés recién hechos, precedidos de su reconfortante aroma y sobre los que me abalancé incluso antes de que él hubiera franqueado la puerta.

—Gracias, gracias, gracias. No sabes cuánto te quiero ahora mismo —le confesé según cogía uno de ellos y le daba un sorbo; el calor del vaso templó mis manos—. Acabo de comprobar que la lata del café está vacía, ni un grano queda. Algún día de éstos voy a tener que hacer la compra.

Mientras despejaba la mesa de papeles y de restos de la cena de la noche anterior para poder desayunar sobre ella, Martin deambulaba por el pequeño salón.

—Me gusta tu casa —concluyó—. Es muy acogedora.

—Está un poco desordenada con tanto trasto —constaté yo, algo apurada, con una pila de envases de comida china en la mano.

—Por eso es acogedora. Sólo las exposiciones de muebles están siempre impecables.

—Era de mi abuelo, su taller.

Comencé a relatarle la historia, quién era mi abuelo y por qué el suelo aún tenía restos de pintura y alguna pared lucía bocetos garabateados en un arrebato.

—Me encanta —corroboró al cabo—. Se nota que el lugar tiene alma. ¿Alguno de estos cuadros lo pintó tu abuelo?

—Sólo éste. —Le mostré un marco apoyado sobre la repisa de la chimenea. Se trataba de un óleo semiabstracto en tonos azules y verdes—. Es una vista del mar desde su casa en Asturias. También conservo los dibujos y las acuarelas que hizo para mí. Tengo una pequeña colección colgada en mi dormitorio, pero la mayoría están guardados. No hay paredes suficientes para todo, quizá si algún día tengo una casa más grande...

—¿Y ésta eres tú?

Con una sonrisa divertida, Martin señalaba una fotografía que formaba parte de un *collage* de otras muchas fotos antiguas. Yo misma lo había ido componiendo entre la madera y el cristal de una mesita auxiliar junto al sofá.

—Eso me temo.

En la imagen, tendría unos ocho años. Llevaba el pelo tirante hasta el dolor, como sólo mi madre sabía estirarlo cuando nos lo recogía en una coleta, y unas gafas enormes de pasta me cubrían media cara; mi sonrisa resultaba un poco forzada porque, como se me habían caído los dos dientes frontales, procuraba reír con la boca cerrada.

—No es mi mejor foto —reconocí—, pero aun así me gusta porque está tomada precisamente en la casa de Asturias y ese enorme pastor alemán que está conmigo es Llovu, «lobo» en asturiano; le tenía mucho cariño —recordé con una sonrisa llena de nostalgia.

En el breve silencio que se hizo, percibí la mirada tierna de Martin sobre mí e, incómoda, empecé a describirle el resto de las fotografías del *collage* como si le importaran algo.

—Este bebé tan gordo es mi hermana. Quién lo diría ahora que está hecha un fideo. Y éstos son mis padres, en Roma, se parecen a Gregory Peck y Audrey Hepburn, ¿verdad? Éste es mi abuelo, aquí, en el taller.

—¿Y ésta? —Apuntó a una foto sepia, de colores desvaídos.

Me encogí de hombros.

—Ni idea de quiénes son estos señores antiguos, pero me gustaba la foto, cómo posan tan serios con una niña pequeña que parece preguntarse qué hace ahí, entre tanto viejo y tanto trasto. Es una fotografía estupenda, ¿a que sí?

—Sí, sí lo es.

—Bueno, basta de perder el tiempo, que tenemos que trabajar —zanjé.

Habíamos acabado muy cerca el uno del otro. Más de lo que dictan las normas del trabajo en equipo. Martin seguía observándome con esa media sonrisa tan suya y una expresión que parecía presagiar algo importante: una gran declaración o un pequeño gesto; algo íntimo.

—Vale. Pero aún no hemos desayunado —resolvió, en cambio, cuando yo empezaba a acalorarme.

Gracias al interés personal que Helga mostraba en la investigación, la archivista había acudido a conocidos y contactos de todos los archivos dentro y fuera de las fronteras de Alemania, así como a bibliotecas, universidades y centros de estudio, en busca de algún rastro sobre Peter Hanke. De modo que, mientras ella misma iba realizando la semblanza del individuo para su tesis, alimentaba abundantemente nuestra investigación con numerosa documentación.

Como me había anticipado Martin, tenía un e-mail de Helga con todos sus últimos avances. Lo primero que debíamos hacer era analizar y clasificar el nuevo material, descartar lo que no fuera relevante y poner el resto en relación con lo que ya teníamos. Para avanzar con más eficacia, nos repartimos los archivos y, en silencio, con música de fondo que pedí expresamente que no se pudiera cantar porque yo era muy dada a arrancarme con cualquier letra y eso me distraería al tiempo que me pondría en ridículo, vimos caer sin sentir las horas de aquel lluvioso sábado.

—Madre mía, este Hanke era un buen punto —anuncié frente a un documento de páginas rosa y amarillas, lleno de sellos y membretes, que iba pasando por la pantalla de mi ordenador—. En 1942, la RSHA le abrió otro expediente disciplinario.

Martin, que estaba leyendo el fragmento de un libro sobre la sección de contraespionaje de la Gestapo, asomó los ojos por encima de su portátil con interés.

—¿Qué hizo esa vez?

Tardé un rato en responderle mientras iba recorriendo el archivo. Él acercó su silla para poder ver mi pantalla.

—El expediente está incompleto —le hice notar, frunciendo el ceño de concentración, sin quitar los ojos de la lectura—. Algunas páginas están dañadas o no son legibles... A ver si conseguimos entender algo... Aquí está: es por una detención.

—¿Una detención? ¿Y eso es irregular? ¿No se supone que eso es lo que hacía la Gestapo, detener a la gente?

—Espera... El 17 de febrero de 1942, Hanke detuvo a Cornelius Althann, de profesión anticuario, con domicilio en bla, bla, bla, Charlottenburg-Berlin... Bajo la acusación de sodomía. ¡Eso es!

—¿Qué? Insisto: ¿no era eso lo que la Gestapo hacía?

Me recliné un poco en la silla y me enganché el bolígrafo mordisqueado con el que iba tomando notas en el moño que recogía mi pelo.

—En el caso de la homosexualidad, no exactamente. Su persecución en la Alemania nazi se articuló de manera diferente antes y después de la guerra. Una vez que, en 1935, se modificó el artículo 175 del Código Penal alemán para ampliar las actividades homosexuales que se consideraban delito y endurecer las penas correspondientes, se creó, a través de un decreto de Himmler, la Reichszentrale zur Bekämpfung der Homosexualität und der Abtreibung, que a ti te da igual, pero a partir de ahora la vamos a llamar Central del Reich para la Lucha contra la Homosexualidad y el Aborto, o Reichszentrale, como mucho, para que a mí no se me enrede la lengua y dejes de pasártelo de maravilla a costa de mi horrible pronunciación.

—No es cierto —negó con una cara de guasa tal que indicaba todo lo contrario.

—Ya. Bueno. Hasta ese momento, había sido la Gestapo la que se había encargado de perseguir ese tipo de delitos y, como tal, la nueva organización quedó bajo su paraguas. Sin embargo, en 1938, cambió su director y se trasladó a la Kripo, de modo que a partir de entonces fue la policía criminal la que coordinó la persecución y el castigo de los homosexuales. La labor de la Gestapo en este campo quedó reducida a los casos de homosexualidad en el seno de las SS, pues se entendía que éstos afectaban directamente a la seguridad del Estado, y a alguna redada específica que se ejecutaba en modo de *Sonderaktion*.

—¿Quieres decir que Hanke actuó fuera de sus competencias?

—Eso parece y eso opinaban los de la RSHA. Me da que a algún funcionario puntilloso le faltó tiempo para denunciarlo.

Regresé a la lectura del informe.

—Mira, y corrígeme si me equivoco al traducir: aquí dice que en los archivos de la Reichszentrale no constaban evidencias de la desviación de Althann y que su detención se había producido fuera de su autorización y conocimiento, bajo criterios de arbitrariedad, sin que hubiera pruebas sólidas que la sustentasen. Posteriormente, el reo había sido sometido de forma innecesaria y, de nuevo sin la pertinente autorización, al tercer grado durante el interrogatorio y... Señor, este tipo no tenía límites: según esto, falsificó una orden de custodia protectora para que fuera trasladado enseguida al campo de reeducación de Sachsenhausen.

—¿Tuvo que falsificarla? ¿No podía emitirla él mismo? Tenía entendido que la *Schutzhaft* se ordenaba directamente por la Gestapo o la Kripo sin que interviniese ningún juez y sin que ningún tribunal pudiese revisar o revocar tal medida. Después de todo, ésa era su forma de mandar de inmediato a la gente a prisión o a un campo de concentración y hacerlo al margen de la ley.

—Sí —coincidí con Martin aunque maticé—: pero las órdenes de custodia preventiva no podían ser emitidas por cualquier agente, ni siquiera por uno de rango superior; de hecho, debían ir firmadas por el director de la RSHA, de la Kripo o de la Gestapo, en cada caso. Es cierto que fueron tantas las que llegaron a acumularse que las firmas se reproducían de manera mecánica. Pero el caso es que nuestro amigo Peter no se cortó un pelo y garabateó de su puño y letra la firma de Heinrich Müller, el director de la Gestapo.

—Pues, teniendo en cuenta la osadía, la sanción no fue para tanto —concluyó Martin, quien había retomado en mi lugar la lectura del documento—. Tres meses de suspensión de empleo y sueldo. Hoy en día te pueden caer hasta cinco años de prisión e inhabilitación por menos.

—Lo que a mí me llama la atención de todo este asunto es por qué Hanke se habría metido en tanto lío para detener a un tipo.

—¿Un motivo personal? ¿Venganza? ¿Tenía cuentas pendientes con el tal Cornelius Althann?

—Motivo personal, sí, pero no creo que fuera venganza. Para vengarse sólo tenía que denunciar y que otros se encargaran del trabajo sucio. Por alguna razón, quiso involucrarse él directamente, sin importarle lo que se jugaba.

—Como cuando se desplazó a Leningrado para cargarse a Voikov. —Martin empezaba a comprender adónde quería yo llegar.

—Así es. Hanke recurría a su posición y poder como agente de la Gestapo para sonsacar a alguien información o, tan sólo, quitárselo de en medio.

—Eso explicaría por qué le aplicó un tercer grado que, según el informe, no era procedente. Tenía mucho interés en que cantara.

—Además, relaciona a Voikov con Althann. Ambos víctimas de Hanke en situaciones irregulares.

Tras afirmar aquello, me quedé un rato pensativa mientras palpaba distraída mi pelo en busca del bolígrafo. Martin estiró el brazo, lo extrajo de mi moño y me lo dio. Lo tomé sin prestarle atención y comencé a golpearme con él la barbilla.

—Igual es una tontería pero... ¿No te parece curioso que Althann fuera anticuario? Después de todo, el Medallón es una antigüedad.

—Me parece lo suficientemente curioso como para pedirle a Helga que busque información sobre él.

Le apunté con el boli en señal de aprobación.

—Voy a anotarlo.

Según me ponía a ello, vi con el rabillo del ojo a Martin consultar el reloj.

—¿Tienes que irte ya?

—Son casi las nueve. Si no me invitas a cenar, me temo que sí.

Tal vez fuera su cara de niño, pero, cuando quería, Martin tenía la habilidad de imprimir ternura a sus frases. Me entregué desarmada, con una sonrisa.

—La verdad es que te has ganado la cena. Pero ya has visto que mi nevera está tan vacía como mi lata de café. Tendremos que pedir algo, igual que este mediodía.

—Vale, pero paga la empresa, así que nada de sándwiches otra vez, que me muero de hambre.

Basta de jueguecitos de intriga

Vino, queso, fiambres, tomates, nueces, un buen pan y, de postre, trufas. Al final, Martin, ajeno a la lluvia inclemente, que para eso era del norte de Europa, bajó a comprar la cena a una tienda de delicatessen que acababan de abrir al otro lado de la plaza. Entretanto, yo intenté poner una mesa bonita usando un pareo, porque no tenía ni un mísero mantel, y encendí las velas de la chimenea para dar ambiente. Hacía mucho tiempo que no recibía a nadie en casa, que no organizaba una cena para dos. Me dije, riéndome de mí misma, que aquélla no era una velada romántica, ni mucho menos, y aun así eché de menos en la mesa alguna flor del jardín de la casa de Provenza y el tocadiscos de Alain, aquella música crujiente que acompañaba nuestras noches, al principio, cuando todavía bailábamos juntos canciones antiguas.

—¿Qué ocurriría con Peter Hanke después de la guerra? Más allá de 1945, es como si no existiera, Helga no ha encontrado ninguna referencia en ningún archivo sobre él. Ni su certificado de defunción, ni su *Persilschein*... —caviló Martin mientras me rellenaba la copa.

Por la ventana abierta de la terraza entraba aire fresco y limpio, con aroma a ciudad mojada, y nuestra cena transcurría, como no podía ser de otra manera, hablando de trabajo.

Siempre me ha parecido muy ingenioso el nombre que se dio al certificado de desnazificación: *Persilschein*. Viene del término «Persil», que era la marca de un detergente en polvo, algo muy ilustrativo para hacer referencia al documento que acreditaba que un ciudadano alemán de la posguerra, sospechoso de tener vínculos con el nazismo, quedaba «limpio», es decir, era exonerado de su pasado nazi y se podía reintegrar con normalidad a la sociedad de la nueva Alemania.

—Si no ha aparecido el *Persilschein* —respondí cuando hube dado el primer sorbo de vino—, puede deberse a varios motivos: que hubiera muerto...

—Entonces, habría un certificado de defunción —me interrumpió.

—No necesariamente. Berlín, y toda Alemania en general, sobre todo las grandes ciudades, fue un completo caos entre mayo y julio de 1945, hasta que las potencias aliadas comenzaron a restablecer el gobierno y la administración. Muchas muertes quedaron sin certificar. A muchas personas se las dio simplemente por desaparecidas; no obstante, para eso, alguien, por lo general un familiar, tenía que iniciar el proceso de declaración de fallecimiento y Hanke, por lo que llevamos comprobado, no tenía familiares cercanos.

—¿Entonces? ¿Murió? ¿Desapareció? ¿Ninguna de las anteriores? —bromeó, y me tendió un trozo de queso que acababa de cortar.

—Todas las opciones son válidas. Pudo morir en el caos de los últimos días de la guerra. Pudo desaparecer. Pudo cambiar su identidad e iniciar una nueva vida. Escapar de Alemania para no recibir represalias. O pudo caer en zona soviética y por eso no encontramos ningún documento sobre él en los archivos alemanes.

—Pues si cayó en zona soviética, me temo que no tuvo muchas posibilidades de sobrevivir. Siendo como era agente de la Gestapo, terminaría ejecutado o en un campo de prisioneros, lo que a la larga conducía al mismo resultado. Los soviéticos no fueron tan comprensivos como los aliados occidentales.

—No creas. Efectivamente, no fueron tan comprensivos, tienes razón, pero ¿y si te digo que otra opción es que pudo acabar reclutado por la Stasi?

Martin alzó las cejas, sorprendido.

—No es que resultara lo más habitual —maticé—, pero se han documentado los casos de al menos treinta y cinco antiguos agentes de la Gestapo y oficiales de las SS que, amparados por el gobierno soviético, se libraron de la justicia y se convirtieron en espías de la temida policía secreta de la República Democrática Alemana.

—Vaya... Supongo que, al final, cuando no hay ideales sino instintos, da igual el bando.

—De todos modos, ya le he dicho a Irina, mi archivista rusa, que busque también información sobre Hanke. Lo que empiezo a pensar es que no hubo una misión oficial del gobierno nazi para buscar el Medallón, como sí la hubo, en cambio, para *El Astrólogo*.

—La verdad es que no tenemos ningún documento que así lo acredite.

—Y no sólo por eso. Los documentos no son fáciles de encontrar, ya lo has visto. Es, más bien, por la forma de actuar de Hanke. Esos expedientes disciplinarios indican que iba por libre, que carecía de cobertura oficial.

—¿Y por eso mintió a Georg al decirle que era de la SD en lugar de la Gestapo?

—Desde luego, despistaba a quien quisiera seguirle el rastro. Lo malo es que, si es así, si Hanke buscaba el Medallón a título personal, para nosotros también va a ser más difícil seguirle los pasos.

—Pero no imposible. Mira lo que hemos conseguido hasta ahora.

—Ya, pero temo que los documentos empiecen a agotarse y que la investigación se ralentice.

Martin se quedó observándome durante unos instantes con un gesto raro.

—¿Qué? —le animé a quitarme aquella mirada inquisitoria de encima.

—¿Por qué, de pronto, tienes tanta prisa?

Su pregunta me desconcertó.

—¿Y por qué te extraña que la tenga? Tú mismo lo dijiste. Dijiste que el asesinato de Bonatti era un anuncio de que la búsqueda del Medallón ha comenzado. No creo que fuera un anuncio dirigido sólo a ti y los tuyos. Hay alguien más, ¿no? ¿No es eso lo que me querías decir? ¿No estamos en una competición?

—Sí, sí lo estamos...

Martin bajó entonces la vista y permaneció en silencio, como si estuviera muy concentrado en un plato del que no comía. Yo le observaba, confusa.

—¿Qué pasa, Martin?

—Ana. —Levantó el rostro e hizo una pausa solemne—. Sé que has ido a ver a Konrad Köller.

Le sostuve la mirada mientras pasaba de la sorpresa a la indignación.

—¿Y has esperado hasta ahora para decírmelo?

—No pensaba hacerlo, de hecho.

—¡Claro que no! ¡Así podrías seguir vigilándome!

—La cuestión es por qué tú no me has dicho nada.

—No, la cuestión es por qué me estáis vigilando —me encaré con él—. ¡Lo que yo haga en mi vida privada no es asunto vuestro!

—Konrad Köller es asunto nuestro. ¿Por qué has evitado mencionármelo? ¿Qué tengo yo que pensar?

—¡Puedes pensar lo que te dé la gana! Si no confías en mí, es tu problema. Tú has venido a buscarme. No voy a consentir que me vigiléis; así, no cuentes conmigo. ¿Qué tengo yo que pensar de que me estéis vigilando?, ¿eh, Martin? ¡¿Qué demonios está pasando aquí?!

—Que Konrad Köller sigue siendo un tipo peligroso, eso pasa. Que es arriesgado mezclarse con él. ¡Y que tú lo has hecho a escondidas!

—¿A escondidas? ¡Pero qué coño...! ¿Qué te has creído?, ¿que tengo que avisarte de todo lo que hago? ¿Qué locura es ésa? Con quien yo me mezcle o me deje de mezclar es mi problema, no el tuyo. ¡Por Dios, sólo me ha ofrecido un trabajo en un museo y si no te dije nada fue para evitar tener esta estúpida discusión!

Martin suspiró, se inclinó hacia delante y se dirigió a mí algo más sosegado.

—Escucha. Es cierto: la búsqueda del Medallón es una competición. Una competición sin reglas, en la que algunos participantes carecen de cualquier tipo de escrúpulos y están dispuestos a todo. No es la primera vez que yo juego a este juego, pero tú sí. Esto no es *El Astrólogo*, Ana.

—¿Cómo? —le interrumpí airada—. ¿Tengo que recordarte por todo lo que pasé con *El Astrólogo*?

—No. Pero esto es incluso más complejo. —Se pasó la mano por la cabeza como si le resultara difícil explicarse—. Mira, no estoy seguro todavía... Aún no sé quién está y quién no... Pero este tipo de gente... No tienen reparos en quitarse de en medio a quien haga falta. No tendrán ningún reparo en quitarte de en medio.

—¿Insinúas que Konrad está involucrado?

—No lo sé. Lo que me gustaría es tener la certeza de que no está utilizándote.

Me levanté de la mesa y me asomé a la ventana en busca de aire fresco, me sentía acalorada tras la discusión. Tenía que admitir que no sería la primera vez que Konrad me utilizaba. Y tenía que reconocer que yo había bajado la guardia. Tras el accidente, lo veía como un hombre inválido e inofensivo. Incluso, en aquel instante, me costaba creer a Martin cuando me hacía ese retrato de él de poder y vileza. Ése era el Konrad de antes, pero el de ahora...

—Yo podría averiguar cuáles son las intenciones de Konrad. —Me volví.

—No. No, ni hablar. Ya te he dicho que es peligroso. No hay

que fiarse de las fieras ni siquiera cuando están heridas. Mucho menos cuando están heridas.

—Por Dios... No te pongas paternalista conmigo, que no soy idiota. Me parece que conozco a Konrad un poco mejor que tú. Gracias, pero sé cuidarme sola. No hace falta que me trates como a una cría.

—No te trato como a una cría. Tu trabajo es investigar. Concéntrate en él y déjame a mí lo demás.

—No puedes impedírmelo —le desafié.

—¡Maldita sea, Ana! ¡No seas cabezona!

Me giré de nuevo hacia la ventana y le di la espalda, contrariada; me faltaba bufar. Al poco, él se levantó, se acercó y se colocó a mi lado, hombro con hombro. Ambos contemplábamos el exterior como si lo interesante estuviera fuera en lugar de dentro. La lluvia había cesado, dejando tras de sí una calma fresca, de vez en cuando interrumpida por un coche que levantaba una cortina de agua del asfalto.

—Te propongo algo —anunció en un tono más pacífico—. Esperaremos a que Konrad haga el siguiente movimiento y, en función de eso, actuaremos.

—¿Los dos?

—Los dos.

Asentí para, acto seguido, añadir:

—Quiero que dejéis de seguirme y de intervenir mi teléfono. Si no confiáis en mí, si necesitáis vigilarme, lo mejor será que abandone la investigación.

—No se trata de que no confiemos en ti —se defendió con vehemencia—. Esto es peligroso, ya te lo he dicho. Lo hacemos para protegerte.

—Pues así no. Basta de jueguecitos de intriga conmigo.

Aquella noche, nos despedimos con frialdad. La reciente discusión había dejado el ambiente enrarecido entre nosotros.

A la mañana siguiente, un mensajero se presentó en mi puerta. Traía un vistoso paquete con un desayuno completo. En la tarjeta, firmada por Martin, se leía junto al garabato de una sonrisa: «*A fresh start*», que literalmente significa «un comienzo fresco»; aquel desayuno recién hecho lo era. Sin embargo, «*fresh start*» se trata de una expresión cuya traducción adecuada es «borrón y cuenta nueva». El juego de palabras me arrancó una sonrisa conciliadora hacia su regalo conciliador.

Todo es posible mientras no haya pruebas de nada

—Ana, Ana... ¿Me oyes?

—Sí, Irina, te oigo bien, pero tienes que activar la cámara.

Del otro lado, me llegaron las voces de Irina y Anton Egorov farfullando en ruso.

La archivista me había propuesto conectarnos por videoconferencia para comunicarme sus hallazgos sobre Fiódor Voikov en los archivos rusos. No dejó de sorprenderme gratamente que aquella mujer, ya entrada en años, hiciera uso de las nuevas tecnologías. Claro que, como pude comprobar, no acababa de manejarse del todo bien con ellas.

—En la parte de abajo de la pantalla, a la izquierda, hay una camarita. Tienes que pinchar ahí —le indiqué, aunque no estaba segura de que me estuviera atendiendo.

Al cabo de un rato, una imagen sustituyó al vano negro en mi pantalla.

—Ya está. Me ves, ¿verdad?

—Sólo los rizos de tu cabeza. Muévete un poco. Ahora sí. ¡Hola, Irina!

—¡Ana! ¡Por fin!

Detrás de la archivista apareció su hermano Anton, agitando una mano a modo de saludo. Ambos personajes, provenientes de la Rusia soviética, parecían fuera de lugar enmarcados en aquella pantalla. El parecido entre ellos, los mismos ojos azules pequeños y vivarachos, el mismo cabello negro hirsuto y canoso, el mismo rostro redondo y sonrosado, así como sus ademanes a dúo, los asemejaban a una pareja de cómicos.

—Puedes hablar, Anton. Te oye —le indicó Irina.

—¡Hola, Ana!

—*Privet, Anton! Kak dela?*

Mi torpe saludo en ruso debió de sonar espantoso; sin embargo, tanto Anton como Irina hicieron grandes aspavientos de sorpresa.

—*Ya v poryadke, spasibo!* ¡Ya hablas ruso, amiga mía!

—¡No, no! Sólo sé decir esa frase —aclaré—. Contadme, ¿cómo os va?

Tras unos minutos de saludarnos y ponernos al día, entramos en la materia que nos ocupaba.

—Te diré que Anton está entusiasmado con tu investigación.

—Me gustan las cosas viejas y las mujeres jóvenes —bromeó el aludido con una carcajada secundada por su hermana.

—¡Este hombre no tiene remedio! Para quieto, no me empujes.

—Es que no se me ve en la pantalla. Ocupas tú todo, mujer.

Irina resolvió la protesta haciéndole un hueco mínimo.

—Anton ha leído mucho sobre el Medallón de Fuego. En especial, acerca de su conexión con la corte de San Petersburgo y la masonería rusa —prosiguió hasta que su hermano la interrumpió, incapaz de contener su entusiasmo.

—¡Oh, sí, sí! A principios del siglo XX, cuando la Rusia zarista entraba en su etapa de declive, la corte de San Petersburgo se convirtió en un hervidero de rumores sobre el Medallón...

—Aguarda, Anton, aguarda, cada cosa a su momento —le contuvo ella, volviéndole a sacar del plano y dejando sólo la mitad de su rostro en él—. Vamos por partes. Ana, tú me encargaste buscar información sobre Fiódor Voikov. En este desastre de archivos rusos, caóticos e incomunicados, no ha sido fácil, y menos desde Moscú, ya que Voikov era de San Petersburgo. Por suerte, Anton me ha ayudado.

El otro asintió enérgicamente antes de intervenir:

—Resulta que encontré en la hemeroteca un recorte de prensa del 12 de junio de 1941, que se hacía eco de la noticia del asesinato de Voikov.

—Te hemos enviado un e-mail con copia de este documento y de los demás que vamos a ir contándote —añadió Irina—. Claro que están en ruso, tendrás que mandarlos a traducir.

—Sí, no hay problema. Muchas gracias.

—Cuando lo hagas —prosiguió Anton—, verás que el recorte nos proporcionó algunos datos más sobre él: era viudo, tenía sesenta y dos años, vivía en la calle Nekrasova y, lo más importante, era profesor de mineralogía en la Universidad de Leningrado. A partir de ahí, empezamos a tirar del hilo en los archivos municipales.

—Anton tiene buenos amigos allí.

—Entre todos, hemos encontrado a Fiódor Petrovich Voikov. Nuestro hombre ha resultado ser una autoridad en gemología. No sólo era profesor de la universidad, también trabajaba como conservador en el Hermitage y, durante la época zarista, fue miembro del equipo al cargo de la colección de joyas imperiales, en concreto, de la sala de diamantes. De algún modo, supo nadar y guardar la ropa porque, después de la revolución y a pesar de sus vínculos con el antiguo régimen, mantuvo sus puestos tanto en la universidad como en el Hermitage. De hecho, fue uno de los expertos encargados de reunir la colección de joyas, dispersa tras la caída de los zares, y de catalogar las piezas. Hemos encontrado los documentos con su nombramiento por parte del Comisariado del Pueblo para las Finanzas.

—Entonces ¿participó en la elaboración del catálogo de 1924? —pregunté haciendo referencia al libro, ahora desaparecido, que se decía que había contenido la única mención, con fotografía incluida, del Medallón. En ediciones posteriores de ese catálogo, la reliquia se había desvanecido.

—Tuvo que hacerlo —resolvió Irina—, ya que Voikov era miembro del equipo de Aleksandr Fersman, el mineralogista que firmó las ediciones de 1924 y 1925. Aunque de la primera... no queda ni rastro, salvo una factura de la impresión. ¿Puedes abrir el e-mail que te hemos mandado? Querría mostrarte algo.

—Sí, espera. Voy a hacerlo desde el móvil.

—Verás que hay una imagen entre los adjuntos.

—Sí, la tengo. Se está descargando.

—¡Bravo! Se trata de una fotografía del equipo de expertos tomada en 1926, en el Hermitage. Sabemos que uno de ellos es Voikov porque es el mismo hombre de la foto del recorte de prensa.

Observé con detenimiento la fotografía que tenía en pantalla. Curiosamente, me recordó al cuadro *La última cena*, de Leonardo da Vinci; una versión fotográfica y moderna, en blanco y negro. Y es que, tras una mesa larga, de patas torneadas, se disponían trece hombres que parecían debatirse entre fingir examinar las impresionantes piezas cuajadas de diamantes que tenían frente a ellos o mirar a la cámara para ofrecer una impresión decente de sí mismos a la posteridad. Deduje que los expertos serían los ocho hombres con camisa de cuellos almidonados, chaleco y corbata, que permanecían sentados, mientras que, en pie junto a ellos, otros cuatro ataviados con la *gymnastyorka* bolchevique, parecían vigilar la operación.

—El calvo del centro es Fersman —me explicó Irina—, y el que está a su derecha es Voikov.

Me fijé en aquel hombre de rostro chupado, cabello ralo, bigote y perilla, que miraba circunspecto a través de un monóculo. Un rostro familiar que me recordaba a los de los libros de historia y los billetes de cien pesetas.

—Sí que tiene aspecto de sabio profesor de universidad —murmuré invadida de cierta satisfacción. Voikov parecía acercarme al Medallón.

Aunque, quizá, sólo se tratara de un espejismo. El hecho de

que el ruso hubiera participado en la catalogación de las joyas de los Románov resultaba irrelevante si el catálogo de 1924 estaba desaparecido y no había forma de comprobar que, en efecto, el Medallón podía verse en una de sus fotografías. ¿Y si el dichoso Medallón nunca apareció en él? ¿Y si tal aparición no era más que un bulo? Necesitaba más datos, más piezas para ese puzle; las que había reunido hasta aquel momento no terminaban de encajar. Y es que si Voikov custodiaba el Medallón, ¿por qué, después de asesinarlo para supuestamente hacerse con él, Hanke había interrogado a Alfred Bauer y arrestado a Cornelius Althann? Tal vez, Voikov no era la pista correcta o, tal vez, no lo fuera Althann.

—Examina con calma todos los documentos que te hemos enviado. —Irina me sacó de mis cavilaciones—. Ya sabes que, a veces, la información más valiosa se oculta en el dato más insospechado. El informe de la investigación que llevó a cabo el Comisariado antes de seleccionar a Voikov como experto es bastante exhaustivo. Se habla incluso de su ascendencia porque pertenecía a una familia alemana del Báltico y, entonces, había muchos recelos hacia los alemanes bálticos por sus lazos con el régimen imperial.

—¿Qué son los alemanes bálticos?

—Como su propio nombre indica, se trata de un grupo étnico de origen germánico que vivía en los territorios de lo que hoy son Estonia y Letonia. A pesar de que eran una minoría, consiguieron acumular poder e influencia y conformaban una especie de élite económica y cultural durante la época del imperio. Incluso no fueron pocos los que obtuvieron títulos nobiliarios concedidos por los zares. En concreto, la familia de Voikov se había asentado en Riga en el siglo XVII; por entonces, el apellido era Voiken. Fue el abuelo de Fiódor quien decidió rusificarlo. Bueno, tal vez esto no signifique nada, o tal vez sí —se rio Irina.

—Háblale de la muchacha, Irina —recordó Anton—. Eres muy despistada y acabarás por olvidarlo.

—Ah, sí, cierto, cierto, eso es una cuestión interesante. Hasta donde nosotros hemos averiguado, Voikov no tuvo hijos. Sin embargo, encontramos un documento por el que, en 1938, se le concede la tutela de una niña española.

—¿Española? —No pude evitar sorprenderme.

Irina se ajustó las gafas y a continuación leyó un papel que tenía consigo:

—Sí: Katya María A... ria... ja. Arriaja. Ariga... —Se trababa con la pronunciación del apellido.

—¿Arriaga?

—Sí. Arriaga.

—Katya no parece un nombre típico español y menos en esa época.

La mujer se encogió de hombros.

—Ya... Bueno... Podemos indagar más sobre esto. Buscar información sobre la niña.

—Sí, eso estaría bien.

—¿Puedo hablar yo ya? ¿Puedo contar lo mío? —reclamó Anton.

—Viejo quisquilloso... Claro que puedes. ¿Verdad, Ana, que puede?

—Estoy deseando escucharlo —sonreí.

Anton se hizo con el protagonismo en pantalla, echando a Irina a un lado sin miramientos. Ambos hermanos, que lucían un volumen importante, estaban demasiado cerca de la cámara y no cabían a la vez en el plano.

—Verás, tal vez ya lo sepas, pero, en los años previos a la Revolución de Octubre, corría en la corte un rumor acerca del Medallón de Fuego. Bien cierto es que no había mucha gente que estuviera al corriente ni siquiera de su existencia, pero entre los iniciados, los masones, que por entonces en San Petersburgo no eran pocos, se decía que el Medallón había salido a la luz. No sé muy bien en qué se basaba este rumor, esto aún tengo que investigarlo. Entre los miembros de la masonería rusa se contaban varios integrantes de la familia imperial. Uno de los más destacados fue el Gran Duque Alejandro Mijáilovich Románov, que militaba en la masonería mística, espiritista, rosacruz y alquimista. El Gran Duque estaba casado con la princesa Xenia, hermana del zar Nicolás II y, además, era el suegro del príncipe Félix Yusúpov, también francmasón, y quien, como recordarás, fue el que organizó, en su palacio de San Petersburgo, el asesinato de Rasputín; en él participaron otros miembros de la nobleza rusa e, incluso, de la masonería británica. Pues bien, en el diario de Vladímir Purishkévich, uno de los conspiradores que estuvieron presentes la noche que murió Rasputín, he encontrado una anotación en la que expresa sus sospechas de que el monje loco, justo antes de su muerte y presagiando su destino, pudo haberle entregado el Medallón a la zarina Alejandra. Ahora la pregunta es: ¿fueron solamente los motivos políticos los que impulsaron a este grupo de masones a acabar con Rasputín?

—¿Quieres decir que pensaban que Rasputín tenía el Medallón de Fuego y lo mataron para arrebatárselo?

—Bueno, aprovechando que, además, Rasputín era un elemento incómodo, sí: mataban dos pájaros de un tiro. Luego tuvieron que envenenarle, dispararle varias veces y arrojarle al río congelado hasta que murió pero, en fin... Eso es otra historia. La cuestión es que ¿para qué, si no, hacer esa anotación?

—Pero no consiguieron hacerse con él. —Yo trataba de ordenar mis ideas.

—No, porque lo tenía la zarina. O eso es lo que dice Purishkévich.

—Esto explicaría cómo pudo aparecer en una fotografía del catálogo de joyas imperiales —razoné sobre la marcha ante aquella nueva revelación.

—Sí, pero os recuerdo que no tenemos pruebas de la existencia de esa fotografía —matizó Irina.

—De acuerdo. Entonces, supongamos sólo que la última persona que poseyó el Medallón fue la zarina. ¿Qué ocurrió con él a su muerte? Sabiendo las calamidades por las que la familia imperial pasó antes de ser ejecutada, simplemente podría haberse perdido en un bosque de los Urales.

Irina se encogió de hombros.

—Todo es posible mientras no haya pruebas de nada.

—Para averiguar lo que pudo ocurrir con el Medallón después de la muerte de Rasputín y, en última instancia, de Alejandra Fedorovna deberías investigar a Grigori Nikulin —sugirió Anton.

—¿Grigori Nikulin?

—Fue uno de los hombres que participaron en la ejecución de la familia imperial —explicó—. Y lo que es más importante, fue quien se encargó de recopilar todas sus pertenencias, entre ellas, sus joyas y objetos de valor, y trasladarlas de Ekaterimburgo a Moscú. Déjame unos días, tengo un contacto en Moscú que quizá pueda ayudarnos.

Otro nombre más para la lista. No me sorprendía. Había acabado por descubrir que las investigaciones a menudo adoptan la forma de un rombo: parten de un punto, se abren en líneas con direcciones distintas y, cuando crees que no conducen a ningún lado más que a alejarse del comienzo, las líneas empiezan a confluir hacia la solución, que está alineada con el punto de partida. Yo me encontraba en ese momento en que las líneas no hacían más que ramificarse sin conducir aparentemente a nada concreto y que sólo me alejaban de Peter Hanke.

Después de despedirme de Anton e Irina, organicé un poco mis notas y me dispuse a llamar a Martin para informarle de los nuevos hallazgos. La línea apenas dio una señal.

—¡Ana! ¡Qué casualidad! Tenía el teléfono en la mano para llamarte. —Su voz volvía a sonar jovial, muy diferente de aquel tono grave, casi abatido, con el que se había marchado de mi casa hacía un par de días.

—Porque estás en Madrid —insinué yo un poco menos efusiva, siempre me ha costado desacelerar los enfados—. He hablado con los Egorov. Si estás aquí, podemos reunirnos en la oficina y te cuento las novedades.

—No, no estoy en Madrid. Pero, escucha, olvídate del trabajo por un momento. ¿Crees que podrías venir el viernes a Berlín? Tengo una sorpresa para ti.

Abril de 1945

El Ejército Rojo fue el único que admitió mujeres para combatir en primera línea del frente. Al principio, los mandos se mostraron reacios a contar con ellas y cuando, a raíz de la invasión alemana de la Unión Soviética en 1941, muchas jóvenes se presentaron voluntarias a filas, fueron rechazadas. No obstante, a medida que avanzaba la guerra y las tropas se veían diezmadas por las bajas, se decidió atender las demandas de las mujeres que deseaban luchar. Cerca de un millón de mujeres sirvieron como pilotos, francotiradoras, tripulación de tanques, artilleras, conductoras, partisanas, médicas, cirujanas y en multitud de puestos auxiliares desde las cocinas hasta las comunicaciones. Al terminar la contienda, doscientas mil mujeres militares habían sido condecoradas, ochenta y nueve de ellas con el título de Héroe de la Unión Soviética, la más alta de las distinciones que se concedían en ese país.

Katya llevaba más de un año de lucha, más de un año sin separarse de su rifle. Contaba cincuenta y tres muertes confirmadas. Se había arrastrado por el barro, por la nieve, por las rocas, por la tierra resquebrajada. Había permanecido camuflada durante horas, encaramada a los lugares más insospechados, con el cuerpo entumecido por no poder mover ni un músculo, por no poder ni parpadear. Aguardando, acechando. Hasta tener a su presa en el centro de la mira telescópica. Su presa. Un nazi. Un enemigo. Un alemán. Un ser humano. Que se desplomaba unos segundos después de que ella apretase el gatillo. Rápido. Limpio. Y a por el siguiente. Hasta cincuenta y tres.

Había dormido al raso, en el bosque con la espalda contra un árbol, en las ruinas chamuscadas de un granero, en un agujero como un animal, bajo la lluvia torrencial, la escarcha o la ventisca, con temperaturas de menos de cuarenta grados bajo cero. Había visto a sus camaradas volar por los aires, desintegrarse en pedazos de carne, vísceras y hueso, morir de las peores formas posibles. Había escuchado el silbido de las balas volando a su alrededor y había soportado tormentas de explosiones que levantaban el suelo por el que ella pisaba con una lluvia de tierra y metralla.

Había resultado herida una vez. En el hombro, de un disparo certero. Apenas sintió una intensa quemazón. Rápido. Limpio. Fue peor la recuperación.

Durante más de un año, había puesto a prueba su fortaleza, su resistencia, su integridad. Había sido testigo de los mayores horrores, de las peores atrocidades, del lado más salvaje del ser humano porque lo humano del ser se había esfumado. Había sentido miedo, rabia, tristeza, frustración, ira... Apenas recordaba haber experimentado sentimientos agradables ni tan sólo nobles.

Más de un año de lucha, pero nada como aquellos dos últimos días en Berlín. Calle por calle, edificio por edificio, habitación por habitación en una caza claustrofóbica, cara a cara con un enemigo suicida. Las reglas del combate, todo lo que alguna vez le habían enseñado sobre el supuesto arte de la guerra, habían dejado de tener sentido y primaba la suerte, el azar y la improvisación. Aquello estaba destrozando sus nervios y se sentía agotada.

—¿Qué ha ocurrido? —se interesó Yulia mientras le cosía la herida de la sien.

Lo hacía por darle conversación, para distraerla, pues toda la anestesia que le había aplicado era un trago de vodka y Katya detestaba el vodka. Yulia ya llevaba escuchadas y vividas demasiadas batallitas; no podía interesarle una más.

Katya cerró los ojos y contuvo un gemido entre los dientes apretados al sentir la aguja penetrar en su piel. El primer pinchazo era el peor, luego el resto de la zona parecía adormecerse a causa del propio dolor.

—Estábamos a punto de tomar la calle. Ya había pasado la artillería y los grupos de asalto habían sofocado los últimos focos de resistencia; todavía salían ráfagas de disparos de un edificio, pero los silenciaron. Nosotros sólo teníamos que asegurar la zona. Éramos seis. Nos distribuimos en parejas. Todo estaba aparentemente tranquilo. Los alemanes parecían haberse largado. Ni siquiera quedaba nadie en los sótanos; sólo unos cuantos civiles que tenían miedo de salir al exterior. Entonces, Antonov y yo entramos en un edificio al final de la calle. Accedimos por el local de una antigua zapatería. Me pareció escuchar un crujido, un roce de escombros... Me dio mala espina. Le dije a Antonov que se cubriera. De repente, empezaron los disparos. No sé, diez, quince seguidos... Me tiré al suelo tras una montaña de ladrillos. Varios impactaron cerca. Supongo que fueron las esquirlas las que me hirieron. Intenté responder, pero era imposible asomar la cabeza. Vi que Antonov había caído. De repente, silencio. Cogí una granada, le quité la lengüeta y me levanté para arrojarla hacia el lugar desde donde nos habían atacado. Fue una fracción de segundo, Yulia, pero lo vi: estaba detrás de un mostrador, en pie, con el subfusil en las manos, ¡un niño! Lancé la granada en otra dirección. Después de la explosión, allí seguía, paralizado, en shock. Temblaba y lloraba. No tendría más de doce o trece años. Las lágrimas surcaban su rostro cubierto de polvo, su cuerpo se perdía dentro de un gabán de uniforme varias tallas más grande... Le habrían dicho que era un soldado. Un soldado... —Dejó escapar una risa de amargura—. En ese momento, llegaron los demás. Iván se lanzó contra el chaval, en un ataque de rabia, dispuesto a descerrajarle un tiro. Antonov era su amigo, como un hermano... ¡Pero no podía dejar que lo hiciera, Yulia! El crío estaba asustado; los suyos, otros niños como él, yacían muertos a su lado, y él había cogido el subfusil y vaciado el cargador presa del pánico. Mierda de guerra... ¿Es que no piensan rendirse nunca? ¡Están mandando a sus niños a morir! ¡Qué locura es ésta!

Yulia terminó de fijarle el vendaje y le dejó un beso en la frente. Después, se sentó a su lado y le ofreció otro trago de vodka que Katya rechazó. Se oía música de acordeón, una melodía triste que acompañaba a los que descansaban de la batalla. Unos fumaban, otros bebían, otros charlaban, otros escribían a casa, un grupo asaba un pedazo de carne sobre la fogata de un bidón. El hastío y la apatía se palpaban en el ambiente. Las tropas estaban exhaustas.

Katya apoyó la cabeza en el hombro de Yulia. Su amiga, su hermana. Ambas se habían alistado casi a la vez y la mayor parte de la guerra la habían pasado juntas, en la misma unidad. Yulia era técnica sanitaria, siempre estaba en primera línea de combate. Saltaba al campo de batalla y, arrastrándose bajo el fuego cruzado, asistía a los heridos; les aplicaba las primeras curas y cargaba con ellos hasta los puestos sanitarios de vanguardia. Ella, que era una chica más bien menuda, se echaba a las espaldas a hombretones que la doblaban en tamaño, pesos muertos, mientras las balas volaban a su lado y las explosiones removían el suelo. Yulia era muy valiente.

Katya se alegraba de tenerla a su lado. Yulia Kotiakova era su único consuelo, su única familia. Todos los Kotiakov formaban parte de su historia. Esa que, como huérfana que era, había ido construyendo a base de retazos de las historias de los demás.

Todo se precipitó el mismo día de la muerte de su tío.

Ojalá pudiera sacarse de la cabeza el recuerdo maldito de aquel día en el que sólo era una niña con una larga trenza, la falda plisada, las medias arrugadas y, a veces, rotas porque se tiraba al suelo para parar el balón o porque estaba ese chico, que era un bruto, y la empujaba para quitárselo. Ese chico cuyo nombre ya no recordaba nunca supo regatear, siempre fue un paquete.

¡Cuántas veces le había prometido a su tío que no jugaría más al fútbol! Las mismas que había incumplido su promesa. ¡Pero es que a ella le gustaba jugar al fútbol! ¿Qué tenía eso de malo? ¿Quién había dicho que las chicas no podían jugar al fútbol? Desde luego, quien hubiera tenido la ocurrencia estaba muy equivocado. Ella misma era la prueba de que las chicas podían jugar perfectamente al fútbol. Además estaba Misha. Tan guapo... Y un caballero: siempre la escogía para su equipo. Casi al final, cuando ya sólo quedaban ella y un chaval que cojeaba porque había tenido la polio. Pero la escogía, eso era lo importante. Y le dirigía la palabra. «¡A la banda, Voikova! ¡A la banda!»... Recordaba la voz de Misha con una claridad espeluznante. Como si estuviera hablándole al oído en ese mismo momento.

Tal vez si aquel día no se hubiera quedado a jugar al fútbol después de clase... Tal vez todo habría sido diferente.

Se recordaba corriendo por las calles de San Petersburgo, con el flato punzándole debajo de las costillas, anticipando ya el sermón de su tío porque llegaba tarde. «¿De dónde vienes a estas horas, arrebolada y con el cabello despeinado? ¿Crees que eso es propio de una dama? En mis tiempos jamás se consentía que...», y se enzarzaría en una historia mil veces contada de cuando él era joven y las mujeres, delicadas flores de primavera que no corrían, no se carcajeaban, no bostezaban, no se arrebolaban y no se despeinaban.

Se recordaba subiendo las escaleras mientras recitaba una excusa en voz alta. «Lo siento, tío. Es que acompañé a Xenia a su casa después de la escuela y su madre me invitó a tomar el té. No podía rechazar su invitación a riesgo de parecer maleducada, ¿no te parece? Y, ya sabes, las horas se pasan sin sentir cuando estás tomando el té.»

Tal vez, su tío Fiódor no hubiera muerto. Tal vez, ella hubiera corrido la misma fatalidad que él. Tal vez, no estaría ahora en una ciudad en llamas, la cabeza apoyada sobre el uniforme sucio y áspero de Yulia.

—Yulia, tú eres mi hermana.

—Claro que sí, hermanita.

—Lo serías sin importar lo que hubiese sucedido. Y, sin importar lo que hubiese sucedido, estaríamos aquí mismo como estamos ahora. Es el destino... Todos los caminos conducen a él.

Yulia se apartó para mirarla a la cara con gesto divertido.

—Pero ¿qué cosas dices? —rio—. Esa herida en la cabeza te hace desvariar. Bebe y descansa, hermanita. Hermanita —recalcó las sílabas y volvió a tenderle la botella, pero su amiga volvió a rechazarla.

Katya buscó de nuevo el acomodo del hombro de Yulia y se sumió en sus ensoñaciones.

La última imagen que conservaba de la casa de su tío Fiódor en Leningrado era de caos y desorden, de extraños paseándose entre los destrozos familiares, tipos taciturnos con la mirada en el suelo. Ella permanecía en un rincón, aturdida, la mente en blanco y la vista fija en la silueta de un cuerpo yacente bajo una manta, el cadáver de su tío. Todos estaban tan absortos en su trabajo que parecían haberse olvidado de la cría.

Entonces oyó hablar entre sí a los agentes de los servicios sociales, hablaban de ella como si no estuviera allí, como si fuera un objeto del que hay que deshacerse. Y se espabiló: no volvería bajo ningún concepto a una de esas casas de acogida. Guiada por un impulso, por un pensamiento sin meditar, se escabulló y se lanzó a las calles de Leningrado. Como un animal perseguido, buscó refugio en la única madriguera segura que se le ocurrió.

Era ya de madrugada cuando se presentó en casa de la familia Kotiakov. Antonina Mijailova era profesora de historia en su escuela y una mujer cariñosa y amable. También era la madre de Yulia, su mejor amiga, y de Misha, el chico del fútbol por el que Katya suspiraba. Konstantin, el padre, era ingeniero en una fábrica. Conocía bien a la familia, incluso había pasado algún verano con ellos en el complejo del mar Báltico que la fábrica del ingeniero Kotiakov disponía para sus trabajadores.

Katya se derrumbó en un llanto nervioso sentada a la mesa de la cocina de los Kotiakov, mientras, frente a un tazón de leche caliente que sólo de pensar en beberse le producía náuseas, le contaba a Antonina Mijailova todo lo sucedido. La mujer la abrazó, le secó las lágrimas, le susurró algunas palabras de consuelo y la acomodó en el dormitorio de Yulia. Esa noche, Katya no pudo pegar ojo y escuchó a través de las delgadas paredes de la habitación la conversación del matrimonio.

—No podemos quedárnosla, Nina. ¿Acaso podemos?

—Es sólo una niña. Acaba de perder a su única familia. Si algo así le hubiera sucedido a nuestra hija, me gustaría que alguien la acogiera.

—¿Te olvidas de que también tenemos un hijo? Ya no es tan niña. ¿Has pensado en la edad que tienen? Son jóvenes y... y... ¡fogosos, Nina! ¡Fogosos! No es decente...

—Lo que no es decente es dejarla en la calle, Kostia. No hay más que hablar. Todo irá bien, querido, ya lo verás.

Katya no deseaba ser una carga para los Kotiakov. Aquel arreglo sería temporal porque ella sabía que debía viajar a Berlín lo antes posible. Sólo le hacía falta un techo mientras pensaba en cómo llegar hasta Alemania, mientras asimilaba su nueva situación y su responsabilidad. Entretanto, sólo necesitaba el abrazo de una madre. Luego, se comportaría como una adulta. Serían sólo unas semanas, nada más que unas semanas. El ingeniero Kotiakov no tenía por qué preocuparse.

Lo que ella no sabía entonces era que Hitler iba a truncar sus planes.

Sucedió el 22 de julio de 1941, un día soleado. Aquel sábado, el cielo brillaba de un azul intenso y hacía una temperatura cálida; un día realmente hermoso. La familia se preparaba para sus vacaciones en el Báltico, hacia donde partirían a la mañana siguiente. Katya y Yulia habían estado haciendo la maleta y escogiendo los conjuntos que lucirían en la playa o en los paseos vespertinos. Yulia le había asegurado que habría muchos chicos guapos, cadetes y oficiales de la Marina soviética, tan elegantes con sus uniformes. Ellas tendrían que estar a la altura.

La familia había almorzado junta mientras conversaban animadamente sobre las inminentes vacaciones y el emocionante viaje en tren. Tras la comida, las mujeres se quedaron fregando los platos, Konstantin Kotiakov se sentó en su butaca favorita del salón a leer el periódico y Misha se dedicó a escoger los libros que llevaría al viaje. En la radio sonaba música: «Nos volveremos a encontrar en Lvov, mi amor», una canción que se había vuelto muy popular ese verano. Katya la tarareaba.

De pronto, una marcha militar irrumpió en la emisión y un hombre empezó a hablar. Todos reconocieron la voz del ministro de Asuntos Exteriores, Viacheslav Mólotov.

«Mujeres y hombres de la Unión Soviética, el gobierno soviético y su líder, el camarada Stalin, me han encomendado hacerles el siguiente anuncio. A las cuatro de la madrugada, sin mediar declaración previa de guerra y sin que ninguna reclamación haya sido hecha a la Unión Soviética, las tropas alemanas han atacado nuestro país, han atacado nuestra frontera en varios lugares y han bombardeado desde el aire Zitomev, Kiev, Sebastopol, Kaunas, así como otras ciudades. Este ataque se ha producido a pesar del pacto de no agresión vigente entre Alemania y la Unión Soviética, cuyos términos la Unión Soviética ha venido observando escrupulosamente. Hemos sido atacados, aunque el gobierno alemán no haya formulado la más mínima queja sobre un incumplimiento de obligaciones por parte de la Unión Soviética. Nuestra causa es justa, el enemigo será aplastado. La victoria será nuestra.»

Estaban en guerra. Lo primero que a Katya se le pasó por la cabeza fue que ya no podría llegar a Berlín. Entró en pánico. Pero su pánico no tardó en diluirse en el clima general mezcla de euforia y miedo. La gente corría por las calles gritando: «¡La guerra ha comenzado!». Konstantin Kotiakov empezó a dar instrucciones: había que ir al banco, al colmado, a la fábrica...

Los días posteriores, Leningrado sucumbió al caos. Los bancos no tardaron en cerrar sus oficinas y la gente intentó conseguir liquidez en las casas de empeño. Frente a las tiendas de alimentación, se formaban largas colas, los muchachos se agolpaban en las oficinas de reclutamiento, se juntaban corrillos en las calles de ciudadanos alarmados. De nuevo, la guerra. Qué tragedia para un pueblo tan sacudido por los conflictos.

El gobierno ordenó trasladar muchas de las fábricas de Leningrado y sus trabajadores hacia el este, a un lugar más seguro. Konstantin Kotiakov le comunicó a la familia que debían empaquetar sus cosas para abandonar la ciudad. Aquello supuso un pequeño drama: dejar el hogar, emprender viaje a un lugar nuevo y desconocido... Por entonces, no podían anticipar que iban a librarse de la terrible penuria que sólo unas semanas después empezarían a sufrir los habitantes de la ciudad. El ejército alemán bombardearía Leningrado antes de sitiarla durante casi tres años; los muertos se contarían a cientos de miles a causa del hambre, las epidemias y las bombas...

Se instalaron en el este, en una dacha en Gorodéts. Y hubo un tiempo en que fue feliz allí. En aquel lugar en el campo, apartado de todo, con una familia de verdad, sintiéndose parte de ella.

La guerra parecía entonces un concepto lejano, una palabra en los periódicos y en los boletines de noticias de la radio. Hasta ese momento, la habían mantenido a cierta distancia de sus vidas; exactamente, a los cuatrocientos cincuenta y un kilómetros que separan Gorodéts de Moscú, ya amenazada por los alemanes, o los sesenta y dos que los separaban de Gorki, donde trabajaba Konstantin Kotiakov, y que había sufrido los bombardeos de la Luftwaffe. Pero no podrían seguir mucho tiempo así. Ella sabía que de la guerra no se puede huir, pues son incontables los modos que tiene de alterar la vida de las personas.

«Voy a alistarme», le reveló un día Misha con su característico aire chulesco y desenfadado, del mismo modo que si le hubiera dicho que se iba a pescar al lago.

Misha y su cabello del color del trigo peinado por la brisa y esos ojos azules siempre entornados como si estuviera tramando algo permanentemente. El chico alegre y rebelde, un punto canalla; el chico más guapo de la escuela.

Antes de vivir con la familia, Katya se había creído enamorada de Misha. Por las noches, mientras conciliaba el sueño, le gustaba imaginárselo como un héroe de novela que libraba batallas y se enfrentaba a peligros para hacerse merecedor de su amor, el cual acababa declarándole con pasión y unas palabras que, siendo sincera, nunca podrían salir de la boca de Misha. Al principio, se le hizo incómodo vivir en su misma casa: se sonrojaba sólo con que él la mirase o le dirigiese la palabra. Sin embargo, no tardó en acostumbrarse, a verlo cada vez más como a un hermano, como si la cotidianeidad hubiera derribado el mito. *Sestry*, «hermanita», la llamaba él.

—No te admitirán. Sólo tienes diecisiete años —replicó ella.

—Cumplo dieciocho dentro de tres meses. Además, pienso mentirles acerca de mi edad. Sokolov lo ha hecho y le han cogido. Y Sokolov es más bajo que yo.

—Tus padres no van a permitírtelo.

—Es que no voy a decirles nada, ¿me tomas por tonto?

¿Qué podría haberle dicho entonces? «No, no lo hagas, no te alistes. No permitas que la guerra entre en casa y nos lo quite todo. No permitas que cambien las cosas. Déjame seguir siendo feliz un poco más.» No podía hacerlo. Se limitó a agachar la cabeza apesadumbrada.

—Me guardarás el secreto, ¿verdad?

Ella asintió cabizbaja.

—¿Y me escribirás? Dime que me escribirás cuando esté en el frente, hermanita.

Katya contuvo entonces las ganas de llorar.

Aún, a veces, lloraba por Misha. Ese mismo día, después de apresar a aquel niño vestido de nazi, había llorado por Misha. Él también era un niño cuando se marchó a la guerra y como un niño se había quedado en su memoria.

Katya tomó entonces la botella de la mano de Yulia y dio un

trago que le supo a rayos. El vodka sólo le traía recuerdos amargos de la noche en que habían brindado por la partida de Misha, de un último beso con sabor a vodka.

—Todo pasará, mi pequeña Katya. Todo pasará —le repetía Yulia como siempre que empezaba a achisparse.

Encima de ellas, el cielo de Berlín se teñía de rojo y un humo negro envolvía la ciudad.

Apenas nos conocemos, herr Lohse

Me sentía extraña enfundada en un vestido de fiesta y alzada sobre unos tacones. Me sentía disfrazada. Disfrazada de mí misma hacía sólo unos pocos años, de alguien a quien me costaba reconocer después del tiempo pasado y enterrado, pero que era yo. Bastante inquietante.

Aquel modelo de alta costura me lo había regalado Konrad. Un superviviente de mi antiguo armario, pues había donado todos los demás vestidos propios de la noche de los Oscar que habían formado parte de mi pasado. El que llevaba puesto era el que más me gustaba; de gasa color humo, brillante y vaporoso como una telaraña cubierta de rocío, con diminutos cristales bordados alrededor de un pronunciado escote y una falda que llegaba hasta los tobillos, lo que permitía lucir los zapatos; parecía de bailarina de ballet. Y me dio pena deshacerme de él.

La única información que Martin me dio sobre su sorpresa fue que metiera en la maleta un vestido de noche; lo cierto es que no soy muy fan de las sorpresas, me generan cierto desasosiego, y las sorpresas que incluyen vestido de noche son las que más desasosiego me producen. Total, que a cuenta de aquella velada de etiqueta imprevista con la que mi colega pretendía sorprenderme, agradecí haber conservado aquella reliquia de mi pasado, pues me había sacado del apuro. No obstante, según me miraba en el espejo del ascensor del hotel berlinés en el que me alojaba, decidí que, cumplida aquella noche, como si fuera el de Cenicienta, aquel modelo correría la suerte de sus compañeros: yo ya no era la que llevaba ese vestido.

—Vaya... Estás guapísima —me aduló Martin una vez que me encontré con él en el vestíbulo.

Sonreí con coquetería. Después de todo, una se tira varias horas delante del espejo para que al final le digan algo así.

—Me alegro de que valores el esfuerzo, ya que me has obligado a desempolvar esto. Ni siquiera estaba segura de que todavía me fuera a valer. Además, creo que los zapatos van a hacerme ampollas.

—Habrá que comprar tiritas.

—Por cierto, tú también estás muy guapo. —Lo estaba, el esmoquin le sentaba bien, lo que no siempre sucede. He visto muchos tipos que en lugar de llevarlo parecen cargar con él—. Y apuesto a que tus zapatos no te van a hacer ampollas.

—Haré todo lo posible porque me las hagan. Por solidaridad. Y compartiremos el paquete de tiritas. ¿Vienes? —Me tendió su brazo para que se lo entrelazara—. El coche nos espera.

—¿Cuándo piensas decirme en qué consiste esta sorpresa tuya? —reclamé mientras caminábamos juntos a la salida.

Sin responderme más que con una enigmática sonrisa, me empujó suavemente de la cintura para cederme el paso en la puerta giratoria. Bajo la marquesina del hotel, el portero aguardaba junto a un Mercedes negro de alto cargo. Me detuve antes de entrar.

—Apenas nos conocemos, herr Lohse —fingí escandalizarme aunque no sé si, en el fondo, las tenía todas conmigo—. Yo no me subo con cualquiera a un Mercedes con los cristales tintados.

—Demasiado tarde, doctora García-Brest.

Cuando empezó la Segunda Guerra Mundial, los museos de Berlín decidieron poner a buen recaudo sus obras más valiosas almacenándolas en lo que entonces se consideraban los lugares más seguros de la ciudad: las *Flaktürme*, tres gigantescas torres fortificadas dotadas de cañones antiaéreos, repartidas en puntos estratégicos; una en el zoo del Tiergarten, otra en el parque Friedrichshain y la tercera en el parque Humboldthain.

Lo que en 1939 no anticiparon los afanosos conservadores es que, al terminar la guerra, poco después de que los soviéticos hubieran tomado la ciudad, la torre de Friedrichshain sufriría un aparatoso incendio el 6 de mayo de 1945, al que le seguirían otros dos el 14 y el 18. Para cuando se consiguió extinguir el fuego, las llamas ya habían arrasado tres pisos repletos de pinturas y esculturas procedentes del Kaiser-Friedrich-Museum. Más de setecientas obras, entre ellas algunas de las más importantes y valiosas de Europa, se perdieron a causa de las llamas y el pillaje. Las que no sucumbieron al fuego fueron confiscadas por el Ejército Rojo y trasladadas a la Unión Soviética como botín de guerra. Una parte se ha ido devolviendo con cuentagotas y otra se exhibe en museos rusos, como el Hermitage. Al menos, se sabe dónde están. Lo más dramático es que otras cuatrocientas treinta piezas llevan desaparecidas desde 1945 y lo más probable es que se hayan perdido para siempre.

Pues bien, sirva esta trágica historia de prólogo a la sorpresa de Martin. Según me enteré durante nuestro breve trayecto en coche desde el hotel a la isla de los museos, el Bode Museum, nombre actual del anterior Kaiser-Friedrich-Museum, había organizado una exposición en recuerdo y homenaje a todo ese arte desaparecido. Recurriendo a imágenes de archivo y catálogos de antes de la guerra, se habían reproducido, incluso a su tamaño real, algunas de las obras perdidas más importantes. Se habían recreado las esculturas desaparecidas o restaurado las dañadas con yeso. Y se habían empleado algunos de los marcos originales de los cuadros que, al no ser trasladados por considerarse de menor valor, ironías del destino, se habían conservado intactos.

El objeto de la exposición era denunciar el impacto de la guerra en el arte.

Esa noche, antes de su apertura al público, se celebraba con toda pompa y boato una gala de inauguración a la que estaban invitadas personalidades, autoridades y expertos. Y Martin Lohse con un acompañante, o sea, yo.

Entonces no me puse a pensar en el motivo por el que Martin había conseguido una invitación tan exclusiva, restringida a apenas un par de centenares de personas entre las que luego comprobé que se encontraba Angela Merkel. Eso sólo me lo plantearía más tarde.

En aquel instante, sólo me sentí fascinada y muy halagada, no voy a negarlo. Casi me enternecía que Martin hubiera pensado que me haría ilusión asistir a algo así y me reconciliaba totalmente con él. Sí, me hacía ilusión. Mucha. Siempre me han encantado los eventos de arte a puerta cerrada. No por elitismo sino porque para mí el disfrute del arte tiene mucho de íntimo y, en un museo abarrotado, es muy difícil conseguir esa conexión, ese diálogo de tú a tú con la obra. Entiendo, aunque no estoy segura de si lo comparto porque, en mi opinión, el arte debería estar al acceso de todo el mundo, el afán del coleccionista privado: una vez que se ha contemplado una obra de arte en solitario, ya nada es igual.

Aunque tras la Segunda Guerra Mundial el edificio del Bode Museum había resultado gravemente dañado, los posteriores trabajos de reconstrucción devolvieron todo su esplendor al precioso pabellón de estilo renacentista construido en 1897.

Cuando descendimos del coche al pie de una alfombra roja tomada por la prensa, me concedí un minuto para contemplar aquella estructura de formas redondeadas y coronada por una gran cúpula de bronce, que se asomaba al río Spree y que, iluminada contra la noche, se mostraba aún más espectacular. El interior resultaba tan fastuoso como prometía. Los espacios eran amplios y luminosos, ricamente decorados con mármol, escayolas, columnas e impresionantes escalinatas de estilo italiano. Un entorno de lujo para albergar los tesoros del museo, en su mayor parte, arte bizantino.

En la llamada Grosse Kuppelhalle, que olía a perfumes caros y al aroma de los grandes centros de liliums que decoraban el lugar, se ofrecía un cóctel de bienvenida al que, según el programa, seguía una conferencia impartida por el director de la exposición. Después, comenzaría la visita por grupos.

Sin embargo, como no tardé en comprobar, Martin tenía otros planes.

Nada más llegar, entabló conversación con algunas personas que parecían conocerle bien. Conversaciones triviales, típicas de esos encuentros. Me hizo partícipe de ellas presentándome a cada interlocutor, aunque como mi alemán siempre ha sido torpe, no intervine demasiado, ni demostré que podía hablar otros idiomas para no tener que hacerlo; prefería permanecer en un segundo plano. Al cabo, nos encaminamos a la barra con la excusa de hacernos con una bebida. Fue entonces cuando se acercó a mi cuello más de lo que yo hubiera esperado para susurrarme:

—Vámonos antes de que empiece la charla.

—¿Irnos? Pero si acabamos de llegar.

—No me refiero a irnos de aquí —sonrió divertido.

Lo imprecisa que me pareció su aclaración debió de notárseme en la cara.

—Tú ven conmigo —resolvió tomándome del brazo para sortear los corrillos de charla medida entre señores trajeados y damas empingorotadas entregados al champán.

En los límites de la sala, nos detuvo un tipo con pinganillo y pinta de guardaespaldas al que Martin enseñó una identificación que le franqueó el paso. Desconcertada, le seguí por escaleras y pasillos. Creo que protesté durante todo el trayecto, a lo que él acabó por concluir:

—A ti no te gustan las sorpresas, ¿verdad?

—No. —Me planté en mitad de la escalera del segundo piso—.

Me inquietan. —Quise que pareciera que bromeaba aunque no lo hiciera.

—Pues no tienes motivos para inquietarte. Si ves peligrar tu integridad física, grita. Esto está lleno de seguridad. ¿Seguimos?

Finalmente, tiré escaleras arriba, llevada por la curiosidad.

Llegamos a la entrada de las salas donde se albergaba la exposición: una puerta de madera y cristal de dos hojas, cerrada a cal y canto y custodiada por dos guardias. Una vez más, Martin utilizó su misteriosa identificación para que la puerta se abriese como si fuera Aladino ante la cueva de los siete ladrones.

—Bueno, ¿me vas a explicar de una vez de qué va todo esto? ¿Por qué te dejan pasar en todas partes?

—Demasiadas preguntas.

—Son sólo dos.

—La cuestión es si te gustaría ver la exposición tú sola, bueno, conmigo, antes de que suban todos los de ahí abajo.

Mostré una amplia sonrisa de niña golosa ante un dulce por toda respuesta.

—Bien. Entonces, detrás de usted, señorita impaciente —me invitó.

El lugar estaba en silencio, apenas llegaba el murmullo de las conversaciones del cóctel. La iluminación era suave, íntima, confería protagonismo a las obras. Tenía la sensación de haber accedido a otra dimensión mientras paseábamos por las salas disfrutando de la exposición a nuestro antojo. Esculturas con restos de hollín y parches de yeso se alternaban con reproducciones en blanco y negro de los cuadros perdidos, colgados sobre una pared azul, dispuestos del mismo modo que una vez se exhibieron sus originales. *La resurrección de Lázaro, La Magdalena, La coronación de la Virgen, Diana cazadora...* Rubens, Van Dyck, Veronés, Caravaggio... Un museo entero podría llenarse con las piezas que se habían perdido en 1945.

Me detuve largo rato ante *San Mateo y el ángel*, de Caravaggio. Incluso aquella reproducción sin color dejaba entrever su belleza: la delicadeza del ángel y a la vez su autoridad al guiar la mano de Mateo mientras redactaba el Evangelio, la fuerza del santo a la par que su vulnerabilidad, las texturas, el tratamiento de la luz... Se me puso la piel de gallina. Aquel recorrido me estaba produciendo una extraña mezcla de tristeza, de impotencia.

Algo similar me pasaba siempre que visitaba Berlín y quería imaginarme la ciudad esplendorosa que había sido antes de la guerra y me afanaba por buscar las huellas de su pasado, no sólo de sus horas más gloriosas sino también de sus horas más tristes, porque la historia no se entiende sin ninguna de ellas. Pero esas huellas estaban borradas, o dispersas o aniquiladas por fanatismos. El arte y la historia, nos gusten o no, son la expresión de un tiempo, nuestro legado más preciado, lo que nos ha traído hasta donde estamos; son patrimonio de la humanidad y nadie tiene derecho a moldearlos a su antojo. Qué rabia me daba cuando alguien lo intentaba. Berlín había sabido reinventarse, pero yo no podía dejar de pensar en lo que había sido y ya no era, en lo que había perecido bajo las bombas, las llamas y la intolerancia y la brutalidad humanas. Todos esos testimonios se habían perdido para siempre y la historia había quedado mutilada sin remedio.

—Qué bonito y qué triste —resumí en voz alta con la vista puesta en el cuadro.

—Esta exposición es un grito para proteger lo que tenemos. Para que nada de esto vuelva a ocurrir.

—Me gustaría pensar que eso es posible —formulé con poco convencimiento.

—Alegra esa cara. He dejado lo mejor para el final. Ya verás cómo todavía hay esperanza.

—¿Aún queda más?

—Justo aquí mismo. —Me indicó un giro.

A la vuelta, en un recodo, se abría una pequeña sala en penumbra. Nada más cruzar su umbral, nos encontramos ante un lienzo solitario y protagonista en el centro de la pared. No tardé en reconocer el estilo del pintor holandés Jacob van Ruysdael. No soy una experta en pintura holandesa, pero me encantan los paisajes de Ruysdael, son como un paseo por un cuento, pero poseen a la vez la fuerza de sus cielos de nubes grises y el viento que se cuela en las escenas y vence árboles y levanta aguas. El que tenía entonces ante mis ojos se trataba de una marina. Aunque el artista holandés fue bastante prolífico, en su haber sólo constan treinta marinas y una de ellas se creía calcinada en el incendio de Friedrichshain.

Mis pasos resonaron pausados en la sala según me acercaba al cuadro. La luz caía suavemente sobre él, dejando el resto a oscuras. Un velero a merced de la tormenta era el punto focal de un escenario de naturaleza embravecida: el cielo gris, el mar picado, ese vendaval que podía percibirse en la piel. La silueta de un puerto al fondo; el refugio para la pequeña embarcación zozobrante. Casi se oía el fragor de las olas y la lluvia, los truenos entre las nubes.

—Es la pintura original —susurré emocionada, por supuesto, con la piel de gallina. No quería preguntar, no quería dar lugar al no.

—Es la pintura original —repitió Martin, y me pareció que su tono era también de emoción. Me volví: lo era.

Se colocó a mi lado y juntos contemplamos el cuadro en silencio. Mi sensación de tristeza se había desvanecido y, de pronto, notaba una especie de paz interior.

—¿Cómo? —pregunté.

—En agosto del cuarenta y cinco, un soldado americano la compró en un mercado callejero de Potsdam. El hombre falleció hace un par de años y los herederos intentaron subastarla, pero, al hacerlo, saltaron las alarmas. En Sotheby's comprobaron que figuraba en la base de datos de obras desaparecidas. Finalmente, la familia la ha devuelto al Bode. Es la gran sorpresa de la recepción de hoy.

—Entonces, es cierto. Todavía hay esperanza.

Martin sonrió.

—Sí, sí que la hay. Parece mentira que tú lo dudes.

Iba a replicarle cuando escuchamos pasos y voces en las salas anteriores. Fue como descender de repente al mundo de los mortales. Martin se asomó.

—Son el director del museo y un par de comisarios. Estarán haciendo la última comprobación antes de la visita del público.

Según decía esto, tiró de mí y me llevó detrás de una gruesa columna en una zona casi a oscuras.

—¿Qué pasa? ¿Por qué nos escondemos? ¿Es que no deberíamos estar aquí?

Martin me chistó suavemente para que bajara la voz. En contra de lo que me esperaba, parecía divertirse.

—No me apetece tener que dar explicaciones. A alguien podría molestarle que hayas visto el cuadro antes que Angela Merkel.

—Pero...

Martin me puso la mano sobre los labios y me aplastó en modo sándwich entre su cuerpo y la columna para apartarse él también de la luz. La comitiva ya había entrado en la sala, se los oía farfullar en alemán.

Al pensar que podrían descubrirnos en aquella situación tan embarazosa, me dio por reír; en bajito, como aquel perro de los dibujos animados. Martin me hacía gestos para que contuviera la risa, pero él también empezaba a contagiarse de ella. Por suerte, los señores muy serios del museo, que hubieran alucinado de encontrarnos en semejante situación, acabaron por marcharse sin descubrirnos.

—Al fin se han ido —anunció Martin aún en un susurro.

Sin embargo, no se movió. Su cuerpo siguió pegado al mío; yo sentía su calor, la tela de su esmoquin me acariciaba los brazos desnudos y su aliento algo agitado me rozaba el pelo. Su cuello olía a perfume de bergamota y madera.

—Esto es ridículo. Parecemos críos. Menuda vergüenza si nos llegan a pillar.

Continué susurrando aunque ya nadie pudiera oírnos.

Martin me miró divertido. Sus increíbles ojos azules rodeados de pestañas de mujer caían encima de los míos.

—¿Nunca has hecho una travesura, Ana García-Brest? ¿Siempre has sido una niña buena?

Le sostuve la mirada mientras notaba que mi respiración se aceleraba.

—Muy buena.

—Me gustan las niñas buenas.

Y selló mi réplica con un beso que acogí con los labios entreabiertos. Al comprobar que yo no me resistía, sino más bien todo lo contrario, deslizó las manos por mi cintura para estrecharme y prolongó aquel beso que me derritió como si estuviera hecha de mantequilla.

Cuando al cabo se separó para tomar aire, me envolvió con una mirada de ternura y deseo mientras aprovechaba una caricia para retirarme un mechón de pelo de la cara. Aquella mirada y aquel gesto me conmovieron y lo deseé con una intensidad que me hormigueó en la pelvis. Busqué mimosa la palma de su mano con la mejilla.

—Nunca me habían besado en un museo —susurré embriagada, como si el suelo hubiera desaparecido bajo mis pies.

—¿Y qué opinas?

Le devolví el beso por toda respuesta, explorando su boca con avidez, deseando que me recorriera todo el cuerpo con las manos por debajo del vestido, percibiendo cómo él también deseaba hacerlo.

—Volvamos al hotel —sugerí sin separar mis labios de los suyos.

Siempre la verdad, Martin

No encontré una explicación razonable a lo que había sucedido. Y, para ser sincera, tampoco me molesté demasiado en buscarla. Me había cogido por sorpresa, ¡a mí!, que era de analizarlo todo para que nada me cogiera por sorpresa. Pero me dio igual. Simplemente, me dejé llevar. Quizá hubiera aprendido de una vez que la vida sólo hay que vivirla.

Quién sabe si después de deshacerme de ese vestido volvería a convertirme en una persona sensata, que es consciente de que no conviene mezclar el trabajo con el placer porque eso no suele acabar bien. A lo mejor, no debería deshacerme de ese vestido... Reflexionaba mientras lo observaba tirado en el suelo junto a la cama, la gasa color humo esparcida sobre la moqueta, tal y como había caído al deslizarse de mi cuerpo cuando Martin me desnudaba. Hacía tanto tiempo que nadie había compartido la cama conmigo, tanto tiempo que nadie me había hablado como Martin aquella noche, que nadie había recorrido con sus labios y sus dedos mi piel... Si ese vestido tenía la culpa, no debía deshacerme de él. Aunque tal vez no la tuviera.

Alcé la cabeza para besarle la cicatriz que tenía bajo la barbilla. El sudor de nuestras pieles se había secado y yo me acurrucaba adormilada junto a su pecho, pensando en que tendría que levantarme para quitarme las lentillas y me daba una pereza espantosa.

—¿Cómo te la hiciste?

—¿Quieres que te cuente una historia de tipos mal encarados, tiroteos y persecuciones callejeras o quieres la verdad?

—La verdad. Siempre la verdad, Martin.

—Me temo que voy a decepcionarte a ti y a humillarme a mí mismo, pero allá va. Tendría unos diez años, era verano y estaba montando en bicicleta por los alrededores de mi casa. Hacía poco más de un mes, una pareja de recién casados se había mudado al lado. Los había visto cuando habían ido a presentarse a mi madre. Ella, frau Putsch... Oh, frau Putsch... No es que fuera una belleza pero era una mujerona, con un cuerpo... Pues bien, iba yo en mi bici por ahí, cuando frau Putsch salió a tomar el sol a su jardín. Me saludó, yo le devolví el saludo y acto seguido se desató la parte de arriba del biquini, liberando al completo sus encantos. ¡Señor, nunca había visto nada igual de... de grande! Mis ojos se fueron derechos a sus tetas y la bici, derecha a un bolardo. Choqué, salí volando por encima del manillar y me di con la barbilla en un bordillo. Cinco puntos de sutura y el orgullo hecho trizas.

—Oh, mi pobre y pequeño pervertidín —me apiadé entre risas besuqueando su barbilla—. ¿Qué más debería saber de tu oscuro pasado? ¿Ahora es cuando vas a confesarme que tienes mujer, hijos y un perro?

—No, estoy soltero y sin compromiso. Tampoco tengo hijos, que yo sepa. Ni perro.

—Pero alguna vez te habrás enamorado.

—Alguna vez.

—Y no vas a contármelo, ya veo —observé, molesta.

Martin suspiró y se incorporó un poco en las almohadas.

—Está bien. Antes de que esto acabe mal, te confesaré algo.

Levanté la cabeza para observarle con interés y expectación. Jesús, sí que era atractivo. En aquel momento, me lo parecía más que nunca; ya no tenía por qué resistirme a admitirlo.

—Estoy colado por ti desde que te vi por primera vez. Y eso que todo lo que vi fueron unas fotos tuyas, pero caí rendido, créeme. De haber sido un adolescente, hubiera forrado mi carpeta con ellas.

Detecté cierta guasa en su tono.

—Te estás quedando conmigo.

—¡No, de verdad! Estaba fascinado. Y, luego, en aquella ocasión que te alcé cogiéndote por las caderas... —Simuló un escalofrío y se estrechó contra mí para mordisquearme el cuello.

Yo me defendí entre risas.

—¿Me estás diciendo que he sido tu fantasía todo este tiempo? Eso da un poco de miedo —bromeé cuando hube conseguido que parara.

—¿Miedo por qué? ¿Acaso te he acosado? Ni siquiera has sabido de mí todo este tiempo. He sobrellevado en silencio y con dignidad mi inclinación. —Me besó en la punta de la nariz—. Y he podido vivir sin ti, no soy un obseso —se justificó mientras me acariciaba.

—Eso está bien. Pero ahora tendrás que convencerme de que no me has contratado sólo para llevarme a la cama.

—No fue idea mía contratarte.

Me separé de él para mostrarle un gesto suspicaz.

—¿Y de quién lo fue?

—Ya sabes que, en este asunto, yo sólo hago el trabajo de campo.

Enojada, me alejé de él. Empezaba a hartarme de topar siempre con la misma puerta cerrada y de que Martin diera por sentado que yo sabía lo que había al otro lado cuando no tenía ni idea.

—Sí. Ya sé que son ellos: ¡ellos, ellos, ellos! Pero, en realidad, ¿qué sé yo de ellos? ¿Qué sé de vosotros? —le reproché dándole la espalda.

—Si no lo sabes, es porque no quieres. Para saber necesitas involucrarte y ya dejaste bien claro que no quieres involucrarte.

En eso tenía razón. Aun así, seguía contrariada ante una situación en la que ninguna de las opciones que se me ofrecían me gustaba: quería saber y no quería involucrarme.

Martin se acercó, me retiró el pelo con una caricia y empezó a besarme la nuca.

—No quiero que discutamos otra vez. —Tenía una voz preciosa, profunda sin ser demasiado grave, y su acento cuando hablaba francés resultaba muy sexy. Su aliento me puso la piel de gallina—. Odio discutir contigo. No te enfades, por favor...

—Ya estoy enfadada. Aunque esta vez no es contigo. Igual debería, pero no estoy enfadada contigo.

—No, no deberías estar enfadada conmigo, hazme caso. Y, de todos modos, no me gusta que termines la noche enfadada. Esta noche, no.

«La vida hay que vivirla», me recordé mientras sus besos iban camino de mis hombros y yo estaba cada vez más excitada. Mañana. Mañana habría tiempo para las preguntas.

—Vale. Esta noche, no —cedí con una sonrisa hasta que mis labios dieron con los suyos.

Mañana llegó demasiado pronto. Llegó con más preguntas. Habría estado bien que no hubiera amanecido. Martin me gustaba demasiado.

Me desperté de un sueño ligero en mitad de la noche. Martin dormía a mi lado, uno de sus brazos aprisionaba mi cintura. Yo tenía ganas de ir al baño, así que lo aparté con mucho cuidado. Él ni siquiera se movió, siguió resoplando plácidamente.

Alcancé su camisa, tirada en el suelo, para cubrirme el cuerpo desnudo. Hice una visita rápida al baño y regresé al dormitorio con sensación de modorra, dispuesta a acurrucarme bajo las sábanas y dormir unas pocas horas más. Justo al sentarme en el colchón, se encendió la pantalla de mi móvil. Me puse las gafas y comprobé que un número desconocido acababa de enviarme una fotografía por WhatsApp. De repente algo más espabilada, di un par de toques al cristal para verla.

Se trataba de una imagen con poca definición, parecía hecha con teleobjetivo. El fotógrafo, aparentemente a bastante distancia, había retratado a dos personas caminando por los jardines de una mansión. La foto iba acompañada de un texto:

Su socio con Ilir Baluku, capo de la mafia albanesa y uno de los mayores narcotraficantes de mundo. ¿Sabe para quién está usted realmente trabajando?

Amplié la foto. ¿Podría ser uno de aquellos tipos Martin? Descarté al moreno, barbudo y rechoncho. Pero el otro... Llevaba gorra de lana y gafas de sol. Era difícil de reconocer. Sin embargo, la complexión, el perfil, ese aspecto ario... Me hubiera gustado negarlo, pero se parecía demasiado a Martin.

Releí el texto y me estremecí con un escalofrío. Volví la cabeza por encima de mi hombro. Martin se había girado en su lado de la cama y seguía durmiendo. Martin...

Mi primer impulso fue arremeter contra quien se había atrevido a enviarme aquello. Pero tal vez estuviera equivocando el adversario. Estuve tentada de zarandear a Martin y pedirle una explicación.

La luz del teléfono se desvaneció y, sentada inmóvil en la cama, mis ojos se fueron acostumbrando poco a poco a la oscuridad. La habitación consistía en una pequeña suite con el dormitorio y una salita. Divisé el armario al fondo de ésta y me encaminé hacia él, cerrando tras de mí la puerta corredera que separaba ambas estancias. Usando la linterna del móvil para iluminarme, rebusqué en el interior del armario del que apenas colgaban un par de prendas y otro par se apilaban en las baldas. Sin demasiadas esperanzas, lo intenté con la caja fuerte y, ciertamente, no aguardaba abierta a que yo la inspeccionase. La parte de abajo, la de los zapatos, la ocupaba un maletín de cuero negro, grande, de viaje. Aunque estaba cerrado, la cerradura no parecía muy robusta; supongo que Martin no imaginaba que yo me pondría a curiosear en sus cosas. Miré a mi alrededor en busca de algo para forzarla y escogí el sacacorchos del minibar. Como no voy por el mundo reventando cerraduras, me llevó un rato y no pocos sudores conseguirlo. Finalmente, pude acceder a su interior, dividido en dos compartimentos. En uno, había un pequeño neceser junto a una camisa, un par de calzoncillos y un par de calcetines, todo bien doblado. La camisa llevaba bordadas unas iniciales: JM. ¿JM?

Con la mosca detrás de la oreja, examiné el otro compartimento y lo primero que extraje fue una pistola. Por mis experiencias pasadas, no me sorprendía que Martin fuera armado. Quizá ése era el problema, no haber reflexionado antes acerca de mis experiencias pasadas... Dejé la pistola a un lado y registré el resto, donde encontré una *tablet* que me resultaba completamente inútil sin saber la contraseña. De un bolsillo abultado vi que sobresalían un pasaporte y una cartera. Casi por inercia abrí y leí los datos del pasaporte; sin embargo, la sorpresa fue mayúscula: según aquel documento oficial, el hombre de la fotografía, Martin a primera vista, se llamaba Jörg Müller y era natural de Hesse, Alemania. Examiné de nuevo la fotografía, incrédula, y constaté que aquella imagen correspondía sin duda a la del hombre que dormía en la habitación de al lado, el hombre con el que acababa de acostarme. Mis niveles de ansiedad iban en aumento según registraba la cartera: una American Express Platinum, una Visa Infinite, una tarjeta sanitaria, otra de fidelización de Lufthansa y otra de la cadena de hoteles Marriott, todas a nombre de Jörg Müller. También contenía quinientos euros, un tíquet de aparcamiento y una fotografía de una mujer y dos niños, los tres muy rubios y sonrientes.

«Me llamo Martin Lohse, estoy soltero y sin compromiso, no tengo hijos...» Al parecer, en lo único en lo que no me había mentido era en lo de que no tenía perro.

Para entonces, ya empezaba a picarme el sudor, el desconcierto y la indignación en la piel. No obstante, el armario aún me tenía reservadas más sorpresas. Al fondo, distinguí un sobre que había quedado al descubierto tras sacar el maletín: naranja, sin sellos ni más referencia que el nombre de Martin escrito a mano y una secuencia de letras y números en una esquina; por suerte, estaba abierto. Contenía un ejemplar de junio de la revista *US Weekly*, con la foto de un par de actores famosos en portada bajo un jugoso titular; un *post-it* asomaba de entre una de sus páginas. Estuve a punto de no darle mayor importancia, lamentándome como seguía de no poder acceder a la *tablet* sin la contraseña; sin embargo, pensando en que aquélla no era precisamente el tipo de lectura que le pegaba a Martin, me fui derecha a la página marcada.

Me quedé de piedra cuando lo primero que asaltó mi vista fue una foto de Alain, ¡mi Alain!, mi ex Alain, en brazos de una morena despampanante, de esas morenas despampanantes que suelen aparecer en la *US Weekly*, que apoyaba cariñosa la cabeza en su hombro.

*Amber Kahn spotted with a mysterious new date
at The Museum of Fine Arts, Boston, Summer Party.*

Según el titular, la morena despampanante era Amber Kahn, quien había acudido a la fiesta de verano del Museo de Bellas Artes de Boston con una nueva cita misteriosa (no tan misteriosa para mí). Leí con ansiedad el artículo, que empezaba recordando la sonora ruptura acontecida en el invierno anterior, en plena temporada de Aspen, de la relación entre Amber Kahn, hija del magnate Salomon Kahn, con su novio de los últimos dos años, David Feldman Jr., asimismo hijo de un correspondiente magnate. No obstante, la joven parecía haber encontrado de nuevo la felicidad en brazos de Alain Arnoux, un atractivo profesor de Harvard, francés para más señas, con quien ya había sido vista en un restaurante de Nueva York, ambos muy acaramelados. «Amber lo ha pasado muy mal en los últimos tiempos. Es maravilloso verla de nuevo feliz. Hacen muy buena pareja», declaraba una fuente cercana a la heredera.

Con cada palabra de aquel meloso artículo mis palpitaciones habían ido en aumento y un sudor picajoso había acabado por cubrirme todo el cuerpo. Definitivamente, mi paciencia se había colmado.

Miré la pistola. Me hubiera gustado tener el valor y la vis teatral de empuñar el arma, encaminarme al dormitorio y obligar a Martin, a Jörg o a como coño se llamase quien estaba allí durmiendo a darme explicaciones a punta de pistola. Pero yo no era así. ¡Por Dios, ni siquiera sabía cómo comprobar si la pistola estaba cargada! En mi ADN de mujer corriente no estaban impresos aquellos arrebatos de heroína intrépida propios de guion de cine. Mi estilo era más bien el de desaparecer cual ilusionista en el momento álgido de la función. Y eso fue exactamente lo que hice. Levantarme como en trance y salir de allí de puntillas.

Abril de 1945

Berlín soportó desde 1940 numerosas campañas de bombardeos aéreos que alcanzaron su mayor intensidad a partir de 1943. Aunque, al comienzo de la guerra, los Aliados se limitaban a bombardear objetivos militares y estratégicos, posteriormente se decidió recurrir a la táctica de bombardeos masivos sobre las ciudades con el fin de minar la moral de la población. En total, Berlín sufrió trescientos sesenta y tres ataques aéreos durante los que se lanzaron más de sesenta y siete mil toneladas de bombas. Dieciséis kilómetros cuadrados de la ciudad quedaron reducidos a escombros. La mitad de los edificios sufrieron daños y casi un tercio de los hogares resultaron inhabitables. Con todo, la tasa de mortalidad, entre veinte mil y cincuenta mil fallecidos, resultó relativamente baja en comparación con la de otras ciudades, lo cual fue posible gracias al formidable sistema de refugios y defensas antiaéreas con el que contaba la capital. Y aunque Berlín nunca llegó a paralizarse del todo y los berlineses trataron de llevar una existencia lo más normal posible, eso no evitó que la población sufriera el miedo, la tensión y el desgaste anímico de quien tiene que vivir bajo las bombas o su constante amenaza.

Ramiro notó que alguien le secaba la frente. Abrió los ojos, pero en la oscuridad apenas distinguió un rostro borroso;

ni siquiera al parpadear la imagen se volvía nítida. ¿Sería aquella mujer? Estaba aturdido. No podía pensar.

Reparó en el murmullo ronco. Había muchas personas allí. Siempre las había. Suspiros. Toses. Él tosió, sin fuerzas. Farfulló algunas palabras en español antes de caer en la cuenta de que nadie le entendería. Su vista buscó algo en lo que fijarse. Todo estaba oscuro. Salvo esas manchas verdes luminosas. La pintura fluorescente.

De repente, un estruendo espantoso hizo temblar la tierra y crujir el techo como si fuera a desplomarse. Un grito sordo recorrió el lugar. Le pareció escuchar el llanto de un bebé. Ojalá volviera a dormirse, a perder la consciencia a causa del dolor que sufría. Cerró los ojos.

¿Desde cuándo estaba así? Por la mañana... ¿Cuántos días habían transcurrido ya? No podía pensar... Un soldado de las SS los había reunido a punta de fusil. A él y a otros trabajadores extranjeros. Los había mandado al oeste, a tomar posiciones cerca de la estación de Lehrter. Lo obligaron a tirarse al suelo tras un vagón de tranvía volcado. Le calzaron un casco metálico y le endosaron un *panzerfaüst*, un lanzagranadas. «Cuando aparezca un tanque ruso, le disparas», ésas fueron todas las instrucciones.

¿Fue entonces cuando ocurrió? Agazapado en tierra. La batalla a su alrededor. Explosiones, humo y fuego. Gritos. El corazón le latía en los oídos. Apenas escuchaba su propia respiración. Empezaron los temblores en las manos. No sería capaz de sostener el lanzagranadas. Y esos pinchazos en la columna, los latigazos de dolor que le recorrían desde las lumbares hasta los tobillos. La saliva se le acumulaba en la garganta y no podía tragarla. Un ruido metálico de cadenas. Cada vez más cerca. «¡Arriba! ¡Disparad a los tanques!»

Hubo una explosión, la notó dentro del pecho. Los demás corrieron. A él no le respondieron las piernas. Paralizado de cintura para abajo, trató de arrastrarse con ayuda de los brazos. Una lluvia de tierra y cascotes detuvo su penoso avanzar. Y, después, nada.

Cuando despertó de nuevo, estaba rodeado de humo. La boca le sabía a sangre y a polvo. Le costaba respirar. Notó que alguien le agarraba de las axilas y tiraba de él sobre el suelo resquebrajado. El dolor era insoportable, pero no le salía la voz para gritar. Volvió a desmayarse.

¿Quién le había llevado hasta ese refugio? ¿Una mujer? A veces escuchaba la voz de una mujer. Le hablaba al oído. ¿Eran sólo sueños? Tenía que volver a dormir. Que volver a soñar.

El lamento era continuo; a veces, quedo, a veces, desgarrador. Como continuo era el estruendo de la artillería, igual que si una tormenta llevara días instalada sobre sus cabezas, tronando sin cesar con una violencia inusual.

No había ánimo ni lugar para el pánico. El miedo se mostraba en una tensión silenciosa. En los rostros demacrados de los heridos y enfermos, del color de la cera, absortos en el dolor. En el ademán agotado y a la vez resuelto de médicos y enfermeras.

Olía a sangre. Un olor metálico e intenso que a Eric, el científico que había pasado la guerra entre planos y pruebas de laboratorio, le sorprendió. Nunca pensó que la sangre pudiera oler de aquel modo. También apestaba a hollín y a polvo de ladrillo, parecían colarse por las rendijas, no dejaba de masticarlos y se habían instalado en su garganta, que estaba siempre irritada.

Las condiciones de aquel hospital, y de los demás a lo largo de la capital, eran deplorables. Decenas de camas desvencijadas y hacinadas en los sótanos adonde habían tenido que trasladarlas desde las plantas superiores. Una dinamo accionada con dos viejas bicicletas apenas procuraba electricidad suficiente para iluminar débilmente algunas bombillas. Los médicos operaban sin anestesia ni antisépticos, ni siquiera contaban con agua hervida para esterilizar el instrumental; trabajaban sobre una mesa de madera que no daba tiempo a limpiar entre intervención e intervención.

La situación tenía tintes apocalípticos. Pero Eric daba gracias por haber encontrado a su hijo en medio de aquel caos. Seb tenía una herida en la cabeza y un brazo fracturado. Una bomba había impactado justo encima del sótano en el que se refugiaron Ursula y él, y el techo había colapsado sobre ellos. Al contrario que su madre, el niño fue rescatado con vida de entre los escombros.

Su pequeño cuerpecito yacía ahora en un colchón sobre el suelo, justo en un rincón algo más tranquilo; a su lado, un soldado con el pecho reventado y la cabeza cubierta de vendas ensangrentadas ofrecía una compañía silenciosa. El niño dormía la mayor parte del tiempo, gracias a Dios. Y aunque Eric no deseaba otra cosa que permanecer a su lado acariciándole la frente o sosteniéndole la mano, también intentaba sentirse útil en mitad de aquella tragedia. Así, a veces, ayudaba a transportar camillas con los recién llegados, o a sujetar a los heridos que perdían los nervios, o a abrir latas de conserva para las comidas. Había tratado de arreglar un generador que había dejado de funcionar después del último bombardeo aéreo, pero sin herramientas la tarea parecía inútil. Sea como fuere, procuraba mantenerse ocupado. Para no pensar demasiado, para no volverse loco.

—Duérmete conmigo, papá —le pedía Seb, haciéndole un hueco en su almohada—. La guerra pasará pronto. Todo irá bien.

Eric sonreía con congoja al escucharle repetir, con sorprendente claridad para no haber cumplido los cinco años, aquellas frases de adultos como si fuera uno de ellos, como si la guerra le hubiera robado la infancia. Entonces, recostaba la cabeza junto a la de su hijo y le besaba con cuidado la sien. Se sentía tan feliz de estar otra vez a su lado, tenían tanto tiempo que recuperar, que a Eric le asustaba. Le asustaba la idea de volver a perderlo.

«Todo irá bien.» ¿«Todo irá bien»? Berlín iba a caer en manos de los rusos. Tal vez, al día siguiente. ¿Qué sucedería entonces?

Si descubrían quién era él... No le importaba lo que a él pudiera sucederle. No temía por sí mismo. Pero si le separaban de Seb... No podría soportar que volvieran a separarle de su hijo. Esta vez no, se repetía acurrucándose con ansiedad contra el cuerpo del niño. Esta vez no.

Él está ahora aquí, en San Petersburgo

La mayor parte del vuelo la pasé mirando por la ventanilla, tratando de abordar los recientes sucesos uno a uno, para no atragantarme con ellos. No era capaz de concentrarme en nada.

Iba camino de San Petersburgo. Y es que justo después de abandonar la habitación de Martin, preguntándome si debería seguir llamándole Martin, y refugiarme en la mía, cuando sólo tenía ganas de gritar y arremeter con violencia contra todo lo que me rodeaba, empezando por hacer jirones esa camisa suya que aún llevaba puesta, recibí un mensaje de Irina: «Tengo que decirte algo importante. Ven a verme a San Petersburgo».

Estuve a punto de responderle que no se molestase más, que había dejado la investigación. En aquel instante, todo lo que deseaba era regresar a casa, y emborracharme con Teo. Sin embargo, tras recapacitar brevemente llegué a la conclusión de que si, por el momento, lo más urgente era abandonar Berlín y salir del alcance de Martin, San Petersburgo se presentaba como una opción igual de válida e Irina quizá querría emborracharse conmigo. Además, tenía que reconocer que su críptico y apremiante mensaje había despertado mi curiosidad. Lo que yo entonces no sabía era que sus palabras no se referían sólo a la investigación y que las cosas estaban a punto de complicarse. Aún más.

Contaba cinco llamadas perdidas de Martin en el móvil y un wasap: «Puedo explicártelo todo, pero no por teléfono. Por favor, llámame. Tenemos que vernos».

Tras mi marcha, había quedado un claro rastro de mis pesquisas alrededor del armario, así que le habría sido fácil intuir el porqué de mi repentina desaparición. Me espantaba la idea de tener que hablar con él: las explicaciones, los reproches, las excusas... ¿De qué serviría? ¿Explicármelo todo? ¿Habíamos tenido que llegar a eso para que me lo explicara todo? ¡Ja! Me explicaría lo que quisiera. Volvería a mentirme, si le daba la gana. Y yo estaba muy enfadada, con él y conmigo, por estúpida, por haber confiado en alguien a quien en realidad no conocía y que, además, había dado muestras de no ser de fiar. ¡Había confiado hasta el punto de acostarme con él! Cada vez que lo pensaba me daban ganas de azotarme.

¡Uf, cuánta rabia sentía! Y, sin embargo, cuando pensaba en la noche anterior... Todavía notaba un aleteo impertinente en el estómago. ¡Joder, cómo desearía vomitar esa estúpida y cursi mariposa!

Tendría que dejar la investigación. ¡Mierda! Apenas acababa de empezar, pero ya estaba enganchada. Como el pescador que suelta varias cañas y de pronto empiezan a picar una detrás de otra, ¿cómo podría largarme sin recogerlas, sin saber lo que había prendido en el anzuelo?

No obstante, el tema era demasiado serio como para tomárselo a la ligera. Alguien había sido asesinado. El supuesto Martin se relacionaba con mafiosos. «¿Sabe para quién está usted realmente trabajando?» Aquel mensaje anónimo era tan repulsivo como todo lo demás, pero tenía razón: ¿de qué lado estaba yo? ¿Del de los buenos o del de los malos?

«Me pidieron que colaborara en la investigación», fue su lacónica respuesta cuando me sorprendí de que tuviera fotos del cadáver de Giancarlo Bonatti. Como si lo más normal del mundo fuera que la policía anduviese por ahí repartiendo fotos de la escena de un crimen bajo investigación. ¿Hasta qué punto estaba Martin involucrado en ese asunto? Me constaba que no tenía reparos en matar. Ya le había visto hacerlo. Y sólo a mí se me ocurría meterme en una historia con alguien que no tenía reparos en matar. ¿Por qué había confiado en él? ¿Por qué, en el fondo, deseaba seguir confiando en él?

Aquellos pensamientos me producían escalofríos. Yo no quería tener nada que ver con lo oscuro de aquellos negocios. Yo me dedicaba al arte, no al crimen organizado. Y no iba a consentir que nadie volviera a utilizarme en favor de sus turbios intereses. De momento, tenía los contactos e información que aún no había compartido con Martin. Podía seguir avanzando sin él y, llegado el caso, utilizar mis descubrimientos en contra suya. Por eso estaba sentada en un avión camino de San Petersburgo. Como plan a corto plazo, no me parecía mal.

En cuanto a Alain... Dejando al margen la espinosa cuestión de por qué Martin guardaba aquella revista, el dichoso artículo me había sentado como un veneno. Igual que si me hubiera arrancado la costra de una herida aún tierna. Mientras estaba en el aeropuerto esperando el vuelo, me había dado tiempo a teclear su nombre y el de Amber Kahn en Google. La prensa de cotilleo americana estaba plagada de referencias a ellos dos. El portal *E! Online*, de ordinario bastante sensacionalista, titulaba una fotografía de ambos paseando agarrados de la cintura por Martha's Vineyard: «¡La pareja del año!». Acabé cerrando el ordenador con el estómago revuelto.

No tenía derecho a estar tan afectada, lo sabía. Nuestro matrimonio se había acabado. Ambos éramos libres y era de esperar que tanto él como yo rehiciéramos nuestras vidas. ¡Yo misma acababa de acostarme con un tío en cuanto había tenido la oportunidad!

Y, sin embargo, ¿por qué me fastidiaba tanto?

<hr />

Llegué a San Petersburgo un precioso día de otoño, luminoso y despejado aunque fresco, anticipando ya el invierno. Los árboles comenzaban a teñirse de ocre por sus copas, el sol levantaba destellos plateados en las aguas del Neva y el atardecer pintaba de colores pastel el cielo mientras yo caminaba hacia la *ulitsa* Chaykovskogo, en el centro de la ciudad.

A veces tengo la sensación de que el mundo se está convirtiendo paulatinamente en un gran parque temático entregado a las exigencias del turismo de masas. Pasear por una ciudad emblemática me produce en ocasiones la misma sensación que pasear por el escenario de una obra en la que la acción se desarrolla de cara al público, como si las fachadas monumentales de algunas de las calles, plazas y avenidas de las ciudades más hermosas fueran sólo un decorado.

San Petersburgo es, sin duda, uno de esos enclaves emblemáticos. La gran joya imperial de los zares se esfuerza en resaltar su legado de elegancia y magnificencia propio de los siglos XVIII y XIX, mientras que los restos de la era soviética, menos esplendorosos, se van diluyendo merced a la actualidad occidental y esa globalización que parece fagocitar la autenticidad.

Siempre pienso cuánto me gustaría cruzar esos umbrales de fachadas blanqueadas para saber qué hay detrás, asomarme a donde se esconde el alma de las ciudades si es que queda algo de ella.

Aquella tarde, Irina Egorova iba a darme la oportunidad de descubrirlo. La archivista me había citado en un piso en la calle Tchaikovski. «Es la casa de Anton —me había avisado—. Siempre que vengo a San Petersburgo me alojo con él. Aunque ahora no está, asiste a un congreso en Moscú. Te manda recuerdos.»

Cuando localicé el número de la calle que me había dado, contemplé durante un instante el edificio de color claro y estilo neoclásico con algunos toques modernistas, que se apreciaban en los motivos vegetales de las barandillas y los relieves y en las formas curvadas que adornaban el portalón de entrada. Llamé a un viejo telefonillo de metal desgastado por el uso y la puerta se abrió con una vibración eléctrica. Una vez que la atravesé, todo se tornó gris, como si efectivamente hubiera accedido a la parte trasera de un escenario en donde la iluminación, el cuidado y el detalle ya no tienen importancia. Las paredes estaban desconchadas y manchadas de humedad, surcadas de cables al aire que llevaban allí seguramente desde los años cincuenta. El ambiente resultaba viciado, el aire olía a humedad y a guiso de col. Contaba con un bonito ascensor, eso sí, con su caja de madera y cristal y su enrejado florido, pero no funcionaba. «Se estropeó antes de la Gran Guerra Patria —comentó Irina entre carcajadas—, y nadie se ha molestado en arreglarlo desde entonces.»

Yo en aquel momento no lo sabía, pero acababa de introducirme en un reducto de la forma de vida de la antigua Unión Soviética: los *kommunalka*. Después de la revolución de 1917, se produjo un éxodo de la población desde zonas rurales hacia zonas urbanas, lo que generó un grave problema de vivienda que las autoridades decidieron solucionar expropiando viviendas privadas y alojando en un solo apartamento a varias familias. Así, se asignaba una habitación por familia y se compartían la cocina y el baño. En el caso de San Petersburgo, muchos de estos apartamentos eran antiguas casas señoriales que habían pertenecido a la nobleza y la burguesía en la época del imperio, los cuales se compartimentaron y se asignaron por la autoridad municipal según un número de metros cuadrados por persona y sin atender a ninguna distinción social. Aunque es un modelo de habitación en vías de extinción, aún hoy en día quedan algunos *kommunalka* en Rusia.

—Después de la guerra —me empezó a relatar Irina—, mi padre comenzó a trabajar de contable en una fábrica de vidrio. Fue la misma empresa la que le adjudicó este *kommunalki*. Por entonces tenía una habitación muy pequeña porque vivía sólo él pero, después de casarse, y de que naciésemos mi hermano y yo, coincidiendo con que había ascendido en la empresa, le adjudicaron también la habitación contigua. En aquella época compartíamos el piso con otras cuatro familias, ya ves que la casa es muy grande. Ahora sólo quedan Anton y otras dos familias más. A Anton le gusta vivir aquí, se siente acompañado, es su casa de toda la vida, y con el precio que paga por el alquiler ni mucho menos podría permitirse vivir en el centro de San Petersburgo. Muchos de los *kommunalka* que quedan son horribles, auténticos antros sucios e insalubres en edificios declarados en ruina. Pero éste tiene un enclave privilegiado y Anton ha invertido algo en arreglarlo. Tiene suerte de poder vivir aquí.

Sí que la tenía. Su apartamento, además de encontrarse en pleno centro de una ciudad donde el precio de la vivienda se había disparado desde la caída del régimen soviético, se ubicaba en un precioso edificio construido en 1890 por encargo de un rico industrial que asignó una planta a cada uno de sus cuatro hijos y conservó otra para él. La casa se levantó con los mejores materiales y fue dotada de los últimos avances y comodidades de la época: agua corriente, luz eléctrica, calefacción de carbón, baños totalmente equipados, cocinas grandes y modernas... Tras la revolución, la familia abandonó el país y el gobierno expropió el edificio. No se había hecho ninguna mejora desde entonces y el deterioro se manifestaba sobre todo en los espacios comunes. No obstante, el esplendor de antaño aún se vislumbraba en los suelos de marquetería, los techos altos decorados con molduras de escayola, las lámparas de araña, las chimeneas de mármol, los grandes ventanales y las puertas de doble hoja. El baño aún conservaba los azulejos hidráulicos y la bañera de patas y contaba, algo inusual para la época, con dos lavabos de cerámica importados desde Inglaterra. Me llamó la atención el detalle de las pastillas de jabón alineadas, una por familia, así como las toallas y los armaritos con los útiles de aseo. No pude evitar pensar en lo extraño que me resultaría tener que compartir el baño a diario con otras personas. Lo mismo en la cocina, donde a cada uno le correspondían sus fogones, una mesa y una estantería para los cacharros. La nevera de Anton se ubicaba en una de sus habitaciones, la que usaba como salón comedor. La otra, más pequeña y que era la que su padre había ocupado originalmente, era su dormitorio.

Todo allí estaba abigarrado, lleno de muebles y de los objetos de toda una vida apretados unos contra otros: porcelanas, fotografías, un tapiz desgastado, relojes, un retrato de Gorbachov... Y libros, cientos de libros que desbordaban de las estanterías y se amontonaban en cualquier esquina, reflejo de la pasión de Anton.

La acogida de Irina, a la que apenas había visto una vez en mi vida hacía unos tres años, fue cálida como la de una vieja conocida. En realidad, ella era buena amiga de Alain y estaba al tanto de nuestros avatares. Quizá a eso se debió su abrazo sentido, entre la alegría y el pésame. Y a que era una mujer entrañable, como esas abuelas que lo son de todo el mundo. Lo cierto es que tenía aspecto de tal, con su cuerpo grande y orondo, su cabello corto, canoso y ensortijado, las mejillas redondas y suaves y una nariz de botón en cuya punta se apoyaban unas gafas de grandes cristales tras los que asomaban unos ojos azules sorprendentemente pequeños. Se me asemejaba a Peter Ustinov pero ataviado con un amplio vestido de flores. También como las abuelas, se dedicó a piropearme de camino al salón: «Estás muy guapa, no has cambiado nada, quizá algo más delgada, ¿comes bien?...».

El salón era parte de lo que un día fue una amplia estancia con tres balcones que daban a la calle. Contaba con un friso de madera a media altura de pared y una *pechka,* una impresionante estufa de cerámica verde, decorada con relieves y apliques de bronce, que llegaba hasta el techo y ocupaba toda una esquina con sus siluetas panzudas. Nos sentamos a una mesa cubierta con un hule estampado de formas geométricas, algo pegajoso, donde Irina había preparado el té a la vieja usanza, con su samovar de estaño y sus tazas de cristal tallado. Lo acompañamos con la tarta de cerezas que yo había llevado de regalo. Sabía que le gustaría, ella era golosa.

—Ay, querida, qué bien que hayas podido venir. Es una alegría poder reunirse, tocarse y compartir un poco de tarta. No me gustan nada esas conferencias con el ordenador —relató mientras repartía sendos trozos del pastel, que rezumaban un jugo rojo, brillante y espeso.

Antes de darme tiempo a responder, puso la mano sobre mi brazo.

—Ya verás cuando te cuente lo que hemos descubierto sobre Peter Hanke —anunció con emoción contenida.

Se metió un pedazo de tarta en la boca y se dirigió al escritorio, de donde regresó con una carpeta.

—¿Te importa si fumo?

—Claro que no, como si estuvieras en tu casa —bromeé, y ella respondió con una de sus risotadas.

—¡Bueno, es la de Antón! Por suerte, él ahora no está. —Se sacó un paquete de cigarrillos de un bolsillo de su chaqueta de lana llena de bolas—. No le gusta que fume —se llevó un pitillo a la boca con cierto exhibicionismo—, le repugna el olor del tabaco. Siempre me está dando la tabarra con que debería dejarlo. —Hizo una pausa para encenderlo y dar una calada—. Y el caso es que tiene razón —sus palabras brotaron con el humo—. Siempre me digo: Irina, deberías dejarlo. ¡Pero llevo desde los quince años con un pitillo en la boca! ¡Ya no tengo remedio!

—Irina. —Hice una pausa dramática y desvié la vista hacia la carpeta—. Me tienes en ascuas.

—¡Ay, bonita mía! —volvió a carcajearse—. ¡Cierto, cierto! Yo y mis cosas... Irina, céntrate. Aguarda un minuto. —Rebuscó en los papeles de la carpeta. Por fin, sacó un documento de varias páginas y lo dejó sobre la mesa—. Del NKVD.

El Comisariado del Pueblo para Asuntos Internos. O lo que es lo mismo, el servicio responsable de la seguridad del Estado soviético durante la Segunda Guerra Mundial y primeros años de la posguerra. El precursor del KGB.

El documento estaba en ruso, así que me limité a mirar a Irina con un gesto interrogante.

—Herr Hanke trabajó como agente para la Unión Soviética —resolvió ella.

—¿Después de la guerra?

—No, durante la guerra.

—Vaya... Hanke estaba asignado a la sección de contraespionaje de la Gestapo. Precisamente contraespionaje.

—Una posición estupenda para estar al tanto de todo.

—Ya lo creo —coincidí admirada por la combinación de astucia y falta de escrúpulos que, empezaba a darme cuenta, lo caracterizaba.

En aquel momento, un enorme gato gris que parecía haber salido de la nada, saltó al regazo de Irina.

—¡Ah, Onegin! ¡Estás aquí! —El animal se dejó acariciar el lomo al tiempo que ondeaba la cola de placer—. No se le ve el pelo en todo el día —me explicó Irina—. Andará por ahí cazando y seduciendo gatitas —se rio—. Pero siempre es puntual a la hora del té.

La mujer le sirvió un poco de leche en su propio plato con restos de tarta y lo dejó en el suelo, adonde Onegin bajó para lamerla.

—¿Qué más información contiene el documento? —Quise regresar al asunto que nos ocupaba.

—Veamos, veamos... Entre 1942 y 1945, Hanke estuvo pasando información sobre operaciones de la Gestapo contra redes de informadores soviéticos en Berlín. Les facilitaba nombres de agentes en el punto de mira de la policía secreta, los avisaba de las redadas, pasaba informes confidenciales, no sólo del departamento de contraespionaje de la propia Gestapo sino también de la Abwehr, entorpecía las investigaciones... No es que fuera especialmente activo, pero salvó el cuello de un puñado de agentes soviéticos tanto de Berlín como de otros lugares de Europa. Usaba dos nombres en clave: B-308 y Mason. Recibía por sus servicios setecientos cincuenta *reichsmark* mensuales que le ingresaban en una cuenta en Suiza.

—Y eso después de haber asesinado o, al menos, ser sospechoso de haber asesinado a un ciudadano soviético en suelo soviético —señalé pensando en Voikov.

—Sí, tal suceso figura en la investigación a la que se le sometió antes de reclutarlo. Lo cierto es que, al principio, los del

NKVD no se fiaban demasiado, pero luego demostró ser un colaborador eficaz y leal. Aparte de que andaban bastante cortos de efectivos y tuvieron que hacer la vista gorda. Hay que tener en cuenta que, después de 1942, la operación conjunta de la Gestapo y la Abwehr contra lo que ellos llamaron la Rote Kapelle, la orquesta roja, que hasta entonces había sido muy eficaz pasando información a los soviéticos, diezmó su red de agentes en toda Europa y los dejó prácticamente sin informadores.

—Hanke estaba asignado a la operación Rote Kapelle, de modo que tendría información privilegiada.

—Y era bilingüe en ruso. Todo, ventajas.

—¿Se sabe qué le ocurrió después?

—Este documento no lo especifica. Simplemente registra que, en febrero de 1945, se suspende el pago de sus honorarios. Puede que en ese momento, con el Ejército Rojo ya en suelo alemán, consideraran que sus servicios no eran necesarios. De todos modos, seguimos buscando más información sobre él. Vamos a mirar también en los archivos del SMERSH, la contrainteligencia soviética. Después de todo, ellos entraron primero en Berlín, junto con el Ejército Rojo.

Di un sorbo del té fuerte y dulce, que ya se había quedado frío.

—¿Más té, querida? —me ofreció Irina.

—No, gracias, está bien así.

Ella sí se volvió a servir del samovar. Mientras, yo me lamentaba en silencio de que el destino de Peter Hanke después de mayo de 1945 siguiera siendo un misterio que empezaba a pensar que nunca se resolvería. Temía que, de no averiguar qué le había sucedido a Hanke tras la guerra, la investigación llegase a un punto muerto. Más valía que empezaran a surgir otras líneas.

—¿Y de la niña, la sobrina de Voikov? ¿Habéis encontrado algo? —le pregunté a Irina al hilo de mis reflexiones.

—Hemos —asintió—. Aunque no sé si te será de mucha utilidad —puntualizó según extraía otro documento de la carpeta—. Este documento es del Comisariado del Pueblo para la Instrucción Pública. Contiene una relación de niños españoles que fueron evacuados a la Unión Soviética durante la Guerra Civil...

—Y Katya Arriaga fue una de ellos.

—Así es. Pero, además, era sobrina de Voikov, hija de una hermana que se casó con un hombre español; ¿me sigues?

Asentí.

—Según su ficha, la niña nació en Bilbao, en 1924. Probablemente sus padres fallecieran y por eso su tío la adoptó.

—¿Se sabe qué fue de ella?

—Todavía no. Nos está siendo muy difícil seguirle el rastro después de la muerte de Voikov.

—Tal vez regresó a España.

—Tal vez —repitió Irina aunque poco convencida—. En todo caso, no lo hizo con las expediciones de vuelta de los niños españoles, que empezaron en 1954, cuando ya ni siquiera eran niños. No está en las listas de viajeros, ya las hemos consultado. Tampoco creo que regresara por sus propios medios, pues no era nada fácil conseguir un visado de salida, por no decir imposible. Es muy probable que le sucediera como a la mayoría de esos niños españoles: prefirió quedarse porque ya tenía hecha aquí su vida. Además, en el caso de Katya, considerando que fue adoptada por su tío, lo más seguro es que no contara con demasiadas relaciones o arraigo en España. No creo que tuviera razón para volver. Seguiremos buscándola aquí.

Irina hizo una pausa para encender un segundo cigarrillo. La mayor parte del anterior se había consumido sobre un cenicero de metal con un relieve de la catedral de San Basilio de Moscú que estaba lleno de manchas de óxido y ceniza.

—Eso sí, tengo algo que te va a encantar. He dejado lo mejor para el final —anunció, vivaracha, con una amplia sonrisa que convirtió sus mejillas en dos bolas—. Un regalo de Anton.

Me incliné expectante sobre el mantel de hule, pero al notar que se me quedaban pegadas las mangas de la camisa, volví a echarme atrás.

—¿Recuerdas a Grigori Nikulin?

—Sí, el encargado de trasladar las joyas de los Románov después de la ejecución de la familia imperial.

—Eso es, buena chica. Pues bien, Anton ha conseguido entrevistarse con... ¿adivina quién? ¡Su nieto! Pavel Nikulin. Trabaja para una compañía de seguros en Moscú y fue compañero de escuela de un colega de Anton. No te voy a mentir, Anton no iba con demasiadas esperanzas a la entrevista; ¿qué posibilidades había de que el nieto de Nikulin estuviera al tanto de los entresijos de la historia de su abuelo? Pero, vaya, resulta que el viejo era aficionado a contar sus batallitas y, claro, no todos los abuelos pueden decir que han participado en la ejecución del último zar de todas las Rusias y también su familia. Ahora, agárrate, Ana, que viene lo mejor: el Medallón, amiga mía, lo tenía la zarina.

Abrí los ojos como platos ante aquella revelación.

—Alejandra lo llevaba colgado del cuello y, antes de enterrar su cadáver, el jefe de Nikulin se lo quitó y se lo dio a Grigori para que lo guardase con el resto de las pertenencias de la familia. Incluso, como era una pieza pobre, una piedra fea y sin ningún valor, le insinuó que podía quedársela de recuerdo. Sin embargo, según el relato de Pavel, su abuelo no lo hizo porque esas cosas le daban mal fario y lo integró en el lote de joyas que trasladó a Moscú.

—Entonces ¿se confirma que lo tenía Alejandra, la zarina? Increíble...

Realmente era verdad, realmente el Medallón existía y había sobrevivido al menos hasta la época de los últimos zares, hasta 1917. Aquello sí que era un avance, un progreso tangible, un verdadero paso adelante. De repente me sentía un poco más cerca de él.

—Lo era. Pero eso no es todo. Pavel Nikulin también le contó que, años después, en concreto en 1922, su abuelo recordaba bien la fecha porque justo ese año le habían otorgado la Orden de la Bandera Roja... en fin, que en 1922 Grigori Nikulin recibió la visita de un hombre, un tal Noikov, ¿Félix, Fiódor, Fedor...? No está muy seguro del nombre.

—¿Podría ser Voikov?

—Yo diría que sí. El hombre se identificó como representante del Comisariado de Finanzas y le preguntó sobre el Medallón, si él recordaba haberlo incluido y transportado con el resto de las joyas. «Claro, claro», respondió el otro casi ofendido como si se estuviera poniendo en duda su labor. «Recuerdo bien ese medallón, yo mismo lo empaqueté con todo lo demás.» Bueno, vete tú a saber si dijo exactamente eso pero, según Anton, que es muy novelero, ésas serían más o menos sus palabras.

—De todos modos, hay algo que no me cuadra. Si Voikov participó en el inventario y en ese catálogo de 1924, hoy desaparecido, ya sabría que el Medallón estaba entre las joyas; ¿por qué preguntar?

—Lo que él adujo frente a Nikulin fue que, dentro del proceso de catalogación, estaba recabando datos sobre el origen de algunas piezas. El bolchevique no se lo creyó demasiado, claro, tan sólo pensó que aquella reliquia debía de tener más valor del que él se había pensado y que igual fue un poco tonto al no quedársela cuando se la ofrecieron.

—Opino como Nikulin, así dicho suena a excusa.

—En cualquier caso, te recuerdo que no hay pruebas de que el Medallón estuviese en el catálogo de 1924. Si quitas el polvo de la paja, lo que es verdaderamente importante de esta anécdota es que ya tienes la conexión que buscabas entre Voikov y el Medallón.

—Ya veo. Va a resultar que Peter Hanke no iba tan desencaminado.

—Ni tú tampoco.

Sonreí. Era cierto: yo tampoco.

Para entonces ya había anochecido y por las ventanas entraba la luz anaranjada del alumbrado público. Onegin, el gato, una vez que hubo dado cuenta de su leche se había enroscado a dormir sobre el cojín de una silla, pero hacía rato que había despertado y había vuelto a desaparecer. Irina inclinó el samovar, del que apenas brotó una gota.

—Me temo que el té se ha acabado. Vamos a tener que pasar al vodka.

—Oh, no, no. Nada de vodka.

—Pues yo diría que te va a hacer falta —murmuró sin mirarme.

Cuando fruncí el ceño, completamente descolocada a causa de aquella observación, ella suspiró y se inclinó hacia mí sobre la mesa.

—Hay una cosa más...

No supe exactamente qué, pero algo en aquella declaración me inquietó: quizá la gravedad de su semblante, cuando ella siempre sonreía, o la forma en la que retorcía las manos sobre el mantel pegajoso o que, de algún modo, yo intuyese que lo que tenía que decirme era ajeno a la investigación.

—Anton cree que no debería mencionarlo. A ninguno. Pero él no lo entiende. Yo me considero una amiga. No quiero tener la sensación de estar intrigando a vuestras espaldas, ¿sabes? Y no me encuentro cómoda con esta situación.

—¿Qué ocurre, Irina? —me impacienté.

Ella volvió a suspirar ante lo inevitable.

—Fue hace seis días. Te prometo que, cuando tú me contactaste, yo no sabía nada de esto, tampoco cuando hablamos por videoconferencia. Me llegó justo después. Sí, hace seis días me escribió. También me pedía información sobre Fiódor Voikov.

—¿Quién?

—Alain.

Tardé un instante en asimilar lo que acababa de escuchar. La mención de Alain en aquel contexto me resultaba fuera de lugar. Tenía que haber algún malentendido.

—Escucha, querida, no quiero entrometerme. Yo también he pasado por un divorcio, sé lo que es. Pero me encuentro en medio de esta situación y si guardara silencio tendría la sensación de estar traicionándoos a ambos.

Irina hizo una pausa como dándome pie a decir algo, pero yo aún era incapaz de reaccionar.

—Los dos estáis buscando lo mismo. Creo que deberíais hablarlo. Todavía no nos hemos visto, pero él está ahora aquí, en San Petersburgo. Y sabe que tú también.

Abril de 1945

Las mujeres alemanas se convirtieron en un botín de guerra más para los soldados soviéticos. Las violaciones masivas e indiscriminadas que se produjeron durante la batalla de Berlín constituyen uno de los episodios más lamentables del final de la guerra. Apenas ninguna mujer se libró de la rapiña: monjas, embarazadas, abuelas, niñas, judías, trabajadoras forzosas liberadas... Aunque no hay datos reales, pues las agresiones ni se denunciaban ni se registraban, según las estimaciones de los hospitales se calcula que al menos dos millones de mujeres alemanas fueron forzadas; entre noventa y cinco mil y ciento treinta mil sólo en Berlín. La tasa de mortalidad entre las víctimas fue muy elevada a causa de las brutales agresiones o de los suicidios. Las que sobrevivieron tuvieron que cargar con enfermedades venéreas, embarazos no deseados, abortos realizados en condiciones insalubres y unos efectos psicológicos devastadores para el resto de sus vidas, en tanto lidiaban con el rechazo y la incomprensión de los hombres alemanes.

—*Uhr? Parabellum?*

—No tengo armas —le respondió Peter al soldado soviético, en perfecto ruso, mientras se quitaba el reloj de pulsera para entregárselo.

Un grupo de seis había entrado en el sótano, derribando la

puerta a culatazos. Gerda y él tendrían que haberse escondido. Se habían confiado demasiado.

El otro le miró con curiosidad. Era un hombre grande y fuerte, con la cara redonda, los pómulos marcados y los ojos rasgados. Un granjero de la estepa, más allá de los Urales. Su gesto, ya de por sí ceñudo, se endureció de repente. Le golpeó a Peter en el pecho con el índice.

—¿Eres un soldado alemán? —Hablaba ruso con un fuerte acento del norte.

—No, no. Yo estoy con vosotros. Soy de los vuestros, ¿entiendes? ¿NKVD?

Quizá no había estado muy acertado al mencionar aquello porque el soldado se mostró inquieto de pronto, con el fusil firme entre las manos, dispuesto a encañonarle.

Los gritos de Gerda interrumpieron repentinamente en la escena.

—¡Quítame las manos de encima, maldito cerdo!

Un soldado, que la había acorralado contra la pared, intentaba desnudarla. Ella se defendió propinándole una fuerte patada en la entrepierna que dobló al hombre sobre sí mismo entre gemidos y juramentos. Para cuando sus compañeros acudieron en su auxilio, el otro ya se había recuperado y la emprendía a golpes de fusil contra la cara de la mujer para doblegarla.

En un instante, se había desencadenado una escena de gritos desgarradores y violencia en tanto los rusos arremetían contra Gerda; mientras uno la sujetaba, los demás trataban de forzarla. Y ella, con el rostro ensangrentado a causa de los culatazos, se desgañitaba de miedo e impotencia mientras le arrancaban la ropa.

Peter observaba en silencio, tratando de no mover ni un músculo para pasar desapercibido, deseando volatilizarse y desaparecer de allí. Temía por su vida. En cuanto aquellos salvajes acabaran con Gerda, borrachos de violencia como estaban, podrían volverse contra él.

Y, sin embargo, no podía apartar los ojos de aquella visión. El cuerpo desnudo de su amante, que él tan bien conocía, se sacudía con cada acometida brutal del soldado que la estaba violando en ese momento. Los demás lo jaleaban, pedían su turno. Sus risotadas se confundían con los chillidos de la mujer. Ella gritaba y gritaba y gritaba.

De pronto la situación se resolvió de golpe. Gerda mordió a su agresor con tal fuerza que le arrancó parte de una oreja. Fue entonces el soldado el que chilló como una fiera, con la oreja chorreando sangre, y, fuera de sí, desenfundó su pistola y descerrajó un tiro en la cabeza de la mujer.

Los gritos cesaron y un silencio tenso se instaló en el sótano. Incluso el resto de los soldados contemplaban mudos el cadáver de la alemana; con aire de revancha, uno de ellos escupió sobre él.

Peter se pegó contra la pared, ojalá hubiera podido incrustarse entre los ladrillos. Ahora irían a por él. ¡Maldita Gerda!

Sin embargo, se fueron. Se marcharon, sin más, por donde habían venido, ignorándole como si Peter ya no estuviera allí. Y él deslizó la espalda por el muro hasta sentarse en el suelo, hecho un ovillo.

Sintió que se ahogaba, que le faltaba el aire. Notando que las piernas apenas le respondían, logró ponerse en pie con la firmeza de un tentetieso y, sin quitar la vista del suelo para mantenerla apartada del cadáver aún caliente de Gerda, levantó la tabla bajo la que escondía su pistola. Se la metió en el bolsillo de la chaqueta y subió las escaleras como si estuviera borracho; quizá, también lo estaba.

En el salón de la casa reinaba el caos: los muebles volcados, las tapicerías rasgadas, escombros, pedazos y polvo; una pared entera de la fachada exterior había volado tras el impacto de un proyectil. En el suelo del jardín carbonizado se había abierto un cráter. El aire corría por los huecos, haciendo volar papeles y tintinear los cristales de la lámpara de araña, que milagrosamente aún colgaba del techo. Peter aspiró con fuerza, como si fuera su primera bocanada después de emerger del fondo del mar. Creyó que la noche caía sobre Berlín, pero se trataba del humo que desde hacía días oscurecía el cielo. Las explosiones de artillería seguían retumbando a lo lejos. Aunque los soviéticos habían tomado ya varios distritos, la lucha continuaba en el centro de la ciudad.

En su caminar entre el destrozo dio un puntapié a un vaso, único resto intacto del mueble bar. Seguro que los soldados acababan de saquearlo, si es que había sobrevivido a las bombas. Se agachó a recogerlo. Era un buen vaso, de cristal de roca tallado, fabricado en Bohemia. Sopló sin afán la suciedad y vació dentro de él la botella que llevaba en el bolsillo hasta que el coñac rebosó. Bebió con ansiedad y, por encima del borde, divisó la pareja de sillones, todavía en pie frente al hueco donde había estado la ventana. Se acercó, procurando no tropezar con los escombros, que crujían a su paso. Sacudió un poco uno de ellos, levantando una nube de polvo que le arrancó un ataque de tos. Después se dejó caer sobre él.

Desde el sillón de enfrente, Gerda le observaba. Llevaba puesto su quimono, de seda muy fina. Las piernas abiertas dejaban al descubierto su pubis cubierto de un vello oscuro.

Todo estaba de pronto ordenado, cada cosa en su sitio. El lujo y el esplendor de aquel salón, incólumes. La luz dorada de un atardecer de verano. Y Gerda, viva.

Peter dio otro trago sin parpadear, temiendo que, de hacerlo, la imagen se desvaneciera. No, Gerda no yacía desnuda en el suelo del sótano, con el rostro reventado. Gerda estaba allí mismo, como el día en que le habían devuelto su placa y su pistola tras haber estado suspendido.

Peter estaba borracho, pero los recuerdos brotaban nítidos. Y él soñaba despierto con el día que le habían devuelto su placa y su pistola.

—Aquí tiene.

El tipo ni siquiera lo miró. Simplemente las deslizó por encima del mostrador y dio media vuelta como si tuviera asuntos más importantes que atender. Peter hubiera dicho que había cierto desprecio en su ademán. De buena gana le hubiera colocado a ese majadero el cañón de la Luger entre ceja y ceja hasta que se cagase de miedo en los pantalones. A la mierda con aquellos chupatintas ignorantes que engordaban la barriga en sus asientos de oficina. Sí, lo habían sancionado, ¿y qué? ¿Qué coño sabría ese *Kriminalassistent* pega sellos? Él no tenía que salir todos los días a la calle a jugarse el tipo.

Después de todo, la sanción había merecido la pena. Tres meses de suspensión a cambio de haberse quitado a Cornelius Althann de en medio no eran nada; a otros, por menos, les había caído prisión e inhabilitación. Pero a él lo necesitaban, de eso no cabía duda. La Gestapo no contaba con muchos agentes que dominaran el ruso como él. Los tenía agarrados de las pelotas. Aun así, se andaría con más ojo a partir de ahora. Tenía un plan y no podía jugársela. No volvería a dejar escapar el Medallón.

Fuera del cuartel general de la Gestapo en Prinz-Albrecht-Strasse, hacía un calor pegajoso y el cielo comenzaba a encapotarse presagiando tormenta. Peter Hanke pensó en el largo trayecto hasta el distrito de Dahlem y decidió coger un taxi; no quería llegar descompuesto y sudoroso a la cita, apestando a combustible y humanidad reconcentrada tras el viaje en el U-bahn. Gerda no toleraba la suciedad.

Aquella tarde le recibió descalza, envuelta en el quimono de seda, bajo el que intuyó que no llevaba nada al notar sus pezones turgentes a través de la tela; con el cabello rubio suelto sobre los hombros y la larga boquilla de marfil entre sus dedos elegantes. La hubiera follado allí mismo, en el salón de la ostentosa mansión de su difunto esposo, bajo la mirada de la criada que acababa de acompañarle. Pero Gerda tenía su ritual.

Le quitó el sombrero y la chaqueta con delicadeza y se los entregó a la criada antes de despedirla. Después, le desabrochó la hebilla de la pistolera y se la sacó por los hombros, le aflojó la corbata, le desabotonó el cuello de la camisa y lo condujo hasta la butaca... Esa butaca. Junto a la ventana abierta por donde se colaba la brisa del jardín. Una vez sentado, le quitó los zapatos, desatando lentamente los cordones y sacándoselos con el mismo cuidado que un dependiente de zapatería esmerado. Le dio un breve masaje en los pies y se levantó para dirigirse al mueble bar y servirle una copa: tres dedos de auténtico whisky escocés, solo. Dejó el vaso en su mano y un beso prolongado en su frente, junto al nacimiento del pelo.

Por último, se sentó en la butaca de enfrente, dispuesta a hablar por primera vez.

—Tienes mala cara. Seguro que no has probado bocado en todo el día. Diré que te traigan algo de cenar.

—No, no tengo hambre —atajó él antes de tomar un largo trago de whisky.

—El alcohol acabará por matarte.

Peter bebió de nuevo, desafiante.

—Una muerte dulce —concluyó según se incorporaba hacia Gerda para brindar al aire. Alargó entonces el brazo con la intención de meter la mano por el escote entreabierto de su quimono. Ella lo agarró de la muñeca para impedirlo.

—Ve con calma, *Kommissar* —le sonrió, echándole una bocanada de humo a la cara—. Yo no soy una de tus putas. Charlemos. Dame conversación. ¿Qué tal tu día?

—Una mierda, como todos —resolvió según se levantaba hacia el mueble bar para rellenar su vaso.

—No será para tanto. He visto que te han devuelto tu juguetito. —Miró hacia la pistolera—. Ya vuelves a ser un tipo peligroso.

Él la miró con dureza.

—¿Te estás burlando de mí?

—No soy tan estúpida —le respondió ella con indiferencia, aparentando estar más concentrada en el nuevo cigarrillo que encajaba en la boquilla.

Peter le dio fuego con el mechero que había sobre la mesa. A ella le gustaba que le prendieran los cigarrillos, siempre había tenido un miedo irracional a quemarse con el encendedor.

—¿Quieres que te cuente mi día?

Gerda no esperaba respuesta. Simplemente se arrancó con un relato doméstico, un tanto anodino, engalanado con anécdotas que ninguno de los dos reía. Una vez concluido, alzó las piernas por encima de los brazos del sillón. Entre el quimono abierto, asomó el vello oscuro y rizado de su pubis. La mujer lo sabía. Aspiró de la boquilla con teatralidad y echó la cabeza hacia atrás. Entonces se metió la mano por el escote, se recorrió lentamente el torso e, introduciendo los dedos en su propia vagina, comenzó a darse placer.

Peter la observaba, apurando su copa con avidez contenida, notando cada uno de sus músculos ponerse en tensión y su pene presionar contra la bragueta. El deseo le quemaba en las entrañas, el sudor le humedecía la piel. Sólo cuando Gerda exhaló el último grito de su orgasmo y levantó la cabeza para mirarle desafiante, con el cuerpo tenso y brillante y las piernas abiertas, Peter acometió contra ella, liberando toda su lujuria.

Subieron al dormitorio. En aquella ocasión no hubo látigos ni azotes. En aquella ocasión fue mucho más brutal. Peter aún notó durante un tiempo dolor en la garganta y cierta sensación de mareo. Gerda le había atado las manos al cabecero de la cama y le había enrollado un pañuelo de seda alrededor del cuello. Aquella mujer estaba desquiciada... Había ido apretando y apretando el pañuelo mientras se movía con su pene dentro como sólo ella sabía para llevarle al clímax. Entre las acometidas de Gerda, Peter había sentido la angustia de la asfixia, la falta de aire en los pulmones y la vista nublada. Señor... se creyó al borde de la muerte cuando, de pronto, alcanzó un orgasmo como nunca antes había experimentado. Todo su cuerpo se convulsionó con violencia, como si sufriera brutales descargas eléctricas, mientras gemía entre ahogos y estertores. Finalmente perdió el sentido durante unos instantes y lo recobró con un salpicón de agua en la cara, entre toses y bocanadas ansiosas de aire. Gerda, aún a horcajadas sobre él, le aflojaba el pañuelo con una sonrisa triunfal y le desataba las muñecas.

—Te has comportado como un auténtico potro salvaje. Nunca había montado nada igual —le había felicitado antes de desmontarle para irse al baño, ajena a los ecos de su agonía.

Su respiración había vuelto a normalizarse y, tumbado en la cama, escuchó correr el agua de la ducha. Gerda siempre se duchaba después del sexo.

Peter abrió el cajón de la mesilla de noche y sacó una Sauer 38H, una pistola ligera y pequeña, adecuada para las manos de una mujer. Comprobó que había balas en el cargador, tiró de la corredera para que quedara lista para disparar, puso el seguro y la dejó entre las sábanas mientras se encendía uno de los cigarrillos de Gerda. Él no era fumador habitual pero, en ese momento, aquella bocanada de humo le supo a gloria y le tonificó el cuerpo entero aún algo entumecido. Le gustaba ese dormitorio, pensó complacido. Era amplio y luminoso. La viuda había sustituido los pesados y oscuros muebles dieciochescos del conde por piezas de la Bauhaus de líneas simples y colores claros. Podría acostumbrarse a vivir allí, rodeado de semejante lujo, bebiendo a diario whisky escocés y fumando cigarrillos americanos, practicando aquel sexo desquiciado.

Gerda salió del baño desnuda por completo y se paseó por la habitación hasta los pies de la cama. Le gustaba exhibirse; a pesar de haber sobrepasado la cuarentena, conservaba un cuerpo firme y bien moldeado; aseguraba que la cocaína la mantenía esbelta. Con aire divertido, contempló a Peter, recostado sobre las almohadas y fumando plácidamente.

—¿Aún sigues aquí? ¿No has tenido suficiente? No querrás que nos acariciemos la espalda como dos amantes luteranos. Nosotros no somos así.

Peter esbozó una sonrisa ahumada y torcida. Aplastó el cigarrillo contra un cenicero, se incorporó hasta sentarse y, empuñando la pistola, apuntó hacia Gerda, justo entre sus pechos. Ella apenas se inmutó, tan sólo alzó su ceja derecha finamente depilada.

—Sé que les pasas información a los rusos —la sacó de dudas.

—Vaya. Vaya. ¿Y has esperado a follarme para decírmelo? Serás hijo de puta... —pronunció con una calma insólita, casi arrastrando las palabras.

La mujer hincó las rodillas sobre el colchón y avanzó erguida hacia Peter hasta colocar su pecho contra el cañón del arma, ejerciendo una presión descarada. Él quitó el seguro con un clic, sin vacilar.

—Vamos, dispara —ordenó entre dientes—. Dispara de una maldita vez porque no pienso acabar mis días en una de vuestras sucias prisiones. ¿O es que no tienes cojones, *Kommissar*? ¡Dispara!

Sus pechos se agitaron con el grito. Peter volvió a excitarse y se lanzó a morder uno de sus pezones. Gerda aulló de dolor y, llevada por la ira, soltó una bofetada contra el rostro surcado de cicatrices del agente. Peter sintió el estallido en la mejilla y en el oído; la sortija de brillantes de su amante le atravesó la piel. Se revolvió entonces como un perro rabioso: la alzó del cuello, la sacó en volandas de la cama, la aplastó contra la pared y le encañonó el arma en la sien.

—Ten mucho cuidado, Gerda —la amenazó, furioso, escupiendo las palabras a su cuello mientras notaba un hilo de sangre bajarle por la comisura de los labios—. No te conviene enfadarme. Ya veo que eres una chica lista y sabes que la muerte no es la peor de las opciones. Lo que olvidas es que sólo yo puedo librarte de nuestra sucia prisión y de un dolor tal que te hará desear no haber nacido. —Peter retiró el arma y, en tanto medía la fuerza con la que le apretaba el cuello, se acercó a lamerle el mentón para después susurrarle como si hiciera una declaración de amor—: ¿Por qué iba a dispararte cuando tengo tu destino en mis manos?

Por primera vez, ella se mostró amedrentada. Su respiración se había acelerado y el sudor brillaba en su frente. Le miró de reojo, sin comprender lo que insinuaba.

—Quiero que me pongas en contacto con tu enlace del NKVD —aclaró Peter al tiempo que aumentaba ligeramente la presión de los dedos en su garganta—. Quiero ofrecerme de informador.

Ella soltó una risa nerviosa.

—Eres un jodido lunático. ¿Por qué iba a hacer yo eso? ¿Por qué iban ellos a fiarse de un maldito Gestapo?

—Porque soy el único que puede salvar tu puta vida. Y la de otros diez agentes soviéticos que hay en una lista que guardo en el bolsillo de mi chaqueta y que estoy dispuesto a entregarte para que puedas ponerlos sobre aviso. Como un primer gesto de buena voluntad.

—¿Y cómo sé que no es una trampa?

El *Kommissar* sonrió con malicia.

—No puedes saberlo.

Una fuerte explosión agitó la lámpara de araña y la ensoñación de Peter. Frente a él volvió a perfilarse la butaca vacía, la tapicería sucia y hecha jirones. Gerda no estaba allí.

Se llevó de nuevo el vaso a los labios, pero ya no quedaba ni una gota. Lo lanzó contra el suelo y el cristal estalló en mil pedazos.

«Maldita sea, Gerda. Ese endemoniado carácter tuyo ha acabado por matarte.»

Mejor así. Ahora él tenía una misión, su último intento de conseguir el Medallón. Hubiera tenido que abandonar a Gerda y ella nunca se lo habría consentido.

Lástima por esa piel de porcelana, ahora rota por la culata de un fusil soviético.

¡Joder, qué susto me has dado!

Salí de casa de Anton aturdida, con la sensación de que ni mi cerebro ni mi ánimo podían asumir ya más noticias, más sorpresas.

La noche había llegado acompañada de una brisa fresca y húmeda que, según Irina, presagiaba un cambio de tiempo. Me arrebujé en mi abrigo ligero y emprendí el regreso al hotel caminando. Quizá el paseo despejara algo mi mente y aliviara esa sensación de ardor que se me había instalado entre los ojos. Las calles de la ciudad aún se mostraban animadas a esas horas: los comercios apuraban los últimos minutos antes del cierre, los restaurantes se preparaban para el turno de cenas y la gente empezaba a regresar a sus hogares tras una jornada más de trabajo. Yo andaba concentrada ya en el pavimento, ya en el tráfico, ya en los escaparates iluminados, ya en esas primeras hojas caídas que revoloteaban en remolinos.

No quería pensar en Alain, ni en Martin, ni siquiera en Peter Hanke o en Fiódor Voikov. Había dejado que una canción se colara en mi cabeza y la canturreaba mentalmente, repitiendo una y otra vez el estribillo como una oración que alejaba otros pensamientos. Aunque, en el fondo, temía llegar al hotel y enfrentarme a la habitación vacía, a la cena en solitario, a la perspectiva de una noche larga de insomnio dándoles vueltas a las cosas. No tenía hambre, como mucho pediría un sándwich. Y, después, me serviría una copa del minibar, bien cargada para que me diese sueño, y llamaría a Teo. Me desahogaría con él.

Iba tan absorta en lo mío que no empecé a sospechar hasta que salí de la bulliciosa avenida Nevski y me adentré en callejuelas más tranquilas y desiertas. Empezó como una sensación y me giré para comprobar si había alguien detrás de mí. Sólo vi a una mujer con bolsas de la compra que se metió en un portal. Tal vez me estaba volviendo paranoica. Seguramente que sí. Todo era culpa de Martin y de su secretismo, de sus advertencias veladas y esa obsesión suya por meterme miedo para poder controlarme. Maldita sea... Al final, todo eso había acabado por hacer mella en mí.

Me notaba tensa, así que respiré hondo para relajarme y continué con el paseo. Sin embargo, la sensación persistía. No importaba que me repitiese cuán absurdo era, lo cierto es que estaba segura de que me seguían. El paseo dejó de ser paseo y se convirtió en un caminar ligero, inquieto. Según atravesaba una calle completamente vacía, creí oír incluso el eco de unos pasos detrás de mí. El corazón empezó a latirme con fuerza. Me detuve y simulé consultar el móvil. Los pasos cesaron. De nuevo miré a mi espalda, pero en la calle sólo había sombras. Reanudé la marcha, cada vez con más premura, y decidí no esperar para llamar a Teo. Hablar con alguien me haría sentir más segura. El teléfono sonó varias veces, e ignorando mis ruegos, saltó el contestador. Colgué con una maldición. Aligeré un poco más. Ignoré los semáforos en rojo. Apenas me quedaban un par de manzanas para llegar al hotel, pero el trecho se me antojó interminable. Empecé a jadear y a sudar a causa del miedo y la carrera.

Al tiempo que divisaba el letrero del hotel, noté que los pasos tras de mí se aceleraban. Yo ya corría y, aun así, me estaba alcanzando. Miré por encima de mi hombro y vi una figura alta y fornida trotar hacia mí. La entrada del hotel estaba sólo a unos metros, había cierto barullo de viajeros alrededor. Tenía que llegar hasta allí y, sin embargo, parecía tan lejos... Justo cuando pensaba que me pondría a gritar si me tocaba un pelo, me adelantó corriendo y me dio un fuerte empujón con el hombro, haciéndome perder el equilibrio. Tropecé y estuve a punto de caer.

—¡Eh! —protesté.

El otro se giró sin dejar de caminar. Un gorro de lana le cubría la cabeza hasta las cejas y los cuellos levantados del abrigo le tapaban las mejillas. Sólo pude vislumbrar sus ojos pequeños a la luz de las farolas. Tuve la sensación de que aquel desconocido me sonreía de un modo siniestro antes de continuar su marcha. Con un hormigueo de pánico en el cuerpo, me quedé mirando cómo se alejaba hasta que desapareció al doblar una esquina.

En aquel instante noté que me tocaban por la espalda. Me aparté de un brinco, sobresaltada, y dejé escapar un grito.

—Ana...

—¡Alain! —exclamé al reconocerlo entre sorprendida, aliviada y cabreada—. ¡Joder, qué susto me has dado! —espeté en español. Con Alain hablaba en francés pero, cuando estaba enfadada y necesitaba soltar un taco, lo hacía siempre en español, seguramente el idioma con mayor riqueza en palabras malsonantes.

El otro me miró perplejo.

—Lo siento...

Con la respiración entrecortada y la frente cubierta de sudor, sólo deseaba sentarme allí mismo en el suelo o, al menos, doblarme como una alcayata hasta que se me pasase el sofoco. Sin embargo, la dignidad me obligó a permanecer de pie. Me limité a abrirme el abrigo, resoplar y abanicarme con la mano para refrescarme el cuello y la cara.

—¿Estás bien? —Se acercó un paso. Yo me alejé otro tanto, como un acto reflejo.

—Sí... Sí... Es que... he venido corriendo. ¿Qué haces aquí? ¿No se te ha ocurrido llamar antes de presentarte por las buenas?

La hostilidad de mi tono me sorprendió incluso a mí. Pero no era capaz de controlar mis emociones.

—Ya... Sí... Irina me dijo que te iba a avisar... Y, no sé, tampoco pensé que fuera a dejarte sin aliento —bromeó y frunció el ceño casi al tiempo—. ¿De verdad estás bien?

Asentí poco convencida y le observé durante un instante sin saber muy bien qué hacer a continuación.

—Tengo que entrar. —Señalé con la vista la puerta del hotel.

—Te acompaño —afirmó decidido.

Yo, en cambio, me quedé clavada en el sitio.

—Verás... No... no sé si es buen momento. No esperaba verte. Ahora. Esto es... No lo esperaba.

—Está bien, disculpa si no he pedido audiencia. —No ocultó que estaba molesto por mi actitud—. Pero, Ana, es importante que hablemos.

Abril de 1945

En Berlín, se conocía como U-Boats a los judíos que habían eludido la deportación viviendo en la clandestinidad. De los aproximadamente cinco mil que se calcula que hubo en la capital, entre mil cuatrocientos y mil setecientos lograron llegar con vida a mayo de 1945. Al contrario de lo que se puede pensar, los U-Boats no vivían escondidos en sótanos o áticos sin contacto con el mundo exterior; su estrategia de supervivencia se basaba en cambiar de ubicación muy a menudo y confundirse con el resto de la sociedad para pasar desapercibidos. En su empeño, resultó fundamental la complicidad de sus amigos y vecinos arios. No muchos se arriesgaron a ayudar activamente a los judíos de Berlín, en la mayoría de los casos más por una mezcla de miedo a las represalias, desconocimiento y negación de la terrible realidad del Holocausto que por antisemitismo. Como ha señalado un historiador, el alemán corriente «sabía lo suficiente como para saber que era mejor no saber nada».

La chica partió con cuidado el pan en trocitos y los untó con mermelada. Después se los fue pasando a Ramiro, uno a uno. De cuando en cuando, le daba un poco de agua para ayudarle a tragar. Así lo había estado alimentando. Como también lo había cuidado para que no se cayera del catre a causa de las convulsiones, le había lavado las heridas, le había secado el sudor de la frente, le había susurrado palabras de aliento y consuelo.

En los últimos días, el joven había ido recobrando poco a poco la consciencia. Los dolores habían remitido y, aunque todavía no podía moverse, se sentía con más fuerzas. No tardaría en estar del todo recuperado. Ya estaba familiarizado con esa vieja lesión que, en contra de lo que pudiera parecer, no tenía nada que ver con el obús soviético que tan cerca de él había impactado. Caso clínico. Neurosis. Parálisis histérica. Ésos eran algunos de los términos que habían empleado los muchos médicos que le habían examinado.

Sea como fuere, arrastraba tal problema desde que había resultado herido en el frente de Teruel, en marzo de 1937. Acababa de incorporarse a filas, nada más alcanzar la mayoría de edad. Pero su aventura bélica había durado poco: un mes, hasta que una explosión le hizo volar por los aires y le incrustó una lluvia de metralla en la espalda. El resto de la guerra se lo pasó de operación en operación y de hospital en hospital. En teoría, las lesiones ya estaban curadas pero, muy de cuando en cuando, se quedaba paralizado de cintura para abajo. Todo empezaba con un hormigueo en los pies, después venían los dolores, la fiebre y la debilidad muscular hasta el punto de que era incapaz de sostenerse en pie. Por más que le habían hecho pruebas y más pruebas, no encontraban un origen orgánico a su mal. Todo era nervioso, decían.

Siendo así, tenía sentido que la tensión, el miedo y la angustia de verse de nuevo en primera línea de batalla le hubieran provocado aquella crisis. Había tenido suerte de que ella hubiera estado allí y de que no se hubiera separado de su lado.

Se llamaba Ilse. Ilse Berlak, y era judía.

En los últimos días, habían tenido ocasión de conocerse el uno al otro. De mantener largas conversaciones en aquellas jornadas interminables en las que no se distinguía el día de la noche ni el paso de las horas mientras fuera se desarrollaba el infierno de la batalla y, dentro, aquel grupo de extraños vecinos intentaba mantener la cordura apretujados en un ambiente oscuro y claustrofóbico. Sin embargo, ellos dos parecían estar solos en el mundo, los ojos puestos el uno en el otro.

La primera vez que Ramiro, fuera de la nebulosa de sus delirios, consiguió fijar la imagen de Ilse en su retina, pensó que bien podría tratarse de un ángel. Sus cabellos ensortijados eran del color del trigo, sus ojos pequeños pero vivarachos poseían un azul intenso y se enmarcaban en un rostro de hermosas proporciones, algo anguloso por la falta de alimento pero, aun así, bello y expresivo. Hablaba con dulzura, en un susurro, y, con cada palabra, sus labios carnosos y agrietados se estiraban y fruncían con delicadeza, dejando entrever una dentadura perfecta.

Su padre había sido dentista. Antes de que le prohibieran ejercer su profesión y lo deportaran después a un campo de concentración. A él, a su madre y a su hermana los habían metido en la trasera de un camión un día de mayo de 1942. Ilse no había vuelto a saber de ellos; sólo horribles rumores que se negaba a creer porque ella vivía en una sociedad civilizada y moderna en la que no se trataba así a los seres humanos. A Ilse la había salvado una vecina; el día que la Gestapo detenía a su familia, frau Krammer la interceptó en las escaleras que subían a su piso y la escondió en su casa. Después, con un golpe de suerte, pasó a la clandestinidad. Sucedió cuando el cartero le llevó una carta del Reichsarbeitsdienst, el servicio de empleo; la misma frau Krammer le dijo al de correos que fräulein Berlak había sido deportada. «Trasladada a una dirección desconocida en el este», anotó el hombre, empleando el sutil eufemismo. A partir de entonces, su nombre desapareció de los registros y se convirtió en lo que se conocía como U-Boat, submarino; un ser invisible, oculto en las profundidades de una sociedad en manos de los nazis.

Lo primero que hizo fue descoser su estrella de la ropa y recurrir a sus amigos arios. Sin ellos, no hubiera podido sobrevivir. La clave residía en no permanecer mucho tiempo en el mismo sitio, en carecer de rutinas, pues de lo contrario el riesgo de ser descubierta se multiplicaba. Miembros del partido nazi, in-

223

formantes de la Gestapo, judíos traidores o cualquier individuo con una cuenta pendiente podían delatar a un U-Boat. También había buenas personas dispuestas a ayudar. Como frau Krammer o la familia de su mejor amiga de la escuela, con quienes estuvo alojada unos meses; lo justo para no ponerse en peligro a ella misma ni a sus benefactores.

Después conoció a Simon, también judío, que vivía en la clandestinidad y formaba parte de una organización de resistencia comunista. Se enamoraron y se fue con él a un piso franco, hasta que un día la Gestapo hizo una redada en el edificio. Simon fue detenido; ella volvió a librarse porque no estaba en la casa en ese momento. Para entonces Ilse ya había aprendido a vivir en una constante huida, siempre mirando por encima del hombro, a mentir, a robar, a mostrar a todas horas un aspecto impecable, como si se tratara de una joven aria de clase acomodada, aunque tuviera que peinarse y maquillarse en un baño público.

Pero a medida que pasaba el tiempo, sus recursos se acababan y, desde principios de año, se había visto viviendo en la calle: durmiendo en parques y estaciones de metro, incluso en el cementerio judío de Weissensee, donde el rabino hacía la vista gorda. Desde marzo, cuando se intensificaron los bombardeos y ya no había ganas ni medios de perseguir a los judíos, aquel sótano en el que se encontraban ahora se había convertido en su hogar.

Un día que había corrido el rumor de que las autoridades estaban repartiendo comida un par de calles más abajo, la joven se había aventurado bajo las bombas para aprovisionarse. Fue entonces cuando se topó con Ramiro, herido e inconsciente entre los escombros.

—Pero yo luchaba con los nazis y aun así me salvaste. ¿Por qué?

Cuando Ramiro le hizo aquella pregunta, Ilse se limitó a encogerse de hombros y responder:

—Porque si no, habrías muerto.

Ilse era una mujer, apenas una chiquilla, extraordinaria. No sería un ángel, pero desde luego que para Ramiro había supuesto un regalo del Cielo. En cuanto se pusiese bien, él la protegería a ella, cuidaría de ella, la ayudaría a buscar a su familia, la compensaría por todos aquellos años de sufrimiento injustificado e inmerecido, la haría la mujer más feliz del mundo.

Ya lo tenía todo pensado. Primero abandonarían aquel sótano, Ilse ya llevaba demasiado tiempo viviendo a escondidas, e irían al anticuario de la Friedrich-Karl-Platz, a la casa de Cornelius Althann. Rogaba por que aún siguiera en pie y pudieran alojarse en ella hasta que diera con la forma de salir de la ciudad. Quizá Cornelius regresase de su cautiverio ahora que sus captores habían caído. Él podría ayudarlos. Después, por fin, regresaría a España y se llevaría a Ilse con él, incluso a su familia cuando la encontrasen. A ella le entusiasmaba la idea.

—¿Cómo es que, viviendo en un país tan hermoso y lleno de sol, quisiste mudarte a Berlín?

Ojalá pudiera explicarle el verdadero motivo. Ojalá pudiera hablarle de ello. Quizá algún día le hablaría del Medallón.

Ilse le tendió el último trocito de pan, un pan seco y duro que sabía a polvo. La mermelada no estaba mal, apenas se notaba el sabor de la fruta pero era dulce. La chica la había conseguido después de que una bomba cayese sobre un almacén de ultramarinos. El contenido de la bodega quedó a la vista y al alcance de la muchedumbre hambrienta, que tardó menos de veinte minutos en vaciarlo. Suerte que pasaba por allí. El pan se lo había dado a cambio de una lata de guisantes una mujer que estaba instalada con su marido lisiado y su hija embarazada en el banco junto a la entrada del sótano. El trueque se había vuelto habitual en aquel pequeño grupo de convivientes accidentales que se ayudaban unos a otros para ir tirando.

—¿Quieres que pida la baraja y jugamos a las cartas? —le propuso Ilse.

A Ramiro le pareció una idea estupenda. También invitaron a unirse a la partida al joven Bruno, que se entretenía trenzando hebras de lana a la débil luz de las velas, y así ya sumaban tres para jugar al *Skat*.

Sin embargo, no les duró mucho la diversión. Llevaban mediada la primera mano cuando escucharon los golpes en la puerta, que no tardó en ceder. Las velas se apagaron con la corriente y dos haces de luz barrieron el lugar, de pronto congelado; nadie pronunciaba una palabra, nadie se movía. Aterrorizados y encogidos sobre sí mismos, los habitantes de aquel sótano vieron por primera vez un soldado ruso, dos, en realidad, con sus uniformes verde oliva cubiertos de polvo.

—*Tag, Russki!* —saludó uno de ellos con el rostro congestionado. Parecía ir bebido.

Se adentraron en el lugar, sorteando los bultos inmóviles a causa del miedo.

—¿Reloj? ¿Reloj? —Se señalaba el otro su muñeca y buscaba tirando de las de la gente.

Iban iluminando uno a uno los rostros de los congregados, que se crispaban bajo la luz de las linternas. Llegaron hasta el joven Bruno; catorce años, más de un metro ochenta de altura flaca y desgarbada y el cabello rubísimo. Le apuntaron con el fusil al pecho.

—¿SS? ¡SS!

—¡No! ¡No!

La madre del chaval, Ramiro, Ilse y otros tantos cobraron vida como accionados por un resorte y se afanaron en explicar a aquel hombre, aun por gestos, que Bruno no era un soldado de las SS sino tan sólo un niño alto. Mas no fueron aquellos esfuerzos los que desviaron su atención del muchacho, sino la propia Ilse. El ruso le iluminó el rostro y sonrió, mostrando una hilera de dientes amarillentos, uno de ellos de oro. Le acarició el cabello con su mano grande y llena de callos y heridas, en tanto la miraba como si nunca hubiera visto una mujer igual. Entonces Ramiro comprendió.

—¡Déjala! ¡Déjala en paz! —le ordenó, revolviéndose en el catre, desde la impotencia de su parálisis.

El soldado le ignoró. Se regodeaba con su compañero en la contemplación de la chica, los ojos inyectados de deseo.

—¡Es judía! ¡Es judía! —gritó alguien—. *Yevreyki!*

Ellos respondieron con risotadas.

—¡Mujer es mujer! —concluyó al tiempo que la agarraba del brazo y tiraba de ella hacia la salida.

Ilse empezó a gritar mientras trataba de zafarse, pero los soldados eran dos y mucho más fuertes, la doblegaban sin problemas. Ramiro se sintió explotar de ira.

—¡No! ¡Soltadla! ¡Dejadla en paz! ¡No!

Se tiró sin pensarlo del catre pero, nada más tocar el suelo, las piernas le fallaron y cayó. Se arrastró entonces para darles alcance, dispuesto a lo que fuera para liberar a Ilse mientras se desgañitaba sacando su furia y su frustración, consciente de lo inútil de sus esfuerzos pero incapaz de permanecer impasible.

De pronto, sobre el estruendo desesperado de los aullidos de ambos jóvenes, se alzó un grito de autoridad que paralizó la escena:

—*Stoi!*

Todos se volvieron hacia la puerta, donde un tercer militar ruso apuntaba con una pistola al techo, listo para hacer fuego si era necesario.

La arrogancia de los otros dos se desvaneció de pronto. El recién llegado, que parecía sin duda un oficial, enfundó el arma y se dirigió a sus subordinados con una parrafada en ruso y tono de enérgica reprimenda. Los mandó de vuelta a la calle y sólo le faltó patearles el trasero, tal indignación mostraba.

Se hizo un silencio repentino. El oficial, plantado en mitad del sótano, se convirtió en objeto de las miradas curiosas y de asombro de la gente, y por toda explicación al incidente apenas echó un vistazo impasible hacia Ilse, quien, replegada en una esquina, con la mirada acuosa a través del cabello revuelto, se cerraba la chaqueta con pudor. Después, se giró hacia Ramiro, tirado en el suelo, jadeante por la salida de la tensión y el esfuerzo.

Fue entonces, en el preciso momento en que sus miradas se encontraron brevemente, cuando éste se dio cuenta de que el oficial era una mujer.

—Mamá está muerta.

Eric miró a Seb. El niño empujaba sobre el colchón un cochecito de juguete que su padre le había construido con una lata de arenques. Aquella frase tan trágica no parecía haber salido de una boca tan pequeña.

—Lo sé —admitió Eric, sin saber muy bien qué más añadir.

En los bajos del hospital, se había instalado desde el amanecer una calma inusitada. Uno de los enfermeros se había encaramado al ventanuco y, a través de una rendija entre los tablones que lo tapaban, había dado cuenta de un exterior aún cubierto de humo pero desierto. Los disparos de la artillería soviética se oían lejos ahora, más allá del canal Landwehr.

Seb no había vuelto a tener fiebre en dos días. Su infección parecía haber remitido y estaba mucho más espabilado, con ganas de saltar de la cama y jugar por la sala.

—El anciano herr Shirer también murió —añadió el pequeño—. Yo lo vi tirado en el suelo después de las bombas. Era bueno. Siempre llevaba caramelos en el bolsillo. Y me daba. Uno cada vez para que no se me estropearan los dientes. Mamá me dijo que ya no lo vería más y que no volvería a darme caramelos. Eso es morir, ¿verdad? Ya no vuelves a ver a la gente. Como el gato de frau Hesler. Lo atropelló un tranvía y ya no lo volvimos a ver. Aunque era un gato, no gente. ¿Tu madre también murió?

—Sí.

—¿Y tu padre?

—No lo sé. Hace mucho que no lo veo.

Seb se encogió de hombros, frunció los labios y arrugó la nariz pecosa en un gesto muy suyo.

—No debes ponerte triste, papá. Todavía me tienes a mí. Y yo te tengo a ti. Tú no te morirás.

Eric sonrió con la emoción apretándole la garganta al tiempo que negaba con la cabeza. Después, le plantó un beso a su hijo en la frente, en medio de aquel flequillo rebelde que se empeñaba en caerle sobre los ojos, rasgados y grises como los de su padre. De su madre había heredado el cabello rubio y el rostro redondo.

—¿Crees que podríamos ir a buscar a tu padre? Estaría bien tener un *agüelo*. A lo mejor también tiene caramelos en el bolsillo como herr Shirer.

Ir a buscar a su padre... ¿Qué habría sido de Cornelius Althann? ¿Seguiría vivo?

Lo había visto por última vez a finales de 1940, cuando lo visitó precisamente con la mala noticia del fallecimiento de su madre. Desde entonces, Eric no había vuelto a saber de él más que por una escasa correspondencia que se había interrumpido hacía ya tanto tiempo que ni recordaba cuándo. El viejo ni siquiera estaba al corriente de que su hijo se hubiera casado y le hubiera dado un nieto.

Eric había estado muy ocupado, volcado en su profesión. Vivían tiempos difíciles. La guerra. Podía poner múltiples excusas. La ciencia era una de ellas, siempre lo había sido. Ya cuando era un estudiante en la Universidad de Berlín y nunca encontraba un momento para ir a visitar a Cornelius, que apenas vivía a unas cuantas calles del campus.

Eric era ingeniero. Su pasión era la aeronáutica, los viajes al espacio. Recordaba con nostalgia aquella etapa de universitario y los años que fue miembro de la Verein für Raumschiffahrt, la Sociedad de Viajes Espaciales. Por entonces disfrutaba de aquella pasión compartida con otros soñadores como él de salir de los confines de la Tierra y explorar el universo. Fue una época de locuras que parecían realizables, de diseños, de inventos, de primeras pruebas con cohetes de verdad... Allí conoció a Wernher von Braun y llegaron a trabar amistad. Luego sería su colega ingeniero quien le reclutaría para Peenemünde. Quizá fuera aquél el mejor momento de su vida. Sin duda, lo fue.

Sin embargo, todo se enrareció cuando el ejército puso sus ojos en el proyecto de la Sociedad y les ofreció un contrato para trabajar para ellos. Unos eran partidarios de aceptarlo, Von

Braun entre ellos; otros, no. Finalmente, las disensiones internas acabaron por romperla. Luego, los nazis prohibieron las agrupaciones privadas que experimentaban con cohetes.

Fue una suerte que el profesor Kardashiev, físico de la Universidad de Leningrado al que había conocido en Gotinga durante unos cursos de verano, le propusiese pedir una beca para el doctorado y se ofreciese a dirigir su tesis. Estuvo bien salir un tiempo de Alemania, donde el ambiente universitario estaba enrarecido a causa de la política. Y no es que tuviera previsto quedarse para siempre en la Unión Soviética pero, en 1936, le ofrecieron un trabajo en el Instituto de Investigación de Propulsión a Chorro, el RNII, en Moscú. Le asignaron al departamento de motores para cohetes y trabajó con los investigadores sobre cohetería más importantes de la Unión Soviética. También disfrutó mucho de esa etapa, completamente entregado a su pasión en un entorno propicio a la investigación, la experimentación y el desarrollo de prototipos, junto con colegas tan enamorados de lo que hacían como él.

No pisó Alemania en cuatro años. Mientras estuvo en Rusia, apenas escribió a sus padres más que las preceptivas tarjetas por Navidad, en las que se limitaba a firmar bajo una felicitación estándar ya impresa. Y eso que a Eric nunca le habían gustado aquellas fiestas que ponían de manifiesto todas sus carencias.

La ciencia era una excusa. También un refugio donde era feliz, donde se sentía considerado y comprendido. No podía decir lo mismo de su familia.

Su familia había sido una familia extraña. Disfuncional y desunida. Sus padres se separaron cuando Eric tenía más o menos la edad de Seb. No habían llegado a casarse, en realidad. La pareja convivió un tiempo, en relativa armonía, hasta que Hannah se marchó de casa, llevándose a Eric consigo. Madre e hijo se instalaron en Dresde.

Eric nunca supo las razones de aquella desavenencia. Lo único que él percibió fue que sus padres eran diferentes a otros padres, raros.

Hannah se pasaba el día deprimida, inflada a pastillas que la mantenían en una nube de la que sólo bajaba para ensayar escaletas de voz frente al espejo con los cabellos cardados, la cara cubierta de maquillaje y unos vestidos pomposos, impropios para hacer bizcochos, jugar en el jardín o dar abrazos. Había sido soprano, de cierto renombre, y Eric siempre tuvo la sensación de que le culpaba a él de su carrera truncada; a su nacimiento, al menos.

En cuanto a Cornelius, se trataba éste de un hombre estrafalario, entregado a su tienda de cosas viejas, a sus viajes que lo mantenían ausente largas temporadas, a sus lecturas esotéricas... Siendo un adolescente, su padre incluso le hacía sentir vergüenza ajena con sus rizos canosos alborotados, sus extravagantes pajaritas y esos gabanes de adivino de feria que vestía y que, como era de corta estatura, a menudo le arrastraban. Visitarle suponía para el joven más una obligación que una devoción.

Sin duda, hubo una época en la que se sintió traicionado por ambos; en el mundo de aquellos seres brillantes, no había espacio para él. Ni para nadie. A tal conclusión llegó Eric cuando su madre volvió a emparejarse, con un buen hombre; a Eric siempre le cayó bien, y, sin embargo, aquella unión tampoco funcionó. En tal fracaso Eric vio la prueba de que sus padres sólo se toleraban a ellos mismos, se amaban a ellos mismos por encima de todas las cosas; y eso era lo que les reprochaba.

Aunque, con el paso de los años... Las cosas se ven de otra manera cuando uno ha dejado de ser un adolescente inseguro, ensimismado y rencoroso. Quizá la muerte de su madre supuso un punto de inflexión: el darse cuenta de que todos los problemas del pasado perdían de pronto relevancia cuando ya era demasiado tarde para enmendarlos. A raíz de aquello, intentó mejorar la relación con Cornelius. Pero entonces llegó la guerra. Y la ciencia una vez más. De nuevo las excusas, los refugios.

Cuatro años habían transcurrido sin saber apenas de su padre, sin hacer nada por saber de su padre. ¿Acaso llevaría él el desapego en los genes? ¿Acaso él se había convertido en un ser brillante sin espacio en su mundo para nada más que para la ciencia? ¿Y si Ursula había tenido razón?

Sólo de pensarlo se le encogía el ánimo. El mayor miedo de Eric era no tener una buena relación son Seb, como él no la tuvo con su propio padre. Temía que su hijo no contara con una familia de verdad como él tampoco contó con ella. ¿Y si estaba cometiendo los mismos errores que sus padres? ¿Estaría aún a tiempo de remediarlo?

Eric estrechó al pequeño y volvió a besarle.

—Sí, sí creo que podemos buscar a mi padre. De hecho, me parece una excelente idea —concluyó, pensando que ojalá siguiese en pie la casa del anticuario de la Friedrich-Karl-Platz.

Ya no jugamos en el mismo equipo

Finalmente, ablandé mi disposición. Tras pasar a la recepción del hotel, donde recuperé el tono después de un rato sentada y un poco de agua, me sugirió ir a cenar juntos. Mi primer instinto fue rechazar la invitación: no tenía ni hambre ni ganas de cenar con él. Pero mi lado sensato se impuso. No me quedaba más remedio que afrontar aquella situación con serenidad y madurez.

Alain escogió un restaurante cercano. Un local moderno, de cocina internacional, es decir, lo mismo un bol de ramen que una pizza, que se había puesto de moda entre los treintañeros de San Petersburgo. Se ubicaba en lo alto de un edificio y, con toda una pared acristalada, ofrecía unas impresionantes vistas sobre la catedral de San Isaac. La clientela era variopinta: turistas, sobre todo orientales, mujeres espectaculares acompañadas de hombres ostentosos que podrían ser sus padres pero obviamente no lo eran, grupos de chicas dispuestas a divertirse, alguna pareja... La música, una lista de grandes éxitos del momento desde Ed Sheeran a Bad Bunny, sonaba demasiado alto. Ay, si Lenin levantase la cabeza...

Nada más llegar, me quité toda la ropa que no era imprescindible. Tenía un calor impropio. Después pedí un Martini con vodka, algo también impropio en mí, que nunca empezaba las comidas con alcohol de alta graduación. Bebí casi de un trago la mitad de la copa como si fuera agua, bajo la mirada atónita de Alain. Enseguida me encontré un poco más centrada.

Allí estábamos, después de tanto tiempo. Ambos compartiendo mesa con el ademán de dos desconocidos. Y, sin embargo, era él, el mismo hombre del que me enamorara hacía ya una eternidad.

Todavía me costaba creer que estuviera sentado frente a mí, con sus vaqueros desgastados, su camisa arrugada bajo la que asomaba el escarabajo egipcio de la suerte que nunca se quitaba del cuello, las botas de cuero arañadas y esa cazadora de piloto, una auténtica Irvin Jacket de la época de la guerra, que había adquirido en una subasta en Inglaterra y que tanto le gustaba. Se había cortado el pelo, que parecía más claro por las sienes. Quizá fueran canas, pues también me pareció que tenía algunas arrugas más alrededor de aquellos ojos del color del bosque en los que tantas veces me había perdido. Y no se había afeitado desde haría tres o cuatro días porque, si lo hacía a diario, se le irritaba la piel.

Aparté de él la mirada, incómoda, y solté una risita desganada.

—Señor... qué raro es esto. ¿Cuánto ha pasado desde la última vez que hablamos? Ha hecho un año ya, ¿verdad?

—Un año y dos meses.

—Y míranos. —Bebí de nuevo—. De pronto, cenando como si nada, en la otra punta del globo. Y yo que creí que te ibas a Estados Unidos a llevar la vida sedentaria y rutinaria de un catedrático...

—Y yo que creí que tú detestabas la investigación. Parece ser que lo que detestabas era investigar conmigo.

Suspiré desalentada y apuré la copa antes de dejar las cosas claras:

—No vamos a hacer de esto una réplica de aquellas cenas llenas de reproches, de «y tú más», «y tú peor» con las que acabó nuestro matrimonio, dime que no. No quiero volver a eso, no puedo...

—Claro. ¿Qué sentido tiene hablar sobre nosotros? Estamos aquí para hablar de trabajo.

En aquel momento irrumpió una camarera con un alegre: «¿Habéis decidido ya, chicos?», en inglés. Las cartas seguían sobre la mesa, sin leer.

—No. Si nos dejas un...

—Yo sí —interrumpí a Alain—. Quiero una ensalada. —Abrí la carta y señalé una cualquiera—: Ésta. Y otro Martini, por favor. Con vodka.

Ante mi repentina decisión, Alain se vio obligado a elegir. No presté atención a lo que escogió hasta que se dirigió a mí.

—Me imagino que tú no querrás vino —intuyó, mirando la copa vacía y pensando en la que venía en camino.

—Sí, ¿por qué no? Si a ti te apetece, te acompaño.

—¿Alguna preferencia?

—No, escoge tú.

Una vez que Alain hubo pedido una botella de tinto, la pizpireta camarera volvió a dejarnos con nuestra tensa conversación.

—Sí que me marché a Estados Unidos para convertirme en un sedentario profesor. —A tenor de su gesto parecía querer bromear, pero con desgana—. Eso fue hace más de un año. Luego, las cosas cambiaron. Sigo siendo profesor, también. El programa sobre expolio nazi está ya en marcha. Pero, además, surgió este asunto... El asunto del... Medallón —susurró esta última palabra, como si sólo de pronunciarla se fuera a convertir en piedra.

Se detuvo y me miró: era mi turno de hablar. Aquello se me antojó un juego de astucia en el que el vencedor sería el que lograse obtener más información del otro a cambio de cuanto menos mejor. No me veía con ánimo de aquello.

Por suerte, me trajeron el segundo Martini y, tras darle un buen sorbo, me sentí dispuesta a dejarme de rodeos.

—Sabes que esta conversación no va a llegar muy lejos, que éste no es un tema del que podamos hablar libremente. Ya no jugamos en el mismo equipo, Alain.

—Pero yo no quiero competir contigo. He pensado... Tal vez... Podríamos colaborar.

Iba a sacarle de su error. Desconocía sus circunstancias pero, en mi caso, desde luego que no podía decidir por mi cuenta colaborar; había firmado un acuerdo de confidencialidad y tampoco me parecía ético dar información que no era estrictamente mía. Además, Martin se negaría en redondo a colaborar con Alain. Eso sin contar con que yo no acabase por dejar aquella dichosa investigación que no hacía más que traerme problemas personales.

Sin embargo, él se me adelantó como si me hubiera leído el pensamiento.

—Piénsalo bien, Ana. En realidad, no estamos traicionando a nadie. Ambos hemos llegado al mismo punto: Fiódor Voikov. Yo no tengo ningún problema en contarte cómo.

—Claro, a cambio de que te cuente cómo he llegado yo. No puedo hacerlo, Alain. No está en mis manos tomar la decisión de hacerlo.

—No hace falta que me cuentes nada si no quieres, joder —se impacientó—. Ya te lo he dicho: no quiero competir contigo. Demonios, ni siquiera esto es una competición para mí. Intuyo para quién trabajas, ya sabes que nunca me han gustado esos tipos. No me gusta la gente que sólo sabe actuar en la sombra. Pero eso es asunto tuyo. Yo, por mi parte, no tengo nada que ocultar. A mí sólo me interesa el arte.

—No me vengas con lecciones de moral. Ya estoy harta de ese rollo tuyo de don perfecto —le advertí, apurando después la copa de un trago, cansada de que siempre acabásemos igual. Yo la que, sin excepción, estaba equivoca. Él, por encima del bien y del mal, condescendiente y paternalista.

Aquella camarera, que con su jovialidad impertinente era como una pausa para publicidad en mitad de una película de terror, dejó los platos en la mesa y se empeñó en recordarnos lo que habíamos pedido como si no lo supiéramos. Luego, cual sumiller de un restaurante de estrellas Michelin, abrió el vino con gran ceremonia y nos preguntó quién iba a probarlo. Alain se ofreció ante la perspectiva inminente de que yo soltase una inconveniencia; ella recibió complacida la aprobación a su botella de veinte euros como si se tratase de un Grand Cru Classé, sirvió nuestras copas y después de un «¿Está todo bien, chicos?», se largó por fin.

Con todo, lo cierto es que a mí me dio tiempo a reflexionar y bajar los humos.

—Lo siento. No he debido atacarte. Retiro lo dicho.

Alain asintió en silencio. Después, empezó a comer con la vista fija en el plato. Se le habían quitado las ganas de seguir hablando. Lo sabía. Siempre callaba y comía compulsivamente cuando estaba disgustado.

Miré las copas frente a nosotros. En los buenos tiempos, no dejábamos de brindar antes del primer sorbo. Ninguno hizo entonces el ademán. Cogí la copa y bebí. Mis ideas se aclaraban, podía atar algunos cabos sueltos, uno al menos.

¡Qué idiota había sido! Debería haberlo intuido enseguida. Martin sabía que Alain también estaba tras el Medallón. Por eso la estúpida revista. Y ni se había molestado en mencionármelo. ¿Cuántas cosas sabría Martin que no me mencionaba? El muy capullo... ¡Al cuerno la confidencialidad, la lealtad y todas esas mandangas!

Rellené mi copa. La de Alain seguía intacta.

—Martin Lohse me pidió ayuda. —Bebí—. Si era eso lo que intuías, has acertado.

Alain levantó la cabeza y volvió a asentir sin pronunciar palabra, quizá porque tenía la boca llena. Soltó los cubiertos y se dispuso a escucharme atentamente.

—Me pidió que le ayudara con los archivos. —Me encogí de hombros como si no estuviera diciendo más que una obviedad—. Después de *El Astrólogo*... Ya sabes... Piensan que esto se me da bien. Y siempre han creído que hay una conexión entre *El Astrólogo* y el Medallón. Georg von Bergheim lo descubrió. Cuando estaba buscando *El Astrólogo*, un oficial de las SS le pidió interrogar a Alfred Bauer. Le dijo que estaba comisionado por la SD-Inland para buscar el Medallón. Al final, eso ha resultado no ser cierto. El tipo era en realidad un agente de la Gestapo que seguramente actuaba por su cuenta. Pero él nos ha llevado hasta Voikov.

Fin. Me recliné en el respaldo de la silla. El rostro de Alain se mostraba más relajado. Quizá el mío también. Me sentía de pronto cansada pero menos tensa; aliviada, incluso. Jugueteé con la copa vacía entre las manos; esperaría un poco antes de volver a servirme.

—En mi caso —comenzó a sincerarse Alain—, se trata de un encargo de Salomon Kahn.

¿Salomon Kahn? Ya... Ahora empezaba a entender otras cosas.

—Él es uno de los principales benefactores de Harvard. De hecho, fue quien impulsó el programa de expolio nazi y quien lo financia en buena parte. También es masón, de la Gran Logia de Connecticut. Cuando Bonatti fue asesinado, cuando poco después devolvieron misteriosamente las cartas de Niccolò de Niccoli a la Biblioteca Laurenciana y todas las alarmas saltaron en el mundillo del arte, me encargó investigar el asunto. El Medallón de Fuego es una especie de obsesión familiar para los Kahn, masones desde hace generaciones. Todo empezó con el abuelo de Salomon, Ezra Kahn, un judío de Silesia que, con sólo quince años, emigró a Estados Unidos en 1864 y empezó trabajando de estibador en los muelles de Brooklyn para acabar siendo el dueño de una de las compañías navieras de mercancías más grandes del país. El típico ejemplo del sueño americano. La cuestión es que el viejo Kahn ya intentó hacerse con Medallón. La historia se remonta a 1922, cuando conoció a un hombre extraño: Sergei Trufanov, también conocido como el monje Iliodor. Todo un personaje. Iliodor fue una de las figuras más rebeldes, contestatarias e intrigantes de la corte imperial rusa. No tuvo la relevancia de Rasputín, pero contó con un buen número de seguidores de sus sermones, incendiarios para la época. Al principio, el mismo Rasputín fue su valedor, aunque finalmente acabaron enfrentados, enemigos acérrimos, hasta el punto de que Iliodor intentó asesinarlo en 1914, después de haber orquestado una campaña de desprestigio contra él y la zarina. Los libros de historia dicen que fue la envidia lo que alimentó esa enemistad. Sin embargo, el propio Iliodor ofrecía otra versión. Al parecer, cuando aún se llevaban bien, Rasputín le contó un relato sorprendente durante una noche de borrachera en la que se le soltó la lengua. Y es que el monje loco llevaba años tras la pista de una poderosa reliquia. Te puedes imaginar cuál. El caso es que sus pesquisas habían culminado en un viaje que hizo a Tierra Santa en 1911. Allí encontró la última pieza que le señaló el paradero del Medallón de Fuego. Éste no era otro que San Petersburgo, donde vivía la familia que lo custodiaba desde hacía siglos, alemanes del Báltico.

—La familia de Fiódor Voikov. Voiken antes de que rusificaran el apellido.

—Exacto. Total, que Rasputín, con su habilidad para la intriga y esos supuestos encantos que le encontraban las damas, empezó a camelarse a una mujer: Maria Radzinski, de soltera Voikova y tía de Fiódor, para más señas.

—Y ella cayó en la trampa.

—De lleno. Y así es como, en resumidas cuentas, Rasputín se hizo con el Medallón de Fuego. Según Iliodor, un hombre tan peligroso como el monje loco no podía poseer una reliquia tan poderosa. Por eso intentó asesinarlo y arrebatárselo.

—Como el príncipe Yusúpov y otros masones rusos.

—Como ellos. Para entonces, los rumores sobre el Medallón de Fuego ya se habían extendido por toda la corte. El caso es que, cuando Rasputín se lo entrega a la zarina para quitarlo del alcance de quienes lo rapiñaban, se produce un giro en los acontecimientos que hace que el Medallón acabe en manos de los bolcheviques, ajenos a toda esta intriga de zares, nobles y monjes, propia del antiguo régimen. Así, la historia del Medallón volvía a convertirse en leyenda y a quedar en la sombra. Sin embargo, Iliodor le seguía la pista. Es más, después de haber pasado varios años fuera de Rusia, de donde había tenido que exiliarse para huir de la justicia por el atentado contra Rasputín, regresó en 1922 dispuesto a dar con la reliquia. Y dio con ella: en la colección de joyas imperiales, entonces en manos de los soviéticos.

—Pero ¿por qué le confiaría a Ezra Kahn esta historia?

—Porque necesitaba a alguien influyente y con dinero. Y porque quería evitar que Yusúpov y los nobles masones rusos se le adelantaran en la carrera por hacerse con la gema. Iliodor le proponía a Kahn una asociación para proteger el Medallón como habían hecho los Voikov. Aunque lo más probable es que tal sociedad hubiera acabado con uno de los socios al fondo del río Hudson. Ezra Kahn era un hombre muy ambicioso, acostumbrado a ser el gallo del corral. Además, se dice que tenía conexiones con la mafia.

—Entonces, por suerte para Iliodor, no se hicieron con el Medallón.

—No. Aunque estuvieron cerca. Kahn adquirió en 1924 una copia de la primera edición del catálogo de joyas de los Románov. Quiso pujar por el Medallón, pero le respondieron que había habido un error en el catálogo que lo invalidaba y que no se admitían pujas. Después, en la edición de 1925, el Medallón había desaparecido.

—Entonces... ¿hay una copia del catálogo de 1924? —inquirí asombrada.

—Sí. La tiene Salomon Kahn, guardada, como el tesoro que es, bajo siete llaves. Yo la he visto. El Medallón se aprecia claramente en una de las fotografías.

—Vaya... Así que es real...

Él asintió con una sonrisa.

—Se te ha puesto la piel de gallina —observó.

—Sí —admití casi avergonzada, retirando los brazos delatores de su vista.

A Alain siempre le había hecho gracia aquella idiosincrasia mía de que se me pusiera la piel de gallina cada dos por tres. «*Ma petite poulette*», «mi gallinita», me llamaba con cariño, y me frotaba los brazos hasta que volvían a ponerse suaves. Ahora, sus manos reposaban sobre la mesa, prácticamente inmóviles salvo por un ligero tamborileo de los dedos.

—Martin Lohse es un tipo listo —sentenció de pronto—. Sabe muy bien lo que se hace al contar contigo para este asunto. No conozco a nadie que se apasione como tú te apasionas; me juego el cuello a que él tampoco. Es alucinante cómo vives las historias, cómo las haces tuyas. Y eso te convierte en única para investigar.

Las palabras de Alain, su gesto amable, su tono cálido que tantos buenos recuerdos me traía... Me emocioné y me sentí incómoda a la vez, al borde del llanto quizá porque entonces el alcohol ya hacía mella en mí. Por primera vez, agradecí la irrupción de la camarera que llegaba para retirarnos los platos. Me libró de tener que pronunciarme.

Mayo de 1945

El 1 de mayo de 1945, una estación de radio de Hamburgo interrumpió su programación para anunciar al mundo la muerte de Adolf Hitler. Sin embargo, la noticia fue recibida con un escepticismo que se prolongó durante décadas. El propio Stalin alimentó la idea de que Hitler seguía con vida y bajo el amparo de los gobiernos occidentales. Pero lo cierto es que, el 5 de mayo, la contrainteligencia soviética localizó los restos calcinados del Führer y su esposa, Eva Braun, dentro del cráter de una bomba en el patio de la Cancillería del Reich. La asistente del dentista de Hitler confirmó la identidad de su cadáver tras el análisis de la mandíbula inferior. Desde el Kremlin, llegaron órdenes de no comunicar a nadie la noticia y, de hecho, los datos de la autopsia soviética no se revelaron hasta 1968. Hoy no hay duda de que, el 30 de abril de 1945, Adolf Hitler se retiró junto con su esposa a sus habitaciones en el búnker de la Cancillería, donde ella ingirió una cápsula de cianuro y él se descerrajó un tiro en la cabeza.

Hitler ha muerto. Berlín se ha rendido. La guerra ha terminado.

«Misha, mi querido Misha, la guerra ha terminado. Y yo estoy aquí, en Berlín, encaramada a lo alto de un edificio sin tejado en Kurfürstendamm. El sol se está poniendo detrás del esqueleto de la iglesia del káiser Guillermo. Un sol rojo sobre un mar de esqueletos. Berlín es una ciudad arrasada. Con sus vanos oscuros o tomados por el fuego parece observar, tan colérica como aterrorizada, la destrucción a su alrededor. La ciudad de los mil ojos. A mis pies, sólo diviso siluetas dentadas, retorcidas y huecas, humo, polvo, miseria. Pero las banderas rojas ondean por doquier. Hemos vencido. Los hijos de la Madre Patria caminan sobre Berlín, la ciudad arrasada. Hay un extraño silencio, los disparos han cesado y sólo se escucha la algarabía ebria de los camaradas. Todo ha terminado. Lo conseguí, Misha. Lo conseguí.»

Katya se retiró unas pocas lágrimas con las yemas de los dedos y sintió un tacto de barro en la piel. La victoria siempre resulta algo amarga. Su precio es alto. No habría necesidad de victoria sin guerra. Cómo odiaba la guerra.

—Estoy enfadada con la guerra —le había asegurado a Misha la noche antes de que el chico partiera hacia el frente—. Parece no terminar nunca, me persigue allá adonde vaya.

—Pues ya no tienes de qué preocuparte. Ahora, yo te defenderé de esos nazis. Los echaré a patadas de la Madre Patria. Los soldados rusos pondremos fin a la guerra y yo lo haré para ti.

Aquellas palabras de Misha habían mostrado en su día buena intención, pero no eran semejantes fanfarronadas lo que ella quería escuchar. No cuando él, con su flamante uniforme que había hecho de un niño un adulto, se marchaba al frente.

—¿Y si me defiendo yo sola? Puedo defenderme yo sola. Me alistaré en el ejército como tú, qué te parece, ¿eh?

—No puedes... ¡Las mujeres no están hechas para el ejército!

—Valiente tontería. ¿Sabes que mi madre fue miliciana? Luchó y murió en la guerra siendo un soldado. Yo podría ser como ella. Ocurre igual en el fútbol. También dicen que no es para las chicas y, sin embargo, tú siempre me escogías para tu equipo, ¿recuerdas?

—Sólo te escogía porque eres guapa. Siempre me has gustado, Katya, no como futbolista sino como mujer.

Katya alzó la vista al cielo apocalíptico de Berlín. «Ahora soy un soldado, Misha. Ya no te gustaría como soldado. Ni siquiera me gusto a mí misma.»

Muchas veces se había preguntado por qué había sucumbido al abrazo gélido de la guerra. Aún ahora, tras la última batalla, se lo preguntaba. ¿Resignación?, ¿convicción?, ¿oportunismo? Una mezcla, tal vez.

Un golpe de aire agitó su capote. Olía a quemado, a cadáver, a estiércol. Pero la noche había ennoblecido la ciudad; una mancha oscura salpicada de algunos resplandores aquí y allá. Resultaba incluso hermoso.

Sobre aquella negrura, su mente proyectó la imagen de una oficina de reclutamiento en Gorodéts. El sol de una mañana de primavera se colaba por las ventanas y la brisa traía consigo el trino de los pájaros y el aroma de los lilos en flor.

—Vengo a alistarme.

El sargento que se sentaba tras la mesa de aquel cuarto sencillo, provisto con la foto de Stalin y la bandera roja, alzó la vista desde los papeles que consultaba con cierto aire de hastío y la estilográfica en la mano. Su espesa cabellera negra y el no menos espeso mostacho que lucía le otorgaban un parecido asombroso con el líder de la patria.

—¿Cuántos años tienes? —inquirió de forma rutinaria.

—Dieciocho —mintió ella, sosteniéndole la mirada.

El otro frunció el ceño hasta que sus cejas pobladas se encontraron. Otra mujer. Aquello parecía una epidemia. Allí se le presentaban con sus mejillas sonrosadas y sus trenzas, las manos pequeñas, los pies pequeños, esos cuerpecitos frágiles... ¿Qué demonios se habían pensado que era la guerra? Ni siquiera serían capaces de sostener el peso de un fusil.

—Escucha, muchacha —empezó condescendiente, haciendo acopio de toda su paciencia—, mejor vuélvete a tu casa y busca un buen trabajo. La patria no necesita mujeres estorbando en el frente, sino haciendo algo útil en las fábricas y en el campo para servir a nuestros soldados.

Katya tragó saliva y apretó la mandíbula para mantener la compostura.

—Yo también puedo ser un soldado. Igual que el muchacho que acaba de salir y el que está a punto de entrar.

Osada ignorancia... Lo que no sabía aquella decidida muchacha es que tanto el chico que acababa de salir como el que estaba a punto de entrar no durarían ni un año en el frente antes de caer muertos o heridos. Pero el sargento no estaba dispuesto a perder ni un minuto más de su tiempo discutiendo con aquella joven.

—Aprende a poner vendas y vuelve cuando tengas dieciocho; dieciocho de verdad.

Dicho eso, regresó a sus papeles según alzaba la voz para llamar:

—¡Siguiente!

Las palabras de aquel sargento sólo habían conseguido llenarla de rabia y determinación. Ella iría al frente. Aprendería a disparar un arma, a conducir un tanque, a pilotar un avión... Se juró que haría lo que fuera para convertirse en soldado. Porque las mujeres también pueden jugar al fútbol y ella, a quien Misha había escogido para su equipo, tenía que sustituir a su capitán.

Tal vez, si Misha no hubiera muerto...

«Notifíquese a Koliakov, Konstantin, residente en la ciudad de Gorodéts, Avenida de Moscú, 15, que su hijo, el soldado Koliakov, Mijaíl, luchando por la Madre Patria, leal a su juramento militar y demostrando heroísmo y honor, resultó herido y, en consecuencia, falleció en Stalingrado el 24 de septiembre de 1942.»

Katya negó con la cabeza para sí y se llevó la mano al pecho. A través de la gruesa tela del uniforme, palpó la forma redonda del Medallón. Llevaba ya años colgado de su cuello y todavía parecía pesar toneladas, cada vez más. «Si algo me pasara, coge el Medallón. No debes separarte de él», le había advertido su tío. «Llévalo a Berlín. Cornelius Althann te ayudará.»

La joven suspiró con desgana. Aquel maldito pedrusco había puesto su vida patas arriba. ¡Cuántas veces había estado tentada de deshacerse de él! El tío Fiódor decía que llevaba aquella responsabilidad en la sangre, pero cuando la buscaba dentro de sí, no encontraba nada, tan sólo indiferencia, incomprensión. ¿Qué importa lo que lleves en la sangre? Importa lo que has mamado y a ella no le había dado tiempo a mamar la relevancia de lo que custodiaba.

¿Qué prisa había por ir a Berlín?, había llegado a pensar, al principio. De todos modos, la guerra se lo impedía. O, en todo caso, la guerra era una buena razón tras la que escudarse. Por fin había llegado a acariciar la felicidad, en aquella dacha en mitad del bosque, donde sólo se escuchaba el susurro de la brisa en las copas de los árboles, el rumor del arroyo al final de la ladera y el trino de los pájaros; allí, donde tras tanta desgracia y soledad se sentía por fin en familia; allí, donde no parecía que el mundo estuviera encaminándose hacia su fin; allí había llegado a olvidarse de todo: el miedo y la incertidumbre se habían diluido y apenas recordaba que llevaba el Medallón colgado del cuello. Había llegado a pensar que su vida podría ser normal después de haber recibido tantos golpes y haber dado tantos bandazos, siempre a la deriva. Había llegado a pensar que el señor Althann le escribiría para decirle: «No te preocupes, Katya, lo peor ya ha pasado. Cuando esta guerra termine, nos reuniremos y podrás olvidarte del asunto. Mientras, vive tu vida con la calma que no has tenido hasta ahora». Pero no fue así. Por el contrario, las cartas del señor Althann siempre transmitían urgencia, peligro.

¿Había sido una ingenua? ¿Tan iluso era desear ser feliz? ¿Acaso no había sufrido ya suficiente? ¿Por qué tenía que aceptar ella ese riesgo, esa responsabilidad? ¿Por qué tenía que poner su vida en juego? Bastante tenía con sobrevivir a otra guerra, con perder a los suyos por el camino. Odiaba al tío Fiódor y al señor Althann y a sus padres por haberla separado de su lado...

«Katya, pronto descubrirás que tú eres especial. Ser especial es un don pero, sobre todo, es una carga. Ser especial te obliga a asumir responsabilidades de las que no podrás huir porque están selladas en tu destino y te perseguirán siempre. Luchar contra el destino sólo te procurará frustración y sufrimiento. Cuando llegue el momento, asume tu destino, ésa será la única manera de poder controlarlo.»

En su día, aquellas palabras del tío Fiódor resultaron vacías, ajenas a ella. Le llevó un tiempo descubrir la verdad que contenían.

Y, entonces, mataron a Misha. «Demostrando heroísmo y honor...»

Asumir su destino para poder controlarlo.

Metió una mano en el bolsillo de la guerrera y sacó una carta. La última. La había recibido hacía más de un mes. El sobre estaba arrugado, sucio. Podían haber pasado tantas cosas en un mes... Leyó el remitente aunque lo sabía de memoria.

Cornelius Althann
Friedrich-Karl-Platz, 4 Charlottenburg-Berlin

«Ya estás en Berlín, Katya. Asume tu destino para poder controlarlo.»

No hace falta que cuides de mí

Acababa de caer un buen chaparrón y, cuando salimos del restaurante, la calle estaba mojada y goteante. Para entonces, yo ya me sentía como caminando dentro de un barco en alta mar y con tormenta. El suelo parecía moverse bajo mis pies y maldije aquel estúpido orgullo mío, por no decir bochorno, lo cual es menos noble, que me impedía colgarme del brazo de Alain para que tirase de mí hasta el hotel. Apenas teníamos que atravesar una plaza y dos calles, pero la idea se me atascaba en la garganta a modo de náusea. Todo lo que deseaba era tumbarme en la cama y agonizar con dignidad hasta el día siguiente. Y que, entretanto, no se notase demasiado lo borracha que iba.

Quizá por eso no lo vi venir. Todo sucedió en una fracción de segundo. Atravesábamos un cruce casi desierto frente al que a esas horas sólo se había detenido un taxi. Supongo que el semáforo estaba en verde para los peatones, pero no podía asegurarlo, yo me limitaba a seguir a Alain. De pronto, un coche que parecía haber salido de la nada aceleró y se lanzó contra nosotros.

Alain se tiró sobre mí para apartarme y ambos caímos al suelo encima de un charco. El coche dobló la esquina con un chirrido de ruedas y desapareció.

—¿Estás bien? —preguntó él visiblemente alterado mientras

se incorporaba—. ¿Estás bien? —repetía según me palpaba los brazos como si fuera a descubrir así un hueso roto.

Yo asentí aturdida, sentada en el pavimento con una sensación de dolor tras el costalazo atenuada por la embriaguez. En el caso de Alain, la ira no tardó en sustituir al espanto.

—¡Será loco hijo de puta! ¡Iba borracho o qué! ¡Casi nos mata!

El único que le respondió a tono con sus exclamaciones fue el taxista, quien se había bajado de su vehículo y compartía con Alain la sorpresa y la indignación en una mezcla de ruso e inglés para turistas. Resultaba un poco cómico tenerle allí de pie, gesticulando y vociferando, mientras nosotros aún seguíamos en el suelo. No podía hablar por Alain, pero yo estaba segura de que las piernas no me responderían si intentaba levantarme.

—¿Estás bien? ¿Seguro? —insistía—. Este hombre dice que nos lleva a un hospital si hace falta.

—No, no. Estoy bien. De verdad. *Spasibo.* —Intenté sonreír al amable taxista quien, en vista de lo cual y tras intercambiar algunas palabras más con Alain, se subió de nuevo al taxi para continuar trabajando.

Alain me ayudó a levantarme como si pretendiera que demostrase así que no le mentía. Una vez en pie, me agarré a su brazo cual koala, segura de que me caería de nuevo si le soltaba.

—¡El taxista tampoco ha podido ver la matrícula! ¡Ese cabronazo se va a ir de rositas! —siguió maldiciendo—. ¿De verdad que te encuentras bien? Tienes muy mala cara...

Fue decir aquello y me sobrevino una náusea. Por suerte, me volví justo a tiempo para vomitar en una alcantarilla en lugar de sobre sus botas. Alain se apresuró a sujetarme el pelo mientras yo me revolvía entre continuas arcadas que me impedían decirle que gracias pero que prefería vomitar en la intimidad. Cuando por fin hube terminado, intenté recobrar la compostura como si allí no hubiera pasado nada. Me erguí, me recoloqué la ropa y rebusqué en el bolso unos pañuelos de papel que nunca aparecían cuando los necesitaba. Alain me ofreció uno de los suyos.

—Lo siento... Creo que he bebido demasiado.

Me tambaleé y él me sujetó con un abrazo.

—Sí. Yo también lo creo. —Intuí su sonrisa paternalista—. Vamos. ¿Serás capaz de llegar andando hasta el hotel?

Asentí, apretándome contra su pecho para que ni se le ocurriera soltarme.

Alain me acompañó hasta la habitación, creyendo seguramente que no sería capaz de atinar con la tarjeta en la ranura para abrir la puerta. Lo primero que hice fue meterme en el baño a lavarme los dientes y quitarme aquel horrible sabor amargo. También me deshice de los pantalones, que estaban empapados después de haber aterrizado sobre un charco. Y, como estaba borracha y no sabía lo que hacía, salí en bragas y camisa.

Me senté pesadamente al borde del colchón. Alain me tendió una botella de agua.

—Toma. Bebe. —Le obedecí pero apenas di un traguito—. Más... Bebe más, tienes que hidratarte. Eso es. ¿Has traído ibuprofeno? Mañana cuando te despiertes vas a necesitarlo.

Le cogí de las manos y tiré de él para que se sentara a mi lado.

—No hace falta que cuides de mí. —Las palabras brotaban líquidas y se me enredaban en la lengua—. Ya no. En la salud y en la enfermedad, ya no.

Dejé caer la cabeza en su hombro.

—Señor... Todo me da vueltas...

—Deberías meterte en la cama e intentar dormir.

—Ya... ¿Qué diría la señorita Amber Kahn si te viera ahora mismo, en la habitación de un hotel, con tu mujer? Porque todavía soy tu mujer —le aleccioné con el dedo índice estirado frente a su cara.

—Ana...

—No —le detuve—. No creas que me importa. —Chasqueé la lengua—. No me importa nada que tengas novia. Nada de nada. Es guapa y está podrida de dinero, ¿qué más se puede pedir?

—Ana, por favor...

—Schssss... Es así como tiene que ser. Tú tienes tu vida y yo la mía. Porque, eh, ¿qué te piensas? Yo también tengo mi chico guapo. Muy guapo. Y está colado por mí, él mismo me lo ha dicho. Desde hace muuuuuucho tiempo. Antes que tú, incluso.

—Será mejor que me vaya para que puedas descansar.

—Vale.

Entonces le planté un beso en la boca. Un beso que iba a ser breve. Pero mis labios se resistieron a despegarse de los suyos, parecía que aquél fuera su lugar natural, donde mejor encajaban. Y la embriaguez, de pronto, se volvió una sensación dulce, casi placentera. Como si mi cuerpo fuera ingrávido y flotase y sólo ese beso me sujetase a la tierra.

Tras un lapso indefinido de tiempo y quizá por falta de aliento y cierta sensación de desmayo, me separé de él.

—Buenas noches, Martin —susurré.

Y me hice un ovillo sobre la cama antes de caer dormida.

Abril de 1945

La mañana del 2 de mayo de 1945, el general Weidling, comandante de la defensa de Berlín, ordenó a sus escasas tropas el alto el fuego. La capital del Tercer Reich había caído. Como los medios de comunicación no estaban operativos, la noticia se difundió lentamente. Vehículos dotados con altavoces la pregonaron por las calles y fue corriendo de boca en boca entre los habitantes de los sótanos y refugios. Aún llevaría algunos días más aplacar los últimos focos de resistencia nazi en Europa; con todo, el 7 de mayo, el general Jodl, en nombre del ejército alemán, firmó en Reims un documento de rendición con los aliados occidentales. Aunque en el acto estuvo presente un delegado soviético, Stalin se empeñó en que la capitulación oficial se firmase en Berlín. Y así se hizo el 8 de mayo a las 23.01, de modo que, al ser una hora más en Moscú, los soviéticos hicieron del 9 de mayo un día propio para conmemorar la victoria de la Gran Guerra Patria.

Katya había lavado su uniforme, que de nuevo lucía su color verde aceituna original. También se había frotado la piel y el pelo con agua y jabón para quitarse aquellas capas de polvo, sangre y suciedad que le había dejado el combate. Antes, había lucido una larga melena que le alcanzaba casi la cintura. Le cortaron el cabello como a un chico cuando se alistó; lo que lloró entonces. En los últimos meses desde el último tijeretazo, el pelo le había crecido hasta algo más abajo del mentón y no pensaba volver a cortárselo jamás. Ya era hora de parecer de nuevo una mujer. Por eso también cambió los enormes pantalones del uniforme por una falda que había confeccionado a partir de otro pantalón de la dotación.

La guerra había terminado. Era un día de celebración.

En el cielo brillaban las bengalas como fuegos de artificio. La última munición se disparaba al aire a modo de salvas victoriosas. Las tropas bebían, cantaban y bailaban. Música, risas, gritos de alegría desbordada, discursos enardecidos que acababan en lágrimas de emoción. Estaban vivos. Lo habían conseguido. Pero se sentían culpables por los que no, por tantos y tantos camaradas que habían quedado atrás, sobre el campo de batalla.

Katya se hizo una fotografía con su regimiento de fusileros. Todos apiñados y sonrientes bajo la columna de la victoria en el Tiergarten. Lanzaron sus gorras. Y brindaron. Por la victoria. Por los camaradas caídos. Una y otra vez.

Al llegar la noche, estaba un poco borracha. De alcohol y de emociones. Se sentó en el suelo de un rincón oscuro, la espalda apoyada contra una pared llena de agujeros de bala. El reflejo del fuego de las hogueras proyectaba sombras extrañas sobre las superficies.

La fiesta sonaba amortiguada en su cabeza, como si se celebrara lejos de donde ella estaba; el corazón le latía en los oídos. Cerró los ojos.

Puede que llegara a dormirse. Lo siguiente que escuchó fue el sonido triste de una balalaika. La camarada sargento Nina cantaba a viva voz; también ella estaba borracha.

Entonces unas botas bien pulidas se plantaron frente a ella. En cuanto distinguió el color azul de los pantalones supo de quién se trataba. Alzó la cabeza.

—Oleg...

El coronel Avramov le tendió las manos para ayudarla a levantarse. La abrazó con pasión después de un mes de añorarla.

Katya sucumbió al abrazo, desfallecida, la cabeza sobre la pechera de su uniforme siempre impecable.

—Mi querida Katya. —Buscó sus labios para besarla.

—Estoy borracha —reconoció ella.

—Estás viva. —Volvió él a besarla con el aliento entrecortado.

—¿Cuándo has llegado?

—Hace algunos días. Con el general Petrov.

Ella le sonrió. Se alegraba de verle, de estar entre sus brazos.

Oleg le acarició el cabello y las mejillas arrebatadas. La encontró tan bella... más de lo que podía recordar; quizá fuera el anhelo, el deseo ferviente de tenerla al fin.

—Está sonando tu canción —susurró a su oído.

—«Katyusha»... Sí. Mi canción.

«Sobre aquel a quien amaba. Sobre aquel cuyas cartas guardaba.»

El amanecer los sorprendió dormidos, con los labios gastados y los cuerpos desnudos piel con piel. La celebración se había acallado. La paz era silencio y la melena de Katya enredada entre los dedos de Oleg.

Tú tienes tu vida y yo la mía

Me sobresaltaron unos golpes en la puerta que seguramente fueran discretos pero que a mí me parecieron ráfagas de metralleta.

—*Housekeeping... Sorry...*

Al verme en la cama, la señora de la limpieza se marchó. Yo, aún adormilada, no fui capaz de responderle. Me había despertado cuando más profundamente dormía después de haber pasado una noche horrible entre el dormitorio y el cuarto de baño. Alcancé el móvil de la mesilla de noche y comprobé que eran más de las diez.

Pensé que tendría que levantarme y me revolví entre las sábanas con los músculos entumecidos. La cabeza me dolía a estallar, como si el cerebro me latiese dentro del cráneo. Tenía una sed espantosa. Palpé con la mano en busca de la botella, pero cuando di con ella constaté que sólo quedaban dos dedos de agua que apuré con ansiedad. Tendría que levantarme, a beber más, a tomarme algo para el dolor de cabeza, a seguir con mi vida... El móvil vibró y un mensaje saltó en la pantalla encendida.

Llámame cuando te despiertes. Sólo quiero saber cómo estás y si necesitas algo.

—Alain... Buf...

Dejé caer la cabeza sobre la almohada. Gran error: el cerebro ya no latió sino que rebotó dentro del cráneo. Emití un débil quejido.

¿Cómo había podido perder el control de aquella manera? Jamás me había emborrachado así. ¡Jamás me había emborrachado! Aunque cueste creerlo. Yo siempre había sido exageradamente responsable, incluso aburrida. ¡Por Dios, ahora estaba en mitad de la treintena! Era tarde para querer recuperar la adolescencia malgastada. Resultaba patético. ¿Qué demonios me estaba pasando?

Según me iban llegando los recuerdos confusos de la noche anterior, se me encogía el estómago y no podía culpar de ello sólo a la resaca. Empecé a ser consciente de las cosas que había dicho y volví a emitir otro quejido mientras hundía la cara en la almohada para ocultar mi vergüenza, como si Alain estuviera allí para verme. Entonces me abordó la imagen del beso. ¿Había besado a Alain? ¿De verdad que lo había besado? Ay, por Dios... ¿Y si sólo lo había soñado? Ojalá sólo lo hubiera soñado... Justo después de separarnos, a menudo soñaba que Alain y yo nos reconciliábamos y nos besábamos y follábamos como cuando éramos novios. Entonces me despertaba con una extraña sensación mezcla de excitación sexual y nostalgia. Pero hacía mucho tiempo que ya no soñaba eso... Claro que también recordaba haber besado a Martin y eso no era posible.

De pronto me asaltó un potente deseo de huir. Huir de todo: de Alain, de Martin, de Konrad, de la investigación... Tenía que huir o iba a volverme loca, pensé, sin fuerzas para ni siquiera moverme de la cama.

Acababa de salir de la ducha y, envuelta aún en el albornoz, me había quedado sentada en el colchón, incapaz de hacer nada. Me regodeaba en mi estómago revuelto y en mi dolor de cabeza. En algún momento tendría que ir a la farmacia para comprar las medicinas que no había tenido el acierto de meter en el equipaje. El equipaje que había hecho en Madrid hacía días que parecían meses. Tantas cosas habían pasado desde entonces que sólo pensarlo me daba vértigo.

Llamaron de nuevo a la puerta. Imaginé que sería la insistente limpiadora, queriendo terminar de una vez por todas su trabajo, la pobre, y fui a abrir antes de que lo hiciera ella.

—Buenos días —entonó un jovial Alain en el umbral, al tiempo que me tendía una bolsa de farmacia—. Ibuprofeno y omeprazol. Ayer busqué en tu neceser, donde siempre guardas las medicinas, y vi que sólo tenías una pastilla para la garganta caducada, que, por cierto, me tomé la libertad de tirar a la papelera.

—Gracias.

Casi pasando por alto lo poco que me apetecía tenerle allí, cogí la bolsa con cierta ansiedad y me metí en el baño a administrarme una buena dosis de medicamentos. Lástima que no hubiera pensado también en comprar un ansiolítico.

Salí con el vaso de agua en la mano y lo encontré plantado en mitad de la habitación. Él mismo se había invitado a entrar. Me apoyé en el quicio de la puerta del baño como si evitara adentrarme en su territorio.

—¿Cómo te encuentras?

Bebí para esconder la mirada dentro del vaso.

—Avergonzada.

Alain sonrió.

—Resulta que tú también eres humana. No iba a ser sólo yo el que perdiera de vez en cuando la compostura por unas copas de más.

—Lo de anoche estuvo fuera de lugar.

—Sólo ha sido una moña, no te pongas tan seria. Además, tratándose de ti y de tu proverbial sensatez, de algún modo no lo ha estado. Y eso es lo que me preocupa: lo que estuvieras ahogando en el alcohol.

—Pues no debería preocuparte. Hace mucho que dejó de

preocuparnos lo que el otro estuviera ahogando, con o sin alcohol, ¿no te parece? Además, espero que nada de lo que hice o dije anoche sea tenido en cuenta, salvo una cosa que es bien cierta: tú tienes tu vida y yo la mía.

Alain intentó intervenir pero yo no le dejé. Me había armado de valor, había cogido carrerilla y estaba dispuesta a llegar hasta el final: aunque éste fuera un salto al vacío.

—Se nos fue la noche hablando de trabajo, de un maldito Medallón que ni nos va ni nos viene. ¡Es de coña! ¡Un año! Un año ha pasado desde que nos separamos. ¿A qué esperas para pedir el divorcio? ¿A que lo haga yo para que tú seas, como siempre, la víctima?

Quizá porque aquello le cogió por sorpresa, tardó un rato en replicar.

—¿Eso es lo que quieres? —Su tono resultó más dolido que enfadado.

—¿Acaso no es lo que quieres tú? ¡Por Dios, Alain, que tienes una novia en Estados Unidos! ¡Sois la pareja del año, según la prensa!

Él suspiró como si tratase de conservar la calma.

—Escucha...

—¡No! No te justifiques. No hace falta que te justifiques y no quiero que lo hagas.

—¡No es justificarme, joder! ¡Es aclarar las cosas! ¿Quieres dejarme hablar?

Me quedé muda tras su arrebato. Él, después de haber perdido la paciencia, hizo lo posible por hablar con serenidad.

—No hay nada entre Amber Kahn y yo. Sí, vale, hemos salido alguna vez pero nada más. A ella le gusta exhibirse y dar carnaza a la prensa. Y los periodistas entran encantados al trapo. Pero yo odio todo eso. Yo no pertenezco a ese mundo, ni quiero. Me espanta. Te lo juro, Ana, ni siquiera me he acostado con ella si eso es lo que te molesta.

Tras aquella confesión, que se supone debería haberme aliviado, me invadió la tristeza.

—No... —Moví la cabeza, apesadumbrada—. No es eso lo que me molesta. Porque yo sí que me he acostado con Martin Lohse.

Por su expresión intuí que un puñetazo en el estómago no le hubiera hecho más daño. Y me sentí fatal. Tras el instante de silencio que le llevó recuperarse, concluyó:

—Entonces, eres tú la que quieres el divorcio.

—No lo sé... —Fui incapaz de decir más. El llanto me ardía en la garganta, pero no estaba dispuesta a llorar delante de él.

Alain consultó su reloj.

—Tengo que marcharme. He quedado con Irina y ya llego tarde.

Yo asentí mientras tragaba saliva para aliviar la tensión en el cuello.

—Luego te llamaré —vacilaba al hablar—. No... no podemos dejar esto... así. No podemos.

Abril de 1945

Al terminar la guerra, al menos un diez por ciento de los edificios de Berlín quedaron en tal estado de ruina que resultaban irrecuperables; en algunas zonas del centro de la ciudad, esta cifra se elevó hasta el treinta por ciento. Los berlineses no tardaron en rebautizar sus distritos: Charlottenburg se convirtió en *Klamottenberg*, «montaña de trastos»; Steglitz, en *steht nichts*, «no queda nada en pie»; y Lichterfelde, en *Trichterfelde*, «campo de cráteres». En este contexto, la retirada de escombros pasó a ser una tarea prioritaria que acometieron principalmente las llamadas *Trümmerfrauen*, mujeres de los escombros. A lo largo de extenuantes jornadas de trabajo, las *Trümmerfrauen* demolían a mano las ruinas con el fin de recuperar los ladrillos que luego se emplearían en labores de reconstrucción, así como vigas, chimeneas, sanitarios, tuberías... El resto del escombro inutilizable se destinó a rellenar cráteres, trincheras o a fabricar más ladrillos. Por su trabajo, recibían una paga mísera que no llegaba ni para comprar una rebanada de pan, pero tenían derecho a una mejor categoría de las cartillas de racionamiento.

Un mar de escombros ocupaba el lugar de la antigua plaza de Friedrich-Karl. Alrededor, todo eran fachadas huecas, restos de construcciones en ruinas, árboles calcinados, farolas desvencijadas, un par de automóviles convertidos en chatarra.

Sin embargo, entre tanta destrucción y aun maltrecha, la pequeña casa del anticuario permanecía en pie. Antes, había estado protegida por hermosos edificios de la era Guillermina, encajonada entre ellos como su retoño, al abrigo de un patio de manzana con el suelo empedrado, un banco de hierro y decenas de macetas con plantas, entre ellas un bonito limonero que se cubría de fragantes flores blancas en primavera y de limones en otoño. La casa de dos plantas y buhardilla tenía el tejado de tejas de pizarra cubiertas de musgo y en la fachada, encalada en blanco y surcada de vigas de madera, destacaba el escaparate de vidrios emplomados en forma de cuadrícula bajo el rótulo de «*Antiquitäten, Bücher und Uhren*». Aquel lugar semejaba un rinconcito de pueblo en mitad de la gran ciudad. El simple recuerdo de cómo había sido le encogía a Ramiro el corazón.

Con todo, daba gracias de que hubiera sobrevivido a la devastación pese a las heridas. Los cristales del escaparate y las ventanas habían volado y las cortinas rotas se agitaban con el aire como fantasmas. Parte del tejado había sucumbido a las llamas y se había desplomado hacia el interior de la buhardilla dejando un gran agujero oscuro, atravesado de vigas quebradas y chamuscadas. La fachada estaba tachonada de orificios de bala y desconchones por los que asomaban los ladrillos colorados, igual que llagas en carne viva. Ramiro se preguntó si aún estaría habitable o habría colapsado por dentro.

Le llevó un rato cruzar la plaza tras un penoso ascenso y descenso por la marejada de escombros. El golpeteo de cascotes que pasaban de mano en mano por una cadena de mujeres era el único sonido que acompañaba sus pasos; ellas trabajaban en un silencio fúnebre. Cuando por fin llegó frente a la puerta astillada, lo primero que llamó su atención fue la nota clavada sobre la madera.

«Para Katya Voikova. Si está en Berlín, déjeme razón de cómo encontrarnos. Cornelius Althann.»

Ramiro arrancó el papel y releyó la firma. ¿Sería posible que Cornelius siguiera vivo? Con cierta agitación ante la perspectiva, empujó la puerta, que cedió sin apenas resistencia, y se asomó con precaución. La estructura de la casa parecía sólida y, aún en penumbra, no apreció daños importantes en el interior.

—¿Cornelius?

Su llamada hizo eco.

—¿Cornelius? ¿Estás ahí?

Dando un paso tras otro, lento y cauto, se aventuró al interior por la tienda de la planta baja. Volvió a vocear el nombre de su amigo un par de veces más, pero sus propias pisadas y el silbido del viento entre los vanos eran todo lo que recibía a cambio. Finalmente, comprendió que el lugar estaba desierto.

Según sus pupilas se iban acostumbrando a la escasez de luz, empezó a percatarse del desorden y el saqueo entre la nube de polvo suspendido en el ambiente: las estanterías volcadas, los libros desparramados, las porcelanas rotas... La mayoría de los preciosos objetos que Cornelius había atesorado en su anticuario, sobre todo los de mayor valor, habían sido robados, el resto estaban destrozados. Sólo quedaban intactos los muebles y enseres que eran demasiado grandes para transportarse a mano, como la pianola americana de principios de siglo o el armario Biedermeier.

Recorrida la tienda, con el ánimo por los suelos, ascendió al primer piso, en el que se encontraba la vivienda. Iba comprobando la resistencia de cada escalón: la madera emitía crujidos lastimeros. Una vez arriba, el panorama no mejoró. Todas las habitaciones habían sufrido igualmente tanto el vandalismo y el pillaje como las sacudidas de las bombas. El ultraje podía palparse en cada destrozo, en cada sombra en la pared, en cada revoltijo de desechos. Se percibía un rumor de roces y requiebros, de chirridos y gorgoteos, y, entre las sombras, se vislumbraban halos como espíritus. El ambiente resultaba sobrecogedor, casi espectral.

Plantado en mitad de lo que había sido el salón, Ramiro cerró los ojos para contener las lágrimas. Entonces la imagen retenida por sus pupilas se bañó de una luz dorada y cada cosa volvió a ocupar su lugar. En la chimenea crepitaba un alegre fuego y olía a leña quemada y a estofado de carne.

—¡Ramiro! ¡Ya estás aquí!

La voz de Cornelius había sonado tan alto y claro que Ramiro abrió los ojos sobresaltado. Se encontró de nuevo en aquel lugar frío, oscuro, devastado. Sólo escuchaba su propia respiración agitada. Estaba solo, no había rastro de Cornelius. Se dejó caer al suelo y enterró la cara entre las manos. Apretó de nuevo los párpados con fuerza en busca de las imágenes del pasado.

—¡Ramiro! ¡Ya estás aquí!

Cornelius siempre lo recibía como si llevaran años sin verse, con gran efusividad, y le hablaba más alto y despacio de lo que solía para que pudiera entenderle sin problema.

—Pasa, pasa. Entra un frío del demonio.

Ya en el recibidor, su anfitrión lo abordó con los ojos bien abiertos de expectación, mirando por encima de las gafas de pequeños cristales redondos que siempre llevaba ajustadas en la punta de la nariz, también redonda. Cornelius era un hombre redondo: bajito, entrado en carnes, con el cabello ensortijado y revuelto de viejo loco y la sonrisa siempre encajada entre sus mejillas como bolas.

—Dime: ¿te han dado el trabajo?

Ramiro dibujó una amplia sonrisa y asintió triunfante.

—Me lo han dado.

—¡Ah! ¡Bravo! ¡Bravo! ¡Ni por un instante lo dudé! Ahora me cuentas todos los detalles. Antes quítate ese abrigo húmedo. La cena ya está lista, pero nos tomaremos primero una copa para brindar y entrar en calor, ¿eh?

El salón de Cornelius era un batiburrillo de muebles y objetos colocados sin ton ni son, tan caótico como su tienda. Parecía haberse quedado congelado a finales del siglo pasado, al estilo de la estancia de un viejo palacete decimonónico, con sus pesados cortinajes de terciopelo, las gruesas alfombras, un par de trofeos de caza, la *chaise longue* victoriana, la *boiserie* con relieves dorados... Por otro lado, mostraba una extraña fusión con el Jugendstil, estilo que a Cornelius le chiflaba y que se apreciaba en un espejo aquí, una silla allá, una lámpara de cristales de colores por acá, los carteles publicitarios de Alfons Mucha apoyados contra la pared... A eso había que sumarle el gusto del anticuario por los objetos exóticos: los colmillos de elefante, la butaca de ratán, los escudos tribales del África subsahariana, la piel de cebra... En definitiva, era como si Cornelius hubiera ido atesorando en aquel salón una mezcla de todo lo que más estimaba y todo lo que le sobraba de su anticuario. De algún modo extraño, el conjunto resultaba armonioso y acogedor.

Ramiro se acomodó en el sofá de cuero, entre almohadones de telas indias, frente a la chimenea, donde ardía un fuego que mantenía caldeada la habitación en aquellos tiempos de recortes en el suministro de carbón y otros combustibles.

—Gracias. —Aceptó la copa que le tendía Cornelius. Reparó entonces en las rojeces de sus propios dedos—: Vaya, creo que van a salirme sabañones.

—No te apures. Tengo un buen ungüento para eso. Recuérdame que te lo dé antes de irte —le advirtió según se acomodaba a su lado—. ¡Por tu nuevo empleo!

Entrechocaron las copas y dieron sendos sorbos al coñac, un excelente *millésime*, regalo de un buen amigo francés y que Cornelius reservaba para ocasiones especiales. El chico saboreó con deleite aquel trago con los aromas del bosque tras la lluvia.

—Ahora, cuéntame todo. Seguro que les has impresionado con tu buena planta y tus modales.

Ramiro se sintió un poco cohibido.

—Bueno, sólo es un puesto de camarero. Les bastaba con que chapurrease el alemán y supiese llevar una bandeja. Eso sí, hay que reconocer que he llevado la bandeja con mucho garbo...

Un golpe sacó a Ramiro de su ensoñación. Un gato que se había colado por la ventana cruzó como un rayo el salón y desapareció por la puerta. Ramiro sorbió la nariz y se secó los ojos. Distinguió entonces la punta de una fotografía entre los restos que cubrían el suelo. Tiró de ella y observó la imagen. Allí estaba

Cornelius, posando sonriente como siempre, con el rostro igual que una luna china. Y los otros dos hombres y la niña.

Cornelius...

¿Seguiría vivo? ¿Por qué algo le decía a Ramiro que no? ¿Por qué la nota de la puerta le daba tan mala espina?

«Para Katya Voikova. Si está en Berlín...»

¿Sería posible que Katya Voikova estuviera en Berlín?

Así reaparecía Martin Lohse

Después de haber tomado las medicinas, haber dormido un poco y haber comido algo ligero, me sentía mejor. Físicamente. Anímicamente seguía hecha polvo. Me hubiera gustado salir a caminar por la ciudad, a correr, quizá, con esa forma mía de correr como si huyera de algo, mientras escuchaba la música, a veces energética, a veces oscura, de Imagine Dragons o Twenty One Pilots. Pero después de lo sucedido el día anterior con aquel tipo que me persiguió hasta el hotel, o eso creía yo, tenía mis reservas respecto a salir sola a correr.

Al final opté por llamar a Teo y, cual pantano con la esclusa abierta, me desahogué en forma de riada. Le conté todo: que había vuelto a ver a Konrad, quien me había ofrecido un trabajo espectacular; que me había acostado con Martin, quien falseaba su identidad, me ocultaba información y podría ser un mafioso, y que me había encontrado con Alain en San Petersburgo, Medallón, cena, borrachera y discusión mediante. Me escuché a mí misma confesar que tal vez Konrad quisiera utilizarme y aun así yo era tan tonta que podía llegar a compadecerle, que esperaba que Martin tuviera una explicación convincente para sus misterios porque estaba pillada por él y que Alain... Joder, Alain... Ay, Alain...

—Madre del amor hermoso —concluyó Teo.

Y, después, silencio. De hecho, creí que se había cortado la llamada.

—¿Teo? ¿Sigues ahí?

—Sigo. Sin palabras. Perplejo. Estático como la carta de ajuste. Has batido todos los récords, querida. ¿Cómo es posible montar un pollo semejante en tan poco tiempo? No se te puede dejar sola. ¿Qué quieres que te diga?... No sé... Vuelve a casa, cámbiate de nombre, de trabajo, de coche, de dirección, de peluquería, de sexo si hace falta. Empieza una nueva vida. ¡Y decide qué hacer con ella, por el amor de Dios!

Después de muchos años de amistad, ya era capaz de interpretar el lenguaje de Teo, de separar el grano de la paja. Y, como la mayor parte de las veces, tras su discurso a ratos sin sentido e hiperbólico se hallaba una gran verdad: tenía que volver a casa y decidir qué hacer con mi vida.

No se trataba de huir, era más bien una retirada estratégica para reflexionar, tomar posiciones y atacar todos los frentes uno a uno. Todo había sucedido demasiado rápido, sin darme tiempo a asumirlo, a reaccionar con cabeza. Sí, tiempo era todo lo que necesitaba.

Empecé a buscar vuelos por internet y comprobé que había un enlace a Madrid al día siguiente con plazas disponibles. Estaba a punto de hacer la reserva cuando llamaron a la puerta.

—*Bellboy, madame* —se anunció el botones.

Abrí aliviada al saber que no era Alain quien aguardaba al otro lado, y el chico me entregó un paquete con una amplia y servicial sonrisa merecedora de una propina.

Examiné con curiosidad aquel sobre de plástico que, al tacto, parecía contener una caja, no muy pesada, de no más de un palmo de ancho y otro de largo. No figuraba el remitente y experiencias previas me hacían recelar de los envíos sin remitente, más en las circunstancias de aquel momento. Aun así, iba a abrirlo, por supuesto.

La caja de cartón, blanca y sin referencias, tampoco me dio

pista alguna. Sólo al levantar la tapa comprobé que contenía un móvil y una nota escueta:

Por favor, enciende este terminal para que podamos hablar.
Te lo explicaré todo. Martin.

Dos frases y unas claves para acceder al teléfono. Eso era todo. Así reaparecía Martin Lohse después de lo sucedido. ¿Qué clase de treta era aquélla? ¿Pensaba que semejante puesta en escena me iba a hacer cambiar de opinión y atender su llamada?

Observé el móvil durante un rato antes de lanzarme a hacer nada; más que dudando sobre si seguir las instrucciones de Martin, pensando en lo rocambolesco de la situación. Al cabo de un instante, me decidí a encender el dichoso aparato. Una vez en funcionamiento, no sucedió nada que no sucediese al encender cualquier teléfono.

Me sentí un poco idiota mirando aquel cacharro como si esperase que fuera a ocurrir algo sensacional. Finalmente, lo dejé sobre la mesa mientras recogía y tiraba los envoltorios a la papelera.

Justo entonces, me sobresaltaron unos timbrazos y dirigí la vista al teléfono recién llegado. Quieto y oscuro, no era ése el que sonaba, sino el mío.

Mayo de 1945

El hambre y la falta de hasta lo más imprescindible hicieron que el mercado negro prosperase rápidamente en Berlín. A comienzos de mayo, los soldados soviéticos, los prisioneros de guerra y los trabajadores forzosos puestos en libertad ya comerciaban con mercancías fruto del expolio junto a la Puerta de Brandemburgo, creándose así el mercado negro más grande y conocido de Alemania. La *Zigarettenwährung*, la moneda cigarrillo, se convirtió en la tasa de cambio más habitual, aunque también se negociaba con joyas, arte, relojes, cámaras de fotos, chocolate o licor. El negocio se hizo tan lucrativo que incluso los soldados rasos enviaban miles de dólares a casa obtenidos de sus chanchullos. Superadas por las circunstancias, las autoridades hicieron oídos sordos a este fenómeno y el mercado negro funcionó a pleno rendimiento durante al menos tres años después de la guerra, hasta que la puesta en marcha del Plan Marshall y la reforma monetaria relanzaron la economía alemana.

No tardaron en surgir los negocios turbios, en una esquina oscura, en una plaza levantada, en una casa en ruinas, sobre la tierra resquebrajada y la chatarra bélica, al amparo de la destrucción y el caos. El estraperlo, el chanchullo, el trapicheo. El vicio es lo primero que se añora y lo primero que se prohíbe. Las autoridades soviéticas proveían de raciones a los civiles:

doscientos gramos de pan, cuatrocientos de patatas, diez de azúcar, tres de sal, dos de café y veinticinco de carne. Más un extra de café y té, regalo del camarada Stalin. Pero el desdichado superviviente se moría por un cigarrillo, un trago de alcohol, un chute de droga, un poco de sexo. Las mercancías del olvido.

Con las reservas de Von Leitgebel agotadas tras el saqueo de los soldados soviéticos, Peter Hanke emergió a la superficie de aquella ciudad muerta en busca de su ración de vicio. Siempre se había desenvuelto bien en los ambientes más depravados, no le fue difícil dar con ella. Oyó hablar de un ruso, un sargento de guardias, un tipo tan infame como espabilado. El susodicho y un par de camaradas habían afanado un cargamento de drogas de la fábrica Temmler, donde se sintetizaban las metanfetaminas conocidas como Pervitin. Eso llevó a la morfina y los barbitúricos, después a la cocaína y a una remesa de *schnapps* de una destilería abandonada. Así, el avispado sargento organizó una pequeña red de traficantes entre soldados sin escrúpulos y alemanes sin opciones que colocaban la mercancía aquí y allá. Después, cuando cesaron los combates en la ciudad, se asoció con un delincuente común huido de la prisión de Plötzensee durante un bombardeo. El tipo, un miembro de las Ringvereine que tenía buenos contactos en el mundo del hampa berlinesa, enseguida puso en marcha unos clubes clandestinos, burdeles en realidad, donde corrían las drogas y el alcohol que le conseguía el sargento ruso. Por entonces, Berlín estaba lleno de hombres deshechos y de chicas dispuestas a venderse por ropa bonita, unos pocos cigarrillos o algo de comida. En un tiempo en que la moral y la decencia eran lujos al alcance de muy pocos, el negocio florecía.

Antes de la guerra, el *Kriminalkommissar* gustaba de los locales de postín de Charlottenburg o Schöneberg, esos que frecuentaba la élite nazi, los llamados faisanes dorados, tipos enfundados en sus pomposos uniformes repletos de quincalla, todos ostentando sus cruces de hierro aunque no hubieran visto más campo de batalla que los de las películas de propaganda de Goebbels. Esos mismos que abrazaban una ideología que proclamaba la sexualidad saludable en el seno del matrimonio y que, por lo tanto, consideraba la prostitución como amoral y asocial, pero que no tenían reparo en entregarse al sexo de pago siempre que fuera en brazos de las mejores putas: exuberantes, experimentadas y sin enfermedades venéreas según certificado. Nazis cínicos y despreciables.

Aunque podía llegar a entenderlos; a él mismo no le importaba pagar una pequeña fortuna por un buen coñac francés y una puta guapa y sana. El lujo era su debilidad, en especial en aquellos tiempos de mierda que le había tocado vivir; prácticamente, el único aliciente que a un hombre le podía quedar para levantarse de la cama cada mañana o ni siquiera pasar por ella en toda la noche.

Llegó un punto en que tampoco pudo permitirse eso. Cuando su reputación de buen policía pendía de un hilo y no podía arriesgarse a que lo reconocieran disfrutando de los placeres de un burdel. Entonces tuvo que conformarse con antros de mala muerte en la zona de la estación de Friedrichstrasse surtidos de meretrices venidas del este, famélicas y enfermas, que podían pegarle a uno cualquier cosa. Peter sospechaba entonces que más de una prostituta judía se ocultaba entre ellas, pero aquello no era asunto suyo; los condenados judíos siempre le habían traído sin cuidado para bien o para mal.

Ahora, con la pestilencia de la guerra aún humeando en las esquinas, el negocio resultaba tan sórdido como la propia ciudad. Un contacto del sargento ruso, quien hasta ese momento le había procurado algunos gramos de coca y algo de vodka a cambio de las joyas de Gerda y otras fruslerías que afanaba de la casa de Von Leitgebel, le condujo hasta un sótano de un edificio medio en ruinas cerca de la estación de Silesia.

—Ya está preparada su habitación, herr H. Margot y Eva, mis mejores chicas, le esperan. Le gustarán —aseguró Otto, así se llamaba el tipo, al tiempo que deslizaba una llave y una papelina en la palma de la mano de Peter.

Lo que aquel charlatán le había vendido como su mejor estancia no era más que un agujero fétido cuya decoración se reducía a una amalgama de telas ajadas y polvorientas y una lámpara de cristales rotos que procuraba una luz roja de cliché. Margot y Eva le aguardaban sobre la cama con los pechos al descubierto y una lencería que había conocido mejores tiempos. Peter se fijó en las protuberancias de sus huesos, sobre todo en las costillas bajo la piel de aquellas muchachas consumidas, que cubrían sus rostros demacrados con un maquillaje grotesco. Y ésas eran las mejores chicas de Otto... No obstante, la patética escena le excitó de un modo inexplicable. Mejor así.

A Peter le asqueaba su aspecto de vagabundo, esa ropa rota y sucia que llevaba encima. Los rusos le habían dejado con lo puesto al vaciar el lujoso armario de Von Leitgebel, del que tan convenientemente se había ido surtiendo de prendas de buen paño inglés hasta los saqueos. Con todo, seguir un ritual de orden parecía dignificarlo y dignificar aquel asqueroso lugar y hasta sus asquerosas putas. Así, se quitó el sombrero, le reajustó la forma y lo dejó con cuidado sobre el asiento de una silla. Se quitó la chaqueta, le sacudió el polvo y la colgó bien estirada en el respaldo. Se desabrochó de forma metódica los tres primeros botones de la camisa, deshizo sin tirones el nudo de la corbata, se la sacó, la dobló con primor y la guardó en un bolsillo.

Mientras se remangaba la camisa con dos vueltas en cada manga, tomó asiento en una butaca frente a aquel pretencioso lecho con dosel que a saber de qué guarida de un gerifalte nazi habrían robado. A su lado, tal y como había pedido, contaba con una mesita sobre la que reposaba un vaso y una botella de brandy, pagados con la mejor sortija de Gerda. Se sirvió hasta el borde del vaso y trazó sobre la mesa una raya con el polvo blanco de la papelina. Bebió con fruición y, al notar que el licor se escapaba por las comisuras de sus labios, se limpió rápidamente con el dorso de la mano.

—Empezad —ordenó a las furcias.

Ellas, que ya sabían lo que tenían que hacer, comenzaron a tocarse, a besarse y a lamerse.

—No os oigo. Gemid.

Las chicas obedecieron y, mientras escuchaba sus gemidos y fricciones, Peter enrolló un billete de diez *reichsmark* que ya no valía ni el papel y esnifó la cocaína. Enseguida notó cómo la droga le arañaba el tabique nasal. Sorbió y se secó torpemente los ojos lacrimosos. Mientras esperaba el subidón, se reclinó en el respaldo de la butaca y cerró los párpados. Las putas continuaban con su faena, sus sonidos guturales le acompañaban en el ascenso.

—¡Más alto!

No tardó en percibir el calor interno, su corazón latía con fuerza y el sudor empezaba a cubrirle la frente. Al abrir los ojos, vio a Margot con el pezón de Eva en la boca mientras ésta introducía los dedos en la vagina de su compañera. Peter sintió entonces una erección violenta; se apresuró en desabrocharse y se llevó la mano al pene para masturbarse.

—¡Córrete, zorra! ¡Córrete!

Margot gritó de placer y, con ella, Peter alcanzó el orgasmo. El semen brotó incontenible y fue empapando su mano. Él se mordió los labios reteniendo un aullido y el éxtasis se prolongó hasta sacudirle el cuerpo entero con convulsiones. Era tal la euforia que su pene continuaba duro, erecto y con las venas hinchadas aun después de soltarlo. Sin poder disimular un gesto de repugnancia, se limpió la mano con su pañuelo, dio un trago de la botella y, llevándola consigo, se precipitó hacia la cama, donde agarró a una de las putas de los cabellos e hincó los dientes en su boca hasta hacerla sangrar mientras se dejaba magrear por la otra, apurando hasta el último instante de placer antes de descender al abismo del bajón de la coca.

Amanecía cuando regresó a la villa de Dahlem. Las calles estaban llenas de soldados rusos borrachos, tirados por las esquinas con una mujer entre las piernas. Los que aún conservaban el sentido continuaban violándolas; ellas ya ni siquiera se resistían.

Toda la noche se habían estado oyendo los disparos al aire, los gritos, los cánticos, el estruendo de las celebraciones de la victoria.

Se sumergió en la bañera llena de un agua turbia; llevaba días sin cambiarla porque los malditos rusos no les dejaban rellenarla para bañarse. De todos modos, bastó para quitarse el olor a furcia. Después, se preparó una cafetera a la que añadió un chorro de aguardiente para despejar la cabeza. Todo lo que recordaba de la noche anterior era haberse despertado en la cama revuelta de aquel burdel con los pantalones por las rodillas, las manos pegajosas y el rostro surcado de sangre y carmín. Las putas se habían largado. Maldita cocaína. Sí, le ponía a tono, pero luego se sentía como una mierda. Ahora se sentía como una mierda, con náuseas y dolor de cabeza.

Con tres tazas de café y media pastilla de Pervitin, se encontró algo mejor. Aunque su mente no dejaba de atormentarle. Avergonzarse de sí mismo era su debilidad. «Eres un ser depravado», se repetía. ¿Y qué? ¿Acaso había tenido otra alternativa?

«¿Qué me dices, padre? ¿Acaso me has dejado otra alternativa? ¡Tú! ¡Tú me legaste esta obsesión, maldita sea! ¡Maldito Walther Hanke! ¡No deberías avergonzarte de mí ahora!»

Peter Hanke no era más que un producto de lo que le precedía. Su madre había muerto cuando él no tenía más que tres años. Demasiado pronto. Ni siquiera la recordaba. Su infancia había transcurrido apegado a un padre sobreprotector que vivía atemorizado por la mera posibilidad de perder también a su único hijo. Ambos formaban un tándem excluyente, nómada y solitario cuando no asocial. Walther Hanke había vivido entregado a sus libros, sus investigaciones y su hijo. Peter no había tenido amigos, seguía sin tenerlos, y había cruzado por primera vez una palabra con una chica a los veinte años.

Sucedió durante la guerra, en 1916, él estaba en el hospital, ella era enfermera. Era guapa. Klara se llamaba. Llegó a obsesionarse con ella. Y, aunque hablarle le producía tartamudeo y sudores, se animó a pedirle una cita. Finalmente, no se presentó.

En su lugar, se fue a un burdel y allí se desvirgó con una puta vieja, la única que podía pagar. Lo que mayor placer le produjo fue azotarla. Por lo demás, le resultó una experiencia tan sucia y desagradable que para él el sexo consistió en adelante en masturbarse pensando en Klara. Al cabo, simplemente prefería masturbarse; la penetración le causaba cierta repugnancia. Salvo con Gerda; ella era, había sido, tan salvaje y depravada como él.

Quizá fuera la guerra, la anterior, la Gran Guerra la habían llamado, incapaces de imaginar que pudiera haber una mayor, hay que joderse. Aquella guerra le había cambiado, había abierto los ojos al niño criado entre algodones. La violencia y las mujeres, ambas las había descubierto en la guerra. Ambas habían supuesto para él una revelación que le fascinaba y repelía al mismo tiempo. Bajo el placer que le procuraban subyacía una repulsión morbosa que le precipitaba a un ciclo vicioso de gozo y arrepentimiento. Al principio, en tanto su padre aún vivía, tales sentimientos le atormentaban, pero tras la muerte del viejo dejó de ser necesario contener sus impulsos para fingir ser el hijo que Walther Hanke se merecía. Se rindió ante sí mismo: así era él. Así era Peter Hanke: violento y degenerado.

Peter se dejó caer en el sillón. El aire fresco de la mañana se colaba por las rendijas de los tablones con los que había intentado cubrir los agujeros de aquella parte de la casa en la que vivía, la que menos afectada estaba por la ruina. Después de un rato con la mirada perdida en el vacío, se metió la mano en el bolsillo de la chaqueta y sacó un papel arrugado. Pasó la vista por encima. No necesitaba leerlo de nuevo para recordar lo que ponía.

«*Uvazhayemyy gospodin Althann...*»

«Estimado señor Althann...» Llevaba más de tres años suplantando la identidad de Cornelius Althann para cartearse con la sobrina de Voikov. Ella tenía el Medallón y, siguiendo las indicaciones de su tío, se había encomendado al viejo Althann para que la ayudara a protegerlo. Según un procedimiento que tanto Voikov como Althann habían acordado previamente ante la sospecha de que el Medallón pudiera estar amenazado, las cartas se remitían a Suiza y allí alguien las metía en otro sobre y las enviaba a su destinatario final. Peter había sabido de aquello por unos documentos que encontrara en casa de Voikov.

Después de todas esas misivas, había llegado a conocer bien a la chica. No sólo estaba al tanto de su trayectoria durante todo ese tiempo, en el que Peter la había animado a llegar a Berlín por todos los medios, sino que ella también le había participado sus miedos, sus zozobras y sus pensamientos, como si se tratara de un confidente, de un amigo. Tal era la confianza que había logrado transmitirle. El terreno estaba sembrado.

Cierto que la contienda había trastocado todos sus planes. Hacerse con el Medallón se había tornado mucho más difícil, algo sujeto al azar, a la duración y al capricho de aquella maldita guerra. Fue un estúpido cuando perdió la oportunidad de arrebatárselo a Voikov. Se ponía del revés si pensaba que la joya estaba en manos de una niña, a miles de kilómetros de su alcance, expuesta a saber a qué avatares... Mas nunca se dejó llevar por el desánimo. La paciencia era una virtud que había aprendido a cultivar, como los grandes cazadores. Mantenerse al acecho y actuar con astucia. Sabía dónde estaba el Medallón y lo fundamental era no perder el control de esa información. Tarde o temprano, la guerra acabaría y él estaría allí para terminar lo que había empezado. Con Bauer, Voikov y Althann fuera de juego sería más fácil que nunca.

Pues bien, la guerra había acabado; ¿habría llegado ya ese momento?

Aquella última carta la había recibido hacía un mes, desde alguna posición en Pomerania. El Ejército Rojo avanzaba con paso firme hacia Berlín, pero aún se enfrentaban a una fuerte resistencia. Mas ella mantenía el ánimo y la determinación intactos a medida que se acercaba a su objetivo. Bla, bla, bla... Firmado: Katya Voikova. Magna Clavis.

¿Lo habría conseguido? ¿Estaría Katya Voikova en Berlín? Habían acordado que, de ser así, se encontrarían en el anticuario de Althann, o lo que quedase del lugar. Peter había estado vigilándolo a diario desde el alto el fuego, incluso le había dejado una nota en nombre de Althann para que se pusiese en contacto con él. Todo el mundo lo hacía aquellos días para buscar a sus allegados; Berlín estaba empapelada de mensajes desesperados. Sin embargo, hasta ahora no había habido señales de la chica. Quizá tendría que dirigirse a las autoridades soviéticas y preguntar por ella. No quería ni imaginarse que hubiera caído en algún lugar entre Pomerania y aquella condenada ciudad. No contemplaba otra opción que ponerle las manos encima a la chica de Voikov, viva o muerta, eso era lo de menos; si tenía que excavar la tierra con sus propias garras para sacar su cadáver, lo haría, porque sabía que el Medallón estaba donde ella se hallase.

Decidió que iría de nuevo esa mañana por allí, a merodear por la casa del anticuario, en la Friedrich-Karl-Platz. Quizá Katya acudiera por fin a la cita con Cornelius Althann. Y entonces Peter Hanke volvería a suplantarlo por última vez.

Las celebraciones se habían cobrado la vida de muchos soldados rusos. En su búsqueda ávida de alcohol, habían acabado bebiendo de unos barriles con disolventes. Y la victoria había así rematado la faena de la guerra en una cruel paradoja. Semejantes desenlaces le hacían pensar a Katya que la existencia era, a veces, un sinsentido. Recorrer tanto camino para sucumbir ante lo más estúpido.

Recorrer tanto camino, ¿para qué? ¿Acaso era sobrevivir la última meta? ¿Qué hacía una después con la vida?

Tras la resaca, la mente se aclara y, ante ella, sólo aparece un gran vacío. ¿Qué viene después de la guerra?

«Ya nunca seremos mujeres, Katya. ¿Quién va a querernos cuando volvamos a casa? La guerra hace de los hombres héroes y de las mujeres, putas. Ellos ya no querrán mujeres manchadas por la guerra.»

Yulia tenía razón. El ejército era de los hombres y estaba hecho para ellos. ¡Por Dios, ni siquiera contaban con uniformes femeninos cuando se alistaron! Katya se había pasado meses con unas botas tres tallas más grandes que la suya y unos calzoncillos como ropa interior. Cuando tenía el período, debía apañárselas con jirones de tela y vendas porque, por supuesto, la dotación militar no incluía toallas de celulosa.

Y ojalá todos los obstáculos hubieran sido meramente prácticos, ojalá todo se hubiera reducido a tener que ajustarse con el cinturón un pantalón de hombre. La irrupción de las mujeres en el ejército iba más allá. En realidad, había alterado sus cimientos y ellas habían tenido que lidiar con el desdén, la condescendencia, el acoso, el abuso. Entre hombres y mujeres era difícil mantener las relaciones dentro de los límites de camaradas de lucha. Los soldados se creían con derecho sobre sus compañeras; los oficiales sobre sus subordinadas, más. Ni siquiera las relaciones consentidas estaban bien vistas. Las esposas de campaña no estaban bien vistas. *Pokhodno-polevaia zhena*, PPZh, un término burlón por su semejanza con el del subfusil PPSh. Con todo, en ocasiones ser amante de un oficial era la única forma de que a una la dejaran en paz, aunque eso la convirtiera automáticamente en una zorra.

Cierto que la vida militar les había dado libertad, pero no estaba bien visto que una mujer fuera libre. Las mujeres soldado eran una nueva categoría que la sociedad no sabía cómo tratar.

Katya había experimentado por sí misma todos esos conflictos. Desde que le tocaran el trasero en cuanto se descuidaba, hasta que intentaran abusar de ella las noches de descanso y alcohol. Desde que la subestimaran por ser mujer hasta que intentaran aprovecharse de ello ofreciendo favores a cambio de atenciones. Todas sus compañeras contaban historias similares. Durante un tiempo, se dejó querer por un joven teniente de guardias. No es que estuviera enamorada, pero le parecía amable, atento, caballeroso, la trataba con respeto y espantaba a los moscones; aprendió que era práctico contar con alguien que espantara a los moscones. Él cayó como un héroe, su reputación intacta; la de ella, no tanto. Luego, llegó Oleg.

Se habían conocido en enero, en Moscú, mientras ella se recuperaba de su herida. El coronel Oleg Avramov pertenecía al NKVD, el Comisariado del Pueblo para Asuntos Internos. A Katya nunca le habían gustado los tipos del NKVD, eran como una sombra al acecho de fantasmas, de lo antisoviético, lo subversivo, lo enemigo; siempre encima, siempre vigilantes. Unos fanáticos propensos a la intriga. Sin embargo, cuando conoció a Oleg no le pareció que respondiera a semejante cliché. Oleg era alegre y noble. Quizá porque era más científico que oficial. Físico de profesión, trabajaba en lo que se conocía como Laboratorio Número 2, relacionado con la aeronáutica militar. Katya podía intuir de qué iba aquello aunque Oleg no se lo explicara, y desde luego que si el NKVD había puesto sus ojos en ello, debía de tratarse de un asunto tan importante como ella sospechaba.

Oleg era un hombre mayor, en torno a los cuarenta, pero a Katya le parecía atractivo: conservaba el porte atlético y una poblada cabellera oscura con mechas plateadas. Estaba casado, si bien eso no fue óbice para que se convirtieran en amantes a los dos días de conocerse. Dos individuos hastiados de la guerra que se recordaban mutuamente que seguían siendo seres humanos. Y, sin embargo, el desprecio de la sociedad era para ella, la PPZh, la buscona.

Al mes de estar juntos, Oleg se presentó en primera línea, buscó la unidad de Katya y le propuso matrimonio; estaba enamorado, le confesó. En el frente, los matrimonios se registraban sin pasaporte ni ninguna otra documentación, de modo que las uniones previas ni constaban ni eran obstáculo. Cuando la vida de sus hijos pendía de un hilo, la Madre Patria pasaba por alto la bigamia, la poligamia o lo que hiciera falta.

Katya le rechazó. No quería convertirse en otra esposa de un harén, así no se hacían las cosas, adujo.

Pero Oleg no se dio por vencido.

—Voy a dejar a mi mujer —le había anunciado la noche anterior, después de hacerle el amor con pasión y susurrarle hermosas palabras al oído.

Por toda respuesta ella le besó, le abrazó, le acarició, lo volvió a enredar entre las sábanas y le dijo que Berlín estaba demasiado lejos de todo para pensar en nada.

¿Qué otra cosa podía responder si no estaba enamorada? No se veía regresando a Moscú como esposa de Oleg. Otra esposa de Oleg. Ni siquiera sabía cómo se veía, ni adónde quería regresar.

Ya no era española, no le quedaba nada de España, únicamente una lengua que apenas era capaz de chapurrear. Tampoco era rusa; ni ella se sentía rusa, ni la Madre Patria la consideraba hija suya, sólo adoptada. ¿Qué haría a partir de ahora?

Se colocó la mano en el pecho, sobre el Medallón, y miró al frente de aquella plaza en ruinas de Charlottenburg. Aquello era lo único que en ese momento guiaba su destino.

Katya permaneció un instante contemplando la pequeña casa, erguida entre los escombros, como una seta que asomaba su sombrero maltrecho en un bosque arrasado. Parecía mentira que hubiera resistido.

Le había costado encontrarla. En Berlín los mapas habían dejado de tener sentido: las calles se habían desdibujado y pocas cosas quedaban en su sitio. Hubo un momento que pensó que la tienda de antigüedades habría corrido la misma suerte que la mayor parte de la ciudad. ¿Cómo encontraría a Cornelius Althann entonces?

Sin embargo, la suerte le había sonreído. Y allí estaba: «*Antiquitäten, Bücher und Uhren*». El rótulo medio desconchado, la fachada agujereada, las ventanas rotas, el tejado caído; herida pero viva.

Por fin, se decidió a cruzar la plaza. A su paso, escuchaba el roce y el golpeteo de cubos, piedras y arena. Las mujeres alemanas limpiaban los escombros, taciturnas y en silencio. En Berlín apenas se veían hombres alemanes; los que no estaban muertos o prisioneros estaban escondidos o habían sucumbido a la desesperación y a la locura y se habían venido abajo. Eran ellas las que mostraban fuerza y coraje, las que habrían de levantar la ciudad. Ellas eran más prácticas y habían probado tener más capacidad de resistencia y adaptación. Ellas echaban por tierra el dogma de la superioridad masculina, aun resignadas a tener que regresar, tarde o temprano, al lugar que la sociedad les adjudicaba, al estereotipo. Y Katya sospechaba que eso no sólo les sucedería a las mujeres alemanas.

Alejó los pensamientos incómodos y, a través de una fachada que ya no era más que una pared, único resto de los edificios circundantes, penetró en lo que parecía haber sido un patio de manzana, ahora convertido en una escombrera. El lugar estaba en completo silencio.

Se aproximó a la casa y se asomó por el hueco del escaparate, bordeado de filos de cristal. El interior parecía desierto y, en la penumbra, se adivinaba la desolación. Aquello la desanimó. En realidad, había sido muy ingenuo pensar que encontraría allí a Cornelius. Nadie podría habitar esa ruina. Si el señor Althann seguía con vida, probablemente habría buscado cobijo en otro lugar más seguro, quién sabía si incluso fuera de la ciudad. Quizá, según las tropas enemigas cercaban Berlín, velar por su supervivencia había sido su prioridad y se había olvidado de ella.

A pesar del negro panorama, Katya se dispuso a entrar en la tienda en busca de algún indicio, de alguna pista. La puerta cedió al primer empuje y ella la atravesó lentamente y en guardia.

—¡Hola! ¿Hay alguien? —voceó en ruso. Al no obtener respuesta, repitió en alemán con idéntico resultado.

El suelo cubierto de desechos crujía bajo sus pasos y, en aquel lugar, se repetía la escena que ya tantas veces había presenciado: saqueo, destrucción, abandono. Con la mente en otro sitio, se agachó distraída y desenterró un libro roto de entre otros restos. Lo sostuvo en la mano, sin mirarlo. Ya no reconocía aquel lugar. Nada tenía que ver con las imágenes borrosas de su memoria: la luz cálida y empolvada, el laberinto de objetos brillantes, preciosos, el tictac desacompasado de los relojes y su coro de tintineos y campanadas a cada hora, las columnas de libros...

—¿Señorita Voikova?

Dejó caer el libro y se giró, sobresaltada. Una silueta espigada se recortaba contra el hueco de la puerta.

—¿Katya? ¿Es usted Katya Voikova?

No distinguía el rostro de aquel hombre, sólo sombras a contraluz. Pero era alto y delgado. Alto y delgado.

—Es usted, ¿verdad? Teniente Voikova, claro, me contó en una de sus cartas que la habían ascendido. ¡Está en Berlín! Por fin ha llegado, no puedo creerlo.

Katya frunció el ceño y dio un paso atrás. El otro se aproximó, resuelto.

—Katya... No tenga miedo. ¡Soy Cornelius! Cornelius Althann.

Luz y sombra se ajustaron y sus pupilas definieron la imagen, el rostro. Entonces se sintió arrollada por una avalancha de recuerdos vagos y de emociones que la dejó aturdida.

—¿Cornelius Althann? —vaciló.

—El mismo. Mire —rebuscó en el bolsillo—, tengo sus cartas.

Katya reconoció su propia letra en aquellos papeles que el hombre le mostraba. Se sintió confusa. Sí, aquéllas eran sus cartas. ¿Quién sino Cornelius Althann las tendría? Pero no. Aquel hombre no era Cornelius Althann.

Se llevó la mano a la funda de la pistola. Sin embargo, antes de que pudiera siquiera empuñar el arma, aquel hombre se abalanzó sobre ella, la desarmó, la empujó hacia la pared y apuntó el cañón contra su cuello.

—¿Has venido a Berlín para matarme, querida Katya? —le espetó entre jadeos de rabia.

Ella le devolvió una mirada altiva.

—Usted no es Cornelius Althann. ¿Quién es?

—Eso no importa, chica lista. Lo que importa es lo que quiero. Dame el Medallón y te dejaré marchar.

—No sé de qué me habla.

El otro sonrió con malicia, mostrando una hilera de dientes pequeños y amarillos muy cerca de su rostro.

—No, Katya, por ese camino no... ¿Olvidas que lo sé todo de ti? Tú misma me lo has contado en tus cartas. Tres largos años revelándome tus secretos, ¿recuerdas?

Ante el silencio de ella, el tipo le plantó la mano en la pelvis; Katya se estremeció de repulsión.

—No me obligues a desnudarte para quitártelo —amenazó con un susurro lascivo. El aliento le apestaba a alcohol. Podía percibir el calor pegajoso de su cuerpo sobre ella, obscenamente cerca.

Necesitaba tiempo. Necesitaba espacio. Aquel hombre iba bebido. Debía aprovechar esa ventaja.

Tragó saliva y suspiró. Le hizo creer que cedía al acoso y las amenazas. Simuló alzar un brazo, comprimido contra la pared.

—No puedo moverme.

Él pareció relajarse. Se creía a punto de conseguir su objetivo. Aflojó un tanto la presión, separó un poco el arma. Entonces Katya le propinó un fuerte cabezazo en la nariz y después un rodillazo en la entrepierna. El otro se retorció de dolor entre gritos que eran también de furia y estupor, y ella aprovechó para intentar arrebatarle la pistola, mas la sujetaba fuertemente y, en el forcejeo, acabó disparándose. La explosión hizo eco en el lugar y unos cascotes se desprendieron del techo, mientras ellos rodaban por el suelo en su lucha. Aquel hombre era fuerte y hábil, no soltó la pistola y consiguió desembarazarse de Katya con un par de patadas que dieron con ella en el suelo. Él le propinó una bofetada que restalló en sus oídos y la dejó aturdida. Al abrir los ojos, se encontró el cañón del arma.

—¡Maldita hija de puta! ¡Maldita hija de puta! —gritó entre temblores de rabia y tensión; a cada palabra, le escupía saliva y sangre de su nariz goteante—. ¡Voy a matarte!

Katya comprendió que lo haría y el pánico empezó a apoderarse de ella. Sentía el Medallón como si le quemara sobre el pecho. Sólo tenía que dárselo, que quitarse de encima esa carga. Él lo arrancaría de todos modos de su cadáver. Ya no había opción. Había llegado al final del camino.

⸺◈⸺

Ramiro había salido en busca de algo de comida. Estaba muerto de hambre, llevaba días muerto de hambre. Lo último que había ingerido era un poco de té y una galleta seca la noche anterior. Y las perspectivas se presentaban poco halagüeñas. Decían que la gente en Rusia pasaba hambre, ¿por qué los bolcheviques iban a alimentarlos a ellos, a sus enemigos alemanes, si ni siquiera alimentaban a su propia gente? Nadie sabía qué esperar de los soviéticos. De momento, su mera presencia resultaba aterradora.

Las cartillas de racionamiento emitidas por el recién derrotado régimen nazi carecían ya de validez alguna. Con los comercios saqueados o destruidos, los berlineses no sabían adónde acudir en busca de alimento. La cuestión del abastecimiento se había convertido en una cacería: había que recorrer las calles al acecho de cualquier ocasión. El cadáver de un caballo abandonado en mitad de la calle era despedazado en cuestión de minutos. De forma aleatoria, aquí o allá, los rusos estacionaban una camioneta y empezaban a repartir patatas, pequeñas como ciruelas, latas de guisantes y un pan duro y de color grisáceo que sabía a cemento porque seguramente estaba hecho con cemento. La multitud se aglomeraba en torno a los puestos ambulantes de sopa por un cazo de algo caliente; los últimos en llegar se quedaban sin su ración.

Después de una jornada de patear las calles rotas, entre almas desoladas, le había llegado el rumor de que se podía conseguir comida en un almacén militar en Friedenau. Cuando llegó hasta allí, los soldados rusos vaciaban sus bodegas: sacos de harina, de arroz, conservas... Algo cayó para los que esperaban las migajas al otro lado de los fusiles soviéticos. Ramiro había conseguido un par de latas de judías y unos puñados de arroz que bailaban con la marcha en el bolsillo de su chaqueta. Le había cedido a una anciana un tarro de pepinillos sobre el que ambos se habían abalanzado al tiempo, pero ella parecía necesitarlo más y él ya iba bien servido.

Sea como fuere, regresaba a casa satisfecho. A casa... Extraña palabra en aquellos tiempos. Mientras esperaba en Berlín lo que quiera que fuese a suceder, había decidido hacer de la morada de Cornelius Althann su hogar y se había instalado allí con Ilse. La pobre lo había perdido todo; su antiguo piso había sucumbido a las bombas y, en cuanto a su familia, aunque se pasaba los días de acá para allá buscando información sobre ellos, nadie le daba razón de su destino; hasta ahora, sólo había escuchado los rumores espantosos de siempre.

La vivienda sobre el anticuario estaba hecha un desastre pero, cuando la mayoría de las casas y apartamentos de Berlín se habían convertido en ruinas y mucha gente se había visto abocada a acampar en las calles, era una suerte contar con un techo bajo el que cobijarse, no importaba que estuviera medio derruido.

Ramiro llegó a la casa por la calle trasera, desde donde se accedía a un portal que conducía a la vivienda de la planta superior. Iba pensando en todo el trabajo que tenía por delante: limpiar y adecentar las habitaciones, intentar poner en marcha la cocina de carbón, reparar los destrozos, cubrir las ventanas para que no se colasen el frío y la lluvia...

Fue antes de entrar en el recibidor cuando le sorprendió el estallido de un disparo. Se tiró al suelo por instinto, con las manos sobre la cabeza; las latas rodaron por la tarima. Apretaba los músculos en previsión de más tiros. Temblaba a causa de la sola idea de revivir la pesadilla. ¿Y si volvía a quedar paralizado?

—Tranquilo, Ramiro, tranquilo —se decía entre dientes.

Sin moverse, escuchó golpes en el piso de abajo, venían de la tienda. Se incorporó con cautela y, avanzando a cuatro patas, se asomó por la escalera interior. Dos figuras rodaban por el suelo, luchaban entre quejidos y jadeos. Distinguió el uniforme de soldado ruso de uno de ellos, el otro era un civil. Bajó un par de peldaños más. Justo en ese momento, el civil despachó con unas patadas al soldado, que quedó tirado en el suelo. Después lo abofeteó y lo apuntó con una pistola.

—¡Maldita hija de puta! ¡Maldita hija de puta! ¡Voy a matarte!

Ramiro no podía creer lo que estaba viendo. El soldado era una mujer y el hombre... Esa voz, ese rostro surcado de cicatrices... La imagen le asaltó con virulencia, allí agazapado y temeroso como una rata.

—¡No! —chilló Katya, desesperada—. No... No dispare. —Arrastró la espalda atropelladamente para alejarse—. Se lo daré. Se lo daré.

Su oponente destilaba furia en cada exhalación. La mirada encendida y el rostro cubierto de sangre le prestaban un aspecto demoníaco. Se le notaba en la mano, blanca de empuñar con fuerza el arma, que iba a disparar, que quería disparar. Lo haría incluso después de conseguir el Medallón. Estaba borracho de violencia.

—No dispare —repitió con voz débil. El aliento no le llegaba al cuello. Estiraba un brazo al frente como un ridículo escudo contra las balas. El sudor y el pánico le nublaban la vista.

—¡Sácatelo ya, joder! ¡Enséñame el maldito Medallón, perra rusa!

Katya se llevó la mano a la camisa. Los botones se le hacían insalvables porque no podía controlar el temblor de los dedos y no quería quitar los ojos de aquel cañón del que pendía su vida.

Entonces lo vio. Apenas lo distinguió, en realidad. Una sombra, una silueta borrosa en segundo plano, tras el cañón de la pistola, tras el demente que la empuñaba. No supo qué esperar. Estaba bloqueada.

Un crujido resonó en la estancia y en sus oídos. Después, un golpe seco. Y silencio.

El tipo se había desplomado.

Movida por el instinto, Katya se apresuró a recuperar su pistola y después reptó como un lagarto en busca de un cobijo, que no encontró, hasta dar de espaldas con la pared.

—¡La madre que me parió!

Un chico con la astilla de un madero en la mano miraba espantado a quien acababa de rompérselo en la cabeza.

—¿Eres español? —dedujo ella, pasmada, hurgando en el fondo de su cerebro para sacar aquellas dos palabras de un idioma oxidado.

Él asintió. También parecía pasmado. La observó con el ceño fruncido, como si se esforzara en recordar algo.

—Usted... Es aquella oficial... En el sótano. Le quitó ese soldado de encima a Ilse.

Katya no supo qué responder. Había estado en tantos sótanos llenos de alemanes asustados y alemanas con soldados encima...

Entonces el hombre del suelo emitió un gemido y se movió. Katya se levantó de un salto, impulsada por la adrenalina, la pistola preparada en la mano.

—Está volviendo en sí. Necesito una cuerda o un pedazo de tela para atarlo.

El chico la miró confuso.

—No hablo ruso.

Ella repitió la última frase en su torpe español y el otro no tardó en ofrecerle un cordón que extrajo con un tirón de la tapicería de una silla hecha añicos.

Obviando sus lamentos de dolor, Katya trató al hombre sin miramientos para ponerle boca abajo y atarle las manos a la espalda. Por fin, afianzó bien el último nudo. No parecía que pudiera moverse por su propio pie, aquel estacazo le había dejado tieso.

—Él... —carraspeó el chico señalando al prisionero—. Le escuché mencionar un medallón...

Katya, arrodillada aún, alzó la cabeza y le miró con recelo: parecía nervioso. Retorcía los dedos bajo los puños raídos de una chaqueta que le quedaba grande después de haber perdido peso y porte y dignidad. El miedo encoge.

—¿Busca usted a Cornelius Althann? —se atrevió a insinuar el español.

Ante el silencio suspicaz de Katya, él continuó relatando.

—Herr Althann vivía aquí. Ésta era su tienda. Pero este hombre lo detuvo. Es un agente de la Gestapo. Era. Cornelius es mi amigo. Yo estoy aquí, esperándole también. No sé si volverá. Son pocos los que vuelven...

Katya se puso en pie lentamente mientras iba calibrando las dudas y sopesando todas las opciones. Después de lo sucedido, tenía la sensación de que no podía fiarse de nadie. Sin embargo, aquel chico le inspiraba una extraña confianza. Quizá porque estaba desesperada por confiar en alguien. Al menos, y con toda la cautela, le daría una oportunidad. Después de todo, le había salvado la vida.

—Escucha, tenemos que hablar —resolvió al fin—. Pero sin testigos. Voy a ir a buscar a un par de camaradas que se lo lleven de aquí. ¿Podrás vigilarle entretanto? Si se pone rebelde, le vuelves a atizar. Tienes buena mano con el madero —sonrió.

———◦◦◦———

Ramiro se hizo con otro tablón y lo asió con fuerza, preparado para emplearlo en cualquier momento. Contempló a aquel tipo tirado en el suelo, cubierto de sangre y polvo. Al filo de la consciencia, sólo emitía gemidos. Su patética imagen sólo le inspiraba odio. Un odio que le hervía en el pecho y le agitaba el cuerpo entero con un incontenible temblor.

—¿Dónde está? ¿Dónde está herr Althann? —pronunció con voz ronca comida por la tensión.

No obtuvo respuesta. Tampoco la esperaba. Aunque tuvo que contener el impulso de liarse a patadas con él, no tanto para arrancarle una confesión como para aliviar toda la impotencia y la frustración que había acumulado los últimos años. Tres largos años durante los que no se había sacado de la cabeza la repugnante imagen de aquel tipo. El tipo de las cicatrices.

Ahora yacía a sus pies como un despojo. Ojalá tuviera agallas para aprovecharse de eso.

Bajó el brazo armado y aflojó la tensión de su cuerpo, rendido de cansancio. Miró a su alrededor, al mismo escenario en que se había encontrado con ese indeseable por primera y última vez. Fue el día que se enteró de que habían detenido a Cornelius.

Aquella tarde llegaba a la residencia una vez terminada su última clase del día. Pensaba quedarse estudiando hasta que empezase su turno de noche en el hotel; tenía un examen importante la semana siguiente e iba algo retrasado. Sin embargo, ni siquiera llegó a subir a su habitación para dejar sus cosas.

Aquel chico le estaba esperando en la portería. Le abordó de improviso, salido de la nada, de manera un tanto furtiva. Se le notaba alterado, como quien está en el sitio inadecuado haciendo algo inadecuado. Le llamó por su nombre en un susurro, de igual modo que un estraperlista.

—Tengo una carta para ti. —Se la tendió y según Ramiro, desconcertado, la tomaba, se marchó sin dar más explicaciones.

Él no lo sabía pero el muchacho se llamaba Dieter Puhl, era guardia en la prisión de Prinz-Albrecht-Strasse, donde se ubicaba el cuartel general de la RSHA, la oficina de seguridad del Reich. La casualidad había querido que le tocara custodiar el sótano donde se encontraba la celda de herr Althann. Dieter conocía a Cornelius Althann del barrio, el anticuario era cliente de la sastrería de sus padres. Un buen hombre. Cuando el padre de Dieter falleció repentinamente a causa de una embolia y la familia se vio sin recursos para costearle un entierro digno —el negocio llevaba años en pérdidas y las deudas se habían acumulado—, herr Althann organizó una colecta vecinal para conseguir los fondos necesarios. A Dieter le sorprendió verle detenido, aunque en aquellos días la cárcel no era ajena a la gente corriente.

—Dieter —lo llamó el viejo un día a través del ventanuco

enrejado mientras él hacía su ronda—. Te ruego que me ayudes. Necesito escribir y enviar una carta.

Aquella petición colocaba al joven guardia en un brete: cualquier comunicación de los reos con el exterior tenía que pasar por la censura de las SS. Podía meterse en un buen lío si le descubrían ayudando a un preso a saltársela. Pero, qué diablos, le debía un favor a herr Althann, no podía negarse a lo que le pedía.

Ramiro rasgó el sobre y desplegó el papel que contenía. Leyó la primera vez la misiva sin comprender su alcance, resistiéndose a comprenderlo. Volvió a leerla y aquella información confusa se amontonó en su cabeza sin demasiado sentido. Por un momento, permaneció parado como un pasmarote al pie de las escaleras que conducían a su habitación, con la carta en la mano, hasta que al cabo salió corriendo hacia la calle.

El trayecto hasta Friedrich-Karl-Platz no era demasiado largo, apenas cuatro paradas de tranvía. Entretanto, trató de tomar conciencia de la situación. ¿Cómo podía haber sucedido? ¿Por qué la Gestapo había detenido a Cornelius? La última vez que lo había visto, todo parecía en orden. Cornelius era un tipo corriente, la clase de persona que no se metía en líos. Claro que llevaba tiempo sin visitarle, puede que más de un mes. Entre las clases, los exámenes, las prácticas y el trabajo apenas le quedaba tiempo para nada. Tendría que haberle visitado con más frecuencia, ahora se arrepentía de no haberlo hecho, se sentía como un maldito desagradecido. Cornelius le había ayudado tanto...

La carta era breve. Casi críptica: «Ha llegado el momento de que tomes las riendas. Recuerda: MC». ¿Por qué? ¿Acaso estaba solo? No podía ser. Cornelius saldría de la cárcel; seguramente, todo había sido un malentendido. Él no estaba preparado. No, no lo estaba. Iría a la prisión, pediría ver a Cornelius. Quizá era lo que tendría que haber hecho antes que nada; en cambio, se encontraba camino de la casa del anticuario como si un ingenuo deseo le llevara hasta allí, dispuesto a comprobar que aquello no era más que una broma pesada.

El tranvía lo dejó en la misma plaza y sólo tuvo que cruzar los jardines para llegar al número cuatro. Atravesó el edificio hasta el patio interior y enseguida se dio cuenta de lo anómalo de la situación: el local estaba precintado y su escaparate cubierto de papel para tapar la vista interior. Entró en el portal y subió hasta el primer piso. Llamó a la puerta, aun intuyendo que no obtendría respuesta. Después, palpó en lo alto del marco hasta dar con el resquicio donde sabía que Cornelius ocultaba una llave, la sacó y la empleó para abrir la cerradura.

Dentro de la vivienda, todo estaba revuelto: muebles volcados, papeles esparcidos por el suelo, objetos hechos añicos... Ramiro se paseó entre el caos y el eco de sus propios pasos. Estuvo tentado de gritar el nombre de Cornelius, pero cayó en la cuenta de lo estúpido que hubiera sido hacerlo. ¿Cómo era posible?, volvió a repetirse con el corazón encogido. Entonces escuchó ruidos a su espalda. Se volvió.

—Alto ahí, no se mueva.

Un tipo alto y delgado, vestido de civil, le apuntaba con una pistola. Bajo el ala de su sombrero, Ramiro vislumbró un rostro cuadrado de nariz afilada y mirada dura; unas marcadas cicatrices cruzaban su mejilla izquierda. El cañón del arma lo mantuvo inmóvil.

—Gestapo —anunció el hombre según se le aproximaba y le mostraba una placa ovalada—. Esta vivienda está bajo custodia de la Oficina de Seguridad del Reich. ¿Cómo ha entrado aquí?

—Con mi llave. Soy amigo de herr Althann, el propietario.

—Enséñeme sus papeles —le ordenó.

Ramiro sacó su pasaporte del bolsillo de la chaqueta y se lo entregó. El policía bajó por fin el arma y la devolvió a la pistolera antes de examinar el documento.

—De modo que español...

—Estudio en la universidad. Todos mis permisos están en regla —se apresuró Ramiro a aclarar, pero al otro no pareció importarle demasiado, se limitó a devolverle el pasaporte.

—Herr Althann ha sido detenido —le informó entonces—. Tiene que entregarme esa llave. Ya no puede entrar aquí.

—¿De qué se le acusa? —se atrevió el joven a preguntar.

El policía lo observó un instante antes de responder, como si estuviera decidiendo en ese momento los cargos contra Althann.

—Conducta amoral.

—¿Conducta amoral? ¿Qué significa eso? —A él mismo le había parecido que su tono resultaba insolente, dadas las circunstancias, pero la indignación contenida lo había modulado.

El agente avanzó un par de pasos lentos hasta él para así contemplarlo desde arriba, reforzando su actitud intimidante. Mostraba un gesto extraño, como si sonriera sin hacerlo. Algo en aquel rostro y en aquel rictus, en aquella proximidad, le resultó a Ramiro casi repulsivo.

—Eso significa que tu amigo es un sucio maricón —escupió—. Teniendo tal circunstancia en cuenta, tu presencia en este lugar podría malinterpretarse, lo cual no es bueno ni para él ni para ti. Esta vez lo voy a dejar pasar, pero no quiero volver a verte por aquí, ¿está claro? Ahora, dame esa llave.

Aquel recuerdo le sacudió como una descarga eléctrica. Igual que si un demonio se hubiera apoderado de él, Ramiro volvió a asir el tablero y, en un arranque de rabia que le manó incluso por la garganta, lo descargó sobre la espalda de aquel malnacido, que se retorció en el suelo como una cucaracha bajo una escoba.

—¡Cabrón hijo de puta! ¿Dónde está herr Althann?

Su grito en español resonó en la pequeña casa del anticuario.

<hr />

La oficial rusa regresó al cabo de media hora con un par de soldados que agarraron al tipo de las axilas y lo arrastraron hasta un maltratado jeep americano.

Ella se volvió hacia Ramiro y le tendió un paquete rojo con letras amarillas.

—Me temo que antes no te di las gracias. Es chocolate —aclaró al ver que Ramiro giraba el envoltorio confuso—. Octubre

Rojo, ¡es buena marca! No tengo cigarrillos, lo siento. Pero puedo conseguirlos.

—Chocolate... —murmuró, salivando—. Muchas gracias.

Katya observó complacida la expresión de éxtasis del chico. Aquella figura suya, holgada dentro de la ropa, ligeramente encorvada, la enternecía. Todo él le causaba esa impresión con su rostro pálido y alargado de poeta del Romanticismo, coronado por un revoltijo de rizos oscuros demasiado largos, en el que lo que más destacaba eran unos ojos enormes de color café. Y, aunque resultaba agraciado en conjunto, lo primero que sin duda le atrajo de él fue que tenía cara de buena persona.

—Por cierto, me llamo Katya.

Él alzó el rostro con una sonrisa.

—Yo soy Ramiro.

El silencio y la quietud habían regresado a la vieja tienda del anticuario. El danzar pausado de las motas de polvo en los planos de luz, que, como filos, parecían acuchillar la ya maltrecha tienda, producía la extraña ilusión de haber detenido el tiempo en aquel lugar de cosas abandonadas y olvidadas. Mientras el resto del mundo se desenvolvía en su locura, Ramiro y Katya permanecían sentados en el suelo, la espalda contra la pared, en una conversación que sucedía a trozos, a mordiscos de chocolate, al hilo de sus confusos pensamientos.

Katya Voikova. Ahora Ramiro empezaba a comprender.

—Cuando detuvieron a Cornelius, escribí a tu tío para informarle. Pero nunca me llegó respuesta.

—Mi tío está muerto —respondió ella sin rodeos—. Ese tipo... El de la Gestapo... Él lo mató.

Las cicatrices. Una imagen latente, almacenada en algún lugar recóndito de su memoria, la había asaltado como un destello al ver esa mejilla llena de marcas. Y tal chispa había prendido el resto de los recuerdos como si estuvieran rociados de gasolina.

En sólo unos segundos, mientras aquel hombre la acosaba

con su falsa amabilidad, se había visto a sí misma subiendo por las escaleras en espiral de la casa de Leningrado. Llegaba tarde a cenar e iba inventando una excusa para que su tío no la regañase.

«Lo siento, tío. Es que acompañé a Xenia a su casa después de la escuela y su madre me invitó a tomar el té. No podía rechazar su invitación a riesgo de parecer maleducada, ¿no te parece? Y, ya sabes, las horas se pasan sin sentir cuando estás tomando el té.»

Iba tan distraída, recitando con la vista puesta en los escalones para no tropezar, que a la altura del descansillo del tercer piso chocó con alguien que bajaba tan deprisa como ella subía.

—Me disculpé con educación —le relató a Ramiro—, pero él apenas emitió un sonido gutural y me miró de una forma que me pareció muy desagradable. La cara de chiflado, las cicatrices en el rostro... Aquel tipo me dio mala espina, por lo que me apresuré en retomar la subida hasta el quinto piso aún más rápido si cabe, inconsciente del horror que allí me aguardaba.

Nunca olvidaría la imagen de su tío, al fondo del salón, sentado en la butaca tras la mesa del despacho. Una figura inerme y deslavazada con el cuello abierto en dos. La sangre goteaba sobre la tarima de madera como el tictac de un reloj: tic-tic-tic.

—La tengo metida aquí, en la cabeza. Y no se va. A veces me asalta en sueños. Mira que he visto gente muerta de las formas más horribles... Pero entonces era una niña.

Ese hombre. El hombre con el que había chocado en la escalera de Leningrado. El hombre de la cara de chiflado y las cicatrices en la mejilla. El hombre que, cuatro años después, a miles de kilómetros de Rusia, acababa de tener frente a ella mientras la engatusaba con una voz meliflua.

—Él mató al tío Fiódor.

Ramiro se llevó el último trozo de chocolate a la boca; había comido la mitad de la tableta y la otra mitad la reservaba para Ilse. Mientras lo deshacía despacio para prolongar el disfrute, desvió la vista hacia la mujer a su lado. Ella miraba al frente, con un gesto duro tras un relato que hubiera arrancado lágrimas en cualquier fémina, al menos en la idea que él tenía sobre las féminas.

De cerca, se apreciaba que era joven, más que él, seguramente; aunque aquel uniforme la hacía parecer mayor. Bien mirada, sin la gorra que le cubría la frente, sin la confusión de la batalla, sin los prejuicios reservados al enemigo, era guapa. Una belleza exótica de labios carnosos, ahora cuarteados, y ojos verdes de gato, sombreados por profundas ojeras; de piel clara, salpicada de cortes y heridas, y cabello oscuro demasiado corto; de perfil de estrella de cine, con la nariz recta y la mandíbula y los pómulos bien definidos.

A Ramiro le costaba imaginarse a una mujer así en pleno infierno del frente y, sin embargo, él mismo la había confundido con un soldado como los demás. Qué extraña combinación esa la de mujer y soldado...

—¿Te das cuenta? —habló de pronto, también para sí mismo, como si una parte de su cerebro hubiera estado pensando por su lado y se le presentase ahora con la conclusión de su trabajo—. Todo encaja... De algún modo, ese hombre descubrió que el Medallón lo tenía tu tío y, al no conseguir que se lo entregara, lo mató. También sabría el papel que jugaba Cornelius en este asunto y que quien poseyera el Medallón, una vez muerto Voikov, se pondría en contacto con él. Por eso lo detuvo: para quitárselo de en medio y poder suplantarlo en la correspondencia.

—De ahí que tenga mis cartas... —Katya empezaba igualmente a comprender: esa insistencia en las misivas por saber de ella en cada momento, por no perder el contacto, por arrastrarla hasta Berlín—. Y yo he sido tan tonta que he caído en la trampa.

Según llegaba a ese convencimiento, recordaba todo lo que había ido dejando en esa correspondencia: se había confesado como si la persona al otro lado fuera un sacerdote, pues no tenía nadie más con quien confesarse. Semejante idea le causó tal rabia y vergüenza que el calor le subió a las mejillas.

—Todos hemos caído en su trampa de un modo u otro.

Ramiro se sentía culpable. Todo este tiempo le habían asaltado los remordimientos y las dudas sobre si estaba haciendo lo suficiente por Cornelius. Tenía que reconocer que la amenaza de aquel tipo de la Gestapo había conseguido amedrentarle. Su situación de trabajador extranjero le hacía vulnerable, no podía permitirse que una simple sospecha de sodomía cayera sobre él. Así, igual que un conejo en una madriguera, la mera visión de los dientes del zorro le había achantado y rápidamente había escondido la cabeza para no volver a sacarla más. «Olvídate de mí y céntrate en tu misión. Hacerte el héroe no será bueno para nadie», le había advertido Cornelius. Y él se había agarrado a ello como excusa, porque, tenía que admitirlo, no poseía madera de héroe. Le daba pánico la sola idea de acabar en una prisión de la Gestapo.

—Eso sí, el muy estúpido no pensó que, al verle, yo descubriría que no es Cornelius Althann —expresó Katya con cierto regocijo.

—Quizá sí lo pensó pero no le importó. Su objetivo era atraeros a ti y al Medallón a Berlín. Una vez aquí, todo sería más fácil para él.

—Entonces, lo que no pensó es que tú te presentarías para fastidiarle el plan.

Ramiro sonrió satisfecho: bien cierto era eso, le había fastidiado el plan. Cornelius estaría orgulloso de él.

—Yo ya he estado aquí antes, visitando a Cornelius —confesó Katya—. Por eso supe desde el primer momento que se trataba de un impostor. Y no sólo por las cicatrices.

Lo que Katya veía en aquel momento a su alrededor en nada le recordaba al lugar mágico que guardaba en su memoria tras su primera y, en aquel momento, única visita a Berlín. Nada en aquella ciudad se conservaba como en sus recuerdos.

Por entonces, ella era sólo una cría de trece años, tímida y asustada; traumatizada incluso por el repentino giro que acababa de dar su vida.

—El tío Fiódor me trajo aquí. Apenas haría un par de semanas que vivía con él. Madre mía... Cómo estuvo protestando todo el viaje de lo enojoso que le resultaba tener que cargar conmigo, de lo ocupado que estaba para cuidar de una niña que le había caído de pronto del cielo. «Eres tan inoportuna como las nevadas de octubre», me decía.

El tío Fiódor le imponía y le imponían esos señores que iban a ver y que seguramente serían tan serios y cascarrabias como él. Una persona que es seria y cascarrabias sólo puede tener amigos serios y cascarrabias que detestarían a los niños y aún más a las niñas. Sin embargo, estaba equivocada.

—Me gustó Cornelius Althann porque tenía nombre de mago y parecía un mago. Porque siempre sonreía y sus mejillas se tornaban tan redondas que parecían bolas rosadas y brillantes. Por sus ojos pálidos y pequeños que chispeaban como si todo lo que contemplaban fuera emocionante. Porque vestía un largo batín de seda y se cubría la cabeza con un curioso gorro del que colgaba una gran borla de flecos que se meneaba de un lado a otro de una forma que me parecía muy divertida.

—¡Es cierto! A Cornelius le encantaba ese fez que se había comprado en Marruecos. Era un loco de los sombreros, cuanto más raros mejor. Tendrías que haberle visto con la boina de terciopelo de pintor del Renacimiento, con su pluma y todo. O con ese gorro mongol forrado de pelo que se calzaba los días más fríos. ¡Qué tipo!

Katya rio con Ramiro.

—Nunca había estado ante un personaje semejante, si acaso en el circo. Tan peculiar como su tienda de cacharros viejos. Recuerdo que me quedé fascinada cuando la visité. «No toques nada», me aleccionó mi tío. Pero el señor Althann le corrigió. Dijo que podía tocar lo que quisiera porque así le daría un poco de vida a tanto trasto medio muerto. Y mientras aquellos tres señores... Había un tercero en la reunión, no recuerdo cómo se llamaba. Pero era amable. Desde luego, todos me parecieron más amables que mi tío. La cuestión es que ellos se pasaban las horas, de la mañana a la noche, hablando de sus cosas y yo tuve todo el tiempo para explorar aquel lugar, este lugar, lleno de tesoros: las cajas de botones, las muñecas con ojos de cristal y párpados móviles, la máquina de escribir con una tecla atascada, la balanza y su juego de pequeñas pesas... Y los libros. Al verme ojear en busca de las ilustraciones un ejemplar de *De la Tierra a la Luna*, de Julio Verne, el señor Althann me dijo: «Si me prometes que lo vas a leer, te lo regalo». «Pero yo no sé francés», le reconocí decepcionada. Y él me contestó: «Entonces, tendrás que aprender».

—Típico de Cornelius —rio Ramiro.

—¡Y el caso es que me hice con un diccionario y aprendí a chapurrear francés leyendo *De la Tierra a la Luna*! Gracias a Cornelius...

—Cornelius es una persona muy especial —constató Ramiro tras escuchar la historia de Katya—. Para mí, estos últimos años ha sido como un padre.

En realidad, Ramiro pensaba que Cornelius había sido el padre que le hubiera gustado tener, aunque le pareció poco correcto confesarlo en voz alta. No era que no hubiese querido a su padre, pero tenía que admitir que nunca se sintió muy unido a él.

Don Leopoldo García de la Torre había sido un padre como la mayoría: severo, distante, reservado. Había educado a su hijo en los buenos valores, lo había colocado en la senda de convertirse en un hombre de provecho, culto y de recta moral, había corregido la tendencia al llanto y la sensiblería que Ramiro mostrara de niño, alentada por su madre. Pero jamás le trató con cariño, de tú a tú. Para Ramiro, su padre era un extraño. Y supo hasta qué punto el mismo día que lo enterraban, y ni la tierra que lo sepultó fue capaz de evitar que los secretos se escaparan por las rendijas de su ataúd.

—Yo conocí a la vez a Cornelius y a tu tío. También estaba con ellos ese otro hombre, el francés.

Ramiro recordaba aquella mañana húmeda y pegajosa de mayo en el cementerio de la Almudena de Madrid.

—Sucedió durante el entierro de mi padre. Al principio, ni me fijé en las tres figuras desconocidas que se confundían con el resto de la congregación no mucho más familiar. Fue al final del sepelio, mientras la gente se dispersaba por las callejuelas de nichos y tumbas, cuando se aproximaron y me dieron el pésame en alemán. Por cortesía, les estreché uno a uno la mano, mecánicamente; en realidad, estaba confundido, aturdido por la situación, por la lengua en la que se dirigían a mí. Sin darme todavía sus nombres, el más bajito de ellos me aseguró que eran buenos amigos de mi padre. Me habló con una afabilidad chocante para tratarse de un desconocido. Así era Cornelius... Yo no pude evitar reparar en su aspecto extravagante con su capa negra de forro verde botella, una chistera y una gran lazada al cuello en lugar de corbata.

—Como yo en su fez.

—Pero es curioso que, luego, con el tiempo, me acostumbraría y ya no me parecía tanta su extravagancia, se trataba tan sólo de Cornelius, no lo imagino de otra manera. La cosa es que me dijo que era muy importante que hablásemos y me tendió una tarjeta de visita: Cornelius M. Althann. *Antiquar.* Friedrich-Karl-Platz, 4 Charlottenburg-Berlin. Justo en ese momento, en tanto trataba de asimilar aquel extraño encuentro, noté un tirón del brazo. Mi madre, que era una señora muy elegante que jamás se destemplaba ni tan siquiera para llorar en el entierro de su marido por no hacerlo en público, se mostraba en aquel momento especialmente digna: con la espalda muy erguida y el gesto contraído con dureza. «Tenemos que irnos. El coche nos espera», me metió prisa. Y, entonces, por primera y con toda probabilidad única vez en mi vida, fui testigo de cómo perdía parte de su regia compostura cuando se dirigió al trío de caballeros: «Jamás vuelvan a acercarse a mi hijo. El negocio que ustedes se traían con Leopoldo ha muerto con él de una vez por todas. Para bien».

—Y, aun así, viniste a ver al señor Althann.

—Sí, pero eso fue mucho después, una vez que falleció mi

madre y no sabía muy bien qué hacer con mi vida. Y, ¿sabes lo que me dijo Cornelius entonces? «Tu madre sólo trataba de protegerte. Es lo que todas las madres hacen.»

Por un momento, ambos guardaron silencio, con la vista perdida en el panorama en ruinas, sumergidos en sus propios recuerdos, extrayendo sus propias conclusiones.

—Nos han dejado solos demasiado pronto —reflexionó Ramiro.

Ella asintió aunque matizó:

—Al menos, ahora estamos juntos.

Entonces Katya tiró de un cordón oculto bajo su ropa y se lo sacó por la cabeza. Sin mediar palabra, le mostró a Ramiro el Medallón en su palma abierta.

Él alternó la mirada inquieta entre los ojos de la chica y la reliquia, ambos casi del mismo color. ¿Acaso era posible tener delante el Medallón de Fuego? ¿Así, en un solo gesto? Tantas horas hablando de él, tantas veces en el discurso de Cornelius y, aun así, tan inaccesible como cualquier leyenda. Y, sin embargo, allí estaba, en la palma de una mano frente a él, sin fanfarrias ni boato en su presentación.

Katya le animó a cogerlo.

La piedra era suave, roma, mate, tan desgastada por el tiempo que los relieves se habían desdibujado: un dragón de humo y unos símbolos desenfocados. O quizá siempre hubiera sido así.

—Parece insignificante, ¿verdad? —opinó Katya.

Lo parecía. No obstante, Ramiro estaba maravillado.

—Como las grandes cosas —adujo—. ¿No escogió Dios encarnarse en el hijo de un carpintero?

¿Katya está viva?

—Hola, Irina. ¿Cómo estás? —pregunté en cuanto descolgué. No sabía si estaba aliviada o decepcionada porque hubiera sonado mi teléfono en lugar de aquel intrigante aparato que Martin me había enviado.

—Bien, bien. ¿Tú también? ¿Has descansado?

—Sí...

—*Khorosho, khorosho*. Tengo noticias para ti.

—¿Está Alain contigo?

—No, ya no. Acaba de marcharse. A la Biblioteca Nacional. Le he conseguido allí cita con un colega de Anton.

—Ah... Vale.

—Escucha. Tengo una chica... Es genial. Una estudiante que está de prácticas en el archivo. A ella le encargué que me buscase documentación sobre Peter Hanke. Es muy eficaz, muy concienzuda. Pues bien, mi chica ha encontrado esos documentos del SMERSH. La contrainteligencia soviética.

—Sí.

—El SMERSH interrogó a Hanke el 8 de mayo de 1945 en Berlín, justo al acabar la guerra, cuando los soviéticos ya estaban en la ciudad. Bueno, eso ya lo sabes. Pero lo más interesante es...

—Que Hanke sobrevivió a la guerra.

—Exacto. Ahora puedes anotar que se encontraba en Berlín el 8 de mayo de 1945 —recalcó.

—¿Y da alguna pista sobre lo que le sucedió después?

—No. La cuestión es que lo detuvieron por atacar a un oficial ruso y, además, se le acusó primero de pertenecer a la Werwolf, la guerrilla nazi, y después de ser un agente doble alemán. Durante todo el interrogatorio, Hanke insistió en que había trabajado como espía sólo para la Unión Soviética.

—Pero los del SMERSH deberían haber sabido si Hanke era o no uno de sus agentes o, al menos, haber podido comprobarlo.

—En teoría, sí. Aunque quizá hubiera algún problema con los archivos. Por un lado, debido a las circunstancias: ellos estaban en Berlín, con pocos medios, y los archivos en Moscú. No sería fácil, y desde luego ni mucho menos inmediata, la consulta. Por otro lado, hay que fijarse en las fechas: Hanke empezó a espiar para la Unión Soviética en 1942 reclutado por el NKVD, ya que, por entonces, el SMERSH todavía no existía y la contrainteligencia dependía de dos organismos, el NKO para asuntos de defensa y el NKVD para asuntos de seguridad interior. Sólo a partir de 1943 se crea el SMERSH y, bajo estas siglas, se fusionan ambas competencias. En el caso de Hanke, es probable que esa transición ocasionara alguna pérdida de información que, desde luego, no le benefició a la hora de comprobar su lealtad a la URSS.

—Entonces, si lo acusaron de agente doble seguramente lo condenaron a muerte...

—Seguramente. Pero la verdad es que el informe no dice nada del destino final del prisionero. De todos modos, seguimos buscando.

—Muchas gracias, Irina.

—Luego, luego besarás la tierra por la que piso —bromeó—. Pero no me las des todavía, que aún hay más. Parece que la suerte está de nuestro lado. —Soltó una de sus risitas y a mí me pareció ver sus carrillos redondos y rosados agitarse pese a no tenerla delante—. Resulta que una buena amiga mía, escritora, está preparando un libro acerca de las mujeres que estuvieron en el frente durante la Gran Guerra Patria y me ha llamado esta mañana para que le buscase información sobre algunas. ¿Adivinas quién estaba entre ellas?

Me quedé un segundo en silencio, dudando la respuesta, quizá porque me parecía que era tener demasiada suerte.

—¿Katya Voikova?

—Nuestra pequeña Katya, ¿puedes creerlo? ¡Estuvo en el Ejército Rojo! Mi amiga ha dedicado más de cinco años a entrevistar a algunas de esas mujeres, las que aún están vivas y se dejan entrevistar. Una de ellas, Yulia Idrisova, le habló de Voikova, fueron compañeras en el Tercer Ejército de Choque.

—Vaya... Eso sí que no me lo esperaba. Pero ¿tu amiga ha llegado a entrevistarla? ¿Katya está viva?

—No, no. Bueno, no sé si está viva o no. Yulia sólo se la nombró. Eso creo, no he visto sus notas. De todos modos, y adelantándome a tu pregunta, Yulia Idrisova falleció el año pasado, así que, lamentablemente, no te dará muchas pistas. Le he pedido a mi amiga que me pase toda la información que haya reunido sobre Voikova y nosotros buscaremos su hoja de servicios; no tardaremos en encontrarla, es una búsqueda sencilla. Quizá mañana la tenga.

En aquel momento, me sobresaltó un timbrazo. El misterioso aparato de Martin sonaba, vibraba y se iluminaba sobre la mesa.

Me despedí de Irina con premura, agradeciéndole todo su trabajo y quedando en volver a hablar en cuanto la archivista tuviera más información. Colgué un teléfono y me precipité hacia el otro.

⊁⊀

No quiero a otra, te quiero a ti

Un número de un montón de cifras aparecía en la pantalla de aquel móvil recién llegado; tras aceptar la llamada, permanecí en silencio.

—¿Ana?

Al comprobar que se trataba de la voz de Martin, me decidí a hablar.

—¿A qué viene este circo? ¿Es que no te vale con llamar a mi teléfono de siempre?

—No, puede que las llamadas estén intervenidas y se use para conocer tu posición. De hecho, deberías apagarlo ahora mismo. Conéctalo como mucho un par de veces al día, no más de treinta minutos seguidos, que es lo que se tarda en triangular la señal de un terminal, y desactiva la localización GPS. El teléfono que te he enviado tiene las llamadas codificadas y un dispositivo anti rastreo, pero sólo lo podemos usar entre nosotros.

—Estás loco... Más vale que tengas una buena explicación para esto. ¡Y para lo demás!

—Ana, te lo explicaré todo, te lo juro. Pero ahora no, por teléfono, no...

—¡Pues entonces no sé por qué no eres tú el que está aquí en lugar de un estúpido teléfono! No pienso darte más tiempo, mi paciencia tiene un límite y tú lo has rebasado con creces. Ya estoy harta de mentiras, Martin... o Jörg o como demonios te llames. Por Dios..., ni siquiera sé cómo llamarte. ¡Ni siquiera sé con quién estoy hablando! Voy a colgar...

—¡No! Espera, por favor. Tengo que contarte algo, es muy importante. Dame otra oportunidad, te lo ruego. Y si no quieres seguir, lo entenderé, no insistiré más. Es sobre Bonatti, sobre la investigación. Ana, he descubierto algo y te necesito. Estoy sobre una pista importante. Seguramente, la misma que llevó a Bonatti a emprender la búsqueda del Medallón. De verdad, merece la pena que me escuches.

La curiosidad, siempre la curiosidad, que por entonces se había convertido en mi único y poderoso motor, ablandó mi postura.

—Tienes cinco minutos.

Me pareció que Martin suspiraba de alivio al otro lado antes de murmurar un «gracias».

—Verás, investigando a Giancarlo Bonatti, he podido rastrear parte de su actividad en la Dark Web, la internet oculta.

—Y supongo que es inútil preguntarte cómo has podido acceder a la actividad de Bonatti en la Dark Web.

—Te lo prometo, Ana, podrás preguntarme todo lo que quieras y te lo responderé. Pero ahora concentrémonos en lo importante.

—Está bien. Sigue.

—He encontrado un correo que Bonatti envió utilizando un servidor oculto, algo tipo TOR, el servidor de correo anónimo, pero más sofisticado, hasta el punto de que todavía no he sido capaz de averiguar la identidad del destinatario. La cuestión es que, en el mensaje, se refiere a unas cartas que Pico della Mirandola dirigió a Elijah Delmédigo; te suenan los personajes, ¿no?

Permanecí callada, no iba a ofrecerle mi complicidad tan fácilmente. Ante mi silencio, Martin optó por continuar.

—Bien, según Bonatti, en esa correspondencia está la clave para seguir la pista del Medallón y afirma que está casi seguro de dónde podría encontrarla.

—¿Dónde?

—No lo especifica en el mensaje. Pero déjame continuar. Bonatti volvió a mandar un correo a la misma dirección anónima con el que parece excusarse frente a una posible presión por parte del destinatario para encontrar las cartas, y dice textualmente: «Tú también has visto el documento y resulta evidente que Von Sebottendorf ocultó las cartas allí y que allí estaban, al menos hasta 1945, sin que haya motivo para pensar que, con posterioridad a esa fecha, alguien haya podido sustraerlas. Es sólo cuestión de tiempo que demos con ellas. En todo caso, el análisis minucioso de los ejemplares de la colección Termudi debería ponernos sobre la pista. Únicamente, te pido un poco de paciencia». —Hizo una pausa tras lo que había parecido una lectura—. Dos días después, Giancarlo Bonatti moría asesinado.

—Muy bien. —Mostré una indolencia deliberada, con tintes de resentimiento—. Pues si Bonatti no encontró las cartas ni nos dice dónde las buscó, esos mensajes no nos sirven de nada.

—Sí que sirven: nos conducen a dos piezas de un puzle que, o mucho me equivoco, o sólo tiene tres en total. Y creo haber dado con la tercera.

Hizo una pausa dramática que me enervó.

—Déjate de misterios, que ya vas sobrado, y ve al grano.

—Verás: entre un mensaje y otro, Bonatti adquirió una villa en Estambul que perteneció ni más ni menos que a Rudolf von Sebottendorf.

—¿Quieres decir que Bonatti creía que las cartas estaban allí?

—No es una conclusión descabellada.

—No, no lo es —admití.

—Pero eso no es lo más interesante de todo. Lo más interesante es que la entrada de Rudolf von Sebottendorf en escena cierra un círculo de cuya existencia ni siquiera estoy seguro de que Bonatti estuviera al tanto.

—¿Y nosotros sí?

—Nosotros sí, gracias a Georg von Bergheim.

Mi «amigo», el oficial que buscó *El Astrólogo*, volvía a salir a la luz. Me senté. Estaba claro que aquella conversación iba a llevar más de cinco minutos. Pero Martin lo había conseguido: tenía toda mi atención.

—He investigado a Von Sebottendorf —continuó—. Supongo que sabes quién es.

—Sólo sé que fue el fundador de la Sociedad Thule. Así que ilústrame.

—Su verdadero nombre era Rudolf Glauer. Técnico del ferrocarril, marino mercante, ingeniero, aventurero, escritor... fue un poco de todo. Era alemán, de Silesia, pero adquirió la ciudadanía turca en 1911 y, aunque no nació noble, con poco más de treinta años conoció al auténtico barón Von Sebottendorf, quien llegaría a adoptarlo y nombrarlo su heredero. Una historia un poco enrevesada, con demandas de los auténticos herederos del barón por medio. Lo que a nosotros nos importa es que Rudolf era amante del ocultismo, la alquimia, la astrología y masón, del rito de Memphis-Misraïm.

—Como Bonatti.

—Como Bonatti. Von Sebottendorf vivió entre Alemania y Turquía, aunque en este último país pasó la mayor parte de su vida. Allí se inició en el sufismo y la cábala y conoció a la familia Termudi, judíos originarios de Tesalónica. El patriarca Termudi poseía una magnífica colección de libros sobre alquimia, rosacrucismo y otras disciplinas ancestrales y esotéricas. El buen Rudolf debía de ser un tipo muy hábil para camelar a ancianos moribundos porque también consiguió que Termudi le legara su biblioteca. Fue por medio de los Termudi como entró en contacto con la masonería, pero poco a poco se fue alejando de sus dogmas y creando una disciplina iniciática propia donde mezclaba las ideas masónicas con sus conocimientos sobre el sufismo, la meditación, la alquimia e incluso la teosofía. Vamos, un batiburrillo de corrientes esotéricas. La cuestión es que fue así como, para dar cabida a este proyecto, fundó en Múnich la Sociedad Thule. Al menos, ésa era su concepción inicial. El problema fue que Von Sebottendorf apenas consiguió adeptos para su sociedad y, con el objetivo de darle más relevancia, se acabó aliando con una facción de la Germanenorden, otra sociedad ocultista de inspiración masónica y antisemita que se había fundado en 1912. De este modo, en 1918 la Sociedad Thule está compuesta sobre todo por miembros de la antigua Germanenorden, defensores de las teorías de supremacía aria y germánica que presionan para que Thule se convierta en una organización política con fines nacionalistas y antisemitas. Así, un año después, muchos de sus asociados tenían vínculos con el partido de ultraderecha DAP, que luego sería refundado como NSDAP, el Partido Nacionalsocialista. Para entonces, Von Sebottendorf, desencantado con los derroteros políticos que había tomado Thule, ya había abandonado la sociedad que él mismo fundara. Ahora vamos a lo que a nosotros nos interesa. En toda esta aventura fundacional de la Sociedad Thule, Von Sebottendorf contó con dos socios. Uno de ellos se llamaba Walther Hanke.

La simple mención de aquel apellido me puso en alerta, aunque no quise ilusionarme.

—Ahora es cuando me dices que el apellido Hanke es muy común en Alemania —objeté.

—Y lo es. De hecho, eso mismo pensé yo: no puede ser que se trate del mismo Hanke, no vamos a tener tanta suerte. Pues sí, la hemos tenido. He comprobado por los documentos que nos ha mandado Helga que Walther Hanke es el padre de Peter Hanke. Y eso no es todo. El otro socio de Von Sebottendorf era Gunter Kirch.

—¿Gunter Kirch?

—Uno de los fundadores del Partido Nacionalsocialista, diputado del Reichstag por Baviera entre 1933 y 1941. Un fanático del nazismo y un miembro influyente de la jerarquía nazi. Es normal que tú no hayas oído hablar de él, pero se da la circunstancia de que era el suegro de Georg von Bergheim. Él recomendó a su yerno a Himmler para buscar *El Astrólogo*. ¿Entiendes ahora a lo que me refiero cuando digo que se cierra el círculo?

—Sí... ya veo.

De pronto, se me venían un montón de ideas a la cabeza y se me acumulaban otras tantas preguntas. Intenté ir por partes aunque, sin tiempo para reflexionar, resultaba casi imposible y mis pensamientos brotaban desordenados.

—De modo que Von Sebottendorf, Hanke padre y Kirch fueron los que dieron con la pista del Medallón de Fuego y de *El Astrólogo*. En ellos está el origen de todo... Lo que no entiendo es por qué la búsqueda de ambas reliquias siguió caminos diferentes. Me refiero a que por qué Himmler comisionó la búsqueda de *El Astrólogo* a Georg pero no la del Medallón y por qué parece que no hubo una misión oficial con respecto a éste, sino que se trató más bien de un empeño personal de Peter Hanke. ¿Qué ocurrió con Rudolf von Sebottendorf, con Walther Hanke y con Gunter Kirch? Si el secreto les pertenecía ¿por qué lo cedieron tan fácilmente?

—El asunto es bastante turbio, la verdad. Por lo que he podido averiguar, los que llegaran a ser muy buenos amigos no acabaron bien. En 1938, Walther Hanke apareció muerto en su casa de Magdeburgo. La policía concluyó que el homicidio se había producido en el marco de un robo. Sin embargo, y atenta a esto, Peter Hanke llevó a Gunter Kirch a los tribunales, acusándolo del asesinato de su padre. Al final, el diputado fue declarado inocente por falta de pruebas. Tres años más tarde, a finales de 1941, el cadáver del propio Kirch fue hallado en su despacho con el cuello abierto en canal; se consideró suicidio. Sin embargo, su familia siempre sostuvo que había sido asesinado y, yendo aún más lejos, su hija Elsie, la mujer de Georg, apuntaba directamente a Peter Hanke.

—Eso suena a que se cruzaron unas cuantas puñaladas por la espalda.

—Sí, y disparos y cuchilladas.

—¿Y Von Sebottendorf?

—Sus días acabaron de la misma forma extravagante y oscura que vivió. Siempre mantuvo una extraña relación amor-odio con el nazismo: Hitler prohibió uno de sus libros por subversivo, pero luego el barón mostraba públicamente su admiración por las SS. Durante la guerra, fue agente doble en Estambul para la Abwehr y la inteligencia británica, aunque según sus superiores era bastante inútil. El caso es que acabó arruinado y enajenado por sus obsesiones metafísicas y esotéricas. El 8 de mayo de 1945, murió ahogado en el Bósforo tras caer de un puente. Dicen que se tiró, aunque visto lo visto...

—Pues si alguien lo empujó, no fue Peter Hanke. Acabo de averiguar que justo el 8 de mayo de 1945 estaba en Berlín, prisionero de los soviéticos.

Martin hizo una pausa antes de confesar:

—Me alegro de que sigas investigando. No quisiera que abandonases, y menos por mi causa.

—De momento, me he dejado llevar por la inercia. Pero te advierto que sigo muy enfadada y decepcionada, y dispuesta a mandarte a paseo si no me das una buena explicación a tus historias. Por cierto, me he encontrado con Alain, aquí, en San Petersburgo. Él también está buscando el Medallón. Pero eso tú ya lo sabías, ¿verdad?

—Sí... —Pude percibir su apuro aun sin tenerlo delante—. Si hubiera podido explicarme antes de que te marcharas así...

—¿La culpa es mía, entonces? ¡Hay que fastidiarse! ¡Si no me hubieras mentido por activa y por pasiva no habría tenido ganas de marcharme así ni tú necesidad de explicarte!

—Lo sé, lo sé... Escucha, siento mucho todo esto, no era mi intención. Verás que no era mi intención cuando me explique.

—Estoy deseando oírlo.

—De eso se trata. Ahora mismo, estoy en Estambul y me gustaría que nos reuniésemos aquí.

—Pues qué cosas, porque yo, ahora mismo, estoy en San Petersburgo con intención de volver a Madrid, que es donde vivo. Igual me lo puedes poner más fácil. No es necesario hacer turismo para que nos veamos.

—No es sólo para vernos, también necesito tu ayuda. Es por las cartas, las que buscaba Bonatti. Creo que sé dónde podría encontrarlas. Supongo que están en la villa de Von Sebottendorf, sí, pero creo saber dónde exactamente.

—¿Cómo es posible? —Me mostré incrédula—. Dices que Bonatti se compró esa casa con la única intención de ponerla patas arriba para buscar las cartas y, sin embargo, no dio con ellas. ¿Cómo es que tú crees saber dónde están?

—Porque el propio Von Sebottendorf lo revela. Resulta que, poco antes de morir, el barón escribió un libro, una mezcla entre novela de aventuras y ensayo filosófico: *El descenso a los infiernos de Karim Pasha*. Aparentemente se trata de ficción pero, a ojos del conocedor, tiene mucho de autobiografía. El protagonista, Karim Pasha, claro, es un alter ego de Von Sebottendorf que narra sus peripecias en busca de un tesoro. Está escrito en turco y lo publicó en enero de 1945 una pequeña editorial de Estambul. La tirada fue muy reducida y no creo que sobrevivan demasiados ejemplares, pero he encontrado uno de ellos en una biblioteca municipal de la ciudad a la que el barón donó en vida parte de sus libros. Pues bien, en esta narración novelada está todo: cómo nuestro aventurero, con la ayuda de dos buenos amigos, sigue la pista del tesoro; cómo éstos, subyugados por los bienes y las tentaciones terrenales, acaban por traicionarlo; y cómo, al final, Karim descubre que el auténtico tesoro es de naturaleza espiritual. Es un poco comida de tarro, pero si se sabe leer entre líneas creo que hay mucho de la historia real de Von Sebottendorf con respecto a *El Astrólogo* y el Medallón de Fuego.

—¿Hasta el punto de decir dónde ocultó las cartas?

—No con palabras textuales, claro, pero el protagonista siempre recurre al mismo lugar para guardar sus documentos secretos: un compartimento detrás de una de las estanterías de la biblioteca de su casa en Estambul. Y lo describe con pelos y señales.

—No me parece una fuente muy fiable, la verdad.

—Pero es lo único que tenemos. ¿No crees que merece la pena arriesgarse?

—¿Y qué vas a hacer, colarte en la villa de Von Sebottendorf como un ladrón para buscar el supuesto compartimento secreto, en plan Pantera Rosa? Suena a guasa, no me digas. Aunque viniendo de ti, ya nada me sorprende.

—No. Voy a entrar por la puerta grande, con mis mejores galas y contigo del brazo, si me lo permites.

—Francamente, ahora mismo no estoy muy dispuesta a permitirte nada. Tendrás que ser más persuasivo.

—Este sábado, Paolo Bonatti, el hijo de Giancarlo, da una fiesta en su villa del Bósforo, adivina de quién era esa villa antes. Y yo he conseguido una invitación para dos personas: herr Johannes Schwarzwaller, de la embajada alemana, y su inteligente y bella esposa.

Solté una risa sarcástica.

—Esto es de traca. No. Olvídate. No cuentes conmigo para una de tus farsas. Tendrás que buscarte a otra. Se me ocurre esa chica rubia cuya foto lleva Jörg Müller en su cartera. Inteligente, bella y, además, tu esposa; ¿qué más se puede pedir?

—Ana, por favor... Eso no... Eso es... —Suspiró—. No quiero a otra, te quiero a ti —declaró con una intensidad impropia de una propuesta de trabajo.

—Muy bonito, Martin Lohse, si es así como te llamas, pero a mí no me la cuelas más.

—Ana... Créeme, no es a ti a quien van dirigidas mis mentiras, aunque tú las hayas recibido de rebote. Escucha: ven a Estambul, dame la oportunidad de explicártelo todo y, si lo que diga no te convence, podrás regresar a Madrid. No volveré a molestarte más.

Tardé un instante en dar mi brazo a torcer, sólo un poco:

—Me lo pensaré.

—Bien. Hoy mismo te mando el billete.

—No tengas tanta prisa. He dicho que me lo pensaré.

❧ ❦

Mayo de 1945

Con el colapso de Berlín a raíz de la invasión soviética, se interrumpieron completamente las líneas de abastecimiento, y las cartillas de racionamiento emitidas por el gobierno alemán caído dejaron de tener validez. De este modo, una de las principales preocupaciones de la Administración Militar Soviética fue alimentar a una población al borde de la hambruna. Al principio, se instalaron en las calles cocinas de campaña y se realizaron repartos aleatorios de provisiones. A partir del 15 de mayo de 1945, se estableció un nuevo sistema de racionamiento con cinco categorías. La primera, que garantizaba mayor número de calorías, estaba reservada a intelectuales y artistas; la segunda, a las mujeres de los escombros y los trabajadores manuales; la tercera, para trabajadores de oficina; la cuarta, para niños hasta los quince años; y la quinta, que se conocía como *Friedhofskarte*, billete al cementerio, se daba a amas de casa y ancianos. El sistema de racionamiento estuvo vigente en Alemania hasta octubre de 1950.

Era de madrugada cuando Ilse se durmió al fin. En los brazos de Ramiro, quien no había encontrado otra forma de consolarla que arrullándola en silencio con caricias mientras ella desahogaba su llanto. A Ramiro le rompía el corazón verla así y le carcomía la impotencia de no poder hacer nada por aliviarla.

Ilse era una joven muy fuerte, pero aquella noche se había roto. Llevaba días buscando a sus padres y a su hermana, alguna razón de ellos al menos: si los habían trasladado al este, adónde en concreto los habían trasladado, qué había sido de ellos en aquellos tres años que no había vuelto a verlos. Había acudido a las autoridades soviéticas, a la Cruz Roja, a cualquiera que le diese la más mínima pista sobre el destino de los miles de judíos que se habían llevado de Berlín. Pero no había obtenido ni una sola información útil, nada más que buenas palabras, miradas compasivas, esa sensación de que nadie se atrevía a decir la verdad.

Hasta que esa misma mañana, mientras aguardaba con un grupo de desesperados como ella frente a una ventanilla en la que le habían dicho que podría dejar otra vez sus datos para recibir alguna noticia, un soldado ruso, quizá ebrio, había exclamado:

—¡Vosotros, alemanes, sois todos culpables! ¡Unas bestias inhumanas! Lo que yo he visto en ese campo... ¡Los habéis matado a todos! Y a los que no... Cadáveres, no son más que cadáveres.

Entonces Ilse supo que ya no tenía sentido aferrarse a la esperanza de que los rumores fueran sólo rumores, de que no era posible concebir una barbarie semejante. Exterminarlos a todos, ¿por qué iban a hacerlo? Nadie podía creer en algo así, era absurdo.

Absurdo pero real.

—Seguiremos buscando. No hay que perder la esperanza en tanto quede la más mínima posibilidad —argumentaba Ramiro en un intento de consolarla. Pero ella ya llevaba demasiado desengaño encima para caer en la trampa de la ilusión.

Había llegado al anticuario acompañada de frau Krammer y su esposo. Merodeando por lo que quedaba de su antigua casa, saqueada por los nazis y destruida por las bombas, se había encontrado con el matrimonio que tanto la había ayudado a eludir la deportación. Viejos, derrotados, viviendo en la calle con un colchón, una silla, una sartén y una maleta que habían logrado rescatar de las ruinas de su hogar. Su único hijo había muerto en el frente en diciembre.

—No podía dejarlos así —alegó Ilse—. ¿Pueden quedarse con nosotros?

Claro que podían quedarse. Había sitio de sobra, bastaba con acondicionar la antigua habitación de invitados de Cornelius; el colchón de los Krammer estaría mejor allí que tirado en plena calle.

Ramiro preparó la cena con las pocas provisiones que había conseguido aquel día. Pero Ilse no quiso comer nada, apenas dio un mordisco al chocolate que le había guardado y se fue a acostar para no dormir. El chico lo supo al oírla sollozar.

Ahora, a la luz trémula de una vela, contemplaba su rostro dormido, aún crispado y con surcos de lágrimas en la piel polvorienta, y sentía una inmensa ternura. La necesidad de protegerla y la de hacer todo lo posible por librarla de cualquier sufrimiento se le juntaban en una bola de ansiedad en mitad del pecho, en una firme determinación de hacerla feliz en adelante. ¿Sería eso estar enamorado? Hasta ahora solo se había creído enamorado una vez, de la chica del guardarropa del hotel donde trabajaba. Habían salido al cine algunas veces y se habían besado en una ocasión. Sin embargo, visto en perspectiva no creía que aquello fuera amor. Una vez perdido el contacto por los avatares de la situación bélica, básicamente que una bomba había caído en el patio interior del hotel y ambos se habían quedado sin trabajo, no le había costado olvidarla. En cambio, pensaba que nunca podría olvidar a Ilse; de hecho, prefería ni plantearse el tener que hacerlo.

Unos repentinos golpes en la puerta de la tienda interrumpieron sus cavilaciones. Al principio, se asustó. Sólo alguien muy necesitado, o muy peligroso, llamaría a semejantes horas de la madrugada, en pleno toque de queda.

Se separó de Ilse con mucho cuidado para no despertarla y la dejó sobre la destartalada cama de hierro, temiendo que cada uno de sus quejumbrosos chirridos interrumpieran el sueño de la chica. Después, agarró un madero; se estaba haciendo un experto en su manejo como arma, dadas las circunstancias.

Una nueva tanda de golpes resonó con mayor insistencia. Ramiro asomó los ojos por la ventana, lo justo para ver sin ser visto. Plantadas frente a la entrada del anticuario distinguió dos figuras: la de un hombre y la de un niño que apenas le llegaba a las rodillas. A su lado, un perro husmeaba la puerta. Fue la presencia del crío la que le animó a bajar al primer piso y atender la llamada.

—¿Quién es? —inquirió por una rendija, sin quitar la cadena que sujetaba la desvencijada puerta.

—¿Vive aquí Cornelius Althann?

—¿Quién pregunta por él?

—Soy su hijo.

—¿Su hijo? ¿Manfred?

—¿Manfred? No... Soy Eric. Eric Althann —susurró, inquieto, como si decir su nombre estuviera prohibido.

Ramiro cerró la hoja, quitó la cadena y volvió a abrir la puerta, esta vez de par en par.

—No hay ningún Manfred. Sólo le estaba poniendo a prueba. Soy Ramiro, amigo de su padre. —Le tendió una mano que el otro estrechó confuso—. Pasen, pasen, por favor.

La singular comitiva accedió al interior apenas iluminado por el candil de Ramiro, mas sólo avanzaron algunos pasos, lo justo para que el chico volviera a cerrar la puerta tras ellos y se quedaran los tres inmóviles en mitad de la entrada. Sólo el perro se aventuró a inspeccionar los aledaños.

Se hizo un breve silencio algo tenso, al menos Ramiro se mostraba tenso. Eric fue a preguntarle por su padre pero, como si el otro le hubiera adivinado el pensamiento, se le adelantó.

—Cornelius no está. Se lo llevaron. Lo detuvieron hace tres años. Lo siento...

Regresó el silencio tenso. No porque Eric estuviera conmocionado por la noticia sino porque, simplemente, no había contemplado que algo así pudiera haber sucedido y no sabía qué decir.

Una vocecita aguda y somnolienta se encargó de resolver la situación:

—Entonces ¿tampoco tengo *agüelo*? Vaya... Adiós a los caramelos. Bueno —mostró su resignación encogiendo los hombros—, al menos tengo a Orión. En verdad, no es mío, nos empezó a seguir por la calle. Es flaco y creo que tiene pulgas pero parece un *güen* perro. A mi padre se le ha ocurrido llamarlo Orión. ¿Sabes quién era Orión?

—¿Lo sabes tú? —Ramiro le devolvió la pregunta, perspicaz.

Como esperaba, el niño se irguió de orgullo.

—Claro, un guerrero. En el cielo hay unas estrellas que se juntan para hacer su forma, con su espada y con su escudo. Aunque no tiene cabeza... Yo no lo he visto, pero mi papá me lo ha contado.

Ramiro sonrió.

El hombre pasó distraídamente una mano por los hombros del pequeño para atraerlo hacia sí y se dirigió a Ramiro con gesto de agotamiento:

—¿No tendrá un poco de agua?

Eric había estado evitando cualquier encuentro, aun el más inocente y casual, con los soviéticos. No podía arriesgarse a que le identificasen, a que lo reconociesen. Bastante se la había jugado ya en una ocasión cuando aún estaba con Seb en el hospital.

Sucedió pocos días antes del alto el fuego. Una patrulla de soldados rusos accedió al sótano donde se encontraban los pacientes. Seleccionaron a unas cuantas enfermeras, las más jóvenes, y las llevaron a un rincón. Allí empezaron a violarlas, por turnos, varias veces a algunas de ellas. Ante aquel terrible espectáculo, Eric, en un alarde más de estupidez que de gallardía, se lanzó a increparlos, a tirar de ellos para evitar lo inevitable. Aquello no sirvió para nada más que para llevarse un fuerte culatazo de fusil en el estómago.

—*Soldat?! Soldat?!*

Le encañonaron contra el suelo, donde él se retorcía de dolor, boqueando sin aliento como un pez fuera del agua. Pensaban que era un soldado que había cambiado su uniforme por ropas de civil y estaban dispuestos a llevárselo prisionero. De algún modo que él, en sus condiciones de agonía, no pudo discernir, el doctor Schultz se las arregló para persuadirlos de que aquel a quien tomaban por soldado se trataba de un médico como los demás hombres presentes en aquel recinto sanitario.

Una costilla rota y un enorme moratón a la altura del buche habían sido los premios a su caballerosa inconsciencia. A las enfermeras las violaron igual.

Con todo, había tenido suerte. Podrían haberlo matado, no hubiera sido el único, o haber descubierto que, en efecto, no era un soldado sino un trofeo infinitamente más valioso.

Decidió que, en adelante, se andaría con más ojo. Por eso, desde que Seb y él habían dejado el hospital, se movían sólo de noche, esquivando las patrullas que vigilaban el toque de queda, menos numerosas que la plaga de tropas rusas que invadía Berlín a la luz del día.

Dos noches enteras les había llevado atravesar aquella ciudad que ya no reconocía. Los edificios en ruinas, las avenidas cubiertas de escombros, las carreteras levantadas, los parques convertidos en páramos de barro y vegetación chamuscada, los automóviles, autobuses y tranvías reducidos a amasijos de hierro; las penosas caravanas de refugiados que caminaban descalzos y cabizbajos tirando de la vida cargada en un carrito de bebé, la miseria de ciudadanos corrientes ahora despojados de su hogar, malviviendo en la calle, hambrientos y desposeídos incluso de su dignidad, las familias diezmadas, las mujeres violadas, los cadáveres cubiertos de moscas aún en las aceras... Ese olor entre dulce y picante a carne descompuesta, a pelo quemado, a pólvora y a cieno que se colaba hasta el cerebro. Ese tufo pestilente que, aunque uno cerrara los ojos, le recordaba que el horror seguía allí.

Eric sintió una mezcla de tristeza y rabia que no supo cómo manejar, lo cual la volvía aún más desesperante. ¿A quién podía culpar de aquella catástrofe? ¿Quiénes eran los responsables? ¿Sólo los tipos con uniforme de las SS o todos y cada uno de los alemanes? ¿Él también? ¿Era él culpable de la masacre de su propio país?

Quizá no se mereciera eludir las consecuencias de sus actos, pero Seb... Seb sólo era un niño, una víctima más de la barbarie de los adultos. Tenía que protegerlo, tenía que cuidar de él.

Aún no había trazado un plan. El caos y la falta de información le obligaban a improvisar. Unirse a los suyos, ¿dónde? Abandonar Berlín, ¿cómo? Sólo sabía que tenía que ocultarse de los soviéticos. Pedirle ayuda a Cornelius era su única salida. Después de años sin saber de su padre, casi le avergonzaba acudir ahora buscando el refugio de su ala, si bien no tenía otro remedio. Se había planteado que ni siquiera siguiese con vida. Resultaría un trágico aunque merecido castigo a su desapego. Pero por motivos de salud mental había preferido arrinconar tal posibilidad.

Eric se alegró cuando encontró la pequeña casa del anticuario milagrosamente en pie, encorvada y maltrecha, como un soldado herido entre los cadáveres de sus camaradas. De una de sus ventanas salía una luz débil y temblorosa. Por primera vez en mucho tiempo, tuvo la sensación de haber llegado a un hogar. Apretó la mano de su hijo, y con Orión tras ellos, se encaminó decidido hacia la puerta.

La noticia de la detención de Cornelius le había caído como un jarro de agua fría. Se había quedado en el umbral de aquella puerta sin saber cómo reaccionar, mirando a ese chico, Ramiro, un amigo de su padre de cuya existencia no sabía, ¿cómo iba a saberlo? Ramiro parecía buena persona, su rostro era amable, y él, agotado y desmoralizado, necesitaba llegar a casa, a un hogar. Y sentir algo de calor humano.

—¿No tendrá un poco de agua? —le pidió para no tener que marcharse todavía.

En el salón, un nombre demasiado pretencioso para una estancia semivacía, con sólo algunos muebles medio rotos y restos inservibles del antiguo esplendor decorativo de Cornelius, todavía ardía el extremo de un cabo sobre un recipiente con sebo de caballo; aquella luminaria improvisada expelía un humo negro y denso de olor poco agradable.

Seb, que era un crío parlanchín, acababa de quedarse dormido en el sofá. Las manchas en torno a su boca delataban el festín recién dado con las onzas de chocolate que le había ofrecido Ramiro. Quizá por eso su gesto era plácido y su respiración, tranquila, salpicada de leves ronquiditos. Era un chavalín gracioso con su cara de bollo de azúcar salpicada de pecas. En la frente tenía una herida y llevaba un brazo enyesado. «Le alcanzó un bombardeo», explicó Eric de forma lacónica.

A su lado, Orión dormitaba con un ojo abierto y una oreja espasmódica. Aunque extrañaba aquel lugar desconocido, el animal parecía satisfecho después de haber devorado en segundos un poco de pan mojado en el jugo de una lata de guisantes, su primer alimento en mucho tiempo. Era un chucho feo: ni grande ni pequeño, con el pelaje marrón entrecano y encrespado y la piel pegada a los huesos, sus orejas puntiagudas resultaban desproporcionadas al tamaño de su cabeza y mientras una se mostraba tiesa, la otra le caía sobre un ojo lleno de legañas. Olía a mil demonios aunque, al contrario de lo que Seb opinaba, no parecía tener pulgas; al menos, no se rascaba más de lo normal. A cada pequeña tontería que se le decía, miraba con arrobo y meneaba la cola con energía. A Ramiro le gustaba.

Por fin tranquilos y en silencio, él y Eric compartían el fondo de una botella de coñac que milagrosamente seguía en el escondite de Cornelius. El viejo acostumbraba a ocultarla bajo un tablero suelto de la repisa de la chimenea desde que empezara a sospechar que la asistenta le daba tientos a escondidas.

El primer sorbo de licor le arañó a Eric la garganta, pero le entonó el cuerpo dolorido, cansado y abatido. No acababa de asimilar lo que Ramiro le contaba sobre la detención de su padre y, al hilo de su relato, las primeras imágenes que le venían a la mente eran las del sufrimiento del anciano en prisión, en un campo a lo peor. Cuando pensaba en sus opciones de supervivencia...

«Yo te quiero, Eric. Eres mi hijo, nunca me he olvidado de eso», le había dicho el viejo al despedirse la última vez que se habían visto. Y ahora él se sentía desolado, incluso culpable por haber consentido que algo así sucediera. Si se hubiera preocupado más por su padre, si se hubiera comportado como un buen hijo...

—Te escribí para ponerte al corriente. Aunque ya veo que no recibiste mi carta.

Eric cabeceó.

—¿Por qué lo detuvieron?

Ramiro dio un sorbo.

—Le acusaron de sodomía —bajó la voz aunque nadie los escuchaba.

—¿Cómo?

—Una infamia, por supuesto. Una excusa fácil para quitarle de en medio. Es éste un asunto enrevesado...

—¿Qué quieres decir?

Ramiro hizo una pausa para enfocar bien lo que le tenía que contar a Eric, no debía perderse en divagaciones. Decidió que lo mejor sería que las propias palabras de Cornelius empezaran a ilustrarle. Así, se metió la mano en el bolsillo del pantalón y sacó la última carta del anticuario, de la que nunca se separaba.

—Esto lo escribió tu padre estando en prisión. Consiguió hacérmela llegar gracias a uno de los guardias, un muchacho del barrio que le tenía aprecio. Tu padre era un hombre muy querido y respetado. Bueno... eso ya lo sabes tú.

No, Eric no lo sabía, pero le avergonzó sacarle de su error. Simplemente, calló y tomó el papel que aquel chico le tendía.

Ramiro observaba en silencio al hijo de Cornelius mientras leía. Él ya se sabía aquella carta de memoria y, en ese momento, le venía a la cabeza un párrafo en concreto: «Háblale a Eric del Medallón, transmítele todo lo que te he enseñado. Ahora, vosotros sois como hermanos en esta misión, los guardianes del legado. Ya sé que yo mismo debería haberle instruido antes, pero nunca encontré el momento, nunca lo creí preparado. Lo cierto es que, como le sucedió a tu madre, sólo quería proteger a mi hijo».

Al cabo de la lectura, Eric levantó la cabeza. Su semblante reflejaba confusión.

—Ya... Es normal que no entiendas nada. Pero no te preocupes, yo te lo explicaré.

⸺◦✧◦⸺

No quedaba mucho para el amanecer cuando, vencidos por el cansancio, se retiraron a dormir. Ramiro había encontrado acomodo para Eric en un colchón que colocaron en una esquina del salón. Estaba hundido y lleno de polvo, pero era el primer sitio mullido en el que Eric se recostaba después de varios días. El primer sitio a cubierto. Con todo, no podía pegar ojo.

El Medallón de Fuego. *El Astrólogo*. Aquella fantástica historia que acababan de contarle se le atragantaba como un bocado demasiado grande, demasiado indigesto. Él era un hombre de ciencia, ¿de qué demonios iba todo eso? Ya sabía que Cornelius era un personaje peculiar, pero aquello le parecía demasiado.

Ojalá hubiera tenido un padre corriente. Un profesor de universidad, un contable, un conductor de tranvía, un carnicero... Cualquier persona normal, aburrida y anodina. Si así hubiera sido, quizá ahora el viejo estaría allí, en los restos de su casa, recibiendo con los brazos abiertos a su hijo y a su nieto. Compartirían esa botella de coñac que había escondido para la ocasión y hablarían del futuro que les esperaba, de sus miedos, de sus deseos.

Pero no, Cornelius Althann tenía que ser el padre más raro del mundo y dejarle el legado más raro del mundo. ¿Qué se suponía que debería hacer él ahora? ¿A qué clase de secta se suponía que pertenecía? La civilización acababa de derrumbarse y él se suponía que tenía que proteger, ¿qué? ¿Una piedra? Era ridículo.

De eso nada, bastante tenía ya con lo suyo. Bastante tenía con cuidar de Seb. Bastante tenía con discurrir alguna manera de escapar de aquella ciudad para proteger su pellejo y el de su hijo. No, él no sería como Cornelius. Él sería un padre normal, aburrido y anodino. ¡Al diablo con aquella historia! Así no se transmitía un legado; para transmitir un legado su padre tendría que haberse comportado como tal y nunca lo hizo. Así sólo se endilgaba un problema. Y suficientes problemas tenía él ya.

He encontrado al hijo de Cornelius Althann

Me engañaba a mí misma si en algún momento contemplé la posibilidad de no ir a Estambul. Claro que iría, sólo quería ponérselo difícil a Martin. Cierto que tenía mis dudas respecto a participar en un plan que sonaba descabellado, pero lo que, desde luego, no iba a dejar escapar era la oportunidad de que Martin se explicara; en Estambul o donde fuera.

Según terminé de hablar con él, cogí mi teléfono con la advertencia de apagarlo en mente. No las tenía todas conmigo. Curiosamente, me sentía sola e insegura desconectada del resto del mundo. No obstante, que el teléfono estuviera intervenido era la verdadera amenaza para mi seguridad. Sentirme acosada por las calles ya era más de lo que estaba dispuesta a tolerar. Lo apagaría y seguiría las instrucciones de Martin: encenderlo dos veces al día, no más de treinta minutos cada una.

Antes de cortar mis comunicaciones voluntariamente, me puse al día con los mensajes. Empecé por responder a un wasap de Alain en el que me proponía vernos para cenar. Le puse una excusa. No me sentía con ganas ni con argumentos para enfrentarme a una discusión con él sobre nuestro futuro. Tarde o temprano tendría que hacerlo, lo sabía. Pero en aquel momento acumulaba demasiada carga emocional. No estaba preparada y no saldría bien. Necesitaba tiempo y perspectiva.

Lo siento. Ya había quedado con una amiga que está por aquí de turismo. Mañana hablamos.

También tenía un mensaje de Helga, pidiéndome que la llamara. Y así lo hice, después de apagar el móvil y por la línea fija del hotel.

—He encontrado a un hijo de Cornelius Althann —me anunció.

Eric Althann. Ingeniero. No constaba si había estado afiliado al NSDAP o a las SS.

—Que no conste no quiere decir que no lo estuviera. Seguramente estuvo afiliado, al menos, al NSDAP. Ya sabes, era necesario ser del partido si querías trabajar para el Estado —puntualizó.

En 1941 se incorporó a las instalaciones de alto secreto del ejército alemán en Peenemünde, una localidad de la isla de Usedom, frente a la costa del mar Báltico. Formó parte del equipo de ingenieros y científicos liderados por Wernher von Braun, encargados del desarrollo de cohetes de propulsión líquida y misiles guiados, más conocidos como V-1 y V-2, que se emplearon en los bombardeos contra Londres. Eric Althann estuvo asignado al laboratorio de sistemas de navegación y aerobalística. Permaneció en Peenemünde hasta febrero de 1944, cuando lo trasladaron a la fábrica de Mittelwerk, ubicada en Nordhausen, en Turingia, adonde se estaba moviendo la producción de los cohetes desde que los ingleses bombardearan Peenemünde en agosto de 1943.

—Posteriormente, a principios de abril de 1945, aparece en una lista con otros cuatrocientos cincuenta científicos que fueron trasladados de Nordhausen a Oberammergau, en Baviera —explicó Helga—. Allí los tuvieron bajo vigilancia de las SS para evitar su fuga, hasta que fueron capturados por los aliados occidentales el 29 de ese mismo mes.

No fue el caso de Eric Althann. El hijo de Cornelius había obtenido antes de la llegada de los Aliados, el 15 de abril, un permiso especial para trasladarse a Berlín con motivo del fallecimiento de su esposa en un bombardeo.

—Estaba casado desde 1941 y tenía un hijo de cuatro años. Solicitó ir a Berlín para hacerse cargo del niño. Como dato curioso, he encontrado varias referencias a una demanda de divorcio que interpuso contra su mujer, Ursula Althann, en julio de 1943. En la misma demanda, solicitaba también la custodia del hijo de ambos, alegando inestabilidad mental de la madre. Le concedieron el divorcio pero no la custodia. Parece ser que, finalmente y de forma dramática, Eric Althann consiguió lo que quería.

⋙⋘

Después de la conversación con Helga supe que había llegado el momento de organizar aquella avalancha de información que me había llegado en menos de veinticuatro horas. Pedí cena en la habitación y, con el teléfono en modo avión para poder escuchar de fondo música, me puse a trabajar con la montaña de papeles y notas que tenía.

Me encontraba en esa fase en la que el bosque no dejaba ver los árboles. La información que llevaba acumulada se superponía en capas de forma caótica e, igual que hay que despejar una melé de jugadores de rugby para recuperar el balón, yo tenía que despejar y recuperar la incógnita que puso en marcha la investigación: ¿dónde estaba el Medallón de Fuego?

Según el reciente descubrimiento de Martin, Rudolf von Sebottendorf, Walther Hanke y Gunter Kirch encontraron, de algún modo que aún teníamos que dilucidar, la forma de seguir la pista a la reliquia. Lo cual, unido a la información proporcionada por Georg von Bergheim, conducía hasta Peter Hanke. Las probabilidades de que Peter Hanke supiera dónde estaba el Medallón se presentaban como elevadas.

Tal hipótesis se veía reforzada por el hecho de que Alain y yo, partiendo de distintas fuentes, habíamos acabado en el mismo punto: Fiódor Voikov.

La foto quedaría por tanto de la siguiente manera: Fiódor Voikov posee el Medallón. —Sería interesante averiguar cómo. ¿Legado? ¿Compra? ¿Robo? ¿Hallazgo?—. Su tía Maria Radzinski —¿sugiere eso la idea de legado familiar?— se lo entrega a Rasputín. Éste, a su vez, se lo confía a la zarina Alejandra. Cuando la familia imperial rusa es asesinada, engrosa la colección de joyas confiscadas a los Románov y aparece en una primera edición de un catálogo de dichas joyas en 1924, pero no así en la edición de 1925.

Llegada a ese punto, me surgía una duda. Fiódor Voikov viajó ex profeso a Moscú para entrevistarse con Grigori Nikulin, quien se había hecho cargo de las joyas tras la ejecución de los Románov, y averiguar si el Medallón estaba entre ellas. Sin embargo, ¿qué sentido tenía que Voikov necesitase preguntarle ese dato a Nikulin? Ya debería saberlo, puesto que él mismo había formado parte del equipo de expertos del Hermitage que fotografió y catalogó las joyas según el documento del Comisariado de Finanzas que recoge su nombramiento como tal.

Volví a repasar las fechas:

En 1922, Voikov se entrevista con Nikulin.

En 1924, se publica el prototipo del catálogo de joyas, del que se suponía que no quedaban ejemplares, pero resulta que Salomon Kahn guarda uno bajo siete llaves, con la extraordinaria y única fotografía del Medallón entre el resto de las alhajas.

En 1925, se publica el catálogo definitivo que lleva por título «El tesoro ruso de diamantes y piedras preciosas». Algunas piezas que estaban en el prototipo ya no aparecen en esta edición, el Medallón entre ellas.

Consulté entonces el documento del Comisariado de Finanzas y, casi de un primer vistazo, me di cuenta de dónde estaba la solución al misterio. Fiódor Voikov no entró a formar parte del equipo de expertos hasta 1924, un mes después de que el prototipo ya se hubiera publicado.

Tal circunstancia me llevó a deducir los pasos de Voikov: desde que su tía se la jugara y, bajo el influjo de los encantos de

Rasputín, le entregara el Medallón al monje loco, Fiódor ha estado siguiéndole la pista a la reliquia. Descubre, tras el asesinato de Rasputín a manos de los masones rusos, que el Medallón lo tiene la zarina. Cuando ésta muere con el resto de la familia imperial, ve una oportunidad de recuperarlo en el caos de los primeros años de la era bolchevique. Por eso, se entrevista con Nikulin, quien le confirma que está con el resto de las joyas. Para acceder a los lotes, Fiódor solicita participar en la catalogación. Es un reputado gemólogo, probablemente tiene buenos contactos y su experiencia como conservador del Hermitage le avala; no le resulta difícil conseguir el puesto. Piensa que lo más probable es que, una vez dentro del equipo, consiga hacerse con el Medallón, una pieza austera e insignificante entre tantas magníficas joyas elaboradas con algunas de las piedras preciosas más valiosas del mundo. Pero llega tarde: cuando se incorpora, ya se ha publicado el prototipo y el Medallón ha salido a la luz. No obstante, ¿se podría pensar que, con todo y con eso, Voikov acabara sustrayendo el Medallón y ésa es la razón de que no aparezca en la edición de 1925? Me lo apunté como una posibilidad entre signos de interrogación.

Regresé a Peter Hanke, quien, seguramente a través de su padre, parecía tener la información necesaria para seguir el rastro del Medallón. Así, el agente de la Gestapo hizo una visita a Fiódor Voikov tras la cual acabó asesinándole. Después de tal suceso, se abrían varias posibilidades. Que Hanke se hiciera con el Medallón, lo cual casi podía descartar en vista de que más tarde interrogó a Alfred Bauer sobre la pieza. O que no se hiciera con él. Bien porque Voikov no llegó a recuperarlo, en cuyo caso vete tú a saber quién lo sacó del catálogo y dónde acabó. Bien porque el ruso no le reveló a Hanke su paradero, de modo que seguiría oculto en un lugar que sólo el difunto Voikov conocía y ya nos podíamos despedir de encontrarlo. O bien, y esto es muy de familias que protegen legados, se lo entregó a su sobrina Katya, su única heredera, para custodiarlo.

Claro que, para hacer mucho más interesante este abanico de

posibilidades, aparece otra figura misteriosa: Cornelius Althann, anticuario al que Hanke detiene fuera de toda razón y protocolo. ¿Podría ser que, en un requiebro inesperado de acontecimientos y conclusiones, el Medallón lo tuviera no Fiódor Voikov sino Cornelius Althann? Puesto que el anticuario había sido internado en un campo de concentración las posibilidades de que sobreviviese eran escasas. Siendo así, ¿tendría algo que ver su hijo Eric, el científico, en todo esto?

Casi sudorosa después de tanta anotación, repasé mis precipitados garabatos mientras mordisqueaba nerviosa el capuchón del boli. De pronto, tres nombres parecían brillar con luz propia en aquella maraña de datos. Cogí un rotulador rojo y los rodeé.

Peter Hanke. Katya Voikova. Eric Althann.

En aquel momento, no supe si alegrarme de haber empezado con un nombre y que, como si Peter Hanke fuera un gremlin bajo la lluvia, hubieran surgido otros dos más.

Francotiradora ni más ni menos

I rina dejó sobre la mesa una carpeta llena de copias de documentos; papeles mecanografiados en cirílico, cubiertos de anotaciones a mano y sellos oficiales.

—Aquí está: todo lo que hemos podido encontrar sobre el paso de Katya Voikova por el ejército.

En agradecimiento por su ayuda, había invitado a la archivista a comer en uno de sus restaurantes favoritos de San Petersburgo, un lugar algo decadente, mezcla del glorioso pasado imperial y el ostentoso lujo soviético: pesadas tapicerías, dorados, alfombras, lámparas de cristal y camareros añosos tiesos como palos. Después de una comida tan demodé como el local, a base de blinis con caviar, volovanes de cangrejo y solomillo strogonoff, abordamos el motivo principal de nuestro encuentro a la vez que el café, al estilo turco y acompañado de pastas de almendra y miel.

Ojeé el contenido de la carpeta. A pesar de no entender nada de lo escrito en los documentos, me gustaba el mero hecho de contemplar aquellos pedazos de historia. Lástima que sólo se tratara de copias, pero podía intuir el aspecto macilento de los originales y su tacto quebradizo, la tinta negra de los impresos y los rojos y azules de los sellos y las notas.

—He extraído la información más importante y la he ordenado cronológicamente para hacernos una mejor idea de su trayectoria —explicó Irina mientras endulzaba su café con un terrón de azúcar de caña—. Hay alguna laguna pero, en general, la foto queda bastante completa.

Me pasó un papel con fechas e hitos, convenientemente redactado en francés, y se puso las gafas para leerlo conmigo.

—Veamos: en mayo de 1943, con dieciocho años recién cumplidos, Katya Voikova completa su formación en el *Vsevobuch*, un entrenamiento militar básico que era obligatorio para todos los hombres entre dieciséis y cuarenta años. Muchas mujeres que pasaron por el ejército también lo recibieron.

—¿Era voluntario para ellas?

—Sí, y no a todas se les concedía el ingreso en la formación. Ahora bien, las que lo pasaban tenían más posibilidades de ser reclutadas. Y eso le ocurrió a nuestra amiga porque, en junio de 1943, se licencia como sargento menor en la Escuela Central de Entrenamiento para Francotiradoras.

Arqueé las cejas tras mi taza de café.

—Vaya... Francotiradora ni más ni menos.

—No se anduvo con tonterías, desde luego. Después de graduarse, estuvo un tiempo como instructora de la escuela antes de incorporarse a la 184 División de Fusileros, en la que había una unidad específica de francotiradoras. Allí permaneció entre abril y junio de 1944 y por sus acciones en el río Daugava fue condecorada con la Orden de la Gloria. La chica, desde luego, tenía carácter porque, aunque a finales de junio se la retira del servicio, ella solicita continuar.

—¿Por qué la retiraron del servicio? Si la acababan de condecorar y no estaba herida...

—No fue un tema personal sino una decisión política: retirar a las mujeres de las posiciones de combate en el frente una vez que empezó la ofensiva soviética hacia el oeste. El tema de la relación del Ejército Rojo con las mujeres soldado es bastante complejo. Por un lado, fue el ejército más permisivo a la hora de admitirlas a filas pero, por otro, parecía que no acababan de asumir su propia decisión. Da la sensación de que se hubieran visto forzados a tomarla por las circunstancias de falta de efectivos y el empuje de las propias mujeres para luchar como los hombres. Pero, a la menor ocasión, parece que querían echarse atrás.

—¿Y a Katya le permitieron continuar?

—No, pero a ella le dio igual. Se incorporó con otras compañeras como apoyo a una división de infantería del Tercer Frente Bielorruso, que era el cuerpo del ejército en el que había estado su unidad de francotiradores desmantelada. Claro que, al final, fue sancionada por incumplir las órdenes y enviada a retaguardia. Curiosamente, no la sometieron a consejo de guerra, supongo que por esa extraña idea que, como te decía, cundía entre el alto mando de «no debería reclutar mujeres pero las necesito». Teniendo en cuenta que, además, demostraron ser muy buenas en combate, resultaba bastante estúpido prescindir de ellas por mucho que alterase los rancios principios de los viejos generales y del propio Stalin. El caso es que la joven volvió a ejercer de instructora en la Escuela de Francotiradoras y, en septiembre de 1944, aprobó el examen de la MVOKU, una escuela para oficiales de Moscú, donde obtuvo el rango de teniente menor. Un mes después, se incorpora a la 207 División de Fusileros. En noviembre, resulta herida, en Letonia. Pero de nuevo la tenemos combatiendo con el Tercer Ejército de Choque en enero de 1945. Con ellos avanza por Polonia y Pomerania hasta que, en abril, querida mía, llega hasta Berlín —concluyó Irina con énfasis en el tono al nombrar la capital alemana. Después, dio un sorbo largo de café y engulló una pasta.

Entretanto, yo permanecí un instante en silencio. Con la vista fija en el papel que resumía buena parte de la vida de Katya Voikova pero sin leerlo. Mi mente estaba procesando más datos y había llegado a una rápida conclusión: en mayo de 1945, Peter Hanke, Eric Althann y Katya Voikova, todos ellos con trayectorias dispares, habían acabado coincidiendo en Berlín. ¿Simple casualidad o algo más?

—Claro que —interrumpió Irina mis pensamientos—, ahora viene la mala noticia. Nuestra Katya falleció en la capital alemana, ese mismo mes de mayo de 1945. La guerra ya había terminado. Una lástima... Ésta es la copia de la carta que notifica su fallecimiento. —Irina me mostró un papel que había sacado de la carpeta—. Se envió a la familia Kotiakov; sería el contacto que Katya había facilitado, probablemente, porque no tenía familia propia. Kotiakova era el apellido de soltera de Yulia Idrisova, la mujer que le dio el nombre de Katya a mi amiga Lyudmila, no sé si recuerdas. Ella le mostró la carta.

Asentí.

—¿Se sabe cómo murió?

—En acto de servicio. No era frecuente, pero tampoco extraño, que en aquellos primeros días de caos tras el cese de las hostilidades, todavía cayese algún soldado. Tuvo mala suerte; después de haber sobrevivido a lo peor de la guerra y haber llegado hasta allí, te mata una bala perdida, un último nazi emboscado, fuego amigo incluso... Sólo veinte años, con todo un camino de espinas recorrido desde España a la espalda. De una guerra a otra, de una pérdida a otra, para acabar así. Qué pena... —reflexionaba Irina, sinceramente conmovida.

En aquel instante de extraña tristeza, unos repentinos timbrazos de móvil resultaron más invasivos de lo habitual. Comprobé que se trataba de mi teléfono, el que sólo usaba para comunicarme con Martin.

—Lo siento, tengo que cogerlo.

Irina me disculpó con un gesto y aprovechó para servirse más café.

—¿Sí? —respondí, sabiendo quién me llamaba.

Sin embargo, cuál no sería mi sorpresa al escuchar una voz femenina al otro lado.

—Ana, soy Brigitte Durand. Soy amiga de Martin. Él... ha sufrido un accidente.

Mayo de 1945

Mientras que la batalla causaba altísimas bajas entre los comba-
tientes, el suicidio hacía estragos en la población civil. La propaganda nazi había resultado tan eficaz a la hora de amedrentar a
la población con la amenaza del «terror bolchevique», que muchos berlineses preferían matarse a caer en manos enemigas. De
hecho, en los últimos días del Tercer Reich, se animaba al suicidio como un final honroso. Es sabido que Hitler repartió cáp-
sulas de cianuro a su personal. Igualmente, cualquiera podía
adquirirlas en los puestos sanitarios; incluso, a la salida de un
concierto de la Filarmónica de Berlín, las Juventudes Hitlerianas distribuyeron ampollas de veneno entre los asistentes. El
caso del ministro de Propaganda Joseph Goebbels y de su esposa Magda, quienes envenenaron a sus seis hijos antes de poner
fin a sus propias vidas, es el ejemplo más conocido de una decisión drástica que cundió en todos los estratos de la sociedad
berlinesa. En abril de 1945, se reportaron en Berlín casi cuatrocientos suicidios. Muchos más quedaron sin registrar.

Vencido por la desesperación, Peter Hanke dejó caer la frente sobre la mesa. ¿Cuánto tiempo llevaba allí?
Le dolía todo el cuerpo, le ardían las muñecas por el roce de
las esposas y la garganta después de desgañitarse para llamar la
atención. Nadie había aparecido por aquella celda probable-

mente en días, más que para dejarle una bandeja con comida de cuando en cuando. Ni siquiera se trataba de una celda, sólo de un cuartucho en el sótano de un edificio en el barrio de Buch.

Los primeros días le habían interrogado. Un tipo con los ojos, la nariz y la boca muy juntos en el centro de un rostro lleno de pliegues como el de un bulldog. Se presentó como oficial del SMERSH, *Smert Shpionam*, Muerte a los Espías; un apelativo ridículamente teatral para referirse a la contrainteligencia. Fumaba un cigarrillo tras otro y, en poco tiempo, aquel agujero se había llenado de un humo denso que flotaba como un velo bajo la luz del foco que dispusieron sobre la mesa. Más que un interrogatorio, parecía una entrevista en un café. Su interrogador no empleó torturas, ni siquiera intimidación. Era como si no las necesitase porque ya tenía claro con quién estaba tratando: con un elemento subversivo, con un enemigo de la Unión Soviética.

Al principio, le acusó de ser un líder de la Werwolf. Casi le dan ganas de soltar una carcajada en su cara arrugada. Menuda necedad. Iba a resultar que el poderoso Ejército Rojo estaba asustado de una panda de nazis imberbes desorganizados y sin armas. Sí que había funcionado bien la propaganda alemana si habían logrado convencerlos de que se trataba de una guerrilla digna de ser temida.

«No soy un Werwolf, imbéciles. Soy un maldito Gestapo. Contrainteligencia como vosotros. Sé cómo pensáis, sé cómo actuáis y sé lo que pretendéis: minarme hasta que confiese lo que a vosotros os dé la gana y, después, pegarme un tiro en el patio de atrás. Un nazi menos para el camarada Stalin. Pero yo no soy un nazi, soy uno de vosotros, un agente soviético desde 1942.»

Cuando realizó aquella confesión, los pliegues de la cara del oficial se contrajeron aún más en una mueca imposible.

—¿Quién era su contacto?

—Lev Hanssen.

—Hanssen murió en 1944. Es el nombre que diría un agente doble, alguien que sabe que no podemos verificar su versión. ¿Era usted agente doble, herr Hanke?

Maldita sea... Peter sabía lo que estaba haciendo aquel tipo. Le acosaba, le enredaba, le confundía. No importaba cuántos datos le diera: de las misiones, de los contactos, de las claves de radio, de la cuenta en Suiza donde cobraba por sus servicios... Aquel tipo no quería información, quería una confesión. Quitarse de encima el muerto y seguir con su caza de brujas para justificar su puesto.

—¡Soy un agente soviético! ¡Mason, clave B-308! —chilló en perfecto ruso una vez más—. ¡Mírenlo de una vez en sus jodidos archivos!

Peter volvió a dejar caer la cabeza con un golpe sobre la mesa. Se tocó la parte baja del cráneo donde empezaba a formarse una costra de sangre reseca y emitió una especie de gemido fruto de la desesperación.

Había sido un estúpido, se había dejado llevar por la impaciencia y la irreflexión y, cuando casi lo tenía entre las manos, el Medallón había vuelto a escapársele. Aquella hija de perra de la sobrina de Voikov... Desde luego, ya no era una cría asustada y él había cometido el error de pensar que lo seguiría siendo y que podría dominarla fácilmente.

Se golpeó la frente contra la mesa. Una y otra vez. Golpes que empezaron como toques de martillo y que fueron aumentando en intensidad hasta que sintió el cerebro rebotar dentro del cráneo. Ojalá pudiera reventárselo contra el tablón y acabar con aquella agonía.

No podía ser que hubiera perdido. No podía ser que todo fuera a terminar así. Necesitaba otra oportunidad. Una más. Esta vez no fallaría. Le arrancaría el Medallón al cuello del cadáver de la chica y haría justicia al fin. Por su padre.

Nadie amaba aquella joya más que Walther Hanke. Nadie sabía más de ella, nadie la apreciaba mejor ni comprendía el poder que poseía en toda su dimensión. Nadie más que Walther habría merecido custodiarla. Y, sin embargo, aquella panda de engreídos elitistas de Magna Clavis, que se creían elegidos por la misma mano de un ser supremo, le habían negado hasta la palabra. Le habían ignorado cuando les advirtió de las intenciones de Gunter Kirch. Le habían ninguneado. Le habían humillado.

La venganza había sido y seguía siendo el motor de Peter. Había matado a Fiódor Voikov y a Cornelius Althann con sus propias manos, pero la tarea no estaría completa hasta que no hubiera aniquilado la hermandad entera y se hubiera hecho con el Medallón.

—Déjalo estar, Peter —le había advertido su padre, poco antes de morir—. No hagas de esto una obsesión. Lo importante es que las reliquias estén protegidas y, en eso, hemos hecho cuanto estaba en nuestra mano.

Su padre había pecado de debilidad. Hasta el bastardo de Gunter Kirch había demostrado mayor determinación que él. Era un traidor cegado por la ambición, un psicópata que había vendido a los nazis *El Astrólogo* y que había asesinado a quien había sido uno de sus mejores amigos para poder venderles también el Medallón de Fuego. Un auténtico malnacido que no se había dejado llevar por la compasión. Sólo alguien tan hijo de puta como él le había detenido: Peter Hanke, el hijo de Walther.

Sí, Peter se veía más como un reflejo de Gunter Kirch que de su propio padre, por eso nadie más que él podía haber acabado con la vida de ese fanático y poner así fin a sus pretensiones. Al menos, en lo que se refería al Medallón. Lo que fuese de *El Astrólogo* a Peter le tenía sin cuidado. Sólo el Medallón era la gran reliquia, el objeto de mayor poder. Lo otro no era más que una leyenda cubierta de pintura.

No obstante, su misión no estaba completa. No lo estaría hasta que tuviese el Medallón en sus manos. Sólo necesitaba una oportunidad. Una única oportunidad más.

Peter Hanke alzó el rostro contraído hacia techo y, como un lobo a la luna, aulló a las cuatro paredes de su celda vacía:

—¡Malditos rusos hijos de puta! ¡Soy uno de vosotros! ¡Sacadme de aquí!

Ramiro no tuvo que insistirle mucho a Eric para que se quedara. Lo cierto era que el hombre no tenía más alternativa que aceptar o echarse a la calle.

Al principio, al joven científico le costó sentirse cómodo entre extraños conviviendo en la casa de su padre. Después, le resultó curioso constatar cómo Seb iba haciendo de pegamento de aquellas piezas descompuestas que eran los habitantes del anticuario.

Los Krammer enseguida acogieron al pequeño como a un nieto. Ramiro se entretenía con el crío jugando al escondite por toda la casa, a veces también se divertían con Orión en el patio: le enseñaban a ir a buscar palos y traerlos de vuelta, a obedecer a la orden de sentarse; Seb vitoreaba, reía y jaleaba entusiasmado los progresos del animal. Incluso Ilse se unía a ellos en sus juegos.

Ilse... Eric, que era de naturaleza tímida, había tenido más fácil congeniar con los miembros de aquella pequeña comunidad gracias a Seb. El señor Krammer y él mantenían largas conversaciones sobre la desastrosa actualidad y el oscuro futuro de Alemania; soslayando el tema de la guerra por amargo y doloroso. La señora Krammer se había ofrecido a remendarle la chaqueta y él, a cambio, le había prometido arreglar el viejo gramófono de su padre para que la mujer pudiera escuchar los discos de ópera y valses que habían encontrado al fondo de un armario. Por otra parte, ayudaba a Ramiro en las pequeñas reparaciones que habían empezado a hacer para adecentar la casa y ambos compartían juntos una copa después de la cena; era agradable. Sin embargo, con Ilse la cosa se desenvolvió de manera bien distinta. Eric enseguida percibió la aversión que la chica sentía hacia él; ella no se molestaba en ocultarla. Le evitaba siempre que podía y cuando no, se abstenía de dirigirle la palabra, ni siquiera lo miraba; en todo caso, le lanzaba ojeadas frías y oscuras, cargadas de resentimiento. En una ocasión que los escuchó hablar a Ramiro y a ella a través de la puerta entreabierta de su dormitorio, confirmó lo que ya prácticamente sabía: Ilse no le quería en la casa.

—¿Por qué se tiene que quedar aquí? —preguntó ella desairada.

—Porque no tiene adónde ir. Tú tampoco quieres verlo vagar por las calles con un niño pequeño, admítelo.

—El niño es otra cosa, pero él... No puedo, Ramiro, no puedo tenerlo delante. Está claro que se esconde. Es uno de ellos. ¡Y nosotros le estamos dando cobijo!

—No, Ilse —replicó el chico con suavidad—. Ésta es la casa de su padre. En realidad, somos todos los demás los invitados aquí. Además, no sabemos nada de él. Deberías darle una oportunidad antes de condenarle.

Sin alcanzar a imaginar la razón de aquella inquina, Eric le preguntó directamente a Ramiro.

—Ilse es judía —respondió él sin rodeos—. Se llevaron a toda su familia: sus padres y una hermana. No ha vuelto a saber de ellos. Pero los rumores... Ella cree que te ocultas de los rusos porque eres un nazi, un SS quizá.

—No soy nada de eso.

Ramiro se encogió de hombros.

—Eric, ésta es tu casa, no tienes que justificarte.

—Gracias, pero no lo es, es la casa de mi padre. Si estoy aquí es porque necesito un techo para mi hijo y para mí, y no quiero que nadie me tome por lo que no soy y me cause más problemas de los que ya tengo.

—Entonces, no es a mí a quien tienes que explicar todo eso.

Eric no quería explicarse. Explicarse le enfrentaba a demasiadas preguntas sin respuesta, a demasiados conflictos que ni él mismo había resuelto todavía. Le enfrentaba a su propia conciencia, con la que había estado debatiendo, en un constante tira y afloja, los últimos doce años de nazismo. ¿En qué condiciones estaba él de explicar nada?

Decidió que él también evitaría a Ilse Berlak, sería lo mejor para todos. Mas su propósito no duró demasiado.

Una noche, cuando ya el resto se había retirado a dormir, se refugió en la cocina con un dedo de *schnapps* de ciruelas casero;

Ramiro y él habían encontrado un par de botellas al fondo de la despensa. Era como beber fuego, de modo que iba dando pequeños sorbitos mientras dejaba que el alcohol ejerciera su efecto sedante. La casa en silencio, la cocina a oscuras, la mente casi en blanco...

Entonces apareció Ilse, con un camisón recatado y una toquilla sobre los hombros, los pies descalzos y el cabello suelto. La chica dio un respingo al descubrirlo sentado en la penumbra, casi se le cayó la vela con la que se alumbraba. Sin embargo, se recompuso, hizo como si él no estuviera allí y, sin mediar palabra, se adentró en la cocina para servirse un vaso de agua de uno de los bidones que rellenaban a diario en una fuente a un par de manzanas de la casa.

Eric bebió un sonoro trago de aguardiente, más largo de lo acostumbrado, y dejó el vaso en la mesa con un golpe.

—No soy un SS. —Su voz sonó algo cavernosa, como arañada por el silencio y el alcohol—. Tampoco un nazi.

Ilse recibió el comentario de espaldas a él, envarada y con un prolongado mutismo.

—Qué cosas... —dijo, al fin, tras un sorbo de agua—. Resulta que ahora nadie ha sido nazi. No sé de dónde salieron los más de diecisiete millones de alemanes que votaron al NSDAP en el treinta y dos, o los treinta y ocho millones que apoyaron convertir a Hitler en un dictador en el treinta y cuatro. No sé cómo ha podido suceder todo lo que ha sucedido si nadie fue nunca nazi.

—Yo jamás voté al partido nazi. Ni a ningún otro.

Ilse se volvió. La luz de la vela trazaba sombras en su rostro que acentuaban la dureza de su gesto.

—Quizá ése fue el problema, herr Althann: la tibieza. No votar es dejar vía libre al que se impone. No oponerse es consentir.

—¿Y qué se esperaba de mí que hiciera?, ¿asaltar el Reichstag?, ¿enfrentarme a las SS?, ¿atentar contra Hitler? Pues si es así, reconozco mi falta de implicación, no tengo madera de héroe, lo lamento. Pero eso no me convierte en un nazi.

—¿Me quiere decir que todos estos años no ha combatido para ellos, no ha trabajado para ellos, no ha colaborado con ellos? ¿Cree que no llevar la insignia del partido o no poseer el carnet de las SS le exime de responsabilidad?

—Todos estos años me he dedicado a sobrevivir y a procurar la supervivencia de los míos, ¿debo de sentirme culpable por eso? ¡Por Dios, si ni siquiera su gente veló por los intereses de su propia comunidad! ¿Qué esperaban que hiciéramos los demás?

Con la vista en las baldosas resquebrajadas del suelo, Ilse se reconoció falta de argumentos. Aquello le produjo una mezcla de rabia y tristeza que estuvo a punto de hacer que le saltaran las lágrimas. Unas lágrimas que se tragó por dignidad.

Eric se echó atrás en la silla, que se movió con un chirrido de patas. Él no pretendía causarle ninguna desazón a la chica. Aquella discusión no tenía sentido. Ellos no eran enemigos.

—Escuche... —Se quitó las gafas, se frotó los ojos, se las volvió a ajustar. Adoptó un tono conciliador—. Entiendo que alguien que ha sufrido lo que usted ha sufrido necesita poner rostro a los culpables. Yo mismo, cuando veo cómo ha terminado todo, necesito poner rostro a los culpables. Y... sí, a veces, es como mirarse en un espejo. Es entonces cuando me siento egoísta, oportunista, insolidario... inconsciente, en el mejor de los casos. Ésos son mis pecados. Y le pido perdón por ellos. Pero no me tome por nazi, se lo ruego.

Ilse levantó la mirada y la clavó en él un instante, como si quisiera calibrar la nobleza de sus declaraciones. Finalmente, asintió.

—Está bien... Aunque, si ésos son sus pecados, no entiendo por qué su empeño en huir de Berlín.

—Yo no...

—Es igual —le interrumpió—. No es asunto mío.

Eric se sintió aliviado de no tener que mentirle: Ilse era una chica perspicaz, no se tragaría sus mentiras.

Dando por terminada la conversación, la joven se acabó el agua y se encaminó a la puerta despidiéndose con un escueto «buenas noches».

—Buenas noches —murmuró Eric a una cocina en la que ya sólo quedaba él.

De nuevo, le envolvió la oscuridad. Retomó el vaso de aguardiente y, al beber, sólo pudo apurar una última gota. Pensó en rellenarlo, aunque fuera sólo un dedo, pero haciendo un ejercicio de fuerza de voluntad, desechó la idea. Notaba que últimamente bebía más de la cuenta. Tenía que empezar a controlarse. Entonces se dijo que debería irse a acostar, pero no se movió de la silla. Siguió manoseando el vaso vacío.

«Eres brillante, Eric. El que más sabe de navegación autónoma de todo el equipo. Pero no puedo ponerte en puestos de más responsabilidad si no estás afiliado al partido. Esa gente de Berlín es tan necia que lo primero que van a mirar es tu historial político. Ya sé que a ti, como a mí mismo y a la mayoría de los que estamos aquí, la política te trae sin cuidado, pero deberías ser más práctico y no darle tanta importancia al gesto. Después de todo, no es más que un número y a los de arriba les gustan esas cosas.»

Wernher von Braun siempre fue sincero con él. Lo que le recomendaba era ni más ni menos que lo que él mismo había hecho para prosperar: claudicar. Claudicar hasta el punto de que, cuando Himmler le pidió unirse a las SS, el jefe apenas se escudó en lo ocupado que estaba con sus investigaciones, a lo que el *Reichsführer*, para zanjar el asunto, objetó que su participación en la organización no le distraería de sus labores. «Si todo lo que tengo que hacer para que me dejen trabajar en paz es entrar en su club y llevar su uniforme, lo haré», argumentó Von Braun. Cierto que lucía el uniforme más a menudo de lo que Eric se hubiera esperado de alguien como él. Aunque no podía culparle, en aquellos días un uniforme confería ciertas garantías.

Quizá debió de haber hecho caso a su jefe ya que, igualmente, le estaban acusando de nazi. Pero no lo hizo, aun a costa de un puesto de supervisor, porque para él no sólo se trataba de un número, como afirmaba Von Braun, sino que implicaba una adhesión a muchas cosas que no toleraba.

«Pero hacemos armas para ellos, ¿no? ¿Qué mayor adhesión

que ésa?», le había hecho notar el ingeniero más joven del equipo, con el que había trabado una buena amistad. Y al hacerlo, le había enfrentado a sus propias dudas.

No, aquello no era una adhesión, quería convencerse entonces. Era un precio por poder continuar con sus investigaciones, por llegar a cumplir sus sueños, porque esos cohetes que entonces se dirigían a Londres aterrizaran algún día en la Luna, más lejos quizá. Prefirió no cuestionarse la ética de ese argumento. Y toda la vida tendría que cargar con ello.

Por eso, reproches como los de Ilse le afectaban más de lo que admitía, porque acertaban de lleno en una conciencia maltrecha. «No oponerse es consentir», acababa de decirle la chica, cargada de resentimiento. Pero no era tan sencillo. Nada es blanco o negro.

Recordaba su paso por Mittelwerk, adonde llegó en 1944 como adjunto de Magnus von Braun, el hermano menor de Wernher, en la supervisión de la producción de giroscopios, servomotores y turbobombas. Allí fue donde se le hicieron patentes las dramáticas implicaciones de su trabajo, más allá de lo dramático de una guerra en sí misma. En Peenemünde no lo había percibido. Por supuesto que sabía que se empleaban trabajadores extranjeros y forzados, la mano de obra no cualificada alemana estaba en el frente, pero, al menos hasta donde alcanzaba su conocimiento, las condiciones de esos trabajadores no eran malas.

Sin embargo, en Mittelwerk, la cosa se reveló bien diferente. Con el fin de procurar la ingente cantidad de mano de obra que hacía falta para cumplir con las exigencias de producción de los cohetes V-2 fijadas por el propio Hitler, las SS habían establecido un campo cerca de las instalaciones que se surtía de prisioneros políticos, judíos y gitanos. Dependiente al principio de Buchenwald, finalmente adquirió entidad propia como campo Mittelbau-Dora.

Eric podría escudarse en que él no estaba al tanto de las condiciones de trabajo en las plantas, en que su labor como ingeniero adjunto a la supervisión se desarrollaba en las oficinas, en los laboratorios, en los centros de pruebas, que nunca bajaba a los túneles de producción. Podría mentir a los demás, pero no a sí mismo.

En una ocasión, tuvo que acudir personalmente a inspeccionar unas válvulas que estaban dando problemas durante la combustión. Lo que entonces presenció... Todavía le revolvía las tripas el recordarlo. Para empezar, la producción se desarrollaba en unos profundos túneles excavados en la montaña, sin luz natural ni ventilación, en un ambiente asfixiante, falto de oxígeno y cargado de polvo y gases nocivos. En aquel escenario insalubre y peligroso, trabajaba un ejército de hombres con los hombros encorvados y cochambrosos uniformes de rayas. Muchos de ellos estaban malnutridos, heridos, enfermos; cuerpos que eran piel y huesos, cadáveres que apenas se sostenían en pie realizando a golpe de látigo, palo y gritos de los guardias de las SS las labores más pesadas, más extenuantes. A Eric le pareció haber penetrado en las entrañas mismas del infierno. Escoltado por un guardia y guiado por un encargado de producción, atravesó los túneles absorto, espantado y al borde de la náusea, con una cierta sensación de irrealidad como una pesadilla que se cuela entre la vigilia y el sueño.

Mas era real. Y la realidad se hizo patente cuando a sus pies se desplomó un hombre. Transportaba una pesada carga de ejes de acero que fue a parar sin control a las vías que surcaban el túnel, donde se desparramó con gran estruendo.

Uno de los guardias se abalanzó contra él. Empezó a darle patadas y a golpearle con una porra mientras le apremiaba a gritos para que se pusiera en pie. «*Wasser... Wasser...*», farfullaba el prisionero cubriéndose en vano de los golpes con unos brazos como alambres.

—¡Ese hombre está pidiendo agua! —intervino Eric con un paso al frente, el tono firme y el gesto grave.

El encargado trató de detenerle con un tibio y respetuoso toque en el brazo, el guardia lo ignoró y continuó con sus agresiones.

—¡He dicho que ese hombre está pidiendo agua!

El guardia al fin se detuvo. Se irguió lentamente y se cuadró con arrogancia frente a Eric. Se hizo el silencio tan solo quebrado por el eco de los ruidos metálicos procedentes de otros túneles. Todo el mundo parecía estar observándolos mientras el SS, con la porra aún en la mano, recorría a Eric con una mirada de desprecio, el rostro congestionado y sudoroso tras el reciente esfuerzo. Esos tipos de las batas blancas, ¿quiénes se habían creído que eran?, parecía pensar.

—Ese hombre es asunto mío. Usted, herr *Doktor*, métase en sus propios asuntos.

Sin molestarse en replicarle, Eric lo apartó, se fue derecho al prisionero, que yacía medio inconsciente y ensangrentado en el suelo, y se lo cargó a los hombros con sorprendente facilidad; fue como levantar un saco de huesos puntiagudos, ligero hasta espantar.

—¡Pero qué coño está haciendo! ¡Suéltelo ahora mismo!

Ignorando las órdenes del enfurecido guardia, Eric pasó a su lado con el preso a cuestas, quien apenas podía arrastrar los pies.

—Este hombre ha pedido agua y voy a dársela —aclaró mientras se alejaba.

Apenas llevaba dados unos pasos cuando escuchó a su espalda el sonido metálico inconfundible de la corredera de una pistola. Se volvió: el guardia le apuntaba con su arma.

—He dicho que lo suelte —masculló, furioso, aquel salvaje.

Eric dudó un instante con la vista clavada en el cañón que le apuntaba y en el gesto enajenado del tipo. No, no se atrevería a dispararle. Se giró y continuó con su camino.

Entonces una detonación restalló en las paredes del túnel de modo ensordecedor. Eric se encogió por instinto, no le dio tiempo a pensar en nada más, a reparar en si seguía vivo o en si aquel disparo le había matado. Lo siguiente que sintió fue cómo el cuerpo del prisionero perdía la poca fuerza que le sustentaba y se escurría sin remedio de su brazo, inerte. De un agujero en su espalda comenzó a brotar un hilo de sangre y Eric, horrorizado, lo tendió en el suelo, donde comprobó que estaba muerto. Alzó la vista.

El guardia, con gesto retador, devolvió la pistola a su funda y empezó a proferir gritos a su alrededor para que se reanudase el trabajo que el suceso había interrumpido.

—¿Qué tendría que haber hecho entonces, eh, Ilse? —murmuró a la cocina vacía y oscura.

¿Qué tendría que haber hecho para no ser un nazi? Igual, no ser un estúpido y haber anticipado desde el principio a quién iba dirigido ese disparo. Igual, no haber llegado ni siquiera a intervenir. Igual, haberse lanzado al cuello de aquel guardia hasta estrangularlo e iniciar después una revuelta en la fábrica. Quizá, eso era lo que Ilse y el resto de los judíos, el resto del mundo, hubiera esperado de él para no condenarlo.

Pero no, no hizo nada de eso. Simplemente se tragó las lágrimas y el vómito que se le acumulaba al fondo de la garganta y continuó con su trabajo. Tal vez así, algún día, uno de sus cohetes llevaría a un hombre a la Luna.

———

En contra de lo que Eric había esperado, la tensión entre Ilse y él se relajó tras su breve charla. No es que de la noche a la mañana la chica lo tratase con cordialidad, pero, al menos, lo trataba. Tal cambió contribuyó a mejorar el ambiente y resultó un alivio para el resto de los convivientes de la casa, quienes, poco a poco, se habían ido convirtiendo en una familia, aunque improvisada. Apenas se conocían pero, en aquellos momentos de miedo, incertidumbre y desolación, se sentían juntos en el mismo barco, se procuraban consuelo mutuo y calor humano.

Así Eric, por primera vez en mucho tiempo, se empezó a sentir a gusto, reducida la angustia y la tensión a un leve pálpito ya vital. Mas no debía confiarse ni bajar la guardia. Ahora que la guerra había terminado era cuando el mayor peligro se cernía sobre él.

Por eso, aquella noche, se le atragantó la exigua cena cuando oyó repicar la puerta. Entre los reunidos, se instaló un silencio inquieto que ponía sobre la mesa, sin necesidad de palabras, las terribles noches de saqueos y violaciones, todavía recientes. Unos y otros intercambiaron miradas de preocupación. Orión ladró al aire, alterado. ¿Quién llamaría a aquellas horas?

Ramiro tomó la iniciativa de ir a comprobarlo, con Eric a la zaga. Bajaron las escaleras, atravesaron la trastienda y la tienda al final. De pronto, Orión prorrumpió en escena con un nuevo ataque de ladridos. Eric se afanaba en sujetarlo y mandarlo callar mientras Ramiro se aproximaba a la puerta.

—¿Quién es?

—¿Ramiro? Soy Katya... Katya Voikova, ¿recuerdas? —se identificó, empleando el español.

Ramiro emitió un leve suspiro y quiso dirigir una mirada confiada a Eric, pero éste se había marchado para llevarse al escandaloso perro de allí. Se dispuso entonces a retirar la cadena y abrir la puerta.

—¡Katya, hola!

—Buenas noches... Disculpa... Es un poco tarde. Sólo venía a traer unas cosas... Comida. —Le mostró un abultado paquete—. Y vodka —sonrió apurada.

Le había estado dando vueltas a la idea de presentarse en esa casa, de esa manera poco ortodoxa, dadas las circunstancias. Su intención era buena, por supuesto, sólo quería agradecer a Ramiro su ayuda, pero la relación con los civiles resultaba complicada, fluctuaba entre el miedo, la desconfianza y la animadversión hacia los soldados soviéticos. Algo natural, por otro lado, teniendo en cuenta los abusos cometidos hasta la fecha. Últimamente la situación estaba más calmada; con todo, ¿seguían siendo los rusos y los alemanes enemigos? Sea como fuere, Ramiro no era alemán ni ella rusa.

—Oh, vaya, ¡muchas gracias! Pero pasa, pasa, por favor.

—No, no... Vosotros estáis... juntos —se expresaba con torpeza—. No quiero molestar.

—¡Anda ya! —La tomó del codo y la llevó hacia el interior—. ¡No es molestia! Únete a la cena. Abriremos tu botella de vodka y brindaremos.

Eric avisó a los demás de que al menos un soldado ruso se había presentado en la tienda. Había vislumbrado un uniforme en tanto empujaba a Orión escaleras arriba. Aunque con los ladridos del perro no había entendido lo que hablaba con Ramiro. Eso sí, la simple idea de que los soviéticos estuvieran allí, en la puerta de la casa, causó inquietud tanto a Ilse como a los Krammer; en cuanto a él, apenas podía ocultar su nerviosismo. Un soldado ruso no podía visitarlos con buenas intenciones, las visitas de los soldados rusos siempre acababan en violencia y detenciones. Como un animal enjaulado, pensó en sitios para esconderse con Seb: una habitación, un armario, la carbonera, un hueco en la buhardilla derruida...

Sus planes se vieron frustrados cuando Ramiro apareció en el salón acompañado del soldado. Eric se quedó de piedra. Hizo un esfuerzo para dominarse a sí mismo y aparentar naturalidad. Lo mejor sería pasar desapercibido. Sólo su gesto crispado y el sudor que brillaba en su frente podían delatar su estado.

En aquella penumbra de luz de velas y quizá obnubilado por la agitación, le llevó un tiempo darse cuenta de que se trataba de una mujer. Parecía algo menos amenazador, pero aun así notaba la saliva atascada al fondo de la garganta.

Ramiro se mostraba relajado y amistoso con ella. La situación parecía tan extraña e inexplicable que aquello sólo contribuía a aumentar su inquietud. Incluso el perro había dejado de ladrar y, acercándose a husmear a la chica, se había dejado acariciar por ella entre las orejas. El resto de los presentes permanecían atónitos, tiesos todos como postes, mientras el chico la iba presentando de uno en uno por su nombre: Katya. Sonrisas forzadas, miradas huidizas, manos trémulas. El ambiente se podía cortar con un cuchillo. Según se aproximaban a él, su primer instinto fue agarrar a Seb y retirarse hacia un rincón como si aquello fuera a servir de algo.

—Y, por último, él es...

—Bruno —interrumpió Eric—. Schmidtt —apostilló con un gesto adusto. Tampoco le tendió la mano. La guardaba sudorosa en el bolsillo del pantalón.

Ramiro frunció el ceño, desconcertado. Ella, en cambio, apenas asintió y le dedicó una breve mirada al hosco personaje; enseguida centró su atención en el pequeño que asomaba tras las piernas del hombre.

—Hola... —le saludó con una sonrisa.

—Soy Seb.

—Hola, Seb. Yo soy Katya. Encantada de conocerte.

Una risilla traviesa campanilleó en el aire, relajando en algo la tensión del ambiente.

—¿Eres un soldado?

—Ajá.

—¿Las señoritas pueden ser soldados?

—Algunas sí.

Seb abrió la boca entre incrédulo y admirado, mostrando la mella de una paleta recién caída.

—¿Te gusta el chocolate?

El crío movió enérgicamente la cabeza de arriba abajo.

—Genial. A mí también y he traído una tableta enorme que podemos compartir, si te parece bien.

Una voz seca y áspera como un carraspeo atajó las exclamaciones de alborozo de Seb:

—Gracias. Pero ya es hora de que el niño se acueste.

—No quiero ir a la cama. Quiero chocolate —protestó el pequeño con un amago de puchero.

—Basta, Seb. Obedece.

—No te preocupes —medió Katya—. Guardaremos la tableta para mañana.

Ramiro no alcanzaba a comprender la actitud de Eric. Se había mostrado innecesariamente grosero, ¡ni siquiera había dado su verdadero nombre! ¿A qué venía aquello? Podía entender la desconfianza, todos la tenían al principio, pero no le había dado ni la oportunidad de explicarle quién era Katya y por qué no debía temerla.

En fin, mejor que se hubiera ido; con semejante ánimo, les habría aguado la fiesta. Y es que, al final, se celebró una pequeña fiesta en la casa del anticuario.

Katya había traído tantos manjares que parecía Navidad. De su morral, repleto cual cuerno de la abundancia, empezaron a salir latas de SPAM, que la soldado explicó que se trataba de una carne cocida americana muy sabrosa, arenque igualmente enlatado, salchichas ahumadas, macarrones, sopa de verduras deshidratada, pan negro, margarina, trigo para gachas, galletas, café, té, azúcar y sal. Además de la botellita de vodka anunciada y el chocolate prometido para Seb, también había picadura de tabaco, que herr Krammer recibió con entusiasmo contenido, al modo prusiano. Y un pequeño y útil cargamento de velas.

La comida rompió el hielo entre exclamaciones de admiración y dicha, los ojos como platos y las bocas jugosas. Mientras, Katya sonreía satisfecha y algo cohibida, a decir de sus mejillas arrebatadas.

—Una amiga trabaja en las cocinas... —parecía disculparse más que explicarse.

Con la moderación de quien está habituado ya al hambre y la escasez y sabe que es mejor aprovisionar como las hormigas, decidieron abrir nada más que una lata de SPAM para tomar con el pan de centeno en finas rebanadas y acompañar con un té negro fuerte y deliciosamente azucarado. El resto fue a la despensa como oro en paño.

Las conversaciones se animaron; cotidianas, insustanciales, agradables por sencillas. Y la noche concluyó con vasitos de vodka al aire y música en el gramófono. Herr Krammer, animado por el alcohol, sacó a bailar a todas las mujeres. También

Ramiro, que no bailaba desde la última velada universitaria, ya no recordaba cuándo. Incluso se animó a dar unas caladas de Majorka, el fuerte tabaco negro ruso, lo que le provocó un bochornoso golpe de tos con lagrimeo que fue objeto de mofas y carcajadas.

Ya era tarde cuando frau Krammer se llevó a su esposo a la cama, antes de que se arrancase a cantar himnos militares de la Gran Guerra. También Ilse se retiró tras dejar un prolongado beso en la frente de Ramiro, que no podía ser más que producto del arrebato etílico. El chico, flotando en una nube de vodka, siguió hipnotizado el contoneo de su trasero mientras ella se alejaba. Él era un caballero español que había estado conteniendo sus impulsos más primitivos para con Ilse, pero si aquella noche ella se mostraba receptiva, quizá...

—Es hora de que me vaya —anunció Katya.

—Tomemos un último trago.

Ramiro rellenó los vasos sin esperar respuesta.

—No, yo ya he bebido demasiado —afirmó ella, apurando por contra el vaso. Después, tomó del cenicero la colilla mal liada, se reclinó en la silla y dio una calada. No le gustaba aquel tabaco pero, de cuando en cuando, fumar la reconfortaba.

—Ha sido una noche estupenda —constató Ramiro—. Muchas gracias.

Katya sonrió. También lo había sido para ella. Como una fiesta en familia, como esas Navidades ya olvidadas.

Permanecieron un instante en silencio, borrachos, aturdidos, somnolientos. Con la vista en las volutas de humo, en la llama cimbreante de las velas.

—Peter Hanke.

Ramiro miró a Katya, confuso.

—Así se llama el tipo. El de la Gestapo.

Era todo lo que Katya había averiguado sobre él. En realidad, se debatía entre las ganas de exigirle una explicación, de preguntarle por qué había matado a su tío, por qué había trastocado la vida de ella o, por el contrario, no volver a saber nada de su persona, dejarlo pasar como una pesadilla. Hanke no había ido a un campo de prisioneros, el SMERSH lo había trasladado a un centro de detención en su cuartel general en Buch, al norte de la ciudad. Allí lo estaban interrogando porque pensaban que podía tratarse de un líder de la Werwolf, la guerrilla nazi que seguía combatiendo en la sombra tras la capitulación. Si era así, a Hanke le esperaba un tiro al amanecer o el internamiento en un campo del Gulag.

—Al diablo entonces con Peter Hanke. Ya no es una amenaza —aseguró Ramiro.

—Sí, supongo. La cuestión es si habrá otros como él.

El chico no supo qué decir, sentía la cabeza demasiado espesa como para pensar en nada.

—Me refiero a qué se supone que debo hacer ahora.

—¿Lo dices por el Medallón?

Ella calló ante lo obvio.

—No lo sé. No lo sé, la verdad —respondió él algo abrumado—. Se supone que debemos custodiarlo, protegerlo. Somos los herederos de una tradición milenaria. Magna Clavis. Cada uno de nuestra estirpe. También está Eric...

—¿Quién es Eric?

Ramiro se dio cuenta de que se había ido de la lengua. No podía hablarle a Katya de Eric cuando éste ni siquiera se le había presentado con su verdadero nombre. Antes, tenía que discutirlo con él, deshacer ese entuerto.

—No lo sé, Katya. Estoy borracho —se excusó sin mentir—. Pero no te preocupes. Hablaremos de ello. Encontraremos una solución. Ya no estás sola.

Ella sonrió agradecida.

—¿Hasta cuándo te quedarás en Berlín?

—No estoy segura pero supongo que no mucho, que me licenciarán pronto. La guerra ha terminado.

—¿Y volverás a la Unión Soviética?

Ella se encogió de hombros.

—¿Adónde si no?

—Pero ¿tienes familia allí?

—Están los Kotiakov. Ellos me acogieron cuando murió mi tío aunque no son mi familia. Entonces era una niña. Ahora se me hace extraño volver como la hija que no soy.

—Seguro que algún hombre afortunado desea hacerte su esposa —insinuó Ramiro.

Katya pensó en Oleg.

—No, nada de eso.

—Yo tampoco tengo familia...

—Pero deseas hacer de Ilse tu esposa, ¿eh? —Le propinó un suave codazo en ademán de pícara camaradería.

Ramiro enrojeció hasta las orejas ya coloradas por el alcohol.

—¿Tanto se me nota?

—Bastante.

—Me gustaría volver a España. Y llevarla conmigo —soñó—. Ella también ha perdido a su familia y esta ciudad no es lugar para vivir. No veo el momento de salir de aquí. He oído que hay una colonia de trabajadores franceses que están planeando atravesar el Elba para regresar a su país. Si pudiéramos unirnos a ellos...

El chico fijó la vista en Katya, cabizbaja y con el gesto sombrío.

—Podrías venir con nosotros —se le ocurrió entonces—. Ahora somos como una familia, una hermandad. Y España es tu país.

Katya sonrió con tristeza. Aquella idea loca podría resultar incluso sugerente, pero no era más que eso: una idea loca e inviable.

—No es posible. Yo ya no soy española, sino rusa.

———◆———

A Eric le despertó el aroma del café recién hecho y el pan tostado. Sus tripas rugieron con estruendo. ¿Café? ¿Cómo era posible? ¿Acaso seguía soñando?

Se estiró y se frotó los ojos para desperezarse. A su lado, Seb dormía en el colchón que ambos compartían, habían acondicionado el pequeño cuarto de estar de Cornelius como habitación para los dos. Orión, que solía tumbarse en el suelo junto a ellos, ya había amanecido y estaría dando su paseo matutino.

Aquel olor le estaba matando, ¿de dónde vendría? Dispuesto a averiguarlo, se ajustó las gafas, abandonó la cama con cuidado de no despertar a Seb, se puso la camisa y se aseó un poco con agua de la palangana. El fresco del alba, que se colaba por las rendijas de los tablones de madera de la ventana, le provocó un escalofrío. Echaba tanto de menos el agua caliente, el simple gesto de girar un grifo y darse una ducha... Lo cotidiano se había vuelto un lujo en aquellos tiempos.

Tenía un hambre atroz. Se había visto obligado a dejar a medias la cena, ya de ordinario insuficiente para saciar los estómagos, por culpa de aquella mujer soldado. Un maldito soldado soviético, al fin y al cabo. Encima, había conseguido que se enojara con Seb, que tratara con una dureza injustificada a su hijo. Estaba nervioso y asustado y lo había pagado con el niño. El pobre se había acostado llorando por el chocolate, además de hambriento, y él se había sentido terriblemente culpable.

—Lo siento, hijo, siento haberme enfadado. ¿Quieres que te cuente un cuento? —le propuso en compensación mientras le arropaba.

Seb asintió con los ojos vidriosos y un puchero. Era un buen niño.

—Pero que tenga dragones.

—Por supuesto. No sería un buen cuento si no tuviera dragones.

Entonces, se recostó a su lado sobre los almohadones gastados y empezó a inventar una historia de dragones hasta que Seb se quedó dormido.

Del salón estuvo llegando, hasta bien entrada la noche, la algarabía de conversaciones animadas, risas e incluso música. Al principio, pensó que los demás estaban locos pero, al recapacitar, se dio cuenta de que el problema no era de los del salón sino de él. Después de todo, la guerra había terminado para ellos, ¿qué tenía de malo pasar un buen rato? Los rusos y los alemanes ya no eran enemigos, sólo seres humanos cansados de vivir enfrentados. Sus circunstancias no eran las de los demás. La guerra había terminado, sí, pero él, ahora, en lugar de ser un enemigo era un criminal.

No podía seguir así, pensó, no podía seguir viviendo en ese estado de pánico permanente. Tenía que dejar Berlín. Tenía que escapar.

En la cocina, sólo se encontraba Ramiro, trasteando con los fogones de carbón, que en aquellos días alimentaban con cualquier cosa que se pudiera quemar.

—Buenos días —saludó cohibido.

—Buenos días. —El tono de Ramiro solía ser jovial. A Eric le parecía un buen tipo—. ¿Café?

—Claro... ¿Cómo lo has conseguido?

Ramiro se volvió. Con el delantal puesto y blandiendo un trapo, parecía una madre disgustada.

—Lo trajo Katya. Y té y azúcar y pan y margarina y salchichas y un montón de cosas más, entre ellas, el chocolate que no le dejaste tomar a Seb. Pero ¿qué mosca te picó anoche, Eric?

—Te has afeitado.

—Sí, con una cuchilla y jabón que también trajo Katya. A ti tampoco te vendría mal hacerlo, por cierto. Aunque igual te niegas a usar una cuchilla soviética. Seguro que Goebbels dijo en alguna ocasión que están pensadas para matar alemanes.

Eric recibió la pulla sin rechistar y se dejó caer en una silla mientras se acariciaba el mentón rasposo. Ramiro colocó dos tazas encima de la mesa.

—¿Se puede saber a qué vino lo de Bruno Schmidtt? —preguntó mientras servía un buen chorro de humeante café en cada una.

Antes de responder, Eric se lanzó a beber con tal ansiedad que se quemó la lengua.

—Mierda...

Ramiro, sentado frente a él, le observaba con paciencia, aguardando una explicación. Eric se sirvió un poco de azúcar, removió y sopló dentro de la taza.

—Esa mujer —dijo al fin—, además de generosa, es un soldado ruso. Y no un soldado cualquiera. ¡Un oficial! Cualquier alemán entre quince y cincuenta años es una amenaza para ellos y no necesitan muchas razones para llevárselo detenido. Prefiero no cruzarme en su camino y menos que me tengan identificado. Todavía no sé bien cuáles son sus intenciones.

—Ya... Pues para que te quedes más tranquilo, déjame que te explique quién es ella y cuáles son sus intenciones. Tal vez así no tengas que huir la próxima vez.

Yo voy a seguir adelante

Conocí a Brigitte Durand en la sala de espera del Hospital Americano de Estambul. Se trataba de una chica joven, ya me lo había parecido por el tono de su voz al teléfono. No creo que hubiera cumplido los treinta, menuda, con una abundante cabellera rizada, castaña y desorganizada, que recogía hacia atrás mediante una cinta elástica a modo de diadema. El tono y la textura de su piel parecían los de alguien que se pasa mucho tiempo al aire libre. Llevaba varios pendientes en cada oreja y un piercing en un lateral de la nariz. También lucía un tatuaje con motivos vegetales que le trepaba por la cara interior del brazo y que quedaba al descubierto bajo las mangas remangadas de su colorida camisola étnica. Completaban su atuendo unos bombachos color mostaza y unas botas militares. Poseía un rostro agradable, redondo, de persona simpática. No era exactamente el tipo de mujer que me hubiera imaginado como pareja de Martin, pero estaba claro que lo era, puesto que la habían avisado de su accidente. Otro de los pequeños secretos de mi colega...

—¿Cómo está? —quise saber, sin poder ocultar mi preocupación. Brigitte no me había dado muchos detalles por teléfono y yo me había pasado todo el viaje en vilo, imaginándome los peores escenarios.

Lo habían atropellado. Fue lo único que me dijo y, desde entonces, una inquietante sospecha me rondaba la cabeza. Habían atropellado a Martin. Casi al mismo tiempo que un coche se había abalanzado sobre Alain y sobre mí en San Petersburgo. ¿Casualidad o también habían querido atropellarme? Lo habrían conseguido de no haber estado Alain allí para evitarlo. Se me ponía la piel de gallina.

—Bien —respondió—. Bueno, mejor. Ingresó en urgencias con politraumatismo aunque consciente. Lo llevaron a la UCI porque lo que más nos preocupaba era el traumatismo craneal, pero enseguida las pruebas apuntaron a un trauma leve, una conmoción cerebral. Como ha evolucionado bien, esta mañana lo han trasladado a planta, aunque sigue en observación para descartar que haya lesiones secundarias. Además, tiene un esguince cervical, luxación del hombro izquierdo y dos costillas fracturadas. Ha tenido suerte, teniendo en cuenta que cayó desde una altura de unos quince metros.

—¿Cayó? Creí que dijiste que lo habían atropellado.

—No exactamente. Por lo visto, intentaron atropellarle y se tiró por un puente para esquivar el coche. Sucedió de madrugada, volvía al hotel después de cenar, caminando por encima del puente de Gálata. No sé si lo conoces, cruza el Cuerno de Oro y tiene dos niveles: el superior para tráfico y peatones y el inferior con restaurantes. Pues bien, vio que uno de los coches que circulaban de frente se salía del carril e iba derecho contra él. Como no tenía escapatoria, saltó la valla para evitar el impacto. Dice que se lanzó previendo que el toldo de uno de los restaurantes del nivel inferior amortiguara la caída. Desde luego que, si no llega a ser así, se hubiera matado.

—Madre mía... ¿Puedo verle?

—Sí... Aunque... se supone que tú no deberías estar aquí. Va a querer matarme por dejarte venir. Menos mal que está algo atontado por los calmantes. —Brigitte arrugó su nariz pecosa con una sonrisa pícara; eso me tranquilizó.

Martin movió los ojos en dirección a la puerta cuando nos sintió entrar. Un collarín le inmovilizaba el cuello, un cabestrillo recogía su brazo lesionado y, en media cara magullada y llena de raspones, destacaba un apósito blanco inmaculado sobre la ceja. Sí, me había imaginado escenarios peores con tubos, cables y sangre por todas partes. Casi sentí alivio al verle.

—Ana... ¿Qué haces aquí?... Mierda, Brigitte, ¿es que no te pedí que le dijeras que no viniese? —Estaba enfadado, pero con la debilidad de su tono y el habla lenta y mal articulada no impresionaba nada.

—Y me lo dijo —solventé yo mientras me acercaba a la cama—. Pero yo me empeñé. ¿Cómo estás?

—Bien. Tienes que irte de Estambul, Ana... Es muy peligroso que estés aquí... Llévala al aeropuerto, Brigitte... Déjala en el maldito avión de vuelta.

Agitado, Martin trató de incorporarse pero el dolor se lo impidió.

—Joder...

Le cogí la mano crispada sobre el colchón.

—Schssss... Cálmate. Todo está bien.

Su respiración era sonora y entrecortada a causa de la fatiga, el dolor y la inquietud.

—No. —Me apretó los dedos—. No está todo bien, Ana... Escucha, vuelve a Madrid, a tu casa... o, mejor, a casa de alguien donde no estés sola... Y espera a que me ponga en contacto contigo... No hagas nada sin mí... Yo... no me quedaré aquí mucho tiempo.

Miré de reojo a Brigitte, quien meneó la cabeza como si lo dejara por imposible. Después, sonreí a Martin con ternura y coloqué la otra mano sobre las nuestras entrelazadas.

—Ya te he dicho muchas veces que sé cuidarme sola.

Él me miró como si los párpados le pesaran toneladas.

—Yo también sé cuidarme solo y mírame... Haz lo que te digo... Por favor.

Le hubiera besado en la mejilla sana, pero con Brigitte de testigo no me pareció oportuno.

—Descansa. —Decidí poner fin a la conversación y a mi visita puesto que, una vez tomada mi decisión, no conduciría más que a aumentar la ansiedad de Martin—. Y pórtate bien. Cuanto antes te recuperes, mejor para todos.

—Tenemos que hablar —me retuvo sin soltar mi mano.

—Lo sé. Pero ahora, no. Necesito que estés en plena forma para descargar toda mi ira sobre ti.

Martin sonrió por fin y alivió lentamente la presión de sus dedos.

—Anda... Vete ya.

—¿Vas a marcharte? —me preguntó Brigitte, una vez fuera de la habitación.

—No. Tengo algo que hacer aquí.

—¿La fiesta de Paolo Bonatti?

—¿Es que te ha hablado Martin sobre eso? —pregunté sin poder ocultar mi extrañeza.

Ella no contestó a la pregunta.

—¿Te apetece un café? —me propuso.

Resultó que Brigitte Durand no era la pareja de Martin y que estaba mucho más al tanto de la investigación de lo que yo podía adivinar. Al presentarse, me había sido imposible deducirlo por su apellido, pero cuando me contó que su abuela era Carole Hirsch, la mejor amiga de Sarah Bauer, lo entendí todo. Brigitte era uno de ellos.

—Fue el mismo Martin el que me llamó después del accidente, mientras discutía con unos sanitarios que le querían quitar el móvil antes de meterlo en la ambulancia; él gritaba en inglés y ellos le hablaban en turco, un número. A veces se pone imposible.

Estábamos sentadas a una mesa de la cafetería del hospital, bulliciosa a la hora de la merienda: rugido de cafetera de vapor, tintineo de platos, tazas y cucharillas, acompañantes solitarios, médicos y enfermeras dicharacheros. Olía a café y a pan tostado y hacía calor, en los hospitales siempre hace calor.

—Yo trabajo aquí en Estambul, en un campamento de Médicos Sin Fronteras para refugiados sirios. Y Martin pensó que, como soy médico, podría convencer a los otros médicos de que lo dejaran irse con una tirita y un bote de analgésicos.

—¿Por qué no me sorprende?

Brigitte me sonrió con complicidad antes de dar un sorbo de café. Yo la imité. Ahora que sabía que no era novia de Martin, me sentía más cómoda con ella.

—Estos días, he estado echándole una mano con la investigación —prosiguió—. Y hemos preparado juntos lo de la fiesta de Bonatti. Tengo un buen amigo en la embajada alemana que fue el que nos facilitó la invitación. Conseguimos planos de la casa y habíamos discurrido la mejor forma de llegar a la biblioteca aun contando con que haya seguridad. Estaba todo listo. Pero el accidente de Martin ha dado al traste con la operación. Además, no quiere ni oír hablar de seguir adelante sin él...

—Yo voy a seguir adelante —la interrumpí con decisión—. No podemos perder esta oportunidad de acceder a la casa de Bonatti. Difícilmente habrá otra. He estado dándole vueltas porque es verdad que, sin Martin, no sabía muy bien cómo hacerlo; yo no tengo ni la invitación ni los planos ni nada. Pero, ahora, tú puedes ayudarme...

Brigitte no parecía muy convencida.

—Es genial que estés dispuesta, pero ¿cómo vas a ir sola? Yo podría acompañarte, el problema es que me relaciono con bastante gente del círculo de los Bonatti aquí en Estambul y temo que puedan reconocerme. Además, seríamos dos mujeres y la invitación está a nombre de un tío, Johannes Schwarzwaller. La fiesta es pasado mañana, no creo que estemos a tiempo de cambiarla.

Permanecí un instante en silencio mientras sopesaba los pros y los contras de una idea que iba tomando forma en mi cabeza. Finalmente, concluí:

—Me parece que tengo la solución a ese problema.

Mayo de 1945

A principios de 1941, más de trescientos mil niños de Berlín habían sido evacuados para ponerlos a salvo de los bombardeos. Al final de la guerra, unos setenta y cinco mil niños alemanes, según las estimaciones más optimistas, habían perdido la vida a causa de las bombas. Entre los supervivientes, miles de ellos habían quedado huérfanos, habían sido abandonados, se habían perdido o incluso habían sido robados. Jamás pudieron regresar a su hogar, no volvieron a ver a sus padres o a ningún otro familiar o amigo. En el mejor de los casos, la mayoría de los niños habían sufrido la dureza de los bombardeos y convivido con la muerte indiscriminada y la violencia extrema; muchos habían sido testigos directos de la violación de sus madres o de sus hermanas. Durante la posguerra, la tasa de mortalidad infantil subió como la espuma a causa de las enfermedades mal diagnosticadas y tratadas, las heridas y lesiones mal curadas, las epidemias y el hambre.

Katya contempló el reflejo de su imagen fragmentada en un espejo roto. De un lado. De otro. Apenas se reconocía.

—Katya... Estás preciosa. —Ilse parecía tan asombrada como ella misma ante aquella transformación, como si debajo del uniforme hubieran eclosionado aquellas formas de mujer, aquellas maneras delicadas.

El vestido estaba arrugado y algo polvoriento pero era tan bonito... El satén, de un azul intenso, conservaba su brillo y se deslizaba como una segunda piel por su cuerpo igual que la túnica de una escultura griega, desde los hombros hasta el suelo. Al bordado de la cintura, bien ceñida, sólo le faltaban algunos cristales y aquel gran escote en V que dejaba al descubierto toda su espalda resultaba casi indecente, reconoció Katya con pudor mientras giraba el cuello para observarlo y le parecía que se sonrojaba.

Ilse y ella llevaban toda la tarde en la buhardilla jugando, como las niñas que aún eran, a probarse los vestidos que la chica alemana había encontrado en un arcón. Antiguos modelos de noche que habrían conocido veladas de ópera y ballet, cenas de etiqueta, bailes de gala, cortejos a la luz de la luna... Todo eso que a ellas les había sido arrebatado.

Aquel día, Katya había llevado un pedazo de preciado jabón y, aunque no estaba permitido llenar una bañera para sumergirse en ella, se habían arreglado con la palangana para enjabonarse la espalda la una a la otra entre risas y salpicones. En la buhardilla, donde la luz entraba a jirones por el tejado vencido y siempre flotaban motas de polvo en el aire como finísimos velos al viento, se habían montado su particular salón de belleza con la palangana de agua jabonosa, el arcón de vestidos antiguos y el resto de una barra de labios, reseca y con cierto sabor a grasa rancia, pero que hacía su función para dar rubor a la boca y las mejillas.

—Mírate, estás arrebatadora.

—Tú también —aseguró Katya ante la imagen de su rubia amiga, que vestida de gasa de rosa parecía una actriz de cine mudo.

—Deberíamos hacer una fiesta en el salón para lucir nuestros vestidos. ¿Crees que a Ramiro le gustaría?

—A Ramiro le gustas de cualquier manera. ¡Está loco por ti!

Ilse sonrió para sí, cohibida, mientras se atusaba la falda con coquetería.

—¿Y tú? ¿Tienes novio?

Novio... Katya tuvo la sensación de que aquella palabra ya no estaba hecha para ella. Nunca tendría novio. Ya no. No como Ilse tenía a Ramiro. Se sentía como si ella ya fuese demasiado mayor para eso, como si hubiese vivido demasiado, meses como años, años como décadas. Podría hablarle a Ilse de Misha aunque incluso él parecía de otra vida, de otra Katya.

—No —respondió sin dejar de mirarse en el espejo—. Hay un hombre... Está casado.

—¿Tú le quieres? —inquirió su amiga con una espontaneidad que la cogió desprevenida.

Ella se encogió de hombros.

—Se porta bien conmigo. —Tras reflexionar un poco, añadió—: Entre tanta muerte, tanta miseria y tanta bajeza es quien me recuerda que aún somos seres humanos, que debajo de ese uniforme todavía hay una chica de veinte años. No sé si eso es amor...

Ilse suspiró y fue a decirle que ella tampoco sabría si eso se podía considerar amor, no obstante, pensaba que lo que ella misma sentía por Ramiro le parecía más intenso, más inexplicable, más embriagador. Un carraspeo a su espalda la dejó con la palabra en la boca.

———◆———

Eric no quería tener nada que ver con esa chica. Por pudor, por temor, por cierto rechazo casi inconsciente a lo que ella representaba: el fin de su mundo. Sin embargo, sabía que le debía una disculpa, no tanto porque sintiera que la había ofendido, de acuerdo que se había mostrado un poco arisco, pero si todo el mundo se disculpara por eso... Más bien se trataba de lo que, una vez más, ella representaba: una punta de esa estrella de cuatro en la que él, sin pretenderlo ni preverlo, ocupaba otro de los extremos. Y porque Ramiro se había puesto muy pesado con el asunto.

—Katya está en la buhardilla con Ilse. Sería un buen momento para que hablases con ella —le había sugerido nada más asomar la nariz por la puerta.

Condenado Medallón... Él no formaba parte de esa confabulación mística con tintes de secta y ningún viso de realidad. Si su padre no hubiera estado enredado con tanta tontería, con toda probabilidad se habría comportado como un padre normal. Definitivamente, Eric prefería mantenerse al margen de todo eso.

—No es algo que tú escoges, Eric. Es tu destino —le había aleccionado Ramiro—. ¿Por qué crees que estás ahora aquí? ¿Por qué crees que, sin pretenderlo, los tres nos hemos reunido?

Claramente, el chico había pasado demasiado tiempo con Cornelius y estaba tan chiflado como él. Eso pensaba mientras ascendía la escalera retorcida hacia la buhardilla. Según se iba aproximando, llegaban a sus oídos las risas y las voces femeninas. Se sintió como un intruso, fuera de lugar. A punto estuvo de darse la vuelta, si bien acabó por razonar que sólo se trataba de una cría; le pediría perdón y zanjaría esa absurda historia de una vez.

Cuando por fin llegó a lo más alto de la casa, las voces se habían transformado en murmullos. Se detuvo en el umbral. Un curioso juego de luces que rasgaban la penumbra al penetrar por el tejado medio derruido confería al ambiente cierto aire de irrealidad. La buhardilla era un panorama de desorden y ruina, de polvo en forma de niebla, de vigas vencidas hacia dentro como los mástiles de un velero fantasma, quebrados sobre la cubierta. Y allí, en mitad de aquel desbarajuste, cual ilusión, se alzaba un espejo roto que reflejaba la luz dorada de un candil y la figura de una mujer ataviada con un vestido de noche: altiva, esbelta, azul como el crepúsculo, bellísima hasta lo irreal para unos ojos acostumbrados ya al espanto.

Se quedó un instante contemplándola con el asombro y el sobrecogimiento de quien asiste a una aparición: la mente en blanco y la respiración detenida en el pecho. La vista fija en aquella espalda desnuda de piel tersa que, justo al borde de la cintura, se perdía bajo el satén. Tenía la sensación de haber atravesado un portal a otra dimensión ajena a la miseria del mundo. Lo vivió como tal durante un instante, resistiéndose a regresar a la realidad.

Un leve movimiento de ella dejó ver el perfil de su rostro de soslayo y le recordó quién era y porqué estaba allí. Carraspeó.

Ella se volvió. Ilse también. Las miradas de los tres flotaron en la nube de polvo en suspensión como si el tiempo se hubiera detenido.

Katya reconoció al padre de Seb y se sintió cohibida por su aspecto; como si la hubiera sorprendido desnuda, así se veía ella sin la autoridad y el parapeto de su uniforme. Se rodeó el cuerpo con los brazos y maldijo mentalmente aquella intromisión. Él tampoco parecía muy cómodo, a decir verdad.

—Eric... —habló Ilse; no hacía mucho que, en su lento proceso de reconciliación, había empezado a tutearle—. Hola...

—Hola... Yo... Disculpen... Me gustaría hablar con... —¿Katya? Demasiado familiar. ¿La señorita Voikova? Extraño para un soldado. ¿La teniente? Más extraño para aquella mujer vestida de satén...

—¿Con Katya? —acudió Ilse en su rescate.

—Sí. Pero quizá en otro momento, veo que ahora no...

—No, no, está bien, ¿verdad, Katya? —Ella apenas asintió—. De hecho, se ha hecho un poco tarde. Tendría que haber bajado hace rato a ayudar a frau Krammer con la cena —aseguró mientras recogía la ropa vieja que vestía siempre—. Nos hemos puesto a charlar y se nos ha echado la hora encima. ¿Te quedas a cenar?

La chica vaciló.

—No, no lo creo.

—Bueno, ya intentaré convencerte. Luego os veo —se despidió al pasar junto a Eric camino de las escaleras.

Sus pasos en los peldaños resonaron en el silencio incómodo que se instaló entre ellos con su marcha.

—De modo que Eric —dijo Katya entonces, esbozando una sonrisa que relajó un poco el ambiente.

Él asintió y a Katya le pareció que se sonrojaba, lo que le inspiró cierta ternura. Nunca había visto a un hombre sonrojarse por otro motivo que no fuera rabia, ira o lujuria.

Avanzó unos pasos hacia ella.

—Althann. Eric Althann.

—Sí, lo sé. Ramiro me lo contó.

—Ya, claro... Entonces, imaginará por qué estoy aquí. Lamento haberme comportado como un grosero la otra noche. En las presentes circunstancias, es difícil reaccionar con frialdad. Y yo... No sabía quién era usted y reconozco que me asusté.

Katya se sorprendió cuando Eric pasó con toda naturalidad de hablar alemán a hacerlo en ruso, con fluidez, sin apenas acento. También se sintió aliviada; por el contrario, ella no se encontraba cómoda hablando en alemán.

—Habla usted muy bien el ruso —constató con un punto de admiración.

—Viví unos años en Leningrado y luego en Moscú. Justo antes de la guerra. No hace tanto tiempo y, sin embargo, ahora... parece una eternidad.

En verdad, sentía que se había hecho viejo de repente, en tan sólo cuatro años, como si, tras todo lo acontecido, el joven Eric que había vivido en la Unión Soviética fuera una persona diferente, de quien él sólo recordaba su historia cual si la hubiera leído en un libro.

Notó la mirada expectante de la chica sobre él, parecía aguardar una aclaración. Se sintió cohibido. ¿Acaso había sido una imprudencia hablarle en ruso? Ahora ella haría preguntas que él no podía responder. Se apresuró a reconducir la conversación.

—En fin... Yo... Sólo quería disculparme.

La joven sonrió. Tenía una sonrisa bonita, luminosa, eso le pareció a Eric, aunque puede que sólo se tratase de una sonrisa normal y él echase de menos ese gesto en aquellos tiempos en los que no abundaban las sonrisas.

—Disculpas aceptadas, herr Althann.

Eric no supo qué más añadir. Normalmente, no era muy hábil con las palabras, pero en aquella situación se encontraba más torpe de lo normal. Quizá había llegado el momento de dar por terminada la conversación y marcharse de allí. ¿Por qué no lo hacía? ¿Por no quedar de nuevo como un grosero? ¿Porque ella sonreía con una dulzura y una serenidad tales que no podía dejar de mirarla?

Katya se encaminó hacia el montón donde había dejado sus cosas. Lo primero que hizo fue echarse la *gymnastyorka* por los hombros, después rebuscó en el interior de su morral. Eric la observaba con atención, dudando si su ademán era una indicación para que él se marchase de allí y la dejase tranquila. Antes de que pudiera tomar una determinación al respecto, ella le tendió un libro. Aquel gesto le cogió desprevenido y recibió vacilante el tomo. La portada era de un rojo brillante con filigranas doradas y, al hojearlo, descubrió las bonitas ilustraciones. Enseguida reconoció el ejemplar de *De la Tierra a la Luna* de la biblioteca de su padre, más ajado de lo que recordaba, como si lo hubieran leído y releído decenas de veces: las páginas más arrugadas, las esquinas más desgastadas.

—Siempre lo llevo conmigo. Su padre me lo regaló cuando, siendo yo una niña, estuve aquí de visita con mi tío —explicó ella—. Sin embargo, creo que le pertenece a usted.

Eric buscó la primera página e identificó como propia la declaración escrita con letra de adolescente aplicado: *Este libro pertenece a Eric Althann.* Se recordó entonces leyendo en un rincón del salón de Cornelius, sentado en el suelo junto a la ventana, en aquellas pocas ocasiones que había ido a visitarlo; la lectura le encerraba en su propio mundo y le libraba de tener que tratar con su padre. Aquel libro había despertado su fascinación por los viajes espaciales. Probablemente, gracias a él se dedicaba a lo que se dedicaba. Y, sin embargo, Eric creció y el libro quedó abandonado en una casa a la que apenas regresó ya.

—Sí, fue mío —admitió, según reparaba en los dibujos a lápiz, algo desvaídos, que llenaban cada página en blanco, cada margen, cada espacio entre párrafos. Estrellas, constelaciones, planetas, nebulosas... Aquellos dibujos, en cambio, no habían salido de su mano—. Aunque me parece que ahora es más de usted.

Eric se lo devolvió y ella, para quien aquel libro era un pequeño tesoro, lo aceptó sin rechistar.

—Veo que le gustan las estrellas. Al menos, dibujarlas... —quiso prolongar aquella charla.

—Sí... Bueno, estos dibujos no son una obra de arte. Se me da mejor contemplar el cielo que dibujarlo. Antes de la guerra, me escapaba siempre que podía al Planetario de Moscú, a escuchar las conferencias, a ver las proyecciones del firmamento en la gran cúpula o a asistir a alguna representación del Teatro de las Estrellas. En ocasiones, iba también al observatorio astronómico del parque Gorki, pero es difícil ver nada desde allí porque hay demasiada luz de la ciudad alrededor y, además, en Moscú suele estar nublado. Para ver las estrellas, lo mejor era tumbarse las noches despejadas de verano en la pradera de la dacha donde vivía, sin contaminación lumínica. Con los prismáticos del ingeniero Kotiakov se podían vislumbrar los anillos de Saturno. También en el frente, a campo abierto... Allí las noches son cerradas, todo alrededor es oscuridad, y es fácil imaginar que se flota entre las estrellas, lejos, muy lejos de la tierra reventada... Lo siento, le estoy aburriendo.

—No, no —fue sincero Eric. En verdad, asistía embelesado a su relato, a su entusiasmo trenzado de nostalgia, a la mirada de ensoñación de sus ojos como galaxias verdes, al movimiento de sus labios sombreados de carmín.

—¿Visitó el planetario y el observatorio cuando estuvo en Moscú, herr Althann?

—Los dos. Yo también soy un amante de la astronomía. Y también he soñado con volar entre las estrellas. —Dirigió la mirada al libro de Verne—. Hasta tal punto deseaba hacerlo que se me ocurrió ser piloto.

Por aquel entonces, le pareció que volar en avión era lo más cerca del espacio que se podía estar. Incluso fantaseó con la idea de convertirse en piloto de pruebas y no sólo diseñar, sino testar él mismo sus diseños de aviones y, en un futuro, cohetes. Ahora, visto en perspectiva, le parecía absurdo haber siquiera albergado tal pretensión. Él no era un hombre de acción, era un hombre de ciencia.

—¿Es usted piloto?

Demonios, ella parecía admirada. ¿En qué momento se le habría ocurrido confesarse con aquella muchacha con la chaqueta tachonada de condecoraciones?

—No —admitió con la cabeza gacha y su hombría algo herida—. Me rechazaron. Por miope. Resulta un poco embarazoso reconocer, precisamente ante usted, que nunca he combatido. Pero, eh, cuando tenía siete años hice un telescopio con un tubo de cartón y dos lupas —se rio de sí mismo.

—¡Yo también intenté hacer uno! —le acompañó ella en la risa y el recuerdo—. Y me corté la mano cuando quise sacar una de las lupas del marco. Tendré buena puntería, pero soy una manazas.

—Quédese a cenar —propuso Eric llevado por un impulso—. Ayer, mire qué casualidad, encontré un viejo atlas astronómico de mi padre. ¿Le gustaría verlo?

—Me encantaría, muchas gracias. Pero no creo que pueda. Entro de servicio a las ocho.

—Entonces, no hay tiempo que perder. Ahora mismo bajo a poner la mesa y a meter prisa a las cocineras.

————◦✦◦————

La naturaleza no entiende de los asuntos humanos, sigue su curso pese a ellos. Así, la primavera había llegado a Berlín. Las lluvias limpiaban el aire cargado de polvo, humo y hollín. La brisa se llevaba el tufo a pólvora y a muerte. El sol se abría hueco en la atmósfera viciada y empezaba a acariciar las ruinas. En las ramas de los árboles tronchados, aparecían los primeros brotes, toques verdes a punta de pincel en un lienzo desvaído. Como símbolo de renacimiento, traía un mensaje de esperanza: los días oscuros han quedado atrás, se puede volver a empezar.

La vida, aletargada en los sótanos, tomaba las calles, igual que las margaritas florecen en el prado tras la tormenta. En la Karl-Friedrich-Platz siempre había grupos de niños jugando entre los escombros. Seb no tardó en unirse a ellos. Pasaban el rato desenterrando chatarra: cascos abollados, vainas de proyectiles, armas desbaratadas... Los apilaban cuidadosamente como hormigas laboriosas. De cuando en cuando, jugaban con ellos a hacer la guerra de los adultos. Su algarabía también era señal de vida, como una manifestación más de la primavera.

Aquel día, Seb había encontrado una pieza metálica redonda. Se la había llevado a Matthias, un chico más mayor que era bueno construyendo cosas, y ambos se afanaban en sujetarla a un tablón.

—¿Qué hacéis?

Un hombre, que llevaba tiempo observándolos mientras se fumaba un cigarrillo, se había acercado a ellos. A la pregunta, los críos levantaron las caras tiznadas por la faena.

—Un cacharro —respondió Matthias—. Puede que un patinete o una carretilla. No sé, algo saldrá de aquí.

El hombre asintió mientras apagaba el cigarrillo contra la suela de sus zapatos desgastados y se guardaba la colilla en un bolsillo.

—¿No tendrá otro de ésos? —pidió Matthias después de observar atentamente la operación.

El tipo frunció el ceño.

—¿Cuántos años tienes, chaval?

—Quince.

El hombre lo escrutó de arriba abajo: su flequillo color ceniza sujeto con una horquilla oxidada, su piel tersa y sonrosada, sus extremidades como alambres... Le calculó no más de doce años. Aun así, sacó el paquete de tabaco y tiró de una colilla.

—¿Cómo te llamas?

—Matthias, señor.

—Toma, Mat. —El chico la recibió con una amplia sonrisa de agradecimiento—. No te la fumes de una vez. El tabaco es malo para los niños. Y si es tabaco ruso también es malo para los adultos.

Se volvió entonces hacia el renacuajo pecoso, el del brazo enyesado, que, con los ojos muy abiertos, no había perdido ripio de la escena.

—¿Y tú?

—Yo no fumo, señor.

—Digo que cómo te llamas.

—Sebastian.

El hombre se agachó para quedar a su altura.

—¿Qué te ha pasado en el brazo?

Seb tardó un rato en responder. Su atención estaba en la cara del hombre, sobre todo en las cicatrices de sus mejillas. Seb concluyó que no le gustaba aquella cara.

—No me acuerdo. Dicen que fue una bomba.

—Ya... ¿Vives por aquí cerca?

—Allí.

El niño señaló con el brazo muy estirado la casa al otro lado de la plaza.

—Ah, conozco esa casa. La casa del anticuario. ¿Eres de la familia?

—Es la casa de mi *agüelo*. Aunque él no vive ahora ahí. Mi padre dice que seguramente se ha muerto. Como mi madre. Estos días se muere mucha gente.

—Y tu padre... ¿no será por casualidad soldado?

Seb arrugó el gesto con desconfianza. El tipo aclaró:

—Lo digo porque yo fui soldado y estoy buscando a mis compañeros.

—No, señor. No tiene uniforme de soldado. Es científico.

—Vaya. Pues no tengo amigos entre los científicos. Tendré que ir a buscar compañeros a otro lado —resolvió poniéndose en pie con un deje de esfuerzo en la voz. Aún se quedó un instante contemplando el proyecto de rueda y tablón como si le interesase—. Necesitaréis al menos otras dos de ésas para hacer un patinete.

Algo tenía que salir mal

—¿Que qué me parece? Te diré lo que me parece, cari. Que me encanta cuando se te va la pinza y me propones estos planes tan locos. ¿Una fiesta en Estambul?, ¿en un palacete del Bósforo?, ¿cual galán de novela de Agatha Christie? ¡Ya mismo me voy *p'al* aeropuerto!

No sé cómo pude dudar si Teo aceptaría mi intempestiva propuesta. Como si no lo conociera. Creo que, en realidad, de lo que dudaba era de la propuesta en sí misma, del embrollo en el que estaba a punto de meterme. Hacer pasar a Teo por Johannes Schwarzwaller era una insensatez. Pero no teníamos más opciones. Sólo rogaba para que no se viera en la necesidad de hablar alemán porque Volkswagen era la única palabra que mi querido amigo sabía.

—Nos van a pillar —le expresé a Brigitte mis temores en medio de una crisis de pánico a media hora de la fiesta.

—No te preocupes, ya sabes que, en estos saraos, sólo se habla en inglés. Tú tranquila. No hace falta que socialicéis mucho. Ve al grano y marchaos de allí lo antes posible.

—¿Que no socialicemos? Tú no conoces a Teo...

Teo era el rey de la fiesta. Capaz de pegar la hebra hasta con las columnas. Y yo tenía que mantenerlo callado y discreto. Madre mía... La verdad es que ya sólo verle en esmoquin es un espectáculo. No sé si lo he mencionado pero Teo es guapo a rabiar. Como un Hugh Jackman en versión gay. Es entrar en un sitio y todas las miradas femeninas se posan con descaro sobre él, igual que en un anuncio hortera de perfume. Luego se ve que no hay nada que conquistar pero da igual, a las mujeres entonces les gusta porque se convierte en una más: graciosa, divertida, picarona. Con eso, con la versión gay de Hugh Jackman en esmoquin, tendría que lidiar.

Recurriendo a toda su buena voluntad, y nada más que a eso, Teo también intentó tranquilizarme:

—Descuida, hablaré inglés con acento alemán.

—No, mejor no.

Yo, por mi parte, me había ido de compras con Brigitte la tarde anterior. La francesa era amiga de Dilek Hanif, una diseñadora turca de alta costura que nos recibió en su atelier del centro de Estambul y me ofreció uno de sus vestidos de la colección *prêt-à-porter* del año anterior: vaporosas capas de seda de color azafrán recogidas en un escote bordado con cristales Swarovski en dorado viejo.

—Déjame que te haga una foto, bellezón, para que se la pases por WhatsApp al *Martinlohse* ese y vea lo que se ha perdido, que esta noche eres mía.

—No te confundas, querido. Más bien, tú eres mío.

—Cierto. Soy un hombre objeto, ¡me encanta!

Además del vestido, llevaba una pistola. Por primera vez en la vida.

—Seguramente no tendrás que utilizarla —me tranquilizó Brigitte—. Pero es mejor que la tengas por precaución. Aún no sabemos muy bien cómo se las juega Bonatti hijo. ¿Sabes manejarla?

—No. Pero no creo que sea muy difícil.

—Disparar, no lo es. Otra cosa es acertar.

—La verdad, prefiero no acertar.

Me explicó cómo empuñar el arma, cómo controlar el dedo sobre el gatillo y cómo hacer fuego: tirar de la corredera, quitar el seguro y pum. Decidimos que la llevaría sujeta a un muslo con cinta americana por si revisaban los bolsos en la entrada.

Por fin ataviados y estupendos los dos, Teo y yo, como una engañosa pareja perfecta, salimos del hotel. La noche era cálida y la suave brisa estaba impregnada del aroma salino del Bósforo y del perfume del galán de noche que florecía en los jardines frente al embarcadero. A lo lejos, se oía la llamada a la oración del muyahidín y, en el cielo del crepúsculo, se recortaban las siluetas de la cúpula y los minaretes de Santa Sofía. A sus pies, las luces de la ciudad brillaban y su resplandor titilaba en el estrecho. Rodeados de aquel ambiente exótico, embarcamos en una lancha motora para llegar a nuestra fiesta surcando el agua, según exigen los cánones locales del lujo.

El palacete de Bonatti, antes de Von Sebottendorf, era lo que se conoce como un *yali*, una elaborada construcción de madera, la mayoría de ellas del siglo XIX, típica de los barrios estambulitas de las orillas del Bósforo. Los *yalis* se consideran unas de las residencias más exclusivas del mundo, hay noventa y nueve, contados, y se valoran en millones de dólares en función de su opulencia. El que alojaba nuestra fiesta se trataba de una construcción alargada y blanca, con el tejado negro, coronada por cuatro torres semejantes a los minaretes, que recibía la luz del Mediterráneo a través de un sinfín de ventanales y terrazas. Una preciosidad cuya belleza resplandecía en la templada noche turca gracias a la cuidada iluminación de la fachada y el jardín.

Aquella velada celebraba el legado de Giancarlo Bonatti al Museo de Arqueología de Estambul de una importante colección de antigüedades mesopotámicas, la cual iba a ser ubicada en una sala especial que llevaría el nombre del empresario. El evento bullía de personalidades de la política, la cultura y la jet set turcas. Luego, estábamos Teo y yo intentando pasar lo más desapercibidos posible. Afortunadamente, accedimos sin problemas al lugar, tan solo presentando nuestra invitación, y confirmamos con alivio que el inglés y el turco eran los idiomas al uso.

Enseguida, copa de champán en mano, ocupamos una posición discreta y con un buen acceso a las bandejas de aperitivos, por petición expresa de Teo. El gran salón, de paredes y techos decorados con artesonados de inspiración oriental, ya estaba lleno de gente, conversaciones y risas. El blanco y el dorado eran los colores de la fiesta y estaban presentes en flores, velas, telas, globos y elaborados adornos de papel. Una orquesta añadía música al ambiente con versiones instrumentales de éxitos del pop desde los años cincuenta hasta la actualidad. Algunas parejas bailaban.

Por un momento, lamenté no poder disfrutar de aquello del brazo de Martin: susurrarnos al oído, rozarnos la espalda, coquetear..., besarnos en el jardín y acabar la noche en la misma habitación del hotel. Aún no le había perdonado, pero tenía ganas de hacerlo.

Luego, no sé por qué, pensé en Alain. No voy a mentir: por un momento, sopesé acudir a él como cómplice de aquel asunto, aunque enseguida me di cuenta del disparate porque nosotros dos ya no éramos un equipo. No es que me guste el fútbol, pero hubiera sido como si el Madrid le pidiese a Leo Messi sustituir a uno de sus jugadores lesionados en un partido contra el Barça. Imposible.

Una lástima. Alain hubiera encajado bien en aquella misión. Podía imaginarle con el esmoquin sin pajarita, siempre informal; irresistible en su descuido porque era simplemente irresistible... Habríamos comentado las magníficas antigüedades expuestas en la sala y nos habríamos burlado de lo estirado del personal. Como si estuviera robando una joya, habría birlado una de las rosas de los centros de flores para mí y, al final de la noche, habría pedido a la orquesta una canción de Keane para que bailásemos abrazados como si no hubiera nadie alrededor. Sí, eso habría hecho el Alain de antes de casarnos...

Basta. Tenía que dejarme de tonterías. Yo no estaba allí para soñar. Debía centrarme.

Y, según me centraba, me empezaba a notar nerviosa. Me

sudaban las manos. Mala cosa si tenía que usar la pistola. Ojalá no tuviera que hacerlo. Yo no acababa de estar hecha para aquellas intrigas. ¿Y si me pillaban? No tenía respuesta para esa pregunta. Casi mejor. No era una opción. No. Tenía que centrarme. Todo iba a salir bien. No era tan difícil.

Mientras Teo zampaba un canapé tras otro, me dediqué a repasar mentalmente el plano de la casa que antes había estudiado con Brigitte y a llevarlo sobre el terreno. No tardé en localizar la puerta por la que podría acceder a las escaleras que conducían a la planta donde se encontraba la biblioteca, más o menos encima de nuestras cabezas. En apariencia, no había mucha seguridad controlando la fiesta, más allá de los accesos desde el exterior. De todos modos, era mejor no confiarse porque podían estar camuflados.

—Voy a pasar al aseo y así aprovecho para echar un vistazo. Tú sigue comiendo y no te muevas de aquí.

Teo no sabía que llevaba una pistola, por eso no le dije que lo que en realidad iba a hacer era soltármela del muslo y meterla en el bolso. Tras realizar aquella operación y comprobar que el acceso a las escaleras estaba despejado y era bastante fácil, pues estaba de camino a los aseos, regresé con Teo. Cuál no sería mi sorpresa cuando me lo encontré plenamente integrado en un grupo de varias mujeres que se reían a carcajadas de algo que mi ocurrente amigo acababa de decir. No me lo podía creer. Me fui derecha a sacarlo de allí, pero él abortó todos mis intentos de interrumpir su colección de anécdotas sobre, atención, ¡carreras de galgos! No creo que haya estado jamás en ninguna.

Entonces, me di cuenta de que la cosa estaba a punto de empeorar: Paolo Bonatti, en su ronda de anfitrión, llegó a nuestro grupo.

El hijo de Giancarlo Bonatti era un cincuentón atractivo de maneras un poco afectadas, lo que podría llevar a pensar que era gay, aunque estaba casado con una modelo, sueca y diez centímetros más alta que él. Me recordaba a Gianni Versace, con esa sombra de barba bien cuidada y el rostro bronceado. Era el único que vestía esmoquin con chaqueta blanca y había escogido el color rojo para el fajín y la pajarita. Todo un dandi. Saludó a las féminas que nos acompañaban con un beso en la mano, a la antigua usanza, y por su nombre, con familiaridad. Cuando llegó mi turno, me recorrió de arriba abajo con la mirada y, finalmente, me sonrió con una intensidad empalagosa:

—Me temo que no nos han presentado. Paolo Bonatti.

—Un placer, señor Bonatti. Soy Johanna Schwarzwaller —improvisé el cambio de identidad para evitar a Teo el trance de tener que hacerse pasar por un diplomático alemán—, de la embajada alemana. Acabo de incorporarme a la legación de cultura.

Él me tomó la mano y la rozó con los labios.

—Encantado, Johanna. Y, por favor, llámame Paolo, aquí estamos entre amigos. Me alegro de que hayas podido venir esta noche y de que tengamos la oportunidad de conocernos. Llevo tiempo queriendo contactar con alguien como tú. Me gustaría ofrecerme de mediador en la colaboración cultural entre los gobiernos de Alemania y Turquía. Tengo una serie de propuestas que creo que podrían resultar interesantes. Si te parece bien, te llamaré para hablar con calma, quizá reunirnos para comer... ¿Desde cuándo dices que te has incorporado a la legación?

Su forma de mirarme, su tono de voz, su conversación, su pregunta... Estaba segura de que Bonatti sospechaba algo y me estaba poniendo a prueba. Entonces la mano tendida de Teo se interpuso entre nosotros.

—Paolo, soy Adolf, el esposo de Johanna...

Y, tras aquella breve introducción, se enredó con Bonatti en una conversación sobre fotografía, menos mal que en esto Teo era un profesional, y empezó a hablarle del inexistente proyecto de un libro sobre los *yalis*, asegurándole que sería un honor poder fotografiar el suyo, tan magnífico como era, para incluirlo en la colección. Creí que lo mataba.

Por suerte, cuando yo ya estaba al borde del infarto, una mujer acudió a Bonatti para comunicarle que reclamaban su presencia en otro lado, por lo que el italiano se excusó con nosotros y abandonó el grupo. Aproveché para apartar a Teo de allí también.

—¿Es que no te dije que fueras discreto? ¿A qué le llamas tú ser discreto? —le susurré enfadada mientras tiraba de su brazo hacia los aseos.

—Reconoce que te he salvado el culo.

—¿Adolf?

—¿Qué quieres, bonita? ¡He tenido que improvisar cuando tú me has quitado el Johannes! Johannes y Johanna hubiera sonado a coña. Y no me digas que no es Adolf el primer nombre alemán que te viene a la cabeza.

—Vamos a dejarlo. Tenemos cosas importantes que hacer y no veo el momento de largarme de aquí.

—Una lástima porque esto es un fiestón de categoría. Y se me han quedado un montón de canapés sin probar. No querrás bailar antes de irnos, ¿verdad?

Le fulminé con la mirada y lo empujé contra un rincón.

—Tenemos que subir por esa escalera —le informé—. Esperaremos a que no haya nadie por aquí. Una vez arriba, si está todo despejado, tú te quedarás vigilando mientras yo entro en la biblioteca.

—De acuerdo. Comprendido. Es fácil.

La ventaja de que las escaleras estuvieran próximas a los aseos suponía también el inconveniente de que la gente circulaba por la zona, de modo que tuvimos que esperar un buen rato hasta que se dio la ocasión de poder subir sin que nadie nos viera. Aproveché el breve instante y tiré de Teo escaleras arriba.

En la planta superior, después de un rellano, arrancaba un pasillo al que daban varias puertas. Según el plano, la tercera a la derecha era la de la biblioteca. Todo estaba en penumbra, sólo iluminado por la luz que entraba por las ventanas, y parecía desierto y tranquilo. Desde el piso de abajo, llegaban amortiguados la música y el ruido de la algarabía de la fiesta.

—Espero que la puerta no esté cerrada con llave o habremos perdido el tiempo —pensé en alto, con un profundo suspiro para aliviar en vano la tensión—. Ya sabes, si viene alguien me avisas.

—¿Cómo? ¿Silbo? ¿Ululo?

—No, no silbes ni ulules. No sé, vas y me lo dices para que, por lo menos, pueda esconderme. Joder, Teo, la idea es que no venga nadie.

—Ésa es la idea, pero ¿y si sí? Qué chapuza. En las películas, el plan siempre está bien preparado, sin fisuras.

—Pues esto no es una película. No me pongas más nerviosa de lo que ya estoy, ¿quieres? Bueno, voy para allá —suspiré de nuevo—. Deséame suerte.

—Suerte, mi pequeña ladronzuela. A por todas.

Encendí la linterna del móvil para iluminar el camino hasta la tercera puerta a la derecha. Una vez allí, empuje la manilla, que cedió con suavidad. Con cierta sensación de triunfo, me adentré en la habitación y cerré tras de mí. Barrí la estancia con la luz del teléfono. No era exageradamente grande, tendría unos cincuenta metros cuadrados, pero sí contaba con bastante altura: las estanterías, que llegaban de suelo a techo en tres de sus paredes, se repartían en dos plantas y estaban por completo llenas de libros. Frente a una ventana, se situaba un escritorio y, junto al balcón, había un conjunto de sillones y mesita de café. Era la típica biblioteca de mansión, con mucho cuero y maderas oscuras, con chimenea y mueble bar, de esas en las que apetece tirarse la vida leyendo.

Según las indicaciones que Von Sebottendorf había dejado en su novela, y que ojalá no fueran ficción o iba a matar a Martin y después a suicidarme por hacerle caso, el compartimento secreto se hallaba en la pared norte —tuve que usar la brújula para identificar la pared norte—, en el piso inferior, tercer estante, detrás de un primer volumen del ensayo *Cosmos* de Alexander von Humboldt.

Pasé la vista sobre el lomo de todos los libros almacenados en el tercer estante del piso inferior de la pared norte. Y, cuando empezaba a desesperar, allí estaba. *Cosmos* de Alexander von

Humboldt. Justo donde se suponía que debía estar, donde había estado, al menos, los últimos setenta años: al final de la estantería, pegado al lateral. Parecía increíble. Lo saqué. Se trataba de una edición antigua con las tapas en tela verde, oscurecida por el tiempo, y el lomo de cuero con nervios dorados. Me hubiera gustado haber tenido tiempo para hojearlo, mirar las ilustraciones... Pero tiempo era justo lo que no tenía, así que lo dejé a un lado y me puse a explorar el interior de la librería. Supuestamente, el compartimento estaba detrás y debía de haber algún tipo de resorte o palanca que lo liberase. Acerqué la luz pero no distinguí nada, palpé la madera con idéntico resultado.

¿Y si hasta ahí llegaba la realidad del relato? ¿Y si la historia del compartimento era producto de la imaginación de Von Sebottendorf? Ahora que estaba tan cerca... El tiempo corría. Cada vez era menos seguro permanecer en aquella biblioteca. Me estaba agobiando. Se me aceleraba la respiración, me sudaban las manos, el corazón me latía con fuerza... Y no palpaba nada más que madera lisa. Yo no estaba hecha para eso. Quería marcharme ya. Iba a desistir en mi empeño. Von Sebottendorf nos había engañado.

—¡Mierda! —Contrariada y sin poder desahogarme más que con un susurro, golpeé el lateral.

Cuál no sería mi sorpresa cuando la tabla se desprendió. Me asomé alucinada. ¿Había dado con el compartimento o sólo me había cargado la librería? Y, entonces, lo vi: un fino envoltorio de paño. Lo liberé de su escondite y lo coloqué sobre el escritorio, donde lo desenvolví con premura, haciendo malabarismos con una mano mientras lo iluminaba con la otra, la respiración contenida.

El paquete reveló dos pliegos de papel grueso de color grisáceo con manchas amarillas de humedad; con el paso del tiempo, la escritura, en latín, se había oxidado y había adquirido el tono marrón característico de la tinta ferrogálica, la cual, ante el abandono de los documentos, estaba empezando a corromper el papel. Al final de ambas, se leía claramente la firma con letra redondeada: *Ioannis Pici Mirandvlae*.

Sonriendo de entusiasmo, contuve las ganas de examinar las cartas con detenimiento allí mismo y, en su lugar, me dispuse a fotografiarlas rápidamente. Después, las envolví de nuevo en el paño y me las guardé con cuidado en una bolsa al efecto que había ocultado, bien sujeta a mi estómago, bajo el amplio vestido. Recoloqué la tabla de madera en su sitio, devolví el libro a la estantería y abandoné la biblioteca con paso ligero, tensión en cada uno de mis músculos y la misión cumplida. Hasta el momento.

Mi euforia triunfal se desvaneció nada más salir del lugar. Teo se acercaba por el pasillo corriendo y gesticulando.

—¡El italiano ese que dices que se parece a Versace y otro tío están subiendo por la escalera! —exclamó arañando la voz para no gritar.

—¿Bonatti? Mierda... Tenemos que escondernos... —Miré nerviosa a mi alrededor, incapaz de discurrir—. Joder, ¡¿dónde?!

—Piensa, por Dios, piensa. ¡Están a punto de llegar!

El apremio sólo conseguía bloquearme. Ya podía oír las voces y distinguir la de Bonatti.

De pronto, me asaltó una idea desesperada. Empujé a Teo contra la pared y lo abracé.

—Bésame.

—¡¿Qué?!

—¡Que me beses, coño! —Le cerré la boca con la mía en un beso prieto, casi violento, y empecé a recorrerle el cuerpo con las manos cual pulpo desaforado.

Por fin Teo comprendió y respondió a mi asalto según demandaban las circunstancias.

—Vaya, vaya... Da gusto comprobar que aún queda pasión en este mundo.

Bonatti había llegado hasta nosotros y nos abordaba con tono burlón.

Teo y yo nos separamos. Me notaba oportunamente arrebolada y no era por el beso.

—Discúlpanos, Paolo. Qué bochorno. Buscábamos un poco de intimidad.

—Es que tu fiesta es muy inspiradora. ¡Afrodisíaca! —apostilló Teo con los morros manchados de carmín.

Me dio la sensación de que Bonatti me desnudaba con la mirada y su gesto no parecía de índole sexual. Por un momento, detuvo la vista en mi bolso. Su acompañante, que desde luego no era un invitado, aguardaba junto a él con cara de pocos amigos. Aquello me desquició los nervios. Me imaginé confesando entre lágrimas y rogándole que nos dejara marchar. Sin embargo, mantuve la compostura.

—Vosotros dos lleváis poco tiempo casados, ¿verdad? —dijo entonces y se carcajeó de su propia ocurrencia; le imitamos, aunque sin ganas de reír—. Bueno, disfrutad mientras dure, parejita. Ahora bien, os tengo que pedir que os incorporéis a la fiesta con el resto de los invitados. Está a punto de empezar la ceremonia mevleví.

—¡Oh, la Sama! ¡La danza de los derviches giróvagos! ¡Qué maravilla!

¿Cómo demonios sabía Teo eso?

—Vamos para allá, querida esposa, no podemos perdérnosla.

Nos retiramos entre reiteradas disculpas a las que nos faltó añadir reverencias mientras emprendíamos camino a las escaleras, las cuales bajamos como Cenicienta según daban las doce campanadas.

—¿Qué leñes llevas debajo del vestido? ¿Te has puesto faja? —fue todo lo que a Teo se le ocurrió decirme después del trance.

—No, idiota, son las cartas.

—¿Las tienes? —Abrió los ojos como platos.

—Las tengo —sonreí—. Voy a pedir un Uber para largarnos de aquí ya.

Por supuesto, Teo no se iba a estar callado mientras yo usaba la aplicación.

—Te diré una cosa, cari, besas con la misma pasión que un bacalao.

—¿Y qué querías?, ¿que te metiera la lengua?

—Pues no hubiera estado mal. Aunque, pensándolo bien,

mejor no jugar con fuego. Tú di que ahora, que voy a ser padre, se me ocurre cambiarme de acera. ¡Ni pensarlo! Mi pobre Toni, con lo que yo le quiero.

No me molesté en hacer ninguna observación al respecto.

—Esto dice que el coche está a diez minutos. Vamos saliendo.

Nos abrimos paso entre la gente. La orquesta tocaba una extraña versión de *Señorita* y, por mor del alcohol, más bailarines se habían lanzado a la pista. Las conversaciones habían subido de tono.

Salimos de la casa y atravesamos el pequeño jardín trasero, que daba a la carretera. Algunos invitados, fumadores sobre todo, habían ido ocupando también esa parte del *yali*. Entonces, cuando Teo y yo ya habíamos alcanzado la mitad del camino, nos detuvo un hombre vestido de negro como el que acompañaba a Bonatti.

—Disculpe, señora. ¿Podría mostrarme su bolso?

Miré de reojo la verja, a tan sólo veinte metros, abierta. Un coche oscuro, tipo Uber, esperaba al otro lado.

—¿Mi bolso?... Pues no.

Agarré la mano de Teo y salimos corriendo.

—¡Oigan! ¡Oigan! ¡Deténganse!

Escuchaba gritar al de seguridad a nuestras espaldas y creo que Teo también exclamaba algo, alterado. Daba igual. Yo sólo tenía la mente puesta en el coche.

Sin mirar atrás, cruzamos la verja, abrimos la portezuela del Uber y nos precipitamos al asiento trasero.

El conductor se volvió.

—¿Ana García?

—Sí, sí. ¡Vamos! ¡Arranque!

Me giré para mirar por el cristal de atrás: el tipo de seguridad, plantado en mitad de la calle, observaba impotente cómo nos alejábamos.

—¡Madre del amor hermoso! ¡Estás loca!

A Teo le entró la risa nerviosa y empezó a parlotear.

—Pero ¿quién te has creído que eres?, ¿el Superagente 86?

¡Qué numerito! ¡Qué fuga! ¿Me puede enseñar el bolso? Pues no. ¡Hala, con dos cojones! ¡Ha sido alucinante!

Durante un rato, estuvimos comentando la jugada entre risas y exclamaciones, sacando la tensión. Finalmente, me dejé caer en el asiento, exhausta. Miré distraída por la ventanilla, con una sonrisa de alivio aún en la cara. Entonces me di cuenta de que algo no iba bien.

Circulábamos por una carretera oscura, secundaria. Las luces de la ciudad brillaban a nuestra espalda, cada vez más lejanas. Mosqueada, me incorporé para dirigirme al conductor.

—Oiga, ¿puede comprobar la dirección que he dado? Vamos al centro y, sin embargo, me parece que nos estamos alejando de la ciudad.

El otro me ignoró.

—¿Qué pasa? —preguntó Teo.

—Que me parece que vamos en dirección contraria y este tío pasa de mí. Eh, oiga, ¿me entiende? ¿Habla usted inglés?

En ese momento, el fulano dio un volantazo y detuvo el coche en el arcén, junto a lo que parecía una nave industrial.

—¿Qué hace? ¿Por qué para?

Sin mediar palabra, se bajó.

—Pero ¿qué...?

No me dio tiempo a terminar la frase antes de que aquel hombre abriera la puerta de atrás y nos apuntara con una pistola.

—Fuera. Las manos donde yo las vea —ordenó en inglés con un fuerte acento.

Mierda, mierda, mierda. No podía ser tan fácil. Algo tenía que salir mal. De pronto, estábamos en un lugar donde era inútil pedir socorro, con un pirado, de a saber qué bando mafioso, que nos apuntaba con una pistola. Y, en esa ocasión, Martin no iba a aparecer de la nada para sacarme del embrollo.

Salimos del coche en silencio. Según tomaba conciencia de la situación, el miedo empezaba a apoderarse de mí y, seguramente, también de Teo, a tenor de su silencio tenso. Recordé la pistola que llevaba en el bolso, no se me ocurría la manera de sacarla con las manos en alto y el cañón de otra en mi espalda; no era más que una aficionada en aquel jueguecito, una pardilla que ni siquiera sería capaz de sostener el arma sin temblar.

Según yo cavilaba, el tipo, alto y fibroso, con el rostro cetrino y gesto de criminal, nos encañonó contra la pared de la nave. La luz parpadeante de una farola vieja iluminaba débilmente el lugar, creando un efecto psicodélico. Una nube de insectos volaba en torno a la bombilla. Alrededor, todo era oscuridad y silencio salvo por el rumor de los grillos. Ni un alma pasaba por aquella carretera. Me di cuenta de que podía pegarnos un tiro y deshacerse de nosotros sin más. ¿Qué otra cosa pretendía si no?

Me entró pánico. El corazón empezó a latirme con tanta fuerza que me dolía el pecho, creí que iba a desmayarme.

—¿Qué... qué es lo que quiere? —acerté a decir con voz trémula.

—¿Para quién trabaja? —espetó—. Para Köller, ¿eh?

—¿Cómo...?

—¡El bolso! ¡Démelo!

En aquel instante, una patada al vuelo golpeó la mano del tipo. El arma salió por los aires y yo, en un arrebato de desesperada inspiración, lancé el bolso contra su cara con todas mis fuerzas. La pistola que iba dentro cumplió su cometido, si bien de una forma poco ortodoxa, y lo dejó tieso del golpe. El hombre se desplomó y yo me abalancé a desarmarlo. Después, me dirigí a Teo, histérica.

—¡Pero ¿qué has hecho, Teo?! ¡El arma podría haberse disparado!

—¡De nada por salvarte la vida! —respondió él, no menos alterado—. ¡Puedes darle las gracias a esas clases de muay thai a las que tú te has negado a acompañarme! Ha salido bien, ¿no? ¡No me vengas con menudencias!

El hombre gimió entonces, aún medio inconsciente.

—Vámonos antes de que se despierte —apremió Teo, inquieto—. Ha dejado las llaves del coche puestas.

Pero yo no le escuchaba. Me tiré de rodillas al suelo y encañoné a aquel majadero con su propia pistola, presa de una rabia y de una ira que a mí misma me sorprendieron.

—¡¿Para quién trabajas tú?, ¿eh, hijo de puta?! ¡¿Para quién?! —le grité en español, fuera de mí, mientras le apuntaba al pecho, totalmente dispuesta a disparar.

—¡Ana, déjalo! ¡Vámonos ya de aquí!

Teo gritaba en vano. Yo tenía los cinco sentidos puestos en la cara ensangrentada de aquel bastardo, sólo quería que me respondiese, mientras la mención de Konrad resonaba como martillazos en mis oídos. Había perdido la cabeza.

Mi amigo tiró de mí y yo me volví hacia él hecha una furia. Ante mi descuido, el matón aprovechó para devolvernos la jugada. Me pateó con fuerza en la mano; yo, del golpe, solté la pistola. Entonces salió corriendo, se metió en el coche y se marchó con un chirrido de ruedas.

—¡Joder! —Apreté la mano dolorida contra mi estómago—. ¡Joder!

—¡Te lo dije! ¡Te dije que lo dejaras! ¡Eres una cabezona! ¡Y una insensata!

Miré a Teo. Sentía cómo la tensión se me escapaba por cada una de mis terminaciones nerviosas. Creí desfallecer y me doblé sobre mí misma. Él se acercó. Me deslizó la mano por la espalda.

—¿Estás bien?

Alcé la cabeza, al borde del llanto; consciente de nuevo, yo de nuevo. Asentí.

—Acércame el móvil. Voy a llamar a Brigitte, que venga a sacarnos de aquí.

Mayo de 1945

La Sociedad Káiser Wilhelm se fundó en 1911 al amparo de la Universidad de Berlín para agrupar institutos de investigación en los que se desarrollaran conocimientos científicos de diversos campos, desde química, biología, física o medicina, hasta otros de corte más humanista como derecho o antropología. Entre sus directores, se contaron científicos de la talla de Albert Einstein o Max Planck, así como numerosos premios Nobel. En el Instituto de Química, Otto Hahn consiguió completar en 1938 la primera fisión nuclear realizada en un laboratorio. Con la llegada al poder del partido nazi, se desarrollaron estudios para sustentar la idea de superioridad racial, experimentos médicos con prisioneros de campos de concentración, e investigaciones relacionadas con defensa y armamento. Además, en virtud de las leyes raciales, los científicos judíos fueron expulsados de la Sociedad. Al terminar la guerra, los Aliados decretaron el cierre de la Sociedad Káiser Wilhelm. No obstante, en 1946, su espíritu encontró continuidad en el Instituto Max Planck, hoy en día una de las entidades científicas con mayor prestigio del mundo.

En aquellos días en los que el hambre, las epidemias, el duelo, el dolor y la pérdida habían sucedido al peligro inminente de la guerra, la supervivencia era la única prioridad de los berlineses. Como tal, Eric no tenía más preocupación que velar por su hijo y encontrar la manera de salir de la capital y escapar de las garras de los soviéticos.

Carecía de un plan definido. ¿Cómo iba a tenerlo en medio de semejante caos? Lo había tenido, sí, antes de que Ursula falleciese y Seb quedase a su cargo. Según aventuraron que Alemania perdería la guerra, casi todos los científicos del equipo de Von Braun decidieron entregarse a los americanos. Ése había sido su plan. Pero, tras tener que viajar precipitadamente a Berlín, él había perdido el contacto con su equipo y se hallaba atrapado en zona soviética. Ahora se preguntaba qué habría sido de sus compañeros. ¿Estarían a salvo? ¿Habrían conseguido contactar con los americanos? En tal caso, ¿qué podía hacer él para reunirse con ellos?

Demasiados interrogantes. Demasiadas hipótesis y, ante todo, un gran obstáculo: él y Seb se hallaban cercados, a kilómetros de distancia de las unidades norteamericanas más próximas, que, se rumoreaban, se habían detenido en la línea del Elba.

Ramiro, que también planeaba regresar a su país, le había ofrecido hacerlo juntos. Su idea era unirse a un grupo de trabajadores franceses que se asentaban en un campamento en Fronhau y entre los que contaba con algún conocido. Viajarían con sus pasaportes extranjeros o sin documentación, a la aventura, intentando convencer a los soviéticos de que no eran más que desplazados, otras víctimas del nazismo, que sólo pretendían regresar a casa. Suponía un plan demasiado arriesgado para Eric. Él no podía jugársela a que lo cazaran indocumentado y chapurreando francés con acento alemán. Aun así, estaba tan desesperado y falto de opciones que había llegado a considerar la idea de unirse a Ramiro. Al menos, ésa había sido su idea hasta el día anterior.

Las últimas jornadas las había dedicado a moverse con discreción por Berlín. Se había comparado a sí mismo con las ratas deambulando entre las ruinas, aunque ellas campaban con mayor descaro. Su intención era localizar a amistades, conocidos, cualquier persona de confianza que pudiera echarle una mano. Estaba seguro de que no sería el único desesperado por abandonar clandestinamente una ciudad que había estado llena de nazis. Quizá los de la cúspide de la jerarquía, aquellos que lucían sus uniformes sin haber empuñado un arma durante toda la guerra y a los que el pueblo llamaba de forma despectiva los faisanes dorados, ya habían volado los primeros. En cambio, los más fanáticos, los que habían luchado por el Führer hasta la última bala, se hallarían en sus mismas circunstancias: tratando de evitar caer en manos soviéticas, conscientes de que no habría piedad para ellos.

Tras varios días de búsqueda sin rumbo, la suerte por fin le había sonreído. Sucedió de buena mañana, casi de madrugada porque Eric solía hacer sus excursiones recién levantado el toque de queda, cuando aún no había amanecido: era lo mejor para coger un buen sitio en las colas de abastecimiento y para aprovechar el abrigo de las últimas sombras. Fue por la zona de Dahlem, en los alrededores de los antiguos institutos de física y química de la Sociedad Káiser Wilhelm. La mayoría de su personal e instalaciones habían sido trasladados años atrás a medida que se intensificaban los bombardeos sobre Berlín y ya sólo quedaban sus fachadas huecas como caparazones. Eric había conocido a muchos de los investigadores asignados a la Káiser Wilhelm, algunos vivían por los alrededores; incluso los había visitado en sus casas con ocasión de alguna fiesta o velada. Parecía absurdo pretender encontrárselos paseando por la calle, o reposando en sus jardines, o en ese café frente al Instituto de Física que solían frecuentar, como si la vida siguiera igual; pero ¿qué otra cosa podía hacer? A veces se sentía como un animal, husmeando por instinto rastros del pasado, aun siendo consciente de que el pasado no se materializaría.

Por eso le costó reconocer al profesor Glauber en la figura encorvada, sentada en uno de los pocos bancos que quedaban en uso en el parque del jardín botánico, tan decrépito como el otrora majestuoso invernadero, entonces reducido a un esqueleto sobre una alfombra de cristales rotos y plantas carbonizadas. Bernd Glauber había sido su profesor de mecánica de fluidos en la universidad. Un gran profesor, de los que dejan huella, con quien había establecido una relación de amistad fuera de las aulas.

El anciano se alegró de verlo. Con esa alegría moderada que todo el mundo mostraba en aquel momento, de gestos contenidos, de emociones desgastadas. Le saludó con un apretón de manos que no fue enérgico pero sí prolongado. Se pusieron al día brevemente, sin aspavientos, como corresponde entre los que han participado de una tragedia colectiva en la que todo el mundo, sin excepción, ha sufrido alguna desgracia.

Por su parte, Eric se sinceró con el viejo profesor y le hizo partícipe de su situación. Intuía que podría ayudarle porque Glauber había sido un nazi convencido, de los primeros en afiliarse al partido, de los que no habían tenido reparos en mostrar públicamente su apoyo a Hitler. Al menos hasta que los nazis tomaron el control de la Sociedad Káiser Wilhelm. Entonces decidió renunciar a su puesto en el Instituto de Física. El profesor no concebía que se mezclase ciencia con política, no concebía que el gobierno sobrepasase determinados límites y no comulgaba con su campaña antisemita. Con todo, había mantenido sus contactos entre miembros destacados del partido, así como entre otros científicos que eran afines al nazismo. Bernd Glauber solía llevarse bien con todo el mundo.

—Muchos se marcharon antes de que llegaran los rusos —constató el profesor con la mirada perdida en un paraje de barro y árboles negros, que el amanecer empezaba a teñir con una luz rosada. El trino de los pájaros resultaba fuera de lugar—. Otros se quedaron, sí. Los que no tuvieron los medios para huir o los que estaban tan ciegos de fanatismo que se negaron a anticipar este final. La mayoría está ahora en un campo de prisioneros. —Se volvió entonces hacia Eric y bajó aún más el tono de voz—. Otros, como usted, están locos por escapar de la ciudad. El sobrino de mi cuñado es uno de ellos. Formaba parte de la escolta personal de Hitler y estuvo con él en el búnker hasta el último momento. Ahora está escondido en algún lugar de Berlín, ni siquiera su esposa sabe dónde.

Glauber hizo una pausa. «¿Eso es todo?», pensó Eric. ¿Un ejemplo más de otro caso desesperado como el suyo? Saber que no estaba solo no era un gran consuelo. Lo que necesitaba oír era que otros estaban escapando de la ratonera y cómo.

—Hay un sacerdote católico de la iglesia de San Esteban, en Adlershof —continuó el profesor como si hubiera leído sus pensamientos—. No estoy al tanto de los detalles, pero sé por mi cuñado que ayuda a personas en su misma situación. Podría informarme.

Por fin. Por fin, una mínima esperanza, un ladrillo suelto en el muro que lo rodeaba. No era mucho, pero sí algo a lo que agarrarse antes de darse por vencido. Eric agradeció su ofrecimiento al profesor Glauber y quedaron en encontrarse de nuevo unos días después, cuando éste hubiera recabado más información.

———◦✕✕◦———

La buhardilla vacía y solitaria ofrecía un aspecto entre fantasmagórico y apocalíptico. Eric apartó con el pie unos cuantos escombros y se sentó en el suelo. Alzó la cabeza para mirar a través del gran boquete del tejado hundido.

«Echo de menos contemplar las estrellas.»

Las palabras nostálgicas de Katya resonaron en sus oídos de igual modo que si ella estuviera allí para pronunciarlas. Él también lo echaba de menos. Pero un velo de miseria evaporada cubría la ciudad y el cielo continuaba apagado. También el firmamento parecía dar la espalda a Berlín.

Apartó la vista del vano oscuro y la llevó hasta el espejo como esperando que el objeto hubiera retenido la imagen de ella y pudiera devolvérsela. En cambio, sólo obtuvo el reflejo de sí mismo, ridículo, patético.

Tras su encuentro con el profesor Glauber, empezaba a acariciar la posibilidad de escapar de allí. Aquello debería ocupar todos sus pensamientos, todas sus energías. Y, sin embargo, nada más regresar a casa había subido hasta la buhardilla, cual animal en celo siguiendo el rastro de una hembra, y, al no encontrarla, se había dejado llevar por recuerdos intempestivos de una espalda desnuda, un vestido azul, unos ojos verdes y unas manos de escultura italiana sobre los mapas estelares de Norton; ni siquiera los rastros del combate en su piel las afeaban.

No iba a negar la naturaleza de sus sentimientos, sería como echar nieve sobre lava, pero rendirse a ellos parecía cuando menos insensato. Aunque no era que se hubiese rendido, se corregía a sí mismo, tan sólo había decidido asumirlos y transitarlos hasta que pasaran como una enfermedad que, confiaba, no dejara secuelas. Después de todo, apenas la había visto una vez, apenas había rozado furtivamente su piel al pasar las páginas del atlas astronómico. Apenas la conocía.

Se marcharía de Berlín sin volver a verla. Eso era lo mejor, admitió con pesar.

Unos pasitos en las escaleras lo devolvieron al suelo duro. Sigiloso como un ratoncito, Seb llegó hasta su lado y, sin decir palabra, se acomodó junto a él y apoyó la cabeza en su brazo. Orión le acompañaba, aunque el animal tenía más interés en meter el hocico entre los muchos recovecos del lugar.

Eric estrechó el cuerpo mullido de su hijo, lo besó en el cabello polvoriento y alborotado y emitió un suspiro de dicha.

—¿Qué te parece si bajamos algunas estrellas del cielo?

—¿Tú puedes hacer eso?

—Tendrás que ayudarme.

El crío sonrió.

Con la colaboración, más entusiasta y voluntariosa que eficaz, de su hijo, Eric estuvo trabajando un par de días en construir un proyector de estrellas. Lo primero que hizo fue dibujar el prototipo y calcular las medidas. Después, Seb y él buscaron las piezas y los materiales que iban a necesitar entre los miles de trastos, artefactos y chatarra que se acumulaban en aquella casa. Al final, reunieron los componentes de un viejo fonógrafo, una lámpara de mesa con una gran pantalla de grueso pergamino, un tarro de betún negro algo seco que tendría que diluir en grasa y un punzón. A base de pedazos hexagonales de pergamino, en los que perforaron minuciosamente un fragmento de una de las cartas estelares del atlas de Norton, ensamblaron una esfera, dentro de la que instalaron una bombilla alimentada por un generador magnético que ellos mismos construyeron con las piezas del fonógrafo. En la buhardilla, tendieron unas sábanas sobre las que realizar la proyección y, justo en el medio, colocaron el artefacto.

Cuando padre e hijo, expectantes ante la primera prueba, encendieron la luz, a Eric le bastó observar la expresión anonadada del crío, sus ojos muy abiertos recorriendo las luces sobre las sábanas, para saber que habían hecho un buen trabajo.

Seb estaba tan entusiasmado con el ingenio que insistió en dormir sobre el suelo cubierto de almohadones, rodeados de estrellas. Durante la noche de duermevela, Eric pensó, quizá soñó, que a Katya le hubiera gustado su invento.

No es de mí de quien tienes que desconfiar

—Ana García-Brest. Vengo a ver al señor Köller.
Miré al guardia de la entrada con determinación, como si estuviera cabreada con él. Ese hombre tenía que saber que no iba a tolerar que me negase el paso.

Desde la noche anterior, mi mente ofuscada no había podido pensar en otra cosa que coger el primer vuelo a Zúrich. La fiesta, las cartas, Bonatti hijo, el chalado del Uber que no era un Uber... habían pasado a un segundo plano. Tenía que ver a Konrad.

Recordé aquel compromiso que había adquirido con Martin.

—Esperaremos a que Konrad haga el siguiente movimiento y, en función de eso, actuaremos —me propuso en su momento para evitar que yo fuera por libre.

—¿Los dos? —quise asegurarme de que no me dejaba al margen.

—Los dos.

Pues bien, no íbamos a actuar los dos. Iba a romper el pacto e iba a ser yo quien le dejara a él al margen. Porque aquello se había convertido en un asunto personal.

Sólo le comuniqué mis planes a Teo. Hice caso omiso de sus recomendaciones y lo despaché a su habitación para no tener que seguir escuchándole. Y eso que estaba menos alterado de lo que hubiera esperado de él. Por lo visto, tenía temple aunque no soliera emplearlo; lo reservaba para cuando verdaderamente hacía falta.

—La moderación es muy aburrida, cari. Pero cuando es necesaria, es necesaria —argumentó—. Y tú deberías recurrir a ella ahora.

No, no iba a hacerle caso. La moderación sólo le daba ventaja a Konrad. Él siempre se había aprovechado de mi excesiva moderación. Había llegado el momento de terminar con eso.

A Brigitte le conté que tenía que marcharme por un asunto familiar y le entregué las cartas de Pico della Mirandola como prueba de la misión cumplida.

—Dile a Martin que ya le llamaré.

Le envié las fotografías de las misivas a Teo por WhatsApp con el encargo de que las guardara por mí. Borré todo rastro de ellas en mi móvil antes de apagar los dos terminales que usaba. No quería distracciones. Entre otros, de Alain; y eso que, tras varios intentos de dar conmigo en las horas previas, parecía haber desistido.

—Pase —resolvió el guardia después de hacer una llamada.

Según el coche se adentró en aquella carretera bordeada de abetos con la vista de la mansión de Konrad al fondo, tuve la sensación de estar metiéndome en la boca del lobo. Pero, a veces, la única forma de derrotar a la bestia es enfrentándose a ella.

Konrad me recibió en la misma estancia en la que había tenido lugar nuestro primer encuentro: paredes forradas de madera, suelos alfombrados, ventanales opacos, luces indirectas. El ambiente resultaba algo asfixiante; quizá fuera deliberado. Incluso el aroma de los arreglos de flores naturales se me hacía demasiado intenso.

—¡Ana! Me alegro de verte. ¿A qué se debe tu inesperada visita? ¿Es que has decidido aceptar mi propuesta?

Parapetado detrás de la mesa de despacho, se mostraba jovial, animado, sinceramente contento de verme. No parecía el inválido atormentado de mi visita anterior. Daba la sensación de que en cualquier momento se levantaría de la silla de ruedas a estrecharme la mano, a darme dos besos.

—Déjate de teatros, Konrad. Sabes perfectamente por lo que estoy aquí. Me estabas esperando. Tú mismo me mandaste el mensaje y, además, iba firmado para que no hubiese dudas.

Él alzó las cejas. Se estaba divirtiendo.

—No sé de qué me hablas. Pero, por favor, siéntate y me lo explicas. Ahí tienes agua, bebe un poco. O puedo pedir que te traigan otra cosa, si quieres.

Me esforcé en mantener la serenidad y quise demostrárselo sirviéndome agua de la jarra que me ofrecía. Aunque permanecí de pie por llevarle la contraria; la mía no era una visita de cortesía. Bebí el vaso entero. Tenía más sed de la que pensaba y me sentó bien. Me volví a dirigir a él, más tranquila.

—En realidad, eres tú quien tiene que explicarme por qué ayer un tipo me atacó a punta de pistola y por qué Martin Lohse está en el hospital y por qué también a mí quisieron atropellarme. No sé si lo que pretendes es asustarme, utilizarme o, tan sólo, quitarme de en medio. No sé si te mueve la venganza, porque crees que yo tengo la culpa de tus males, o tu característica ambición sin límites, porque sólo entiendes llegar a la meta pasando por encima de los demás. No lo sé ni quiero saberlo. Lo único que quiero es que te olvides de mí y me dejes en paz.

—Ana, te lo juro, yo no he tenido que ver con nada de lo que me estás contando...

—Konrad, no me mientas. Te conozco y sé cómo te las gastas, nada se te pone por delante cuando quieres algo. ¿O también vas a poner cara de bueno y asegurarme que no estás detrás del Medallón?

—Pues no, no estoy detrás del Medallón —negó con convicción, despojado de la beatitud anterior.

Pero yo no podía creerle y se me notó.

—No pongas esa cara y piensa un poco —me aleccionó—. Mírame. ¿Para qué iba a querer yo el Medallón? ¿Para ganar un dinero que ya no puedo disfrutar? ¿Para conseguir un poder que ya no puedo ejercer? ¿Por ambición, por codicia, por prestigio? Nada de eso tiene sentido cuando... ya ves. —Alzó torpemente una mano agarrotada, que tardó un segundo en volver a caer—. Lo que yo quiero, Ana, no me lo va a devolver una reliquia. Ni nada, ya.

Me quedé muda un instante. Lo que Konrad acababa de decir tenía tanto sentido que me sentí estúpida e insensible porque hubiera tenido que recordármelo. Tomé asiento entonces, desarmada.

—Escucha... —continuó él en tono apaciguador—. Por supuesto que estoy al tanto del revuelo que se ha armado a cuenta del Medallón de Fuego. Como si se hubiera abierto una especie de veda y los iniciados hubieran salido a cazar, con el cuchillo entre los dientes. Porque a estas cacerías todo el mundo va con el cuchillo entre los dientes; no me creo que seas tan ingenua de pensar que participas en un juego limpio. Quizá tú sí, quizá sigues pensando que estas batallas se ganan en las bibliotecas, pero desde luego que tu equipo no es así como funciona. Y tú... les eres útil para lo que les eres útil —dejó caer, enigmático.

—¿Qué quieres decir? —Me puse en guardia.

—Que yo también te conozco, Ana. Y conozco bien, mejor que tú, el juego en el que te has metido, los jugadores con los que compartes tablero. Por eso sé qué es lo que quieren de ti: quieren tus fichas.

—Pero... ¿qué fichas ni qué...? Déjate de rollos y ve al grano.

—¿De verdad sabes para quién trabajas?

—¿Me tomas por idiota?

—Claro que no. Pero ¿sabes por qué te han contratado?

Aquello me ofendió.

—¿Porque hago bien mi trabajo? ¿Tan difícil es de creer? No todo el mundo tiene intenciones oscuras como tú.

Konrad meneó la cabeza como si no le estuviera comprendiendo.

—No dudo de tu capacidad profesional. ¡Yo mismo te he ofrecido un puesto por el que muchos matarían! Un trabajo en el que podrías demostrar todo lo que vales, un trabajo hecho a tu medida. Pero este juego en el que te han metido no es tu juego y sólo quieren sacar provecho de ti, aun a costa de ponerte en situaciones de riesgo, de verdadero peligro.

—¿Sacar provecho de mí? Basta de enigmas, Konrad. —Empezaba a perder la paciencia—. Si tienes algo que decirme, dímelo claramente.

Me contempló durante un instante. Como si dudara.

—Habla con Martin Lohse —resolvió al fin—. Exígele la verdad. Y dile que si no está dispuesto a contártela, yo lo haré por él.

Me levanté.

—¡No! ¡Dime lo que sepas ya, ahora! ¡No puedes lanzar la piedra y esconder la mano!

—Lo siento, *meine Süße*...

Aquel apelativo invocó los peores recuerdos.

—No vuelvas a llamarme así —espeté, conteniendo la furia entre los dientes.

En ese instante, apareció un enfermero; su uniforme blanco brillaba en la penumbra de aquel lugar.

—Tenemos que dejarlo aquí. Me encantaría seguir hablando contigo, pero me espera una agotadora sesión de rehabilitación.

Al tiempo que el enfermero, se había presentado otro hombre, que aguardaba a mi espalda, dispuesto a acompañarme a la salida; seguramente, a obligarme a salir si era necesario. Me tragué la rabia, las exigencias, la pataleta. No valdrían de nada. Estaba en su terreno y Konrad ponía las normas.

—Vuelve cuando quieras. Me gusta que me visites —se despidió antes de que el enfermero empujara su silla—. Y, Ana... —lo detuvo un instante—, no es de mí de quien tienes que desconfiar. Por mucho que te resistas a creerlo, quiero ayudarte.

—Pues no necesito tu ayuda —descargué así mi frustración.

Konrad asintió y, a un gesto suyo, el enfermero lo sacó de allí.

Salí con la sensación de que aquel encuentro se había vuelto en mi contra. En lugar de resolver el asunto y dejar las cosas claras, había terminado con un montón de dudas más. Konrad sabía cómo enredarme. No iba a resultar tan fácil quitármelo de encima.

Por otro lado, ¿estaba siendo injusta con él? ¿Por qué me costaba tanto creer su relato de arrepentimiento y buena voluntad? ¿Por qué no era capaz de perdonarle? ¿Era yo quien demostraba ser mezquina y rencorosa?

—¿Ana?

Interrumpida en plena introspección, me volví sobresaltada cuando estaba a punto de alcanzar la puerta principal.

—Greta... Hola.

Saludé un poco aturdida a la hermana de Konrad. Ella, con su habitual seriedad, permanecía plantada en mitad de aquel escenario de mármol blanco y centros de orquídeas naturales que era el recibidor. Impecable, como siempre, lucía un elegante vestido verde, gargantilla de eslabones de oro y tacones de aguja; se recogía el pelo en un moño perfecto. Todo el conjunto componía una imagen de revista de decoración.

—No sabía que estabas aquí.

—Sí, he venido a ver a Konrad. Ya me iba.

—¿Te han traído ya el coche a la puerta?

—Bueno... Estoy yo a punto de pedir uno... —Le mostré el móvil en mi mano.

—No es necesario. Aquí siempre hay un coche preparado. ¿Adónde vas: a la ciudad, al aeropuerto?

—Al aeropuerto.

—¿Tienes mucha prisa? Quizá puedas quedarte un momento. Me gustaría hablar contigo.

No tenía prisa. En realidad, el avión no salía hasta al cabo de unas seis horas. No es que pasar el rato con Greta fuera mi idea de planazo, pero tampoco lo era hacer tiempo en el aeropuerto. Muerte o susto.

—Sí, claro, tengo tiempo.

La luminosidad y la decoración minimalista en tonos claros de la habitación a la que pasamos contribuyeron a relajarme después de la tensión y la penumbra opresiva de la reunión con

Konrad. Me asomé a los ventanales para regodearme en la espectacular vista del lago y las montañas al fondo, el sol empezaba a acercarse a ellas, arrancando destellos en las cumbres coronadas por nieves tempranas. El paisaje se mostraba quieto como una postal, sosegado, ajeno al ritmo frenético del resto del mundo.

Pensé que me gustaría retirarme durante un tiempo a un lugar así, lejos de todo y de todos; reconectar con la naturaleza sanadora.

—¿Qué te apetece? —me preguntó Greta desde el carrito de las bebidas.

—No sé... Lo mismo que tú.

—Nunca bebo alcohol antes de la cena. Pensaba tomar un té frío. ¿Te viene bien eso?

—Sí, perfecto.

Escuché a mi espalda el tintineo de los hielos en el cristal y el borboteo del líquido al caer en los vasos.

Greta dejó la bandeja con los tés encima de una mesa baja entre dos sofás y permaneció de pie, dándome a entender que aguardaba a que me uniese a ella. No la hice esperar. Me tendió entonces mi vaso y tomamos asiento. Bebí; no tenía nada especial que decir y dejé que fuera ella la que iniciase la conversación. Sin embargo, también ella guardó silencio. La situación resultaba extraña: una frente a la otra, tiesas, sin mediar palabra, bebiendo mecánicamente, yo más que ella. Por un momento pensé que aquélla era su forma especial y retorcida de hacerme pasar un mal rato. Pero no, guardaba algo peor en la recámara.

—Un día estupendo el de hoy —me animé a romper el hielo y sonó tan estúpido como pensaba. Aun así, seguí, porque una buena estupidez no se deja sin rematar—: Me refiero al tiempo... Hace casi calor de verano...

—Deja de acosarlo.

No podía haber oído bien. De hecho, notaba cierta pesadez mental, un resquemor concentrado en el entrecejo.

—¿Qué?

—Deja de venir aquí. Deja en paz a mi hermano. ¿Qué es lo

que pretendes? No tienes ninguna intención de aceptar el trabajo, admítelo. Konrad... Señor, ¡ya lo has visto! No es ni la sombra de lo que fue. Ha perdido todo su poder, su fuerza, su ímpetu. Ese museo suyo es ahora su único aliciente, su única ilusión, ¿no te das cuenta? ¿O te la das y sólo quieres vengarte? ¿No te parece que ya ha pagado con creces por sus errores? Le humillas cada vez que vienes, con tu vitalidad, con tu arrogancia, con este juego de hacerte la interesante que te traes entre manos. Te lo advierto: no vuelvas, no te permitiré entrar una sola vez más en esta casa.

Me quedé mirándola fijamente y ella sostuvo mi mirada con dureza. En mi embotamiento, aquella escena me parecía irreal. Volví a llevarme el vaso a los labios pero me había bebido todo el té, sólo los hielos los rozaron. Tenía tanta sed de repente que me dieron ganas de dejar que uno de ellos se deslizara dentro de mi boca. ¿Me estaba acusando de hostigar a Konrad? Esa mujer estaba loca.

O... ¿tenía razón? ¿Y si era yo, en lugar de Konrad, quien no había superado nuestra historia? Menuda tontería... El cansancio empezaba a hacer mella en mí; no podía pensar con claridad.

Greta continuaba con la vista puesta sobre mí. ¿Esperaba algún pronunciamiento por mi parte? Acababa de vetarme sin miramientos, ¿qué demonios esperaba que dijese? Además, yo tenía la boca demasiado seca como para hablar, igual que en mi época de opositora cuando estaba delante de un tribunal. Al final, me comí el hielo y lo trituré despacio con los dientes como si así no se fuera a notar el escandaloso masticar.

—El coche ya estará preparado. Pero si te apetece otro té, ¿o una copa, quizá?

Sí, definitivamente, Greta estaba loca, o era una sádica. ¿Otro té? Tenía mucha sed pero, no, por Dios.

—No... muchas gracias. Prefiero marcharme.

Una vez en el coche, me desinflé con un suspiro que dejó mi cuerpo como el de una muñeca de trapo. Estaba mareada y la carretera llena de curvas no resultaba de ayuda. Una especie de calor interno me subió hasta la cabeza y empecé a sudar. Abrí la ventanilla.

—¿Podría ir un poco más despacio, por favor? —le pedí al conductor.

El aire fresco me alivió ligeramente. Recosté la cabeza en el asiento y cerré los ojos porque la luz del atardecer se me hacía insoportable. Quería pensar en lo sucedido, pero me sentía incapaz de hacerlo. Las ideas arrancaban y se desvanecían, se mezclaban con otras, no llegaban a ningún lado.

Konrad no quería el Medallón... Martin tenía que decirme la verdad... No sabía si creer a Konrad... ¿Por qué me habían contratado?... «Pero Konrad ya no es el que era... Dice Greta... Konrad lo sabía... Quieren mis fichas... ¿Qué fichas?... Martin, ¿qué fichas?...»

Tenía mucho calor. Me ardía la cabeza y no paraba de sudar. Ya ni siquiera la ventana abierta aliviaba la sensación de mareo. Quería dormir.

«Estoy harta de que me digan que es un juego peligroso... Me toman por tonta... por débil... No soy débil...»

Quería dormir pero no podía. Estaba muy mareada.

«Sé que es peligroso... Han intentado matarme... Y me las he arreglado sola... Sin ninguno de vosotros... He conseguido las cartas... Yo...»

«¿Para quién trabaja? Köller, ¿eh?...»

Aquel pensamiento es lo último que recuerdo antes de que mi memoria se fundiese en negro.

Mayo de 1945

El general Nikolai Berzarin, el primer comandante soviético de Berlín, fue un gobernante eficaz, justo y que gozó de gran popularidad entre los berlineses. Su gestión se encaminó a alimentar a la población, restablecer los servicios básicos de agua, electricidad, gas y transporte público, abastecer de medicamentos y material sanitario a los hospitales e iniciar la reconstrucción de la ciudad. Asimismo, castigó el pillaje, las violaciones y los abusos de sus tropas. Creó una fuerza policial municipal, reabrió las escuelas, los cines y los teatros, y nombró al primer alcalde del Berlín de la posguerra. Lamentablemente, Berzarin no pudo completar su labor, pues falleció el 16 de junio de 1945 a causa de un accidente de moto. Entre los soviéticos, cundió el rumor de que había sido asesinado por la Werwolf, la guerrilla nazi. Por el contrario, los berlineses sospechaban que el NKVD, incómodo con la popularidad del general entre los civiles alemanes, se lo había quitado de en medio.

Katya, la chica rusa, había aprendido a odiar a los alemanes. Al principio, le enseñaron a odiarlos en la escuela, en las reuniones de las juventudes del Partido Comunista, en los carteles que empapelaban las calles, en el cine, la radio y los titulares del periódico *Pravda*. Los alemanes eran asesinos, sanguinarios, caníbales. Se los retrataba como a monstruos cubiertos de pelo, feos, con los rostros desfigurados por la maldad; o bien ridículos, cómicos y caricaturescos. Los alemanes eran los enemigos del pueblo.

A Katya le costó asimilar esa idea. De hecho, su tío Fiódor le había contado que sus antepasados provenían de Alemania. El origen de la familia Voikov se hallaba en Wittenberg y había sido un tatarabuelo de Katya quien se trasladó en 1732 a Riga, entonces parte del Imperio ruso. De ahí el empeño de Fiódor en que la niña aprendiera alemán, la lengua de sus ancestros. Por eso Katya lo escribía y lo hablaba, aunque su pronunciación no fuera buena.

Con todo y con eso, tanto insistieron que al final se convenció de que odiaba a los alemanes. Aunque, en realidad, tampoco era algo que le quitase mucho el sueño: no estaba precisamente rodeada de alemanes y no pensaba a todas horas en que debía odiarlos. Se trataba más bien de un sentimiento colectivo que de algo personal.

Sin embargo, cuando murió Misha... No, Misha no murió: lo mataron. Lo mataron los alemanes. Y fue entonces cuando Katya tuvo un motivo real para odiarlos. Un odio que se fue consolidando a medida que, ya soldado, avanzaba por la tierra rusa que antes los nazis habían ocupado: los pueblos arrasados, sus gentes masacradas. Con cada camarada caído bajo las bombas y las balas alemanas, con cada cadáver desmembrado, con cada madre rota de dolor, con cada niño huérfano y muerto de hambre, Katya ya no necesitó más propaganda para odiarlos, para encarar con gusto el fusil y dispararles un tiro en la cabeza como a los monstruos que había constatado que eran. Los comisarios políticos también se encargaban de que nadie perdiera esa perspectiva.

Fue extraño llegar a Alemania y darse cuenta de que los niños que la miraban con terror, que las mujeres que gritaban mientras los soldados rusos las violaban, que los ancianos que lloraban impotentes ante el asesinato de los suyos y el saqueo de sus hogares también eran alemanes. Los críos que los nazis habían convertido en soldados, los prisioneros famélicos, enfermos y heridos, la gente corriente destrozada por la guerra... Todos ellos se parecían más a los rusos que a los alemanes, al menos que a esos alemanes a los que ella odiaba. Eso es lo que sucede cuando termina la guerra: que una vez abatidos los frentes de soldados monstruosos, aparecen los seres humanos, rusos o alemanes, da lo mismo.

Y aunque, en cualquier caso, no resulta sencillo que la rabia devenga en compasión y el rechazo en empatía, el tránsito es más fluido cuando en los ojos del enemigo se vislumbra el mismo sufrimiento que uno ha padecido. Quizá ésa es la esencia de la paz.

¿Era ese tránsito el que la llevaba de vuelta a la casa del anticuario?, ¿la necesidad de una reconciliación personal por todas las veces que había apretado el gatillo?

Le gustaba charlar con Ramiro, de España, de Berlín, de Cornelius, del Medallón... Seb le inspiraba una tremenda ternura. El crío siempre la buscaba por el chocolate y para pasar el rato. Con Orión a la zaga, salían al patio a jugar a la rayuela o con unas bonitas canicas de cristal que el niño había encontrado entre los trastos de la tienda. A los Krammer les estaba costando más ver en ella sólo a una muchacha y no un soldado bolchevique, pero también ellos habían mostrado cierto cambio de ánimo. La señora Krammer la trataba con una curiosa compasión, como si fuera un juguete roto. En su última visita, la mujer le acarició el rostro, desde la cicatriz de la frente al borde del mentón, y con aire ausente murmuró: «Tan joven... Eres tan joven y hermosa para llevar ese uniforme... No deberían mandar niñas a la guerra...». Con Ilse había congeniado bien; no había intimidad entre ellas, claro, era pronto para eso y las heridas, demasiado feas para mostrarse en una primera ronda, pero con ella Katya podía ser una chica en vez de un soldado. Leían al alimón viejas publicaciones de moda, se peinaban frente al tocador, fantaseaban con un mundo sin guerra donde poder ir de compras, al cine, a tomar un helado...

Sin embargo, no era en ninguno de ellos en los que pensaba aquella tarde cuando, ya cayendo la noche, se dirigía a la Friedrich-Karl-Platz.

Katya pensaba en Eric Althann, en que quizá podrían volver a hojear juntos el atlas de Norton que habían dejado a medias la otra noche, en que tenía que preguntarle si había leído la obra de Tsiolkovski, la de Hermann Oberth seguro que sí la había leído, y en que tenía que hablarle de esa película rusa que tanto le había gustado cuando fue a verla al cine antes de la guerra, *Viaje cósmico*. Tenía que saber si él creía que de verdad el hombre podría viajar al espacio; ella estaba firmemente convencida de que sí era posible. Lo cierto era que se le ocurrían cientos de cosas de las que podría hablar con Eric, no sólo de astronomía o de exploración espacial. Porque, una vez aclarado el incidente de su primer encuentro, Eric Althann le había parecido un hombre amable, sensible e inteligente; también, atractivo, no podía negarlo, un rostro de actor de cine tras unas gafas que le daban un aire intelectual.

Claro que Eric Althann también era alemán y, como tal, podría haber estado en el centro de la mirilla de su rifle y haber caído abatido por una de sus balas. Aquella idea le inquietaba y a punto había estado de hacerle desistir de su visita a la casa del anticuario. No obstante, allí se encontraba, dispuesta a golpear la puerta con los nudillos. Sintiendo en el estómago un extraño hormigueo.

❈

—¡Katya, ven! ¡Ven a la *guardilla*! ¡Sube, corre! Papá y yo tenemos una sorpresa para ti.

Seb tiraba de ella escaleras arriba y Orión serpenteaba entre ambos, dispuesto a participar de la fiesta; contagiado de la excitación, el perro movía la cola con brío y soltaba algún ladrido que otro.

Eric los seguía, apretando la sonrisa, sintiéndose ridículamente emocionado.

A la par confusa y divertida, Katya entró en el espacio en penumbra de la buhardilla. La luz mortecina del ocaso apenas iluminaba más que las siluetas desbaratadas del lugar. Seb avanzó a gatas entre sábanas al vuelo y un suelo de almohadones para accionar la luz del proyector girando la manivela, tal y como le había enseñado su padre.

Tras un zumbido y un leve siseo eléctrico, se prendió la bombilla. Su luz atravesó los puntitos de la esfera teñida de negro y Katya se vio rodeada de estrellas que ondeaban suavemente en las sábanas mecidas por la corriente.

—Mira: ¡hemos bajado las estrellas del cielo!

Después de parafrasear a su padre, Seb comenzó a palmear y a proferir exclamaciones de júbilo al tiempo que le preguntaba insistentemente qué le parecía. Pero ella, sin palabras, sólo era capaz de dibujar una sonrisa boba por toda respuesta según giraba despacio sobre sí misma para abarcar con la vista el panorama entero del cielo que la rodeaba. La luz chocaba contra su silueta y las estrellas se reflejaban en su rostro. Se sentía transportada, embriagada, maravillada... Cuán desproporcionada reacción, como lo eran el calor que le subía por las mejillas y el resquemor en los ojos. ¿Qué demonios le sucedía?

Un tirón en la mano la espabiló.

—¡Ven! Siéntate —le reclamaba Seb—. Ha sido idea mía poner estos almohadones, ya verás qué a gustito se está. Papá y yo hemos dormido aquí y todo.

Katya obedeció y se acomodó al lado del niño, haciéndose hueco como una gallina clueca en el ponedero.

—Oh, sí que son mullidos y blanditos.

—¿Te digo el nombre de las estrellas? Mi papá me las ha enseñado.

—¿Te acordarás de todas?

—¡Claro! Esa de ahí es Taurus, que es como llamaban los romanos al toro, ¿ves los cuernos? En uno de ellos, está la estrella más brillante, que se llama Alde... Aldera... ¡*Alderabán*! ¡Aldebarán! —Seb miró de reojo a su padre, quien sonrió con aprobación—. Y el lío de estrellas que hay más arriba son las... Pléyades. Hay más de las que debería porque pinché mucho la pantalla con el punzón. También allí hay una estrella muy brillante, hicimos el agujero más grande aposta. Ahora no me acuerdo de su nombre. Al otro lado, está Orión. —El animal levantó las orejas al oír su nombre—. Es un guerrero con cinturón y arco. Y eso es Aries. Papá dice que es una cabra, pero a mí me parece más un bastón, ¿no crees? También está Piscis, que son peces que no parecen peces sino cometas. Esto de las estrellas es muy raro.

—Sí, sí lo es. Podríamos jugar a hacer nuevas formas con ellas y darles nuevos nombres, ¿qué te parece?

Seb estaba a punto de celebrar la idea cuando Orión agarró un almohadón entre los dientes y se puso a jugar con él hasta sacarle el relleno.

—¡Eh, deja eso! ¡Suéltalo, Orión! —le ordenó el niño. Pero el animal, que no estaba muy acostumbrado a obedecer, salió corriendo con su presa escaleras abajo.

Seb lo persiguió mientras lo increpaba y el alboroto tardó unos segundos en perderse por el hueco de la escalera y devolver la calma y el silencio a la buhardilla.

—Bajar las estrellas del cielo... ¿Esto ha sido idea suya?

Eric emergió del segundo plano donde había preferido quedarse, observando a placer la escena.

—El secuestro del almohadón no estaba previsto.

Katya sonrió. Él adoptó un tono más serio mientras se aproximaba a ella, sentada en mitad de aquel firmamento improvisado.

—No es el observatorio de Moscú. Pero cuando nada es lo que era...

—Es precioso. Siéntese conmigo y siga enseñándome las estrellas donde Seb se ha interrumpido.

—Estoy seguro de que usted ya se las sabe todas —observó Eric en tanto ocupaba el lugar que había dejado su hijo, justo al lado de ella.

Katya volvió a mirar a las sábanas salpicadas de luz.

—Tuve un profesor en la universidad que decía que habría que renombrar algunas constelaciones que no se parecen ni remotamente a lo que las denomina. Justo lo que acaba de insinuar Seb.

—¿Fue usted a la universidad?

—Dos años. En Moscú, a la facultad de Físicas. La idea era haberme especializado en astronomía pero... —Se encogió de hombros ante lo obvio.

—¿Por qué se alistó?

Katya suspiró, parecía de pronto abrumada.

—Disculpe, yo... no quería entrometerme.

—No, no. Está bien. La verdad es que a estas alturas ya casi lo he olvidado. A estas alturas cualquier motivación de entonces me parece un sinsentido. No sé... Mi madre fue miliciana en la guerra de España. Supongo que las mujeres de mi familia no podemos quedarnos de brazos cruzados. Quizá por eso pensaba que cómo podía yo ir tranquilamente a clase todos los días mientras mis compañeros se jugaban la vida. También pensaba en vengar la muerte de Misha; la de tantos otros. Y deseaba que la guerra acabase cuanto antes para poder venir a Berlín y encontrarme con su padre.

—Ramiro me ha hablado del Medallón. Cornelius nunca me lo mencionó. La verdad es que no tuve una relación muy estrecha con mi padre. Ahora no sé muy bien qué pensar al respecto.

—A mí me instruyó algo mi tío pero, cuando lo asesinaron, la responsabilidad me cayó como una losa. Yo tampoco entendía apenas nada ni sabía qué pensar.

Dicho eso, Katya se sacó el Medallón de debajo del uniforme, se lo descolgó del cuello y se lo tendió a Eric. Él lo tomó, sintiendo más curiosidad de la que esperaba. La piedra aún conservaba el calor del cuerpo de ella. La acarició con la punta de los dedos intentando adivinar por qué aquel objeto anodino y deslucido causaba tanto revuelo.

—Hace ahora un año, recibí un disparo.

Aquella revelación inesperada, que parecía el inicio de un relato, atrajo momentáneamente la atención de Eric, quien desvió la mirada del Medallón para llevarla hacia su interlocutora.

—Era mi primera misión en el frente. Noté el impacto aquí, justo en el centro del pecho. Supe que me habían dado en una zona vital y que iba a morir. Debí de perder el sentido durante unos instantes porque no recuerdo exactamente qué sucedió después. Sólo sé que me desperté tendida sobre la tierra, con un fuerte dolor en el esternón. Me palpé en busca de la herida esperando notar la sangre en mi mano pero el uniforme estaba seco, limpio. Aquello no podía ser... Me incorporé entonces y descubrí que había un agujero en cada una de las capas de tela. Agujeros de bala. Deduje que ésta, en un acierto casi imposible, había impactado en el Medallón, ¿qué otra cosa si no podía ser? Y sin embargo... mírelo: está intacto, cuando aquel disparo tendría que haberlo reventado.

Eric volvió a pasar los dedos por la piedra, en efecto sin un rasguño.

—Yo no sé qué es esto. Si de verdad se trata de un objeto mágico o de nada más que una leyenda que ha tenido encandilada a mucha gente a lo largo de generaciones. Sólo sé que me salvó la vida. Aunque temo que se haya hecho dueño de ella y pueda quitármela en cualquier momento.

Eric la había escuchado fascinado, perdido en cada recoveco de su rostro de luces y sombras, preguntándose cómo era posible que de ese rostro tan bello, tan delicado, emanase semejante fuerza. Sólo de pensar en que algo pudiera quitarle la vida... El corazón le palpitaba desbocado, tanto que temió que se le notasen los latidos a través de la piel, que se escuchasen en el silencio que se había instalado entre ambos. Por un momento, sintió ganas de lanzar el Medallón por el hueco del tejado y que sólo quedasen ellos dos, mirándose a los ojos. En cambio, lo agarró por el cordel y lo deslizó por el cuello de Katya.

Ella sintió cómo la piel de la nuca se le erizaba; Eric la había acariciado al colgarle la gema. La joven no podía apartar la vista de aquellos ojos del color del acero que la miraban intensamente detrás de los cristales de las gafas. Le tomó las manos cuando Eric las posó a la altura de su clavícula. Las retuvo un instante mientras su rostro cuajado de estrellas estaba cada vez más cerca y ella comenzaba a cerrar los ojos y a entreabrir los labios anticipando lo que sucedería, el estómago contraído y la respiración ligeramente entrecortada a causa del deseo.

—¡Ese perro! ¡Ha roto todo el almohadón y la casa está llena de relleno! Frau Krammer está muy enfadada con él. Creo que lo va a castigar sin cena.

Tras irrumpir con aquella perorata, Seb se sentó entre ellos; entre su sobresalto, su desconcierto, sus manos de repente separadas y el anhelo suspendido en su aliento.

Katya se deslizó sigilosamente dentro del catre de Yulia, buscó cobijo bajo el capote con el que se tapaba y se abrazó a su espalda.

—¿Qué ocurre, Voikova? —masculló la chica, interrumpido el sueño—. ¿Tienes frío?

Por respuesta, Katya se apretó aún más contra el cuerpo de su amiga. Muchas noches habían compartido lecho, sobre todo al raso, cuando caía la helada, con el capote de una de cintura para arriba y el de la otra de cintura para abajo, sus formas casi engranadas, dándose calor y quitándose el miedo y la soledad.

—Yulia... —murmuró a su nuca, las puntas de su cabello rizado le hacían cosquillas en la nariz—. Creo que me he enamorado.

Un roce de telas acompañó el repentino giro de la chica, estruendoso en el silencio de aquel pabellón de durmientes. Los ojos claros de Yulia brillaban bien abiertos en la oscuridad, tan cerca de los suyos que le costaba enfocarlos.

—Oh, Katya... Y ¿por qué lo dices como si hubieras contraído una enfermedad? ¿A qué vienen ese tono y ese gesto de angustia?

—¿Podrás perdonarme?

Su amiga le acarició la mejilla.

—Tontita... ¡Estoy feliz por ti! Sé cuánto quisiste a mi hermano, pero ya es hora de soltar amarras y de que el barco zarpe. La guerra ha terminado y debemos empezar a vivir. Oleg es un buen hombre, él te hará feliz y te dará un montón de lindos niños rusos.

A punto estuvo de no sacar a Yulia de su error. Hubiera sido más sencillo. Pero necesitaba que alguien le pusiera los pies en la tierra y Yulia lo haría sin miramientos, porque era su amiga, su hermana, y porque odiaba a los alemanes. Por culpa de ellos había visto morir a demasiados hombres, muchos en sus brazos.

—No es de Oleg.

Aquello puso en alerta a la chica, que se incorporó ligeramente y la miró con el ceño fruncido.

—Es un alemán.

—¿Qué? ¡Katya, no! ¡No puedes estar enamorada de un alemán! ¡Después de lo que nos han hecho! ¿Cómo es posible? ¿Cómo ha sucedido? No, no lo quiero saber... Ha ocurrido durante esas excursiones tuyas por la ciudad, ¿verdad? ¡Quítatelo de la cabeza! ¡Es una locura que sólo te hará infeliz! Pronto nos licenciarán, volveremos a casa y ¿qué piensas hacer? Más vale que te arranques ya la espina de este... capricho.

—Lo sé, lo sé —admitió ella con angustia. Yulia no hacía más que enfrentarla a sus propias dudas, a sus propios miedos, a lo que su razón gritaba y su corazón ignoraba—. No volveré a verle, te lo prometo. Lo dejaré pasar. Pasará... ¿verdad?

El gesto de Yulia se tornó entonces amable, casi maternal. Volvió a abrazarla y acariciarla según ella misma se relajaba.

—Cariño... Claro que pasará. Hasta las heridas más profundas cicatrizan y lo tuyo es sólo un rasguño. No puede ser más que un rasguño.

¿Dónde estoy?

Tuve pesadillas. No conservo imágenes claras pero sí recuerdo sentirme inquieta y asustada. Me encontraba en una ciudad arrasada y abandonada, una ciudad fantasma, apocalíptica. Paseaba por un escenario en ruinas semejante a una boca cariada y desdentada. Todo era humo, niebla y claroscuros, como una película de cine negro. Buscaba a alguien, lo llamaba a gritos. No recuerdo a quién. Pero me sentía desesperada al verme sola, al borde del llanto. Entonces, de entre los escombros, surgían figuras famélicas y demacradas. Mujeres, ancianos y niños que me miraban con una mezcla de odio y terror. Después, aparecieron los hombres, soldados con los rostros cubiertos de polvo y sangre, los ojos hundidos en las cuencas, que caminaban en largas columnas con el paso lento de los derrotados. Miré hacia el suelo: estaba cubierto de cadáveres, de cuerpos desmembrados o calcinados. De pronto, el panorama se había llenado de ellos. Asomaban por las ventanas, colgaban de las farolas, flotaban en los canales rodeados de basura. Angustiada, volví a gritar un nombre. ¿A quién llamaba? No lo sé. Mi grito sólo consiguió atraer las miradas de espanto de decenas de ojos. Y, como si hubiera abandonado mi cuerpo, me vi plantada en medio de aquellas gentes; vestía un uniforme soviético. Sin embargo, no era aquel rostro el mío. «¿Katya?», llamé. Y ella se volvió.

Después, una luz intensa bañó mis sueños. Tan intensa que quemaba las imágenes hasta hacerlas desaparecer igual que la brasa de un cigarrillo sobre una fotografía. Todo era blanco y brillante como si un potente foco me cegara. Dos figuras borrosas empezaron a hacerme preguntas. Yo las respondía pero me costaba hablar. Tenía la boca seca y estaba muy cansada. Me preguntaban y me preguntaban. No quería seguir respondiendo pero no podía evitarlo. No podía moverme. No podía hacer nada. Sólo quería dormir.

⊰⊱

Mi primer recuerdo nítido fue el de una ventana. Al otro lado, llovía y el cristal estaba lleno de gotas que trazaban regueros de agua al descender por la superficie. Acababa de despertar y estaba confusa. Me molestaba incluso la luz mortecina que entraba a través de los cristales. Parpadeé varias veces. Necesitaba las gafas. ¿Dónde estaban mis gafas? Empecé a moverme con pereza, sentía el cuerpo entumecido. Las sábanas crujieron. Sábanas blancas. Estaba acostada en una cama. Miré a mi alrededor: paredes color salmón, un televisor, una puerta... Quise incorporarme pero noté un doloroso tirón en la mano. Tenía puesta una vía. ¿Estaba en un hospital?

Empecé a tocarme el cuerpo, inquieta. Me descubrí una sonda en la nariz y electrodos en el pecho. ¿Qué estaba pasando? Me invadió un calor interno, una sensación de alarma, de nervios, de pérdida de control... Sentí náuseas y empecé a dar arcadas aunque no vomitaba nada. Me asusté. El corazón me latía desbocado. Entonces sonó un pitido. Aquello me alteró aún más y quise quitarme los cables y bajarme de la cama.

Apareció una enfermera que me lo impidió.

—¿Qué ocurre? ¿Dónde estoy? ¿Dónde estoy? —le hablé en español. Es el primer idioma al que acudo cuando estoy alterada. Y, en aquella ocasión, estaba muy alterada.

Ella me respondió en alemán. Bueno, no me respondió, quizá

417

porque no me había entendido, quizá porque no le dio la gana. Me pedía que me tranquilizase mientras me devolvía a la cama y apagaba la alarma del monitor. Pero yo no podía quedarme tranquila. Volví a protestar, entonces en alemán.

—¡No! ¡Quiero saber dónde estoy! ¿Es un hospital? ¿Por qué estoy en un hospital? ¡Quiero ver a un médico! ¡Llame a un médico!

Un nuevo ataque de arcadas cortó de raíz mis gritos. Aquellos espasmos secos me doblaban por la mitad y me saltaban las lágrimas del esfuerzo. Perdí completamente los nervios. De nuevo intenté quitarme los cables y las sondas para abandonar la cama y, al menos, ir al baño. La enfermera forcejeaba conmigo para impedírmelo y me pedía calma. En ese momento, apareció una compañera suya y sorteando aquel galimatías de cables, paciente y enfermera, introdujo una jeringuilla por la vía de mi muñeca.

No recuerdo nada más.

Venía de un espacio en negro y me llevó un rato salir de él, reconocer las imágenes a mi alrededor. La luz me arañaba la córnea, sentía los párpados llenos de arenilla. Mi visión miope no conseguía enfocar el contorno de las manchas borrosas frente a mí: la silueta de un ser humano, un rostro, una mujer, una sonrisa extraña.

—Vaya, ya ha despertado —me dijo una voz, de nuevo en alemán.

—¿Dónde estoy?

—En el hospital. Se desmayó usted en el aeropuerto y la trajeron aquí.

—¿En el aeropuerto? —No recordaba nada. Sentía el cerebro como de corcho y me dolía la cabeza.

La enfermera, parecía una enfermera, terminó de tomarme la tensión. Después, con una linternita me enfocó las pupilas. Parpadeé e intenté evitar la luz.

—Ya lo sé, es muy molesto, pero aguante un poco, sólo será un segundo. ¿Recuerda cómo se llama?

—Sí... Ana.

—¿El apellido?

—García-Brest.

—Bien.

—¿Por qué estoy aquí?

—Ya se lo he dicho: se desmayó en el aeropuerto y le hemos hecho un chequeo.

—Pero ¿en qué aeropuerto? No lo recuerdo...

—En Zúrich. ¿Recuerda usted estar en Zúrich?

Asentí, aunque confusa. Sí lo recordaba, recordaba la casa de Konrad y el coche. No me encontraba bien en el coche. Pero el aeropuerto...

—No se preocupe, todo va bien. Ahora procure descansar.

Sí, descansar. Estaba muy muy cansada. Cerré los ojos y me dormí.

—¿Por qué estoy aquí? Quiero ver a un médico.

No era la misma enfermera de la otra vez. Aunque también sonreía al tiempo que trajinaba a mi alrededor.

—Claro, pronto vendrá el médico. Descanse un poco.

—El médico se lo explicará todo, no se inquiete. Lo que tiene que hacer ahora es descansar.

—No, no, no estoy cansada. ¿Y mi móvil? Tengo que llamar, tengo que avisar de que estoy aquí.

—Tranquila, se lo traeré.

Cerré los ojos. Sí que estaba cansada.

El médico. El móvil. ¿Por qué estoy aquí? ¿Qué me pasa? Tengo que llamar. Necesito avisar a mis padres. Y Teo... Estará preocupado. Y Martin... Martin también está en el hospital. Quiero hablar con un médico. Estoy bien. No me pasa nada. Sólo estoy cansada. Quiero ir a casa.

Tranquila. Descanse. Descanse. Descanse.

Mayo de 1945

La Administración Militar Soviética necesitó contar con una red de personas locales de confianza que implementasen las medidas adoptadas y que sirviesen de portavoces de las autoridades soviéticas ante la población. Tales personas de confianza ayudarían, además, a identificar a antiguos nazis, los que hubieran sido miembros del NSDAP, pero también los que hubieran luchado en el ejército alemán. Así, se establecieron una serie de criterios para determinar qué alemanes podían considerarse de confianza. Los mejores candidatos y los que consiguieron los puestos más importantes fueron aquellos que habían pertenecido a organizaciones antifascistas y habían mostrado su firme oposición al régimen nazi. Si bien, para poder trabajar con los soviéticos, bastaba con no haber estado afiliado al partido nazi ni a las Juventudes Hitlerianas. Incluso aquellos intelectuales, ingenieros, médicos, profesores y trabajadores esenciales que, aun habiendo pertenecido al partido, no hubieran desempeñado un papel activo en su seno, también eran considerados aptos para colaborar con los soviéticos.

—¿Por qué demonios lo habéis soltado? ¡Y no me vengas con que no es competencia tuya, me importa un comino! ¡Tú tienes que saberlo!

Katya acabó por gritarle a Oleg. Estaba hecha una furia y, lo que era peor, asustada. El miedo, más que la indignación, le hacía perder los nervios.

Esa misma mañana se había enterado de que habían liberado a Peter Hanke. Una secretaria del SMERSH, que compartía pabellón con ella en el acuartelamiento, se lo había revelado durante el desayuno. Su primera reacción fue no dar crédito a la noticia. Esa mujer tenía que estar equivocada. Por eso, se encaminó directamente a las oficinas del SMERSH para que le confirmaran que se trataba de un error, que Hanke seguía detenido, no podía ser de otro modo.

Allí habló con el sargento de guardia, un tipo despreciable, uno de los muchos que pensaban que las mujeres no pintaban nada en el ejército. No la mandó a paseo porque el respeto a su rango no se lo permitía, pero la trató con condescendencia. Como si tuviera que hacer un acopio inmenso de tolerancia para dirigirse a ella, se limitó a decirle que fuese con el cuento a los del NKVD, que era cosa de ellos el haber dejado libre al nazi.

Salvo a Oleg, no conocía a nadie en el NKVD. Si se presentaba allí por las buenas la tratarían con el mismo desprecio que el sargento del SMERSH. ¿Quién era ella, una simple francotiradora, para pedir explicaciones al Comisariado de Asuntos Internos? Puede que Oleg estuviese cargando con las consecuencias de su frustración y su impotencia, las mismas que le nublaban el juicio.

El coronel reaccionó con desconcierto ante semejante arrebato. Él, que había pensado que la inesperada visita de la joven al pequeño cubículo de su despacho equivaldría a una cena con velas para dos seguida de una larga noche de pasión, se encontraba, en cambio, frente a lo que parecía una cría enrabietada, teniendo que darle explicaciones de algo que no alcanzaba a entender por qué le afectaba tanto.

—Es que no es de mi competencia, Katya. Y no sé por qué me tratas como si yo tuviera la culpa.

Katya emitió un bufido que la ayudó a serenarse.

—¿Tienes algo para beber?

—Vodka.

—¿Cómo no?... Está bien, bebamos el maldito vodka.

Oleg sacó una botella del cajón del escritorio, sacudió el polvo de un vaso que había entre los papeles de la mesa y, tras llenarlo, se lo pasó a Katya.

—¿No me acompañas?

El coronel le mostró la botella.

—No tengo más vasos.

Brindaron por rutina. Oleg apenas se mojó los labios, Katya apuró su bebida, tragando con fuerza y arrugando el gesto ligeramente. Cómo odiaba el vodka.

La joven se dejó caer en la primera silla que encontró. Oleg buscó asiento frente a ella.

—¿Qué te ocurre? —Le tomó la mano en un gesto cariñoso—. ¿Por qué estás tan alterada? Es sólo un alemán más, todos los días cogemos unos cuantos y soltamos otros.

Peter Hanke no era sólo un alemán, era un alemán que había asesinado a su tío e intentado matarla a ella; un alemán que volvería a intentarlo en cuanto tuviera la menor ocasión. Pero no podía confesarle eso a Oleg sin tener que hablar del Medallón.

—¡Ese tipo era de la Gestapo! —remarcó lo evidente—. ¿Es que se os ha olvidado lo que eso significa? Tenéis los campos de prisioneros llenos de críos que apenas tienen fuerzas para sujetar un arma ¿y liberáis a un agente de la Gestapo? ¿Qué sinsentido es ése?

—Ese agente de la Gestapo espió para la Unión Soviética. Lo hemos comprobado en los archivos centrales de Moscú.

La adrenalina que sustentaba la furia de Katya se desplomó como un bloque de nieve de un tejado.

—¿Qué?

—Aparece en la nómina de agentes extranjeros entre 1942 y 1944. Pasaba puntualmente información de las operaciones de la inteligencia alemana contra nuestras redes de informantes. Seguro que su historial no es del todo limpio, pero hay que ser prácticos. Su liberación no ha sido gratuita. Tendrá que pagar un precio por ella. Ese tipo sabe nombres, datos, hechos y se mueve bien por Berlín. Si queremos cazar a los culpables en última instancia de todo esto, su ayuda nos puede ser muy útil.

Los argumentos de Oleg resonaban como eco en su cabeza, ya no les prestaba atención. Sólo podía pensar en la amenaza que volvía a cernirse sobre ella, en el callejón sin salida en el que sentía que se hallaba de pronto. ¿Tendría ella misma que acabar con Peter Hanke de un disparo certero como tan bien sabía hacer? No se podía disparar a las sombras. No podría disparar si ella era la presa. Debía avisar a Ramiro. Sólo él entendería su angustia. Sólo él podría ayudarla.

———◆◇◆———

Katya llegó algo sofocada a la casa del anticuario. Por la carrera y también por las emociones. Había prometido no volver, si lo hacía era porque las circunstancias se lo exigían. Por eso esperaba no encontrarse con Eric Althann. Aunque, en el fondo de su corazón, lo estuviera deseando, si acaso un instante, una mirada furtiva, un último sorbo en el oasis antes de iniciar la travesía por un desierto en el que ella misma había decidido adentrarse por su bien.

En ese sentido, ahora que Peter Hanke volvía a ser una amenaza, casi agradeció que otras preocupaciones ocupasen su mente, así sería más sencillo olvidarse de Eric, olvidarse de todo. Incluso en un arranque de hartazgo y desesperación, sintiendo que ya no le quedaban fuerzas para soportar más miedo, más angustia ni más desilusión, acarició la idea de dejar el Medallón en la casa del anticuario, dar media vuelta y, como en una película, fundir en negro aquella etapa de su vida para poder comenzar otra nueva, lejos de allí y libre de cargas.

El rostro demudado de Ramiro cuando le abrió la puerta acabó con sus fantasías.

—Se han llevado a Eric.

Los habitantes de la casa estaban reunidos en el comedor. En el ambiente, se palpaba la conmoción por la intempestiva llegada de los soviéticos, por la escena misma de la detención, por lo que eso suponía: ¿quién era Eric?, ¿por qué se lo habían llevado?

Sólo Ilse se mostraba impasible, recogida en una esquina y en silencio. No necesitaba abrir la boca, todos sabían que ella ya se esperaba algo semejante, que siempre había sospechado de Eric.

—Ha sucedido ahora mismo —relataba Ramiro—. No hará más de media hora. Eran cuatro militares, dos de ellos portaban subfusiles como si en lugar de venir a por un hombre desarmado esperasen encontrar un pelotón de resistentes. Los otros dos, los oficiales, llevaban el uniforme azul...

—NKVD —apostilló herr Krammer—. Un capitán y un coronel, lo vi en las hombreras de sus uniformes. Tres estrellas y dos barras para el coronel y cuatro estrellas con una barra para el capitán —presumió de sus conocimientos el anciano y miró a Katya como aguardando una aprobación que ella le concedió asintiendo.

—Lo curioso —prosiguió Ramiro—, es que ya conocían a Eric. Por lo menos, uno de ellos...

—El coronel —volvió a matizar Krammer.

—Sí. Le dijo: «Herr *Doktor* Althann, no pensé que volviéramos a vernos». Luego, empezó a emplear el ruso y Eric demostró hablarlo con fluidez. La breve conversación que mantuvieron transcurrió tranquila, nadie empleó la violencia en ningún momento, ni siquiera en el tono. Eric... Bueno, no estaba contento, desde luego, pero parecía resignado en todo caso, como si en realidad los hubiera estado esperando. Ha sido muy extraño.

—El muchacho es un científico, eso es evidente. Y los rusos están como locos buscando a los científicos porque ellos tienen los secretos del armamento alemán. Por eso se lo han llevado.

Herr Krammer tenía razón. Y a tenor de lo que acababa de escuchar, Katya se aventuraba a asegurar, sin miedo a equivocarse, que el coronel al que se referían era Oleg, uno de esos rusos que, en palabras del anciano, estaban buscando científicos alemanes como locos.

—¿Dónde está Seb?

—En la buhardilla —respondió Ramiro—. El crío no entendía nada. Estaba allí, viendo cómo se llevaban a su padre, sin comprender nada... Cuando se despedía de él... Ha sido el único momento en el que he pensado que Eric iba a desmoronarse.

—Pobre criatura —intervino por primera vez frau Krammer—. Perder a su madre y ahora esto... Se me parte el alma.

La luz del día entraba a raudales por el boquete del tejado y las estrellas del proyector lucían tan débilmente que apenas se percibían sobre las sábanas. El zumbido de la bombilla era casi el único indicio de que estaba encendida.

En medio de aquel cielo mortecino, encontró Katya a Seb. El niño acariciaba cabizbajo a Orión, incondicional a su lado, con las orejas gachas y los ojos tristes. Al verlo, la muchacha corroboró lo que otras veces había oído de que los perros tienen un sentido especial para detectar el sufrimiento humano. Desde luego, Orión parecía tenerlo.

—Hola, Seb.

El niño alzó la cabeza. Se mostraba sereno, aunque sus mejillas churretosas delataban un llanto reciente.

—Hola.

Katya se sentó a su lado y, en silencio, se unió a él en las caricias al chucho.

—Mi padre no está —constató Seb al rato, con un hilo de voz, la vista clavada en el lomo de Orión—. Se ha ido con esos hombres.

—Lo sé.

—Llevaban fusiles. —Le dirigió una mirada vidriosa, llena de ansiedad—. Esos hombres llevaban fusiles. Mi padre me prometió que no iba a morirse, que siempre se quedaría conmigo.

—Él no va a morirse, Seb, no pienses eso. —Le tomó las manos con cariño—. Escucha, yo conozco a esos hombres. No le harán daño a tu padre. No debe preocuparte que lleven fusiles. Yo también llevo una pistola, ¿ves? —Le mostró la funda que colgaba de su cinturón—. Pero ahora sólo usamos las armas para proteger a la gente.

El crío hundió la barbilla en el pecho. Los argumentos de Katya no parecían consolarle.

—Ya, pero ¿y si no vuelve? Si no vuelve, será como si hubiera muerto. ¿Qué voy a hacer yo solo? Ni siquiera sé atarme bien los zapatos.

Conmovida, Katya envolvió al niño en un abrazo. Le hubiera gustado decirle que todo iba a salir bien, que pronto se reuniría con su padre, pero no quería crearle falsas ilusiones.

—Tu padre te quiere tanto que estoy segura de que en estos momentos sólo está pensando en ti. Debes ser fuerte por él, Seb. Y recordar que no estás solo. Tienes a Ramiro y a Ilse, a los Krammer, a Orión y me tienes a mí. Nosotros cuidaremos de ti hasta que pueda hacerlo tu padre.

———◆———

—¿Puedes ayudarle? ¿Puedes hacer algo por él?

Ramiro la abordó cuando bajaba por las escaleras. Ella negó pesarosa con la cabeza, aún afectada por la tristeza de Seb.

—Intentaré enterarme de qué va esto. Es todo lo que puedo hacer. Pero si está involucrado el NKVD, debe de ser serio. Escucha, Ramiro —lo tomó del brazo con apremio—, tenemos otro problema: han soltado a Hanke. Había venido a avisarte. De hecho, ahora que lo pienso, no me extrañaría nada que él hubiera delatado a Eric. El NKVD lo utiliza como informador a cambio de su libertad y a buen seguro que el concienzudo agente de la Gestapo está al tanto de quién es el hijo de Cornelius Althann. No sé si es que estoy asustada y veo fantasmas por todas partes, pero creo que ese malnacido de Hanke va a ser más cauto esta vez y quizá su plan sea ir acorralándonos uno a uno.

—Pero ¿cómo?

—No lo sé, aunque yo diría que esto es el principio, su primer movimiento en la sombra.

—¿Lo llevas ahora contigo? —preguntó en un susurro mientras desviaba inintencionadamente la vista hacia el pecho de ella como si pudiera adivinar el Medallón bajo el uniforme.

—No. Lo he dejado en el cuartel. No es lo mejor, pero con Hanke suelto tampoco sería seguro llevarlo encima. Y no traerlo aquí; os pondría en peligro a todos.

Ramiro empezaba a sentirse desbordado por tantos problemas, como si hiciera malabares cada vez con más bolas y cada bola nueva amenazara con tirar todas las demás, consciente de que al final no iba a ser capaz de retener ninguna.

—Katya, yo tengo que irme de Berlín. La situación aquí es desesperada y quiero regresar a España. De inmediato. En cualquier momento que surja la oportunidad, quizá mañana mismo. Ilse vendrá conmigo, ven tú también con nosotros. Es la única forma de librarte de Hanke.

—No puedo, Ramiro —sonó desesperada—. Ya hemos hablado de esto y no puedo. ¿Es que no te das cuenta de que estaría desertando?

—Pues algo habrá que hacer. —Se mostró de repente firme, casi enojado—. Y, por lo que a mí respecta, no estoy dispuesto a que ese Medallón cueste una sola vida más. ¡Maldita sea, no vamos a pagar ese precio! ¡Ni tú, ni nadie! Antes lo tiro al canal, te lo aseguro.

Todo borroso. Siempre borroso

Conservaba la lucidez suficiente como para darme cuenta de lo anómalo de mi situación. No era capaz de calcular el tiempo que llevaba ingresada, ¿cuántos días habrían pasado? Tenían que ser días. Ningún médico me había visitado. Nadie que me diera razón de nada. Sólo me pedían descansar. Estaba cansada sí, pero nadie me decía por qué. Nadie le ponía remedio. ¿Por qué no me dejaban usar el teléfono? ¿Por qué no avisaban a mi familia?

No, nada de eso era normal. Ni siquiera ese cansancio. Esa sensación de pesadez en el cuerpo y en la cabeza. Estar siempre adormilada. Me sentía como drogada. Drogada.

Desvié la vista hacia la vía, conectada a un gotero. Con movimientos torpes, tiré de ella y la desconecté.

Volví a despertarme de mi enésimo sueño. Era de noche. Se veían luces al otro lado de la ventana. Mi habitación estaba en penumbra, sólo iluminada por un tubo blanco en el cabecero de la cama.

Noté la cabeza más despejada y el cuerpo más ligero. Me sentía mejor, sin esa neblina mental. El gotero seguía desconectado de la vía.

Mis sospechas se confirmaban. Me estaban drogando.

No recordaba nada de un aeropuerto. Pero sí de encontrarme fatal en el coche camino de aquél. Y recordaba haber estado con Konrad.

El cuerpo me hormigueó entonces, de miedo, también de indignación. De excitación, sobre todo. Tenía que salir de allí. Miré la mesilla vacía. ¿Dónde estaban mis gafas?

Me tiré de la cama y enseguida acusé una debilidad que casi me hizo caer al suelo como si mis piernas fueran de gelatina. Me sujeté al colchón hasta que me sobrepuse ligeramente al mareo. La visión borrosa no ayudaba, necesitaba mis gafas. Caminé tambaleándome hasta el armario. Esperaba encontrar allí mi ropa y mi bolso, pero estaba vacío. No tenía con qué vestirme ni calzarme, no veía bien, no podía llamar a nadie para pedir ayuda, me habían quitado la documentación, el dinero, las tarjetas de crédito... Estaba atrapada en aquella habitación como en una prisión sin barrotes. Miré hacia la puerta, tal vez ni siquiera estuviera abierta. Entonces me flaquearon de nuevo las piernas y me dejé caer allí mismo, frente al armario abierto y vacío. Enterré la cabeza entre las rodillas. Un sudor frío me cubría el cuerpo. Tenía taquicardia. Me sobrevino una arcada y me arrastré hacia el baño. Con la cabeza sobre el váter, me volvía del revés pero no conseguía vomitar nada. Aun así, al cabo de aquel ataque, me sentí un poco mejor. Reuní una vez más las fuerzas para levantarme y me enjuagué varias veces la cara con agua fría. Me espabilé un poco.

Apoyándome en cuanto estaba a mi paso me encaminé hasta la puerta y presioné la manilla. Estaba abierta. ¿Qué necesidad había de cerrarla si se habían asegurado de que no estuviera en condiciones de escapar de allí? Aquella certeza casi me hizo llorar de la desesperación y la angustia.

De nuevo me senté en el suelo y me recosté contra la pared. Recordando las respiraciones de mis pocas clases de yoga, las apliqué torpemente para tranquilizarme, para devolver al corazón su ritmo normal. Al principio, el aire entraba y salía como a borbotones, pero poco a poco el ciclo se hizo fluido. Inspira... Espira... Inspira... Espira...

No podía rendirme. Tenía que salir de allí. Me había quitado la vía por la que seguramente me estaban drogando y había conseguido abandonar la cama. Ya era un paso. Poco a poco, según fuera metabolizando la droga, me encontraría mejor. Pero no podía esperar. Era de madrugada, por eso nadie se había presentado en horas, pero no tardarían mucho en volver y conectarme de nuevo la vía, puede que incluso con una dosis más fuerte para dejarme tan grogui que no pudiera volver a quitármela otra vez. Rendirse era peor que intentarlo y fracasar. Sólo tenía que llegar hasta la calle. Una vez allí, pediría ayuda a la primera persona con la que me cruzase. Tenía que intentarlo.

Me puse en pie y me asomé por la puerta entreabierta. Aun viendo borroso, comprobé que el pasillo estaba desierto. Hacia la izquierda no había salida y lo malo era que, de la derecha, me llegaba el rumor lejano de una conversación, lo que me hizo suponer que allí estaba el control de enfermería. Con todo, me aventuré en esa dirección, siempre pegada a la pared en busca de la estabilidad que me faltaba. De nuevo, me habían subido las pulsaciones y me parecía que los latidos de mi corazón podían oírse por todo el pasillo.

A medida que avanzaba, la conversación que escuchaba se hacía más clara y cercana. Distinguí el brillo de una luz unos metros por delante, justo antes me pareció que el pasillo se bifurcaba. ¡Por Dios, cómo echaba de menos las gafas! Me detuve. Casi jadeaba a pesar de que tan sólo había recorrido unos pocos pasos. Dudé de que fuera a conseguirlo, ¡ni siquiera sabía dónde estaba la salida, el ascensor, las escaleras! Y aun suponiendo que llegase hasta la recepción, allí me retendrían, no podría escabullirme. Cerré los ojos, la espalda bien pegada contra la pared. Hinché los pulmones con una gran bocanada de aire que llegó cargada de determinación. No iba a rendirme.

Seguí avanzando con tanta cautela como falta de fuerzas y tomé una de las desviaciones del pasillo para evitar el control de enfermería. Rogué en silencio por que la suerte estuviera de mi lado y hubiese escogido el camino correcto. Pasé frente a unos carteles que, tras mucho aguzar la vista, primero supe que estaban en alemán y, después, medio leí, medio adiviné: Habitaciones pares 210 a 220; Habitaciones impares 211 a 221. Quirófanos 01, 02 y 03. Laboratorio. Control de Enfermería. Ascensores. Escaleras. Salida de Emergencia.

¡Mierda! ¡Las enfermeras y las salidas estaban en la misma dirección!

—¡Eh, oiga! ¿Qué hace fuera de su habitación?

Me volví sobresaltada. Una mancha verde venía hacia mí. Sin pensarlo, salí huyendo todo lo que las piernas me daban de sí, lo que, al final, fue más de lo que hubiera esperado. Corría torpemente, sin saber ni ver bien adónde, mientras escuchaba a mi espalda la misma carrera y voces de alto. Tropecé con un carrito y por poco no caí. Lo lancé detrás de mí y continué aquella marcha ciega. Giré en un recodo. Mala decisión: no tenía salida.

Quienquiera que me siguiera se estaba acercando. Sus pasos apresurados resonaban en las losetas. ¡No podía ser que me hubieran cazado! ¡Tan pronto, no! Me negaba a aceptarlo. Empecé a empujar las puertas que flanqueaban aquel corto pasillo hasta que, al fin, una cedió. La traspasé y cerré detrás de mí.

En aquel momento, el corazón sí que estaba a punto de salírseme por la boca. Miré a mi alrededor con esa desagradable sensación de desorientación que no me quitaba de encima. En la oscuridad, me pareció reconocer unos carritos como aquel con el que acababa de tropezar, me hallaba rodeada de ellos. Estaban llenos de bolsas que, al tacto, me parecieron de ropa. Busqué con desesperación y a tientas una salida, un escondite, al menos. Al otro lado de la puerta, se empezaban a oír voces; alguien más se había unido a la persecución. Enseguida, localicé una portezuela metálica en la pared, cuadrada, de menos de un metro de lado. Las voces se aproximaban. Como yo misma venía de hacer, forcejeaban con las manillas de otras puertas. No tenía mucho tiempo.

Abrí la portezuela y descubrí un hueco de unos setenta centímetros de diámetro. Se trataba de una tolva para tirar las bolsas de ropa sucia. Era una locura pensar en deslizarse por aquel agujero negro. Podía quedarme atascada; quizá ese diámetro, ya escaso, se estrechaba. Además, a saber dónde desembocaba el tubo. Seguramente, en cualquier lugar donde me rompería la crisma al caer. Joder, no podía tirarme por ahí, me daba un repelús tremendo. Siempre he odiado las montañas rusas y los toboganes acuáticos y todas esas cosas que te ponen el estómago en la garganta.

Un clic en la puerta de la sala cortó de raíz mis reparos. Sin pensarlo, me lancé por la tolva con los pies por delante y los ojos cerrados, conteniendo un grito de parque de atracciones, que pujaba por escapar en toda su plenitud de decibelios para aliviar la tensión y el terror. Y, mientras, caía sin control por aquella superficie de acero pulido que me abrasaba la piel con la fricción del descenso. Unos segundos que resultaron eternos hasta que aterricé, suerte la mía, en una montaña de sacos de ropa sobre la que reboté con el desmadeje de una muñeca hinchable. Menos mal que no tenía nada en el estómago o hubiera echado hasta la primera papilla.

Con la misma sensación de embriaguez que si hubiera bebido cual minero de Alaska, deshice la postura invertida en la que había aterrizado, comprobé que estaba intacta salvo por unas abrasiones en los codos y las nalgas y asomé la cabeza entre los sacos. De nuevo, llevé mis pobres ojos miopes al límite de sus posibilidades para inspeccionar el entorno.

Grandes máquinas, carritos, estanterías con ropa doblada... Estaba en la lavandería. Escudriñé el espacio en busca de salidas y localicé una puerta al otro lado de donde me hallaba en la que me pareció reconocer una borrosa señal de salida de emergencia, porque leer lo que se dice leer no leía nada. Hasta donde yo veía, había un par de personas trabajando junto a las lavadoras. Quedaban fuera de mi trayecto. Me dispuse a saltar de aquel parapeto de ropa sucia como un soldado sale de su trinchera, con más miedo que arrojo y, eso era particularidad mía, con una flojera de piernas que no sabría hasta dónde me llevaría.

Corrí en modo topo hasta una primera escala: un carro con estantes de ropa. Los operarios ni se inmutaron. Estaban concentrados en lo suyo y ajenos a mi intromisión. Con aquellas pilas de ropa limpia delante, se me ocurrió entonces que podría cambiarme aquel infame camisón de hospital que llevaba puesto, y que prácticamente me dejaba el culo al aire, por algo más decente que no pareciera de loca fugada de un manicomio. Eché mano de unos pantalones verdes y una bata blanca. Lo de los pies descalzos esperaba que pasase más desapercibido.

Una vez enfundada en mi nuevo atuendo, di un par de carreras más y alcancé la puerta de emergencia. La abrí despacio y salí.

No podía creerme mi suerte: ¡estaba en el exterior! Aspiré el aire fresco con tal ímpetu que casi me intoxico. Me sentía desfallecida, alterada, mareada. Deseé tenderme allí mismo todo lo larga que era y pedir ayuda a gritos. Pero no podía cantar victoria, todavía estaba dentro del recinto del hospital, en un espacio ajardinado que rodeaba el edificio principal. La verja que lo delimitaba no estaba lejos, así que, sacando fuerzas de flaqueza, me encaminé hacia ella sobre un suelo frío y pedregoso, una pequeña tortura para mis pies descalzos. Luego, la seguí hasta dar con la salida, la cual franqueé sin problema. Ahora sí. Estaba fuera. Con todo, me alejé de allí como si me persiguieran, con pasos torpes que querían ser una carrera sin serlo.

Al cabo de unos metros, me detuve jadeando por el esfuerzo. Inspeccioné el entorno: desierto, silencioso, inquietante. Se trataba de una zona residencial por la que a aquellas horas de la madrugada no pasaba ni un alma. Los semáforos alternaban del rojo al verde sin que un solo coche o peatón los cruzase. Anduve un rato más, cuesta abajo, hacia las luces de la ciudad que brillaban en el horizonte; hacía eses como si llegara de una noche de juerga. Empezaba a sentir un frío intenso que me entraba por las plantas de los pies y me recorría la columna. Me dolía la cabeza, el cuerpo entero. Llegué hasta una rotonda con carteles. La impotencia de no poder leerlos casi me saltó las lágrimas. Crucé hasta el parterre de césped y me coloqué todo lo cerca que pude de las señales. Tras mucho esfuerzo, leí: «Zentrum 12 Km».

No podía ser... No tenía fuerzas para andar doce kilómetros, aún menos descalza. Tiritaba del frío y tenía náuseas. Me senté sobre la hierba húmeda, me abracé las rodillas y enterré la cabeza entre ellas, sin verme capaz de tomar ninguna decisión.

No recuerdo cuánto tiempo permanecí así, rendida, a merced de lo que tuviera que suceder, hasta que, abriéndose camino en aquel letargo en el que había caído, me pareció oír el ruido de un motor de coche. Alcé la cabeza.

—¿Se encuentra bien? ¿Necesita ayuda?

No contesté inmediatamente. Estaba procesando el idioma, la situación, la berlina oscura detenida frente a mí, el hombre que asomaba la cabeza por la ventanilla... Todo borroso. Siempre borroso.

—¿Necesita ayuda?

La necesitaba. Aquel tipo de rostro difuso podía ser un violador, un asesino, un traficante de órganos. Mi cadáver podía terminar en una cuneta o hecho trocitos en un contenedor de basura... Pero necesitaba ayuda.

—Sí... Me... han drogado y... robado... ¿Puede llevarme al centro? ¿A una comisaría?

—Claro. Aguarde, le echaré una mano.

Se bajó del coche y me ayudó a acomodarme en el asiento delantero, incluso me abrochó el cinturón. Solícito, amable. Casi lloré de gusto al sentir la tapicería mullida y el aire caliente que me subía por los pies y me caldeaba el cuerpo entero. Me hubiera dormido allí mismo.

El conductor arrancó. Parecía un hombre de mediana edad, con cabello y barba canosos. Me daba conversación. Su voz era agradable, hipnótica. Pero yo estaba demasiado aturdida para entenderle, para responderle en alemán, para hacer un relato coherente de lo que me había sucedido. ¿Me habían secuestrado? ¿En un hospital? ¿Quién creería semejante historia?

—Lo siento... Lo siento... No me acuerdo bien... —me excusé.

—No se preocupe. Ya ha pasado todo —me reconfortó él.

En qué momento me di cuenta, no lo sé. Quizá cuando el coche dio una vuelta completa en una rotonda. Quizá cuando me percaté de que las luces de la ciudad a la que se suponía que nos dirigíamos se alejaban cada vez más. Luego, me fijé en una tarjeta de plástico que había en el hueco junto a la palanca de marchas. El típico pase sujeto a una cinta. Por descontado que sin gafas no fui capaz de leer nada de lo que ponía en ella, pero sí que distinguí un logotipo azul, grande, en una esquina. Me pareció similar al que llevaba impreso la pulsera que yo aún conservaba en mi muñeca, la que me habían puesto en el hospital del que acababa de escapar.

Entonces comprendí que estábamos volviendo hacia allí. Había tenido la mala suerte de dar con alguien que trabajaba en aquel centro y que, al verme de semejante guisa, había deducido mi fuga. Un nuevo chute de adrenalina me espabiló. Permanecí en silencio, tiesa, con la vista en el frente, más allá del parabrisas; no quería que se notase que había descubierto el pastel. Tenía que bajarme de aquel coche. Con disimulo, solté el cinturón.

Era tal mi desesperación que estaba dispuesta a tirarme en marcha. Un oportuno semáforo en rojo me brindó la oportunidad de hacerlo sin dejarme la vida en el intento. Todo lo rápido que mi torpeza física y mental me permitió, abrí la puerta y me precipité hacia una arboleda que bajaba por la colina junto a la carretera.

Supe que había cogido al conductor desprevenido porque tardé unos segundos en escuchar la puerta del coche y sus gritos llamándome. Miré por encima de mi hombro mientras corría sin rumbo entre la maleza. El tipo me seguía. Entre la oscuridad y la miopía, apenas dilucidaba por dónde iba. Cada paso que daba me costaba un enorme esfuerzo, como si las piernas me pesaran toneladas y fueran a la vez de trapo. Las piedras y el ramaje del camino me herían los pies y la pendiente, cada vez más pronunciada, me precipitaba en un avance sin control, hasta que, finalmente, resbalé y caí al suelo. Detrás de mí, el monte crujía; aquel hombre estaba cada vez más cerca.

Permanecí sentada, jadeando y al borde del llanto. Empezaba a asumir que mi osadía había llegado a su fin. En ese momento, me fijé en que estaba al filo de un terraplén.

No lo pensé. Sólo me lancé a rodar por la ladera. De haberlo pensado, no lo hubiera hecho.

Caí a toda velocidad, hecha un ovillo, entre guijarros, tierra y ramas que me golpeaban y arañaban por todos lados. No era capaz de parar. ¿Y si aquello acababa en un abismo, o en un lecho de rocas afiladas, o en un alambre de espino? Había sido una estúpida. Iba a matarme.

Y con aquel oscuro presagio en la cabeza, perdí el sentido tras notar un fuerte golpe en la frente.

Mayo de 1945

En los primeros meses de 1945, Stalin creó las llamadas Brigadas de Trofeos, unas comisiones especiales, dependientes del
NKVD, cuyo cometido era despojar a Alemania de todo lo que
pudiera ser de utilidad para la Unión Soviética: oro, joyas, arte,
bibliotecas, maquinaria, talleres, fábricas, materias primas...
Especial importancia cobraron los equipos especializados en la
búsqueda de material y personal que impulsaran el desarrollo
armamentístico de la Unión Soviética; así, la mayor parte de
los esfuerzos se concentraron en el programa atómico y los
cohetes V-2. En este sentido, se desarrolló una verdadera carrera contra los aliados occidentales a la hora de hacerse no sólo
con instalaciones, laboratorios y documentación, sino también con los técnicos y científicos alemanes que habían participado en ambos desarrollos. Aunque la mayoría de ellos prefi-
rieron entregarse a los americanos o a los británicos, algunos
terminaron trabajando para la URSS, bien por imposición del
ocupante soviético, bien atraídos por los elevados salarios y la
relativa libertad que se les ofrecía en comparación con sus colegas rusos.

—¿Qué tal te ha ido estos días?
    Katya no esperaba una respuesta inmediata. Oleg
no podría dársela teniendo una cuchilla al borde del mentón.

438

Con una mano, la joven le estiró con delicadeza la piel y le fue afeitando despacio, igual que si le acariciara con la hoja.

No convenía preguntarle directamente por Eric. No había motivo para que ella estuviese interesada en un científico alemán, ni siquiera en un hombre alemán. Oleg se escamaría, con razón. Decidió actuar de forma sibilina, serpentear hasta su objetivo, engatusar a la víctima y morder al final.

A Oleg le gustaba que ella lo afeitase. Cerraba los ojos y se desplazaba sobre una delgada línea entre el sosiego y la excitación mientras las manos de Katya se deslizaban sobre su rostro seguidas del filo cortante de la navaja.

—Bien —respondió, al fin, mientras ella aclaraba la hoja en una palangana de agua tibia—. Han sido productivos. Ayer mismo conseguimos un trofeo, de los gordos. ¿Y sabes quién nos ha conducido hasta él? Peter Hanke. ¿Te das cuenta de a lo que me refería con lo de que podía sernos útil?

Katya guardó silencio, estaba concentrada en disimular la crispación que le producía la simple mención de ese nombre, no quería que le fallase el pulso y acabar cortando a Oleg.

—¿Y quién es ese trofeo?

—Eric Althann, un ingeniero que formaba parte del equipo que ha desarrollado y construido los cohetes V. Un hallazgo verdaderamente inesperado porque, según nuestros informes, todos ellos se habían trasladado cerca de la frontera con Austria, donde están los americanos. Por algún motivo, Althann se escondía en Berlín.

Katya dio una última pasada de navaja y le tendió a Oleg una toalla para que se limpiase los restos de jabón de la cara.

—¿Se escondía? ¿Es uno de esos nazis fanáticos?

Oleg arrugó el entrecejo como sopesando esa posibilidad.

—¿Un nazi fanático? Pues la verdad es que no lo sé. Tal vez... Aunque nunca me pareció el prototipo de fanático. Demasiado frío, demasiado cerebral para eso.

—Hablas de él como si lo conocieras.

—Es que lo conozco. Althann trabajó un tiempo en Moscú,

en el RNII. Fuimos compañeros. No es que llegásemos a intimar, pero allí todos pasábamos muchas horas juntos. Por eso su caso es especial.

—¿Especial? Bueno, si ya ha trabajado para la Unión Soviética, no creo que tengáis mucho problema para convencerle de que vuelva a hacerlo. Ésa es la idea, ¿no? Trasladar allí instalaciones, materiales, equipos y personas y retomar todas las investigaciones y los desarrollos de los alemanes.

—Sí, ésa es la idea. Pero con Althann no va a ser tan sencillo. Resulta que también es un espía y se le acusa de asesinar a un hombre.

Katya trató de que no se le notase cuánto le había sorprendido aquella revelación. Se apoyó lentamente contra el borde de la mesa.

—Mientras estuvo en el RNII —prosiguió Oleg—, los últimos meses, justo antes de que empezase la guerra, pasó información a la Abwehr sobre nuestras investigaciones. Los de contrainteligencia lo tenían fichado, pero alguien le dio el soplo y consiguió escapar antes de que lo detuvieran. En su fuga, se cargó a un agente. Ahora está en su lista de los más buscados y eso me va a dar más de un problema: ellos lo quieren ante un tribunal militar y yo, en un laboratorio. Personalmente, puedo entenderlo, me repugna la traición. Pero, siendo pragmático, creo que le sería mucho más útil a la Madre Patria vivo que muerto. Es una de las personas que más saben de cohetería del mundo; las demás, es probable que ahora mismo estén en manos de los americanos.

Katya ocultó bajo una sonrisa todo el desasosiego que sentía en aquel momento y se sentó, melosa, en las rodillas de Oleg. Lo besó, un beso largo y jugoso durante el que jugueteó con su lengua y sus labios, con sus dientes, hasta que notó bajo las piernas como él se excitaba.

—Tú eres una de las personas que más saben de cohetería del mundo —usó su tono más sensual para halagarle.

—Sólo de combustibles —le susurró él mientras le mordisqueaba el lóbulo de la oreja.

Katya dejó que Oleg se emborrachara un poco más de ella,

que le desabrochara la camisa y le manoseara los pechos, que le recorriera con las manos el torso y la acariciara por debajo del pantalón desde el ombligo a la pelvis.

—¿Vas a interrogarle?

—¿A quién? —preguntó distraído, con la boca en su clavícula y los dedos a punto de penetrar en su vulva.

—A Althann.

—Mañana —su tono era tan próximo a la ebriedad que Katya no estuvo segura de que supiera lo que decía.

—¿Puedo ir contigo?

Oleg alzó la cabeza y la miró confundido, sus dedos ya no jugueteaban con ella.

—¿Venir conmigo? ¿Por qué?

Katya lo besó hasta acariciar con la punta de la lengua el fondo de su paladar. Volvió a adormecer sus sentidos.

—Curiosidad científica. —Tomó los dedos de Oleg y se frotó con ellos entre los pliegues de la vagina—. Me gustaría saber si esos nazis creen de verdad que el hombre puede viajar al espacio. Ya sabes que estoy siempre con la cabeza en las estrellas.

Concluyó antes de fingir un orgasmo que doblegó la voluntad del coronel.

Fue escuchar su voz y venirme abajo

Parpadeé. Rezongué. Me debatí entre el sueño y la consciencia. Pasé por todas las fases de un típico despertar de resaca. Me llevó un rato darme cuenta de que estaba de nuevo en una habitación de hospital y, cuando lo hice, entré en crisis nerviosa. Empecé a agitarme aunque, en aquella ocasión, un latigazo doloroso de la cadera al pie me frenó el ímpetu. Grité. Exigencias, amenazas, tacos muy malsonantes. Nada coherente. Estaba asustada y aturdida.

—Cálmese. Tranquila. Ya está a salvo.

Una enfermera jovencita, poca cosa, empleaba una fuerza sorprendente para reducir mis brazos, que se agitaban como un molinillo. Su gesto era amable y, de algún modo, me apaciguó.

—¿Dónde estoy?

—En el Hospital Universitario. En Zúrich. ¿Recuerda qué le ha sucedido?

Miré a mi alrededor. Borroso. Necesitaba las gafas. Pero no las tenía, me las habían quitado, con todo lo demás. Aun así me di cuenta de que aquella habitación era diferente. Era blanca.

—Sí... —Más o menos—. Me caí. Por el terraplén.

Como fogonazos acudieron a mí las imágenes de mis recuerdos, que empezaban en una habitación y terminaban rodando por la maleza. Todo borroso.

Miré mi muñeca. Me la acerqué a los ojos. Forcé la vista. La pulsera que llevaba era, efectivamente, del Hospital Universitario. Nada que ver con aquella otra con el logotipo azul. Walen Medical, ahora lo recordaba. Aquel nombre también estaba bordado en la ropa y en el neón sobre el edificio del que había huido.

Una repentina ola de alivio me hundió en el colchón. Lo había conseguido.

—¿Siente algún dolor?

—En el pie... Y la cabeza...

—De acuerdo. Descanse un poco. Enseguida pasará el médico.

⚬━◆━⚬

El doctor Farouk Massoud casi me hizo llorar con su tono y su mirada afables. Se parecía un poco a Omar Sharif y hablaba francés con un encantador acento árabe. Empezó a hacerme preguntas básicas como mi nombre, de dónde era, dónde vivía, el nombre de mis familiares... Superé con nota el examen. Después quiso saber si recordaba lo que me había pasado. Me escudé en una supuesta amnesia para no verme obligada a darle detalles. No había tenido tiempo de reflexionar sobre lo sucedido, de decidir hasta dónde debía contar. Simplemente, le insinué que podrían haberme drogado para robarme pero que no recordaba ni quiénes ni cómo ni cuándo.

Entonces me explicó que un señor que paseaba a su perro por la zona de Käferberg me había encontrado esa misma mañana, inconsciente, al borde de un talud. Él había avisado a la ambulancia.

En el momento de ingresar en urgencias, presentaba un impacto en la región temporal de la cabeza que me había provocado la pérdida de consciencia aunque, matizaba, no debía preocuparme porque, más allá de una pequeña brecha que había requerido algunos puntos de sutura, todas las pruebas indicaban que no había lesiones importantes. También sufría un esguince de grado dos en el tobillo y una contusión con hematoma en la cadera.

Teniendo en cuenta que había aparecido indocumentada, medio vestida con ropa de hospital y que, además de las incidencias mencionadas, presentaba elevados niveles en sangre de benzodiacepina, un psicotrópico con potentes efectos sedantes, había redactado un parte de lesiones que tenía que enviar a la policía.

—¿Está conforme con eso?

—Sí, sí, me parece bien.

—Me imagino que a lo largo del día de hoy, mañana a lo más tardar, vendrán a tomarle declaración. En ese momento, podrá presentar una denuncia si lo desea. Aunque, en cualquier caso, tiene que denunciar el robo o la pérdida de la documentación para que luego en el consulado le tramiten un nuevo pasaporte.

Asentí. Todo sonaba bien. Todo parecía bajo control. Como si al fin hubiera despertado de una pesadilla psicótica en la que estaba yo sola frente al mundo.

—Una cosa más, doctor: ¿puedo hacer una llamada para avisar a mi familia?

—Claro, por supuesto, use el teléfono. Marque cero y después el número.

Una vez que se hubo marchado el doctor Omar Sharif, me faltó tiempo para descolgar el auricular y marcar el único número que me sabía de memoria.

Aguardé con ansiedad mientras sonaban los timbrazos; no quería ni imaginar que no fuese a descolgar.

—¿Sí?

—Alain... —el nombre se me atascó en la garganta tensa.

—¿Ana? Vaya, por fin te dignas a devolverme las llamadas. ¿Tanto te costaba poner un wasap al menos? ¡Joder, me tenías preocupado! ¿Y qué número es éste? He estado a punto de no cogerlo...

Fue escuchar su voz y venirme abajo. Apenas me vi capaz de articular un par de frases sin que me temblaran las palabras.

—Alain, escucha... Te... Te necesito... ¿Puedes... puedes traerme las gafas?

———◦❀◦———

Estaba sentada en una butaca frente a la ventana, con la vista puesta en un panorama gris y ventoso, aburrida de darles vueltas y más vueltas a las mismas cosas sin llegar a resolver nada.

Escuché unos golpecitos en la puerta. ¿Qué sería ahora: la tensión, la temperatura, la merienda? Aprovecharía para preguntarles por la siguiente dosis de analgésico, me dolía la cabeza.

—Pase —concedí con desgana.

Me extrañó que la puerta se abriera despacio, que nadie la empujase apresurado, anunciando a voces que era la hora de lo que fuera. Me volví.

Allí estaba, plantado en el recibidor como si dudase si entrar. Al verlo, me levanté, pero el dolor del tobillo me hizo tambalear. Arrugué la cara con un sollozo. Alain corrió a abrazarme.

Y yo me deshice como la espuma en aquel abrazo mientras sucumbía a un llanto incontrolable que ni siquiera me dejaba articular palabra.

Con la cara enterrada en su ropa, descargué en aquel refugio que tan familiar me era todo el miedo, la angustia y la tensión acumulados, mientras él y su voz me acunaban: «*Ma petite poulette, ma petite poulette...*».

Al cabo de un rato, comencé a serenarme. Alain me alzó el rostro, me acarició las mejillas, me retiró el pelo pegado a mi piel mojada.

—¿Ya estás mejor?

Asentí.

—¿Te duele algo? ¿Llamo a la enfermera?

—No, no.

Su rostro borroso se relajó con una sonrisa cálida.

—Hola.

—Hola —aún sollocé.

Me secó las lágrimas bajo los ojos con los pulgares.

—Te he traído las gafas.

—Gracias —sonreí a la vez que lloraba—. Sí que las necesitaba.

Y volvió a estrecharme entre sus brazos.

Mayo de 1945

Muchos prisioneros soviéticos que sobrevivieron al cautiverio alemán fueron acusados por las autoridades de su propio país bien de colaboracionismo con los nazis, bien de traición, en virtud de la Orden 270 de 1941, que prohibía a los soldados rendirse. El 15 de mayo de 1945, Stalin ordenó que se crearan los llamados campos especiales de filtración para albergar a prisioneros de guerra y deportados soviéticos, los cuales habrían de ser sometidos a un proceso de depuración antes de decidir su liberación. Más de un millón y medio de miembros del Ejército Rojo que habían sido capturados por los alemanes fueron enviados al Gulag o a batallones de trabajos forzados en Siberia. Once generales de los treinta y siete que habían sido rescatados con vida por sus tropas fueron arrestados de nuevo por el SMERSH y condenados por traición por los tribunales del NKVD. Los civiles que habían sido llevados a la fuerza a Alemania también eran considerados enemigos potenciales de la Unión Soviética, por lo que estaban sometidos a la vigilancia constante de los servicios secretos.

Katya hubiera preferido ver a Eric a solas para poder hacerle un montón de preguntas, casi todas con tono de reproche. «¿Por qué no me lo dijiste?» Aunque, pensándolo bien, ¿por qué habría tenido que decírselo? ¿Por qué iba a haber confiado en ella, que vestía un uniforme del Ejército Rojo? Quizá había querido besar a la mujer que, durante una fracción de segundo, vislumbró debajo pero, ante todo, ella era un soldado, un soldado enemigo. Que ella se creyese enamorada no implicaba que él también.

Eric no se encontraba en una prisión, como tal, pero sí que estaba retenido en un edificio que el NKVD había ocupado en el barrio de Friedrichshagen, donde también se alojaban las Brigadas de Trofeos del Ejército Rojo, a las que Oleg pertenecía como científico asignado al programa soviético de misiles.

Le habían alojado en unas dependencias amplias que contaban con una pequeña salita además del dormitorio, todo limpio, luminoso, alfombrado y equipado con muebles confortables. Claro que la puerta estaba permanentemente vigilada por un centinela armado.

Cuando entraron, Eric se encontraba tumbado en el sofá con un brazo sobre los ojos. Alertado por el ruido de la puerta, empezó a moverse perezosamente para volver a colocarse las gafas. Fue al reconocer a Katya cuando se incorporó como activado por un resorte, sin poder apartar de ella la vista, estupefacto. La muchacha se apresuró en pedirle discreción con un gesto a espaldas de Oleg.

—Buenos días, doctor Althann, ¿cómo está? Espero que haya pasado buena noche y que el alojamiento y la comida sean de su agrado, dentro de las limitaciones que nos imponen las circunstancias, claro está.

—Déjate de florituras, Avramov. Si estuviera aquí para disfrutar de la hospitalidad soviética, no haría falta un soldado armado en mi puerta. Dime de una vez qué es lo que vais a hacer conmigo.

Oleg recibió la hostilidad de su reo con una sonrisa.

—De momento, me gustaría que charlásemos —anunció mientras tomaba asiento en una butaca frente al sofá y, con la mano, indicaba tanto a Eric como a Katya que lo imitaran—. ¿Te apetece una copa? Tengo una botella de Kizlyarka, el vodka favorito de Stalin.

—Gracias, pero soy más de bourbon.

Eric advirtió con satisfacción que el coronel había captado la indirecta. No obstante, Oleg se recompuso rápidamente.

—Por cierto, te presento a la teniente Voikova. Tiene mucho interés en saber si los nazis os creéis capaces de llevar un hombre al espacio o si vuestros cohetes sólo valen para matar civiles ingleses.

Eric se volvió hacia Katya pero no se encontró con sus ojos, los clavaba en la alfombra.

—Eso debería preguntárselo a los nazis —habló para Oleg—. Yo sólo soy un científico.

—Pues no debías de pensar lo mismo cuando decidiste traicionar a tus compañeros científicos y pasar información sobre nuestro trabajo a los nazis. Eso, además de matar a un agente soviético.

Al hablar de traición, Oleg había acertado en donde más podía herirle a Eric. Y lo peor era que también el coronel parecía más dolido que enojado.

Eric no se sentía orgulloso de muchas de las cosas que había hecho en su vida. En su defensa, podía alegar que las circunstancias le habían obligado, que le había tocado en suerte una época difícil, extrema, dramática, en la que más que vivir, había que sobrevivir. Pero, al final, sólo se engañaba a sí mismo. En última instancia, uno mismo es el único responsable de sus actos y sus decisiones.

Cuando repasaba su relativamente corta aunque enrevesada historia, se daba cuenta de las muchas cosas que cambiaría, de lo mucho de lo que se arrepentía. Quizá no hubiera podido perseguir sus sueños por encima de todo. Quizá ni siquiera seguiría con vida. Pero, al menos, habría vivido con la conciencia tranquila.

Lo veía claro en aquel momento, con buena parte del camino recorrido. Ahora bien, cuando uno es joven y acaba de echar a andar, le falta perspectiva. Puede que ésa fuera su única excusa. Y, aunque no era un asesino como se le acusaba, sí que se sentía un traidor.

Sin embargo, quería creer que no era a sus compañeros a quienes había traicionado, sino a un país, a un régimen, por el que había perdido el respeto.

Todo empezó a torcerse a partir de 1937, cuando Stalin inició una purga dentro de su propio gobierno y de las élites intelectuales del país que afectó a cualquiera que fuera mínimamente sospechoso de mantener vínculos con los antiguos revolucionarios bolcheviques, especialmente miembros del Partido Comunista y líderes de las Fuerzas Armadas. En realidad, no se trató más que de una excusa para eliminar a críticos y acumular poder y muchos aprovecharon la situación para solventar rencillas y escalar posiciones.

La cuestión fue que la limpieza acabó golpeando de lleno al RNII, el Instituto de Investigación de Propulsión a Chorro, en tanto organismo que dependía del Ejército Rojo. En marzo de 1938, el NKVD arrestó a Valentín Glushkó, su jefe en el instituto, al que tanto admiraba y con quien tanto había aprendido; fue sentenciado a ocho años en un campo del Gulag. La situación indignó tanto a Eric que tomó la determinación de regresar a Alemania. Y lo hubiera hecho, pero el destino tenía otros planes para él.

Una semana después del arresto de Glushkó, acudió invitado a una cena en Leningrado donde le presentaron a Hugo Holste, un empresario alemán. Más tarde averiguaría que Holste, si es que ése era su verdadero nombre, nunca lo supo, se trataba en realidad de un oficial de la Abwehr, la inteligencia militar alemana. La posición de Eric dentro del RNII resultaba muy conveniente para los servicios secretos, le explicó Holste antes de proponerle convertirse en su agente. La misión era sencilla, argumentaba el oficial, tan sólo tenía que pasarle información acerca de las investigaciones y los desarrollos soviéticos. Discreción era todo lo que se le pedía. Al principio, Eric se mostró reticente: él sólo era un científico, no quería saber nada de historias de espías. Pero Holste insistió, apeló a su patriotismo, a su sentido del deber con respecto a su país y sus compatriotas. Eric terminó por llegar a la conclusión de que si el propio Stalin había traicionado a los suyos, de que si su colega y amigo Glushkó estaba en un campo del Gulag, él no le debía a la Unión Soviética más que a Alemania, su propio país. Tal vez no fuera un gran patriota, pero era alemán después de todo. Así que accedió.

Durante más de dos años estuvo reportando a Holste con datos técnicos de las investigaciones del RNII sobre balística, misiles de crucero y cohetes de propulsión líquida. Hasta que llegó un momento en que los comisarios políticos del instituto empezaron a sospechar de él. Supo incluso que el NKVD lo tenía en el punto de mira y cuando Holste recibió un soplo sobre la inminente detención de su agente, lo sacó precipitadamente del país vía Finlandia, oculto en un tren de mercancías fletado por una de las compañías del supuesto empresario alemán. Durante la huida, los persiguió una patrulla del NKVD, llegando al apeadero donde había de subirse al tren; se inició un tiroteo, pero fue Holste el que respondió y abatió a uno de los soviéticos, Eric ni siquiera iba armado. De todos modos, siempre supo que si le cogían acabarían cargándole con aquel muerto.

—Ya lo he dicho cuantas veces me habéis interrogado: yo no maté a ese hombre.

—No es a mí a quien tienes que convencer de eso. Por lo que a mí respecta, no te lo voy a negar, sigo sin comprender cómo pudiste traicionar a los que fuimos tus colegas.

—Admito que no es algo de lo que me sienta orgulloso. Pero soy alemán, Avramov. La guerra entre nuestros países era inminente. ¿Qué querías que hiciera? ¿Qué hubieras hecho tú en mi lugar?

—Sí, eres alemán, pero la Madre Patria te acogió, te formó, te enseñó mucho de lo que sabes...

—No, estás muy equivocado, no fue la Madre Patria, fueron Languemak y Kleimionov y Korolev y Glushkó. Grandes personas y grandes científicos a los que la Madre Patria y el padrecito Stalin decidieron purgar por malditas razones políticas. Todos ellos ahora están muertos o llevan años presos en un gulag. ¿Y tú me acusas de traición cuando es la Unión Soviética la que traiciona a sus propios hijos?

Oleg suspiró dando a entender que no le agradaba la deriva que estaba tomando la conversación.

—¿Sabías que fue Korolev quien denunció a Glushkó? Su propio compañero lo denunció —reveló—. Las relaciones humanas son complejas...

—Sobre todo si las emponzoña la política.

Oleg asintió meditabundo.

—O la ambición desmedida... En cualquier caso, te alegrará saber que a ambos los han rehabilitado y les han permitido continuar con sus investigaciones bajo el patrocinio del gobierno.

—Oh, vaya... Alabada sea la bondad del padrecito Stalin —replicó Eric con sarcasmo.

—Escucha, Althann, lo creas o no, ahora mismo soy tu único aliado. Se me ha encargado reunir el mejor equipo de expertos en aeronáutica y tú eres, sin duda, de los mejores. No me importa lo que hayas hecho en el pasado, ni tus ideas, ni tus creencias, ni tu vida personal. Para mí, el talento debe ser lo único que hay que tener en cuenta en nuestro trabajo. El problema es que la mayoría de los de arriba no opinan como yo; ellos valoran la lealtad ante todo. Los de contrainteligencia quieren tu cabeza, Eric, no voy a negártelo. Pero si colaboras conmigo, puedo intentar convencerlos de que nos eres mucho más útil trabajando para la mayor gloria de la Unión Soviética.

—¿Y si yo me negara a ser un esclavo de la Unión Soviética?

—Me temo, querido camarada, que, en las presentes circunstancias, ser un esclavo de la Unión Soviética es la mejor de tus opciones.

Unos golpes discretos en la puerta libraron a Eric de tener que admitir en voz alta que Avramov tenía razón.

Un soldado desgarbado entró en la sala y se cuadró con escasa marcialidad.

—Camarada coronel, el general Petrov le espera en su despacho. Es urgente.

Oleg se puso en pie y Katya lo imitó.

—Te ruego me disculpes, Althann. Continuaremos con nuestra charla en otro momento.

Eric asintió. Miró de soslayo a Katya y, por un segundo, ella le devolvió la mirada. Si tan sólo hubiera podido decirle que no se marchara, si tan sólo hubiera podido tomarla de las manos y retenerlas un instante... Ella apenas le dedicó un leve movimiento de cabeza antes de darse la vuelta y salir, seguida de Oleg. A Eric no se le pasó por alto cómo el coronel deslizaba una mano por su espalda.

Katya aguardó a haber avanzado unos pasos por el corredor. Entonces se detuvo.

—Vaya, me he dejado la gorra. Tengo que volver a buscarla, tú ve yendo, no hagas esperar al general. De todos modos, yo no puedo quedarme. Entro de servicio en veinte minutos en el cuartel general. ¿Te veré esta noche?

Oleg arrugó el semblante en señal de fastidio.

—Tengo cena de oficiales. Pero, quizá, podrías venir después y nos tomamos una copa.

Ella sonrió con coquetería.

—Quizá...

Se rozaron las manos discretamente como despedida y Katya se apresuró a regresar a las habitaciones de Eric. Cuando entró, lo sorprendió con la cara enterrada en su gorra. En ese momento, la escena pareció acelerarse en una sucesión de movimientos atropellados, frases entrecortadas y preguntas solapadas. «Te has dejado esto...» «Tenemos poco tiempo...» «¿Qué haces aquí?...» «¿Qué es lo que ha pasado?...» «¿Es cierto todo eso?...» «Tienes que ayudarme...»

—No puedo ayudarte, Eric —admitió Katya con tono de desesperación. Sin darse cuenta, habían empezado a tutearse, se habían acercado el uno al otro como si fueran a tocarse. Ella dio un paso atrás—. No pinto nada en este asunto. Ni siquiera debería estar aquí...

—Lo sé, lo sé. Escucha, escucha, por favor. Sólo te pido que le digas a Ramiro que saque a Seb de Berlín. Ilse y él tienen planeado marcharse, diles que se lo lleven, te lo ruego.

Katya asentía contagiada de su apremio pero, en realidad, aquello no le parecía buena idea.

—Pero... ¿y cuando salgas de aquí? ¿Cómo volveréis a encontraros? Seb te necesita, te está esperando. ¿No es mejor que se quede con los Krammer hasta que todo esto termine?

—No, Katya, ¿es que no has oído a Avramov? Ya no voy a volver. Soy un espía y me acusan de asesinato. Yo no lo hice, Katya. No me importa lo que crean ellos, ya estoy condenado, pero no quiero que cuando pienses en mí pienses en un asesino. Yo no maté a ese hombre, tienes que creerme.

—Te creo, te creo.

Katya le tomó de las manos para tranquilizarle y Eric se aferró a ellas.

—Oleg te ayudará. Él sí puede ayudarte. Conseguirá que te conmuten la pena. Eres demasiado valioso para ellos. Y Seb podrá reunirse contigo en la Unión Soviética.

Eric negaba obstinado. Quizá sí, quizá Avramov tuviera éxito intercediendo por él y tras un largo periplo de prisiones, interrogatorios y tribunales, terminaría sus días como trabajador forzado en un Sharashka, en un laboratorio secreto del Gulag. Sí, ésa sería la mejor de sus opciones. Tal vez lo que se merecía en justo castigo a sus malas decisiones. Total, ya había trabajado para Hitler, qué más daba hacerlo para Stalin; ambos le repugnaban igualmente por haberse apropiado de valores, ideas e ilusiones para terminar por traicionar a su gente en beneficio propio. Sin embargo, no quería que su hijo creciera en la Unión Soviética con el estigma de un padre marcado por la deshonra.

—No, no puedo condenar a Seb a sufrir las consecuencias de los errores de su padre. Lo que haya de ser de mí estoy dispuesto a asumirlo. Ahora ya es tarde para remediarlo pero... la ciencia tiene que dejar de ser una excusa para haber sido cómplice de tantas atrocidades.

—Es la guerra, Eric. Todos hemos hecho cosas de las que nos arrepentimos.

—No... No es lo mismo. Uno solo de mis cohetes ha matado a mucha más gente de la que tú hayas podido tener en la mira de tu rifle.

—Sí, pero tú no has contemplado el rostro de tus víctimas antes de apretar el gatillo.

Eric, conmovido, recogió las manos de ella contra su pecho. Las sentía heladas, sorprendentemente frágiles para alguien que encaraba un Mosin-Nagant con precisión letal.

—Por favor, Katya, sacadlo de Berlín. Seb es sólo un niño inocente que ya ha sufrido demasiado; se merece algo mejor. Ramiro es un buen hombre, sé que cuidará bien de él. Si Avramov consigue salvarme el cuello, no abandonaré a mi hijo, siempre estaré allí para él, no importa la distancia. Díselo... Dile que le quiero. Más que a todas las estrellas del cielo juntas. Él lo entenderá —sonrió amargamente.

Katya contemplaba impotente cómo a Eric se le quebraba la voz, cómo le temblaba el cuerpo, cómo se iba desmoronando. Entonces él la miró con los ojos vidriosos; desquiciados los sentidos y las emociones. Ya no tenía nada que perder, ya lo había perdido todo, ¿qué importaba si se reconocía completamente enamorado de ella?

—Katya, yo... Ojalá nos hubiéramos conocido en otro tiempo, en otro momento... Ojalá...

La rodeó con los brazos y sofocó la torpeza de sus palabras con el anhelado beso. Sus labios se fundieron con la ansiedad y el gusto acre de saber que ya no habría más besos después de aquél.

En la ciudad devastada, las sombras eran muchas y todas parecían amenazantes. Katya regresaba al acuartelamiento como un fugitivo, la mirada siempre por encima del hombro y la mano en la funda de la pistola. El corazón le latía con fuerza, no había dejado de hacerlo en las últimas horas, tal era su estado de excitación.

En su mente, se sucedían las tensas escenas del día y, entre ellas, serpenteaba Peter Hanke y su acecho invisible, angustiosamente palpable en las calles oscuras y solitarias de Berlín, como si realmente la siguiera a pocos pasos, como si pudiera escuchar su aliento de depredador. Aquel canalla era su pesadilla. Sentía cómo la estaba acorralando. Haber delatado a Eric no era casual. Lo tenía cerca. Lo tenía encima.

Volvía de la casa del anticuario. De cumplir el encargo de Eric. Y llevaba el alma hecha pedazos tras su conversación con Seb; le había desarmado la entereza del pequeño, su resignación, sus lágrimas quedas como si brotaran sin ser él consciente siquiera del dolor que sentía.

No volvería a ver a su padre, ella lo sabía, y aunque no se lo había revelado con semejante crudeza al niño, Katya tenía la sensación de que, de algún modo, él lo intuía.

—No hay mucho que hacer —se había lamentado el propio Oleg—. El general Petrov me ha confirmado que los de contrainteligencia no van a dejar escapar la oportunidad de escarmentarle. Quieren que su castigo sea ejemplar, un mensaje para otros. Están dispuestos incluso a acusarle no sólo de espionaje y asesinato, sino de crímenes contra la humanidad por haber participado en la construcción de los cohetes V. No quieren escuchar nuestros argumentos. Petrov dice que va a acudir a Beria. Es nuestro último recurso: involucrarle y que sea él quien tome la decisión en este conflicto de intereses.

—¿Y qué posibilidades hay de que Beria esté de vuestra parte? —había preguntado Katya, haciendo un esfuerzo por mantener la voz firme y que nada delatase su angustia. Lavrenti Beria, el jefe del NKVD, no era precisamente famoso por su benevolencia.

Oleg se había limitado a menear la cabeza por respuesta.

Ramiro había escuchado aquel relato visiblemente apesadumbrado. Por Eric, por Seb.

—Yo me ocuparé del niño, faltaría más. Ilse y yo lo cuidaremos como si fuera nuestro hijo. Con nosotros estará bien. En España estará bien. Díselo a Eric. ¿Podrás decírselo para que se quede tranquilo?

Katya había asentido como muestra de que, al menos, haría todo lo posible.

—Finalmente, nos vamos mañana —anunció entonces el joven—. Nos uniremos a un grupo de hombres, mujeres y niños franceses que van a intentar traspasar las líneas soviéticas antes de que las refuercen más. Ya está todo preparado, si bien no hay mucho más que preparar que la determinación y la confianza en que todo vaya bien. España me parece ahora tan lejana...

Todo había sido muy precipitado. Katya no había tenido tiempo de meditar nada, de decidir nada con la cabeza fría. Ramiro y ella se habían fundido en un largo abrazo de despedida. Se habían hecho promesas que no eran más que deseos ilusorios, ambos lo sabían. Pero también eran conscientes de hallarse unidos para siempre por un vínculo que iba más allá de la distancia, de las barreras y de las fronteras. Ambos formaban parte de una hermandad.

Al salir de la casa del anticuario, habiéndose desecho allí de su carga, Katya pensó que se sentiría más ligera. Sin embargo, la sensación de fracaso resultó pesar más que la propia responsabilidad. Y la tristeza, ésa sí que lastraba su corazón.

Todo había terminado. Ya no quedaba más por hacer. Y, sin embargo, no podía dejar de mascullar la inquietud como si fuera arenilla entre los dientes. ¿Iba a rendirse? ¿De verdad que iba a rendirse?

¡Deja de hablar por mí!

Finalmente, no puse ninguna denuncia ante la policía. «¿Contra quién?», alegué, si no recordaba nada de lo sucedido, tan sólo estar en el aeropuerto, tomando un café mientras esperaba mi vuelo de vuelta a España, relaté después, acogiéndome a la mentira.

El agente que me tomó declaración, un jovenzuelo con un sorprendente parecido a Sheldon Cooper aunque sin síndrome de Asperger, creo, apuntó a la probabilidad de que hubiera sido drogada con escopolamina a fin de robarme y que, por un motivo aún por esclarecer, me habían mantenido sedada después con altas dosis de benzodiacepinas. La investigación seguiría su curso, ya que ellos, de oficio, tenían que llevar el caso al juez, de modo que me mantendrían informada por si decidía cambiar de opinión.

—¿Por qué les has contado esa versión a medias? ¿Por qué no has mencionado que estuviste en casa de Konrad ni que te tuvieron secuestrada en aquella clínica? —me reprochó Alain, convencido de quién era el responsable de mi secuestro.

Y, probablemente, tenía razón. Pero hasta estar segura de cuáles eran el papel y la intervención de Konrad en ese asunto, las motivaciones que había detrás, yo prefería mantener a las autoridades al margen.

Una vez cumplidos aquellos trámites, más el del seguro médico y la obtención del pasaporte, y recibida el alta del hospital, podía regresar a Madrid. Le insinué entonces a Alain que ya no era necesario que se preocupase por mí, que tendría otros asuntos que atender y que no quería retenerle. Lo hice con la boca pequeña; cuando se empeñó en acompañarme, no le quité la idea de la cabeza. Después del episodio por el que había pasado, me sentía vulnerable y tenerle cerca me daba seguridad, al menos hasta verme en casa, en un entorno conocido.

Tenía que admitir que, desde que Alain acudiera a mi llamada de auxilio, había recuperado el sosiego. En parte, porque parecía que habíamos abierto una tregua en la que los reproches del pasado y las decisiones que habría que tomar en el futuro habían quedado pospuestas, sólo contaba el presente: yo que le necesitaba y él que estaba allí, a mi lado, sin condiciones.

Fue Alain quien recogió la maleta que había dejado en la consigna del aeropuerto para que pudiera vestirme con mi ropa, quien canceló mis tarjetas de crédito, quien me acompañó al consulado y a la comisaría de policía, quien me ayudó a cargar con el equipaje y con esa engorrosa muleta que se habían empeñado en el hospital en que usase hasta que pudiese apoyar bien el pie. Se ocupó de que tomase las medicinas, de cambiarme el apósito de la brecha y de masajearme la cadera dolorida y amoratada con una crema analgésica. Me compró el libro que había dejado a medias en mi bolso perdido para que retomase su lectura y una caja de bombones enorme porque sabe que yo me quito las penas con chocolate. Cuidó de mí. Está bien contar con alguien que cuida de ti. Parecíamos un viejo matrimonio en el que el silencio es complicidad y los gestos son más de ternura que carnales. Qué cosas... Ojalá se hubiera comportado así cuando éramos un matrimonio de verdad.

Al final de mi periplo, después de tanto tiempo y de tanto suceso desafortunado, resultó reconfortante llegar a casa. Mi buhardilla se me antojaba un lugar seguro, ajeno a Konrad, al Medallón y a cuantas calamidades me habían sucedido a costa de ellos; al menos, por el momento.

Alain no me dejó ni deshacer la maleta.

—Ya la desharemos luego. Ahora, descansa un poco, que llevas mucho ajetreo con el viaje. ¿Ves? Tienes el tobillo más hinchado —señaló según me acomodaba en el sofá, me colocaba el pie sobre unos almohadones y me cubría con una manta—. Te traeré el portátil para que te distraigas escogiendo un móvil nuevo. Mientras, yo iré a hacer algo de compra para preparar una buena cena casera. ¿Qué te apetece?

—Si es casero, cualquier cosa.

—¿La lasaña de atún y calabacín sigue siendo tu favorita?

—La que haces tú, sí.

—Decidido, entonces. No tardaré. ¿Estás cómoda? ¿Necesitas algo? ¿Te duele algo?

Le miré con el arrobo de un emoticono:

—No, estoy perfectamente. Muchas gracias.

Una vez sola, lo primero que hice fue llamar a mis padres desde el teléfono fijo. No les conté nada, tan sólo simulé que se trataba de una llamada rutinaria después de haber estado de viaje. Por suerte, cogí a mi madre en mitad de su partida semanal de cartas con su grupo de amigas, de modo que sólo me reprochó vagamente que no hubiera dado señales de vida en no sé cuántos días y no se enrolló demasiado. Después, hablé con Teo.

—¡Pero dónde carajo te habías metido! ¿Tú sabes la de veces que te he llamado? Que yo no soy de preocuparme, pero, ¡qué coño!, ¡me has preocupado! No sé si eres consciente de la de mujeres que mueren a diario de las formas más espantosas... ¡Pues yo te he imaginado en todas y cada una de ellas! Lo que me has hecho sufrir para llamarme ahora como si hubieras vuelto de vacaciones en Canarias.

—Lo siento mucho, de verdad. Me robaron el bolso con el móvil...

—Pues ya has tardado en comprarte otro, guapa.

—Es una historia muy larga, te la contaré cuando nos veamos.

—Mira, he llegado a un punto en que ya no sé si quiero escucharla. Lo tuyo no es normal. Pero, en fin, que si yo estaba alteradita, al *Martinlohse* lo tienes loco, buscándote cual Paco Lobatón por media Europa. La de veces que me ha llamado el muy plasta como si fuera yo quien te tuviese secuestrada...

—No le dirías que fui a ver a Konrad...

—Pues sí, reina, a la décima se lo dije, porque el *jodío* tiene la persuasión de un interrogador del KGB.

—Entonces ¿le han dado ya el alta?

—Pues ni idea. Sólo hablamos por teléfono. De hecho, me pidió que le pusiera un wasap si sabía algo de ti...

—No —zanjé rotundamente—. Déjalo. Ya lo haré yo.

—Tú misma, querida... Por cierto, te he enviado por e-mail la última eco 3D de la habichuela. ¡Jesús, qué fea! Más vale que mejore con la edad o no la casamos.

Por suerte, a Teo se le pasan rápido los enfados. Cuando terminé con las llamadas me puse con el ordenador, pero no para mirar móviles sino para meter en el buscador el nombre de la clínica en la que me habían retenido: *Walen Medical, Zúrich*, tecleé. De inmediato aparecieron los primeros resultados. Efectivamente, se trataba de un centro médico especializado en tratamientos de cirugía estética, que contaba con los mejores especialistas, las técnicas más avanzadas, instalaciones de lujo, etcétera, etcétera. Desde luego, el último lugar al que llevarían a alguien que se ha desvanecido en un aeropuerto. Seguí tirando del hilo y descubrí el nombre de la gestora de Walen Medical: AMR Switzerland, acrónimo de Advanced Medical Research, una sociedad anónima que cotizaba en el SIX, el mercado de valores de Zúrich. En Suiza, la identidad de los accionistas está protegida; sin embargo, tuve la fortuna de dar con un artículo de prensa económica en la que se mencionaba que el accionista mayoritario de AMR era KaleidosKope, GmbH. El artículo no lo especificaba, pero yo sabía, porque había sido demasiado tiempo su pareja, que ése era el nombre de una de las empresas de Konrad.

Fijé la vista en la pantalla del ordenador, absorta en mis pensamientos. Había querido creer que Konrad estaba fuera de este asunto. Qué estúpida era, no aprendía...

Un timbrazo me sobresaltó y cerré el portátil de golpe. Alain ya estaba de vuelta. No me apetecía contarle mi reciente descubrimiento. Empezaría a repetirme lo ingenua que había sido por volver a confiar en Konrad y me soltaría una retahíla de «ya te lo dije» que no quería escuchar. Bastante tenía con soportar mis propios reproches.

Según me levantaba con torpeza, me extrañó que no se hubiera llevado las llaves. Al abrir la puerta supe que seguramente lo había hecho.

—Ana... Gracias a Dios...

Martin se lanzó a abrazarme. Un abrazo a medias, pues llevaba un cabestrillo, al que yo reaccioné con desconcierto; al abrazo, no al cabestrillo. Al fin, se separó y me miró a la cara.

—¿Y esa venda? ¿Es una herida? ¿Estás bien?

—Sí... Pero voy a matar a Teo.

—¿A Teo?

—Le he dicho que yo te llamaría.

—No, no... No ha sido él. Yo sabía que ibas a coger un vuelo hoy de Zúrich a Madrid. —Debí de poner tal cara de alucine que se vio en la necesidad de explicarse, aunque de mala manera—. Tengo acceso a los datos PNR. El registro de pasajeros.

Desistí de pedir detalles sobre esa cuestión.

—Entonces, sabrás que Alain ha volado conmigo. Por eso no te he avisado, Martin. Porque sé que no te hace gracia que meta a Alain en este asunto y porque, además, no creo que sea buena idea que os encontréis. Ahora ha salido, pero volverá en cualquier momento y no me parece...

—¡Me da igual Alain! ¡Joder, Ana! ¡Estaba loco de la preocupación! No he sabido de ti en más de una semana, no era capaz de dar contigo de ninguna manera. Teo me dijo que habías ido a ver a Konrad. Te pedí que no volvieras a ir tú sola y te pedí que te marchases de Turquía, que te olvidases de la fiesta de Bonatti...

—¡Eh, que conseguí las cartas!

—¡No puedes ir por libre, joder! ¡Así no puedo garantizar tu seguridad! Si te llega a pasar algo... Si... Si... Yo... ¡Joder!

Su rostro reflejaba auténtica angustia. Me ablandé.

—Será mejor que me grites dentro de casa o doña Carmen, mi vecina, va a terminar por llamar a la policía —aseguré según me apartaba para dejarle entrar.

Martin me siguió el breve trecho hasta el sofá.

—También cojeas. Ana, ¿qué es lo que ha pasado?

Me senté y le indiqué que hiciera lo mismo a mi lado. Martin se acomodó muy cerca, inclinado hacia mí, expectante.

—Fui a ver a Konrad, sí. Y... tenías razón. No debí hacerlo.

Me resultaba difícil hablar de ello. No tanto por admitir que había metido la pata como por tener que revivir otra vez la pesadilla. No sé si es que aún quedaban restos de drogas en mi cuerpo o que el miedo y la angustia vividos habían hecho mella en mi entereza, pero tenía la sensibilidad a flor de piel; de haberle dado rienda suelta, se me habrían escapado las lágrimas, pero me esforcé en controlarlas por orgullo y, con una desagradable sensación de tirantez en las cuerdas vocales, fui desgranando el relato de lo sucedido. Al concluir, Martin me tomó la mano en un gesto de ternura que, como la gota que colma el vaso, me humedeció los ojos.

—Si hubieras hablado antes conmigo... Si hubieras esperado a que actuáramos juntos como quedamos... Yo lo sabía, Ana. ¿Por qué te crees que estaba desquiciado cuando desapareciste? Y no por Konrad. No es él. Es Greta, Ana. Greta Köller. Conseguí descubrir que ella era la persona con la que Giancarlo Bonatti intercambiaba correos en la Dark Web. Eran amantes. Pero Greta jugaba un doble juego porque lo engañaba con su hijo Paolo. Ambos pertenecen también a la orden de Memphis-Misraïm y Greta opta al cargo de Gran Maestre, ahora que ha quedado libre tras la muerte de Giancarlo. Todavía no tengo pruebas suficientes, pero creo que ellos, Greta y Paolo, lo asesinaron y empezaron toda esta historia. Seguramente piensan que si consiguen el Medallón, alcanzarán un poder absoluto dentro de la masonería.

—Greta... Ella me sirvió la bebida... Fue ella quien me drogó...

—Y yo diría que quien te retuvo para interrogarte, aunque tú no lo recuerdes. Caíste en una trampa preparada desde la fiesta de Bonatti. Todo resultó demasiado sencillo: la casa sin apenas vigilancia, ni cámaras, ni alarma, las puertas abiertas... Querían que les llevases hasta las cartas. Y, aunque en principio te escapaste con ellas, no se habían dejado ni un cabo suelto y el hombre que os recogió en el coche a Teo y a ti también era parte del plan: con la simple mención de Köller te condujo hasta la boca del lobo.

—Soy una estúpida...

Noté que una lágrima díscola se escapaba de mi párpado. Casi fue peor que Martin intentara consolarme.

—No, no. —Estrechó con más fuerza mi mano, la acarició con avidez—. La verdad es que eres tenaz y decidida y... joder, tienes un par de co... narices. Pero el problema es que te has tomado todo esto como algo personal y te has olvidado de que tenemos que trabajar juntos.

Al escuchar aquello, me sequé la lágrima y levanté airada la cabeza.

—No, Martin. El problema son las muchas razones que me has dado para que deje de confiar en ti.

El dardo fue certero, eso me indicó la expresión de su rostro. Sin embargo, antes de que pudiera decir nada en su defensa, el ruido de las llaves en la cerradura de la puerta nos sobresaltó a los dos. Como cogido en una falta, Martin retiró enseguida su mano de la mía. Y yo maldije mentalmente cuando vi a Alain entrar en casa y comprobé cómo el semblante relajado y sonriente que traía se crispaba de pronto. Dejó caer las bolsas de la compra al suelo como si se hubiese olvidado de que las llevaba y nos miró a Martin y a mí, pasando del desconcierto a la indignación.

—¿Qué haces tú aquí? —espetó.

Por alusiones, Martin se puso en pie.

—He venido a ver a Ana.

Alain dio unos pasos hacia nosotros y se detuvo a una distancia prudencial, como un luchador antes de un combate.

—¿De veras? ¿Y qué? Todo bien, ¿no? La has soltado a las fieras y ha vuelto entera... o casi.

—Yo no la he...

—Ahora ya puedes encargarle otra de tus misioncitas de videojuego, colega. Y mientras tú, de puta madre, controlando el joystick sin arrugar el gesto. De eso se trata, ¿verdad, Martin? Ése es tu estilo y el de tu puta secta: buscar carne de cañón y no dar la cara. No sois más que una mafia de mierda.

—Alain, vale ya... —quise intervenir, viendo el cariz que tomaba el asunto.

—¿De qué estás hablando?

—Sabes perfectamente de lo que estoy hablando. Como sabes perfectamente los riesgos a los que la expones y, aun así, dejas que los corra ella sola.

—¡Alain, deja de hablar por mí!

—No tienes ni idea...

—¡Joder, ella es investigadora y no tu agente de operaciones especiales! ¿En qué coño estabas pensando?

Martin dio un paso al frente, conciliador.

—Escucha, si te calmas y me dejas que te explique...

—Igual paras de hacer el ridículo y todo —añadí yo aunque, por lo visto, no me escuchó.

—¿Explicarme qué, gilipollas?, ¿que la has contratado para que te haga el trabajo sucio y de paso llevártela a la cama?

Al escuchar aquello, me quedé de piedra. No supe ni qué decir, sólo pensé en soltarle una bofetada. De verdad que lo hubiera hecho; la distancia y el esguince de mi tobillo me lo impidieron.

Martin, en cambio, fue capaz de encontrar la forma, sin perder un ápice la compostura, de abofetearle sólo con palabras.

—Ya que hablamos de decencia, al menos yo no he dejado tirada a mi mujer para liarme con la primera americana forrada de pasta que se me ha cruzado por el camino.

Aquello sonó como si una bomba hubiera caído en mitad de mi pequeño salón.

Al grito de «¡Serás hijo de puta!», Alain se abalanzó sobre él y le lanzó un puñetazo que Martin, indefenso con el cabestrillo, recibió en toda la cara sin poder reaccionar. A causa del impacto, trastabilló y hubiera caído de espaldas al suelo golpeándose de camino en la nuca con la esquina de la mesa si no llego a sujetarle.

En una fracción de segundo, contemplé horrorizada su cara congestionada, su expresión de estupor, el hilillo de sangre que empezaba a brotarle del labio. Me volví hacia Alain, de nuevo hacia Martin y, por último, me encaré con aquél hecha una hidra:

—Pero ¿a ti qué coño te pasa?

No me respondió. Resoplaba furia por las fosas nasales. Me miraba, parecía que iba a decirme algo. Sin embargo, dio media vuelta y abandonó la casa con un portazo.

Mayo de 1945

Tras la caída del Tercer Reich, fueron muchos los nazis que trataron de huir de Europa. Para ello emplearon unas rutas clandestinas de escape conocidas como Ratlines, entre las que destacaron la ruta nórdica, pasando por Dinamarca hasta Suecia; la ruta ibérica, por España hacia los puertos de Galicia; y la ruta vaticana o ruta de los monasterios, la más utilizada, vía el Tirol, Roma y Génova. Aunque se ha especulado con la existencia de grandes organizaciones que articulaban la fuga de los nazis, como la famosa ODESSA, actualmente los historiadores piensan que las Ratlines no respondían a un plan estructurado sino más bien a las acciones de individuos o pequeñas organizaciones que se aprovecharon del caos del final de la guerra y del flujo de millones de refugiados y desplazados entre los que los nazis fugitivos se confundían con facilidad.

Eric tenía la vista perdida en la bandeja con la cena intacta y seguramente ya fría. Comer le ayudaría a matar el tiempo, también leer, le habían llevado algunos libros, o dormir... No conseguía hacer nada de eso. Pasaba las horas ya sentado, ya tumbado, con la mirada vacía y la mente llena.

Le hubiera gustado saber rezar y contar con alguien o algo a lo que dirigir sus plegarias. La oración debía de ser un recurso terapéutico con su reiteración de frases que acallaban los pensamientos y, sobre todo, con esa ilusión de encomendar a otro los problemas de uno mismo. Era razonable que la humanidad hubiera inventado a los dioses como último refugio a sus tribulaciones. Ojalá él hubiera abrazado alguna creencia a la que aferrarse en momentos como aquél, en el que la ciencia no servía de consuelo.

Beber. Eso era lo único que le apetecía. Un buen trago. Más de uno. El alcohol poseía los mismos efectos sedantes que la fe. Lástima no tener una botella a mano...

Un par de días más era todo lo que le había faltado. Un par de días más y lo habría conseguido. Era martes. El miércoles podría haber abandonado Berlín. Lo había dejado arreglado la misma mañana que lo detuvieron. A primera hora de aquel fatídico día, se había reunido con el padre Hoffmeister de la iglesia de San Esteban en Adlershof. El sacerdote había organizado una red de evacuación para fugitivos nazis. «Los peces gordos se han ido y ya sólo quedan las cabezas de turco. Éstos, que no eran más que títeres, van a ser los que paguen el pato a manos de los rusos y su sed de venganza. Es mi deber de buen cristiano no abandonar a esa gente a su suerte», argumentaba Hoffmeister para justificar su ayuda. Aunque lo más probable era que él mismo fuera un nazi convencido, en opinión de Eric. En cualquier caso, bien poco le importaban a él las motivaciones del religioso en tanto pudiera sacarle de Berlín. Y podía. La red de Hoffmeister contaba con una ruta de escape a través de los túneles del U-bahn. Una vez fuera del núcleo urbano, los conducirían a él y a Seb hasta Wittenberg, al borde del Elba, aprovechando el abrigo de la noche para viajar y sortear los puntos de control soviéticos. En Wittenberg, el plan era refugiarse en un convento agustino donde se le procuraría vestimenta de clérigo y papeles falsos para integrarse en una organización de caridad cuyo propósito era acompañar a un grupo de refugiados polacos huérfanos hasta Roma. En la capital italiana, la Organización de Refugiados del Vaticano gestionaría unos pasaportes tanto para él como para su hijo. Desde allí, España, Argentina, Chile, Uruguay... La libertad, en definitiva.

En realidad, Eric no pretendía llegar tan lejos. Le bastaba con contactar con los americanos y darse a conocer como científico de Peenemünde. Eso era lo que Von Braun y los demás habían acordado y su intención era reunirse con ellos. Con todo, no iba a ponerle pegas al plan de Hoffmeister. Lo importante era salir del territorio controlado por los soviéticos. Después, ya se hubiera visto.

Pero ese después no iba a llegar nunca. Eric hervía de rabia cada vez que pensaba que, en ese mismo instante, tendría que estar camino de Adlershof con Seb de la mano. Le entraban ganas de liarse a puñetazos con todo para aliviar su frustración. Por un par de días no habría un después. Por un par de malditos días...

El ruido de la cerradura le sobresaltó. A aquellas horas de la noche no esperaba visitas. Nada bueno podía entrar por esa puerta y se puso en pie, alerta, con esa rabia que le ardía en el pecho y que le hubiera hecho revolverse rezumando espuma entre los dientes como una fiera enjaulada.

Entonces la vio a ella. Y la rabia se deshizo en confusión y hormigueo. Parpadeó como si fuera una ilusión de su vista defectuosa y de su mente perturbada.

—¿Katya?

Ella le mandó bajar la voz.

—¿Qué haces aquí?

—He venido a sacarte.

Se escuchó decir aquello y a ella misma le sonó grotesco. Era una locura. Una temeridad cuyas consecuencias había preferido no considerar. Simplemente, se había puesto una venda en los ojos y se había lanzado al vacío. Puede que la guerra la hubiera vuelto irreflexiva. El que no se arriesga, no pierde, pero tampoco gana. Y a ella no le importaba perder si había una mínima posibilidad de ganar.

Sacaría de allí a Eric. Lo que ocurriera después... ¿Qué más daba lo que ocurriera después?

El plan era sencillo, no había tenido tiempo de elaborarlo demasiado. Aunque también es verdad que los planes complicados no garantizan el éxito y pueden conducir a la inacción en aras de la perfección; a veces, lo más simple es lo más eficaz. La clave estaba en la templanza y el camuflaje. Dos de las cualidades del buen francotirador.

Lo peor había sido falsificar la firma de Oleg en el permiso para visitar al «huésped». Ojalá no hubiera tenido que hacerlo. Sentía que le estaba traicionando y se odiaba a sí misma por eso. Pero Oleg era una buena persona, seguro que entendería que no podía dejar morir a un hombre por algo que había ocurrido hacía tanto tiempo o que ni siquiera había hecho. ¡La guerra ya había terminado! Sólo esperaba que el coronel no sufriera las consecuencias de aquello. Para aliviar su conciencia, se había prometido que lo compensaría. Aceptaría su propuesta de matrimonio, contando con que él la perdonara, claro. Sí, eso haría. Ése sería su después si todo salía según lo previsto: ser una esposa rusa en la Unión Soviética. No parecía un futuro tan terrible. Al fin y al cabo, Oleg la amaba y ella aprendería a amarle. Era un precio justo que pagar por salvar la vida de a quien verdaderamente amaba. Podía renunciar a Eric, resignarse a perder de nuevo a la única persona a la que había amado después de Misha, como si sobre ella pesara una maldición. Pero no podía soportar la idea de que lo mataran, otra vez no.

—Pero ¿cómo...?

Katya abrió un maletín que traía consigo y sacó un uniforme.

—Con esto. Póntelo. Aprovecharemos el cambio de turno del soldado de la puerta, que es dentro de diez minutos. El siguiente que entre de guardia no sabrá si yo he venido sola o acompañada. Eso espero —musitó sus dudas.

—¿Quieres decir que voy a salir por esa puerta delante de sus narices?

—Tú no. Un sargento de fusileros del Ejército Rojo. No he podido conseguir un uniforme de oficial, espero que no te moleste —quiso restarle drama al momento.

Eric no sabía si reír o llorar. Si besarla en ese mismo instante con frenesí para aliviar la tensión o mantener la compostura.

—Ya sé que suena descabellado. No tienes por qué hacerlo si no estás convencido.

—No, no. Lo estoy —se apresuró a aclarar—. Yo no tengo nada que perder. Pero tú... Habrá consecuencias para ti, no puedo permitirlo.

—Las consecuencias están asumidas, no te preocupes por eso. La cuestión es: ¿vienes o no? —Le tendió el uniforme bien doblado.

Eric lo tomó. Quiso decir algo pero no supo qué frase escoger: ¿un «gracias», un «no puedo creer que hagas esto por mí», un... «te quiero»?

—Vamos, no tenemos mucho tiempo —apremió ella según le miraba los pies y confirmaba que calzaba unos usadísimos zapatos de cordones—. No he traído botas. No son fáciles de conseguir y, además, no cabían en el maletín. Más vale que el guardia se haya bebido su ración diaria de vodka antes de venir y no repare en ello.

—Sí... Más vale —se reconoció nervioso según decía aquello.

Eric se metió en el dormitorio para cambiarse. Entretanto, Katya siguió relatándole el plan desde el otro lado de la puerta entreabierta.

—Nos llevaremos tu ropa para que después puedas volver a ser un civil alemán. Ramiro e Ilse se marcharon ayer y Seb, con ellos. Pensé que era lo mejor por si esto... ya sabes: no sale bien. Desde luego que lo ideal es que tú escapes de Berlín cuanto antes pero, al menos durante unos días, mientras te estén buscando y reconozcan tu cara en cualquier control, tienes que esconderte. He localizado un buen sitio, es adonde iremos ahora.

Eric asomó por la puerta.

—Lo cierto es que ya tenía previsto huir de Berlín —confesó—. Era el plan antes de que me detuvieran. Mañana. En Adlershof. Hay un tipo que puede sacarme de la zona soviética.

—Oh, bien, bien. Eso facilita las cosas. Sólo tendrás que esconderte hasta mañana, en ese caso.

Eric asintió y sintió la mirada de Katya recorriéndole de arriba abajo mientras examinaba su indumentaria.

—No está mal —dictaminó al tiempo que le estiraba la *gymnastyorka* y le enderezaba el cinturón. Lo cierto era que el uniforme le quedaba algo holgado y un poco corto, Eric era muy alto; claro que a pocos les sentaba el uniforme como un guante, a la tropa no la vestían precisamente a medida. Lo más chocante eran los zapatos, pero era lo que había.

Katya consultó su reloj.

—Ahora mismo deberían estar cambiando la guardia. ¿Listo?

Eric ahogó un suspiro de inquietud con un gesto de determinación.

—Listo.

Katya tomó su ropa y la guardó con calma en el maletín, haciendo algo de tiempo para asegurarse de que el centinela que la había recibido ya habría sido sustituido por otro. Al cabo, se acercaron a la puerta y, antes de salir, pronunció alto y claro un «Buenas noches, doctor Althann».

Como si se hubieran puesto de acuerdo, ambos respiraron hondo y cruzaron el umbral. Al pasar frente al guardia, Katya se llevó la mano a la frente en un fugaz saludo militar.

—Ya hemos terminado, camarada, puede echar la llave. Buenas noches.

El soldado interrumpió su marcha.

—Disculpe, camarada teniente, ¿puedo ver su permiso?

—Ya se lo enseñé a su compañero. ¿Cree que habríamos podido entrar si no? —replicó ella con tono de impaciencia.

—Sólo cumplo órdenes, camarada teniente. Tengo que verificarlo de nuevo tras el cambio de turno.

Katya fingió un gesto de fastidio para ocultar la preocupación. El ritmo del corazón empezaba a acelerársele. Procuró ponerse delante de Eric para ocultar su falso atavío mientras sacaba el permiso de la guerrera y se lo entregaba al riguroso soldado. Éste echó un vistazo al papel, después a ellos. Katya pensó, con la tensión agarrada al pecho, que si había un prototipo de hombre soviético, desde luego que Eric no se ajustaba a él.

—Esto está sólo a nombre de la teniente Burzaeva...

—Que, obviamente, soy yo. Y él es el sargento Vasilievich, mi ayudante. Escuche, camarada, es tarde y van a cerrarnos la cantina. Admiro su celo, pero no le van a dar una medalla por esto, así que no nos haga perder más el tiempo ni el turno de la cena.

El soldado, un tozudo siberiano con la cara picada de viruela, le devolvió el permiso con una mirada de suspicacia.

—Comprobaré que todo está en orden ahí dentro antes de cerrar.

—¡Hágalo de una vez, por todos los diablos! ¡No sea que llevemos al prisionero escondido en el maletín!

Katya esperó a que el otro desapareciera por la puerta.

—¡Corre! —Agarró a Eric y salieron disparados a través del pasillo—. Maldita mula terca —maldijo entre dientes al siberiano.

Eric, con sus patas largas y los nervios desquiciados, tenía que hacer un esfuerzo por no adelantarla; a punto estuvo de cogerla en volandas al llegar al último tramo de unos escalones que bajaron de dos en dos. Fue al poner un pie en el vestíbulo cuando escucharon los primeros gritos.

—¡Alto! ¡Alto ahí! ¡Deténganlos!

No miraron atrás. Esa vez fue Eric quien tiró de Katya y como dos centellas cruzaron la salida antes de que los centinelas tuvieran tiempo de reaccionar. Había más militares que iban y venían, pero todos miraban desconcertados sin entender qué estaba pasando.

Los gritos se sucedieron y el revuelo cundió con ellos mientras Eric y Katya se escabullían entre los vehículos que había aparcados en el exterior. Entonces oyeron el primer disparo y se agacharon junto a las ruedas de un camión. El resto de los centinelas del edificio ya habrían tomado conciencia de la situación y Katya se temió que no tardasen en acorralarlos.

—Tenemos que ocultarnos en las ruinas —advirtió.

Eric miró al otro lado de la calle; en la oscuridad de la noche, se perfilaba una montaña de escombros y la fachada descompuesta de un edificio bombardeado. Sintió el bullicio, los pasos y el claqueteo de las armas a su espalda. Apretó con fuerza la mano de Katya.

—¿Vamos?

Ella asintió y se lanzaron a campo descubierto, confiando en que las sombras los cobijaran, la espalda encorvada mientras corrían. Una ráfaga de disparos voló sobre ellos y el uno tiró del otro sin amilanarse. Por fin, saltaron tras el primer parapeto de ladrillos rotos.

—¿Estás bien? —preguntó Eric, casi sin aliento.

—Sí. ¿Y tú?

—Bien, bien.

—Tenemos que continuar. —Katya miró a su alrededor en busca de una ruta. Toda la manzana parecía hueca—. Por ahí, entraremos saltando esa ventana. —Señaló a un vano justo enfrente, a escasos metros de donde se ocultaban.

Dicho y hecho, en unos pocos pasos se vieron en las entrañas de la ruina. Podían barruntar a sus perseguidores pisándoles los talones. Por un momento permanecieron inmóviles. Allí dentro estaba negro como la boca del lobo y el piso era una trampa de boquetes y obstáculos. Katya llevaba una linterna, pero no podía usarla sin arriesgarse a que la luz los delatara. Desenfundó su arma, más por instinto que otra cosa.

—Hay que seguir, no podemos quedarnos aquí o nos cazarán —urgió Eric.

Pero Katya lo ignoró. En su cabeza sólo había una palabra: camuflaje. Un buen camuflaje es la mejor de las huidas. Eso sí, había que actuar con rapidez.

—No podemos seguir —susurró—. Es peligroso moverse sin luz por las ruinas. Lento y penoso, en el mejor de los casos. No tardarían en alcanzarnos.

Eric la miró sin comprender mientras ella localizaba con la vista un montón de cascotes.

—Nos esconderemos aquí mismo. Si lo hacemos bien, pasarán de largo.

Empezó a retirar tablones partidos, pedazos de ladrillo y lascas de escayola. Descubrió una gran cortina desgarrada que les venía al pelo.

—Tenemos que enterrarnos debajo de todo esto y quedarnos aquí sin mover ni un músculo, ni siquiera el pecho al respirar. Vamos, ayúdame.

Se hicieron hueco en el seno del montón, el suficiente para poder tumbarse. Después se cubrieron con la cortina y fueron echándose escombros encima como si estuvieran enterrándose bajo la arena de la playa.

—Cierra los ojos, no pienses en nada, no escuches nada, ni sientas nada, es como si abandonaras tu cuerpo —le iba aleccionando Katya, en tanto recordaba las muchas horas que se había pasado camuflada, tan quieta como una roca—. Sólo cuenta mentalmente al ritmo de tu respiración.

Por un instante, miró a Eric antes de embadurnarle la cara con polvo y cubrírsela de cascajos.

—Tranquilo. Saldrá bien.

Eric cerró los ojos. Las palabras de Katya resonaban en su mente: «no te muevas, no escuches, no sientas»... No podría hacerlo, estaba demasiado nervioso. Tenía la garganta tan tensa que era incapaz de tragar la saliva que se le acumulaba al fondo de la boca. Sentía ahogo, mareo y claustrofobia bajo aquella sepultura. No podría hacerlo... Sin embargo, siguió respirando y contando, quieto.

«No escuches»... Pero supo cuándo habían llegado los soldados por sus voces y sus pasos, que sonaban a cerámica rota. Estaban demasiado cerca, a su lado.

«No mires»... Pero por una finísima rendija se colaba el reflejo de la luz de las linternas barriendo sobre él.

«No sientas»... Pero el corazón le tronaba en mitad del pecho y le picaba todo el cuerpo a causa del sudor, el polvo y la basta lana del uniforme.

«No pienses»... Pero pensó en Seb, en que no iba a abandonar a su hijo, ni mucho menos; por él, lo conseguiría.

«No pienses»... Katya. Ella estaba a su lado y se jugaba la vida por él. Por ella, lo conseguiría.

Los cascotes se removían a su lado, las voces en ruso flotaban justo sobre él. Los tenían encima, iban a descubrirlos. Era imposible que no los descubrieran. Apretó fuertemente los párpados como si con la misma fuerza pudiera cerrar el resto de los sentidos.

Treinta y ocho... Treinta y nueve... Treinta... ¿O cuarenta? Había perdido otra vez la cuenta. Volvió a empezar.

En un momento dado, se percató del silencio que lo rodeaba. Era extraño, sentía como si acabara de recuperar la conciencia, pero eso no podía ser. Había estado contando hasta ese mismo instante. No recordaba el último número... Se aventuró a abrir los ojos y la rendija sólo le devolvió oscuridad. Estaba entumecido, casi dolorido. No aguantaría mucho más así.

—¿Eric?

El susurró de Katya le espabiló. De nuevo sonaron los escombros, pero entonces era él mismo quien los movía.

—Sí. ¿Se han ido?

La teniente lo ayudó a desenterrarse.

—Se han ido. —Fue su sonrisa lo primero que intuyó en la penumbra.

Creo que voy a dejar la investigación

—Tienes un pequeño corte en el labio superior —observé mientras le limpiaba a Martin la sangre, usando un algodón y agua oxigenada. Él se dejaba hacer sin rechistar, con la cabeza reclinada en el respaldo del sofá—. ¿Te duele?

—El orgullo, sobre todo. Me he dejado llevar por el calentón. No debería haberle dicho lo que le he dicho.

—Si alguien se ha dejado llevar por el calentón, ha sido Alain. Se ha pasado. Es verdad que me imaginé que, si te tenía delante, de contento su reacción no sería precisamente, por eso quería evitar que os encontraseis. Sin embargo, no pensé que llegara a esto.

—¿Le dijiste que nos hemos acostado?

Lo admití en silencio. Algo arrepentida y sin que se me ocurriera ninguna excusa en mi descargo. Confesarle que lo había hecho impulsada por una extraña mezcla de despecho y remordimiento hubiera sido peor.

—Entonces, puedo entenderle...

—No. Su reacción ha sido exagerada y no tiene justificación. Eso sin contar con que a mí también me ha ofendido. Presiona aquí a ver si deja de sangrar. Creo que voy a necesitar otra cosa de éstas.

477

Martin obedeció y se incorporó mientras yo sacaba un disco de algodón. Suerte que los utilizaba para desmaquillarme porque mi botiquín era inexistente.

—Tiene razón. No debería haberte dejado sola.

—Martin, tú no me dejaste sola. Yo actué por mi cuenta. Además, él no es mi padre ni mi abogado, no sé por qué demonios tiene que hablar por mí.

No creo que Martin prestara mucha atención a mis argumentos. Parecía ensimismado, rumiando sus propios pensamientos con la vista fija en el suelo.

—Pero tiene razón —insistió—. Todo se ha descontrolado. Y admito mi parte de culpa, aunque no toda. Yo me negué a trabajar así desde el principio, sabía que saldría mal. Pero ellos... Ellos se empeñaron. Querían que fueras tú a toda costa.

Le escuchaba desconcertada, sin entender aquella declaración al hilo de unos razonamientos que me ofrecía entrecortados.

—¿Y tú no querías que fuera yo?

Me miró fijamente.

—No. Así no. Así nunca podría salir bien. Porque me han obligado a mentirte, a contarte verdades a medias, a ocultarte datos. No digas nada, por favor. No preguntes nada. Voy a explicártelo todo. Todo lo que tendría que haberte explicado desde el principio. Me da igual si a ellos no les parece bien. Voy a hacer lo correcto de una maldita vez.

—Me estás asustando...

—No te preocupes. Soy yo el que más tiene que perder. Dios... no sé ni por dónde empezar.

Le retiré el algodón empapado en sangre que presionaba con la mano y se lo cambié por uno limpio. Apreté suavemente con mi mano sobre la suya.

—Puedes empezar, Martin Lohse, por decirme quién eres.

—Ése es mi nombre, te lo juro. —Sonrió a medias quizá porque el labio le dolía, quizá no—. La documentación que viste... Todo lo que viste la otra noche en el hotel... Soy agente de policía de la Bundeskriminalamt, la Oficina Federal de Investigación

Criminal. Estoy asignado a un grupo especial de delitos contra el patrimonio cultural, en concreto, los relacionados con tráfico ilegal de obras de arte y antigüedades en el marco del crimen organizado. Normalmente, actúo como agente encubierto en operaciones internacionales conjuntas contra redes de tráfico de drogas, armas, falsificaciones... También contra organizaciones terroristas que se financian a través de ese tráfico ilegal. Todo está relacionado. No te puedes imaginar hasta qué punto se nutre el terrorismo del contrabando de obras de arte. Cuando encontraste esa documentación... Reconozco que me confié, no pensé que fueras a descerrajarme el maletín —admitió con una risa nerviosa—. En aquella ocasión, te topaste con Jörg Müller, de Hesse, Alemania. Pero podría haber sido Lukas Steiner, de Salzburgo, Austria, o Rolf Fisher, de Windhoek, Namibia, o... no lo sé, cualquiera. Unas veces son tasadores, otras, coleccionistas, otras, joyeros... Están casados y tienen hijos, o no; o están divorciados; en ocasiones, viudos, es lo que prefiero, los viudos inspiran lástima y el contrario suele bajar la guardia... Pero Martin Lohse está soltero y sin hijos, tienes que creerme, en mi trabajo sería demasiado peligroso lo contrario. La foto que te enviaron, en la que paseo con Ilir Baluku, está tomada en su mansión de Westfalia. Ese tipo es uno de los mayores traficantes de drogas de Europa y, sin embargo, no hay forma de reunir pruebas en su contra. Creemos que Baluku vende en el mercado negro antigüedades expoliadas de los yacimientos griegos e ilirios de los Balcanes y tratábamos de cogerle por ahí. Yo me hacía pasar por un experto en arte clásico de la Universidad de Estrasburgo que asesoraba a un supuesto coleccionista chino interesado en adquirir un lote.

—¿Por qué no me lo contaste?

—Porque un agente encubierto lo es por no contar estas cosas. Supongo que Konrad Köller fue quien te envió esa foto y lo hizo porque cree que soy tan mafioso como la gente con la que trato, como él mismo. Y así debe ser. De hecho, lo ideal sería que tú también lo pensases, por tu seguridad, entre otras cosas. Pero esto ya ha llegado demasiado lejos: has dejado de confiar en mí y eso está afectando a la investigación. Una investigación que ha empezado torcida, precisamente, a causa de mi profesión. Es verdad que, por un lado, cuento con una ventaja a la hora de embarcarme en este tipo de misiones extraoficiales: tengo acceso a medios, información y capacidades para buscar el Medallón, en este caso; además, si lo que pretendemos es evitar que caiga en manos de terroristas y miembros del crimen organizado, ése es mi trabajo. Pero, por otro lado, me expone demasiado porque, cuando busco el Medallón, soy Martin Lohse, no poseo una entidad encubierta ni podría poseerla, ya que actúo al margen de la policía. Por eso, al principio me resistí a participar en esta historia. Entonces ellos sugirieron contratarte, para que tú fueses la cara visible mientras yo permanecía en la sombra. Me negué, les dije que no podíamos exponerte a un peligro semejante. Ellos argumentaron que sólo teníamos dos opciones: acudir a ti o dejar que otros encontrasen el Medallón. Y tenían razón. De modo que cedí.

Asentí lentamente, asimilando cuanto me estaba contando.

—Konrad me dijo que te preguntase por qué me habíais contratado, que te exigiese la verdad. ¿Es ésta la verdad?

—Sí. Pero no es a lo que se refiere Konrad. Hay más. Hay otro motivo por el que te contratamos, el de mayor peso, en realidad. El mismo motivo por el que Konrad te puso a buscar *El Astrólogo*.

Un escalofrío me recorrió el cuerpo. Aquella revelación me dio muy mala espina.

—¿Qué quieres decir?

Sin mediar palabra, Martin desechó el algodón de su herida y se levantó con cierto esfuerzo y una mueca de dolor que no pudo ocultar; estaba claro que todavía se resentía de sus lesiones. Se acercó a la mesa al otro lado del sofá, esa sobre la que reposaba la lámpara y que estaba decorada con un *collage* de fotos entre el cristal y la madera.

—¿Puedo? —me pidió permiso haciendo ademán de sacar una de ellas, cuya esquina sobresalía ligeramente por el borde.

Aunque confusa, se lo concedí. Él tiró con cuidado y la foto se deslizó con suavidad. Me la tendió. De sobra conocía aquella foto, la escogí para mi *collage* porque, a pesar de que ninguno de los protagonistas me era familiar, siempre me había gustado su color sepia desvaído, el fondo atiborrado de objetos que podría llevar horas identificar, como un bazar oriental, como la ilustración de una tienda victoriana; sobre él se recortaban cuatro figuras tan evocadoras como el propio escenario: tres hombres que posaban casi en posición de firmes y una niña que no miraba a la cámara y parecía ausente. Uno de los caballeros era orondo y de menor estatura que los otros dos, vestía una especie de caftán y lucía unos anteojos de montura fina que reposaban sobre la punta de su pequeña nariz. El situado en el centro era un tipo alto, elegante con su traje de raya diplomática bien entallado y su bigotillo al estilo Clark Gable; en una mano, sostenía una pipa con dandismo. El tercero, quizá el más mayor de los tres, parecía llegado del siglo XIX, con los cuellos del traje almidonados y un monóculo en el ojo derecho; poseía un rostro alargado y huesudo en el que destacaban un bigote y una perilla... De pronto, me sonaba de algo y no sólo porque me recordara a Christopher Lee.

—Alfred Bauer —enunció Martin según señalaba con el dedo al hombre del centro, el que se parecía a Clark Gable. El guardián de *El Astrólogo*.

—¿Qué?

—Éste es Alfred Bauer. Lo reconocí en cuanto lo vi.

—Pero...

—Fue hace unas semanas, cuando estuve aquí por primera vez. No sé si recuerdas que te pregunté por esta foto. Por un momento pensé que tú lo sabías, pero no... «Puede que esté fingiendo», me dijeron. Pero no... eras sincera: no lo sabías.

Negué con la cabeza al borde del colapso mental. No entendía nada.

—No puede ser. Tienes que estar confundido. Esta... esta foto era de mi abuelo... Será alguien parecido. ¡Podría ser Clark Gable!

—No lo creo. He visto decenas de fotos de Alfred Bauer, un retrato al óleo, incluso, que tenía Sarah expuesto en su casa. Este hombre es él. Pero no es sólo eso lo que me hace estar seguro de que no estoy equivocado.

Martin volvió a sentarse a mi lado, haciendo una pausa que se me hizo eterna.

—Por lo que he podido comprobar, tú ni siquiera lo intuyes, pero no resulta tan extraño que poseas esta foto. No es casual ni ajeno a ti, Ana. Estás mucho más involucrada en este asunto de lo que crees. Lo has estado siempre, desde *El Astrólogo*, desde antes.

—Pero ¿qué...? Joder, Martin, explícate de una vez.

—Hace años, Sarah Bauer encontró entre las pertenencias de su abuela, la condesa de Vandermonde, una carta que la mujer había recibido poco antes de la boda de su hijo. Ya sabes que Alfred Bauer se casó con una mujer judía y que la condesa se oponía a ese matrimonio. Pues bien, de la lectura de dicha carta puede deducirse que la condesa había escrito previamente otra al remitente en la que pedía ayuda a quien consideraba un buen amigo de la familia para que, en virtud de la especial relación que le unía con su hijo y del ascendiente que pensaba que tenía sobre él, interviniese en el asunto y evitase por todos los medios tal matrimonio. El remitente de esa carta, el amigo de Alfred Bauer, era Leopoldo García de la Torre.

Cuando Martin pronunció aquel nombre, me quedé igual de aturdida que si hubieran tocado la campana de una catedral en mi oído.

—¿Cómo?

Martin asintió.

—Tu bisabuelo.

—No, no, eso no tiene ningún sentido. Será otro con el mismo nombre. Habrá cientos de Leopoldos García de la Torre, no es un nombre tan raro.

—Es él, Ana. En su día, Sarah contrató un detective para localizarlo. Hablamos de principios de los cincuenta, unos años después del fallecimiento de la condesa. Entonces el detective averiguó que don Leopoldo había muerto en 1935 pero que tenía un hijo, Ramiro García Abad. Y lo localizó en Madrid.

Yo seguía negando, en silencio. Era un error. Tenía que serlo. Mi abuelo Ramiro, no. Él no tenía nada que ver con esto.

—Sarah intentó contactar con él, pero nunca recibió respuesta. Finalmente desistió y el asunto quedó olvidado. Hasta que muchos años después tú apareciste en escena, empeñada en encontrar *El Astrólogo*. Al investigarte, se descubrió que eras nieta de Ramiro García Abad. Al principio, pensamos que te habías aliado con Konrad Köller justo por eso y que sabías lo que buscabas, lo que era *El Astrólogo*. Luego, nos dimos cuenta de que estábamos equivocados.

Para entonces yo había escondido el rostro entre las manos. Si hubiera sido una tortuga habría metido la cabeza en el caparazón para no volver a sacarla. Sin embargo, la mención de Konrad me hizo alzarlo de repente.

—Pero Konrad sí lo sabía, ¿verdad? Lo supo desde el principio... Dios mío... Él vio esta foto...

Y según pronunciaba tal frase pude visualizar aquella vez de entre las pocas que Konrad había estado en mi casa: le recordé fijándose en la fotografía, preguntándome por ella... Hasta ese punto me había utilizado. Mucho más de lo que yo ya había constatado.

—Qué hijo de puta... —musité.

—Ahora que sé que Greta Köller está metida en esto, empiezo a pensar que nosotros no éramos los únicos que te queríamos implicada. Que también hemos caído en una trampa. Piénsalo, Ana, ¿por qué alguien querría anunciar que la búsqueda del Medallón había comenzado? ¿Por qué iban a querer competencia? Es algo a lo que no he podido dejar de darle vueltas. Y, ahora, creo que tengo la respuesta. Para que tú te involucrases en la investigación. Porque Greta, supongo que con la complicidad de su hermano, no podía pedirte tu colaboración directamente. Después de lo de *El Astrólogo*, jamás se la hubieras dado. Pero intuía que a nosotros sí nos ayudarías. Así, tú sacarías el Medallón a la luz y, después, Greta se haría con él. Los Köller están seguros de que en ti, en tu entorno, consciente o inconscientemente, está la clave para acceder al Medallón.

No pude pronunciar palabra. Sólo me salía negar con la cabeza como un muñeco de salpicadero. Como el muñeco que era en manos de otros.

Con la intención de reconfortarme, Martin quiso acariciarme. Pero yo me revolví de mala manera; de pronto, consciente.

—¿Y tú? ¿Por qué no me lo dijiste? ¿Por qué te has callado hasta ahora como... como...? Ahora que Konrad te ha expuesto... Ahora me lo cuentas, ¿verdad? ¡No eres mucho mejor que él!

—¡No! ¡No! ¡Yo quise decírtelo desde el principio! ¡Odiaba ocultártelo! Les advertí, les dije que no quería trabajar así, que teníamos que contártelo todo, poner todas las cartas sobre la mesa. Pero ellos se negaron a verlo, insistían en que había que ponerte a prueba. Tienes que creerme: mi falta ha sido hacerles caso como un idiota. Te juro que lo único que deseaba era que tú lo supieras y que me estuvieras ocultando que lo sabías, así estaríamos en paz y no tendría de qué avergonzarme.

—¡Pues no, no tengo ni idea! Así que, lo lamento, pero habéis perdido el tiempo conmigo. ¡Tú, los tuyos y los Köller! No sé nada que otros no sepan, no aporto ningún valor añadido. Podíais haber contratado a otro cualquiera, ¡podéis hacerlo a partir de este mismo instante, de hecho!

Reconozco que me enrabieté pero, en aquel momento, no podía pensar con claridad, no podía reaccionar con frialdad como si fuera una inteligencia artificial. Confusa, atónita, dolida... Intoxicada por una sobredosis de sensaciones inesperadas que fui incapaz de digerir, mi primera reacción fue sentir pena de mí misma.

—Ana...

Martin buscaba mis ojos para hablarles a ellos, pero yo no quería mostrárselos, al borde de las lágrimas como estaban. Hubiera resultado patético.

—A mí me da igual quién sea tu abuelo —prosiguió—. Yo sólo sé que, gracias a ti, ahora reconozco a los otros dos hombres de esta fotografía.

Entonces, como si aquella frase fuera un ensalmo, recobré la lucidez. Levanté la vista.

—Cornelius Althann y Fiódor Voikov —pronuncié, sorprendiéndome a mí misma.

De repente, algunas piezas encajaban sobre la plantilla de aquella foto. Por eso me sonaba el hombre de la perilla, lo había visto en la imagen del Hermitage de Irina, la del equipo que catalogó las joyas de los Románov. Y el escenario que ahora contemplaba bien podía ser el de una tienda de antigüedades con su batiburrillo de cosas amontonadas sin sentido. La tienda de Cornelius Althann, el anticuario.

—Y la niña... —continué alentada por mi repentina claridad—. Podría ser Katya, la sobrina de Voikov. Creo que tengo la fotografía de su ficha de la Casa de Niños número dos de Moscú. Tendría que comprobarlo pero... yo diría que es ella.

Martin se rio.

—No sé de qué me hablas pero no importa. Eres tú y tu talento en plena ebullición. Escucha, leí las cartas, las que, de no ser por ti, seguirían en casa de Bonatti. Esas cartas explican esta foto —aseguró mientras rebuscaba en un bolsillo de su pantalón—. He traído una copia. Con una simple lectura te darás cuenta de a lo que me refiero.

Miré con desgana los pliegos que me tendía: la escritura apretada y en latín de Pico della Mirandola. Caí en la cuenta entonces de que me dolía la cabeza, a causa de la tensión pero también de la herida; hacía rato que se había pasado la hora de tomarme el analgésico.

—Seguro que puedes hacerme un resumen.

—Claro. Recordarás que, a la muerte de Lorenzo de Médicis, sus allegados se enfrentaron a la responsabilidad de custodiar lo que el conde Pico llama las reliquias de El Magnífico: *El Astrólogo* y el Medallón de Fuego. Eso es lo que hasta ahora sabíamos por la correspondencia entre Pico y Elijah Delmédigo que los nazis encontraron y que engrosaba el expediente que le pasaron a Georg para iniciar la búsqueda de *El Astrólogo*. Ahora, gracias a las cartas que sacaste de casa de Von Sebottendorf, sabemos que, finalmente, los herederos de Lorenzo encontraron la solución: crear una hermandad compuesta por el mismo Pico della Mirandola, Marsilio Ficino, Elijah Delmédigo y Giorgione. De modo que los cuatro, de forma colegiada, se comprometieron a proteger y preservar los secretos que dichas reliquias contienen. El nombre que se le da a esta hermandad es Magna Clavis. Y para que la sociedad se perpetuase a través de los siglos, cada miembro debía escoger a un sucesor e iniciarlo en la misión, como un maestro con su discípulo. Es así como Magna Clavis llega, al menos, hasta el momento en el que se toma esta fotografía.

—Magna Clavis. La Gran Llave. ¿Podría referirse al símbolo del Medallón? La llave sobre la circunferencia, la clave del infinito o de la eternidad. El mismo que está pintado en el cuadro de *El Astrólogo*.

—No había reparado en ello pero sí, claro que podría referirse a eso.

Contemplé de nuevo la imagen de Althann, Bauer y Voikov.

—Cornelius Althann se parece a Burl Ives.

—¿Burl Ives?

—Un actor secundario del cine clásico. Solía hacer de Papá Noel, pero igual te suena más por ser el padre de Paul Newman en *La gata sobre el tejado de zinc*.

—No caigo ahora... Eso sí, tiene una cara afable.

—Sí —coincidí distraída. Seguía analizando la fotografía—. Suponiendo que éstos sean los miembros de Magna Clavis, ¿por qué sólo hay tres? Si atendemos a los miembros fundacionales de la hermandad, faltaría el cuarto.

Martin no necesitó añadir nada más, le bastó con mirarme.

—¿Crees que mi bisabuelo...?

—Estoy seguro. He consultado nuestros archivos, en los que conservamos todos los documentos que poseemos relativos a *El Astrólogo*, entre ellos la carta que Leopoldo García de la Torre envió a la condesa de Vandermonde. En ella hay una mención expresa a Magna Clavis, una rúbrica que sólo los iniciados podrían conocer.

Me quedé con la vista fija en la fotografía aunque no la miraba. Pensaba en mi bisabuelo, en mi abuelo después: ¿estaría él al corriente?, ¿habría sido miembro de Magna Clavis? ¿Y mi padre? La sola idea de que él estuviera implicado me puso la piel de gallina. ¿Tan cerca estaba de mí?

—No, no puede ser —concluí en voz alta—. La sociedad se disolvió. Si no, Sarah Bauer no hubiera tenido que idear otra para proteger *El Astrólogo*. Si Magna Clavis existiera, si los herederos de Althann y Voikov, de mi bisabuelo incluso, la mantuvieran viva, Sarah lo hubiera sabido. No, ya no existe, Martin. Probablemente la guerra acabó con ella. Y que tú y los tuyos hayáis asumido en parte su tarea, lo demuestra.

—De acuerdo, en lo referente a *El Astrólogo*. Pero, entonces, ¿quién custodia ahora el Medallón de Fuego?

Entonces sí que me sentí agotada.

—Dios mío... Ésa es la pregunta con la que empezó todo esto.

Me recosté en el sofá y me froté los ojos. Debido a la locura de las últimas semanas, no le había contado a Martin nada de mis recientes descubrimientos y, en ese momento, lo último que me apetecía era sacar el ordenador y ponerme a desgranar documentos, datos, piezas, y a ponerlos en contexto con las nuevas informaciones.

—Hasta donde he podido averiguar, Fiódor Voikov fue el

último que poseyó el Medallón —sinteticé—. Eso puedo demostrarlo. Pero después... No tengo ni idea. Tendríamos que seguir investigando.

Esperaba una respuesta inmediata de Martin. En cambio, él guardó silencio. Tuve la sensación de que se inquietaba: se removió en el sofá, cambió la postura de las piernas, se reclinó, volvió a incorporarse...

—Yo... Creo que voy a dejar la investigación.

Pensé que después de lo que acababa de escuchar ya nada podía cogerme por sorpresa. Y sin embargo...

—¿Por qué? ¿Ya no os interesa el Medallón?

—Sí, sí. No he querido decir que haya que suspender la investigación sino que yo no puedo, no debo seguir en ella.

—¿Por tu trabajo? ¿Por... mí? Ya sé que dijiste que tú no querías contratarme, pero ahora que me has contado la verdad, que ya no hay necesidad de seguir mintiendo ni fingiendo...

—Ya... Sí... Pero no eres tú. O, bueno, no como tú lo piensas. Soy yo.

—Martin, hoy estoy especialmente obtusa, lo sé. Entre el golpe en la cabeza, las medicinas y lo que me acabas de contar... Mira, ni siquiera yo misma sé qué pensar de esta dichosa investigación. Pero tú... Tú, ¿por qué querrías dejarla? No tiene sentido. No sé adónde quieres ir a parar.

—Joder, ¿cómo explicártelo?... Podría decirte que no quiero investigar contigo, que nunca lo he querido y que ya no tengo por qué ocultarlo, o que tengo mucho trabajo, una operación en, no sé, Sudán. Pero tú te darías cuenta de que vuelvo a mentirte. Mierda... No se me ocurre la forma de mantener intacta mi dignidad y no hacerte daño.

—¿Y si por esta vez, sólo esta vez, sacrificamos tu dignidad? —insinué, intentando aparentar calma, aunque por dentro me comían los nervios y todo lo que deseaba era cogerle de la camisa y zarandearle para que dijese de una vez lo que tuviese que decir porque esa conversación iba a acabar conmigo.

Él asintió, si bien no parecía muy convencido. Suspiró.

—Ana, yo... Estos últimos días han sido una pesadilla. No saber dónde estabas, temerme lo peor... Y no es porque sea un buen colega que se preocupa por sus compañeros de trabajo. Eso lo hago y no me quita el sueño, puedo asumir el riesgo de mis compañeros como el mío propio. Es mi trabajo. Pero contigo... Temía que esto pudiera pasar, y a las muchas razones por las que ya te he dicho que objeté que te contrataran se añadía una más.

«No, no, no hagas una pausa ahora. Ya te has lanzado, joder, suéltalo.»

—¿Cuál?

Me miró por fin. Serio como quien va a dar la peor noticia.

—Que sospechaba que podía enamorarme de ti. Que me estoy enamorando de ti.

Su declaración me dejó perpleja, entre conmovida y asustada. No se me ocurrió nada inteligente que decir y, aunque en esos casos lo más aconsejable es no decir nada, opté por quitarle hierro al asunto.

—Lo dices como si fuera una catástrofe.

—Lo es. Y ahora que sabes quién soy y a lo que me dedico entenderás por qué. ¿Tú crees que alguien que tiene varios pasaportes y se reúne con mafiosos, terroristas y narcotraficantes puede enamorarse y tener pareja como una persona normal?

—Por lo visto, sí. Enamorarse, al menos.

—Bueno, ya, pero no debe, no debo. Ni por mí, ni por ti. Por eso es mejor que corte con esto de raíz antes de que sea demasiado tarde. Tengo que dejar la investigación, tengo que hacerlo. Tú puedes seguir trabajando con Brigitte, os lleváis bien. Éste no es su campo, pero ya eres tú la experta, y ella tiene muy buen ojo y contactos en todas partes, seguro que te es de mucha ayuda.

Me acerqué a él hasta que nuestras rodillas chocaron. Le cogí la mano.

—Me cae bien Brigitte, sí.

Jugueteé con sus dedos, los escruté como si leyera las líneas de su piel. Tenía la mano grande, acorde con su altura. Alcé la vista. Él me miraba, aguardando algún tipo de declaración por mi parte. Me encantaban sus ojos. No sólo por cómo eran de bonitos, de un intenso azul turquesa, almendrados, con esas pestañas tan largas, negras y espesas que parecían maquilladas. Me gustaban, sobre todo, por cómo me envolvían con una expresión amable y cálida, acentuada por las finas arruguitas del extremo de sus párpados.

Le acaricié el rostro aún algo amoratado y le besé en los labios, con suavidad. Martin gimió entre el placer y el desaliento.

—Pero yo no quiero trabajar con Brigitte, quiero trabajar contigo.

—Mierda, Ana... —protestó débilmente—. No me hagas esto más difícil.

Me acurruqué contra su cuerpo.

—¿Y si finges que se trata sólo de sexo?

—Es imposible. —Enterró el rostro en mi cuello—. Porque cuando dices cosas así, me enamoras todavía más.

Le rocé la oreja con los labios, recorrí con ellos su mentón hasta encontrarme de nuevo con su boca e introduje lentamente la lengua en ella, lamiéndola con delicadeza para abrirme paso entre sus dientes. De su garganta brotó un resuello en tanto me devolvía el beso con deseo mal contenido. Su mano acariciaba mi espalda con ansiedad, se colaba bajo mi camiseta, entre las tiras del sujetador.

—No quiero hacerte daño...

—Tampoco yo a ti. —Empecé a desabrocharle el pantalón—. Tendré cuidado con el corte de tu labio —lo besé—, con el esguince de tu cuello —lo besé—, con tu hombro dislocado —lo besé—, y con tu pecho... ¿Qué costillas te has roto?

—No me refiero a eso —su voz sonó entrecortada.

Le miré con picardía.

—Lo sé. Pero, por una vez en la vida, me da igual. Voy a ser una inconsciente, asumo las consecuencias. Claro que si tú quieres echarte atrás... —insinué con malicia y la mano dentro de sus calzoncillos.

—No... No... —Se lanzó a besarme con delirio—. Yo también asumo las consecuencias.

Mayo de 1945

La batalla de Berlín dejó la capital sembrada de cadáveres. Largas filas de cuerpos cubrían las calles, otros flotaban en los canales, asomaban por entre las ruinas, ardían con los fuegos sin extinguir. Ya desde que se produjera el cerco soviético a la ciudad, los servicios funerarios habían colapsado y eran los ciudadanos los que se encargaban de sus muertos, enterrándolos cuando el incesante bombardeo se lo permitía y donde podían, no sólo en los cementerios sino en parques, jardines o fosas improvisadas. En cualquier lugar había una tumba con una cruz, sin identificar. Ante la escasez de ataúdes, los cadáveres se envolvían en papel de periódico, se cubrían con mantas o, simplemente, se quedaban expuestos al aire allí donde habían caído. Al terminar la batalla, los soviéticos se encargaron de retirar a sus muertos y ordenaron a los berlineses, mujeres y niños sobre todo, que hicieran lo propio con los suyos. La tarea se prolongaría durante semanas, extendiéndose por la ciudad un olor nauseabundo en tanto los cuerpos iban descomponiéndose.

Katya temía perderse en aquel laberinto de calles desdibujadas, aún más intrincado en la oscuridad. Además, tenían que avanzar con cautela pues habría patrullas en la zona buscándolos. Usó el río para orientarse y se movieron por los bordes arbolados de su cuenca.

—¿Adónde vamos?

—A un lugar donde no creo que a nadie le apetezca entrar a buscarte —respondió, enigmática, a la curiosidad de Eric.

—Si eres un poco más concreta, a lo mejor puedo ayudarte. ¿Olvidas que soy berlinés?

—Tenemos que estar cerca ya. Es este parque —señaló en un mapa—. Pero esto no vale para nada, muchas calles han desaparecido.

Eric consultó también el mapa.

—Sigamos por aquí —dictaminó al cabo.

Tardaron más de una hora en hacer un recorrido que, en circunstancias normales, no les hubiera llevado más de veinte minutos. Pero dieron con ello.

—¿Entiendes ahora a lo que me refería con lo de que nadie querrá buscarte aquí? —indicó ella triunfante.

Eric clavó la vista en el cartel frente a él. No había mucha luz, pero no la necesitaba para saber lo que ponía: *«Blindgänger!! Lebensgefahr!»*. Bomba sin explotar. Peligro de muerte. Y una calavera con sus dos tibias cruzadas por si no había quedado claro el mensaje.

Tampoco es que el cartel fuera imprescindible, ya que no había más que asomarse un poco más allá para ver el artefacto con el morro incrustado en el suelo frente a la entrada de un coqueto pabellón de un teatro de barrio en las estribaciones de un parque. Una bomba GP británica de doscientas cincuenta libras, si no se equivocaba.

—No vamos a tener la mala suerte de que explote justo ahora —observó Katya.

—No, espero que no.

Atravesaron una verja desvencijada y rodearon el edificio para entrar por la parte de atrás. Pese a haberse librado de la explosión de más cien kilos de dinamita, el pabellón se encontraba bastante dañado a causa de las bombas incendiarias. El tejado había sucumbido al fuego y había colapsado sobre el interior. El pequeño jardín trasero también había ardido en su mayor parte.

Junto a unos parterres negros y pelados, Eric distinguió dos cadáveres que nadie se había molestado en retirar. Apartó la vista, contuvo el aliento y continuó su camino como hacía cada vez que se topaba con algo así, lo cual, en aquellos días, sucedía con trágica frecuencia en las calles de Berlín.

Llegaron hasta una puerta que la maleza empezaba a cubrir. Su hoja entreabierta hacía que la advertencia de que el paso estaba prohibido a las personas ajenas a la propiedad careciera de autoridad. La atravesaron sin más.

Katya encendió su linterna y se adentraron en un pasillo con las paredes ahumadas. Lo flanqueaban camerinos y almacenes de vestuario y de utillaje, en parte saqueados. Al final del recorrido, se encontraban las bambalinas de un escenario vacío. Allí, el panorama era aún más desolador. La tramoya era una jungla de trozos de madera partidos, estructuras de metal retorcidas, cabos sueltos y enredados, contrapesos suspendidos en el aire, focos colgando, decorados rotos y telones rasgados. El fuego había abierto un boquete en las tablas, había arrasado las butacas, había devorado las paredes enteladas y ennegrecido las escayolas de pan de oro, había reventado los cristales de las lámparas y las ventanas. Todo era una amalgama de jirones, pedazos, desconchones y quemaduras bajo los que asomaban restos de un sorprendente colorido barroco como amargo recuerdo del esplendor pasado.

—Será mejor que volvamos atrás —concluyó Eric.

Rebuscando aquí y allá, encontraron una caja de velas a medio consumir y una manta de mudanza que llevaron a uno de los camerinos, en el que sólo quedaba una silla con un agujero en el asiento, el marco de un espejo con las bombillas rotas y la mesa del tocador con manchas y restos de maquillaje. De la pared colgaban pedazos de carteles de las viejas funciones y el suelo estaba cubierto por el plumón de un almohadón rajado; a cada paso que daban, volaba entre sus pies en remolinos. Allí tendieron la manta y, a su alrededor, encendieron la mitad de las velas sobre latas de clavos.

Katya vació el contenido del maletín: la ropa de Eric, carne seca, galletas y una cantimplora con vodka.

—No es mucho, pero te servirá para matar el hambre. Al menos, hasta que mañana te den de comer en esa iglesia a la que tienes que ir —afirmó aún agachada, bajo la atenta mirada de Eric, quien le ofreció una mano para ayudarla a levantarse.

Una vez en pie, ella le tendió un pedazo de papel.

—En esta dirección podrás contactar con Ramiro para reunirte con Seb.

Eric lo leyó de un vistazo.

—Madrid, España. Señor... Parece tan lejano... —Levantó la mirada—. No sé cómo voy a poder agradecerte todo esto.

—Escapa de Berlín y construye un cohete que viaje hasta la Luna. Ya ves que no soy una chica fácil de contentar —sonrió.

Eric apretó sus manos con anhelo.

—No puedo dejar de pensar en lo que te sucederá cuando descubran que me has ayudado. No puedo quedarme tranquilo. No puedo dejarlo estar como si nada. Katya... Ven conmigo. Escapa de Berlín conmigo.

La tristeza transformó la expresión de la muchacha mientras negaba con la cabeza.

—Tengo que volver. Tengo que irme ya —aseguró sin moverse.

—¿Por qué? ¿Qué te impide venir conmigo? La guerra ha terminado.

—No puedo desertar —se defendió ella con una media verdad. En la práctica, lo que acababa de hacer suponía una traición casi igual de grave que la deserción. Pero si se marchaba no podría saldar su deuda con Oleg.

—La guerra ha terminado —insistió Eric con mayor énfasis. Ella sólo le pudo devolver un rictus de angustia—. Es por Avramov, ¿verdad? Hay algo entre vosotros. Pude intuirlo el otro día. La forma en la que te miraba, su ademán hacia ti...

—Le he traicionado, Eric. Y tengo que compensarle por lo que acabo de hacer. Tengo que casarme con él —admitió con la vista en el suelo, sintiendo que se encogía bajo la mirada de Eric—. Si aún me ama después de lo de hoy.

—¿Y tú?, ¿le amas a él?

—Yo... Debo irme ya.

Eric la atrajo hacia sí y la envolvió en un abrazo. Y ella se sintió más vulnerable, más frágil que nunca. Más cansada de luchar por causas que no eran las suyas. Más cansada de luchar.

—Te quiero, Katya —confesó tras dejar un prolongado beso en su coronilla.

Ella, con la mejilla sobre su pecho, podía notar la respiración inquieta de él, los latidos de su corazón.

—Yo también... Te quiero.

El abrazo se estrechó con pasión, la respiración se pausó antes de brotar en un suspiro, los latidos del corazón se aceleraron. Katya cerró los ojos. El uniforme de Eric le raspaba la cara y olía a pólvora, cuero, repollo y tabaco Majorka. Olía a soldado ruso. El olor de la guerra.

La joven empezó a soltarle el primer botón de la *gymnastyorka* y fue uno tras a otro hasta desabotonar los cinco. Le descubrió la camiseta interior, ajada de tanto uso, y la apartó para poder sentir su piel en la mejilla. Percibió la tensión de sus músculos, los pezones duros.

—¿Cómo ha podido suceder? —murmuró—. No nos conocemos. Somos unos extraños. No sé cuál es tu color preferido, si te gusta la tarta de chocolate, si eres más de invierno o de verano, si le pones leche y azúcar al café. ¿Cuáles son tus libros favoritos? ¿Te gusta la música? ¿El deporte? ¿El cine? A mí me gusta el cine y pasear por los museos, y las fotografías de París. Me encantaría viajar a París... ¿Te gusta viajar? Ni siquiera sé si te gusta viajar... Sé que te gusta mirar las estrellas. Eso es todo lo que sé... ¿Cómo es posible que nos hayamos enamorado?

—Porque era inevitable —la voz de Eric brotó áspera, estrangulada por el deseo—. Porque forma parte del plan del universo. Porque la misma gravedad que todo lo conforma, que todo lo equilibra, nos ha estado conduciendo sin remedio hasta nuestro lugar. Y mi lugar eres tú, mi destino, la única estrella que quiero contemplar el resto de mi vida.

Katya alzó el rostro cubierto de lágrimas. El corazón le estallaba de amor mientras que la razón le recordaba que las estrellas están a años luz de distancia unas de otras. Eric la besó conmovido.

Entonces aquel beso desató una pasión desesperada. Se buscaron con los labios, con las manos, con el cuerpo entero. Se acariciaron y se restregaron, se desnudaron sin separarse. Se recorrieron con la punta de la lengua, se exploraron con la yema de los dedos. Entre jadeos y frases entrecortadas. Entre el anhelo y la ternura. Y terminaron haciendo el amor rodeados de un firmamento de velas encendidas y una ventisca de plumas blancas.

⸻◆⸻

Peter Hanke tragó saliva con dificultad. Tenía la boca seca y el cuerpo entumecido. Experimentaba la excitación del depredador antes de saltar sobre su presa. Pero debía mantener la calma y la cabeza fría. No podía volver a fallar. No podía volver a permitir que se le escapara.

Llevaba días siguiéndola con el sigilo de un espectro. Conocía sus horarios, sus rutas, sus contactos, incluso su forma de caminar. Buscaba la mejor ocasión: cuando se encontrase sola, desprevenida y desprotegida. Parecía no llegar nunca. Empezaba a inquietarse.

Tenía que aislarla de la casa del anticuario. Allí ella había encontrado protección. Pero debía ser cauto, no podía llamar la atención de las autoridades y arriesgarse a una nueva detención. Mejor era estar del lado de los que mandaban ahora. De este modo, había sido sencillo quitarse de en medio al hijo de Althann y ganarse el favor de los rusos. Dos pájaros de un tiro. También había tenido un plan para el otro joven, el español, un elemento extraño, cuyo papel en aquella historia desconocía. ¿Un protegido de Althann, tal vez? ¿Una simple figura circunstancial? Sea como fuere, tenía que liquidarlo. Otro civil más que apareciera muerto en un callejón no les quitaría el sueño a sus amigos soviéticos.

No fue necesario al final. El pájaro había volado antes de que tuviera que sacrificarlo. Suerte para él.

El gran problema era el último giro que habían dado los acontecimientos. La fuga del hijo del Althann, la complicidad de ella, ese contubernio que se traían... ¿Acaso estaban pensando en huir juntos de Berlín y llevarse el Medallón con ellos?

Se había visto obligado a pensar rápido, a actuar rápido. La precipitación era mala aliada, ya le había conducido más de una vez al fracaso. En un principio, había barajado la idea de delatarlos a los soviéticos, que los buscaban desesperados por media ciudad. Lo descartó: sería rendirles una presa que le pertenecía y no le dejarían participar del festín. No, aquel asunto se reducía a un tú a tú entre la sobrina de Voikov y él. Una vez que ella le llevara hasta el Medallón, la mataría.

Claro que, antes, tenía que eliminar al hijo de Althann. Pero ¿cómo?

Tenía que pensar rápido. Tenía que actuar rápido. Aquel teatro era como una ratonera. Su mejor ocasión. No podía dejarlos salir de allí con el secreto del Medallón. No podía dejarlos salir de allí con vida.

Pero ¿cómo?

No me hagas esa pregunta

Me desperté con sensación de frío. Abrí los ojos. La luz del día entraba por las contraventanas a medio cerrar. El edredón se había deslizado hasta el suelo. Me volví buscando calor humano, pero el lado de Martin estaba vacío. Suspiré y, antes de que pudiera llegar a ninguna conclusión, él apareció por la puerta, vestido, con el pelo mojado.

—Buenos días. —Se sentó en la cama y me besó—. Sigues sin tener café.

—Ya. Pero tengo paracetamol.

—Eso tampoco me vendría mal.

—¿Estás muy dolorido? —le pregunté mientras le ayudaba a colocarse el cabestrillo.

—Lo justo. ¿Y tú?

—No. Tengo frío.

Recogí el edredón y nos envolví a los dos en él con un abrazo. Apoyé la cabeza en su hombro y me dio un beso en la coronilla.

—¿Te vas?

Asintió.

—Debería haberme ido anoche, en realidad. Pero la carne es débil y la mujer perversa.

—Lo siento —mentí descaradamente, y él respondió con otro beso a mi mentira.

Me acurruqué aún más cerca si cabía de su cuerpo, ansiando un contacto que sabía sería breve.

—¿Qué vamos a hacer ahora? —pregunté.

—No lo sé.

Y, entonces, me pareció verdaderamente abrumado. Quizá yo sí debía sentirlo después de todo, lamentar haber forzado las cosas.

—Bueno, no hay por qué decidirlo en este instante —intenté arreglarlo.

—Tú... ¿me quieres?

—No me hagas esa pregunta —repliqué inquieta—. ¿Y si te digo que sí? ¿Qué harás? ¿Dejarás tu trabajo? ¿Te convertirás de la noche a la mañana en una persona normal?, ¿o me dirás que da igual, que no hay nada que hacer, que tienes que alejarte de mí porque lo nuestro es imposible? No, no puedes cargarme con esa responsabilidad, así, de repente. Hasta ayer apenas estaba convencida de no odiarte y hoy... ¿hoy me haces esa pregunta? No puedo responder. Necesito tiempo. Necesito tiempo, Martin.

—Está bien, está bien. Tranquila. Entiendo que hay preguntas que no se deben hacer antes de un café —quiso desdramatizar.

Subió café y un bollo de la panadería de la esquina, sin más demandas. Antes de irse, me besó con ternura en la frente, dejándome desarmada, rotas las defensas y abollada la coraza. ¿Podía ser que estuviera enamorada de Martin? Hasta entonces, ni siquiera me lo había planteado. Había albergado demasiado resentimiento, demasiadas dudas hacia él como para planteármelo. Pero una vez que el resentimiento y las dudas habían desaparecido... Y, desde luego, no podía obviar ese cosquilleo que sentía en el estómago cada vez que pensaba en él... La noche anterior había asegurado que asumiría las consecuencias. Era fácil comprometerse al calor del deseo, pero mis convicciones se tambaleaban a la luz del día. ¿En qué follón estaba a punto de meterme? Puede que Martin tuviera razón, que lo mejor fuera que cortásemos lo que hubiese entre nosotros de raíz. Lo mejor, pero no lo que yo quería. ¿Era eso amor?

Según aquella pregunta rondaba insistentemente mi cabeza en tanto yo deambulaba como un animal enjaulado por la casa, me topé con las bolsas que Alain había abandonado tras su tempestuosa marcha. Calabacines, atún, queso, café... Después de todo, sí que había café. Y una rosa envuelta en papel de estraza, ya mustia. La saqué del envoltorio y se desprendieron varios pétalos. Me senté en el suelo, guardándola en el regazo; la mente colapsada y una sensación casi física de tener roto el corazón.

«¿Por qué ahora, Alain? Ahora ya es demasiado tarde.»

Mayo de 1945

Al final de la Segunda Guerra Mundial, había unos ocho millones de prisioneros de guerra alemanes. Aproximadamente cinco millones estaban en manos de los aliados occidentales y tres millones, en manos de la Unión Soviética. Ante la magnitud de las cifras y la imposibilidad logística de garantizar a los prisioneros de guerra el trato que exigía la Convención de Ginebra, en marzo de 1945 el general Eisenhower, alegando que la Alemania nazi había dejado de existir como Estado, renombró a los prisioneros de guerra como fuerzas enemigas desarmadas y ordenó la construcción en el territorio alemán ocupado de diecinueve campos de detención conocidos como *Rheinwiesenlager*, páramos rodeados de alambradas, donde muchos prisioneros murieron a causa del hambre, la deshidratación o la intemperie. Tras el armisticio, comenzaron las primeras liberaciones de prisioneros y, en septiembre de 1945, casi todos los *Rheinwiesenlager* ya habían cerrado. Los últimos prisioneros alemanes retenidos por la Unión Soviética fueron liberados en 1956.

Katya terminó de ajustarse la *gymnastyorka*. Sentía sobre ella la mirada miope de Eric, tumbado a su lado, guardando un silencio lúgubre. Alcanzó las gafas por él y se las puso. Le besó.

—Tengo que regresar al cuartel. Hablaré con Yulia. Le pediré que me cubra: que diga que hemos estado juntas si la interrogan —explicó aunque él no hubiera preguntado nada.

Además de lúgubre, el silencio de Eric era obstinado. Katya se giró, reunió su ropa de civil y se la pasó. Él atendió la demanda implícita en el gesto y empezó a vestirse también. A decir verdad, tenía frío sin ella piel con piel. Un mal presentimiento. Una náusea al final de la garganta.

—Ven conmigo. Katya, por favor, ven conmigo.

Ella negó.

—No me iré sin ti —recurrió él a su último cartucho—. Me quedaré en Berlín. No pienso dejarte.

—No... ¡No! —se mostró enojada—. Me quieres. Has dicho que me quieres, ¿verdad? Pues dime que hacemos lo correcto. ¡Dime que todo va a salir bien! ¡Ve con tu hijo! ¡Es lo que tienes que hacer! Y déjame que yo haga lo que tengo que hacer... Déjame ir, Eric. No me lo pongas más difícil...

Entonces un chasquido metálico le heló las palabras y la sangre. Por instinto, echó mano de su arma, apenas tuvo tiempo de empuñarla dentro de la funda.

—Separa la mano de la pistola.

Peter Hanke apuntaba la Luger con firmeza mientras maldecía en silencio no haber tenido a Althann a tiro sin riesgo de darle a ella. Ahora se veía obligado a lidiar con los dos: la chica estaba armada y tendría tiempo suficiente para acertarle si él disparaba a su amante. Tenía que contener el temblor del dedo sobre el gatillo, las ganas de abrir fuego sin más. Pero si la mataba a ella, nunca conseguiría el Medallón.

—Sepárala o disparo —repitió.

Katya lo ignoró. Por desafiarle, por darse tiempo. Necesitaba tomar conciencia de la situación. Había llegado el momento de enfrentarse a Peter Hanke y Eric estaba allí para complicar las cosas. Sus ojos no se apartaban de los de Hanke. Había aprendido a leer los ojos de sus enemigos siempre que podía. En los del policía vislumbró inquietud. Entonces intuyó que pensaba como ella: Eric Althann era un estorbo en aquel duelo.

Y supo que el primer disparo iría para él. Ella sólo le era útil viva.

—No —le retó—. Sé que su intención es dispararle a él. Pero tenga por seguro que si le mata, usted será el siguiente en morir.

Hanke sonrió.

—¿Olvidas que puedo dispararte a ti primero y luego matarle a él?

—Entonces nunca sabrá dónde está el Medallón. ¿Cree que iba a ser tan idiota de llevarlo encima esperando a que usted me lo arrebatase?

Se dio cuenta de que empezaba a ganar ese pulso: el agente dudaba.

—Me tiene acorralada. Ya lo ha conseguido. Pero si se lo quita a él de en medio, habrá perdido. Menuda contrariedad, ¿verdad, herr Hanke?

—No me pongas a prueba, querida Katya. Descerrajaros un tiro a cada uno ya sería un triunfo. ¿Es eso lo que quieres? ¡Maldita sea! ¿Es eso? ¡No me iré de aquí con las manos vacías, ¿entiendes?! ¡Me llevaré vuestras miserables vidas por delante antes que irme con las manos vacías!

—Hagamos un trato. Déjele ir a él y le diré dónde está el Medallón, no aprecio esa piedra por encima de ninguna vida humana.

—¡Katya, no! ¡No pienso marcharme!

Ella ignoró las protestas de Eric. Todos sus sentidos estaban puestos en Hanke y en el tacto de la empuñadura de su propia arma en la mano.

—Para ser un reputado científico parece usted bastante imbécil, doctor Althann —observó el policía con una sonrisa maliciosa—. Entiendo que es muy humillante que una cría le salve el culo pero...

—¡Váyase al infierno, maldito cabrón!

—¡Ahí es donde va usted a terminar si no se calla! ¡Lárguese de una puta vez, no sea cretino!

Eric sudaba, temblaba, jadeaba. Estaba a punto de explotar de rabia e impotencia. Miró a Katya, rígida como un bloque de piedra con la vista clavada en Hanke y la mano inmóvil sobre su pistolera. No iba a dejarla, no podía dejarla, ¿cómo iba a dejarla? Tenía que hacer algo, tenía que pensar algo, él era un tipo listo, todos decían que era un tipo listo. Tenía que ocurrírsele algo.

—Dile dónde está, Katya. ¡Díselo de una maldita vez y que nos deje en paz! No voy a marcharme, Katya. No me importa morir. No voy a marcharme, Katya, ¡díselo ya!

Katya apretó los dientes. Hubiera deseado poder detener el tiempo, congelar aquel momento para poder volverse hacia Eric, mirarle una vez más a los ojos y hablarle con calma. Explicarle sus razones, explicarle que no serviría de nada decirle a aquel lunático dónde estaba el Medallón porque los mataría de todos modos. Que al menos había que salvar una vida, ése era el triunfo de tal negociación. Y esa vida tenía que ser la de él. Que estaba segura de que a él no le importaba morir, que sabía que no quería dejarla, que no era un cobarde, que la amaba tanto que estaba dispuesto a sacrificar su vida por ella. Pero no podía olvidar que tenía un hijo y tenía que pensar en Seb. Le hubiera gustado tener tiempo de despedirse.

—Eric... Ve con Seb.

—No... No puedo...

—¡Vete de una vez, joder! —gritó fuera de sí, aún sin mirarle—. ¡Vete!

Eric dudó. Todo su ser se rebelaba en tanto se desencadenaba una lucha interna consigo mismo. Sus ojos vagaban de Katya a la puerta, de la puerta a Katya. La pistola de Hanke no dejaba de apuntarle. «Vete con Seb...»

—¡Maldita sea! —bramó—. ¡Maldita sea!

Dio un paso y luego otro hacia la puerta, los fue encadenando como si caminase sobre cristales, rígido y sin volver la espalda. Llegó hasta el umbral. Echó un último vistazo hacia Katya. Se encontró con la mirada desquiciada y burlona de Hanke, quien lentamente, como si lo desafiara, movió el cañón para apuntarla a ella.

—Adiós, herr *Doktor* —lo despidió el policía.

Katya asintió. Serena. Decidida.

Entonces la visión se le emborronó. Parpadeó para secarse los ojos, dio media vuelta y salió corriendo.

Alcanzó el exterior del teatro tras una carrera atropellada. Trastabillaba a cada paso como si estuviera borracho hasta que cayó de manos sobre la tierra mojada. Le sobrevino una arcada que sólo sacó bilis de su estómago vacío. Y gritó con furia hasta desgañitarse. Le ardían los ojos, las mejillas, las orejas... Las lágrimas le escocían. La emprendió a puñetazos contra el barro. Maldijo una y otra vez. Soltó por la boca toda la ira, la frustración y la rabia. Perdió el dominio de sí mismo hasta comportarse como un animal salvaje.

Y, poco a poco, fue sucumbiendo al agotamiento y al dolor. A una congoja que parecía partirle por la mitad. Quedó tumbado boca arriba, llorando como un niño, mientras una lluvia fina que hasta entonces no había sentido caer le empapaba todo el cuerpo.

No iba a abandonarla. No iba a dejarla en manos de ese maníaco. Nunca se perdonaría a sí mismo si lo hacía. Nunca volvería a vivir tranquilo.

Él era un tipo listo. Claro que lo era. Y los tipos listos siempre encuentran la solución a los problemas.

Eric se puso en pie y salió andando camino de Friedrichshagen.

El siniestro camerino parecía una foto fija tras la marcha de Eric. Como si los contrincantes del duelo que entre sus paredes se libraba necesitaran un tiempo para medir sus posibilidades. Ninguno de ellos movía un músculo, ni siquiera parpadeaba.

Katya aún mantenía la mano sobre la pistolera. Sentía en la yema de los dedos la superficie rugosa de la empuñadura y se preguntaba si podría desenfundar con la rapidez suficiente. Apuntar y disparar antes de que Hanke la atravesara con una bala. A buen seguro que el agente era un excelente tirador. La Gestapo había entrenado bien a sus miembros.

—Eres una chica astuta, Katya —acabó él por interrumpir sus cavilaciones—. Y dura de pelar. Has demostrado tener más huevos que ese científico gallina que acaba de salir por la puerta. Cierto que a veces resultas un poco obstinada, pero ¿qué mujer inteligente no lo es? —Hizo una pausa como si esperase que ella respondiera a su pregunta retórica. Finalmente, ordenó—: Pon las manos en alto.

Katya obedeció y Peter se acercó con cautela para desarmarla.

—Te has empeñado en que seamos enemigos. —Le sacó la pistola de la funda—. Te has empeñado en creer que mis intenciones no son buenas, pero todo lo que quiero es proteger el Medallón. Igual que tú —constató mientras apretaba el cañón de su arma contra el pecho de la chica para poder hablarle rostro con rostro, tan cerca que ella sintiera su aliento—. Sacúdete los prejuicios y piénsalo bien: haríamos un buen equipo. Después de todo, no somos tan diferentes. Estamos dispuestos a lo que sea por conseguir lo que queremos.

Hanke aflojó ligeramente la presión del cañón sobre aquel torso que subía y bajaba al ritmo de la respiración agitada de la muchacha. Su tono de voz se volvió casi melifluo.

—Créeme, yo no deseo matarte, Katya. No deseo hacerte ningún daño. Todo lo contrario. Me gustas. No he conocido muchas mujeres como tú. Sólo una, de hecho. Inteligente y con coraje, sí... El orgullo fue su perdición. No dejes que a ti te pierda el orgullo como a ella. Yo la respetaba, ¿sabes? Igual que a ti. A ti también te respeto. Por eso se me ocurre que, ahora que Magna Clavis ha desaparecido, podríamos refundarla tú y yo sobre sus cenizas, ¿qué te parece?

A Katya, con la presión de una pistola en su pecho, el aliento nauseabundo de aquel tipo en la cara y su tacto pegajoso en el cuerpo, sólo se le ocurrió una respuesta: escupirle. La reacción de Hanke fue inmediata y le propinó una bofetada.

—No, Katya, no... —advirtió, relamiéndose los labios como si rebañase una ira que parecía brotarle de los poros dilatados—. No dejes que el orgullo te pierda... ¿Sabes cómo acabó Gerda? Con la cabeza aplastada por la culata de un fusil soviético... Todo por el puñetero orgullo. No querrás tú acabar igual, ¿verdad? Sería una estupidez.

—Pierde el tiempo conmigo. Ya no tengo el Medallón —lo desafió ella, sintiendo el ardor del golpe en la piel y los ojos llorosos.

Furioso, Hanke dio un tirón de su túnica y, haciendo saltar los botones, descubrió el pecho de la chica, del que solamente colgaba la fina cadena que había sido de su madre.

—¿Dónde está? ¿Dónde está, hija de puta? —gritó fuera de sí, poniendo fin a su calma impostada.

—A estas alturas, ya fuera de Berlín. Fuera de su alcance —sentenció ella, sin poder ocultar cierto regocijo.

En un arranque de rabia, Hanke la golpeó en la sien con la pistola. Todo se volvió negro para Katya.

⸎

¿Dónde estaban los soldados soviéticos cuando uno los buscaba? Aquello tenía que ser una broma del destino. Se había pasado las últimas semanas esquivándolos y sin embargo, en aquel momento, había tenido que llegar hasta la misma puerta del edificio del NKVD en Friedrichshagen, donde había estado retenido, para dar con ellos. Casi le entraban ganas de reír, de hacerlo a carcajadas como si hubiera perdido el juicio.

Había corrido durante más de una hora bajo la lluvia. La adrenalina le había sostenido hasta entonces, pero al verse allí de nuevo, frente a las defensas de alambre, los puestos de control y los centinelas armados, creyó que se desmoronaría. La luz de los focos en la noche cerrada le arañaba las pupilas, el aguacero diluía los contornos que parecían de acuarela, tenía la sensación de ver en blanco y negro como en ese instante previo a perder el sentido.

Avanzó hacia el control cual muerto viviente.

—¡Alto! ¡Alto ahí!

Escuchaba los gritos en ruso mezclados con el estruendo de la lluvia, resonaban como eco en sus oídos. Alzó los brazos y siguió caminando. Los guardias encararon sus fusiles. Se detuvo.

—¡Soy el doctor Eric Althann! —se esforzó en alzar la voz—. ¡Quiero ver al coronel Avramov!

Dos soldados se echaron sobre él como si aquella figura desarmada, a medio vestir, cubierta de barro y calada hasta los huesos supusiera una amenaza. Y él se dejó reducir, sin oponer la menor resistencia.

Lo llevaron al interior donde los abordó un teniente al mando de la guardia. Los soldados intercambiaron unas frases mientras Eric repetía su letanía: «Tengo que ver a Avramov».

—Bajadlo al sótano.

—¡No! ¡No! ¡Tengo que ver al coronel Avramov! —forcejeó, resistiéndose a los tirones de los guardias—. ¡Avramov! ¡Avramov!

Sintió impotente cómo lo arrastraban hacia las escaleras, cómo su lucha era inútil, iba a terminar dislocándose los hombros antes que conseguir nada. Pero la desesperación le nublaba el juicio y siguió revolviéndose y desgañitándose.

—¿Qué está ocurriendo aquí?

Por un instante, la escena pareció congelarse. Eric cesó el forcejeo, los soldados dejaron de arrastrarle y todos miraron hacia arriba: desde la galería del piso superior que daba al vestíbulo, el coronel Avramov los observaba.

—¿Qué está pasando, camarada teniente?

—Este hombre dice que es el doctor...

—¡Avramov! ¡Tenemos que hablar! ¡Tenemos que hablar!

Uno de los soldados le pateó en el estómago para hacerlo callar. Eric se dobló de dolor, entre toses y boqueos. Cuando pudo volver a levantar la cabeza, se encontró con el rostro del coronel frente al suyo y su mirada dura, llena de resentimiento. Quiso hablar pero apenas le salió algo parecido a un graznido antes de sucumbir a otro ataque de tos.

—Enciérrenlo —sentenció el oficial.

—No... ¡No! Es Katya... Oleg... ¡Es Katya!

Como si la mención de aquel nombre lo hubiera desquiciado, el coronel agarró a Eric por el cuello de la camisa y lo empujó con violencia contra la pared.

—¿Qué pasa con Katya? ¿Qué coño está pasando, Althann? —le vociferó tan cerca de la cara que su saliva le salpicaba.

—Está en peligro. Tenemos que ayudarla. Tenemos que ir a por ella. ¡Ahora mismo, Oleg! ¡Ya!

Avramov lo llevó casi en volandas hasta el primer cuarto que encontró, lo lanzó a su interior y, ordenándoles a los soldados que custodiaran la puerta, la cerró tras de sí. Se volvió, rojo de la cólera y el esfuerzo, y Eric, tirado en el suelo, comenzó un relato atropellado de todo cuanto había sucedido.

El rostro del coronel fue mudando de la ira a la estupefacción, a la inquietud, a la determinación.

—Voy a reunir una patrulla. Rodearemos el lugar. Tendrás que indicarnos su situación exacta...

—Espera. No puedes dar así como así la voz de alarma sin que mañana todo el NKVD sepa que ella ha estado involucrada en mi fuga. Coge un par de hombres como mucho. Yo voy contigo.

—¡No me des órdenes! ¡No se te ocurra darme una puta orden, Althann! ¡Tú te quedas aquí, encerrado en el calabozo donde te debería haber metido en un primer momento!

—Escucha, sólo yo puedo conducirte hasta allí. Ahora mismo es del todo imposible dar indicaciones en esta ciudad, ¿no te das cuenta?

Oleg bufó. Miró a Eric con hostilidad, como si él fuera el culpable de todo aquello.

—¡Maldita sea, Althann! Como esto sea un truco...

—Acabo de entregarme, Avramov. ¡Acabo de entregarme, joder! ¿Cómo coño va a ser un truco?

━━━◅◦❖◦▻━━━

Peter Hanke la contempló tendida, inconsciente, mientras notaba un acceso de calor como si la rabia y la frustración ardiesen en sus entrañas. Lanzó un grito animal para aliviarlas, pero de poco le sirvió. Se sentía loco de odio, de furia.

Le encañonó su preciosa cara. «Es guapa, la muy hija de puta.» Pensar en volar un rostro tan perfecto le causaba una satisfacción sexual. La mataría y acabaría con aquello de una vez. Pero matarla sería demasiado bueno para ella, demasiado rápido para él. Necesitaba vengarse, aliviar su furor. Necesitaba cobrarse un precio por tanto esfuerzo en vano, por tanta pérdida. Ella tenía que pagar por su arrogancia y por su tozudez, por ese desdén y esa repulsión con los que siempre le había contemplado. Sí, matarla no sería castigo suficiente. Necesitaba hacerla sufrir para que comprendiera cuánto había sufrido él.

Revolvió el camerino en busca de algo para atarla. Encontró la cantimplora de vodka y la vació de unos pocos tragos que le ayudaron a entonarse. Entonces se fijó en un pedazo de papel caído en el suelo. Lo cogió y leyó la dirección escrita en él, una dirección de Madrid, España. Se lo guardó con una sonrisa antes de apurar las últimas gotas de un alcohol que le había sabido a poco. Finalmente, lio los tobillos y las muñecas de la chica con los cordones de unas cortinas. La amordazó con un pedazo de tela. Apretó bien fuerte, hasta comprobar que su piel se enrojecía.

Rematada la tarea, miró a su alrededor: la ventana a ras del suelo con los cristales rotos, la puerta desvencijada. No le gustaba ese lugar, se le antojaba un agujero del que no podría salir si las cosas se torcían. Tendría que sacarla de allí, llevarla a otro sitio más seguro, a su casa, tal vez; el sótano de la villa de Dahlem era el lugar perfecto para retenerla. Pero no podía cruzar media ciudad cargando con el cuerpo inerme de un soldado soviético en pleno toque de queda. No le quedaba más remedio que permanecer allí.

Finalmente, decidió arrastrarla hasta una esquina del escenario y la sujetó con más cuerdas a una silla. En aquel lugar con el tejado abierto al cielo, se hacía patente el fragor de la tormenta. Llovía en el patio de butacas, centelleaba a través de cada rendija y la acústica del espacio parecía amplificar el redoble de los truenos.

Katya empezó a despertar. La cabeza aún le colgaba sobre el pecho, pero emitía algún gemido quedo. Peter la cogió de la barbilla para alzarle el rostro, de entre sus párpados entreabiertos asomaban unos ojos en blanco.

—Querida Katya. —Le acarició las mejillas.

Entonces le lanzó una bofetada que retumbó en el escenario. Ella abrió los ojos y le devolvió una expresión aterrada. Al verse atada, empezó a revolverse y a proferir gritos que la mordaza ahogaba. Peter la mandó callar mientras intentaba pasarle las manos por el cabello como si acariciara un animal.

—Tranquila... Tranquila...

La abofeteó de nuevo y, en ese momento, ella empezó a sangrar. Peter observó con repulsión el hilillo rojo y viscoso que brotaba de su nariz. Se mezclaba con el sudor, se le adherían los cabellos. De un modo retorcido, le excitaba.

—¿Es que no lo ves? Es inútil que te resistas.

Quiso acariciarla otra vez pero ella retiró la cara. Peter sonrió con condescendencia. Se sacó el trozo de papel de un bolsillo del pantalón y se lo mostró.

—Es aquí adonde tengo que ir a buscar el Medallón, ¿verdad? Ese español metomentodo se lo ha llevado, claro... ¿Cómo he podido estar tan ciego? Realmente llegué a pensar que no era más que la mascota de Cornelius Althann. ¿Ya sabes? ¿Por qué no iba a ser el viejo un sucio maricón? Con ese efebo siempre en su casa... Subestimé al chaval y admito que me la habéis jugado. Pero, ah, Katya, al final yo gano.

Un rayo crujió sobre sus cabezas y prendió de blanco una vez más aquel lugar oscuro. Los ojos de Katya, encendidos como los de una bestia en la noche, refulgían desafiantes.

—¡No me mires así! ¡No me mires así! ¡Yo he ganado! ¡He ganado!

Hanke se acercó a ella, le abrió la camisa y le arrancó la ropa interior.

—Y voy a quitarte esa mirada de arrogancia, maldita sea. Sí, pequeña zorra... Vas a temerme como si fuera el mismísimo diablo —le susurró al oído con lascivia, arrastrando los labios por su cuello.

Entre gruñidos de placer, empezó a magrearse contra ella, a frotarse el miembro ya duro entre sus pechos. La mordió, la golpeó, la emprendió a empellones y rodillazos contra su pelvis desnuda. Los gritos sordos y los espasmos de Katya fueron inútiles, sólo consiguieron tirarla de la silla. Con ella en el suelo, Peter se corrió. No llegó a penetrarla, a Peter Hanke le repugnaba la penetración, pero la regó con su semen y remató la faena pateándola hasta dejarla rota de dolor, sumida en un llanto desesperado.

Martin, me voy a Asturias

Llamé a Alain. Me impulsaba el remordimiento, el malestar, la decepción. No por el incidente con Martin sino porque detestaba haber dado al traste con aquellos días previos de tregua, en los que habían desaparecido las tensiones y el rencor entre nosotros. Ante aquellas bolsas de la compra cargadas con la ilusión de una cena agradable y, sin embargo, abandonadas de mala manera en el suelo del recibidor, intenté ponerme en su piel, intenté figurarme cómo se sentiría en aquel momento. Y me sentí fatal.

Le llamé varias veces. Pero él no contestó a ninguna de mis llamadas. No podía reprochárselo, me lo tenía merecido después de haberle evitado primero y utilizado después.

Pensándolo bien, casi era mejor que no me cogiera el teléfono. Sería muy cínico decirle que lamentaba lo sucedido y callarme que, en cuanto se hubo marchado, me había faltado tiempo para acostarme con Martin. Tampoco estaba preparada para asegurarle que él tenía que seguir su camino y yo el mío. Apartarle así de mi vida me asustaba a mí la primera. Señor, me sentía como el perro del hortelano, que ni come ni deja comer. Quizá había llegado el momento de ir a terapia para aclarar mis ideas y facilitar la existencia de los demás.

Tras horas de darles vueltas en espiral a idénticos pensamientos, que terminaban virtualmente en la consulta de un psicoanalista, decidí refugiarme en el trabajo como distracción. El hecho de que mi abuelo pudiera estar implicado en el asunto del Medallón también me tenía desquiciada. No podía creerlo. Necesitaba confirmar que Martin estaba equivocado.

Contemplé con calma la foto de la revelación. Confirmé mis sospechas de que aquella niña era Katya; su imagen se correspondía con la de la ficha de la Casa de Niños. Era una niña bonita, algo ceñuda, aparentemente más por retraimiento que por mal carácter. La pobre niña huérfana, sola entre aquellos señorones. Sentí lástima por ella.

¿Por qué mi abuelo tendría esta foto? Podía admitir que mi bisabuelo sí estuviera implicado, la carta de la condesa de Vandermonde era una prueba. Pero, en cuanto a mi abuelo, cabía la esperanza de que fuera tan ignorante del asunto como yo misma. Quizá aquella foto no representaba más que una herencia sin significado. Porque, de no ser así, de estar él involucrado en lo que suponía aquella imagen, yo debería saberlo. O no... Estaba mi padre. Él antes que yo.

Cogí el teléfono fijo y busqué en la agenda el número de la galería mientras me recordaba que tenía que comprarme un móvil nuevo. Lo marqué con tanta precipitación que no tuve tiempo de preparar la conversación y, cuando mi padre descolgó, me enredé con él en una charla insustancial: «Qué tal estás», «yo bien y tú», «todo bien por aquí», «a ver cuándo nos vemos»... Entretanto, decidí que lo mejor era ir directa al grano.

—Oye, papá, ¿el abuelo te habló en alguna ocasión de un medallón?

—¿Un medallón? —sonó espontáneo; lo imaginaba frunciendo el ceño de extrañeza—. No. Pero... ¿te refieres a algo de tipo religioso? Ya sabes que tu abuelo no era mucho de esas cosas... ¿Por qué lo preguntas?

—No, por nada. Me he puesto a pensar en reliquias familiares y eso, ya sabes. —Por supuesto que no sabía; ahora podía imaginármelo con gesto de desconcierto. Seguí hablando para no darle tiempo a pedirme más detalles—. ¿Y te suena si estuvo en Berlín?

—Sí, creo que sí. Seguramente. Viajaba mucho con sus exposiciones. Le gustaba viajar. ¿También lo preguntas por lo de las reliquias? —Detecté cierta sorna.

—No. Bueno, en parte. Es que estaba repasando fotos y me he topado con una tomada en Berlín en los años treinta. Como él no sale, me preguntaba cómo habría acabado aquí.

—Si es de los años treinta, no la tomaría él. Entonces estaba terminando el bachillerato y después vino la Guerra Civil.

—Sí, eso pensaba.

—La compraría. Las cosas viejas siempre le gustaron. Se pasaba horas rebuscando en mercadillos y anticuarios.

—Ya... —Dudé un instante antes de continuar con el interrogatorio. Percibía que mi padre empezaba a sospechar de mi repentino y extraño interés en unas supuestas reliquias de mi abuelo. Si me preguntaba, tendría que ponerle alguna excusa y no me gustaba mentirle. Claro que no tenía otra opción—. Y... Una pregunta más: las cosas del abuelo... me refiero a los papeles y eso, te deshiciste de ellas, ¿verdad?

—Sí, claro, eran papeles viejos, inservibles ya, ¿para qué querría guardarlos? Los revisé antes, por supuesto, pero no había nada que mereciera la pena conservar. Aunque, ahora que lo mencionas, esto me recuerda que quedaron algunas cajas en el desván de la casa de Asturias que nunca llegué a limpiar. Siempre me digo que tengo que hacerlo pero...

—¿En la casa de Asturias? ¿Y no tendrás las llaves a mano?

Se hizo un breve silencio al otro lado de la línea. Ya estaba. Había conseguido colmar la pretendida indiferencia de mi padre y se me venía encima una avalancha de preguntas incómodas.

—No vas a contarme de qué va esto, ¿me equivoco?

Era adorable. Me estaba ofreciendo una vía digna de escape. Suspiré de alivio.

—Lo haré, papá. Te lo contaré absolutamente todo. Estoy deseando hacerlo, te lo prometo. Pero ahora no puedo. Lo comprendes, ¿verdad?

❈

—Martin, me voy a Asturias.

—¿A Asturias? —parecía confuso—. ¿Con tu familia? ¿De vacaciones?

—No, no. Es que he empezado a seguir la pista de mi abuelo, a buscar una explicación a lo que me dijiste. Los pocos documentos suyos que quedan están allí, en su casa. Tengo que verlos, tengo que saber si él estaba implicado. No se me ocurre otro sitio por el que empezar.

Aunque traté de mostrarme serena, cierto tono de desesperación y ansiedad al fondo me delataban. Yo misma notaba la excitación contenida, la incertidumbre, el miedo a lo que pudiera hallar.

—Escucha, ¿por qué no te lo tomas con calma? Quédate en casa, es lo más seguro, y aprovecha para hacer caso a los médicos y reposar. Puedes seguir trabajando en la investigación si quieres, en otros aspectos que no requieran que te desplaces. Ahora no puedo, pero la semana que viene iré a buscarte y viajaremos juntos a casa de tu abuelo, yo mismo te ayudaré a buscar esas explicaciones que necesitas.

—No, no. Tiene que ser ahora o voy a volverme loca dándole vueltas al asunto.

—Ana, no me quedo tranquilo...

—Pues deberías. Ni siquiera tengo móvil, no tienes por qué preocuparte de que puedan localizarme. Y te aseguro que a nadie se le ocurrirá buscarme en aquel lugar perdido de la mano de Dios. Además, para que no te agobies, me conectaré a diario con el wifi del bar del pueblo para darte señales de vida, ¿qué te parece? A la primera que deje de hacerlo, tienes permiso para ir a rescatarme.

Desde luego que no le convencieron mis argumentos, pero comprendió acertadamente que era inútil intentar quitarme la idea de aquel viaje de la cabeza; estaba decidida a hacerlo de todas maneras.

Mayo de 1945

La renuncia de los americanos a tomar Berlín es una de las decisiones militares más controvertidas de la historia. El 12 de abril de 1945, las tropas norteamericanas alcanzaron el río Elba, quedándose a tan sólo sesenta kilómetros de la capital. Sin embargo, y aun en contra del criterio británico, los americanos prometieron a los soviéticos no cruzar el Elba y así lo hicieron. Además de que a Estados Unidos no le interesase enfrentarse con Stalin y perder un aliado en tanto continuaba la guerra con Japón, el general Eisenhower aseguró que no quería sacrificar la vida de sus soldados capturando Berlín. Lo cierto es que la batalla de Berlín se resolvió con un altísimo coste para el Ejército Rojo: casi ochenta mil muertos y doscientos setenta y cinco mil heridos. Las elevadas víctimas soviéticas se debieron en parte al empeño y las prisas de Stalin por capturar Berlín antes que sus aliados, lo que sumado al hecho de haber enviado tantos ejércitos a la batalla resultó en que acabaran compitiendo entre ellos y se bombardearan accidentalmente unos a otros.

—Quítame estas esposas, Oleg. Tengo que ir contigo. Ese tipo es un maníaco, es muy peligroso. Cuantos más seamos, mejor —suplicó Eric ante el empeño de Avramov en que se quedara en el coche.

El coronel lo miró exasperado.

—Ya te he dicho que no estás en posición de decirme lo que tengo que hacer. Eres mi prisionero, ¿me oyes? Se acabaron las contemplaciones. Te quedarás aquí. Tienes... Tienes tanto que explicarme que... —Se interrumpió a sí mismo. No era el momento ni el lugar de ventilar sus diferencias. Ahora no. Tenía que salvar a Katya.

—Oleg...

—¡Cierra la boca de una vez, Althann!

Eric obedeció, aunque no perdió la ocasión de manifestar su descontento con una patada al asiento delantero.

—Camarada Meklin, a la más mínima tontería le pegas un tiro —ordenó Oleg al conductor—. Sólo para reducirle, no lo mates. Y si dentro de media hora no hemos salido, ve a buscar refuerzos.

—Entendido, camarada coronel.

—Vamos, camarada Stepanov.

El soldado raso Anatoli Stepanov contempló espantado la bomba sin detonar frente a la que acababan de detener el jeep. Le daba la impresión de que el simple golpeteo de la lluvia sobre su cubierta metálica la haría saltar por los aires en cualquier momento. Lo habían reclutado en el último reemplazo y lo habían mandado directamente a Berlín hacía tan sólo una semana. No quería morir. Era estúpido morirse terminada la guerra. No tenía nada de heroico. ¿Por qué no iba aquel alemán? Ese nazi suicida que le rogaba al coronel que le dejase acompañarle. Si alguien había de morir, mejor un puto nazi que él. Joder, aún no había tenido relaciones con una chica. ¡No podía morirse sin haber probado el sexo!

—Pero, camarada... Señor... Camarada coronel... Esa bomba... Deberíamos llamar primero a los artificieros...

—¡Anatoli, muévase!

El soldado agachó la cabeza y siguió a su oficial mientras mascullaba entre dientes una maldición a su suerte.

Atravesaron la verja y rodearon el edificio para acceder por la parte trasera como les había indicado Eric. Oleg volvió a comprobar que el cargador de su pistola contenía todas las balas. En aquel momento, lamentó carecer de entrenamiento militar y no ser más que un especialista con uniforme de oficial. Se reconocía nervioso, aturdido, incluso, después de los últimos sucesos. Se esforzaba por mantener la mente fría y centrada en rescatar a Katya, pero no podía dejar de pensar en lo que la había conducido hasta allí.

De algún modo, y aunque se había negado a admitirlo, había albergado sus sospechas desde que ella insistiera en acompañarle a su encuentro con Althann. ¿Por qué si era sólo un prisionero más? Por otro lado, no imaginaba qué intención oculta podía haber en ello. Ni remotamente se le ocurría que Katya y Eric pudieran estar relacionados. Sin embargo, esas miradas furtivas, esa tensión entre los dos, esas argucias para verse a solas... Qué estúpido había sido. Había preferido ponerse una venda en los ojos, no ver resultaba mucho más sencillo, menos doloroso. Y, de todos modos, Eric estaba condenado. Todo pasaría.

Cuando le notificaron la fuga del científico, cuando le hablaron de una mujer implicada... Enseguida supo que se trataba de ella. Y la había maldecido presa de la rabia y la decepción. Se había jurado que no la perdonaría jamás, ya no sólo la traición a su país, sobre todo la traición a su persona, la cual le había confiado en cuerpo y alma. Se había asegurado que la odiaba y, no obstante, en ese preciso instante, mientras se adentraba en aquel lugar siniestro sabiendo que la vida de ella corría peligro, sus entrañas encogidas le recordaban cuánto la amaba y que sería incapaz de vivir sin ella.

———— ❦ ————

Katya navegaba entre la consciencia y la inconsciencia. Experimentaba una extraña sensación de irrealidad, como si se encontrara fuera de su propio cuerpo y pudiera verse, tirada en el suelo, atada, cubierta de heridas y magulladuras. ¿Estaría muerta? Ojalá lo estuviera. Así todo habría terminado. Pero era dolor lo que de cuando en cuando la espabilaba, el dolor de un cuerpo aún con vida. Y ese sabor metálico en la boca, la textura fibrosa de un trapo entre los dientes, la falta de aire... Abrió los ojos, los notaba hinchados. Sólo vio una superficie de madera llena de polvo y astillas, largos tablones que se perdían en la oscuridad. Quiso moverse pero le pareció un esfuerzo titánico e inútil. ¿Dónde estaba Hanke? ¿Se habría marchado? ¿La habría dejado por fin?

Volvió a perder el sentido. Creyó escuchar voces, su nombre, una y otra vez. No podía abrir los ojos, los párpados le pesaban demasiado. La tocaron.

«No. Déjame. No me toques. No me hagas más daño. Ya no más. Por favor.»

—Katya... Amor mío...

«¿Oleg?»

Y, entonces, como si hubiera recibido una descarga eléctrica, empezó a zarandearse con violencia para deshacerse de sus ataduras y de su mordaza. ¡Tenía que avisarle! ¡Tenía que avisarle!

⚍

Peter Hanke nunca pensó que mear fuera a salvarle la vida.

La reciente experiencia sexual le había dejado un regusto amargo. Era la primera vez que violaba a una mujer. En anteriores ocasiones había usado la violencia, sí, en muchas ocasiones, pero ellas siempre habían consentido, bien por dinero, bien por placer; estaban tan enfermas como él. Sin embargo, ese forcejeo con la pequeña zorra no le había agradado. Creyó que podría penetrarla. La chica le excitaba. Pero al final no había podido vencer su repulsión. No, definitivamente, ella no era como Gerda.

Ensañarse había estado bien, había satisfecho en parte su frustración y su deseo de venganza. Había resuelto la tensión acumulada durante los últimos años. Aunque tenía que reconocer que golpearla con tal fiereza le había dejado exhausto. La edad y las calamidades le pasaban factura, estaba claro.

Cuando se le rebajó la tensión, recuperó el resuello y se le quedó floja, tuvo ganas de mear y decidió salir fuera; a tomar el aire, a estirar las piernas. No quería ni imaginarse el estado cochambroso en el que se encontrarían los aseos de aquel lugar donde ya había visto corretear a más de una rata; prefería sacársela en un arbusto bajo la lluvia. Además, tenía que pensar qué iba a hacer con la chica. Seguramente, pegarle un tiro. Aunque puede que antes volviera a sobarle los pechos. Tenía unos pechos bonitos, firmes y del tamaño adecuado; los pechos demasiado grandes le parecían vulgares y los demasiado pequeños le dejaban frío.

Según reflexionaba de tal modo mientras se aliviaba en el jardín trasero, disfrutando del frescor de las primeras horas del día, escuchó el motor de un automóvil. Y supo que se había detenido frente al edificio. Maldiciendo la oportunidad, dejó la meada a medias, se guardó la verga goteante y se apresuró en ir a investigar. No alcanzó a ver el coche, pero divisó a un par de soldados soviéticos atravesar la verja del recinto del teatro. Gracias a eso, pudo anticiparse a ellos.

Corrió al interior, atravesó el pasillo como un rayo y llegó al escenario donde, aprovechando la claridad que se colaba por el tejado, exploró con la vista en busca de un escondite perfecto. Divisó una parte del andamiaje de la tramoya que aún permanecía en pie. Parecía estable y segura, desde allí tendría buena vista, el cuerpo de la chica quedaba a poca distancia. Se encaramó a lo alto sin perder el tiempo y confirmó que el ángulo y el rango de disparo eran tan buenos como esperaba. Extrajo el cargador de la pistola y contó seis balas, no podía permitirse muchos fallos. Volvió a empujar la caja dentro de la culata y se dispuso a esperar. Iba a ser divertido, como un pim pam pum de feria.

Al descubrir su cuerpo inmóvil yaciendo en el suelo, Oleg pensó que había llegado demasiado tarde. Se abalanzó sobre ella, repitiendo su nombre con desesperación. Y cuando, después de tocarla, ella gimió y empezó a balbucir frases sin sentido a través de su mordaza, sintió ganas de llorar del alivio.

—Katya... Amor mío... Estoy aquí. Ya ha terminado, ya ha pasado todo. Voy a sacarte de aquí.

Se volvió hacia el soldado:

—Stepanov, deme su cuchillo y vigile mientras la desato.

El joven Anatoli le obedeció, rogando en silencio porque el coronel se diera prisa y pudieran largarse todos de una vez de aquel lugar. No le gustaba. Nada de aquella situación le gustaba un pelo, pensaba mientras agarraba bien fuerte el arma con ambas manos y apuntaba a diestra y siniestra.

Oleg empezó a cortar los nudos que sujetaban los tobillos de Katya. Entonces, para su asombro, ella comenzó a contorsionarse como una víbora presa bajo la garra de un animal, a forcejear con él como si fuera su agresor, a gruñir bajo la mordaza.

—Katya, tranquila. Estate tranquila, voy a soltarte. —Peleaba con ella, las cuerdas y el cuchillo; temía acabar hiriéndola.

Ella gruñía cada vez con mayor insistencia, giraba la cabeza para mirarle con los ojos tan abiertos que parecía que iban a salírsele de las cuencas. Era como si hubiera perdido el juicio. No se atrevió a meter el cuchillo entre sus muñecas, las hubiera cortado seguro con semejante agitación. Intentó amansarla a base de caricias y palabras suaves mientras le soltaba la mordaza. No parecía surtir mucho efecto hasta que, una vez libre su boca, Katya estalló:

—¡Está aquí! ¡Todavía está aquí!

Una fuerte detonación selló sus palabras y resonó en el escenario. Oleg vio al soldado Stepanov caer fulminado con un golpe seco sobre las tablas. El coronel quiso reaccionar, pero sintió el siguiente disparo como una lanza candente en su costado. Abrió los ojos como platos. Intentó hablar. Hablar a Katya, que gritaba de espanto a su lado. Entonces un tercer disparo lo silenció todo.

⌖

Eric resopló inquieto y se hundió desesperado en el asiento. Estaba seguro de que aquella espera iba a acabar con sus nervios. Miró con hostilidad a Meklin, que fumaba despreocupado con las piernas en alto y las botas llenas de barro sobre el salpicadero del jeep. Ya le habría preguntado una docena de veces cuánto tiempo había pasado desde que se marchara el coronel. El soldado llevaba tres relojes a lo largo del brazo izquierdo. Qué puñetera obsesión la de los rusos con los relojes. Al principio, le había respondido con desgana mal disimulada, puede que incluso le hiciera ilusión tener la oportunidad de lucir y dar buen uso a su flamante botín. Sin embargo, la última vez lo había mandado a la mierda y le había conminado a cerrar la, textualmente, puta boca so pena de obligarle a desenfundar el arma.

Por lo menos, había dejado de llover. El repiqueteo de las gotas sobre el techo de lona le sacaba aún más de quicio. Calculó que quedarían unos cinco o diez minutos a lo sumo para cumplir la media hora fijada por Avramov. ¿Por qué diablos tardaban tanto? ¿Y si no salían pasado el plazo? Ir a buscar refuerzos era una maldita pérdida de tiempo. Un tiempo que Katya no tenía. Tenía que pensar en algo, en cómo quitarse a Meklin de encima...

Un repentino estallido le irguió del sobresalto y, antes de que pudiera tomar conciencia de ello, le siguieron otros dos. Se giró hacia Meklin y el soldado, con el pitillo colgando de los labios y las botas ya bajo el volante, le devolvió una mirada bovina.

—*Chyórt pabyerí* —maldijo.

—¡Son disparos! ¡Hay que ir en su ayuda! —apremió Eric.

—¡No! Mis órdenes son ir a buscar refuerzos —objetó el soldado al tiempo que accionaba el contacto del automóvil.

—¡Pero ahí dentro hay un tiroteo! ¡Será tarde cuando lleguen los refuerzos!

—¡Son mis órdenes!

Eric observó impotente cómo el soldado maniobraba para devolver el jeep a la calzada.

—¡Joder! ¡Pues quítame estas esposas y déjame ir a mí!

—¡Ni hablar! ¡Estese quieto en el asiento o el siguiente disparo será para usted! ¡Eso también son mis órdenes!

No. No iba a marcharse de allí. ¡No iba a marcharse de allí! Tenía que hacer algo. Saltaría en marcha. O... O...

Se miró las muñecas esposadas. Le habían esposado por delante. Los muy bobos le habían esposado por delante. No lo habían creído lo suficientemente peligroso para hacerlo por detrás de la espalda. Se miraba las muñecas, la cadena de las esposas. El jeep avanzaba, se alejaba del teatro. De Katya.

En un rápido movimiento, Eric alzó los brazos y, desde su posición en el asiento trasero, atrapó el cuello de Meklin con las esposas, apretando para reducirle. El otro soltó el volante para intentar zafarse y el jeep empezó a dar bandazos de un lado a otro sobre la calzada agrietada y llena de baches, húmeda, resbaladiza y en pendiente. Eric botaba y se zarandeaba dentro del coche como en una centrifugadora. El soldado era fuerte y sujetaba con sus manos la cadena para evitar que lo ahogase. Pero Eric no aflojaba. Entre saltos, sacudidas y forcejeos, desatendía el vertiginoso avance del jeep sin control y no se dio cuenta de que iban derechos hacia una farola contra la que el vehículo se empotró sin remedio. El golpe los hizo volar hacia delante. A Meklin lo detuvo el parabrisas, a Eric lo detuvo Meklin.

Acabó retorcido, boca abajo, en una postura imposible entre el asiento del conductor y el soldado. Tardó un instante en recuperarse de la conmoción y en encontrar apoyo para erguirse y desplazarse al sitio del copiloto. Desde allí, comprobó que Meklin estaba inconsciente: se había abierto la cabeza contra el cristal pero seguía con vida; sintió alivio, no había pretendido matarlo. Rebuscó en los bolsillos del soldado y dio con la llave de las esposas. Una vez libre, se hizo con el arma del ruso y salió a toda prisa del jeep.

—•◇※◇•—

Oleg se desplomó al lado de Katya. Ella lo llamó a gritos hasta que comprendió que no respondería. Un charco de sangre se extendió por el suelo hasta empaparla. Alzó con torpeza las manos atadas y le acarició las mejillas todavía tibias. Entre lágrimas, musitaba un no detrás de otro, entrelazados con su nombre, ahogados en sollozos.

No escuchó los pasos de Peter Hanke sobre la tarima. No lo sintió llegar hasta que lo tuvo encima y, con el pie, como quien escarba en la basura, el agente volteó el cuerpo de su amante. Ella cerró los ojos y permaneció hecha un ovillo, sólo el llanto agitaba su cuerpo.

Hanke se agachó en cuclillas a su lado y le acarició el cabello pegajoso de sangre y sudor.

—Querida Katya... Mira lo que has conseguido con tu obstinación —le habló con ternura—. Si me hubieras dado el Medallón la primera vez que nos vimos...

Katya sintió la rabia, el dolor, la ira y el odio crecer como una bola incandescente en el centro del pecho. Y estalló. Exhalando un grito salvaje con el que pareció reunir las fuerzas que creía agotadas, lanzó las piernas hacia Hanke para asestarle una brutal patada. El agente, desprevenido, cayó de espaldas contra el suelo. El golpe en la cabeza lo dejó aturdido y tardó un instante en recuperar el sentido entre toses, ahogos y náuseas a causa del impacto recibido justo en el estómago. En su agonía, vio que la chica huía a la carrera y, aún maltrecho, buscó con desesperación su pistola, que se le había escapado de las manos.

La carrera de Katya sucedía prácticamente a ciegas, mermada por el dolor de su cuerpo y de su ánimo, sin un propósito claro, sólo guiada por el instinto animal de huir. Con la vista nublosa vislumbró el panel de un decorado quebrado y vencido contra la pared del proscenio y se precipitó hacia él para protegerse.

A falta de un par de metros, cuando estaba a punto de conseguirlo, escuchó un disparo y antes de que pudiera volverse sintió el balazo. Rápido. Limpio.

Me daba más miedo lo que pudiera encontrar

Teo diría que llovía con mala leche. Y con tan mala leche lo hacía que llegué a pensar que si aquello era una señal del Cielo, desde luego que el Cielo, como Martin, no estaba de acuerdo con mi repentino viaje a Asturias. Ojalá yo hiciera caso a las señales porque me hubiera dado la vuelta y ahorrado muchos disgustos.

La casa de mi abuelo está en lo alto de un acantilado que se eleva como una pared escarpada a varios metros del mar. Enclavada en mitad de un gran prado, apenas unos cuantos nogales que mi propio abuelo plantó al comprarla le sirven de abrigo y, las noches de galerna, el agua salada golpea los cristales de la galería que da a la costa mientras el viento silba entre cada una de sus rendijas que, como buena casa vieja que es, abundan.

Se trata de un lugar salvaje, solitario y desprotegido, con unas vistas sobre el mar propias de la proa de un barco. Y sin calefacción. Según abrí la puerta y me recibió su gélido aliento y una humedad que se colaba hasta el más recóndito de mis huesos, recordé, demasiado tarde, que sólo se usaba en verano, por eso mi abuelo nunca le dio demasiada importancia a instalar un sistema de calefacción en condiciones. Únicamente contaba con una chimenea grande en el salón, la cocina de carbón y una estufa de leña en cada uno de los dos dormitorios, de una leña que no estaba segura de dónde conseguir. Un calentador de butano procuraba agua caliente, pero la bombona estaba vacía. Iba a ser muy divertido darse una ducha.

Por un momento, valoré la posibilidad de trasladarme al hostal del pueblo, luego recordé que cerraba por vacaciones en esa época del año. A punto estuve de desistir en mi empeño y regresar a Madrid, ya volvería en verano. Sin embargo, en un alarde de espíritu aventurero, decidí no arredrarme, sobre todo cuando descubrí una pila de leña en el cobertizo. Con una energía producto de mi yo más encabezonado contra los elementos, quité las sábanas que cubrían los muebles, hice la cama de matrimonio, cargué dos carretillas de leña y encendí todos los fuegos que se podían encender, incluso las velas.

Después, bajé al pueblo con mi cochecito de alquiler. Realicé una compra de supervivencia a base de té, café, leche, liofilizados y precocinados, cualquier cosa que se pudiera tomar ardiendo, y muchos dulces de pueblo cargados de mantequilla para aumentar las calorías. También compré más velas y un calefactor con la esperanza de que no hiciese saltar la instalación eléctrica, que databa de aquellos años en los que no existían los calefactores eléctricos. Quedé con el del suministro del gas butano en que subiera a cambiarme la bombona al día siguiente. Finalmente, fui al bar y, bajo la atenta mirada de unos cuantos paisanos que jugaban a las cartas al tiempo que veían un partido de fútbol, repuse fuerzas con una cena casera a base de sopa de verduras y escalopines de ternera al cabrales mientras aprovechaba el wifi del local para hablar con Martin por videollamada.

Me dijo que un asunto de trabajo le iba a retener en Berlín más de lo esperado, que no iba a poder unirse a mí hasta finales de semana como pronto, y estábamos a lunes, que debería reconsiderar el volver a Madrid, que no era seguro quedarme allí sola, que no se sentía tranquilo, que seguía empeñada en hacer las cosas por mi cuenta y que todo aquello iba a acabar con su paciencia y su salud.

—Esto ya no tiene tanto que ver con el Medallón, Martin

—aduje en voz baja como si los jubilados del mus pudieran ser espías de una mafia internacional—. Es más una cuestión personal. Lo cierto es que creo que la investigación está atascada y no le veo una salida inmediata. No se me ocurre lo que pudo pasar con el Medallón tras la muerte de Voikov, le he dado mil vueltas pero no sé por dónde tirar. Su sobrina Katya murió en Berlín en el cuarenta y cinco. Cornelius Althann, en Sachsenhausen. De Peter Hanke no hay rastro. Tampoco de Eric Althann. Le he pedido a Helga que busque a su hijo Sebastian pero, de momento, no ha encontrado nada. Además, en cualquier caso, la conexión es muy remota. Ya no sé dónde más buscar, te lo aseguro. Estamos al final de un callejón sin salida y cada vez tengo menos esperanzas, por no decir ninguna, de dar con la dichosa piedra esa.

—Te entiendo, pero míralo por el lado bueno: si tú estás en un callejón sin salida, seguramente los demás también lo estén. Ya sabes que la cuestión no es tanto encontrar nosotros el Medallón como evitar que otros lo encuentren. Si se ha perdido para siempre, mejor para todos.

—Ya... Salvo que los demás tengan información que nosotros no tenemos.

Martin hizo una pausa, como si estuviera sopesando lo que iba a decir a continuación.

—Igual deberías sonsacar a Alain —insinuó con la boca pequeña.

—¿Qué? No pienso hacer tal cosa. —Me mostré casi indignada porque la presencia de público contenía mi tono.

Con buen criterio, decidió no insistir.

—En fin, vamos a darnos algo de tiempo. Repasaremos toda la información que tenemos hasta ahora, esperaremos a ver si Helga encuentra algo interesante y estaremos atentos a si los demás hacen algún movimiento.

Asentí conforme. La perspectiva de contar con algo de tiempo, de hacer un paréntesis después de tanta acción me parecía estupenda. Podría dedicarme a mi historia familiar, podría dar un respiro a mis lesiones y a mis emociones, podría poner en orden mis ideas porque tenía que tomar algunas decisiones importantes que no debía seguir posponiendo.

—Ana... —La voz de Martin me sacó de mis cavilaciones—. Te echo de menos.

Sonreí conmovida.

—Yo también. —No mentí, me habría apetecido muchísimo más volver a la helada casa del acantilado si hubiera podido acurrucarme entre sus brazos junto a la chimenea y entrar en calor a base de sexo. Sin embargo, me callé que pensaba que, en aquel momento, lo mejor era poner distancia entre nosotros. En aquel momento, necesitaba estar sola.

Me despertó un rayo de luz que se colaba por una rendija de la contraventana y apuntaba directamente a mis ojos. Debido al frío, no había cambiado mi postura de ovillo en toda la noche y me sentía un poco anquilosada. Una ducha helada de treinta segundos, entre maldiciones y respingos, bastó para espabilarme. Aunque la casa estaba algo más caldeada, me vestí con varias capas de ropa y volví a alimentar la estufa y las chimeneas.

Desayuné con fruición un tazón de café con leche, huevos revueltos con jamón y un par de magdalenas gordas y esponjosas y salí de la casa a recibir la mañana.

Había dejado de llover, aunque todo estaba húmedo y goteante. El aire olía a yodo, a leña y a tierra mojada; resultaba vigorizante. Por entre las nubes, se abría paso un sol tímido que levantaba reflejos plateados en el mar, aún gris y revuelto. Las olas rompían con fuerza contra la pared de roca, pero ya no saltaban hasta la galería. La casa se alzaba imperturbable ante los caprichos del clima con su fachada blanca enmohecida, las esquinas rematadas en piedra desgastada, el tejado cubierto de musgo, las contraventanas de un azul desvaído... Tal y como yo la recordaba. Di un pequeño paseo por los alrededores, hasta que mi tobillo empezó a resentirse y admití, entonces, que no me quedaba más remedio que ponerme manos a la obra. Me daba miedo no encontrar nada, pero creo que me daba más miedo lo que pudiera encontrar.

Una vez que, al enchufar el calefactor, comprobé que el circuito eléctrico no saltaba en llamas, lo subí hasta el desván donde hacía probablemente más frío que dentro del frigorífico setentero de la cocina. No podría haberme imaginado la cantidad de cajas, trastos y desechos que se apilaban allí sin ningún criterio. Aquello me iba a llevar mucho tiempo.

Pasé el día entre polvo y telarañas, algunos objetos curiosos y otros sin sentido. Ya que estaba, aproveché para clasificarlos y hacer algo de limpieza. Mi padre me lo agradecería. A causa de mi irremediable atracción por las cosas del pasado, me entretenía con todo lo que caía en mis manos: aperos de hierro oxidado que no se me ocurría para qué servirían, cestos de castaño desfondados, un artefacto para cardar la lana, un trillo, un par de madreñas, una colección de paletas de madera cubiertas de pintura reseca, revistas de arte y arquitectura de los años sesenta, un caballete desvencijado, lienzos amarillentos, bastidores astillados... Di con unas cajas llenas de juguetes de cuando mi hermana y yo éramos pequeñas, auténticas joyas de los ochenta, como un par de Nancys con un completo ajuar de vestidos o un Cinexin y cuatro cartuchos de película. Había ropa, esas prendas de verano que se nos quedaban pequeñas de año a año. Encontré unas sandalias cangrejeras de plástico tan diminutas que podría hacerse un llavero con ellas. Cañas de pescar, carretes, cubos, unos preciosos cebos de plumas de colores y pequeños flotadores de corcho para el sedal... Recordé cuánto me gustaba ir a pescar con mi abuelo. Muchos de aquellos descartes relegados al olvido despertaron en mí recuerdos felices cargados de nostalgia.

De cuando en cuando, hacía una pausa para estirar el cuerpo, entumecido por la humedad, el frío y la postura, prepararme una bebida caliente o picar algo. Por lo demás, la tarea me tenía absorta mientras en el exterior regresaba el temporal y la lluvia repiqueteaba con tal estruendo en el tejado que apenas me dejaba escuchar la música que había puesto para hacerme compañía.

Al llegar la noche, estaba demasiado cansada como para bajar al pueblo a llamar a Martin. Decidí hacer trampa a mis propias reglas y encendí brevemente un teléfono viejo que me había llevado para emergencias, con el que le puse un rutinario mensaje de «va todo bien, mañana te llamaré». Después, me preparé una cena sencilla e instantánea, acorde con mis nulas habilidades culinarias, y me senté en el sofá, sumergida entre mantas, dispuesta a leer. Creo que no pasé más de tres páginas antes de empezar a cabecear de sueño y hacer un esfuerzo por arrastrarme hasta la habitación, lavarme los dientes y la cara y acostarme en aquella cama a la que no había manera de quitar el frío y la humedad.

El siguiente día transcurrió de manera similar. Al tercero, como si estuviera excavando en una mina, había apartado ya los suficientes trastos como para llegar hasta un rincón del abarrotado desván. Allí me aguardaban unas cajas que, a tenor del estado en el que se hallaba el cartón, debían de tener un montón de años. Tiré de la primera al azar, no era muy grande, en el lateral se leía el nombre de una avícola asturiana que probablemente ya no existiría. Pesaba bastante y, en cuanto levanté sus solapas, constaté que se encontraba llena hasta arriba.

Empecé sacando una carpeta de esas de cartón grueso con estampado marmolado; estaba repleta de dibujos, todos ellos de una mujer, retratos en primer plano, detalles de los ojos, de las manos, siluetas más lejanas con el mar al fondo, una pradera, paisajes indeterminados. La mayoría apenas eran bosquejos a lápiz o plumilla. No identifiqué a la modelo, si es que era la misma en todos, pero sí reconocí el estilo de mi abuelo. Los dejé a un lado para seguir explorando el contenido de la caja.

Unos cuantos pañuelos de algodón con las iniciales I y B bordadas, la tela llena de manchas amarillas de humedad. Una lata de galletas danesas que atesoraba un revoltijo de collares de bisutería. Un frasco de Chanel N° 5 vacío. Un fajo de folletos de hoteles: de París, Roma, Mallorca, Sevilla... Al cabo, quedaron al descubierto tres libritos con esa encuadernación en tapa dura y filigranas doradas propia de las colecciones. Estaban en alemán. Quizá no significaba nada haber encontrado unos libros en alemán, pero aquello era lo que me acercaba más al objeto de mi búsqueda, así que seguí revolviendo en la caja con creciente expectación.

No tardé en toparme con una libreta, tipo diario de Moleskine, con las tapas de cuero marrón. Solté la goma y, en cuanto la hojeé, comprobé que de la primera a la última página estaba llena de lo que parecían cartas con su fecha, su encabezamiento y su despedida. Todas ellas escritas en el verano de 1981, iban dirigidas a Ilse y estaban firmadas por mi abuelo con un sencillo Ramiro. Pero ¿por qué querría él haber llenado una libreta de cartas para no enviarlas? ¿Y quién era Ilse?

Empecé a leerlas con acuciante curiosidad.

16 de junio de 1981

Querida Ilse:

Hoy he vuelto a dibujarte y volveré a hacerlo cada uno de los días del resto de mi vida. Tengo tanto miedo de olvidarme de tu rostro... Ya sé que tú me dirías que no importa, que el rostro es lo de menos y que cuando las almas han estado fundidas como el metal, forjadas la una junto a la otra, ya nada puede separarlas, que tú no me has dejado ni me dejarás nunca, que siempre estarás conmigo. Pero te echo tanto de menos que, aunque tu alma habita en mí, anhelo el tacto de tu piel, el aroma de tu pelo, el timbre de tu voz... Al menos en mis dibujos guardo tu sonrisa, la forma de tus ojos, la postura de tus manos, toda tú tal y como has quedado grabada en mi memoria. Cosas de artista, como tú solías afirmar con media sonrisa y cierta condescendencia.

Sé que aún es pronto para acostumbrarme, no estoy seguro de que llegue a hacerlo jamás, pero me cuesta horrores transitar los días sin ti. Me cuesta horrores despertarme en una cama vacía, con tu almohada sin arrugar, y el desayuno sabe amargo en la cocina solitaria sin que tú me comentes las primeras noticias de la mañana mientras lees el periódico lleno de migas de tostada. No tengo ganas de pintar si no es a ti, me falta el ánimo y la inspiración y tus observaciones sobre el lienzo o tu presencia silenciosa en tanto estás a tus cosas. No me concentro en la lectura, no quiero ver la película de la sobremesa, no tengo apetito, no me apetece hablar con nadie y, aunque por Eduardo y la niña trato de mostrar una apariencia de entereza, sólo desearía aislarme en esta casa en la que tan buenos ratos hemos pasado, hasta morir con la esperanza de volver a reunirnos. Bendita esperanza a la que me aferro, en contra de todo lo que hasta ahora había razonado, para no perder la cordura.

Quizá sólo sea cuestión de tiempo. Quizá aprenda a vivir sin ti y con el dolor. No te enfades con mi derrotismo, tú ya no estás aquí para tirar de mí cuando más falta me hace.

Para que veas que no todo está perdido, te diré que me obligo a dar todos los días nuestro paseo de la tarde. Te gustará saber que los manzanos aún están en flor; este año de invierno largo parece que van con retraso. Y ¿recuerdas la casa para pájaros que colgaste el año pasado del viejo avellano? Ha anidado una pareja de petirrojos y ayer debieron de nacer las crías pues hoy se escuchaba su piar hambriento con el que saludan a la vida. No te preocupes, que no me olvido de rellenar a diario los comederos con los paquetitos de semillas que dejaste preparados.

Ya es tarde. Más de las dos de la madrugada. Hace una noche preciosa, deberías ver cómo se refleja la luna en el mar tranquilo y lo tiñe de plata; tal vez, sí que lo veas allá donde estés. Saldré a caminar por la playa antes de acostarme. Igual tú me acompañas, creo que lo harás. Así me lo prometiste.

Buenas noches, amor mío, hasta mañana,

RAMIRO

Leí una tras otra hasta cincuenta cartas como aquélla. Empecé con un nudo en la garganta y terminé dando rienda suelta a un llanto tranquilo, mezcla de tristeza y admiración, producto de la emoción que provocan las cosas hermosas, los sentimientos más nobles y puros, el amor más absoluto e incondicional que trasciende a la muerte. Por fin había comprendido que aquéllas eran las cartas que mi abuelo escribió a mi abuela recién fallecida como muestra de que nunca iba a dejarla ir. Yo no la conocí, pero siempre había oído hablar de ella como la abuela Isa. Por algún motivo, mi abuelo la llamaba Ilse, «querida Ilse». Aunque sin duda se trataba de ella, me dije entre lágrimas al llegar al final de la libreta con el corazón henchido.

Era hora de volver a casa

Ilse. ¿Por qué aquel nombre? La respuesta estaba al fondo de la caja. Una respuesta que planteaba decenas de interrogantes más.

Tres tarjetas, tres cuartillas de cartulina vieja, con letras de máquina de escribir vieja y sellos viejos. En alemán. Me bastó un vistazo para saber que se trataba de certificados de defunción emitidos por el Servicio Internacional de Rastreo, ITS, por sus siglas en inglés, situado en Bad Arolsen, Alemania. Tal organización se encarga desde 1946 de proporcionar información sobre los millones de personas desaparecidas tras la Segunda Guerra Mundial, especialmente las víctimas del Holocausto.

Con unos pocos registros escritos a mano y fechados en octubre de 1952, se certificaba la muerte, en el campo de concentración de Buchenwald, de Reinhard Berlak, nacido en Dresde en mayo de 1894, Marta Berlak, nacida en Stuttgart en enero de 1898, y Eva Berlak, nacida en Berlín en marzo de 1919. En el reverso de las tarjetas estaban señalados, con un tic sobre una lista, los documentos que avalaban tal certificación; un registro de bajas del propio campo, en su caso.

Acompañaba a los certificados una carta, emitida por el mismo organismo y dirigida a la señorita Ilse Berlak, en la que se explicaba que, en respuesta a su solicitud de información, procedían a la emisión de los mencionados documentos y quedaban a su disposición para cualquier otra consulta al respecto.

Se deducía por los apellidos y las fechas de nacimiento: Ilse, mi abuela, había perdido a sus padres y a su hermana durante de la guerra, fallecidos en un campo de concentración. Judíos, seguramente.

Se me puso la piel de gallina. Inmóvil, con las tarjetas en la mano, trataba de encajar semejante descubrimiento en mi propia historia. ¿Cómo era posible que yo no supiera nada de aquello? ¿Cómo era posible que tales hechos hubieran quedado enterrados al fondo de una caja en lo más recóndito de una casa aislada? ¿Había sido decisión de mi abuela sepultar su pasado, reinventarse y comenzar una nueva vida? ¿Se trataba de algún pacto familiar de silencio al que no veía sentido? ¿Estaría mi padre al tanto?

Mi primer impulso fue llamarle: sorprendida, enfadada, exigiendo una explicación. Pero ¿y si él no sabía nada? ¿Y si la noticia le causaba tanto estupor como a mí? ¡Se trataba de su madre! No, no podía hablar de ese asunto por teléfono, tendría que hacerlo en persona.

Mi abuela alemana. Judía. Víctima del Holocausto. ¿Cómo había sucedido? ¿Cómo había logrado ella sobrevivir? ¿Cómo su historia había terminado en España?

Clavé la vista en las cajas que me rodeaban, cuatro, tan viejas como la que acababa de abrir. ¿Estarían allí las respuestas?

Eran más de las cuatro de la madrugada. La playlist de música se había terminado hacía rato y yo no me había dado ni cuenta. El zumbido continuo del motor del calefactor se hacía de pronto patente. Había dejado de llover, pero un vendaval azotaba la casa y agitaba el mar; podía escuchar el estruendo de las olas rompiendo contra las rocas al otro lado de las paredes. Aunque no llevaba las lentillas desde hacía días, me picaban los ojos, cansados de trabajar con la escasa luz de una lámpara vieja de pocos vatios. Se me había olvidado cenar, pero no tenía hambre. En todo caso, sentía cierta debilidad como de falta de azúcar.

Bajaría a prepararme un café. No quería dormir, no podría hacerlo con todas esas cajas esperando a ser abiertas, con todas esas inquietudes rondándome la cabeza.

En la primera planta, los fuegos de la chimenea y las estufas languidecían y tuve que volver a cargarlos de leña y reavivarlos. Al cabo, me senté frente al hogar de llamas potentes y danzarinas, con una taza de café bien caliente que templó mis manos frías. Me lo bebí despacio, rumiando entre sorbo y sorbo reflexiones y emociones, y pensé en darme cinco minutos de respiro antes de reanudar la tarea. Cinco minutos que bastaron para que cayera dormida allí mismo hasta que me despertó la luz del amanecer y el grito de las gaviotas volando sobre la casa. Me dolían la cabeza y el cuerpo entero después de las pocas horas de mal sueño en el sofá, así que empecé el día con un par de paracetamoles.

Tenía un pálpito. Yo no soy de pálpitos, soy demasiado pragmática para eso. Quizá fuera la soledad, la sugestión, la falta de sueño y alimentos saludables, pero tenía un pálpito. Por eso me debatía entre las ganas que tenía de explorar el contenido de las cajas que me aguardaban en el desván y el miedo a lo que estaba segura de que iba a encontrar en ellas. Porque mi pálpito me decía que mi abuela alemana era un indicio de la relación de mi abuelo con Magna Clavis.

Con tal mezcla de curiosidad y recelo, regresé al desván, donde pasé la mañana y buena parte de la tarde vaciando las cajas restantes sin que hallase en ellas nada más que unos espantosos adornos de loza, zapatos rotos y combados, carpetas archivadoras que no archivaban nada, unas pesadas e inservibles piezas metálicas de procedencia y usos desconocidos, así como facturas, comprobantes y otros papeles que podrían haber ido directamente al fuego. Fue lo último que saqué de la última caja del desván.

Me desilusioné por lo infructuoso de la búsqueda, aunque en el fondo me sentía aliviada: prefería seguir siendo una persona corriente, con una familia corriente, ajena a todos esos intríngulis históricos que tan de cabeza habían traído a otras familias. Prefería seguir siendo la espectadora de esas historias, que quedaran en los libros, las películas, los archivos en los que tan a menudo me sumergía rastreando la vida de los demás. De los demás, no la mía. Además, podría por fin decirle a Martin que él y su pandilla estaban equivocados respecto a mi abuelo y a mí. Lo mismo que Konrad.

Sin nada mejor que hacer entonces, decidí que bajaría al pueblo, comería algo casero en el bar y consultaría los horarios de los trenes para el día siguiente. Era hora de volver a casa.

Me hubiera marchado con las manos vacías

A veces me pregunto si la verdad hubiera salido a mi encuentro tarde o temprano, aunque yo no la buscara. Si estamos tan unidos a los que y lo que nos precede, que al final nos dan alcance, hagamos lo que hagamos. Porque el pasado es parte de nuestro destino.

Me pregunto si yo me encontré enredada con *El Astrólogo* y el Medallón de Fuego porque tenía que encontrarme. Porque quizá ésa sea la magia, o la maldición, de tales objetos. O sólo fue casualidad.

Me pregunto qué hubiera dicho mi abuelo. ¿Quiso él ocultar la verdad pero la verdad es como una tabla de corcho que no importa cuánto se empuje dentro del agua, que siempre sale a flote? ¿O, simplemente, dejó que el destino decidiera?

Yo me hubiera marchado con las manos vacías. Hubiera regresado a casa, no sé si con la conciencia tranquila pero, en todo caso, persuadida. Y sin embargo...

Acababa de regresar del pueblo, cenada y con un billete para el tren que salía de Oviedo a las cuatro de la tarde del día siguiente. Necesitaba leña para mantener el calor de la casa aquella última noche. A lo largo de los días de mi estancia allí, las reservas de troncos que se apilaban en orden en el cobertizo habían disminuido considerablemente. Y eso fue lo que lo dejó al descubierto.

Casi lo pasé por alto porque la luz de la bombilla que colgaba del techo era escasa y la tarea, rutinaria. Mi modo de búsqueda estaba desactivado; no esperaba ni remotamente encontrar nada detrás de un montón de leña, resguardado entre un par de vigas que sobresalían de la pared, marrón como el entorno cual camuflaje camaleónico. En realidad, resultaba bastante sorprendente que lo hubiera visto. Creo que fue el brillo de uno de sus cierres metálicos lo que llamó mi atención cuando, con la carretilla ya llena de troncos, estaba dispuesta a marcharme.

Se trataba de una maleta de piel, polvorienta, rozada y desgastada, cubierta de trozos de corteza y astillitas de madera. Una araña había construido su tela en el asa y la agarré con aprensión porque no me hacen gracia las arañas. Comprobé que no pesaba demasiado. Impaciente, quise abrirla allí mismo, pero estaba cerrada con llave, de modo que la puse sobre el montón de leña que colmaba la carretilla para llevarla a la casa, donde intentaría forzar los cierres.

Me fue muy útil un juego de destornilladores que había encontrado días atrás en el desván y, si bien no soy muy hábil manejando herramientas, no me llevó demasiado tiempo conseguir abrirla. Levanté una de las mitades y mi atención se centró por un momento en el llamativo forro de cuadros escoceses. Por lo demás, contenía una amalgama de papeles desorganizados. Al sacarlos, una tarjeta se deslizó entre ellos y, como una hoja en otoño, cayó sobre la mesa de la cocina.

Cornelius M. Althann
Antiquar
Friedrich-Karl-Platz, 4 Charlottenburg-Berlin

El corazón me dio un vuelco. Y sin aventurarme a hacer conjeturas precipitadas, me puse a examinar el resto de los documentos con manos torpes a causa de los nervios.

La copia de una matrícula para el curso 1941-1942, en la facultad de Arquitectura de la Universidad Técnica de Berlín, a favor del alumno Ramiro García Abad.

Una solicitud al consulado alemán en Madrid de un visado, con fecha de mayo de 1941, para viajar a Alemania, firmada por Ramiro García Abad.

El resguardo de la compra de un billete de avión Madrid-Berlín para el 13 de julio de 1941, a nombre del pasajero Ramiro García Abad.

Dos tarjetas de ingreso en el campo para desplazados de Landsberg, Baviera, correspondientes a Ramiro García Abad e Ilse Berlak, respectivamente. Ambas con fecha del 3 de junio de 1945.

Un certificado de matrimonio entre Ramiro García Abad e Ilse Berlak, celebrado el 24 de junio de 1945 en Landsberg am Lech, Baviera.

Sendos pasaportes para personas desplazadas emitidos por el Comité Internacional de la Cruz Roja, a nombre de Ramiro García Abad e Ilse Berlak, en septiembre de 1945.

Y, al final, un paquete de cartas. Berlín, enero de 1941, febrero de 1941, marzo... Estimado Ramiro... Se despide atentamente, Cornelius M. Althann.

De pronto, la mesa de la cocina estaba cubierta de un tapiz de documentos descoloridos, llenos de sellos, firmas y garabatos que, ante mis ojos, conformaba un *collage* de la historia de mis abuelos. Entre el asombro y la fascinación, fui rellenando los huecos entre documento y documento para construir un relato de su vida desde 1941 a 1945.

Mi abuelo Ramiro había viajado a Berlín en verano de 1941 para estudiar Arquitectura en la Universidad Técnica. Según se desprendía de las cartas, Cornelius Althann le había ayudado desde allí con los trámites del traslado y había sido, en definitiva, su anfitrión en la capital alemana. Yo sabía que la Universidad Técnica de Berlín había quedado gravemente dañada tras un bombardeo en 1943, lo que obligó a interrumpir la mayor parte de la actividad docente y académica. Algunos estudiantes continuaron sus estudios en otras universidades alemanas más al este, como Breslavia. No sé si fue el caso de mi abuelo, lo que resultaba evidente era que no regresó a España hasta ya finalizada la guerra. Me preguntaba por qué, mientras sostenía los registros del campo de desplazados. En cualquier caso, mi abuelo no volvió solo, le acompañaba Ilse, una chica nacida en Berlín a la que habría conocido durante su estancia en la capital. La chica judía, víctima del Holocausto, con la que se casaría durante ese viaje largo y tortuoso que debió de ser el regreso a casa atravesando media Europa destrozada por la guerra. En algún momento, ella, deseando dejar atrás el horrible pasado y encarar una vida nueva, decidió cambiarse el nombre a Isabel; la abuela Isa.

Abrumada, me dejé caer en una silla con la vista perdida en el mar de papeles y la mente en el Berlín de la Segunda Guerra Mundial. Eran muchos los huecos que ni mi conocimiento ni mi imaginación eran capaces de rellenar en aquella historia. Eran muchas las preguntas que le hubiera hecho a mi abuelo de haberlo tenido allí, sentado al otro lado de la mesa. Solté un «mierda» de impotencia porque ya era demasiado tarde y de resentimiento por haberme mantenido al margen de aquello. ¿Por qué lo había hecho? ¿Por qué me había mantenido al margen?

Cogí la tarjeta de Cornelius Althann. Ya no había duda del vínculo entre mi abuelo y él. Y aunque en ninguna de las cartas leí una mención expresa a Magna Clavis, no tenía sentido seguir cuestionando la relación de mi abuelo con aquella hermandad.

Analicé mentalmente cuál habría sido la situación en 1942. Mi bisabuelo, Leopoldo García de la Torre, había muerto hacía años. Fiódor Voikov había sido asesinado. Alfred Bauer estaba en una prisión de la Gestapo y moriría poco después. Cornelius Althann se hallaba en el campo de concentración de Sachsenhausen, donde también fallecería. En un símil dinástico, los reyes habían caído y los príncipes debían ocupar su lugar: Sarah, Ramiro, Eric y Katya. La historia de Sarah y *El Astrólogo* ya estaba resuelta. Pero ¿qué ocurrió con el Medallón?

Desde luego que no podía saberlo; sin embargo, justo entonces caí en la cuenta de algo: Katya, Eric y Ramiro coincidieron en Berlín, en mayo de 1945. Y también Peter Hanke, su némesis.

Berlín, mayo de 1945. Quizá ésa era la clave.

En pleno momento de ebullición mental, unos rotundos golpes me sobresaltaron de tal modo que di un respingo en la silla y me quedé al borde de soltar un ridículo gritillo que sustituí por un contundente «¡Joder!».

Los golpes se repitieron. Llamaban con insistencia a la puerta. ¿Quién demonios llamaba a la puerta de una casa aislada en mitad de una noche de diluvio y galerna? En las películas, siempre son los mismos: asesinos, violadores o psicópatas con una sierra de cadena.

Reconozco que me asusté. A punto estuve de apagar la luz de la cocina y hacer como que no había nadie en casa. De esconderme en el dormitorio con el teléfono de emergencia en una mano y un cuchillo jamonero mellado que había en el cajón de los cubiertos en la otra.

Entonces escuché que me llamaban por mi nombre. Y la voz me era sin duda familiar.

Aquello era una encerrona

Abrí la puerta y allí estaba, bajo el temporal. El chaquetón azul, el jersey claro de cuello vuelto, el gorro de lana calado hasta las cejas, la bolsa de viaje al hombro. Parecía un marinero que acabara de desembarcar de uno de los pesqueros que atracaban a diario en el puerto. Más bien que se hubiese caído por la borda directo al mar, pues estaba empapado y lacio como un chopito.

—Hola —su voz sonó amortiguada por el estruendo de la lluvia.

—¿Qué haces aquí?

Dudó.

—He dejado la investigación.

Alain hizo una pausa como para darme lugar a comentar algo.

—¿Puedo entrar? —preguntó al ver que mi silencio y mi inacción se prolongaban.

—Sí, sí. Claro.

Le franqueé el paso, deseosa yo también de dejar fuera aquel viento frío y cargado de agua que se colaba en la casa. Fuera quedó también el fragor de los elementos. Resultó un alivio pues aquel ruido atronador sólo acrecentaba mi confusión.

Di la espalda a la puerta cerrada y, conservando una distancia

prudencial, me volví hacia él, encogida y con los brazos fuertemente cruzados sobre el pecho, en parte por el frío, en parte por
la turbación. Él tampoco parecía muy sereno, allí plantado, en
mitad del pequeño recibidor, mientras un charco de agua empezaba a formarse a sus pies; parecía un perro mojado y vagabundo, mendigando cobijo.

—Siento este...

—¿Has venido hasta aquí para decirme que has dejado la investigación? ¿No podrías haberlo hecho por teléfono? —Según
me escuché a mí misma, me arrepentí de la excesiva dureza de mi
tono. Me reconocí nerviosa, pero no me explicaba a qué se debían aquellos nervios, si a mi estado de ánimo crispado en general o a lo repentino e inesperado de su aparición.

—No.

—No, ¿qué?

—No he podido decírtelo por teléfono. No hay forma de que
lo cojas.

Me llamé idiota.

—Sí... Es verdad. No he traído el teléfono —admití en un
tono más sosegado.

—Y no sólo he venido a decirte que he dejado la investigación. También he dejado la cátedra y... Esta mañana he vuelto
de Boston. Me fui para hablar con Kahn y comunicárselo...
Yo... Alquilé un coche para venir hasta aquí, pero se ha averia-
do a la entrada del pueblo, se ha quedado frito. Y no hay un puñetero taller abierto a estas horas. Iba a dormir en ese hotel de
la playa...

—Está cerrado en esta época del año.

—Sí, acabo de descubrirlo. No caí en mirarlo antes. Ya sabes
que es el único que hay en toda la zona. Por eso... estoy aquí. Lo
siento, siento haberme presentado de este modo.

—¿Te has pasado en un avión toda la noche y después has
conducido más de quinientos kilómetros sin haber dormido y con
jet lag?

—Y he caminado los últimos diez desde el pueblo hasta aquí,

cuesta arriba y bajo la lluvia. Estoy muerto. Y empapado —sonrió como avergonzado, entre escalofríos.

—Eres un insensato.

—Tenemos que hablar.

Suspiré. Cómo odiaba esa frase. Ya sabía que teníamos que hablar, pero no era justo que me abordase siempre de sopetón como si yo estuviera preparada para hablar en cualquier momento, con las ideas claras y el discurso a punto, esperando a que él quisiera escucharlo. ¡Un año! ¡Un año entero habíamos estado sin cruzar palabra! Y teníamos que hacerlo cuando a él se le antojaba. Aquello era una encerrona.

—Será mejor que te cambies de ropa o vas a coger una pulmonía. Si quieres darte una ducha, tienes suerte: hay agua caliente. ¿Has cenado?

—En el pueblo. Antes de subir.

—Te prepararé un té para que entres en calor.

Preparé té para los dos, avivé el fuego de la chimenea y lo aguardé en pie junto al hogar. No quería sentarme, no quería darle la falsa impresión de sentirme cómoda con su visita. No me sentía cómoda con su visita.

Salió del baño prácticamente seco excepto por el cabello, que sólo se había frotado con una toalla. Se había puesto un chándal con el logo de la Universidad de Harvard, que parecía cómodo y calentito. Presentaba mucho mejor aspecto que hacía unos minutos, cuando estaba clavado en el recibidor, calado, tiritando y desasosegado. Hasta yo me sentí mejor sólo de verle.

Le tendí la taza humeante. Él la recibió con una sonrisa agradecida y, tras beber, se agitó con un escalofrío de gusto. Se arrimó al calor del fuego y bostezó. Se le notaba realmente cansado.

—¿Cómo has sabido que estaba aquí?

—Como nunca hay forma de dar contigo por teléfono, fui a la buhardilla. Al no encontrarte allí, llamé a Teo, quien no supo darme razón de ti. Y, entonces, lo intenté con tu padre. Él me lo dijo.

—Vaya con mi padre. Menos mal que no era un secreto.

—A lo mejor es que entendió que pudiera estar preocupado, ¿no crees? Además, ya sabes que a tu padre siempre le he caído bien.

Sí, tenía razón. A mi padre le gustaba Alain. De hecho, creo que, de todos los novios que había llegado a presentarle, era el único que de verdad le gustaba. ¡Incluso a mi madre le gustaba! Aunque, al principio, mi estirada madre lo había recibido con recelo por ser diametralmente opuesto a su ideal de bróker, banquero, abogado o cualquier otra profesión que requiriera para su ejercicio el uso de traje y corbata (caros, por supuesto) que ella prefería para sus hijas, había acabado por adorarle. Así, nuestra separación cayó como un jarro de agua fría en la familia. Hasta el insulso de mi cuñado, quien a la hora de manifestar sus emociones era tan expresivo como un Playmobil, parecía haberlo lamentado. Y es que Alain era el único que jugaba con él al backgammon de vez en cuando. No quería ni pensar en el tipo de especulaciones que estarían circulando por el grupo de WhatsApp familiar a raíz de la llamada de Alain a mi padre.

—Yo también te llamé. Después... —vacilé—. Después de lo de Martin. Tampoco me lo cogiste.

—Estaba en el avión. De camino a Boston.

—Ya... No lo sabía. Quería disculparme por... por...

¿«Porque vi las bolsas de la compra tiradas y la flor marchita y se me partió el corazón»? ¿«Porque imaginé lo dolido que tenías que sentirte para haber reaccionado así»? ¿«Porque después de lo que habías hecho por mí, yo no supe cómo apoyarte»?... Sacudí la cabeza. ¿Cómo iba a decirle aquello?

—No eres tú quien tendría que haberse disculpado —intervino—. Y además... Bueno, yo también perdí los nervios. No me siento orgulloso de lo que hice ni de lo que dije. Por ti, sobre todo.

Alain suspiró, dio un paso al frente. Sólo con verle la cara adiviné que se avecinaba charla.

—Escucha, Ana...

—Puedes dormir en la habitación grande —atajé el conato de tocar temas peliagudos—. En la otra no está encendida la estufa y parece Siberia. Yo me quedaré en el sofá.

—No. Yo me quedaré en el sofá.

—Creo que después de pasar la noche en un avión y no haber pegado ojo en ¿cuánto?, ¿cuarenta y ocho horas?, lo menos que te mereces es una cama. Yo estoy acostumbrada al sofá, me he quedado dormida aquí algunas noches. —Abrió la boca para protestar—. No, no hay más que hablar. Voy a subir a por unas mantas.

Me demoré en coger las mantas casi como si hubiese tenido que tejerlas. Lo cierto es que me senté en la cama. Abrumada. Asustada. Temía volver a bajar por si Alain no estaba dispuesto a aplazar la conversación que le había llevado hasta allí. Y es que yo necesitaba tiempo. Necesitaba hacerme a la idea. Necesitaba saber lo que quería. Y encontrar la forma de comunicárselo sin hacernos daño. Más daño.

No sé cuánto permanecí mal escondida como un caracol dentro de su concha. Lo suficiente para darme cuenta de que si yo no bajaba, él terminaría por subir; después de todo, estaba sobre la cama que acababa de ofrecerle para dormir.

Al llegar al salón con la pila de mantas y la determinación de dar la noche por concluida, comprobé que Alain había sucumbido al agotamiento y resoplaba con placidez en el sofá. Resultó un alivio.

Le abrigué cuidadosamente con un par de mantas y él apenas cambió de postura de tan profundo que dormía. Apagué las luces y me retiré al cuarto a afrontar lo que anticipaba sería una larga noche en vela.

☼ ☼

Una historia de personas

Lo peculiar de las noches en vela es que, al final, uno acaba cogiendo el sueño cuando se tiene que levantar. Hay que fastidiarse... Ya puestos, sería mejor no llegar a dormirse.

Me hallaba en ese primer sueño cuando el amanecer que todas las mañanas se colaba por una rendija de la contraventana cayó directamente sobre mis párpados recién cerrados. Di media vuelta presa de un sopor denso y pegajoso que ojalá hubiera experimentado al comienzo de la noche. Pero, entonces, percibí el aroma a café recién hecho, a pan tostado... ¿a beicon? Me venció el hambre, la más potente de mis necesidades básicas.

—¿Huele a beicon? —pregunté sin traspasar el umbral de la cocina. Desde el fogón, llegaba a mis oídos el chisporroteo de la sartén.

Estaba segura de ofrecer la imagen de una cría en día de colegio: cara de sueño, ojos legañosos y fruncidos por el exceso de luz, pelo revuelto, pijama retorcido. Alain, en cambio, se volvió perfectamente aseado, ajustado el delantal sobre los vaqueros y el jersey recién puestos, blandiendo una espumadera con un aire insultantemente fresco.

—Lo siento, no quería despertarte. Sí, huele a beicon. Había un paquete en la nevera. Espero que no lo tuvieras reservado para una ocasión especial.

Cierto, había un paquete en la nevera. Lo había comprado el día de mi llegada con el propósito de freírlo alguna vez. La idea había sonado bien en mi cabeza. Después, me dio pereza y me olvidé del paquete en cuestión. Como si no me conociera a mí misma...

—¿Qué te apetece? —me preguntó mientras me ponía una taza de café en la mano—. ¿Zumo de caja, huevos, tostadas?... ¿Beicon?

Bebí un sorbo de café para espabilarme un poco y recordé que él siempre me lo preparaba con la cantidad perfecta de leche y azúcar.

—Todo. Bueno, lo mismo que tú vayas a tomar. ¿Te ayudo con algo?

—No, gracias. Siéntate, estará en un minuto. Por cierto, esos papeles...

La maleta y su contenido, los secretos de mi abuelo.

—¿Qué pasa con esos papeles? —me puse a la defensiva.

—Que si puedo recogerlos para poner la mesa.

—Sí... sí. Ya lo hago yo.

Reuní aquel batiburrillo de documentos apresuradamente, lo devolví a la maleta y la cerré antes de apartarla a una esquina.

—Voy... Voy un segundo a lavarme la cara y eso...

—Claro. Tranquila.

Me enjuagué varias veces la cara con agua fría. Me miré al espejo sin gafas y me devolvió mi propia imagen borrosa y chorreante. ¿Tranquila? No, no estaba tranquila. Ni mucho menos. Los papeles de la mesa... Seguro que Alain los había leído. ¿Iba a hablarle a Alain de los papeles de la mesa? ¿Antes o después de hablar de todo lo demás que teníamos que hablar? Los asuntos pendientes se acumulaban como la suciedad. Una capa sobre otra por no haber limpiado a tiempo. ¿De verdad habría dejado Alain la investigación? ¿No sería sólo una treta para sonsacarme información e ir con el trofeo a Kahn?... Joder, no. Alain era una buena persona, él nunca me haría algo así. Parecía mentira que la mera duda se me hubiera pasado por la cabeza. ¿Tan paranoica estaba? ¿Tan deseosa de tener un motivo para recriminarle?

De repente, la idea de desayunar me revolvía el estómago.

Él tampoco parecía tener mucho apetito. Como yo, llevaba un rato bebiendo café a sorbos cortos y revolviendo la comida del plato con el tenedor. El silencio resultaba incómodo. Ambos sabíamos lo que enmascaraba pero... ¿cómo romperlo? Por lo visto, a Alain se le habían quitado las ganas de intentarlo después de mi actitud tan poco receptiva de la noche anterior.

—Si no quieres que hablemos —me abordó como si me hubiera leído el pensamiento—, está bien, es tu decisión. Pero dímelo y no te haré perder más el tiempo.

—No es que no quiera, es que... ¿Por dónde empezar?

—¿Por qué estás aquí, Ana? He visto esos papeles. El nombre de tu abuelo. ¿Qué...?

—¡No! —salté—. La cuestión es por qué estás tú aquí. Dices que has dejado la investigación. ¡Que has dejado la cátedra! Prácticamente de un día para otro. Como si te hubiera dado un, un... ¡un siroco! ¿Por qué? ¿Qué es lo que quieres? ¿Qué está pasando?

Mi acoso le soliviantó.

—¡Cometí un error, ¿vale?! ¡Me equivoqué!

Yo le miré desconcertada y él pareció aplacarse. Suspiró mientras meneaba la cabeza.

—Nunca debería haberme marchado y mucho menos de la forma en la que me fui. Pequé de soberbia: creí que me seguirías y que el cambio de aires arreglaría nuestros problemas. Y cuando tú no quisiste venir conmigo... Reconozco que me cabreé y me largué sin pensar en las consecuencias, por puro revanchismo. Fui un idiota. Este trabajo tendría que haber sido la oportunidad de mi vida, tendría que haberlo disfrutado y, sin embargo... Ha sido una mierda de año...

—Sí, te marchaste. Y admito que yo me sentí abandonada. Pero también pequé de soberbia porque te eché a ti la culpa de todo y yo me hice la víctima. Y no... No fue todo culpa tuya. De acuerdo que tú te marchaste. Pero yo te dejé marchar. Está claro que ninguno de los dos hizo nada por salvar nuestro matrimonio.

—¿Cómo llegamos a eso? ¿Qué fue lo que ocurrió? ¿Fue por lo de tener hijos?... No era tan importante, no más que lo nuestro. ¿Qué fue? ¿Por qué fuiste apagándote? ¿Por qué yo me apagué contigo?

—No lo sé... Ahora todo parece absurdo, ya no tiene sentido. ¿Por qué fue? Qué más da. Hace ya tanto de eso... Pero, entonces, hago memoria y... Quizá no recuerdo las razones pero las sensaciones están ahí, vuelven... Esos meses horribles después de separarnos... Te echaba de menos pero a la vez te detestaba porque tenía la sensación de que, en esa última etapa de nuestro matrimonio, había dejado de importarte, de que tu trabajo era lo prioritario y yo, un accesorio conveniente. Me ahogaba la rutina, la falta de ilusión. No me sentía querida ni deseada. Me sentía abandonada, Alain, mucho antes de que te fueras a Boston. Por eso no te seguí. Por eso fui apagándome y me convertí en la mujer irascible, arisca y desapegada que tú preferías dejar atrás.

—No sabía que te sentías así... Tú no me lo dijiste.

—Y tú no me lo preguntaste. Nunca nos preguntamos el uno al otro cómo nos sentíamos. Pensando que la relación sanaría sola, la dejamos morir.

Alain se inclinó sobre la mesa con ímpetu. Los platos y los cubiertos chocaron.

—No. No ha muerto, Ana. Aún estamos a tiempo. Por eso estoy aquí. Porque quiero enmendar los errores, arreglar las cosas...

—¡Pero el problema es que yo no sé si quiero! —Rehuí desesperada su intento de cogerme las manos—. Lo he pasado muy mal. Me ha costado muchísimo salir del hoyo en el que caí después de que te fueras, rehacer mi vida, recuperar la autoestima. Y ahora... Ya no sé si quiero dar marcha atrás.

El gesto de Alain se endureció de repente.

—¿Es por Martin?

—¡No! —La respuesta fue rápida. La mentira, a veces, es un mecanismo instintivo de autodefensa—. No lo sé... —corregí. Mentir era lo peor que podía hacer entonces.

Alain no contestó. Se reclinó en la silla como un jugador de cartas que ha perdido una partida. Como si ya no hubiera más que hablar.

Yo, nerviosa, me puse en pie y empecé a recoger la mesa.

Entonces sonó su teléfono. Alain ni se inmutó.

—¿No lo vas a coger?

Sin mediar palabra, se metió la mano en el bolsillo, sacó el móvil y miró la pantalla con desgana. Frunció el ceño.

—Es Irina.

—Cógelo. Ella no te llamaría si no fuera importante.

—¿Irina?... Hola, ¿cómo estás?... Bien, sí. También bien... Pues sí, sí sé dónde está. —Me miró—. Justo aquí, conmigo. Ha tenido problemas con el teléfono, por eso no puedes localizarla... Sí, claro, te la paso... Ok. Cuídate... Tú igual... Un beso. Chao... Chao.

Yo también fruncía el ceño cuando recibí el móvil de manos de Alain.

—Hola, Irina.

—Pero ¿a ti qué te ha pasado con el teléfono? ¡No hay forma de dar contigo!

—Lo siento. Me lo robaron y...

—Pues cómprate uno nuevo, querida. ¿Cómo te voy a contar si no el gran descubrimiento que he hecho?

—¿Un gran descubrimiento? —Irina siempre tan hiperbólica.

—Bueno —se rio—, no es que haya encontrado el Medallón tuyo ese, no te emociones. Pero tengo una bonita historia para ti, de las que te gustan. Una historia de personas.

—¿Y me la vas a contar ya o vas a seguir haciéndome sufrir en castigo por no tener teléfono?

—¡Si estoy deseando contártela! Verás, de vuelta en Moscú, hice lo que me pediste y fui a visitar a la hija de Yulia Idrisova.

Cierto. Con todo el jaleo había olvidado que, en su momento, pensé en que, aunque Yulia, la amiga de Katya, había fallecido, tal vez sus herederos conservaran algún documento o alguna información interesante para nosotras. De modo que le pedí a Irina que intentara ponerse en contacto con su familia.

—Tienes buen ojo, querida, ¡buen ojo! Que los dioses te conserven esa intuición. Pero, al grano, al grano. Mi amiga me puso en contacto con Nina, la hija de Yulia, con la que vivió los últimos años de su vida. Una mujer muy agradable. Es profesora de instituto aunque se jubiló hará un par de años. Está soltera y su casa no queda muy lejos de la mía, a unas pocas paradas de metro. Total, que me invitó a tomar el té. Es parlanchina, le gusta hablar de sus padres, él era un héroe de la Unión Soviética mutilado, le faltaba una pierna. Conoció a Yulia poco después de la guerra, en una reunión de veteranos. Nina me fue enseñando todos los recuerdos de sus padres, rememorando para mí todas las historias que ellos le contaban. A Yulia, al contrario que a Boris, su marido, no le gustaba mucho hablar de la guerra. Es curioso, a todas las mujeres que estuvieron en el frente les pasa: ellas no son de batallitas. Lejos del relato épico de la guerra que suelen hacer los hombres, el de las mujeres es humilde, contenido y, cuando brota, lo hace a chorros, a lágrimas, se vuelve humano. Me hubiera gustado hablar con Yulia, aunque estuvo bien poder hacerlo con su hija. Ella me contó lo importante que fue Katya para su madre: su amiga, su hermana... *Sestry*, decimos en ruso, es un término muy especial, muy amoroso. Crecieron juntas. Después de la muerte de su tío, Katya se fue a vivir con los Kotiakov, la familia de Yulia. Y se enamoró de su hermano

Misha. A él lo mataron en Stalingrado. Por eso, las jovencísimas Katya y Yulia decidieron alistarse. Hicieron la guerra juntas, casi siempre destinadas en la misma unidad, y llegaron hasta Berlín. Nina me ha enseñado cartas, fotografías, condecoraciones, la notificación del fallecimiento de su tío Misha... Me ha contado que su madre nunca le había hablado de Katya, que sólo lo hizo ya al final de sus días, cuando tenía la cabeza perdida y se refugiaba en los recuerdos del pasado, cuando ni siquiera parecía estar hablándole a ella sino rememorando en voz alta su propia historia. Así le contó cómo había muerto Katya. Yulia tuvo que ir a reconocer el cadáver. Lo creas o no, los soldados rusos no llevaban placas de identificación. Cierto que les daban un pequeño cilindro de baquelita con un papel dentro en el que escribían sus datos, pero siempre acababan por perderlo, era raro que lo llevaran con ellos. En fin, volviendo a nuestro caso, encontraron el cadáver de Katya en el interior de un teatro abandonado, contaba Yulia. La reconoció por el colgante que llevaba, un pequeño corazón de oro que le había regalado a Katya su madre cuando se separaron y que la joven nunca se quitaba de encima. Las autoridades quedaron desconcertadas por aquella muerte, por aquel escenario de violencia en el que además yacían un civil alemán y otros dos militares soviéticos. Uno de ellos era el coronel del NKVD Oleg Avramov, amante de Katya. No se abrió investigación. El asunto era demasiado turbio y no quisieron enredar en él ni dar unas explicaciones que perjudicasen la reputación de la Administración Militar Soviética en Berlín. Se dio carpetazo y la conclusión ya la viste en el expediente de Katya Voikova: fallecida en acto de servicio. Yulia lloró la muerte de su amiga durante años... ¿Sigues ahí?

—Tengo la piel de gallina.

Irina rio como un duende.

—Sabía que esto te iba a gustar. Pero aún hay más, mucho más. Aunque me lo he pensado mejor y creo que te voy a hacer sufrir un poquito. Además, quiero que lo veas con tus propios ojos, que experimentes la misma emoción que yo.

—¿Ver el qué?

—Lo que voy a mandarte por e-mail. Es una carta, una copia que he traducido. Léela y hablamos.

Cuando colgué con Irina, sentí la mirada inquisitiva de Alain sobre mí. Le devolví el teléfono.

—Tengo que bajar al pueblo para conectarme a internet. Irina va a mandarme un documento.

—Llámala y dile que me lo mande a mí. Así no tienes que bajar.

—No, está bien. No voy a llamarla solo para eso.

—Pues usa los datos de mi teléfono para conec...

—¡No! ¡Gracias, pero no! ¿Para eso has dejado tu investigación?, ¿para venir a intervenir en la mía? Joder, Alain, éste es mi trabajo, es mi investigación... ¡Mía por una vez! ¿Es que no te das cuenta de que ésa es una de las cosas que me han asfixiado todo este tiempo: trabajar siempre a tu sombra?

Alain titubeaba como si se le atropellasen las palabras con las que responder. Finalmente desistió de hacerlo, dio media vuelta y se marchó.

Yo me dejé caer en la silla, abatida por la tensión y, según recapacitaba sobre lo que acababa de decir y el tono en el que acababa de decirlo, escuché un fuerte portazo. Corrí a la puerta principal y, tras abrirla, vi a Alain alejarse con su bolsa al hombro. Fui tras él.

—¡Alain, espera! ¿Adónde vas?

—A intentar que me arreglen el coche o que me lo cambien por otro para poder marcharme.

—Puedo llevarte. Ya te he dicho que voy al pueblo.

—Prefiero caminar. —Reanudó la marcha.

Le seguí.

—Anda, Alain, no seas cabezota. Si es por lo de antes, no... Yo no...

Él se volvió súbitamente.

—¡He dicho que prefiero caminar, así que déjalo estar!, ¿quieres?

Aquel repentino bufido me dejó clavada en el sitio, con la vista fija en su espalda en tanto se alejaba camino abajo. Y pensé que me tenía merecido su desplante. No sólo yo tenía derecho a perder los nervios.

Lo que leí me hizo olvidar todo lo demás

En aquel instante me habría metido en la cama, abrazada a las piernas, con las mantas sobre la cabeza. Habría esperado a que el sueño me venciera y que se prolongase, profundo como un coma, hasta que al despertar hubieran desaparecido mis problemas. Habría deseado poder retroceder en el tiempo, hasta los días en que fuimos felices y pensábamos en que esa felicidad iba a durar para siempre.

En aquel instante me sentía como me había sentido justo después de que Alain se marchara la primera vez. Hundida. No, no quería volver a eso. Otra vez no.

Regresé corriendo a la casa como si tuviera prisa. Me di una ducha, me vestí, disimulé las ojeras y la mala cara con maquillaje, cogí el ordenador, me subí al coche y conduje hasta el pueblo. Tenía que conectarme a internet. Tenía que leer la carta de Irina. Tenía que mantener la mente ocupada. Y seguir con mi vida.

Agradecí que no hubiera apenas gente en el bar. Me retiré a una esquina y me puse los cascos con música para aislarme del exterior. No recuerdo qué música. Lo que leí me hizo olvidar todo lo demás.

Querida Yulia:

He empezado demasiadas veces esta carta, nunca encontraba las palabras. Tantas son las veces que he escrito y reescrito, borrado y arrugado. Tantas... Hasta que, al fin, me he dado cuenta de que no son culpables las palabras, sino los hechos. No importa cómo los escriba, los hechos nunca cambian. Da igual las palabras que emplee, nada repara el sufrimiento que sé que te causé.

Todo este tiempo tú has sido lo único que he lamentado dejar atrás. Tú has sido la única a la que jamás hubiera deseado engañar. Pero no tuve elección, tienes que creerme. Tuve que morir para empezar a vivir de nuevo.

Mi alma gemela, mi hermana, te contaré todo lo que sucedió aquel mes de mayo de 1945 en Berlín. Quizá así puedas perdonarme.

Mayo de 1945

Los soviéticos acometieron en solitario la tarea de reconstruir Berlín hasta julio de 1945, cuando americanos, británicos y franceses llegaron a la ciudad para ocupar sus respectivas zonas según se había acordado meses atrás en la Conferencia de Yalta. Mayo de 1945 supuso para los berlineses la Hora Cero, *Stunde Null*, ese momento en el que aquellos que habían sobrevivido al nazismo y a la guerra se levantaron aturdidos sobre las ruinas de la ciudad fantasma y, en tanto se enfrentaban a un examen de conciencia personal y colectivo, en tanto intentaban asumir las pérdidas y las responsabilidades de la catástrofe, empezaron a mirar hacia el futuro con cierta sensación de alivio y esperanza. Berlín tardaría años en recuperarse de las heridas de la guerra y no volvería a ser una ciudad unida y libre hasta noviembre de 1989.

Eric había alcanzado el corredor cuando el disparo retumbó entre sus paredes. Venía del escenario. Apretó la pistola y aceleró el paso. Se frenó en el acceso a la escena y se asomó con precaución por el hueco. El arma en alto temblaba entre sus manos. Notaba en los oídos el latido del corazón, el sudor le goteaba por las sienes, resbalaba de la frente a los párpados; los abrió y cerró para sacudírselo, para ajustar la visión a los claroscuros que producía la luz mortecina del alba.

Finalmente, distinguió dos cuerpos que yacían sobre las tablas, inertes en mitad de un charco de sangre. Vestían uniforme.

Por un momento, pensó que uno de esos cadáveres podía ser el de Katya. Los latidos en su pecho y en sus oídos cesaron. Le faltó la respiración. No... No... Eran hombres. Dos hombres, concluyó. Oleg y Anatoli. Tragó saliva sintiendo que apenas pasaba por su garganta casi cerrada de la tensión. Oleg... Estaba muerto.

Se asomó un poco más y localizó una tercera figura: un hombre arrodillado, hacia el fondo del escenario. Sujetaba un arma y apuntaba a un lugar concreto en el extremo del proscenio. No podía verle el rostro, pero estuvo seguro de que se trataba de Hanke.

¿Dónde estaba Katya?

Se volteó para apretar la espalda contra la pared. Se secó el sudor de la frente. Cerró los ojos. ¿Dónde estaba Katya? ¿Allí donde apuntaba Hanke? Tenía que deshacerse de ese lunático. Pero ¿cómo? Los nervios le bloqueaban. ¿Cómo?, se repetía. Dispararía a Hanke. Estaba lejos, calculó que a unos veinte metros. Él no era un experto tirador. ¡Ni siquiera era un tirador, por Dios! Apenas había usado una pistola un par de veces contra una diana de cartón. Además, no conseguía controlar el temblor de las manos, del cuerpo entero. Erraría el tiro, seguro. Pero tenía que dispararle. Tenía que hacerlo.

—No tienes escapatoria, querida Katya —la voz de Hanke le sobresaltó—. Esto ha terminado —sonaba débil, quizá estuviera herido—. Morirás desangrada salvo que me dejes que yo acabe con tu sufrimiento.

Tenía que dispararle. Ya.

Se asomó. Apuntó. Y apretó el gatillo.

———◦◦◦———

Antes de que el balazo la paralizase, Katya recorrió el último tramo hasta el panel y se lanzó tras su parapeto. La respiración acelerada, el corazón desbocado... Miró angustiada su brazo izquierdo, la bala lo había atravesado dejando dos orificios que sangraban abundantemente. Tenía que taponarlos. A pesar del intenso dolor, forcejeó desesperada para soltarse las ligaduras de las muñecas. Resultó inútil, los nudos no cedían y a ella se le empezaba a ir la cabeza.

—No tienes escapatoria, querida Katya —escuchó la voz quebrada de Hanke—. Esto ha terminado. Morirás desangrada salvo que me dejes que yo acabe con tu sufrimiento.

La debilidad empezaba a vencerla. Miró a su alrededor. Hanke tenía razón: no había escapatoria. Las lágrimas le resbalaban por las mejillas. Ojalá cumpliera su palabra. Ojalá acabara enseguida con su sufrimiento.

Entonces retumbó una nueva detonación. Se creyó muerta al fin. Pero no... No, aquel disparo no era para ella. Se asomó tras el tablón. Hanke se había echado al suelo y ya no la apuntaba. El agente disparó en dirección opuesta, a la entrada del escenario, a un tirador oculto.

Katya rodó sobre sí misma hasta un foso de contrapesos que había localizado antes. Una de las hileras de sujeciones estaba partida. Empezó a patearla con las fuerzas que le quedaban, una y otra vez hasta que cedió con un crujido. Las cuerdas tensas se soltaron dando un latigazo. Sonó un chirrido de poleas. Lo último que escuchó antes de perder el conocimiento.

❦

Peter Hanke alzó la cabeza. No se movió. Ni siquiera gritó. Sencillamente, no le dio tiempo a reaccionar de ningún modo. El terror lo había petrificado.

Eric, alertado por el estruendo que sacudía el lugar, se asomó. Una nube de polvo y astillas le golpeó el rostro. Se cubrió y aguardó a que se aplacase aquella explosión. Una vez que el fragor hubo cesado y la polvareda comenzaba a dispersarse, volvió a sacar la cabeza con cautela para otear el panorama. Fue entonces cuando percibió el destrozo: una enorme barra de focos se había precipitado desde la cubierta sobre las tablas. El cuerpo de Peter Hanke yacía aplastado debajo.

Sintiendo que las piernas le flojeaban, salió de su escondite, avanzó tambaleándose por el escenario envuelto en polvo y llegó hasta él. Eric aún empuñaba la pistola con fuerza, como si aquel amasijo de carne aplastada pudiera recomponerse y volverse contra él en cualquier momento.

Entonces un gemido le distrajo de la contemplación hipnótica de aquel rostro deformado y bañado en sangre. Alzó la cabeza y la llamó:

—Katya... ¡Katya!

Por respuesta obtuvo más lamentos y los siguió con el corazón en un puño, abriéndose paso entre los destrozos sin dejar de pronunciar su nombre para que su voz no se apagara. Así alcanzó un panel de madera vencido y, detrás, la halló, por fin, tendida, medio inconsciente.

—Katya —le susurró con la voz ahogada por la emoción y la angustia—. Estoy aquí. Todo ha terminado.

Ella abrió los ojos.

—Eric...

—Peter Hanke ha muerto. Todo ha terminado.

Katya sonrió. Intentó incorporarse pero se sentía demasiado débil.

—Todo ha terminado —repitió antes de desvanecerse de nuevo.

Eric la acarició y, al ir a abrazarla, se percató de la herida sangrante en su brazo.

—Voy a sacarte de aquí. No te preocupes, todo saldrá bien.

Usaría el jeep, improvisó sobre la marcha. La llevaría a la iglesia de San Esteban, ellos los ayudarían. Pero antes se aseguraría de que nadie buscaría a la teniente Katya Voikova.

Eric nunca recordaría bien cómo sucedieron aquellos minutos de angustia y urgencia. Sólo conservaría imágenes deslavazadas en las que se veía a sí mismo taponándole la herida a Katya con un jirón de tela, arrastrando uno de los cadáveres anónimos del jardín trasero hasta el escenario, abrochando el colgante de Katya alrededor del cuello acorchado de aquella mujer muerta, rociando sobre las tablas el contenido de una lata de pesticida y prendiendo fuego al teatro en donde se había representado su propio drama. Se veía con Katya entre los brazos camino del jeep. La cabeza de ella sobre su hombro. Recordaba que fue entonces cuando se dio cuenta de que la amaba más de lo que podría expresarse con palabras. Si no lograba salvarle la vida, ya nada tendría sentido para él.

Déjame que te cuente una historia

Salí del bar y me senté en un banco enclavado en una vereda verde que corría junto al río. Necesitaba aire fresco, soledad y silencio. Y allí me quedé, impávida bajo una lluvia tan fina que parecía pulverizada, con la vista fija en las aguas tranquilas.

Acababa de leer la historia de Katya. Y, con ella, la de Peter Hanke. Y la de Eric Althann. Y, en parte, la de mi propio abuelo.

Se resolvían algunos de los interrogantes que había ido registrando en mis notas. Se rellenaban algunos vacíos entre documento y documento. Se construía un relato en donde el coraje, la determinación y el amor eran los motores de la existencia. Y el Medallón de Fuego. Aquel objeto maldito que había modulado sus vidas aun en contra de su voluntad.

¿Dónde estaba la dichosa reliquia? Yo seguía sin saberlo. Katya no lo revelaba en su carta. No era ése el objeto de la misiva sino su propia redención. Pero lo cierto es que me daba igual. Había llegado a la conclusión de que lo que más me fascina de mis investigaciones es el factor humano, la historia personal. Hasta entonces, había creído que esa investigación estaba condenada al fracaso, ya no sólo porque parecía imposible dar con el Medallón, sino porque ni siquiera iba a ser capaz de resolver las historias que giraban en torno a él. Y, sin embargo, de pronto, esas historias habían empezado a desenredarse, una tras otra.

Y los hilos volaban al viento. Y se encontraban para tejer un tapiz ante mis ojos. Aquel tapiz aún se desplegaba a trozos sobre el telar esperando a que yo continuara tejiendo.

Cómo explicarle a Martin que eso era lo único que me importaba. Que el Medallón no era más que un objeto, del mismo modo que *El Astrólogo* no era más que un cuadro. No lo entendería...

Detecté movimiento con el rabillo del ojo y, antes de que supiera de quién se trataba, su voz me sacó de dudas.

—No tendré coche hasta mañana —anunció Alain—. El tipo del taller se ha ofrecido a llevarme a un hostal que está a treinta kilómetros de aquí. No quería desaparecer sin despedirme.

Levanté el rostro anegado de lluvia y lágrimas para mirarle.

—Vuelve conmigo a casa. Déjame que te cuente una historia.

—◦✕◦—

Alain sabía escuchar. ¿Cómo podía yo haberlo olvidado? ¿Cómo podía haberlo olvidado él? Se concentraba en el relato de igual modo que si fuera suyo, asentía de cuando en cuando y dejaba traslucir sus emociones a través de las pequeñas inflexiones de su rostro.

Sí, Alain se emocionaba con las historias de los demás. Igual que yo.

No me dejé nada en el tintero. Le fui desgranando la historia completa, tal y como yo la había reconstruido, desde el principio. Peter Hanke, donde todo había empezado. Fiódor Voikov, Cornelius Althann, Alfred Bauer, Leopoldo García de la Torre. Los herederos de Lorenzo de Médicis. Magna Clavis. Von Sebottendorf y Gunter Kirch, los conspiradores. Walther Hanke, el idealista. Le hablé de la desintegración de la sociedad y de cómo sus sucesores se habían reunido sin pretenderlo en la casa del anticuario. Hice una semblanza de los tres. Katya, Eric, Ramiro. Berlín, mayo de 1945. Y Sarah Bauer, incomunicada al otro lado de un mundo sumido en la guerra. Todo estaba conectado. *El Astrólogo* con el Medallón de Fuego. Y nosotros. Mucho antes de conocernos siquiera.

Le hablé de mi abuelo y volví a desplegar para él todo el contenido de la vieja maleta del cobertizo. Una alfombra de documentos en el suelo frente a la chimenea, donde la leña se consumía sin sentir con el paso de las horas. Alain los leyó uno a uno, detenidamente, mientras acariciaba el papel viejo con la yema de los dedos; siempre lo hacía, igual que yo.

—Konrad lo sabía. Martin y los suyos lo sabían... Todos menos yo conocían la relación de mi abuelo con el cuadro y el Medallón. Y me han utilizado —reflexioné con la vista puesta en las llamas—. Pero no importa. Ya no. Ya no necesito la aprobación de nadie —alegué más para mí que para Alain. Resultó una revelación escuchármelo decir en voz alta.

Intuí por su ademán vacilante y un par de titubeos que Alain deseaba mostrarme de algún modo su comprensión: tomarme la mano, acariciarme, abrazarme incluso... Creo que mi actitud distante, replegada sobre mí misma, le disuadió de hacerlo.

En silencio, devolvió la vista a la alfombra de papeles y algo en el interior de la maleta, abierta junto a ellos, debió de llamarle la atención. Se estiró hasta alcanzarla y sacó una caja.

—¿Y esto? ¿Puedo abrirla?

Una caja de madera de habanos Cohiba. Recordaba haberla visto la primera vez que registré la maleta, pero la había dejado a un lado con la idea de inspeccionarla más adelante. Después, las cosas se complicaron y me había olvidado de ella.

—Claro. No sé qué habrá dentro.

Alain levantó el cierre metálico y la tapa, dejando así al descubierto un taco de sobres matasellados y rasgados. Del primero, sacó una colorida tarjeta navideña con una ilustración de aspecto *vintage* y el texto en inglés. En cambio, al desplegarla, la felicitación de su interior estaba escrita a mano en español: un sencillo «Feliz Navidad y próspero año 1946», firmado por la familia Schiller. El patrón se repitió en los siguientes sobres. Todos contenían sus correspondientes tarjetas navideñas, enviadas puntualmente cada año entre 1946 y 2002. Resultaba curioso verlas juntas y apreciar los diseños, parecían un ensayo de la evolución de la iconografía a través de los años cincuenta, sesenta, setenta... Una de ellas, la enviada en 1958, consistía en la fotografía a todo color de una familia frente a un árbol cubierto de adornos y espumillón. El padre era un hombre alto, con buena planta, el pelo entrecano y peinado con brillantina, y llevaba unas gafas de fina montura. Se asemejaba a esos maridos de las ilustraciones publicitarias de los años cincuenta. La madre era guapa, al estilo de las mujeres de antes, que aparentan más edad de la que en realidad tienen. Se sentaba al lado de su marido y sujetaba un bebé en los brazos. Alrededor de los progenitores, se desplegaba una numerosa prole de otros seis vástagos, tres chicas y tres chicos desde los dos años a la adolescencia.

Mientras yo escrutaba los rostros de aquella imagen, Alain centró su atención en los sobres.

—Todas están remitidas a tus abuelos, Ilse y Ramiro García Abad.

—Y quienes quiera que fueran los Schiller cumplieron Navidad a Navidad con la felicitación hasta que murió mi abuelo, en septiembre de 2003. No faltaron ni un año. Debían de ser buenos amigos.

—Todas se envían desde Estados Unidos —continuó Alain con su análisis del sobre—. Las primeras, desde El Paso, en Texas, y luego, desde Huntsville, en Alabama —añadió pensativo. En ese instante, yo eché mano del ordenador, y él puso voz a mis pensamientos—: ¿No es en Huntsville donde está el Centro Marshall de Vuelos Espaciales?

Le pedí el móvil para conectarme a internet.

—Sí, la primera sede de la NASA —corroboré, sin quitar la vista del teclado, empezando a hilar una corazonada—. Y en El Paso está Fort Bliss, la base del ejército americano para desarrollo y pruebas de misiles...

—Allí fue adonde trasladaron al equipo de científicos de Wernher von Braun que se rindió a los americanos tras la guerra.

—Schiller, Schiller, Schiller... Ese apellido...

Me levanté casi de un salto para ir a buscar mi cuaderno de notas y regresé hojeándolo.

—¡Aquí está! Hannah Schiller...

Aparté la vista del cuaderno para fijarla en Alain, quien me devolvió una mirada expectante.

—¡La madre de Eric Althann!

Me imaginé su cerebro como un conjunto de engranajes que se ponían rápidamente en marcha para procesar aquella información, tal y como yo acababa de hacer. Flexioné las piernas y me volví a sentar a su lado en el suelo.

—Eric fue uno de los científicos del equipo de Von Braun que desarrolló los cohetes V. Piénsalo: la mayoría de esos científicos fueron reclutados por el gobierno americano a raíz de la Operación Paperclip y trasladados a Estados Unidos para que, a pesar de su pasado nazi, empezasen a trabajar para ellos. Seguramente, Eric escapó de Berlín y logró reunirse con sus compañeros. En su huida tendría que hacerse documentos nuevos, como mis abuelos, de modo que aprovecharía para cambiarse el apellido y desaparecer así del radar de los soviéticos. Eric Althann adoptó entonces el apellido de su madre, convirtiéndose en Eric Schiller. Búscalo en Google a ver qué sale.

Alain tecleó con dedos ágiles «Eric Schiller, Marshall Space Flight Center, Huntsville». En décimas de segundo, se desplegaron en la pantalla más de un millón de resultados. Los que nunca habríamos encontrado para Eric Althann, porque el hijo de Cornelius se había desvanecido en 1945.

Impacientes por analizar toda esa información y saber más sobre Eric Schiller, preparamos café y unos sándwiches y nos pusimos a ello.

No tardó mucho en aparecer lo que, al menos yo, deseaba encontrar desde un principio. En una biografía más extensa del científico, leímos el nombre de la mujer con la que había contraído matrimonio en Witzenhausen, Alemania, en septiembre de 1945: María Arriaga Schiller.

—Katya. Es ella —afirmé con emoción contenida—. Su nombre completo era Katya María Arriaga Voikova. Cuando en 1937 se trasladó a la Unión Soviética, se quedó sólo con la parte rusa de su nombre. En cambio, en Estados Unidos, le resultaría más conveniente quedarse con la parte española y deshacerse así de su pasado soviético. Katya Voikova, quien, al fin y al cabo, había muerto en el incendio de un teatro en Berlín, pasó a ser María Arriaga.

—María Arriaga Schiller. Katya y Eric se casaron —apostilló él—. El remate perfecto para tu historia.

Alain se quedó contemplando la imagen de la tarjeta de felicitación en silencio, fascinado. Mientras yo, igual de fascinada que él ante aquella foto de familia, reflexionaba sobre la historia de amor de Katya y Eric: intensa, apasionada y apresurada, propia de quienes no saben si sobrevivirán al día siguiente. Y, sin embargo, duradera, resistente al desgaste del tiempo y de la convivencia. Muchos años después de haberse conocido, Eric rodeaba los hombros de Katya con el brazo y ella ladeaba la cabeza hacia él. Un instante. Una imagen. Suficiente para percibir que aún seguían enamorados.

—De modo que esta mujer es Katya —señaló Alain en la foto—. Fue muy guapa.

—Sí, se parece a Hedy Lamarr.

—Y este chaval... El único rubio, varios años mayor que el resto de los niños...

—Podría ser Sebastian. Ojalá lo sea, significaría que Eric logró reunirse con su hijo. Significaría que mis abuelos cuidaron bien de él. Por eso fueron buenos amigos toda la vida.

A base de artículos, semblanzas y referencias, nos fuimos haciendo una idea del devenir de la pareja en Estados Unidos, adonde llegaron en marzo de 1946. Su trayectoria estuvo siempre ligada a la de la pequeña comunidad de científicos expatriados liderados por Von Braun. Los primeros años se instalaron en Fort Bliss, donde el equipo de Peenemünde trabajó en el programa de misiles del ejército americano, continuando con el desarrollo de los V-2 que habían iniciado en Alemania. Por entonces, la necesidad y la oportunidad de la presencia de aquellos científicos nazis en Estados Unidos eran permanentemente cuestionadas, sus colegas norteamericanos los ninguneaban, vivían en barracones con el techo de uralita en medio del desierto y no podían moverse sin escolta militar. Von Braun se refería a ellos mismos como prisioneros de paz. No debieron de ser tiempos fáciles para Eric y Katya, aunque para ellos nunca lo habían sido. En 1950, el matrimonio siguió a Von Braun y a los demás a Huntsville, donde los alemanes continuaron trabajando para el ejército. En una primera etapa, desarrollaron el cohete Redstone, que se empleó para lanzar el primer misil balístico nuclear americano, así como el Júpiter-C, que puso en órbita el Explorer-1, el primer satélite occidental.

Para entonces, ya les habían llegado noticias del ambicioso programa Sputnik que se desarrollaba en la Unión Soviética. Es posible que Eric sintiera admiración y envidia por Sergei Korolev, su antiguo jefe en el RNII de Moscú, quien lideraba un ambicioso programa de cohetería, en tanto los americanos apenas apostaban por uno mucho más modesto. Al tiempo, Von Braun y los suyos seguían sometidos a escrutinio por su pasado nazi y el alcance de su participación en los crímenes cometidos por el régimen de Adolf Hitler. Alain y yo encontramos un pequeño ensayo firmado por un profesor de la Universidad de Columbia en el que aseguraba que Eric Schiller había presenciado junto con Magnus von Braun la ejecución de unos prisioneros rusos en Nordhausen. La única prueba que aportaba era el testimonio de un exprisionero francés del campo de Mittelwerk.

La suerte de los científicos alemanes cambió en 1957. Cuando la URSS lanzó el Sputnik-1, los americanos se dieron cuenta por fin de lo retrasados que iban en la recién iniciada carrera espacial. Entonces acudieron al equipo de Von Braun. En 1958 se creó la NASA y, dos años después, el Centro Marshall de Vuelos Espaciales, del que Von Braun fue nombrado director; como hasta entonces, sus hombres de confianza, con los que tantos años llevaba trabajando, le siguieron. Eric entre ellos, como director técnico adjunto. Aquel viejo equipo pionero en cohetería que se había formado en Peenemünde casi veinte años atrás fue responsable del desarrollo del programa Saturno. El 16 de julio de 1969, el cohete Saturno V lanzó a los astronautas del Apolo 11 en su histórico viaje a la Luna.

—Eric logró llevar al hombre a la Luna. Cumplió su sueño y la promesa que le hizo a Katya —murmuré emocionada.

No tardamos en descubrir que no sólo Eric había contribuido a llevar al hombre a la Luna. De casualidad y gracias a una breve mención en un artículo incluido en la página de la NASA, encontramos una referencia a María A. Schiller, doctora en Física, la primera mujer española contratada por la agencia espacial americana, quien formó parte entre 1964 y 1989 del equipo que calculaba las trayectorias de los vuelos espaciales.

Dedicamos un buen rato a intentar ampliar aquella información, pero no encontramos nada. El hito de aquella mujer, como los de muchas otras a lo largo de los siglos, había pasado desapercibido a la Historia.

Sin embargo, de un modo menos explícito del que ella se hubiera merecido, obtuvo su pequeño homenaje. Lo averiguamos echando un vistazo a la lista de cráteres de la Luna, esperando que alguno de ellos llevara el nombre de Eric, del mismo modo que había ocurrido con otros colegas suyos como el propio Von Braun. Mas no fue el nombre del científico alemán el que encontramos.

—Katya —leyó Alain—. Hay un cráter en el polo norte de la Luna, de diecinueve kilómetros de diámetro, llamado Katya.

—Tiene que ser ella. ¿Quién si no? Seguramente Eric escogió el nombre de la mujer que amaba para su cráter.

En un momento dado, Alain tuvo que levantarse a encender las lámparas del salón. El día había pasado sin sentir mientras tejíamos la historia de Eric y Katya, entre comentarios, observaciones, deducciones. Y nos habíamos emocionado con ella, la habíamos vivido como siempre hacíamos, como si fuera nuestra.

Una historia que finalizaba en abril de 2008, con la muerte del científico a los ochenta y ocho años de edad. Aunque no terminaba del todo. Como las buenas historias de amor, se volvía eterna.

En una crónica de un periódico local de Huntsville, leímos que María A. Schiller, un personaje muy activo y querido en aquella pequeña comunidad, falleció tres años después de su marido y que ambos están enterrados en el cementerio de Maple Hill; sus tumbas, en lo alto de una colina cubierta de césped, se miran una a la otra y en ambas está inscrito el mismo epitafio bajo sus nombres.

—«Tú eres la única estrella que quiero contemplar» —leí con un nudo de emoción en la garganta—. Éste sí que es el final perfecto para mi historia.

Alain sonrió y frotó la piel erizada de mis brazos hasta que volvieron a estar suaves. Lo miré fijamente, perturbada por ese gesto que antes siempre había recibido con tanta naturalidad, sintiendo el peso y el calor de su mano en mi piel.

—Lo que dije esta mañana... —enuncié entonces, respondiendo a un impulso aunque sin saber cómo continuar—. Me gusta trabajar contigo; en realidad, no es trabajar. Esto, lo que estamos haciendo, lo he echado tanto de menos... Y no sólo las últimas semanas, a raíz de esta investigación, sino mucho antes, antes de separarnos, hasta el momento en que trabajar contigo se convirtió en trabajar para ti.

Alain arrugó el entrecejo.

—Sé que no te diste cuenta, que no fue tu intención, pero sólo tú progresabas, sólo a ti te surgían nuevas oportunidades: tú colaborabas en publicaciones, dabas charlas, escribías artículos, aparecías en los documentales, asesorabas a las productoras de cine... No es que yo quiera acaparar los focos, ya sabes que no tengo afán de protagonismo, pero mientras tú crecías como la espuma yo tenía la sensación de estar estancada, sin más recorrido que ser tu secretaria, tu ayudante. Y, joder, no quiero que suene presuntuoso, pero creo que el mérito de nuestro trabajo era compartido...

—Lo era. Siempre lo ha sido —se apresuró a recalcar. Aunque no era su reconocimiento lo que yo buscaba en ese instante.

—Lo que sucedió es que... es... Bueno, quizá una cosa llevó a la otra... La cuestión es que me sentí relegada, abandonada, ya no sólo en lo profesional, ése no era el verdadero problema, hubiera buscado otro camino, un camino para mí... El problema fue cuando me sentí abandonada como tu pareja, como tu mujer. ¿Te diste cuenta de que hubo un momento en el que empezamos a dejar de hacer cosas juntos? Como si fuéramos compañeros de piso, cada uno llevábamos nuestras vidas y nos encontrábamos, con suerte, en la cocina, a la hora de cenar. Tú tenías tus horarios, tus compromisos, tus intereses. Y no encajaban con los míos. Dejamos de ir a nuestra ruta de mercadillos, a caminar al pueblo los domingos de sol para comprar el desayuno, a pasear antes de la cena, a ver la televisión hasta quedarnos dormidos. Dejamos de hacer cosas inesperadas... No sé, como esas escapadas a París que tanto nos gustaban, o como esas veces que cogíamos el coche para descubrir pequeñas ermitas perdidas en mitad del campo, cuando improvisábamos una comida cerca del mar o una visita a un museo... Dejamos de cocinar juntos, de cuidar el jardín juntos, de ver las mismas películas...

—Pero yo no... Yo... Sí hacíamos cosas juntos. Si querías ir a cenar, íbamos a cenar, o a la playa... Una vez quisiste ir a ese festival de música y fuimos, ¿recuerdas?

—Sí, sí. Y yo proponía el plan y buscaba el restaurante u organizaba el viaje o andaba mendigando un simple paseo contigo. Siempre yo. Y tú unas veces te sumabas con más agrado; otras, con menos, y entonces yo tenía la sensación de estar obligándote; y otras, sencillamente, no te sumabas porque tenías mucho trabajo, o no tenías tiempo o no tenías ganas. Y, al final, me cansé, Alain. Me cansé de ser el único caballo que tiraba del carro de nuestro matrimonio. Puedes tirar, cuando quieres a la otra persona puedes tirar sin descanso, pero también necesitas tener la sensación de que la otra persona te quiere, de que piensa en ti de vez en cuando, que piensa: «cuánto le gustaría esto a Ana» o «voy a sorprenderla con esto otro» o, simplemente, «me apetece pasar el tiempo con Ana, aunque sea cuidando del puñetero jardín».

Hice una pausa. Un atónito Alain intentaba asimilar semejante lista de agravios. Entretanto, yo dudaba si dejarlo ahí para no caer en el ensañamiento o continuar soltando todo lo que durante tanto tiempo había acumulado. No estaba segura de qué sería lo mejor para los dos. Al final, decidí que si parte de la culpa de nuestros problemas la tenía mi escasa habilidad para la comunicación, quizá no era el momento de parar. No cuando me notaba con las ideas sorprendentemente claras y éstas brotaban ordenadas, serenas y sin dramas.

—No sé si es que me volví paranoica, pero recordaba aquella vez que tu hermana Judith te echó en cara tu falta de compromiso con la familia. Cuando te dijo que el mundo siempre giraba a tu alrededor o que estabas muy ocupado viviendo tu propia vida. Y me aterré. Me aterré de pensar que ella pudiera tener razón.

Alain se limitó a asentir, muy despacio, entre ofendido y culpable.

—¿Por qué no me lo dijiste? ¿Por qué dejaste que se fuera todo a la mierda sin abrir la boca?

—Porque no soy perfecta, joder. Y ése fue mi error. Porque pensé que si tú no mostrabas interés, si no te molestabas ni en preguntar qué estaba ocurriendo, era otra muestra más de lo poco que te importaba ya.

—¿Y decidiste que era mejor mandarlo todo al carajo? ¡Estupendo! ¡Sólo era un matrimonio! ¡Nuestro matrimonio! ¿Para qué intentar solucionar los problemas?

Me puse en pie.

—No. No me grites. Si empezamos a gritarnos esto acabará peor de lo que ha empezado. Entiendo que estás... Que tienes que asimilar lo que acabo de decirte. Que tienes que preparar tu defensa...

—Esto no es un puto juicio. ¿O sí? ¿O es que se me está juzgando a mí? También yo podría decir que, de un día para otro y sin ninguna explicación, te volviste insufrible: arisca, irascible, amargada. Que no era nada fácil convivir contigo y que mucho menos tenía ganas de pensar en cosas con las que sorprenderte, halagarte y contemplarte. ¿No te has planteado que quizá por eso me concentré cada vez más en el trabajo?

—Yo no he dicho que tú seas el único culpable de habernos separado. Sólo te he dicho cómo me sentía.

—¡Y yo te estoy diciendo cómo me sentía yo!

—¡Pues bien! ¡Ya están todas las cartas sobre la mesa!

Empecé a recoger el reloj, siempre me lo quitaba para trabajar porque chocaba con el teclado del ordenador, y la goma de pelo, la funda de las gafas, las tazas vacías de café...

—¿Qué haces?

—Me voy a acostar. Tenemos que darnos un tiempo para pensar sobre esto y volver a hablar sin gritarnos y sin discutir. Si seguimos ahora, actuaremos en caliente y acabaremos por arrepentirnos.

Me quedé mirándole fijamente, esperando que estuviera de acuerdo conmigo. Aunque no parecía muy conforme, asintió.

—Buenas noches —zanjó con frialdad.

La zarina eres tú

O tra noche más de tormenta. Aquélla me pareció especialmente intensa, quizá porque estaba despierta. La lluvia repiqueteaba contra la ventana. El viento soplaba y silbaba, golpeaba a rachas los muros exteriores de mi dormitorio, que parecían de cartón. Al fondo de aquel fragor, se percibía el sonido del mar embravecido en su lucha contra la pared del acantilado. Los truenos restallaban encima del tejado y la casa entera temblaba con ellos.

Tenía frío y ganas de llorar. Esas ganas que se agarran a las cuerdas vocales y que no acaban de romper. Me temblaba la barbilla, pero mis ojos permanecían secos. No conseguía desahogarme. Di vueltas y más vueltas entre las sábanas, no porque mis pensamientos me impidieran conciliar el sueño. Era incapaz de pensar en nada. Se trataba de puro desasosiego.

Sin embargo, en algún momento debí de rendirme a un sueño breve, ligero e inquieto. Me desperté sobresaltada, sudando y temblando a la vez. Había soñado con mi abuelo. Pero no parecía un sueño. Parecía que él hubiera estado allí, que me hubiera hablado al oído. Yo era una niña. Durmiendo en la misma cama, en el mismo dormitorio. La tormenta rugía en el exterior. Y él estaba allí.

Sentada en el colchón, desenredaba el sueño de la realidad.

De pronto, salté de la cama, salí del dormitorio y corrí escaleras abajo.

Avancé por el salón en penumbra, apenas iluminado por el rescoldo de la chimenea; la luz del farolillo del porche, que siempre dejaba encendida, se colaba por las ventanas de la galería y un resplandor blanco refulgía en la estancia con cada relámpago. Había olvidado ponerme las gafas y el panorama aparecía, además, borroso ante mis ojos. Por eso creo que más que verla la intuí, la reconocí en mi memoria. En el lugar donde siempre había estado, entonces, entre destellos como de película psicodélica, como si aún siguiera soñando. Continuaba en la librería entre los balcones, que con el diván y una lámpara de pie conformaban el rincón de lectura. Estaba rodeada de libros de arte y el tomo de *Las vidas* de Vasari había caído sobre ella.

—¿Qué es?

Me escuché a mí misma, muchos años antes, cuando apenas llegaba al segundo estante de la librería.

—Una mujer —respondió mi abuelo mientras colocaba la escultura recién terminada en el lugar que había escogido para ella.

Yo la miré extrañada, ladeando la cabeza a izquierda y derecha para intentar comprender la figura. Aquellos planos superpuestos no me recordaban en absoluto a una mujer, se asemejaban más bien a las velas de un barco al viento.

—¿Y cómo se llama?

—El Medallón de la Zarina.

—¿La zarina? ¿Quién es la zarina?

Mi abuelo inclinó la cabeza para mirarme desde su altura y sonrió.

—La zarina eres tú.

Según las imágenes de humo se elevaban al cielo como volutas y se desvanecían, alargué las manos hacia la escultura. Recorrí con las yemas de los dedos aquella composición de láminas de cobre, bronce y acero y, entonces, observándola de cerca, con los ojos entrecerrados, sí que aprecié las formas tridimensionales del torso de una mujer y un hueco en el centro de aquel pecho hinchado como la vela de un barco. El Medallón de la Zarina. El Medallón.

Permanecí un instante con la escultura entre las manos, sumida en una especie de trance, concentrada en el tacto entre mis dedos del velo de polvo que la cubría como si eso fuera lo más importante. Mis temores litigaban con mis deseos; estaba bloqueada.

Al cabo de un rato de sostenerla, reparé en lo ligero de la pieza. Cierto que las láminas de metal eran finísimas para dar fluidez a la composición. Pero la peana de piedra maciza debería aportarle un peso y una solidez que yo no sentía. La peana. La palpé y la examiné desde todos los ángulos. De piedra maciza...

Entonces, llevada de un arrebato como si hubiera perdido el juicio, crucé el salón, el recibidor y la puerta principal y me precipité al exterior, llevando conmigo la escultura. Debía de hallarme sin duda enajenada a causa de la impresión, la emoción, la tormenta que se abatía sobre mí a embates de lluvia y viento, cuando me puse a golpear la peana contra el murete de rocas que cercaba el jardín. Ahora recuerdo aquel momento como una sucesión de fotogramas intermitentes al ritmo de los relámpagos, como un instante ensordecedor de elementos de la naturaleza desbocados, de mis manos empapadas y resbaladizas sujetando a duras penas la escultura y yo misma arremetiendo con ella contra el muro. Y, entonces, la peana de piedra se partió.

Me detuve en seco. Temblaba a causa del frío y la tensión, jadeaba por el esfuerzo. Apenas podía controlar la mano cuando la introduje en la cavidad que había quedado al descubierto. Enseguida rocé con los dedos una protuberancia redondeada, adherida al interior. Tiré de ella y se desprendió con facilidad para caer en la palma de mi mano.

Allí estaba. La gema verde, la talla del dragón, los símbolos circundantes, la Magna Clavis. Más que verla, la imaginaba mientras percibía su tacto suave en la mano fría y mojada. Cerré los ojos, cerré el puño. Y sentí el Medallón de Fuego mientras flotaba en un vacío negro donde todo a mi alrededor había desaparecido.

—¡Ana! ¡Ana!

La voz comenzó como un eco lejano que fue penetrando hacia el interior de mi burbuja hasta reventarla. Y, entonces, regresó la lluvia contra mi piel, el viento entre mi ropa mojada, la tormenta sobre mi cabeza... Abrí los ojos y miré sin ver. Me llevó un tiempo reconocerlo, en aquel instante, en aquel lugar, borroso y diluido.

—¿Qué te pasa? ¿Qué haces? ¡Estás empapada!

Intentó cubrirme con un abrigo pero yo, aún absorta, estiré el brazo y Alain lo interpretó como un rechazo.

—Ana...

Abrí el puño, le mostré la palma de la mano. Su gesto se transformó de asombro.

—Es... Es el Medallón —ni siquiera pudo exclamar.

Lo observó largamente como si él también hubiera caído bajo su hechizo hasta que pareció despertar de pronto. Me abrigó al fin y, casi alzándome en volandas, me condujo de vuelta a la casa.

De la chimenea apenas salía ya calor. Apresuradamente, Alain la cargó de leña y encendió el fuego. Fue a por toallas y empezó a frotarme con ellas mientras yo permanecía tiesa como un pasmarote, asimilando la dimensión de lo que apretaba en el puño entre temblores.

—Estás calada... Mírate, tienes la piel roja del frío. Pero ¿cómo...? ¿Qué hacías fuera? ¿Qué es lo que ha pasado? ¿Cómo lo has encontrado? Madre mía, si estás descalza y tienes el tobillo hinchado... —Alzó la cabeza para mirarme desde el suelo donde me secaba los pies—. Lo has encontrado —se recordó—. Has encontrado el Medallón de Fuego.

Asentí. Alain se levantó y me abrazó. Sentí la presión y el calor de su cuerpo como un bálsamo. Poco a poco, mis sentidos se abrieron a lo que me rodeaba: al salón aún borroso de la casa de Asturias; al olor de la piel de Alain, que tan familiar me era, mezclado con el de la leña al fuego y la humedad; al rumor, sordo tras los muros, de la tormenta, al crepitar de la chimenea, a su respiración algo agitada, a la mía propia y al tamborileo de nuestros corazones. Me acurruqué en su abrazo.

—¿Dónde estaba? ¿Cómo lo has encontrado? —susurró a mi coronilla.

Me separé un poco.

—¿Puedo usar tu móvil? Tengo que llamar a Martin.

Maldito Medallón

La tormenta había pasado y había amanecido un cielo a jirones de nubes blancas, que el viento desplazaba como a cámara rápida. El mismo viento que peinaba la hierba del prado y alborotaba el mar con rizos de espuma; sobre el que planeaban las gaviotas; el que jugaba con mi pelo y se colaba entre el tejido de mi chaqueta de lana. Me abracé para cerrarla alrededor de mi pecho donde, bajo la ropa, pegado a mi piel, descansaba el Medallón.

El Medallón de Fuego. De cuando en cuando, tenía que recordarme que lo había encontrado, que había llegado al final del camino. No terminaba de creérmelo. No terminaba de comprenderlo.

Debería haber experimentado paz, alivio, la satisfacción del trabajo cumplido, la emoción del encuentro con la reliquia, con los siglos de historia y las leyendas que representaba. Y, sin embargo, sentía desasosiego. La forma en la que había dado con él... ¿Se había tratado de una revelación o de un accidente? ¿Por qué mi abuelo lo había escondido y después parecía haberlo abandonado? ¿Por qué había interrumpido un legado de siglos que garantizaba su custodia y su protección? ¿Descuido, dejadez, premeditación? ¿Por qué nunca respondió a la carta de Sarah? ¿Y Katya y Eric, los otros miembros de Magna Clavis? Si al menos una vez al año habían tenido contacto con mi abuelo, ¿es que ellos también habían renunciado al Medallón? ¿Se trató de una conjura del grupo? ¿Por qué? Quizá pensaron que lo mejor era quitarlo de la circulación, enterrarlo en el olvido y disolver la sociedad. En ese caso, ¿qué suponía que yo lo hubiera sacado de su escondite?

Miré al cielo casi esperando que mi abuelo asomara entre las nubes para advertirme: «Tendrías que haberlo dejado donde estaba; ésa era nuestra voluntad». Mas no fueron las palabras de mi abuelo las que escuché, sino las de Sarah Bauer, altas y claras en mi memoria: «Hay cosas que es mejor ignorar. Hay tierras que es mejor no remover».

Para ella, *El Astrólogo* siempre fue una maldición. ¿Sería de esa clase de maldición de la que quisieron librarse y librarnos a sus sucesores los miembros de Magna Clavis? Me estremecí con un escalofrío.

—Has madrugado.

La voz de Alain me sobresaltó. Me hallaba tan absorta en mis reflexiones que no le había sentido llegar.

—¿Has conseguido dormir algo? —me preguntó.

—No mucho.

Me moví en la roca sobre la que me sentaba para dejarle sitio a mi lado. Pero él prefirió permanecer en pie, silencioso, con la vista fija en el mismo mar en el que se perdía la mía. Estaba dolido y yo sabía por qué. Me había mostrado muy insensible la noche anterior con aquella urgencia intempestiva por llamar a Martin, ignorando que quien me secaba la piel mojada, quien me daba calor, quien me reconfortaba con su abrazo y estaba allí conmigo era Alain. Ignorándole como si él no existiera en aquel diálogo entre el Medallón y yo al que había dado acceso prioritario a Martin, esa sombra que se cernía sobre él, sobre nosotros.

Recordaba que le había pedido el teléfono, me lo había dado sin pronunciar palabra. Una vez que hube terminado mi conversación con Martin, Alain ya no estaba allí, se había metido en el dormitorio frío para desaparecer.

A la luz del día y de mi propio discernimiento, me daba cuenta de mi error, y me sentía fatal. Busqué entonces la forma de disculparme. Pero él se me adelantó.

—He estado dando vueltas a lo que dijiste ayer. Nunca pensé que te sintieses abandonada, que creyeses que ya no te quería, que ya no me importabas. Me ha dolido admitir mi dejadez, me ha dolido imaginar cómo te sentías sin yo ser consciente. Lo siento mucho y, aunque no haber sido consciente de ello no sea una excusa, es mi única defensa.

Asentí, admitiendo sus disculpas.

—Escucha, Ana, yo... Sólo me gustaría que sepas que te quería entonces, que te he querido cuando estábamos separados y que te sigo queriendo. Y que si no es el amor lo que falta sino la forma de demostrarlo, no estoy dispuesto a perderte por eso. Deseo empezar de nuevo, deseo hacerlo bien. Pero necesito saber si tú quieres que luche por ti, por nosotros. Necesito saber si aún me quieres o si... bueno, prefieres seguir otro camino.

Aquella declaración me dejó un sabor agridulce y un nudo en la garganta, que me llevó un instante deshacer para poder hablar sin que me temblase la voz.

—Ese otro camino... No sé si estoy enamorada de Martin, si es a lo que te refieres. No te voy a engañar, en él he encontrado todo lo que ayer te dije que echaba de menos. Pero eso es sencillo al principio de cualquier relación. Y ese encantamiento no es necesariamente amor. —Suspiré—. Yo lo único que sé es que, cuando pienso en ti... Tú... Te recuerdo como ese jersey dado de sí, cómodo y suave, que me pongo para estar por casa, como la caja de bombones que me zampo de una sentada cuando estoy triste... Como el lugar donde me sentía bien, donde quería estar. Tú eres donde acaban todos mis pensamientos, mira que he intentado evitarlo. Dios mío, claro que te quiero. Pero tengo miedo. Sé que si empezamos de nuevo, todo irá de maravilla al principio y yo volveré a enamorarme de ti como si acabáramos de conocernos, pero ¿y después? La gente no cambia, Alain, somos como somos. ¿Y si por mucho que nos queramos no encajamos? Yo no puedo volver a pasar por ese desengaño, no puedo volver a caer en el agujero del que tanto me ha costado salir, no sé si sería capaz de conseguirlo de nuevo. Eso es lo que me asusta.

Tras escucharme atentamente, Alain devolvió la vista al mar. La mandíbula tensa, los ojos entornados, el ceño fruncido.

—A mí lo que me asusta es pasar el resto de mi vida sin ti.

Bonita declaración, pero yo aspiraba a ser algo más que un complemento indispensable de su vida ideal. Si él me necesitaba a mí, yo le necesitaba a él y, visto lo visto, no estaba segura de que fuéramos a encontrarnos en ese espacio.

Iba a decírselo así cuando un rugido de motores irrumpió fuera de lugar en aquel rincón reservado a la naturaleza. Nos volvimos al mismo tiempo.

Cuatro coches todoterreno, recios, negros y aparatosos, ascendían por el camino en dirección a la casa. Alarmada, me puse en pie.

—¿Qué ocurre? ¿Quiénes son? —preguntó Alain, no menos inquieto.

—No lo sé. Pero no me gusta. No me gusta nada.

Analicé la situación con rapidez. La casa estaba a unos cien metros, los coches iban a llegar a ella antes que nosotros por mucho que corriéramos. A nuestro alrededor, el prado abierto y diáfano terminaba abruptamente al borde de un acantilado con una caída vertiginosa. La única salida estaba por el camino que uno de los todoterreno acababa de bloquear; entretanto, otro aparcaba enfrente de la casa y los dos restantes subían hacia donde nos encontrábamos. Con el mar a nuestras espaldas, no teníamos a donde huir, ni donde ocultarnos ni protegernos.

Miré a Alain, que recorría nervioso con la vista el lugar, buscando una escapatoria imposible. Ya los teníamos encima. Mi respiración se aceleró cuando los coches frenaron levantando la tierra bajo sus ruedas. Alain se colocó delante de mí.

Dos hombres se bajaron de uno de los vehículos y nos apuntaron con sus armas.

—¡Arriba las manos!

Yo obedecí. Alain se resistió y sólo a la segunda orden, cuando fue acompañada de un elocuente movimiento de pistola, levantó los brazos a regañadientes.

—¿Qué coño está pasando? ¿Qué es lo que queréis? ¡Eh, no me toques! ¡He dicho que no me toques!

Pese a las protestas de Alain, uno de ellos nos separó y nos cacheó mientras el otro nos encañonaba. Yo, tiesa como un palo, me dejé hacer. Alain gritaba por mí.

—¡Déjala! ¡Quítale las putas manos de encima!

Concluida la inspección, el tipo se volvió hacia el otro coche e hizo una señal. Entonces se abrió la puerta trasera y, despacio, como a cámara lenta, o al menos a mí, alterada como estaba, me lo parecía, apareció una figura completamente vestida de negro: pantalón, jersey de cuello vuelto, botas militares. Unas grandes gafas de sol cubrían sus ojos y su piel destacaba aún más clara sobre el atuendo oscuro, igual que su cabello, rubísimo, recogido en una coleta. Parecía más joven, más altiva, más poderosa.

Greta Köller caminó tranquilamente hacia nosotros, con una sonrisa fría que parecía dibujada en un rostro pétreo que no sonreía. De un modo extraño, me tranquilizó un poco que se tratara de ella, un enemigo conocido. Sabía que era peligrosa, que no tenía escrúpulos. Pero también sabía que tenía el temple de una máquina. Ella sólo quería una cosa. Conseguirla era su objetivo, no hacernos daño.

Me equivoqué al juzgarla.

—¿Dónde está? —Directa, sin preámbulos—. Y no pierdas el tiempo haciéndote la tonta. Sé que lo tienes. Debiste hacer caso cuando te dijeron que no usases el teléfono, ningún teléfono. ¿Crees que iba a ser tan idiota de no vigilar también a tu marido?

El teléfono de Alain. Un escalofrío me recorrió el cuerpo. Intenté mantener la compostura, aunque no creo que lo consiguiera del todo entre la tensión y el cabreo conmigo misma.

—Sabes que no me voy a ir de aquí sin él. Será mejor que me lo des por las buenas.

Tenía razón. Me encontraba acorralada, completamente.

¿Cómo no iba a darle el Medallón? No podía escapar. Resistirme resultaría inútil y suicida, peligroso también para Alain. Greta había ganado.

«Tendrías que haberlo dejado donde estaba; ésa era nuestra voluntad.» «Hay cosas que es mejor ignorar. Hay tierras que es mejor no remover.»

Las palabras de quienes me habían precedido resonaban en mis oídos. Donde ellos habían tenido éxito, yo acababa de fracasar. Donde ellos habían estado a la altura, yo acababa de demostrar mi irresponsabilidad. Un temblor interno me sacudía las entrañas, un sudor frío me picaba en la piel. Miré a los hombres y sus armas apuntándonos, miré a Alain, como un perro fiero sujeto a una correa, miré a Greta, con un gesto triunfal contenido. Cerré los ojos y quise gritar de rabia. Pero me tragué el grito y me llevé lentamente la mano al cuello, donde asomaba un cordón negro. Me lo saqué por la cabeza y lo volví a contemplar entre las palmas de mis manos. Una simple piedra. Tragué saliva.

—¡Dámelo!

El gesto de Greta al ver el Medallón se transformó. Debería haberme dado cuenta, debería haber reparado en ese destello de codicia en sus ojos, en ese punto de locura que todos tenemos y que también asomó en su mirada. Después de todo, ella no era una máquina, era un ser humano. Y yo lo pasé por alto.

Cerré los dedos sobre el Medallón, apreté fuerte el puño. Miré a Greta como si fuera a dárselo. Entonces alcé el brazo y con todo mi ímpetu lancé la piedra al mar. Del mismo modo que si el tiempo se hubiera suspendido, lo vi caer dibujando una parábola, lo vi perderse entre las olas y hundirse en las aguas densas y oscuras.

—¡No! ¡Qué has hecho!

Lo que sucedió después... No sé si es que mi memoria ha preferido borrarlo, no sé si es que ni siquiera fui del todo consciente. Ocurrió tan rápido..., en un parpadeo. Nunca he sido capaz de relatarlo con exactitud.

Greta fue quien disparó, sí, fue ella. Sé que la miré y la vi empuñar la pistola. Pero ¿de dónde salió el arma? ¿Hacia dónde apuntaba? ¿Era a mí? Tuvo que ser a mí. Recuerdo la voz de Konrad. ¿Cómo podía ser la voz de Konrad? Nunca lo vi allí. Pero la recuerdo sin lugar a dudas:

—¡Greta, no!

Escuché la detonación. Noté un empujón. Caí al suelo. Creí que me habría dado pero no sentía nada. Miedo, angustia y desconcierto, pero ningún dolor. Sólo el peso de Alain sobre mí. Me incorporé y, al hacerlo, le toqué y mis manos se mancharon de sangre aún templada. Entonces me di cuenta de quién había recibido la bala.

Miré a Greta, ella me devolvió una mirada enajenada, vacilante durante apenas un segundo antes de darse la vuelta, correr seguida de sus hombres hacia los coches y largarse de allí tan rápido como habían venido.

La lucidez me duró lo justo para buscar el teléfono de Alain entre su ropa ensangrentada y llamar a emergencias, para taponar con mi camiseta su herida a la altura del abdomen según me indicaban por teléfono los médicos del SAMUR y contener así la hemorragia, para permanecer a su lado dándole cachetazos en las mejillas y exigiéndole que se quedara conmigo, para abrazarle como si con ello fuera a retenerlo mientras la vida se le escapaba por un agujero de bala. Cuando llegó la ambulancia y me separaron de él, entré en shock.

Mucho después me enteré de que nos habían trasladado en helicóptero a un hospital de Oviedo; que, durante el traslado, Alain había sufrido una parada cardiorrespiratoria y los médicos habían conseguido reanimarle. Que una vez en el hospital tuvieron que volver a estabilizarle y operarle de urgencia. No recuerdo nada de aquello. Sólo recuerdo salir del shock en brazos de Martin, donde tomé conciencia de la anodina sala de espera del hospital en la que estaba y mi memoria empezó a escupir las imágenes de lo recién vivido. Entonces rompí a llorar sin consuelo. Quise explicarle lo que había sucedido, pero ni encontraba las palabras ni el llanto histérico me dejaba hacerlo. Llegó un momento en el que empecé a hiperventilar. Tuvieron que darme un ansiolítico.

—Toma, es tila. Está caliente, te irá bien.

Martin me tendió un vaso de cartón y se sentó a mi lado en aquella hilera de incómodas sillas tapizadas en azul de la sala de espera.

—Gracias. —Bebí un sorbo con desgana, por no hacerle el feo.

—¿Se sabe algo? ¿Ha salido algún médico?

Negué con la cabeza y sentí de nuevo el resquemor de las lágrimas al borde de los párpados. El vaso de tila se agitaba entre mis manos temblorosas. Aún tenía restos de la sangre de Alain, entre los pliegues de la piel y bajo las uñas. Ni siquiera era consciente de cuándo me las había lavado.

Martin me cogió el vaso y lo dejó sobre una mesita. Yo me sequé torpemente las lágrimas con las manos hasta que él me tendió un pañuelo.

—Todo es culpa mía —logré hablar entre sollozos.

—No digas eso, no lo es.

—Creí que se iría, que al no conseguir el Medallón, Greta se marcharía sin más. Fui una estúpida. ¡Tiré el Medallón al mar, Martin! —le repetí lo que ya antes le había contado—. ¡Está en el jodido fondo del mar!

Martin me tomó de las manos y siseó para que me calmara.

—Y ahora... Alain. —El llanto volvió a interrumpirme—. Ni siquiera sé rezar, ¿qué puedo hacer? —pregunté desesperada.

Su abrazo acogió de nuevo mi desconsuelo.

—Yo rezaré por ti —aseguró mientras me pasaba la mano por el pelo.

Alcé la cabeza para mirarle con el gesto roto de la angustia.

—Si se muere, si Alain se muere... Yo no podré vivir sin él. No podré.

Apreté la cara contra el hombro de Martin. «Maldito Medallón. Maldito Medallón. No te cobres su vida», repetí para mí como si fuera una oración, la única que se me ocurría.

Entonces se abrió la puerta de los quirófanos. Me volví. Pronunciaron mi nombre.

«Tendrías que haberlo dejado donde estaba; ésa era nuestra voluntad», escuché decir a mi abuelo según me ponía en pie.

Epílogo

En algún lugar de Europa

Martin Lohse se sorprendió a sí mismo contemplando el cuadro embelesado. Se sabía de memoria *El Astrólogo* y aun así no podía dejar de perderse en sus recovecos como si meditase sobre un mandala. En aquel entorno oscuro, blindado y casi aséptico en el que se alojaba la pintura, uno parecía hallarse a solas con ella en este mundo, envuelto en la luz suave que irradiaba, hipnotizado por sus susurros ininteligibles.

Los gritos de Dimitri parecían resonar todavía como si hubieran quedado atrapados en las paredes. Había montado en cólera y, por supuesto, le había culpado a él del fatal desenlace del asunto del Medallón. Ya se lo esperaba. Así era Dimitri, fogoso, temperamental, quizá el vértice más oscuro de aquella hermandad, el que equilibraba con su yin la tendencia al yang del resto. Digno nieto de Frank Poliakov, poseía la misma inclinación violenta que el salvaje guerrillero de la Resistencia francesa apodado Trotsky.

A menudo Martin se sentía hastiado de todo aquello, cansado de la responsabilidad que había asumido, harto de lidiar con extraños compañeros de viaje junto a los que, muchas veces, se sentía más solo que acompañado. En ocasiones, se preguntaba si no sería mejor prenderle fuego a aquel lienzo y terminar con ese asunto para siempre. En ese sentido, bien estaba que el Medallón yaciera en el fondo del mar, lejos del alcance de cualquiera para bien o para mal. Y sin embargo... Le hubiera gustado sostenerlo entre las manos, mirarlo con sus propios ojos, sentir en los dedos el tacto de miles de capas de historia y leyenda. Se preguntaba si la experiencia le habría extasiado de igual modo que la contemplación de *El Astrólogo*. Jamás lo sabría.

—Nunca te cansas de mirarlo, ¿verdad?

Martin apenas se giró hacia Brigitte, la había reconocido por la voz.

—Lo cierto es que estaba pensando en prenderle fuego. —Esbozó una sonrisa triste, con la vista puesta en aquel paisaje italiano de óleo.

—Vaya... Sí que te han afectado los gritos de Dimitri. ¿Te estás ablandando con la edad, Lohse?

—Puede ser. O puede que haya perdido demasiado en este viaje.

—Esto no ha sido culpa tuya. Quítate esa idea de la cabeza.

—Yo tendría que haber estado allí, Gitte, tendría que haber anticipado lo que podía suceder para que no sucediera. Ése era mi puñetero trabajo. Si ya ni siquiera soy capaz de hacer mi trabajo, ¿qué pinto yo aquí?

—No, tu trabajo era encontrar el Medallón y evitar que cayera en malas manos. Así que, chico, dos de dos, misión cumplida. Además, ni se te ocurra abandonar el barco y dejarme sola con ese tarado de Poliakov.

—Tú eres la única que sabe manejar a Dimitri.

—Dimitri es ese perro fiero y mal encarado, necesario para mantener a los curiosos al margen. Pero jamás mordería a uno de los suyos. Y tú eres el que pone cordura en todo esto. Hacemos un buen equipo.

—Supongo que sí.

—Escucha, estás de bajón, es normal. Te has involucrado demasiado en esto del Medallón. Desde el primer momento, nos avisaste de que no querías hacerlo y no te hicimos caso. También es culpa nuestra haberte presionado para que te encargaras de la investigación. Siempre sospeché que sentías algo por Ana y me bastó veros en el hospital de Estambul para confirmar mis sospechas. No, no debimos insistirte. El asunto se había vuelto demasiado personal para ti. Eso es siempre peligroso.

—Estuve a punto de dejarlo. A punto. Pero ella me pidió que no lo hiciera.

—Bah, ya no tiene sentido lamentarse por lo que pudo ser y no fue. Se acabó, no le des más vueltas. Insisto: misión cumplida, el Medallón ya no es un problema. En todo caso, siento que las cosas con Ana no salieran como tú querías.

—No lo sientas. Es mejor así. ¿Tú me ves a mí, con esta vida que llevo, manteniendo una relación seria con nadie?

Brigitte soltó una carcajada.

—Tanto como a mí. Haríamos buena pareja.

—La verdad es que sí —se contagió Martin de su risa.

Por un instante, parecía que no había más que decir. Permanecieron frente al cuadro aunque ya no lo contemplaban, simplemente estaban allí, a su sombra, el uno junto al otro.

Martin se volvió entonces hacia Brigitte.

—¿Te gustaría cenar conmigo esta noche?

Ella frunció el ceño.

—Espero que no haya nada romántico en esa propuesta.

—Puedes estar tranquila. Se me han quitado las ganas de jugar con fuego.

En el rostro de Brigitte se dibujó una amplia sonrisa. De cuando en cuando, le gustaba pasar tiempo con Martin. Y puede que la cena terminase en revolcón. Después, cada uno por su lado, como debía ser.

Sí, definitivamente, harían buena pareja.

Les Baux-de-Provence, Francia

Ana retiró el jarrón de loza de la hornacina y limpió el polvo y un par de hilos de telaraña de alrededor. Aquella hendidura en la pared de piedra, recuerdo de un ventanuco ya tapiado, se le antojaba el lugar perfecto. Con sumo cuidado, más por ceremonia que por precaución, dejó en su interior la escultura. La centró con un par de movimientos, buscando el ángulo donde mejor le daba la luz, y se alejó unos pasos para contemplar el resultado en perspectiva.

Sonrió satisfecha con su trabajo. Aún se apreciaban algunas marcas en el metal y, en la peana, había dejado el agujero por donde había partido la piedra. Pero esas huellas conformaban la historia de la obra y formaban ya parte de su esencia. El capítulo final sobre el Medallón de Fuego, que ella misma había escrito.

No era que se sintiera especialmente orgullosa de ese final. Para una amante del arte y de su legado a lo largo de los siglos, haber condenado una pieza de incalculable valor histórico, aun haciendo abstracción de sus supuestos poderes sobrenaturales, era un sacrilegio. Sin embargo, teniendo en cuenta que ella misma había sido el juguete en manos de muchos y sus intereses, estaba satisfecha de haber ocupado su legítimo lugar en aquella historia y haber tomado las riendas de su destino. Por supuesto que hubiera preferido no tener que sacrificar el Medallón; si la hubieran instruido en cómo salvaguardarlo, tal vez no habría tenido la necesidad de hacerlo. No culpaba a su abuelo, comprendía que había querido protegerla de algo que había costado demasiados sacrificios a quienes lo habían custodiado. Y eso la llevaba a pensar que si un objeto, sea cual sea, se cobra un precio tan alto, quizá lo mejor es que permanezca en el fondo del mar para siempre.

Ella ya había pagado el suyo por evitar que Greta Köller se hiciera con la joya. Acababa de enterarse de que la hermana de Konrad había sido detenida por la Interpol en Costa Rica. La fiscalía italiana había conseguido reunir suficientes pruebas para acusarla del asesinato de Giancarlo Bonatti. Martin la había animado para que también la denunciase por haber disparado a Alain. Pero Ana no estaba segura de querer hacerlo. Le espantaba tener que revivir otra vez aquella experiencia. Bastante tenía con esas pesadillas recurrentes en las que se veía a sí misma, como si hubiese abandonado su propio cuerpo, al borde del acantilado, con Alain muriendo entre sus brazos. Muchas noches se despertaba llorando, incapaz de deshacerse de la congoja aun habiéndose desecho de la pesadilla.

No, no removería aquel traumático episodio, sólo deseaba dejarlo atrás. Además, su denuncia resultaba redundante, pues a Greta le caería la pena máxima de prisión sólo con el crimen de Bonatti. En cuanto a Konrad, Ana sospechaba que había estado totalmente implicado en el asunto del Medallón, estaba segura de haber escuchado aquel día su voz, de que él se encontraba dentro de uno de los coches. Pero no había forma de demostrarlo. En cualquier caso, Konrad ya cumplía su propia condena, mucho más dura que la que cualquier tribunal pudiera imponerle y, además, de por vida y sin posibilidad de redención. No sería ella quien hiciera leña del árbol caído, no encontraba ninguna satisfacción en ello.

Según remataba aquel pensamiento, se dio cuenta de que el sonido de la música acompañaba desde hacía un rato sus cavilaciones frente a la escultura. Llegaba desde el tocadiscos del salón. «Harvest Moon» era una de las canciones favoritas de Alain, la habían bailado el día de su boda, descalzos en la pradera entre las guirnaldas de bombillas tendidas de árbol a árbol.

No era sólo la escultura lo que había de restaurar. Ana estaba decidida a restaurar su propia historia. La vida es como el agua, no se puede retener siempre en las manos. Sarah y Georg, Katya y Eric, sus abuelos... Ellos lo sabían, lo habían aprendido antes, quizá por vivir en tiempos difíciles más allá de la imaginación. Y ellos le habían enseñado que no importa cuán rápido o despacio fluya el agua entre los dedos. Lo que importa es que, cuando se escape la última gota, uno haya amado, sin prejuicios, sin miedo.

—Me gusta.

Sintió un abrazo por la espalda, de esos que hacía tanto tiempo que no recibía, y se estremeció. El susurro de Alain en el oído le puso la piel de gallina.

—¿Qué haces levantado? —le reprendió con una sonrisa y los ojos cerrados, amoldándose a sus brazos como si su cuerpo fuera de esponja.

—Me sentía solo. Y quiero verte bailar otra vez —repitió un verso de la canción al tiempo que empezaba a balancearse de un lado a otro—. Baila conmigo, *ma petite poulette*.

Ana se giró sin perder el ritmo pausado de la música. Peinó con los dedos el cabello de Alain hasta dejar las manos detrás de su cuello y le besó en los labios. Se abrazó a él con ansiedad, como si aún pudiera perderlo, y le susurró un «te quiero» sin venir a cuento, que son los más sinceros.

De nuevo, bailaban juntos canciones antiguas. Y, allí entre los brazos de Alain, Ana deseó seguir bailando juntos siempre, hasta que la última gota de vida se deslizara lentamente entre los dedos de sus manos entrelazadas.

Agradecimientos

A los lectores, libreros y editores que apostaron en su día por *La Tabla Esmeralda* y que durante la última década me habéis acompañado a lo largo de este gran viaje. Confío en que sigamos caminando juntos hasta el final de la travesía.

«Para viajar lejos no hay mejor nave que un libro.»
EMILY DICKINSON

Gracias por tu lectura de este libro.

En **penguinlibros.club** encontrarás las mejores
recomendaciones de lectura.

Únete a nuestra comunidad y viaja con nosotros.

penguinlibros.club